KNAUR

Von der Autorin ist im Knaur Taschenbuch bereits erschienen:
Die Rückkehr der Wale

Über die Autorin:
Isabel Morland wurde 1963 in Bamberg geboren und wuchs in einer literaturbegeisterten Familie auf. Nach verschiedenen selbstständigen Tätigkeiten und Auslandsaufenthalten studierte sie Kommunikationswissenschaften. Sie arbeitet freiberuflich als Trainerin und Coach. Sie brachte zunächst ihre vier leiblichen Kinder zur Welt, bevor sie sich ihren geistigen Kindern widmete und, angeregt durch die vielen Reisen, zu ihrer ursprünglichen Leidenschaft, dem Schreiben, zurückkehrte.
Diverse ausgedehnte Aufenthalte auf entlegene und verlassene schottische Inseln inspirierten sie zu einem Romanzyklus über die faszinierende Landschaft und Lebensweise der Menschen auf den Hebriden. Seelisch in Schottland verwurzelt, lebt sie mit ihrer Familie in ihrer fränkischen Heimat. Neben ihrer Liebe zum Schreiben hält sie als Hobbyfotografin die Stimmungen der Landschaften ihrer Erzählungen fest.

ISABEL MORLAND

Der Herzschlag der Steine

ROMAN

Besuchen Sie uns im Internet:
www.knaur.de

Originalausgabe Januar 2019
© 2019 bei Knaur Taschenbuch
Ein Imprint der Verlagsgruppe
Droemer Knaur GmbH & Co. KG, München
Alle Rechte vorbehalten. Das Werk darf – auch teilweise –
nur mit Genehmigung des Verlags wiedergegeben werden.
Ein Projekt der AVA International
Autoren- und Verlagsagentur
www.ava-international.de
Redaktion: Dr. Clarissa Czöppan
Covergestaltung: ZERO Werbeagentur, München
Coverabbildung: © gettyimages, theasis; © FinePic/shutterstock
Illustration im Innenteil: suns07butterfly/Shutterstock.com
Satz: Adobe InDesign im Verlag
Druck und Bindung: CPI books GmbH, Leck
ISBN 978-3-426-52354-4

2 4 5 3 1

*Für dich, liebe Leserin, lieber Leser.
Der Herzschlag deiner Träume vibriert in dir.
Spüre ihn.*

*Für Katharine Macfarlane,
deren hinreißende Poesie meine Bücher bereichert.*

*Für Emma Mitchell,
die wahre Eigentümerin des Blackhouse.
Dein Traum wird wahr werden.
Wehe, du verkaufst vorher.*

Aussprache gälischer Namen:

Ailsa   Elsa
Marsaili Marschali (Marjorie)
Peigi   Päitschi (Peggy)
Fearghas Färägiss

PROLOG

Die Luft über dem Torfmoor ist schwer von schwelendem Räucherwerk. Megalithen, geboren aus dem Anbeginn der Zeit, erheben sich vor dem seltsamen Dunkel der Sommernacht. Eine Armee aus erstarrten Kriegern. Kreisförmig stehen sie zusammen, Schulter an Schulter. Riesenhaft ragen ihre Buckel aus der kargen Landschaft. Hier auf Lewis, einer sturmumtosten Insel vor Schottlands Küste, ist die Natur rau und erbarmungslos.

Schatten lösen sich aus dem Grau. Gestalten nähern sich, paarweise hintereinandergereiht wie an einer Kette. Die Prozession zieht über die von Felsnadeln gesäumte lange Allee auf den Steinkreis zu. Nieselregen benetzt Mäntel und Kapuzen. Der feuchte Boden schluckt das Geräusch der Schritte. Von weit her sind sie nach Callanish gekommen, um das große Ereignis zu feiern. Manche von ihnen warten bereits ein Leben lang auf diese eine, mystische Nacht, in der der Vollmond herabsteigt, um die Erdmutter zu küssen.

Seit den frühen Morgenstunden singen und meditieren sie, doch der Himmel ist taub für ihre Gebete um gutes Wetter. Eine Wolkenwand hängt wie festgeklebt über der *Cailleach na Mointeach*, der Alten Frau des Moores, der Hügelkette, die Lewis im Süden nach Harris abgrenzt. Von dort soll sich der Mondgott erheben. Eben noch trieb der Wind die schweren Wolken vor sich her, auf den Atlantik zu. Ausgerechnet jetzt steht die Luft still. Ist alles umsonst? Grimmige Nervosität erfasst die Anwesenden und hallt im wirren Durcheinander der Trommeln wider.

Jetzt erreicht der Zug den Hauptstein in der Mitte der Anlage, die aus der Luft betrachtet die Form eines keltischen Kreuzes ergibt. Die Musik verklingt. Dicht an dicht drängen sich die Menschen um die Opferstätte neben der Grabkammer, ihre Silhouetten klein und bedeutungslos vor dem verwitterten Gneis der Steine. Unter dem Absingen von Chorälen bringen sie ihre Opfergaben dar. Kurz halten sie inne, bevor sie weiter zu dem schildkrötenförmigen Felsen auf dem Hügel ziehen. Just in diesem Moment setzt der Wind wieder ein und zerteilt die Wolken in kleine Fetzen. Alle Augen richten sich wie gebannt nach Süden.

Und dann geschieht es. Der Himmel gebärt ein orangenes Leuchten, aus dem Schoß der *Cailleach na Mointeach* heraus. Jubelschreie zerreißen die Nacht. Als die Trommeln erneut einsetzen, klingen die Schläge kraftvoll und gleichmäßig. Der Rhythmus wird fordernder. Mit Macht strebt er einem unbestimmten Höhepunkt entgegen, als wollten die Menschen das Erscheinen des Mondes heraufbeschwören. Es vergeht eine Minute, es vergehen weitere.

Als die obere Hälfte des Glutmondes über dem Bauch der Erdmutter erscheint, geht ein Raunen durch die Menge. Immer höher steigt die Scheibe in ihrem Lauf. Rund und voll streicht sie über die Brüste der Göttin und erhebt sich von da aus eine Handbreit in den Himmel, um im nächsten Augenblick wieder hinter den Bergen zu versinken. Die Finsternis über dem uralten Steinkreis wirkt schwärzer als zuvor. Zeit und Raum dehnen sich endlos aus.

Lautlos setzt sich die Prozession in Bewegung, diesmal nach Nordost, um den Mond bei seinem nächsten Erscheinen zwischen den Megalithen des fünftausend Jahre alten Freilichttheaters zu begrüßen.

Die Nacht schweigt. Währenddessen strebt die Dramaturgie dem Hauptakt entgegen. Umrahmt vom Hauptstein und seinem linken Nachbarn erscheint der Mond in dem steilen Grat zwischen den Bergrücken. Ein unwirklicher Schimmer fließt über die Steine. Träge gleitet das Licht die lange Allee hinunter und über die Menge hinweg. In der Westallee tritt eine hochgewachsene Gestalt hinter einem Megalith hervor. Der Saum des langen Gewandes flattert im Wind. Die Menge verharrt, erstarrt vor Ehrfurcht. Gestochen scharf hebt sich der wehende Kapuzenmantel vom strahlenden Licht des Mondes ab. Der Anblick ist beinahe übernatürlich: Eine menschliche Gottheit, die aus dem Mond heraus geboren wird und zur Erde steigt. Dann fällt der Vorhang. Das Licht geht aus.

Nichts regt sich mehr.

Im nächsten Moment hämmern Schuhe gegen den Quarz, der als Tanzfläche rings um den Steinkreis ausgelegt ist. Ein elektrisches Glühen fährt aus dem Boden. Die Erde scheint aufzubrechen und von innen heraus zu leuchten. Ein Geruch von Schwefel umhüllt die Tänzer. Immer schneller werden die Schritte, immer rasender zucken Piezoblitze aus dem Boden. Plötzlich steht der Leuchtende im Zentrum des Steinkreises. Die Fackel in seiner Hand wirft einen flackernden Schein auf den weiten Umhang, doch das Gesicht unter der Kapuze ist nicht zu erkennen. Schweigend durchschreitet er die Allee, während die Umstehenden seine Ankunft mit lautem Jubel begrüßen. Erleichterung erfüllt die Luft. Die Große Mondwende hat sich vollzogen, die Menge strebt dem Festplatz zu, um zu feiern.

Hoch oben auf dem Abschlussstein der südlichen Allee sitzt die Elster. Von hier aus hat sie alles beobachtet. Sie stößt ein

Krächzen aus. Verwundert über die Unachtsamkeit der Menschen sträubt sie ihr Gefieder. Unbegreiflich, dass der menschliche Geist den Lauf von Mond und Sonne erfassen und aus dieser Vorstellung heraus ein präzises Konzept von Zeit schaffen kann, manifestiert durch eine bizarre Anordnung von Steinen, welche sowohl Kalender als auch Uhr darstellen. Unbegreiflich, dass der menschliche Geist dabei so blind ist für das Offensichtliche ... Wo Licht ist, ist Schatten, das weiß die Elster. So, wie es eine Stelle gibt, an der der Scheinende aus dem Mond steigt, muss es eine Stelle geben, aus der die Finsternis entspringt. Wie können die Menschen das übersehen?

Dieser Ort liegt außerhalb des Kreises, im 45°-Winkel zwischen Süd- und Westallee, in der Gegenachse zu dem Punkt, an dem der Leuchtende stand. Ungerader Stein, so nennen die Menschen ihn. Der schwarze Riss um seine Mitte bezeugt das Wirken einer dunklen Macht. Seltsam, dass keiner der Feiernden auf das Geschehen dort, am Ungeraden Stein, achtet. Und so entdeckt niemand die Gestalt, die, auf einen Stock gestützt, in seinem Schatten kauert.

Die Elster stößt ein warnendes Keckern aus. Der scharfe Blick ihrer Augen durchdringt die Nacht, sie schlägt mit den Flügeln. Schritte nähern sich vom Hügel her. Es ist ein Mann. Sein Gang hat noch das leichte Federn der Jugend. Als er den Ungeraden Stein erreicht, tritt die Gestalt, die im Schutz der Nacht gewartet hat, hervor, in der Hand einen Stab. Als würde eine unüberwindbare Kluft sie trennen, bleiben die beiden Männer in einem unnatürlich großen Abstand zueinander stehen.

»Was machst du hier?« Fordernd schlägt der Stock gegen den Stein. »Wo ist Ailsa?«

»Sie kommt nicht«, erwidert der Ankömmling. Seine Stimme klingt dunkel und singend. Trotzdem liegt schneidende Kälte in den Worten.

»Was soll das heißen?«

»Sie hat es sich anders überlegt.«

»Und das soll ich dir glauben?« Entrüstet tanzt der Stab durch die Luft.

»Glaub es oder lass es. Sie hat sich entschieden. Ich habe den Beweis.«

»Den Beweis wofür?«

Ein Lachen, das keines ist. Eher gleicht es dem Schnauben eines Tieres. Der Besitzer der dunklen Stimme streckt den Arm aus. In der geöffneten Hand liegt eine Haarsträhne, sorgfältig umwickelt mit einem Band.

»Wo hast du das her?« Die Hand mit dem Stock zittert.

»Von Ailsa. Sie hat es mir gegeben. *Mir*, verstehst du?«

»Was soll das heißen?«

»Muss ich deutlicher werden? Willst du wissen, wie es sich anfühlt, sie im Arm zu halten? Sie zu küssen? Willst du wissen …«

»Schluss. Es reicht.« Die Hand krampft sich um den Stab. Der Arm hebt sich, dann kracht der Stock gegen den Fels. Die Spitze zersplittert. In zornigem Schweigen gefangen, wenden sich die Figuren voneinander ab und gehen davon.

Die Elster legt den Kopf schief und schüttelt das Gefieder. Sie hat genug gesehen. Zeit, zu ihren Gefährten zurückzukehren. Im Osten kriecht das erste Morgenlicht über die Berge. Das finstere Ereignis, bedeutsamer noch als das Erscheinen des Leuchtenden, hat seinen Lauf genommen. Seine Schatten fließen wie dunkle Tinte über die Lebenslinien der Beteiligten. Allein die Zukunft wird zeigen, ob es gelingt, den Bann zu brechen. Am selben Ort. Zu einer anderen Zeit.

Kapitel 1

18 Jahre später

Ailsa McIver hasste es, angestarrt zu werden. Sie stand in der winzigen Ankunftshalle des Flughafens der Hebrideninsel Lewis und sah, wie die beiden Bauersfrauen mit den pausbäckigen Gesichtern die Köpfe zusammensteckten. Gemeinsam mit einer überschaubaren Anzahl weiterer Passagiere, alle in Schals, derbes Schuhwerk und raschelnde Windjacken gekleidet, waren sie mit ihr aus der Propellermaschine des soeben gelandeten Loganair-Fluges gestiegen. Ailsa ahnte, dass die beiden über sie sprachen. Ein flaues Gefühl der Unsicherheit machte sich in ihrem Magen breit, so wie damals als Kind. Ihre Mutter hatte sie auf einen Ausflug in die große Stadt, nach Glasgow, mitgenommen. Auf dem Rückweg zum Bus waren sie Jugendlichen begegnet. Die Mädchen waren in etwa gleich alt wie Ailsa gewesen, aber hatten im Gegensatz zu ihr Lederjacken, Nietenjeans und Schuhe mit Absatz an. Ailsa trug wie immer zwei dicke Wollpullover übereinander und ausgetretene Schnürschuhe. Hinter vorgehaltener Hand hatten sie wie irre gekichert, die Augen verdreht und mit den Fingern auf sie gedeutet. Ailsa wäre damals am liebsten im Erdboden versunken. Sie hatte lange nicht mehr an das Erlebnis gedacht, doch hier, am Flughafen von Stornoway, fiel es ihr wieder ein.

Sie schob sich eine Haarsträhne hinter das Ohr und drehte den beiden Croftersfrauen den Rücken zu. Als sie vor vierzehn Stunden in Toronto in den Flieger gestiegen war, hatte sie nicht das Gefühl gehabt, besonders auffällig gestylt zu sein. Im Gegenteil. Bewusst hatte sie sich für legere, bequeme Freizeitkleidung entschieden. Hellblaue Chinos, dazu ein passendes Polohemd in pastelligem Türkis, einen locker um die Schultern geschlungenen Pullover im gleichen Farbton wie die Hose und bequeme Sneakers. Sie mochte diesen Look. Beruflich konnte sie es sich nur am Casual Friday erlauben, so im Büro aufzutauchen. An allen anderen Arbeitstagen trug sie Hosenanzug oder Kostüm und Pumps. Damit entsprach sie den Erwartungen, welche ihre gut situierte Kundschaft an sie als seriöse Immobilienmaklerin hatte, und es fühlte sich richtig an. Normal. Der Herzschlag der Großstadt gefiel ihr, und sie hatte sich ihm angepasst.

Ailsa blickte auf die Uhr. Vier Minuten waren vergangen, und die Frauen tratschten scheinbar immer noch über sie. Ailsa konnte die Pfeilspitzen ihrer Blicke förmlich in ihrem Rücken spüren. Die beiden einfach zu ignorieren funktionierte nicht so, wie Ailsa gehofft hatte. Sie ließen sich nicht entmutigen. Ailsa presste die Lippen zusammen. Jetzt half nur ein Gegenangriff. Sie hob das Kinn ein kleines, aber entscheidendes Stück. Dann setzte sie eine, wie sie hoffte, überzeugende Nachahmung eines gewinnenden Lächelns auf. Mit einer selbstsicheren, fließenden Bewegung drehte sie sich um und strahlte die beiden an, als wären sie uralte Bekannte. Einen winzigen Moment passierte gar nichts. Die Mienen der beiden waren wie eingefroren. Sie wirkten sichtlich ertappt. Doch dann schlich sich ein rundum gutmütiges, offenes Lächeln in ihre Gesichter. Ailsa atmete auf. Seltsam. Was war nur mit ihr los? Sie war doch sonst nicht so empfindlich. Sicher lag es an dem langen Flug, dass ihre Nerven verrücktspielten.

Noch immer lächelten die beiden zu ihr hinüber, freundlich und wohlwollend diesmal. Beim Anblick der wettergegerbten Gesichter, die von einem einfachen, aber guten Leben erzählten, und der wachen Augen, die klar und kräftig leuchteten, hatte Ailsa sofort die Frauen aus ihrem Dorf vor Augen, mit ihren hohen, schweren Körben auf den Rücken, in denen sie den Torf nach Hause trugen. Ob das heute auch noch so war? Ihr Blick glitt durch die hohe Glasfront. Soeben wurden die Koffer aus der Flybe Saab 340 geladen, das Wollgras jenseits des Rollfeldes wogte sanft im Wind. Die Männer in den grauen Overalls schienen es nicht übermäßig eilig zu haben. Es würde noch dauern, bis das Gepäckband sich in Gang setzte. Sie verschränkte die Finger ineinander und bemerkte, wie schwitzig ihre Handflächen waren. Warum nur? Beruflich war sie viel auf den Flughäfen dieser Welt unterwegs und hatte kein Problem damit, sich dort zurechtzufinden. Was brachte sie an diesem winzigen Flughafen so durcheinander? Schließlich war Lewis einst ihr Zuhause gewesen. Doch einst war lange her. Inzwischen war viel geschehen. Die Frau von damals, eine Tochter der Insel, gab es nicht mehr. Wie stark sie sich verändert hatte, war ihr noch nie so bewusst geworden wie jetzt, in diesem Augenblick.

Sie wandte ihre Aufmerksamkeit der Gepäckausgabe zu. Hinter der Biegung des Gepäckbands stand eine knapp zwei Meter hohe hölzerne Figur, die Replik einer der berühmten Lewis-Schachfiguren. Eine kantige Hand hielt einen Hirtenstab umfasst, die andere die Bibel. Sie repräsentierte den Bischof, eine Figur, welche es in den modernen Schachspielen nicht gab. Der Bischof, wer sonst? Hatte sie allen Ernstes etwas anderes erwartet? Der Einfluss der presbyterianischen Kirche Schottlands war so stark wie eh und je. Ein hauchfeiner Riss ging durch Ailsa hindurch, der den Blick in die Vergangenheit öffnete. Auf einmal war sie wieder das kleine Mädchen, das still und brav in der Kirchenbank saß und den nicht enden wollenden Predigten des Reverends lauschte. Wie dünn der Schleier doch war, hinter dem sich das Vergessene verbarg. Konnte man überhaupt je vergessen? Sie runzelte die Stirn. Erinnerungen waren Schattenwesen. Unbemerkt folgten sie einem auf Schritt und Tritt, um sich dann plötzlich zurück ins Licht zu drängen. Die Auslöser waren meist banal – ein Geruch, eine Melodie, der Klang einer Stimme, eine Ähnlichkeit im Gesicht eines Fremden –, und auf einmal wurde alles wieder lebendig. Merkwürdige Sache. Das menschliche Gehirn konnte verdrängen, aber vergessen, das war unmöglich.

Sie zog an dem Ehering an ihrem Finger, drehte ihn, schob ihn hinauf und hinunter. Ihr Magen verkrampfte sich, während ihre Gedanken zu dem Telefonat wanderten, das sie mit Blair Galbraith vor fünf Tagen geführt hatte. Mit zornigen, überhitzten Worten hatte er versucht, sie nach Lewis zu zitieren. Sie hatte ihm unmissverständlich zu verstehen gegeben, dass es nicht ginge. Zwei Tage darauf hatte sie den Flug nach Lewis gebucht.

Nun stand sie in der Ankunftshalle, den Blick auf die Figur des Bischofs gerichtet. Starre, mandelförmige Augen unter einer kegelförmigen Mütze musterten sie, der Mund zu einem vorwurfsvollen O geformt. Offensichtlich nahm die Figur es Ailsa übel, dass ihr Flugzeug am Sonntagnachmittag gelandet war. Auf Lewis wuchs man gottesfürchtig auf. Früher war das Leben auf der Insel am Tag des Herrn vollständig zum Erliegen gekommen. Läden, Pubs, Tankstellen und Restaurants – überall waren die Rollläden geschlossen geblieben. Nicht einmal Fährschiffe verkehrten. Touristen, die am Sabbat weiterreisen wollten, saßen fest. Die planmäßige Freudlosigkeit machte auch vor den Kindern nicht halt. Ailsa wusste noch genau, wie ungerecht sie es empfunden hatte, dass ausgerechnet am Sabbat, dem Tag, an dem weder Schule noch sonstige Pflichten auf sie warteten, die Schaukeln auf den Spielplätzen mit Vorhängeschlössern versehen waren. Zwischen dem ersten Kirchgang am Vormittag und dem zweiten am Nachmittag hatte sich ein Meer aus steingrauer Langeweile erstreckt. Alles, was annähernd Spaß bereitet hätte, war verboten gewesen. Ailsa schüttelte den Kopf über die rigiden Regeln, die ihre Jugend geprägt hatten. Natürlich hatte die Mauer aus Engstirnigkeit und Gottesfurcht, die man um die jungen Menschen gezogen hatte, genau das Gegenteil bewirkt. Statt weniger Alkohol war mehr geflossen. Jeden Sonntag hatten in den verlassenen Steinhütten, genannt *Bothys*, Partys stattgefunden. Im Geheimen natürlich. Und immer war es darauf hinausgelaufen, dass die Jugendlichen literweise Bier in sich hineingeschüttet hatten. Und *Famous Grouse*, wenn der Whisky günstig aufzutreiben gewesen war. Alkohol war schon immer ein Problem auf der Insel gewesen. Sicher sah man inzwischen vieles lockerer und ließ den jungen Menschen mehr Freiheit.

Das Gepäckband setzte sich ruckelnd in Gang. Ailsa straffte die Schultern und befreite sich aus dem Strudel der Erinnerungen. Sie war entschlossen, ihren Aufenthalt auf Lewis so kurz und effizient wie möglich zu gestalten. Sie hatte eine Angelegenheit zu regeln. Nur deshalb war sie zurück. Dies hier würde kein Spaziergang auf der Straße der Erinnerungen werden.

Mit geübtem Schwung hob sie ihren Koffer vom Band. Obwohl er nur das Nötigste enthielt, hatte er ein ziemliches Gewicht. Sie stellte das Gepäckstück neben sich ab und reckte den Hals. Gewohnheitsmäßig sah sie sich nach einem Gepäcktrolley um. Dann fiel ihr ein, dass es am Flughafen von Stornoway noch nie welche gegeben hatte. Wie gut, dass sie heute nur den kleinen Rollkoffer dabeihatte. Sie zog den Henkel heraus und befestigte ihre Laptoptasche daran. Mit entschlossenen Schritten durchquerte sie die Halle zum Wartebereich. Im Vorbeigehen fiel ihr Blick auf das Rollgitter vor der Cafeteria. Geschlossen ... Ihr knurrender Magen rief ihr ins Bewusstsein, dass sie seit dem Aufbruch in Toronto nichts Vernünftiges zu sich genommen hatte. Bei dem Gedanken an den Geruch der Käsetortellini aus der Mikrowelle, die ihr Sitznachbar auf der Hauptstrecke verschlungen hatte, wurde ihr jetzt noch übel. Frustriert starrte sie auf den verriegelten Imbiss. Wie ärgerlich. Sie hatte vergessen, Proviant für den ersten Abend mitzunehmen. Sicher hatten die Jenners, zuverlässig wie immer, das Haus nebst Küche und Speisekammer längst leer geräumt. Ailsa seufzte.

Die beiden, ein älteres Ehepaar, waren angenehme Mieter gewesen. Ailsa bedauerte, dass sie gingen. Andererseits konnte sie die Jenners gut verstehen. Sie waren vor sechs Jahren von Cornwall hierhergezogen, weil sie sich in das spektakuläre Licht und in die Großartigkeit der Landschaft verliebt hatten. Mrs Jenner war eine geschickte Schneiderin. Sie hatte sich einen kleinen Nebenerwerb zu ihrer Rente aufgebaut und nähte wunderschöne Taschen und Kissen aus Harris-Tweed. Auch Mr Jenner hatte sich gut in die Gemeinde eingefügt. Doch dann war ein harter Winter gekommen, mit Stürmen, die selbst für die Einheimischen schwer zu nehmen gewesen waren. Der öffentliche Verkehr war zum Erliegen gekommen, die wenigen Bewohner der verstreuten, winzigen Weiler am Ende der Pentland Road – einer der einsamsten Straßen, die man sich vorstellen konnte – waren angewiesen worden, in ihren Häusern zu blieben. Die Isolation hatte den Jenners gehörig zugesetzt. Kein Wunder, wer ertrug es schon, vier Tage und Nächte von der Außenwelt abgeschnitten zu sein, ohne Heizung, Telefon und elektrisches Licht? Das Schlimmste für die Jenners war gewesen, dass es keine Möglichkeit gegeben hatte, ihre Kinder in St Ives und in Bath wissen zu lassen, dass sie wohlauf waren. Dann, als alles vorüber gewesen war, hatten die Jenners mit den nächsten Widrigkeiten zu kämpfen gehabt: Durch den Stromausfall waren sämtliche Lebensmittel in der Gefriertruhe verdorben. Alles musste weggeworfen werden. Das war der sprichwörtliche Tropfen gewesen, der das Fass zum Überlaufen gebracht hatte. Die Jenners gaben auf. Ailsa wunderte es kein bisschen. Die Frage war nur, was jetzt aus der Croft ihrer Mutter, ihrem ehemaligen Elternhaus, werden sollte. Doch zunächst musste sie überhaupt dorthin kommen. Ihr Blick flog suchend umher. Wo war nur der Schalter der Autovermietung? Vor der gläsernen Schiebetür des Flughafengebäudes sah sie einen Jungen stehen, dessen lange, in die Stirn fallende Haare ein pickeliges Gesicht umrahmten. Er fiel ihr auf, weil er ein Schild mit ihrem Namen in die Höhe hielt.

»Mrs McIver?« Der Jugendliche trat auf sie zu. Nach Ailsas Einschätzung konnte er kaum älter als siebzehn sein. Er trug ausgewaschene Jeans zu einem schwarzen Kapuzenshirt mit dem Logo einer Rockband.

»Korrekt, das bin ich.« Ailsa stellte den Koffer ab und streckte ihm die Hand entgegen. Der Junge schüttelte sie kräftig.

»Willkommen auf Lewis. Ihr Mietauto steht drüben auf dem Parkplatz. Darf ich Ihnen das Gepäck abnehmen?«, erbot er sich. Er sprach mit dem typisch rollenden Akzent der Insel.

Dankbar folgte sie ihm nach draußen. Für September herrschte erfreulich schönes Wetter. Hinter dem Rollfeld und den umliegenden Feldern glitzerte das Meer. Ein leuchtender, unfassbar hoher Himmel spannte sich über karges Felsgestein und endloses Moor. Ailsa überließ es dem Jungen, das Gepäck im Kofferraum zu verstauen, und sog den Anblick in sich auf. Sie hatte völlig vergessen, wie atemberaubend die Weite und die Großartigkeit der Natur auf Lewis waren. Der inseltypische Wind wehte ihr um die Nase und trug den Geruch von Torf, verrottendem Seetang und endlosen Abenteuern heran. Die Landschaft schmiegte sich wie ein Handschuh um ihre Seele. Plötzlich war alles wieder da ... die merkwürdig silbern schimmernden Sommernächte, in denen sie bis weit nach Mitternacht mit Blair draußen gespielt hatte. Die langen, dunklen Winter, das Knistern des heimischen Herdfeuers, das Rauschen der Stürme ... Blairs herausforderndes Grinsen, mit dem er sie zu waghalsigen Kletterpartien in den Klippen überredet hatte. Die Stimme ihrer Mutter, die auf Gälisch mit ihr geschimpft hatte, weil Ailsa über dem Spielen die Zeit vergessen hatte und viel zu spät nach Hause gekommen war ... Ihr Hals wurde trocken. Auf eigenartige Weise schien alles wieder mit ihr verbunden zu sein und sie zu berühren. Sie spürte ein Brennen in ihrer Kehle. Himmel, was passierte da nur mit ihr? So rührselig war sie doch sonst nicht. Rasch drehte sie sich um und öffnete die Autotür, um hinter dem Steuer Platz zu nehmen. Erst als sie das spöttische Lächeln des Jungen entdeckte, bemerkte sie ihren Irrtum.

»Falsche Seite«, er machte sich nicht die Mühe, sein Grinsen zu verbergen. »Sie sind nicht von hier, was?«

»Nein«, behauptete Ailsa und umrundete den Wagen.

Als sie auf der richtigen Seite saß, stieg der Junge zu ihr in den Wagen. Er zückte Klemmbrett und Stift. »Möchten Sie eine Vollkaskoversicherung für das Auto abschließen?« In seiner Stimme schwang Skepsis mit, so als traute er ihr nicht zu, das Auto unfallfrei durch den nächsten Kreisverkehr zu steuern. »Die Straßen sind ganz schön unübersichtlich. Wenn Sie aus Gewohnheit die falsche Seite nehmen, kann es schnell mal krachen.«

»Danke, das wird nicht nötig sein«, erwiderte Ailsa betont fröhlich und nahm das Klemmbrett an sich. Sie überflog die üblichen Klauseln im Mietvertrag und setzte schwungvoll ihre Unterschrift darunter.

Der Junge rollte die Augen zum Zeichen, dass er das für keine sonderlich gute Entscheidung hielt, kommentierte es aber nicht weiter. Dann legte er das Klemmbrett beiseite und erklärte ihr die Besonderheiten des Autos. Damit war den Formalitäten Genüge getan. Ailsa verabschiedete den Jungen mit Handschlag und startete den Wagen. Einen Moment musste sie sich konzentrieren, dann aber lenkte sie ihn sicher durch den Kreisel und bog auf die schnurgerade Straße Richtung Stornoway ab, vorbei an Weideland, neu erschlossenem Wohngebiet und einem Industriepark. Das Gebäude der Stornoway Free Church grüßte zu ihrer Rechten, dahinter folgten die grau getünchten Einfamilienhäuser von Olivers Brae mit ihren Schieferdächern. Hier und da ragten Windräder aus der baumlosen Landschaft, wo früher nur Weite geherrscht hatte.

Sie war erstaunt, wie viel sie auf Anhieb wiedererkannte. Gleich nach dem Ortsschild erwischte sie im Kreisverkehr die richtige Ausfahrt zu Engies, der einzigen Tankstelle auf der Insel, welche am Sonntag geöffnet hatte. Sie parkte den Wagen an der Seite neben den Zapfsäulen und betrat den Verkaufsraum. Augenscheinlich hatte sich auch hier wenig verändert. Sie umrundete die Vitrine mit den Jagdwaffen und den Ständer mit der Angelausrüstung. Zielsicher schritt sie auf die Kühlregale im hinteren Bereich zu. Kurz darauf häufte sie ihre Einkäufe auf den Tresen neben der Kasse: Milch, Eier, Cheddarkäse, Haferkekse und Tee. Genug, um bis morgen über die Runden zu kommen. Dazu eine Flasche Rotwein, falls sie wegen der Zeitumstellung nicht schlafen konnte. Als sie in ihrer Tasche nach dem Portemonnaie kramte, streifte ihr Blick das Handy. Seit Toronto hatte sie es nicht wieder eingeschaltet. Rasch tippte sie die PIN ein und bezahlte.

Wenig später steuerte sie den Mietwagen durch das Stadtzentrum, vorbei an dem imposanten Lews Castle mit seinem weitläufigen Park, der die meisten Bäume der Insel beherbergte, dem Golfplatz und dem Kriegerdenkmal. Dabei vertiefte sie sich so in die Betrachtung der Landschaft, dass sie fast die Abzweigung auf die einspurige Pentland Road übersehen hätte. Mit einem waghalsigen Manöver riss sie das Lenkrad herum. Nach wenigen Metern erreichte sie das Hochmoor. Die Landschaft versank in einem Meer aus Einsamkeit. Ailsa fühlte sich, als würde sie durch ein Sepiafoto aus den Zwanzigerjahren fahren. Das schwere Licht, welches diffus durch die Wolkenfelder fiel, veränderte die Farben. In der Ferne erhoben sich umbrafarben die Silhouetten der sonst blauen Berge von Harris. Eine sanfte Brise strich die Hügel hinunter und kräuselte das Wasser der *Lochs*. Das Heulen der Windräder wurde über das Moor getragen. Ailsa zuckte zusammen, als hinter einer Kurve wie aus dem Nichts eine Herde schwarzköpfiger Schafe direkt vor ihrer Motorhaube auftauchte. Reflexartig trat sie auf die Bremse. Ihre rechte Hand tastete nach dem Schalthebel – falsche Seite, wieder einmal! Sie wartete, bis der inseltypische Verkehrsstau sich auflöste. Ihr Blick glitt aus dem Fenster. Leise, wie eine vergessene Melodie, hallten die Töne der Landschaft in ihr wider. Heimat. Spuren von früher, wohin ihr Auge fiel. Die graswachsenen Linien der aufgelassenen Torfbänke hier. Die schokoladenfarbenen Furchen dort, wo der *Tairsgear*, der Spaten, den die Inselbewohner zum Torfstechen benutzten, frische Narben in das Erdreich geschlagen hatte. Entlang der Gräben reihten sich prall gefüllte Säcke mit Torf, bereit zum Abholen. Der Sommer war vorbei, Wind und Wetter hatten die gestochenen Briketts getrocknet und gehärtet. Die Plastikgriffe der Tüten knatterten im Wind. Menschliche Spuren mitten im Nichts.

In die friedliche Stille hinein ertönte der vertraute WhatsApp-Klingelton ihres Handys. Als sie es aus der Tasche zog, lächelte ihr Pauls Profilbild entgegen. Mit gemischten Gefühlen blickte sie auf das Foto. Obwohl er im letzten Jahr sechsundvierzig geworden war, sah er noch immer attraktiv aus. Die meisten schätzten Paul ohnehin jünger. Ob es daran lag, dass er sich eine Glatze schor, seitdem er die ersten grauen Haare an den Schläfen entdeckt hatte? In Verbindung mit dem Fluidum von Macht und Einfluss konnten das makellos gepflegte Äußere und die eindringlichen graugrünen Augen ziemlich verführerisch auf Frauen wirken, wie Ailsa wohl wusste. Sie dagegen ... Ailsa runzelte die Stirn. Manchmal kam sie sich neben Paul vor, als spielte er in der Oberliga, während sie allenfalls den Aufstieg in die Bezirksklasse gemeistert hatte. Sie seufzte.

Als sie damals frisch nach Toronto gekommen war, hatte sie sich in der Großstadt wie ein richtiges Landei gefühlt. Aber dann war ihr Paul begegnet. Sie war jung und leicht zu beeindrucken. Seine weltmännische, gewandte Art imponierte ihr. Er war liebevoll, zuvorkommend, dynamisch und hatte klare Ziele vor Augen. Einem Mann wie ihm war sie zuvor nie begegnet. Und unbegreiflicherweise interessierte er sich auch noch für sie! Anscheinend hatte sie etwas an sich, das er hinreißend fand. Seine Avancen ließen ihr Selbstbewusstsein erblühen. Als aus ihnen nach relativ kurzer Zeit ein Paar wurde, schien das Glück perfekt. Sie hatte nicht nur einen Mann gefunden, der sie liebte und auf Händen trug, auch beruflich harmonierten sie wunderbar miteinander. Ailsa stieg als Assistentin in Pauls Firma ein. In der ersten Zeit verbrachten sie oft vierundzwanzig Stunden am Stück miteinander. Tagsüber arbeiteten sie Seite an Seite, planten, organisierten, diskutierten und lachten miteinander. Nachts liebten sie sich mit derselben schwindelerregenden Intensität und schliefen eng umschlungen ein.

Die Veränderung kam schleichend. Pauls unermüdlicher Einsatz für seine Kunden und sein Bestreben, stets das Beste zu geben, hatten ihm in der Geschäftswelt von Toronto einen hervorragenden Ruf eingebracht. Er setzte dort an, wo andere scheiterten. Das Wort »unmöglich« schien in seinem Wortschatz nicht zu existieren. Bei Verhandlungen war er hart, aber fair, bei Geschäftsessen ein charmanter Gesprächspartner, der über jedes Detail Bescheid wusste. Er kam mit den unterschiedlichsten Menschen gut aus, auch mit Kunden, die als schwierig verrufen waren.

Ailsa war dankbar für das Leben, das sie führten. Sie hatten sich gemeinsam etwas aufgebaut und konnten sich Dinge leisten, von denen sie nie geträumt hätte. Das Luxusapartment über der Harbourside, Wochenendtrips nach New York und Paris, Urlaub in der Karibik. Doch alles hatte seinen Preis, und Paul musste nach den Regeln des Erfolgs spielen. Anfangs war er nur unter der Woche zu Geschäftsessen unterwegs gewesen, dann aber immer öfters über Nacht, auf Geschäftsreisen oder Incentive Trips.

Natürlich war sie stolz auf ihren Mann, aber wenn sie an die interessanten Frauen dachte, denen Paul auf seinen Reisen begegnete, kamen die alten Selbstzweifel in ihr hoch. Fand Paul sie noch anziehend? War sie immer noch das liebenswerte und manchmal ein bisschen ungestüme Mädchen von der Insel, in das er sich verliebt hatte? Begehrte er sie nach wie vor? War es normal, dass im Laufe einer Beziehung die Leidenschaft abflaute, oder ließ sich Paul bei seinen Reisen auf Abenteuer ein, von denen sie nichts ahnte? Zwar hatte sie nie einen Beweis, dass er ihr untreu war, andererseits hätte sie auch nicht die Hand dafür ins Feuer legen mögen. Es war, als schwebte eine unsichtbare Bedrohung über ihrer Ehe.

Mit der Zeit trat an Paul eine Seite zum Vorschein, die Ailsa nicht gefiel. Immer öfter wirkte er abweisend oder war mit den Gedanken woanders, wenn sie mit ihm über persönliche Dinge sprechen wollte. Die Abende, an denen sie in einem exklusiven Restaurant über alle erdenklichen Themen des alltäglichen Lebens diskutierten, wurden rar und blieben irgendwann ganz aus. Inzwischen waren sie an einem Punkt angelangt, an dem das Geschäft alles überlagerte. Darunter war auch ihre Leidenschaft erstickt. Ihre Unterhaltungen gipfelten oft darin, dass Pauls Blick undurchdringlich wurde und er sie mit unterkühlter Stimme daran erinnerte, wem sie ihren Wohlstand zu verdanken hatte. So klein wie in den letzten Monaten hatte sie sich nicht einmal ganz zu Beginn ihrer Beziehung Paul gegenüber gefühlt. Dinge, die er früher an ihr geliebt hatte, schien er nicht mehr wahrzunehmen.

Ailsas Herz wurde schwer. Sie hoffte, dass der Abstand zwischen ihnen dazu beitragen würde, die Dinge wieder in ein freundlicheres Licht zu rücken. Sechzehn Jahre Ehe änderten nichts an ihrer Liebe zu Paul, doch die Meinungsverschiedenheiten waren auf Dauer zermürbend. Und nun waren sie gestern auch noch im Streit auseinandergegangen. Ohne dass Paul sie zum Flughafen gebracht hatte. Nicht einmal einen Kuss hatte er ihr zum Abschied gegeben. Ailsa presste die Kiefer aufeinander. Wie konnte man nur so stur sein? Sie hatte oft genug versucht, es ihm zu erklären, aber Paul weigerte sich zu verstehen, warum es ihr so wichtig war, diese – wie er es nannte – lächerliche Angelegenheit vor Ort zu klären. Wozu, wenn sich alles problemlos per Skype und Internet regeln ließ? Schließlich lebte man nicht mehr im Mittelalter. Selbst auf den Inseln gab es WLAN. Und was würde aus den laufenden Projekten, wenn sie sich eine Auszeit nahm, um diese überflüssige Reise anzutreten? Ailsa stöhnte. Wie oft hatte sie sich seine Sprüche in den letzten Tagen anhören müssen? Dabei hegte sie den Verdacht, dass es Paul gar nicht so sehr um die Sache an sich ging: Im Grunde nahm er es ihr übel, dass sie nicht so funktionierte, wie er es sich vorstellte.

Das Pling ihres Handys holte Ailsa zurück in die Gegenwart. Sie war gespannt, was Paul ihr nach dem Streit mitzuteilen hatte. Ihr Herz hämmerte gegen ihre Rippen, als sie über das Display strich und las:

Vergiss nicht, dass das Treffen mit der Delgado-Group nächste Woche auf Prio 1 steht. Ich gehe davon aus, dass deine Präsentation fertig ist, wenn du zurück bist. Es muss ein Knaller werden.

Ailsa spürte Zorn in sich aufsteigen. Sie war zweitausend Meilen quer über den Atlantik gereist, und Paul hielt es nicht einmal für nötig, sich zu erkundigen, ob sie gut angekommen war? Und die Präsentation war auf dem Flug fertig geworden. Weshalb setzte Paul nach all den Jahren noch immer so wenig Vertrauen in sie? Mit fliegenden Fingern tippte sie eine Antwort, die sich gewaschen hatte. Dann hielt sie inne und überflog den Text. Die Wut troff geradezu aus ihren Worten. Nicht gut. Das würde sie beide nicht weiterbringen. Sie atmete tief durch und zählte in Gedanken bis zwanzig. Sie durfte sich jetzt nicht hineinsteigern. Zähneknirschend schob sie ihre Gefühle beiseite und formulierte ein paar freundliche, nicht übermäßig emotionale Zeilen. In kurzen Worten ließ sie ihn wissen, dass er sich keine Sorgen zu machen brauchte und sie gut angekommen war. Zum Schluss setzte sie xxx für Küsschen dahinter und drückte auf Senden. Gerade, als sie den Gang einlegen und weiterfahren wollte, piepste das Handy erneut.

Wo ist mein türkiser Kaschmirpullover?

Ailsa starrte auf die Buchstaben. Kein Gruß. Keine Erleichterung darüber, dass sie gut gelandet war. Nichts. Nur sein blöder Pulli, der nicht dort war, wo er nach Pauls Dafürhalten zu sein hatte. Ungehalten tippte sie ein einziges Wort.

Wäscherei.

Punkt. Keine Küsschen. Die Antwort kam postwendend.

Scheiße. In welcher?

Ailsa rechnete sechs Stunden zurück. In Toronto war es Sonntagmittag. Paul musste zu Hause sein. Vor ihrem geistigen Auge sah sie ihn laut fluchend in ihrem schicken Apartment mit der großzügigen Verglasung und dem herrlichen Ausblick auf den Hafen auf und ab gehen. Der Pulli war eines von Pauls Lieblingsstücken, er trug ihn oft, wenn er Ailsa zum Essen in ein teures Restaurant ausführte. Ailsa mochte den Pulli gerne an ihm, denn er brachte das Grau in Pauls Augen zum Leuchten. Nachdenklich starrte sie auf das Handy. Wozu brauchte er seinen Lieblings-Ausgeh-Pulli ausgerechnet jetzt? Hatte er überraschend eine Verabredung mit einem Geschäftsfreund getroffen? Möglich wäre es, denn wie sie Paul kannte, hatte er sicher wenig Lust, den Nachmittag auf dem Sofa zu verbringen. In Pauls Geist und Körper herrschte ständig Unruhe. Sie war schon versucht, den Namen der Wäscherei zu tippen, als ihr einfiel, dass der Abholschein sich in ihrem Portemonnaie befand. Für einen Moment überkam sie ein schlechtes Gewissen, dann sagte sie sich, dass Paul selbst schuld war. Schließlich kümmerte er sich kein bisschen darum, was aus seinen schmutzigen Kleidungsstücken wurde, und überließ es Ailsa, dafür zu sorgen, dass sie wieder sauber in seinem Schrank landeten. Entsprechend mager fiel ihre Antwort aus:

Pech. Du musst wohl ohne ihn auskommen.

Und ohne mich ... dachte sie, aber das fügte sie nicht hinzu.
Ailsa wartete, doch diesmal schrieb Paul nicht zurück.

Kapitel 2

Blair Galbraith stand am Fenster seines Wohnzimmers, in ein Meer aus brodelnden Gedanken versunken. Verletzter Stolz brannte in seiner Brust wie eine Speerspitze. Seine grünen, mit grauen und braunen Sprenkeln durchsetzten Augen, die so sanft und melancholisch blicken konnten, dass man sich an das Grün des Machair – dem fruchtbaren Marschland vor der Küste – im Licht der untergehenden Sonne erinnert fühlte, oder kalt wie der steingraue, tosende Atlantik bei einem Wintersturm, richteten sich auf das Geschehen draußen im Auslauf. Wenn Blicke töten könnten, wäre seine fünfjährige weiße Zuchtstute längst mausetot umgefallen. Ihr Name war Chanty – offiziell *Enchantment*, Verzauberung –, und auf ihr ruhte seine ganze Hoffnung. Sie war der Inbegriff von Eleganz, Kraft und Anmut. Er wusste, dass er mit ihr neue Maßstäbe in der Zucht der Eriskay Ponys, einer zähen und ausdauernden, mittlerweile leider seltenen Ponyrasse, setzen konnte. Mit kraftvollem, schwingendem Trab und in weitem Bogen umkreiste die Stute die Futterstelle, den Schweif hoch erhoben. Die Furche zwischen Blairs Augenbrauen vertiefte sich. Dieses Pony war sturer und misstrauischer als alles, was ihm je unter die Augen gekommen war, und noch immer hatte er nicht den richtigen Zugang zu ihm gefunden. Noch immer war Chantys Eigensinn so groß wie am ersten Tag. Bei ihrer Ankunft vor ein paar Monaten war sie ungewöhnlich hoch in der Rangordnung eingestiegen. Seine Lippen verkniffen sich zu einer schmalen Linie, als er sah, wie sie sich unter augenfälligem Imponiergehabe der Heuraufe näherte, wo die restliche Herde friedlich fraß. Als hätte jemand einen Schalter in Chanty umgelegt, stellte sie urplötzlich den Schweif auf und legte die Ohren an. Mit offenem Maul und wehender Mähne preschte sie wie ein Berserker auf die Gruppe zu, um die anderen Ponys vom Futter wegzubeißen. Erst als sie einen Platz gefunden hatte, der ihrem sturen Schädel angemessen erschien, ließ sie zu, dass die restlichen Herdenmitglieder sich wieder näherten.

Blair raufte sich durch das kurze Haar, sodass es wie Igelstacheln von seinem Kopf abstand. Chanty liebte dieses Spiel. Er hatte sie schon öfter dabei erwischt. Nur Belle, seine älteste Zuchtstute und Anführerin der Herde, schaffte es, Chanty in ihre Schranken zu weisen. Blairs Gedanken wanderten zurück zu jenem Tag, als er Chanty auf einer Auktion auf Uist entdeckt hatte. Er war sofort Feuer und Flamme für dieses herrliche Pony gewesen. Nachdenklich runzelte er die Stirn. Was hatte der Pferdehändler damals behauptet? Er hatte den dämlichen Spruch noch gut im Ohr: »Die weiße Stute hier kannst du nicht besitzen, Kumpel. Die sucht sich ihren Herrn selbst aus …« Albernes Geschwafel. Hatte man schon jemals einen solchen Blödsinn gehört? Missmutig verzog Blair das Gesicht. Er weigerte sich standhaft zu akzeptieren, dass mehr Wahrheit an dem Gewäsch des Pferdehändlers sein konnte, als ihm lieb war. Düstere Verwünschungen vor sich hin murmelnd verfolgte er das Geschehen auf der Koppel. Verdammt, es wurde allerhöchste Zeit, dass er anfing, mit Chanty zu arbeiten, wenn er je Geld mit ihr verdienen wollte. Er hatte keine Zweifel, dass sie jeden Tropfen Schweiß wert war. Die Stute besaß hervorragende Anlagen und eine ungewöhnliche Präsenz. Er hasste es, es zuzugeben, aber er war regelrecht vernarrt in den verflixten Gaul. Was ihm jedoch gewaltig auf den Geist ging, war ihre dickköpfige Weigerung, sich unterzuordnen.

Doch vorerst musste Chanty warten. Es gab Wichtigeres. Sein Blick wanderte zu dem weiß getünchten Haus auf dem Hügel hinter dem Auslauf. Es hatte Kaitlin, Ailsas verstorbener Mutter, gehört. Blair war es gewesen, der Kaitlin damals nach ihrem Schlaganfall krampfartig an den Türstock ihrer Küche geklammert gefunden hatte. Er war es gewesen, der den Notarzt verständigt hatte. Er hatte Kaitlin nach Stornoway ins Krankenhaus begleitet und die Formalitäten erledigt. Drei Tage später war er derjenige gewesen, der ihr die Hand bei ihren letzten, unregelmäßigen Atemzügen gehalten hatte. Ailsa hingegen hatte es wegen unaufschiebbarer geschäftlicher Gründe nicht geschafft, rechtzeitig hier zu sein, um ihrer Mutter im Sterben beizustehen.

Und nun war Ailsa zurück.

Blair wusste, dass sie an diesem Abend mit den Jenners, ihren ehemaligen Mietern, zur Hausübergabe verabredet war. Er konnte sehen, wie das alte Ehepaar Plastikboxen und prall gefüllte Jutebeutel vom Haus zum Auto schleppte.

Blair rieb sich über das Gesicht. Seine Lider fühlten sich rau an, als hätte ihm der böige Wind Sand in die Augen getrieben. Mit aller Macht durchdrang sein Blick die Dämmerung. Er durfte den Moment von Ailsas Ankunft nicht verpassen. Dafür hatte er viel zu lange auf ihre Rückkehr gewartet.

»Ist Chanty noch immer unruhig?« Die Stimme von Marsaili, seiner Frau, klang verhalten. Sofort spürte er, wie sich sein Nacken versteifte. Er hatte Marsaili ungeduldig mit den Tellern in der Küche klappern hören und wusste, was der Satz bedeutete. Es war ihre Art, ihm zu sagen, dass sie und die Jungs mit dem Abendbrot auf ihn warteten. Marsaili stammte aus Lewis, sie war hier geboren und aufgewachsen. Als Insulanerin wusste sie, wie die Dinge nun mal liefen. Es würde ihr nie ihn den Sinn kommen, ihm Vorschriften zu machen. Nicht einmal, wenn es um das gemeinsame Essen ging. Ein Mann aus Lewis hatte seinen Stolz. Keiner, ob Freund oder Feind, hatte ihm zu sagen, was er zu tun oder zu lassen hatte. So war es schon immer auf der Insel gewesen, und so würde es immer sein. Nicht einmal die neuerdings vom Festland herübergeschwappte Liberalisierung konnte daran etwas ändern.

»Stimmt etwas nicht mit ihr?«, fragte Marsaili.

»Ihr geht es bestens. Sie braucht nur Zeit«, erwiderte er, mehr zu sich selbst. Seine Aufmerksamkeit wanderte wieder durch das eigentümliche Zwielicht des Abends zu Ailsas Haus. Die Schatten der Gebäude hoben sich verwaschen vor dem alles verschlingenden Grau des Himmels ab. Ein Anklang von Herbst und Melancholie lag in der Luft. Die Tage wurden deutlich kürzer. Vom Atlantik her trieb die erste Polarluft herein. In zwei Stunden wäre es stockfinster. Er hoffte, dass Ailsa noch vor Einbruch der Nacht eintreffen würde.

In der Scheibe spiegelte sich Marsailis rundes, ernst blickendes Gesicht, daneben sein eigenes. »Ist Ailsa schon da?« Die Worte purzelten überhastet aus ihr heraus. So als müsste sie sie loswerden, bevor sie der Mut verließ.

»Woher soll ich das wissen?« Blair kniff die Augen zusammen. Draußen auf der Koppel herrschte Ruhe, aber nur scheinbar. Chanty rupfte Heu aus der Raufe. Die anderen Ponys fraßen ebenfalls, waren aber auf reichlich Abstand zu der Stute bedacht. Der Raum zwischen Chanty und dem Rest der Herde war bis zum letzten Millimeter gefüllt mit nervöser Spannung. Besonders Chanty schien dem Frieden zu misstrauen. Ihre Ohren zuckten vor und zurück, bereit, jede noch so feine Schwingung aufzufangen. Ihr bis in die letzte Muskelfaser angespannter Körper wirkte auf Blair, als müsste sie jeden Moment aus dem Stand heraus explodieren, um ihre angestauten Gefühle zu entladen.

Marsaili räusperte sich, als hätte sie eine Gräte im Hals stecken. »Sie sollte längst hier sein. Wollte sie nicht die Nachmittagsmaschine nehmen?«

»Ich habe wichtigere Dinge im Kopf«, erklärte er bestimmt, aber in aller Ruhe. »Was kümmert mich Ailsa?«

»Nun, immerhin warst du es, der sie dazu gebracht hat, hierherzukommen.«

Er sah in der Scheibe, wie sie den Blick senkte und die Finger ineinander verschränkte. Sie hatte ausgesprochen, was ihrer Meinung nach gesagt werden musste. Damit war das Thema erledigt. Mehr würde er dazu nicht von ihr hören, auch wenn Ailsas Rückkehr Marsaili so sehr beschäftigte, dass sie sich nachts unruhig neben ihm im Bett wälzte. Normalerweise hatte Marsaili den Schlaf eines mit sich und der Welt zufriedenen Menschen.

»Ich gehe raus und arbeite mit Chanty.« In seiner Stimme lag Bestimmtheit, keine Aggression. »Sie schikaniert die anderen. Wenn sich eine der Zuchtstuten verletzt, haben wir den Salat. Ich habe nicht vor, mein sauer verdientes Geld für den Tierarzt zum Fenster rauszuwerfen.«

»Ich weiß.« Marsaili nickte. In der Spiegelung der Scheibe beobachtete er, wie sie sich umwandte und das Zimmer verließ.

Blair ließ eine Minute verstreichen. Dann schnappte er sich die halb volle Flasche Highland Park von der Anrichte und ging hinaus in den Windfang. Er schlüpfte in Gummistiefel und Arbeitsjacke, nahm die Schirmmütze vom Haken und zog sie tief in die Stirn. Auf dem Weg zum Auslauf machte er am Stall halt und holte einen Apfel und ein Halfter. Seine Stiefel schmatzten in dem morastigen Boden. So ruhig, wie seine angespannten Nerven es zuließen, näherte er sich dem mit Brettern überdachten Futterplatz. Womöglich witterte die Stute seine Nähe mehr, als dass sie ihn hörte. Abrupt hörte sie auf zu fressen und legte ein Ohr an. Blair stand mucksmäuschenstill und wartete. Behutsam schlich er näher. Chantys Hinterbein zuckte und hob sich ein Stück vom Boden. Wieder blieb er stehen.

»Ho, braves Mädchen«, seine Stimme klang ungewohnt schmeichelnd in seinen Ohren, fast wie warme, flüssige Schokolade. Sie hob den Kopf und sah ihn aus Augen an, die so dunkel und unergründlich waren wie die eines *Each-Uisge*, eines jener sagenumwobenen Wasserpferde, die in mondbeschienenen Nächten aus den *Lochs* auftauchen und unselige Menschen dazu verführen, auf ihren Rücken zu steigen, um sie mit sich in die Fluten zu reißen. Blair verzog verächtlich die Mundwinkel. Zum Henker mit den alten Geschichten. An diesem Pony hier war überhaupt nichts mystisch, darauf konnte er seinen Hintern verwetten. Es war lediglich ein unglaublich stures Biest. Aber das letzte Wort war noch nicht gesprochen. Am Ende des Tages würde sie akzeptieren müssen, dass er das Sagen hatte. Entschlossen straffte er die Schultern. Dann zog er den Apfel aus seiner Tasche und tastete sich Schritt für Schritt an Chanty heran, unablässig blödsinnige Schmeicheleien vor sich hin murmelnd. Er war heilfroh, dass ihn keiner hörte.

Sie ließ ihn so dicht an sich herankommen, dass er die Wärme ihres Atems auf seiner Haut spürte. Doch als er den Arm ausstreckte, um sie am Hals zu berühren, sprang sie in der entscheidenden Sekunde geschickt zur Seite. Mit erhobenem Kopf und Schweif trabte sie davon. Dabei griff sie mit den Beinen so elegant und frei aus, dass es wirkte, als schwebte sie über den lehmigen Boden. Als würde sie ihn und seine menschliche Unvollkommenheit verhöhnen.

Blair fluchte vor sich hin. Zähneknirschend sammelte er sich und unternahm den nächsten Versuch. Wieder dasselbe. Es war ein Tango, den sie tanzten, bei dem er vergeblich um die Führung kämpfte. Blair schob die Mütze in den Nacken, auf seiner Stirn sammelte sich Schweiß. Eine Viertelstunde später waren sie kein Stückchen weiter. Inzwischen glänzten auch auf Chantys Hals dunkle Flecken. Blair hatte die Nase gestrichen voll. Wütend auf sein Unvermögen und auf die Sturheit des Ponys griff er in die Innenseite seiner Jacke und spülte seinen Ärger mit einem Schluck Whisky herunter. Miststück. Sollte sie doch der Teufel holen.

Schließlich hatte er sich wieder so weit im Griff. Mit langen Schritten durchquerte er den Auslauf. Als die Stute ihn kommen sah, scharrte sie mit dem Vorderhuf. Ihr Körper dampfte in der kühlen Abendluft. Mit geblähten Nüstern schnaubte sie vor sich hin. Dann senkte sie den Kopf, sodass ihre Augen unter den langen silbrigen Stirnhaaren verborgen waren, und tat, als wären ihr Blair und der Apfel schnurzegal.

»Braves Mädchen.« Er betrachtete die Stute eingehend. Vorsichtig näherte er sich ihr, den Apfel gut sichtbar in der flachen Hand, bis er noch knapp fünfzehn Meter von ihr entfernt war. Die Stute gab ein grummelndes Geräusch von sich. Eine vorsichtige, an ihn gerichtete Frage, mit welchem Ansinnen er, der Mensch, denn mit dem Halfter in der Hand hinter ihr herschlich. Mit Bestimmtheit setzte er den Fuß nach vorne. Eine klare Antwort auf ihre Frage. Plötzlich begann sich alles in seinem Kopf zu drehen. Beim nächsten Schritt verlor er die Balance und geriet ins Wanken. Zum Glück nur kurz. Mit stockendem Atem sah er zu Chanty hinüber. Das Pony schnaubte unruhig und schlug mit dem Schweif.

Teufel noch mal, er musste sich wirklich besser konzentrieren. Weshalb hatte er nur so viel getrunken? Er stellte sich breitbeinig hin, um sein Gleichgewicht bemüht, und sog kühle Luft in seine Lungen. Mit einem ungaten Gefühl im Magen hoffte er darauf, dass der Nebel in seinem Kopf sich verzog. Sein Blick wanderte an Chanty vorbei zum Nachbarhaus. Keine Spur von Ailsa ... Worauf wollte er eigentlich noch warten? Finster entschlossen straffte er den Rücken und schritt voran. Zehn Meter. Diesmal würde sie ihm nicht entwischen. Acht. Sieben. Sein Gang wurde entschlossener. Fünf ... Erneut geriet er ins Stolpern. Seine Arme ruderten wie Windmühlenflügel durch die Luft. Er sah sich bereits der Länge nach im Dreck liegen, fing sich glücklicherweise aber auch diesmal gerade noch rechtzeitig.

Aber Chanty fing sich nicht. Blitzartig riss sie den Kopf hoch, machte auf der Hinterhand kehrt und entfernte sich schnaubend von ihm. Blinder Jähzorn packte ihn. Er holte mit dem Halfter aus und schmiss es ihr nach, sodass es den Kopf der Stute nur knapp verfehlte. Ohne Vorwarnung drehte ihm Chanty das kräftige Hinterteil zu und keilte aus. Dann wirbelte sie herum und begann so wild zu buckeln, dass Blair reflexartig die Arme hochriss. Im Galopp preschte Chanty quer über den Auslauf davon und setzte mit einem Sprung über den Zaun hinweg. Die Weite der angrenzenden Koppel beflügelte ihr Tempo. Immer schneller raste sie den Hügel hinunter. Das Heidekraut erzitterte unter ihren Hufen, Blair meinte zu spüren, wie der Boden unter ihren Eisen aufbrach. Das Letzte, was er von ihr sah, war, wie sie mit wehender Mähne über den Koppelzaun setzte und auf das offene Moor zurannte. Ohnmächtig vor Frust starrte er ihr nach, bis ihre Silhouette an der feinen Linie zwischen Dämmerlicht und Dunkelheit entschwand wie der vergangene Tag. Mit Ingrimm schmetterte er seine Mütze zu Boden und verwünschte die Stunde, an der er bei der Auktion in Uist gutes Geld für ein unbrauchbares Pony verschwendet hatte. Er kam sich vor wie Sisyphos, dem zur Strafe Unmögliches auferlegt worden war. Je verzweifelter er versuchte, ihr nahe zu kommen, umso mehr entfernte sie sich. Sie war ein Streuner. Ihr Drang nach Ungebundenheit war stärker als der Wunsch, eine Bindung einzugehen. Sie würde immer wegrennen. Mochte sie sich da draußen in den Felsspalten und den Kaninchenhöhlen doch sämtliche Knochen brechen.

Er packte den Korken der Whiskyflasche mit den Zähnen und zog ihn heraus. Mit halb geschlossenen Augen legte er den Kopf in den Nacken und ließ mehrere Schlucke seine Kehle hinabrinnen. Dann steckte er den Whisky zurück in die ausgefranste Tasche der Jacke. Sein Blick glitt durch die einsetzende Dämmerung zu Ailsas Haus hinüber. Noch immer nichts. Der Wagen der Jenners stand einsam in der Hofeinfahrt.

Blair sog scharf die Luft ein. Sie gehörte ihm. Ihm und niemand anderem. Auch wenn sie das nicht begreifen wollte. Es war Bestimmung. Er würde nicht aufgeben, bis sie das endlich akzeptierte. Mit beherrschten Schritten ging er zum Stall und holte seine Taschenlampe und ein Lasso. Es versprach eine lange Nacht zu werden, aber er würde ihre Spur verfolgen. Bis er sie gefunden und eingefangen hatte. Dann würde er sie nach Hause bringen.

Die Pentland Road war eine Errungenschaft aus den Hochzeiten der Heringsfischerei in den Zwanzigerjahren des vergangenen Jahrhunderts. Ursprünglich als Eisenbahnstrecke zwischen dem Hafen Carloway und der Hauptstadt Stornoway geplant, schnitt die Pentland Road eine asphaltierte Trasse quer durch hügeliges Brachland. Ailsa lenkte den Wagen mitten durch das Moor. Mit Schaudern erinnerte sie sich daran, wie gespenstisch die Pentland Road bei Nebel sein konnte. Geschichten kamen ihr in den Sinn, von Feen und Geistern, von *Glaistigs* und Wasserpferden. Die Gegend galt als Tor zur Anderswelt. Als Ailsa ihren Wagen durch die einsetzende Dämmerung lenkte, beschlich sie das Gefühl, sich entlang unbekannter Dimensionen von Raum und Zeit zu bewegen. Es gab keine Punkte, an denen man sich hätte orientieren können. Jede verflixte Erhebung, jeder Felsbrocken am Weg sah aus wie der andere. Sie biss auf ihre Unterlippe. Himmel, so weit konnte es doch unmöglich sein, oder? Sie hatte die Pentland Road kürzer in Erinnerung.

Endlich glimmte in der Ferne der blasse gelbliche Schein der beleuchteten Häuser auf. Als am Ende der Straße Breasclete und die Zivilisation näher rückten, blies sie die Luft durch die geschürzten Lippen. Von hier aus war es nicht mehr weit nach Hause. Sie bog in den mit Schlaglöchern durchsetzten Schotterweg ein, der sich quer durch die Hügel zum Atlantik hin schlängelte. Auf der Anhöhe vor dem Ende der Sackgasse hielt sie den Renault an und stieg aus. Die Straße verlief über einen Hügel, genannt *Cnoc a' Charnain*. Scharfkantige Gneisbrocken durchbrachen den mit Sauergras bewachsenen, steil ansteigenden Hang. Das morsche Holz eines Schafszauns ragte in den Himmel. Es sah aus, als hätte jemand Zahnstocher über der kargen Landschaft ausgeschüttet. Der Wind fuhr von unten in ihr Polohemd, Ailsa schlang schützend die Arme um ihren Körper. Der vertraute Geruch von Torffeuer lag in der Luft. Es roch nach Heimat und Geborgenheit. Geheimnisvoll glitzerte das dunkelbaue Wasser des Loch Shiadair in der Abendsonne. Dahinter, am Horizont, glitten die Hügel sanft auf die blauen Berge von Harris zu. Zu ihrer Linken, von einer Handvoll schief gewachsener Eschen verdeckt, leuchtete ihr das weiß getünchte Haus ihrer Mutter entgegen, umgeben von ehemals bewirtschaftetem Land. Sattgrüne *Lazy Beds* – aufgegebene Faulbeete – liefen hügelabwärts auf den *Loch* zu. Das Gras in den Furchen dazwischen war ein ganzes Stück dunkler, sodass es aussah, als hätte ein Kind mit der Schere Längsstreifen in grünen

Filz geschnitten. Das Haus selbst war noch genau so, wie sie es in Erinnerung hatte. Ein ebenerdiger, lang gezogener Schuhkarton mit spitz aufragenden Giebeln und Kaminen an den Enden. Dazu ein Schieferdach mit ausgebauter Fensterfront, was ein ungewöhnlicher Baustil für die Insel war. Ein Lächeln kräuselte Ailsas Lippen. Auf die Entfernung wirkte es, als hätte man mit dem Cutter eine Lasche in den Deckel des Kartons geschnitten und hochgeklappt. Ihr Vater hatte, wie so oft, mit einfachen Mitteln das Beste aus dem gemacht, was zur Verfügung gestanden hatte.

Ursprünglich hatte das Haus Ailsas Großeltern gehört. Es war eines jener Whitehouses, die Anfang des letzten Jahrhunderts die dunklen, fensterlosen Blackhouses abgelöst hatten. Die meisten Whitehouses hatte man inzwischen wieder aufgegeben. Im Vergleich zu ihren dickwandigen Vorgängern waren sie für das harsche Wetter nur ungenügend geeignet. Sie waren feucht und ungemütlich. Ailsas Familie hatte den Sprung in ein komfortableres Leben leider nie geschafft. Als die Croft, das kleine Inselgehöft, endlich genug abgeworfen hatte, um einen Neubau zu verkraften, war Artair im Alter von dreiundvierzig Jahren bei einem Bootsunglück ums Leben gekommen. Sein Tod hatte die damals vierzehnjährige Ailsa schwer getroffen. Ihre Welt war vollkommen aus den Fugen geraten. Dabei war es Artair gewesen, der ihr eingeimpft hatte, Schläge des Schicksals mit größtmöglicher Gelassenheit zu ertragen. Ausgerechnet … Bittere Ironie, dass ihn kein anderer als das Schicksal selbst vernichtet hatte. Ob er da draußen, auf dem tosenden Atlantik, dem nahenden Tod ebenso fatalistisch ins Auge hatte blicken können? Aufgewühlt von den Erinnerungen, die wie eine Flutwelle über sie hereinbrachen, löste sich Ailsa aus ihren Betrachtungen. Sie wandte den Blick nach vorne auf die Straße, an deren Ende, einen Steinwurf von ihrem eigenen Haus entfernt, die Croft der Galbraiths lag.

Die Pferdezucht, welche Blair Galbraith neben der Schafzucht betrieb, schien Gewinn abzuwerfen. Sie freute sich ehrlich für Blair. Es war nicht immer einfach für ihn gewesen, aber zusammen mit Marsaili, seiner Frau, hatte er es zu etwas gebracht. Ailsas Blick glitt über den einstöckigen, weiß getünchten Neubau, der sich direkt neben dem aufgegebenen Whitehouse erstreckte. Bei ihrem letzten Besuch vor sechs Jahren zum Begräbnis ihrer Mutter hatte gerade mal der Rohbau gestanden. Nun flatterte Wäsche vor einer großzügigen Fensterfront. Blumenkübel mit leuchtend roten Fuchsien säumten den Eingang. Die halb verfallenen, aus Betonstein errichteten Stallungen waren verschwunden. An ihrer Stelle stand nun ein moderner Offenstall. Vor dem grünen Wellblech, zwischen den beiden Eingangstoren, lag ein schwarz-weißer Border Collie. Sein Atem ging hechelnd.

Ailsa strich sich das wehende Haar aus der Stirn. Sie nahm sich vor, Blair gleich morgen nach dem Aufstehen einen Besuch abzustatten. Sie konnte es immer noch nicht fassen, dass sie seinetwegen alles liegen und stehen gelassen und den weiten Weg von Toronto auf sich genommen hatte. Als Kinder hatte Ailsa und Blair eine innige Freundschaft verbunden. Sie waren wie Geschwister aufgewachsen. Ailsa konnte sich nicht erinnern, auch nur einen Tag ihrer Kindheit ohne Blair verbracht zu haben. Später waren die Dinge zwischen ihnen komplizierter geworden. Vor allem seit Grayson St John in den Sommermonaten mit seiner Familie auf der Insel geweilt hatte. Aus dem eingeschworenen Duo war ein dreiblättriges Kleeblatt geworden, das aber mit der Zeit begonnen hatte, Risse in den Blättern aufzuweisen. Ihre Gedanken schweiften zu dem letzten Sommer auf der Insel. Damals war sie wahnsinnig verknallt in Grayson gewesen. Doch Grayson, der bei allen anderen Themen munter mitdiskutierte, wurde schweigsam, wenn es um Gefühle ging. Also war sie auf die idiotische Idee gekommen, ihn mit Blair eifersüchtig zu machen, um das, was sie hören wollte, aus ihm herauszulocken. Tagsüber machte sie Blair schöne Augen. Nachts träumte sie davon, dass Grayson sie küsste. Wie schrecklich unreif ihr das Verhalten von damals erschien. Wie jung sie alle gewesen waren. Jung und im Überschwang der Hormone. Die Mondwende hatte ein Übriges dazu beigetragen, ihren Verstand außer Gefecht zu setzen. Irgendwie waren alle völlig durch den Wind gewesen. Hieß es in den alten Geschichten nicht, dass man in jener Nacht an den Steinen der einzig wahren Liebe begegnete? Sie hatte so fest daran geglaubt. Es hatte ihr fast das Herz gebrochen, als Grayson am Tag nach der Mondwende die Insel verlassen hatte. Ohne Abschied, ohne Erklärung. Ailsas Brust wurde eng. Eine leise Wehmut schlich sich in ihr Herz. Was mochte wohl aus Grayson in all den Jahren geworden sein?

Die Natur schien ihre Stimmung zu reflektieren, denn plötzlich verdüsterte sich das Licht. Nieselregen fiel wie ein feiner Schleier aus einem trostlosen Himmel. Der Gedanke, dass *Ceòl na Mara* mit all seinen Erinnerungen an Grayson nur zehn Minuten mit dem Fahrrad entfernt von ihrer Croft lag, jagte ihr einen Schauer über den Rücken. Das imposante Anwesen befand sich seit Urzeiten im Besitz der St Johns, einer adeligen englischen Familie. Auf einer Landzunge, direkt an dem zum Atlantik hin offenen East Loch Roag gelegen, diente es der in London ansässigen Familie als Sommersitz. Mittlerweile musste der alte Lord St John in die Jahre gekommen sein. Es war fraglich, ob das Anwesen überhaupt noch genutzt wurde. Es sei denn, Grayson oder dessen Bruder hatten es übernommen. Aber da hegte Ailsa ihre Zweifel.

Noch während sie sinnierte, was aus den St Johns geworden sein mochte, bewegte sich etwas auf der Croft. Sie reckte den Kopf. Der alte Mr Jenner schlurfte, einen Karton unter dem Arm, über den Hof. Er legte die Schachtel auf den Rücksitz seines Autos und ging durch die Hintertür zurück in die Küche. Ailsas Herz krampfte sich zusammen. Das letzte Mal war sie zu Kaitlins Beerdigung im Haus gewesen … Diese Zeit erschien ihr im Nachhinein so surreal, als wäre sie durch die nebelhaften Fetzen eines Traumes gefallen. Sie konnte sich nur bruchstückhaft an ihren letzten Aufenthalt erinnern. Eine Schutzreaktion ihres Körpers, um eine Wahrheit zu verdrängen, die zu hässlich war, um sie zu ertragen.

Die Wahrheit, dass sie ihre Mutter im Stich gelassen hatte, als diese sie so nötig gebraucht hatte.

Kapitel 3

Grayson St John steckte ganz schön tief im Dreck. Den kräftigen Oberkörper nach vorne gebeugt, stand er bis über die Knöchel im Morast und durchfurchte mit bloßen Händen die schwere Erde. Er hatte den Montagmorgen damit verbracht, über der Buchhaltung zu brüten. Jetzt brauchte er dringend körperliche Betätigung, um seinen Frust abzubauen. Das Ergebnis der Auswertungen war ernüchternd. Vor zwei Jahren war er auf die Insel zurückgekehrt, um *Ceòl na Mara* von seinem Vater zu übernehmen. Seitdem hatte er jeden Penny und jede Minute seiner Arbeitskraft in das Unternehmen investiert. Er hatte das Herrenhaus zu einem exklusiven Hotel umgebaut, nebst Pub und mit einer Küche, die regen Zuspruch fand. Doch es ging ihm um weit mehr als um ein gut gehendes Restaurant. Sein Traum war es, mit *Cianalas Lodge* – so hatte er das Haus nach reiflicher Überlegung zur Neueröffnung benannt – ein gemeinschaftliches Projekt zu schaffen. Eine Art Kooperative, eine Genossenschaft, die den Anwohnern der umliegenden Dörfer eine selbstständige Existenz durch ein geregeltes Einkommen garantierte und sie aus alten Abhängigkeiten, unter denen die Insel lange genug gelitten hatte, entließ. Seine Vision war ambitioniert und vielleicht eine Spur zu optimistisch, aber er glaubte fest daran, dass sie Wirklichkeit werden konnte. Teilweise begannen seine Anstrengungen, Früchte zu tragen. Bis zur großen Mondwende in wenigen Wochen war das Haus bis unters Dach voll mit zahlenden Gästen. Das Ereignis bei den Steinen von Callanish fand nur alle achtzehn Jahre statt und zog Besucher aus aller Welt an. Danach allerdings sah es mit den Buchungen erschreckend mager aus. Grayson musste sich dringend etwas einfallen lassen, um seiner selbst auferlegten Verpflichtung nachzukommen und keinen der Mitarbeiter ohne Einkommen dastehen zu lassen. Natürlich wäre es möglich, die Arbeiten kurzzeitig auf ein Mindestmaß zurückzufahren, aber dies zog er allenfalls theoretisch als Möglichkeit in Betracht. Praktisch kam es nicht infrage. Er durfte die Menschen hier nicht enttäuschen. Nicht jetzt, wo sie anfingen, ihm zu vertrauen. Dafür hatte er zu hart gegen ihre anfängliche Skepsis ankämpfen müssen. Jetzt war er nicht gewillt, einen Rückschlag hinzunehmen. Nicht einmal, wenn er dafür die Kröte schlucken und das Haus für überkandidelte Earls öffnen müsste, die sich selbst zelebrierten, indem sie einen Hirsch auf seinen Ländereien erlegten. Ein Gedanke, der ihm aus verschiedenen Gründen zuwider war, aber eine andere Lösung fiel ihm derzeit nicht ein.

Er holte tief Luft und packte den groben Steinbrocken zu seinen Füßen. Ein belustigtes Kichern ließ ihn innehalten. »Es gehört sich ja nicht unbedingt, so etwas zu seinem Chef zu sagen. Aber weißt du, dass es wirklich umwerfend aussieht, wie du mit verschwitztem T-Shirt hier mitten im Matsch stehst?«

Grayson glaubte, sich verhört zu haben. Er wischte sich den Schweiß aus dem Gesicht. Für gewöhnlich pflegte er einen recht zwanglosen Führungsstil, auf Augenhöhe mit den Mitarbeitern. Janet, seine Köchin, allerdings neigte dazu, es zu übertreiben. Der Grat zwischen Partnerschaftlichkeit und Respektlosigkeit war schmal. Betont distanziert wandte er sich zu ihr um. »Du weißt, dass ich solche Sprüche nicht mag.«

»War nicht so gemeint«, Janet zuckte die Schultern. »Irgendetwas muss ich ja zu lachen haben, wenn du mich schon hierher in diese Wildnis verschleppst.«

»Ich darf dich daran erinnern, dass du freiwillig hier bist.« Grayson bückte sich und warf den Brocken auf den Haufen zu den anderen.

»Okay. Der Punkt geht an dich.« Sie lehnte sich gegen die hüfthohe Trockensteinmauer und schenkte ihm ihr hinreißendes Lächeln. »Und ich bereue es keine Minute, hierhergekommen zu sein. Aber was mir manchmal wirklich fehlt, ist das Londoner Nachtleben. Hier oben gibt es verdammt wenig Möglichkeiten, sich zu amüsieren.« Wie beiläufig wickelte sie eine Strähne ihrer blonden Haare um einen Finger und steckte sie hinter das Ohr. »Apropos amüsieren, ich frage mich, warum du hier Felsbrocken durch die Gegend wirfst. Willst du bei den Highland Games mitmachen? Falls ja, lass es mich rechtzeitig wissen. Ich komme und feuere dich an.«

»Janet«, sagte Grayson warnend und zog eine Augenbraue hoch.

»Schon gut. Keine sexistischen Sprüche, ich hab's kapiert.«

»Prima. Und was deine Frage angeht, ich richte lediglich den Auslauf her.« Er deutete um sich. »Diese elenden Steinbrocken. Ich frage mich, wie die in den Pferch gekommen sind. Jedenfalls müssen sie weg, sonst verletzen die Schweine sich.«

»Welche Schweine denn? Wir haben doch gar keine.«

»Noch nicht«, korrigierte Grayson sie. Er strich sich das lockige, bis knapp zu den Schultern reichende dunkle Haar zurück. »Als meine Küchenchefin wird es dich freuen zu hören, dass wir bald unsere eigenen Ferkel bekommen. Zwei Stück.«

»Ach du Schande«, seufzte Janet. »Haben wir nicht schon genügend Arbeit?«

»Was hast du gegen Schweine? Ich wollte schon immer welche halten. Schweine sind toll. Außerdem sind sie gute Resteverwerter.«

»Du musst es ja wissen, Experte, der du bist«, grummelte sie. »Sag mal …«, ihr Blick wanderte an ihm hinab, »… was ist eigentlich das da an deinen Füßen?«

»Meine neuen Gummistiefel?« Er wackelte mit den Schuhspitzen. »Die haben etwas, nicht wahr?«

»Na ja, wenn man auf Orange steht … Wo um alles in der Welt hast du die her?«

»Aus dem Baumarkt in Stornoway. Der Verkäufer sagt, dass Orange die einzige Farbe ist, die zuverlässig Mücken vertreibt.«

»*Midges* also?«

»Richtig. Jetzt ist Schluss damit. Ich habe es satt, dass die Biester in schwarzen Wolken über mich herfallen und mich bis auf den letzten Tropfen Blut aussaugen.«

»Aha!« Janets Unterlippe zitterte. Grayson merkte wohl, dass sie sich bemühte, ein Lachen zu unterdrücken. Es gelang ihr mehr schlecht als recht. »Und du glaubst, das funktioniert?«

»Sicher …« Grayson zuckte die Schultern. »Ich muss zugeben, anfangs hatte ich auch meine Bedenken, aber der Verkäufer meinte, sie seien der Verkaufsschlager der Saison. Anscheinend ist es wie mit den Rapskäfern. Die werden bekanntlich von Gelb angezogen, wohingegen Mücken Orange geradezu abscheulich finden. Selbst kleine Flächen von Orange haben eine negative Signalwirkung. Das hier war das letzte Paar in Orange, und …« Er hielt mitten im Satz inne und kratzte sich die Wange. Dann legte er den Kopf in den Nacken und brach in schallendes Gelächter aus. »Na schön. Ich gebe es zu. Er hat mich drangekriegt. Aber immerhin hat er es verdammt clever angestellt.«

»Schön, wenn du es mit Humor nimmst«, sagte Janet gedehnt. »Ich hoffe, du nimmst das, was ich dir jetzt zu sagen habe, genauso locker ...«

»Bitte keine schlechten Nachrichten«, er hob abwehrend die Hände. »Es reicht für heute. Ich habe gerade die Bücher durchgesehen.«

»Oh, oh, diesen Gesichtsausdruck kenne ich. Stehen wir wirklich so schlecht da?« Janets himmelblaue Augen verdunkelten sich.

»Nicht, wenn wir uns vorübergehend auf Jagdgesellschaften als Klientel konzentrieren. Wenn ich mit dem Schweineauslauf hier fertig bin, setze ich mich an den Computer und annonciere online bei den einschlägigen Portalen.«

»Ich dachte, du hasst Snobs ...« Janet griff sich in den Nacken und drehte ihr blondes Haar zu einem Dutt. Sie streifte einen Haargummi von ihrem Handgelenk und schlang ihn um ihre üppige Haarpracht. »Ist das dein Ernst?«

»Wir müssen in den sauren Apfel beißen.« Grayson wuchtete einen weiteren Stein auf den inzwischen beachtlichen Haufen. »Übrigens ... was wolltest du mir eigentlich erzählen?«

»Die Hochzeitsgesellschaft, die für das nächste Wochenende gebucht hat, hat angerufen. Sie möchten Jakobsmuscheln als Zwischengang.«

»Ausgeschlossen«, gab Grayson, ohne eine Sekunde zu überlegen, zurück. »Ich weigere mich, industriell gefischte Jakobsmuscheln zu servieren. Das widerspricht unserer Philosophie. *Cianalas Lodge* steht für Nachhaltigkeit, für Ökologie und für regionale Produkte.«

»Na ja«, Janet schob die Unterlippe vor. »Eine Möglichkeit gäbe es noch ...« Sie ließ den Satz in der Schwebe.

»Die da wäre?«

»Du könntest Blair fragen, ob er welche für uns taucht.«

»Blair?« Grayson verzog spöttisch das Gesicht. »Eher gefriert die Hölle zu, als dass Blair den kleinen Finger für mich rührt.«

»Du könntest ihn zumindest fragen. Immerhin gibt es sonst niemanden, den wir bitten können. Er ist der Einzige, der weiß, wo man tauchen muss.«

Graysons Kiefermuskeln verspannten sich. »Fragen könnte ich ihn. Allerdings wäre es sinnlos.«

»Männer«, knurrte Janet und verdrehte bedeutungsschwer die Augen. »Muss man das verstehen? Wieso bist du dir bloß so sicher? Ich denke, ihr wart früher befreundet? Zumindest hast du mir das erzählt.«

»Das ist lange her.« Grayson nahm eine Eisenstange und versuchte sie als Hebel unter einen besonders eigensinnigen Felsbrocken zu setzen. »Himmel Herrgott, wer hat diese verfluchten Steine mitten in den Pferch gelegt?«

»Die waren wohl schon immer da«, gab Janet ungerührt zurück. »Findest du nicht, es wäre an der Zeit, dass ihr euch wie erwachsene Menschen benehmt und euer Kriegsbeil begrabt? Dann hätte Blair auch sicher nichts mehr dagegen einzuwenden, dass Marsaili mir in der Küche hilft. Sie ist eine begnadete Bäckerin. Ihre Scones sind legendär.«

»Gib mir nicht die Schuld.« Grayson setzte den Hebel an und wandte seine ganze Kraft auf, doch der Steinbrocken rührte sich keinen Zentimeter. Resigniert legte er das Eisen beiseite. Vermutlich wäre es vernünftiger, Dynamit zu besorgen, um den Auslauf in die Luft zu sprengen, anstatt sich wie ein Schwerstarbeiter abzurackern. Missmutig knurrte er: »Ich habe Blair oft genug die Hand gereicht. *Er* ist derjenige, der nicht will.«

»Wie du meinst. Und was soll ich jetzt der Hochzeitsgesellschaft erzählen?«

»Lass dir was einfallen! Erzähl ihnen etwas von Cholesterinwerten oder bedenklichen Quecksilberablagerungen im Muschelfleisch. Du hast mein ganzes Vertrauen.«

»Danke, Chef.«

»Gerne doch.«

»Ach, eines noch …« Janet legte den Kopf schräg. Etwas in ihrem Blick erinnerte verdächtig an ein bettelndes Hündchen. »Ich fürchte, ich habe nicht genügend Eier und Würstchen für das Frühstück morgen.«

»Im Klartext heißt das, du möchtest, dass ich für dich einkaufen fahre?«

»Das wäre wunderbar. Als Dank gibt es Hafermehlpfannkuchen und einen schönen Milchkaffee, wenn du zurück bist.«

»Wir sind im Geschäft«, erklärte Grayson und lächelte ihr zu. »Ich muss ohnehin in die Stadt.«

»Prima, Chef, aber zieh zuvor die orangenen Gummistiefel aus, ja?« Sie zwinkerte verschwörerisch. Mit langen, eleganten Schritten und aufreizendem Hüftschwung marschierte sie zum Haus zurück und überließ Grayson seinem Schicksal.

Grayson blickte ihr kopfschüttelnd hinterher. Janet war eine wirklich fantastische Köchin, und als Mensch war sie ein Phänomen. Auf der einen Seite war sie als alleinerziehende Mutter unheimlich pragmatisch veranlagt, dazu witzig und direkt. Er bewunderte ihren Mut. Für ihre große Leidenschaft, das Kochen, hatte sie auf die Sicherheit, welche die Anstellung bei einer Bank für sie bedeutet hatte, verzichtet und war mit ihm auf die Insel gekommen. Auf der anderen Seite war gerade das der Haken an der Sache. Grayson wusste, dass Janets Leidenschaft sich nicht nur auf das Kochen beschränkte, sondern dass sie auch wegen ihm ihre Zelte in London abgebrochen hatte. Sie hatte eindeutig eine Schwäche für ihn. Das machte das Leben mit ihr unter einem Dach oft schwierig, obwohl er ihr von Anfang an klar zu verstehen gegeben hatte, dass er in dieser Hinsicht kein Interesse hatte. War es ein Fehler gewesen, Janet mitzunehmen? Inzwischen wusste er: Worte alleine würden an Janets Schwärmerei für ihn nichts ändern. Alle Anzeichen deuteten darauf hin, dass Janet es eines Tages auf die Spitze treiben würde. Wie würde es danach weitergehen? Er hasste es, über Gefühle zu sprechen, erst recht, wenn diese nur einseitig vorhanden waren. Er straffte den Rücken und wandte sich wieder den Steinen zu. Die waren zum Glück weniger emotional veranlagt als Janet.

Ailsa stand am Fenster und blinzelte in die Morgendämmerung. Es war merkwürdig, in ein Haus zurückzukehren, das voll alter Möbel und Geschichten steckte. In jeder Ecke, in jedem Winkel, an jeder angeschlagenen Treppenstufe, bei jedem Kratzer an den abgeblätterten Türen lauerten geisterhafte Erinnerungen, die darauf warteten, freigelassen zu werden, um Ailsa in ihren Träumen heimzusuchen. Dementsprechend unruhig war die Nacht gewesen. Das Bett war ungewohnt schmal, die Matratze zu weich, ihr Biorhythmus nicht auf die europäische Zeit eingestellt. Nachdenklich zog sie Kaitlins verbeulten Teekessel vom Herd, den sie gestern Abend im Schuppen aus einem Karton mit Töpfen und Geschirr hervorgekramt hatte. Sie nahm den Becher mit dem verblichenen blauen Muster, gab zwei Löffel Instantkaffee und heißes Wasser hinein und rührte um. Himmel, warum machte ihr das alles immer noch so zu schaffen? Sie hatte gedacht, sie wäre inzwischen halbwegs über den Tod ihrer Mutter hinweg. Damals hatte sie es einfach nicht über sich gebracht, den Haushalt aufzulösen. Als die Jenners angeboten hatten, möbliert zu mieten, war es für beide Seiten eine zufriedenstellende Lösung gewesen. Nun waren die Jenners fort, und Ailsa blieb zurück mit einem Haus, das vollgestopft war mit dem Leben einer Toten. Ailsa stellte ihren Kaffee auf dem blank gescheuerten Holz des Küchentischs ab. Sie hob die Arme und streckte ihre verspannten Muskeln. Dann ging sie zum Kühlschrank und nahm die letzte von Mrs Jenners selbst gemachten Cornish Pasties heraus. Die alte Dame hatte extra noch für sie gebacken. Ailsa hatte sich gestern Abend halb verhungert über den Teller hergemacht. Die Pasteten schmeckten vorzüglich. Gierig biss Ailsa in das letzte, mit Schafskäse und Gemüse gefüllte Teilchen.

Ihre Gedanken wanderten zu den Jenners. Wie es ihnen jetzt wohl ging? Ob sie ihr Ziel noch gut erreicht hatten? Nach der Übergabe war es spät geworden. Ailsa hatte versucht, sie zu überreden, die Nacht zu bleiben und erst am Morgen zu fahren. Doch die beiden Alten waren fest entschlossen gewesen, noch nach Stornoway aufzubrechen, um dort bei Freunden zu übernachten. Sie wollten gleich am Morgen die erste Fähre aufs Festland nehmen, da eine weite Fahrt vor ihnen lag. Ailsa hoffte, dass die Jenners in Cornwall glücklich würden.

Ihr Blick wanderte zu dem Regal über der Spüle, wo für gewöhnlich die Vorräte standen. Abgesehen von der Kaffeedose, den Teebeuteln und den paar Sachen, die sie gestern an der Tankstelle gekauft hatte, herrschte gähnende Leere. Es half nichts. Selbst wenn sie keinerlei Lust verspürte, sich hinter das Steuer zu setzen, führte kein Weg daran vorbei. Wenn sie sich die restlichen Tage nicht von Haferkeksen und Cheddar ernähren wollte, musste sie nach Stornoway in den Supermarkt fahren. Diese dumme Zeitverschiebung! Sie ließ sich auf einen Stuhl fallen. Momentan war sie noch viel zu verschlafen, um zu duschen und sich anzuziehen. Sie beschloss, es langsam angehen zu lassen. Die Einkäufe konnten bis später warten. Mit einem genüsslichen Seufzer leckte sie sich das Fett von den Fingern. Wann hatte sie das letzte Mal Selbstgebackenes gegessen, ohne sich Gedanken über Kohlenhydrate und Fettgehalt zu machen? In diesem Moment klopfte es an der Tür. Sie blickte verwundert auf. Im ersten Augenblick war ihr der Gedanke, ungeschminkt und im Schlafanzug Besuch zu empfangen, unangenehm. Aber wozu der Stress? Immerhin war dies hier Lewis und nicht Toronto. Wer auch immer sie in aller Herrgottsfrühe besuchte, musste eben damit leben, sie in diesem Aufzug zu sehen.

»Da bist du ja. Störe ich?« Blairs drahtige Gestalt stand in der Türschwelle. Im Gegenlicht konnte sie sein Gesicht nicht erkennen, doch sie hörte den altbekannten Groll in seiner Stimme.

»Nein, komm ruhig rein.« Der vertraute Geruch nach Salz, Pferdestall und einem Hauch von Torffeuer umgab ihn. Sie stellte sich auf die Zehenspitzen und küsste ihn auf beide Wangen. Seine Haut fühlte sich rau an und kühl. »Zugegeben. So früh hatte ich nicht mit dir gerechnet. Möchtest du Kaffee?«

»Mach dir keine Umstände.«

Sie ging vor ihm her in die Küche. »Schwarz mit einem Schluck Milch, wenn ich mich richtig entsinne?«

»*Aye.*« Ein Bein lässig um das andere geschlungen, den Ellbogen in Kopfhöhe gegen die Wand gestützt, stand er da und verfolgte aus seinen melancholisch-unergründlichen Augen, wie sie Wasser und Pulver in einen Becher füllte. Sie reichte ihn ihm und nahm am Tisch Platz.

»Willst du dich nicht setzen?« Ailsa wies auf den freien Stuhl. Es machte sie ganz kribbelig, dass er stehen blieb.

»So lange dauert es nicht«, schulterzuckend blies er in den dampfenden Becher. Währenddessen nahm sich Ailsa Zeit, sein Gesicht zu studieren. Im Vergleich zu den Männern, mit denen sie in Toronto zu tun hatte, wirkte Blair viel robuster und maskuliner. Kein Wunder, sinnierte Ailsa, schließlich hielt er sich bei Sturm und Regen im Freien auf, statt den Tag in einem vollklimatisierten, neonbeleuchteten Büro zu verbringen und sich von Fast Food zu ernähren. Er sah gut aus. Trotz seiner fünfunddreißig Jahre hatte er nichts von seinem jugendlichen, rauen Charme eingebüßt. Er hatte noch immer das tiefschwarze Haar, das selbst für die Inseln ungewöhnlich dunkel war. Nur am Kinn durchwebten einzelne silberne Fäden den gepflegten Vollbart. Nach wie vor war er ein attraktiver Mann. Die intensiven braungrünen Augen bildeten einen lebhaften Kontrast zu seinem südländischen Teint. Blairs Vorfahren stammten von der Spanischen Armada ab, welche nach ihrer Niederlage durch die englische Armee im sechzehnten Jahrhundert auf den Inseln vor der schottischen Küste Schutz gesucht hatte. Dass spanisches Blut in Blairs Adern floss, spiegelte sich unverkennbar in seinem Äußeren wider.

Blair ließ den Becher sinken. Ihre Blicke begegneten sich.

»Nun ..., ich nehme an, du bist zufrieden...«, begann sie ungewohnt stockend das Gespräch. Sie war verärgert über seine wortkarge Art. »Du wolltest, dass ich komme, und hier bin ich. Findest du nicht, dass du mir eine Erklärung schuldest? Warum hast du mich hierher zitiert?«

»Das sagte ich bereits am Telefon.«

»Ach?« Abfällig zog sie eine Augenbraue hoch. Die Umstände des Gesprächs hatte sie deutlich vor Augen. Obwohl sie nicht beabsichtigte, sich von seiner selbstgefälligen Art aus der Reserve locken zu lassen, konnte sie nicht umhin, ironisch zu werden. »Es tut mir leid, wenn mir da etwas entgangen ist. Allerdings hätte es unser Gespräch erheblich erleichtert, wenn du nicht sturzbetrunken gewesen wärst. Ich steckte gerade in einem Meeting. Weshalb konntest du nicht wenigstens warten, bis ich durch war?«

»Warum hast du abgenommen, wenn das Scheißmeeting so wichtig war?«

»Weil ich dachte, es sei ein Notfall. Nach europäischer Zeit war es zwei Uhr nachts.«

»Wie soll ich wissen, dass du um acht Uhr abends noch Geschäftsbesprechungen abhältst?«

»Vielleicht solltest du nicht besoffen in den Hörer grölen, wenn du mir etwas zu sagen hast«, schnappte sie zurück. Ihre Wangen glühten. »Es war furchtbar peinlich. Du hättest die Gesichter meiner Geschäftspartner sehen sollen.«

Er ging nicht auf ihre Vorwürfe ein. »Du willst das Haus verkaufen.«

»*Aye*. Was stört dich daran? Soll ich es leer stehen und verfallen lassen?«

Er schüttelte den Kopf. »Du machst es dir ganz schön einfach. Ziehst wie immer dein Ding durch und scherst dich einen Dreck um die Folgen.«

»Ach ja?« Zornig funkelte sie ihn an. »Und was sollen wir deiner Meinung nach tun? Die alten Clans zusammentrommeln und Kriegsrat halten?«

Schweigend starrte er an ihr vorbei aus dem Fenster.

Ailsa knirschte hörbar mit den Zähnen. Blair war ihr ältester und zugleich bester Freund. Sie kannte sein bärbeißiges Temperament, seinen leicht entflammbaren Zorn und seinen latenten Hang zur Selbstzerstörung. Womöglich kannte sie ihn sogar besser, als Marsaili es tat. Auf jeden Fall kannte sie ihn länger. Blair steckte voller Widersprüche. Mitunter konnte er es einem verdammt schwer machen, ihn zu mögen. Wenn da nicht diese andere Seite an ihm gewesen wäre, für die man ihn einfach lieben musste: Wenn es darauf ankam, war Blair der selbstloseste und hilfsbereiteste Mensch, den man sich vorstellen konnte. Für diejenigen, die ihm am Herzen lagen, war er bereit, durchs Feuer zu gehen. Und Menschen mit dieser Eigenschaft waren schwer zu finden. Frustriert schluckte sie ihren Zorn hinunter und bemühte sich um einen versöhnlichen Ton.

»Blair, was wirfst du mir eigentlich vor? Ehrlich, ich verstehe die Aufregung nicht. Was ist so schlimm daran, zu verkaufen? Der Interessent ist durch und durch seriös. Glaub mir, ich habe mir bei der Auswahl größte Mühe gegeben. Wie du weißt, handelt es sich um einen englischen Investor, der bereits mehrere Ferienapartment-Anlagen auf der Insel betreibt. Du kannst dir die Häuser gerne ansehen. Sie sind geräumig und modern. Und ganz ehrlich, von einem wachsenden Tourismus habt ihr doch alle etwas.«

»Wer ist *wir*?«

»Du und die anderen aus der Umgebung.«

»Du hältst uns für ziemlich rückständig, was?«

»So war das doch nicht gemeint«, abwehrend hob sie die Hände. »Aber du musst zugeben, dass ...«

Er ließ sie nicht ausreden. Seine Stimme bebte vor unterdrücktem Zorn »Ich kann nicht glauben, dass du so redest.«

»Aber ...«

»Hast du überhaupt eine Ahnung, wovon du sprichst?« Er setzte seinen Becher so schwungvoll auf dem Fensterbrett ab, dass die braune Flüssigkeit über den Rand schwappte.

»Selbstverständlich« Selbstsicher reckte sie ihm das Kinn entgegen.

»Ach? Dann findest du es also in Ordnung, dass hier überall scheißmoderne Kästen entstehen. Mit protzigen Glasfronten, die die Landschaft verschandeln und alles zerstören, was den Reiz der Insel ausmacht?«

»Du steigerst dich da in was rein.«

»Keineswegs.«

»Langfristig gesehen profitiert ihr alle«, beharrte sie.

Er schnitt ihr mit der Hand das Wort ab. Seine Stimme troff vor Verachtung. »Hier profitiert nur einer, und das bist du.«

»Das stimmt so nicht.«

»Ach wirklich? Dann erklär mir mal, weshalb sich die Spekulanten so auf uns stürzen. Merkst du nicht, was hier passiert? Die Preise für Grundstücke explodieren. Sie hacken uns die Augen aus wie Raben einem toten Lamm. Niemand hier kann es sich noch leisten, Grund zu erwerben.« Er hob die Arme und strich sich mit den Händen durch das strubbelige Haar. Dabei bemerkte Ailsa, dass sich unter der Bräune in seinem Gesicht dunkle Augenringe abzeichneten. So als hätte er zu wenig Schlaf bekommen. »Wir verlieren unsere Ursprünglichkeit. Unsere Identität, unsere Kultur ... All das geht den Bach hinunter. Und schuld daran sind Menschen wie du, die kein Gewissen besitzen und aus allem Profit schlagen, was ihnen in die Finger kommt.«

»Herrgott noch mal, hör auf mich zu beleidigen. Die Dinge ändern sich eben. Das ist der Lauf der Zeit. Weder du noch ich werden das aufhalten können«, wetterte sie zurück. Mittlerweile hatte sie es gründlich satt. Sie war nicht gekommen, um sich von Blair Vorhaltungen machen zu lassen. Angewidert schob sie den Teller mit dem Pastie von sich weg. Der Appetit war ihr gründlich vergangen. Was erwartete Blair eigentlich von ihr?

»Der Lauf der Zeit«, höhnte er. »Einer der dümmsten Sprüche, die ich je gehört habe. Ich werde alles daransetzen, unsere Lebensweise aufrechtzuerhalten.«

»Aber es geht doch lediglich um ein paar Ferienhäuser. Du tust gerade so, als würde die Welt untergehen.«

»Du besitzt kein bisschen logisches Denkvermögen. Überleg doch mal. Das Prinzip ist immer das gleiche. Die Einheimischen verlieren alles, was sie besitzen, und müssen aufs Festland abwandern. Wie bei den Landvertreibungen im neunzehnten Jahrhundert.«

Sie spürte, wie ihre Kopfhaut anfing zu prickeln. Allmählich ging ihr die Diskussion gewaltig auf die Nerven. Vor allem weil Blairs vernagelter Zorn verdammt wenig mit Logik zu tun hatte. Am liebsten hätte sie ihm das ins Gesicht gesagt. Sie konnte gar nicht fassen, wie hochgradig lächerlich das hier alles war. Sie verschränkte die Arme vor der Brust. »Na schön. Du fühlst dich also deiner Rechte beraubt, weil ich beabsichtige, an ein englisches Unternehmen zu verkaufen?«

Er gab ein grunzendes Geräusch von sich. Ailsa nahm an, dass dies Zustimmung signalisieren sollte.

»Das ist doch Blödsinn.« Sie reckte trotzig das Kinn. »Wirklich, du hast dich kein bisschen verändert. Egal wie alt du wirst, du bleibst Schotte durch und durch. Im Grunde liebst du dein Elend.«

»Und du lebst schon viel zu lange in einer Scheinwelt.«

Sie hatte es gründlich satt zu streiten. Der Schlafmangel und die Zeitverschiebung bereiteten ihr höllische Kopfschmerzen. Sie stand auf, ging hinüber zur Spüle und schenkte sich ein Glas Wasser ein. »Glaub mir, ich bemühe mich wirklich, dich zu verstehen. Aber erkläre mir bitte, warum ich dir zuliebe ein Geschäft ausschlagen sollte, von dessen Nutzen ich nach wie vor überzeugt bin. Schließlich bin ich dir nichts schuldig.«

Er trat hinter sie. Sein Atem streifte ihre Wange. »Und ob du das bist.«

»Ich wüsste nicht, weshalb.« Sie straffte die Schultern.

»Du bist diejenige, die gegangen ist ...«

Sie schluckte. Allmählich ahnte sie den Grund für seinen Zorn. Blair nahm ihr übel, dass sie die Insel verlassen und ihr früheres Leben – und damit auch ihn – zurückgelassen hatte. Langsam drehte sie sich zu ihm um und blickte ihm ins Gesicht. »Darum geht es also?«

Er sog scharf die Luft ein. Seine Stimme war leise, doch die Worte gingen ihr durch und durch. »Hast du dich nie gefragt, was aus uns geworden wäre?«

»Lass es, Blair. Das führt doch zu nichts.«

»Hast du es nie bereut?«

»Was bereut?«

»Das mit uns.«

»Blair, bitte …«

»Nein. Sag es mir. Ich will es wissen.«

»Es hätte nicht funktioniert.«

»Woher willst du das wissen?«

»Ich weiß es eben.«

»Aber hast du je bereut, dass wir es nie versucht haben?«

Jetzt riss ihr endgültig der Geduldsfaden. Da war er wieder, sein bescheuerter Hang zur Selbstzerstörung. Wütend verschränkte sie die Arme vor der Brust. Sie hatte noch gut vor Augen, wie Blair nach seinem hervorragenden Schulabschluss am Nicolson Institute wochenlang Studienangebote der Festland-Universitäten im Bereich Sprache und Literatur durchforstet hatte, obwohl längst festgestanden hatte, dass er die Croft seines Vaters übernehmen würde. Dabei hätten sich Blair an der Uni Möglichkeiten eröffnet. Sein Talent war vielversprechend gewesen. Mütterlicherseits stammte er aus einer Familie, in der es durch die Generationen hindurch namhafte Barden gegeben hatte. Er hatte ein ausgezeichnetes Gefühl für Rhythmus und Worte. Seine Poesie war tiefgründig, pointiert und leidenschaftlich. Die Lehrer an der Schule hätten Blair liebend gerne in einem staatlichen Programm für Nachwuchsförderung gesehen, aber Fearghas, Blairs Vater, hatte sich quergestellt. Worte konnte man nicht essen, also waren sie nutzlos, hatte Fearghas' Meinung gelautet. Sie machten nicht satt, Viehzucht und Gemüseanbau hingegen schon. Obwohl Blair gewusst hatte, dass er nie nur einen Fuß in die Welt der Hörsäle setzen würde, hatte er sich damals in jeder freien Minute in sein Zimmer verzogen und damit gequält, auf die Hochglanzbroschüren der verschiedenen Unis zu starren. Je aussichtsloser seine Pläne, umso besessener schien er von ihnen gewesen zu sein. Ailsas Blick verfinsterte sich. Blair hatte von jeher eine masochistische Ader besessen. Sie hätte gerne darauf verzichtet, ihm wehzutun, aber bitte, wenn er es unbedingt hören wollte … Er ließ ihr ja keine andere Wahl! Verärgert stemmte sie die Hände in die Hüften. »Nein, Blair. Wenn du es unbedingt wissen willst, ich habe es *nie* bereut.«

»Was bereust du nicht, Liebes?«, erklang in diesem Moment eine vertraute Stimme hinter ihr. »Nun, was auch immer es ist, ich hoffe doch, du freust dich, deinen alten Onkel wiederzusehen?«

Ailsa wandte den Kopf. In der Schwelle stand Murdo. Abgelenkt durch die Auseinandersetzung, hatte sie ihn nicht eintreten hören. Sie sprang auf und flog ihm um den Hals. »Murdo! Du glaubst gar nicht, wie sehr ich mich freue.«

»Na, dann ist es ja gut«, er tätschelte ihr den Rücken, »immerhin bin ich dein letzter noch lebender Verwandter.«

»Das stimmt wohl leider.«

»Lass dich anschauen. Du hast dich ganz schön verändert. Wenn ich nicht wüsste, dass du meine kleine sommersprossige Ailsa bist, würde ich dich glatt für ein Großstadtgewächs halten!« Er löste seine Umarmung und hielt sie mit ausgestreckten Armen von sich weg. »Gut siehst du aus. Das Leben in Toronto scheint dir zu bekommen.«

Ailsa spürte, wie etwas in ihr weich wurde. Es tat so gut, Murdo wiederzusehen. In Gedanken überschlug sie, wie alt er mittlerweile sein musste. Zweiundsiebzig Jahre, unglaublich … Nach wie vor war er eine stattliche Erscheinung, hochgewachsen, mit stolzer, aufrechter Haltung und scharf geschnittenem

Kinn. Das zurückgekämmte, volle Haar wallte in silbernen Locken über seine Schultern. Die graublauen Augen leuchteten aus einem braun gebrannten, wettergegerbten Gesicht, umrahmt von einem Meer aus Fältchen und Knittern. Ein ebenfalls silbriger Vollbart bedeckte die Wangen und das ausgeprägte Kinn. Wie gewöhnlich trug er Gummistiefel zu einer ausgeleierten Cordhose, darüber ein Jackett aus grün-braun gemustertem Harris-Tweed. Ailsa musste schmunzeln. Sie fühlte sich bei seinem Anblick unwillkürlich an einen Clanchef aus früheren Zeiten erinnert.

»Komme ich ungelegen?« Murdo ließ einen fragenden Blick zwischen ihr und Blair hin und her wandern.

»Nein. Das heißt, wie man es nimmt«, sagte Ailsa mit einem Blick in Blairs Richtung. »Wir hatten gerade eine kleine Meinungsverschiedenheit.«

»Ich muss los«, warf Blair unvermittelt ein. Es kam Ailsa vor, als wollte er verhindern, dass sie vor Murdo konkreter wurde. Aber weshalb? Doch bevor sie sich weiter wundern konnte, tippte Blair sich mit zwei Fingern zum Abschied gegen die Schläfe. »*Cheers*, Murdo.« Mit einem knappen Nicken war er verschwunden.

Kopfschüttelnd blickte Ailsa ihm nach. »Ich verstehe nicht, weshalb er es auf einmal so eilig hat.«

»Mach dir keine Gedanken. Du weißt doch, wie er ist.« Murdo legte ihr den Arm um die Schultern und dirigierte sie zu der Küchenbank. »Wenn mich meine Nase nicht täuscht, riecht es nach Kaffee. Ich könnte eine Tasse vertragen.«

»Von Herzen gerne«, lächelte sie. Sie holte einen Becher aus dem Karton, füllte ihn und reichte ihn ihrem Onkel.

»Komm, setz dich zu mir«, er klopfte auf das Polster neben sich. »In meinem Alter hat man nicht häufig Gelegenheit, neben einer hübschen jungen Frau zu sitzen.«

Ailsa lachte. »Das Wetter hier auf den Inseln habe ich nicht vermisst. Aber ich gebe zu, deine Schmeicheleien haben mir gefehlt.«

»Dann bin ich ja wenigstens noch zu etwas nütze«, witzelte er. »Kaum zu glauben, ist es tatsächlich sechs Jahre her, seitdem wir uns das letzte Mal gesehen haben?«

»*Aye*, bei Mums Begräbnis ...« Ailsa ließ die Schultern sacken. Sie dachte an den regnerischen Tag, an dem die Totenmesse für Kaitlin gelesen worden war, und fühlte eine entsetzliche Leere in sich aufsteigen.

»Was ist los, Kleines?« Wie selbstverständlich wechselte er ins Gälische. Er legte ihr die Hand auf den Arm. »Immer noch ein schlechtes Gewissen?«

»Es zerreißt mir das Herz«, antwortete sie. Die gälischen Worte kamen ihr mühelos über die Lippen. »Am Ende habe ich Mum im Stich gelassen.«

»Die Dinge sind, wie sie sind«, tröstend strich er über ihre Wange. »Mach dir keine Vorwürfe. Damals ging alles so verdammt schnell. Selbst wenn du dich sofort in den nächsten Flieger gesetzt hättest, wärst du nicht rechtzeitig gekommen.«

Ailsa starrte auf das verblichene Blau des Bechers. Ihre Augen brannten. »Ich verstehe es bis heute nicht. Als ich mit Blair telefonierte, klang es zwar schlimm, aber doch nicht lebensbedrohlich. Wie konnte Kaitlin so plötzlich sterben, quasi von einem Moment auf den anderen?«

»Sie wollte niemandem zur Last fallen, am allerwenigsten ihrer Familie. Trotz ihres Schlaganfalls wusste sie sehr genau, wie es um sie stand, Liebes«, meinte Murdo gedehnt. »Verflixt sturer Schlag, die Mcleods.«

»Du meinst, sie ist freiwillig gegangen?« Ailsa blickte Murdo zweifelnd ins Gesicht. »Das kann ich mir nicht vorstellen. Warum auch? Selbst wenn sie euch nicht zur Last fallen wollte, hätte sich ein guter Pflegeplatz in einem Heim gefunden.«

Ein Lächeln stahl sich in Murdos zerfurchtes Gesicht, aber es war traurig. »Das wäre das Letzte gewesen, was sie sich gewünscht hätte.«

»Aber niemand kann absichtlich aus dem Leben treten«, begehrte Ailsa auf. Sie schüttelte heftig den Kopf. »Doch nicht einfach so, aus freiem Willen?«

»Meinst du?« In Murdos Augen lag ein merkwürdiges Flackern. »Du warst vielleicht noch zu klein, um dich zu erinnern, wie mein Vater, dein Großvater Lachlan, gestorben ist.«

Ailsa schüttelte den Kopf. Die wenigen Erinnerungen an ihren Großvater waren längst verblasst.

»Er holte sich damals mitten im Winter einen schlimmen Infekt, irgendeine Sache, die sich wie ein Schatten auf seinen Brustkorb legte. Damals wusste keiner so genau, was es war. Na, jedenfalls war er ganze drei Monate bettlägerig. Deine Großmutter, Kaitlin und meine Donalda haben sich abwechselnd um ihn gekümmert. Dann, als es ihm endlich wieder besser ging und er transportfähig war, meinte der Arzt, er solle für ein paar Wochen nach Stornoway ins Krankenhaus verlegt werden, damit man ihn dort aufpäppeln könne. Lachlan wollte nicht, aber was sollte er tun, nachdem ihm alle zugesetzt hatten?« Murdo seufzte.

»Und dann?«, hakte Ailsa vorsichtig nach. Sie war sich gar nicht sicher, ob sie das Ende der Geschichte hören wollte.

»Man brachte ihn also nach Stornoway. Alles schien in bester Ordnung, jedenfalls solange die Familie bei ihm war. Dann, als sich alle auf den Heimweg gemacht hatten und er alleine in seinem Bett im Krankenhaus lag, dauerte es keine fünf Minuten. Er hat den Kopf zur Wand gedreht und ist gestorben. Kaitlin war unserem Vater sehr ähnlich. Sie hatte Lachlans Sturkopf.«

Ailsa mahlte mit den Kiefern. Die Menschen hier auf den Inseln waren stoisch, was den Tod anging. Sie schlossen ihn nicht aus ihrem Leben aus. Sie akzeptierten ihn. Sie trugen ihn mit sich wie einen Mantel.

Vielleicht war es das, was den keltischen Geist auszeichnete: eine überschäumende, gierige Lust am Leben, gepaart mit unantastbarer Würde und Stolz. Wenn es hart auf hart kam, nahm sich ein *Leodhasach*, ein Einwohner von Lewis, die Freiheit, alles hinter sich zu lassen und zu gehen, bevor er seine Selbstachtung aufs Spiel setzte. Aber sterben, einfach aus freiem Willen heraus? Weil der Lebensmut nicht mehr ausreichte, um in eine Zukunft zu blicken, die man sich so nicht vorgestellt hatte?

»Geh auf den Friedhof und rede mit ihr«, sagte Murdo in ihr Schweigen hinein. »Kaitlin hätte nicht gewollt, dass du dich ihretwegen quälst.«

Ailsa musste trotz aller Traurigkeit lächeln. »So, wie du es sagst, klingt es einfach. Trotzdem wird es sich für mich immer anfühlen, als hätte ich im entscheidenden Moment versagt. Vielleicht ist das einer der Gründe, weshalb ich zurück bin.«

»Och, und ich nahm an, es sei wegen Blair. Sicher liegt er dir in den Ohren, weil du das Haus verkaufen willst«, sagte Murdo. Sein Blick verriet, dass er über den Zwist Bescheid wusste.

»Blair will einfach nicht begreifen, dass es Irrsinn wäre, das Haus zu behalten«, eiferte sie sich. »Mein Leben spielt sich nicht hier ab, sondern in Kanada. Ich kann mich doch nicht ständig um ein Haus kümmern, das über zweitausend Meilen entfernt liegt. Weißt du, welchen Aufwand das bedeuten würde? Allein die ständigen Reparaturen würden mich in den Wahnsinn treiben.«

»Es ist deine Entscheidung. Du brauchst dich mir gegenüber nicht zu rechtfertigen. Und Blair gegenüber auch nicht.«

Ailsa blies beide Backen auf und ließ die Luft stoßweise entweichen. »Das siehst *du* so ...«

»Kein Grund, den Kopf in den Sand zu stecken. Vielleicht gibt es doch noch eine Lösung, die alle Seiten zufriedenstellt.« Murdo trank einen großen Schluck Kaffee. Er wischte sich mit der Handkante über den Mund. »Wenn ich es richtig verstehe, findet Blair den Gedanken unerträglich, einen englischen Investor als Nachbarn zu haben. In diesem Punkt kann ich ihn verstehen.«

Ailsa schnaubte erneut. Als ob sie es nicht geahnt hätte ... Als waschechte Schotten zögerten weder Blair noch Murdo auch nur eine Sekunde, gemeinsam Front gegen die gefühlte feindliche Bedrohung durch einen englischen Investor zu machen. Sie runzelte die Stirn. Manche Klischees und Vorurteile waren ebenso unausrottbar wie das Unkraut in Kaitlins Gemüsegarten ...

»Was meinst du, könntest du dir eventuell vorstellen, die Croft an mich zu verkaufen?«

»An dich?« Ailsa starrte ihren Onkel an. Im ganzen Leben hätte sie nicht mit so einem Angebot gerechnet. Was mochte dahinterstecken? Murdos Ehe mit Donalda war kinderlos geblieben. Seine Neffen, die zu Donaldas Teil der Familie gehörten, waren in den Norden der Insel gezogen und bewirtschafteten in Ness und Barvas jeweils eine eigene Croft. Murdo selbst besaß eine gut gehende Tankstelle in Breasclete, die seine Zeit zur Genüge beanspruchte. Wozu sich mit einem Haus belasten, das an allen Ecken und Enden stöhnte und ächzte?

»Denk in Ruhe darüber nach. Solche Entscheidungen wollen gut überlegt sein.« Er erhob sich und küsste sie zum Abschied auf die Stirn. »Wir sehen uns. *Cheers!*« Er setzte die abgewetzte, aus unterschiedlichen Flicken Harris-Tweed zusammengenähte Schiebermütze auf den Kopf und verschwand durch die Tür.

»Das ist ja mal 'n Ding«, meinte Ailsa zu sich selbst. Sie trank einen Schluck aus dem Becher. Angewidert verzog sie die Mundwinkel. Der Kaffee war kalt und schmeckte bitter. Sie erhob sich, goss den traurigen Rest in die Spüle und blickte aus dem Fenster. Das Moorland leuchtete grün und golden im Morgenlicht. Der Wind strich über das Heidekraut und drückte die Stängel mit den winzigen lila Blüten zu Boden. Von der Nachbarweide der Galbraiths erklang Pferdegewieher. Ailsa atmete durch. Einen Moment war sie versucht, zu ihrem Handy zu greifen, um mit Paul über die unerwartete Wendung zu sprechen, dann aber verwarf sie den Gedanken. Es war *ihr* Haus und somit *ihre* Entscheidung. Abgesehen davon, war es in Toronto zwei Uhr nachts. Paul würde längst im Bett liegen und schlafen. Was sollte er um diese Zeit sonst tun? Paul ging selten nach Mitternacht ins Bett. Die Vorstellung, dass er in diesem Moment in ihrem gemeinsamen Bett lag, stimmte sie traurig. Alleine mit sich selbst und der ungewohnten Stille vermisste sie seine Nähe. Den Duft seiner Haut, die Wärme seines Körpers, sogar das leise, knackende Atemgeräusch, das er beim Einschlafen von sich gab. Sie tröstete sich damit, dass sie in wenigen Tagen wieder zu Hause wäre. Wenn Murdos Vorschlag sich als brauchbar erwies und sie tatsächlich an ihn verkaufte, könnte sie mit etwas Glück früher zurückfliegen. Eilig ging sie nach oben, um ihren Laptop in das WLAN einzuloggen und zu checken, ob ihr Flugtarif umbuchbar war.

Mit wütender Miene starrte Blair auf die Pferdeäpfel im Auslauf. Verflucht. Er hatte den Kindern aufgetragen, rechtzeitig aufzustehen und vor dem Schulunterricht auszumisten. Er hatte genügend anderes zu tun, als sich selbst darum zu kümmern. In den nächsten Tagen mussten die Schafe zusammengetrieben und die Lämmer zum Verkauf aussortiert werden.

Darunter durfte die Versorgung der Pferde auf keinen Fall leiden. Verflixte Racker! Er raufte sich vor Zorn durch das Haar. Jäh durchfuhr ihn ein Verdacht. Wenn sie zu faul gewesen waren, die Arbeit im Auslauf zu erledigen, wie mochte erst der Rest aussehen? Er drehte sich um und betrat den Offenstall. Alles sauber und ordentlich. Zumindest auf den ersten Blick. Aber der Geruch? Er reckte den Kopf und sog die Luft durch die Nase ein. Ammoniak. Eindeutig. Es roch nach Pferdeurin. Und nach Kot. Probehalber fegte er mit dem Absatz die oberste Schicht der Einstreu beiseite. Da … Er hätte Gift und Galle spucken können angesichts der Schlamperei. Statt anständig auszumisten, hatten die Jungs nur grobflächig frische Streu über den nassen Stellen verteilt. Blair spürte, wie ihm heiße Wut in den Kopf stieg, als hätte er in eine Chilischote gebissen. Herrgott noch eins, dabei wussten die beiden Taugenichtse, dass auf der Croft immer zuerst die Tiere kamen und dann die Menschen. Anders konnte man auf den Inseln nicht überleben. Diese Lektion hätte sein verzogener Nachwuchs spätestens im Winter vor zwei Jahren kapieren müssen. Damals waren alle Leitungen eingefroren. Mit dem knappen Trinkwasservorrat waren zuerst die Tiere versorgt worden. Was übrig geblieben war, konnte für die eigenen Bedürfnisse verbraucht werden. Er hatte geglaubt, dass den Jungs dadurch klar geworden war, wie die Dinge auf der Croft schlimmstenfalls liefen. Doch anscheinend hatte er sich getäuscht. »Na wartet …«, knurrte er. Wenn die Bengel nach Hause kämen, wäre eine Abreibung fällig, wie sie im Buche stand. Anschließend würde er sie ohne Abendessen ins Bett schicken. Eine vergleichsweise milde Strafe. Unterm Strich recht sinnlos, denn wie er Marsaili kannte, würde sie sich später heimlich mit einem Teller Kekse bewaffnet in das Kinderzimmer schleichen, um seine Autorität zu unterwandern.

Kopfschüttelnd dachte Blair an seine eigene Kindheit zurück. Sein Vater Fearghas hätte ihm ordentlich mit dem Gürtel eins übergezogen, wenn er es gewagt hätte, eine derartige Pflichtverletzung zu begehen. Zu Recht, wie Blair Jahre später erkannt hatte. Ja und? Hatte es ihm geschadet? Sicher nicht. Er war durch eine harte Schule gegangen, aber dafür hatte er das erworben, was Psychologen heutzutage als Resilienz bezeichneten. Blair verzog das Gesicht. Er hatte nur Verachtung für diese studierten Lackaffen übrig, die sich eine goldene Nase damit verdienten, über Dinge zu philosophieren, von denen sie keinerlei Ahnung hatten. Er würde nur zu gerne mit ansehen, wie weit diese Kerle mit ihrer Klugscheißerei kämen, wenn sie gezwungen wären, einen einzigen Winter hier oben im Moor zu überstehen. Oder wenn sie einen harten Arbeitstag mit verletztem Knöchel hinter sich bringen müssten.

So wie er heute.

Auf der Suche nach dem verdammten Gaul war er gestern Nacht in ein Kaninchenloch getreten und hatte sich den Fuß verknackst. Mit zusammengebissenen Zähnen beschloss er, den Schmerz zu ignorieren. Stattdessen schnappte er sich Mistgabel und Schubkarre und nahm sich als Erstes den Auslauf vor. Im Vorbeigehen warf er Chanty, die unweit von ihm auf der Weide graste und tat, als könnte sie kein Wässerchen trüben, einen wütenden Blick zu. Dickköpfiges Biest. Es hatte ewig gedauert, die Stute im rabenschwarzen Moor aufzuspüren und einzufangen.

Eine Bewegung drüben, auf Ailsas Croft, erregte seine Aufmerksamkeit. Es war Murdo. Blair beobachtete, wie der hagere alte Mann aus dem Haus trat, sich die Mütze in die Stirn zog und munter pfeifend davonstapfte, augenscheinlich zufrieden mit sich und der Welt. Blair senkte den Kopf und tat, als hätte er Murdo nicht bemerkt. Murdo war nichts weiter als ein zusätzliches Ärgernis an diesem Morgen. Der Kerl hatte ein fantastisches Händchen für schlechtes Timing. Ausgerechnet an dem Punkt, als es versprochen hatte, interessant zu werden, war er in die Unterredung mit Ailsa geplatzt. Blair wischte sich mit dem Handrücken über die Stirn. Was mochte den alten Fuchs so früh am Morgen zu Ailsa geführt haben? Normalerweise stand Murdo um diese Uhrzeit in der Tankstelle, um die Kunden zu begrüßen. Ein Ritual, an dem der Alte seit Jahren festhielt, als wäre es eine heilige Pflicht.

Mit Schwung leerte Blair die Schubkarre auf den Mist. Es war seltsam. Obwohl es nie zu einem offenen Streit zwischen Murdo und ihm gekommen war, herrschte eine unausgesprochene Feindseligkeit zwischen ihnen. Eine Art undefinierbares, seltsames Bauchgefühl, schwer mit Worten zu beschreiben, hielt sie beide auf vorsichtigem Abstand. Blair hatte nie ergründen können, woher die gegenseitigen Vorbehalte rührten. Als Blair die leere Schubkarre zurücksteuerte, sah er Roddy Mackenzies klapprigen Transporter die Einfahrt heraufkommen. Resigniert ließ Blair die Schultern sinken. Verflixt, hatte sich ganz Breasclete und Umgebung heute Morgen hier am Ende der Straße verabredet? Roddy hatte das Talent, einem durch zwei, drei gezielte Sticheleien den Tag zu versauen. Blair knirschte mit den Zähnen. Missmutig beobachtete er, wie Roddy sich umständlich aus der Fahrerkabine schälte und herausfordernd grinste. »Wie geht's, Matrose?«

»Geht so«, gab Blair ungerührt zurück. Er war es gewohnt, dass der alte Roddy Ausdrücke aus seinem früheren Leben benutzte, als er für die Handelsmarine zur See gefahren war.

»Bitten um Erlaubnis, von Bord gehen zu dürfen«, erklärte Roddy feierlich und tippte mit zwei Fingern gegen seine Mütze. Nichts Gutes ahnend, beobachtete Blair, wie Roddy um den

Kleinbus herumging, die Hecktür öffnete und die Laderampe herauszog. In der Tür erschien Nellys schwarzer Kopf.

»Du hast sie doch nicht schon wieder dabei?«, knurrte Blair.

Roddy zuckte die knochigen Schultern. Seine wässrigen Augen mit den schweren Tränensäcken ruhten liebevoll-besorgt auf dem Tier. »Nelly wollte unbedingt mit. Sie ist ein wenig depressiv heute Morgen.« Er nahm die rote Lederleine, die an Nellys Halsband befestigt war, und führte sie die Rampe hinunter.

Blair schnaubte vor sich hin. »Kein Wunder. Sie ist ein Schaf, kein Hund. Vielleicht solltest du sie auch so behandeln.«

»Sag das nicht.«

»Was?«

»Nelly mag es nicht, wenn man sie als Schaf bezeichnet. Das hat sie nicht verdient.«

»Ach, hör schon auf, Roddy ...«

»Nein, im Ernst. Du weißt, dass sie beim Zusammentreiben mindestens so gute Arbeit leistet wie deine Hunde. Nelly hat den Bogen raus.«

Blair verzog das Gesicht, verkniff sich aber einen Kommentar. Nelly, von Roddy als verwaistes Lamm per Hand im Haus aufgezogen und im Körbchen mit einer Collie-Hündin groß geworden, arbeitete gut mit, das hatte er selbst gesehen. Traditionsgemäß wurden die Schafe der Gemeinde gemeinschaftlich gehalten. Mit unterschiedlichen Farbtupfern markiert und mit Ohrenmarken versehen, wanderten sie frei im Moor umher. Bei den regelmäßig stattfindenden Zusammentrieben halfen die wenigen übrig gebliebenen Crofter zusammen. Blair erinnerte sich mit Wehmut an die *Gatherings* seiner Kindheit. Damals waren das Großereignisse gewesen, bei denen gut fünfundzwanzig Crofter zusammengeholfen hatten, um ein paar Tausend Tiere zusammenzutreiben und auf die Pferche ihrer Besitzer zu verteilen, wo sie geschoren und desinfiziert wurden. Heute waren es höchstens fünfhundert Schafe und zwei bis drei Crofter, nebst Hütehunden. Und Nelly, nicht zu vergessen ...

»Sehe ich das richtig?« Offensichtlich bemüht, vom Thema Nelly abzulenken, nahm Roddy die Kapitänsmütze ab und strich sich über das schüttere, aber sorgfältig geföhnte und zurückgelegte Haar. Er deutete auf die Mistgabel in der Schubkarre. »Du bist höchstpersönlich dabei, Klarschiff zu machen, Bootsmann?«

»Scheint so.«

»Wieso machen das nicht die Kadetten?«

»Die sind in der Schule. Sollen die Pferde so lange im Mist stehen?«

Roddy kniff die Augen zusammen. »Hast wohl die Mannschaft nicht im Griff, was?«

»Ach, halt doch die Klappe.«

»Apropos ... Wie läuft es mit deiner Zuchtstute?«

»Bestens.«

»Ach? Dann frage ich mich, wieso du gestern Nacht mit einem Lasso durch die Gegend gelaufen bist?« Roddy zupfte beiläufig einen Strohhalm von seinem marineblauen Pullover.

Blair knirschte mit den Zähnen. Verflixt ... man konnte wirklich keinen fahren lassen, ohne dass das ganze Dorf davon Wind bekam.

»Sie ist dir wieder ausgerissen, was?«

»Und wenn schon? Sie hat ihren Dickschädel, aber das werde ich ihr schon abgewöhnen«, sagte Blair. Er wollte vor Roddy keine große Sache daraus machen.

»Du solltest ihr mal ordentlich eins überziehen«, riet Roddy. Seine mit Altersflecken übersäte Hand kraulte Nellys Ohr. »Wenn du willst, kann ich ja mal mit ihr arbeiten. Ich würde ihr schon beibringen, wer das Sagen hat.«

»Danke. Wir kommen klar. Aber deshalb bist du wohl nicht hier.« Blair warf Roddy einen misstrauischen Blick zu. Er schnappte sich die Schubkarre, um endlich mit dem Ausmisten fertig zu werden. »Wie ich dich kenne, willst du irgendwas von mir. Was ist es diesmal? Muss das Dach von deinem Schuppen wieder repariert werden?«

»Ich wollte dich daran erinnern, dass heute Montag ist. Der *zweite* Montag im Monat …«, erklärte Roddy herablassend. Unter verärgertem Protestblöken zog er Nelly hinter sich her in den Stall.

Blair griff zur Mistgabel. Ein breites Grinsen zog sich über sein Gesicht. Tatsächlich. Das hatte er über den Ärger mit den Jungs und Chanty vollkommen vergessen. Montag, noch dazu der zweite … Das bedeutete, dass bei Angus im Pub ein *Cèilidh*, eine Zusammenkunft mit Musik, Tanz, guten Geschichten und reichlich Whisky, stattfand. Der Pub lag in einem Nebengebäude von *Cianalas*. Leider. Angus hatte ihn Grayson vor zwei Jahren abgekauft. Anfangs hatte es Blair einiges an Überwindung gekostet, in den Pub zu gehen, so sehr war es ihm zuwider, das Grundstück zu betreten, das den St Johns gehörte. Aber was blieb ihm übrig? Seit der Eröffnung hatte sich das gesellschaftliche Leben in Breasclete und Umgebung komplett verlagert. So gemütlich und vor allem warm der Pub auch war, trauerte Blair dennoch den alten Zeiten hinterher. Damals hatten sich alle nach der Arbeit in einer der verlassenen *Bothys*, den im Moor verstreut liegenden ehemaligen Schutzhütten, versammelt, um ein paar Biere zu kippen. Er tröstete sich damit, dass das Geld, das er im Pub versoff, in Angus' Taschen floss. Eher würde die Hölle zufrieren, als dass Grayson auch nur einen Penny an ihm verdiente. Seitdem der Engländer auf die Insel zurückgekehrt war und dieses bescheuerte Hotel eröffnet hatte, spielte er sich auf, als hätte er im Ort das Sagen.

Wütend stieß Blair die Mistgabel in das Stroh. Damals, an der Mondwende, hatte er geglaubt, Grayson aus gutem Grund zu hassen. Im Nachhinein betrachtet, war das jugendlicher Unfug gewesen. Damals hatte er noch keine Ahnung gehabt, was Hass überhaupt bedeutete. Inzwischen war es anders. Seit Graysons Rückkehr hatten sich die Dinge zwischen ihnen erdrutschartig verschlimmert. Hass drückte nicht im Entferntesten aus, was er Grayson gegenüber fühlte.

Kapitel 4

Der neu eröffnete Tesco Superstore war eine echte Revolution für Stornoway. Also hatte das einundzwanzigste Jahrhundert mit seinen Annehmlichkeiten auch auf Lewis Einzug gehalten, stellte Ailsa mit staunenden Augen fest. Nachdem sie den Vormittag damit verbracht hatte, den englischen Investor persönlich ans Telefon zu bekommen, um ihn um ein, zwei Tage Aufschub zu bitten, stand sie nun vor der gläsernen Einkaufstür und las zum zweiten Mal den Anschlag mit den Öffnungszeiten. *Geöffnet von sechs Uhr morgens bis Mitternacht.* Höchst ungewöhnlich. Sie fragte sich allen Ernstes, ob es auf der Insel jemanden gab, der die späten Zeiten nutzte.

Bewaffnet mit einem Einkaufszettel – sie hatte die Rückseite ihres Flugplanes benutzen müssen, da sich kein Papier im Haus gefunden hatte –, schob sie den Einkaufswagen an den langen, gut sortierten Regalreihen vorbei. Obwohl sie sich vorgenommen hatte, nur das Nötigste zu kaufen, war die Liste beachtlich: Seife und Handtücher, Toilettenpapier, eine Taschenlampe, Nudeln, Obst, Gemüse und Haferflocken ... Eine dicke Scheibe Stornoway Black Pudding, fügte sie der Liste in Gedanken hinzu, als sie am Ende der Regalreihen die glänzende Theke der Fleischabteilung erspähte. Mit knurrendem Magen stand sie vor dem Obstregal und überlegte, ob sie sich eine Schale überteuerte Himbeeren gönnen oder besser zu der Packung Äpfel greifen sollte.

»Ailsa? Bist du es wirklich?« Von hinten legte sich ihr eine Hand auf die Schulter.

»Peigi ...« Ailsa stieß einen Freudenschrei aus. Sie hatte nicht im Mindesten damit gerechnet, ihre alte Freundin hier zu treffen. Auf den ersten Blick hatte sich Peigi kaum verändert. Wie damals in der Schule trug sie das lange kastanienbraune Haar offen. Noch immer verzichtete sie auf Make-up, abgesehen von reichlich Eyeliner und Wimperntusche. Ihre braunen Augen über dem ausgeprägten Schmollmund blickten fröhlich. Der Babyspeck an Hüften und Oberschenkeln war nicht weniger, sondern mehr geworden, obwohl Peigi früher immer behauptet hatte, dass sie nur zu kurz sei, nicht zu dick. Aus ihren Dackelbeinen, wie Peigi sie selbst bezeichnet hatte, würden eines schönen Tages noch Windhundbeine werden. Nun, das war offensichtlich nicht passiert, aber andererseits konnte sie sich Peigi auch gar nicht als gazellenartiges Wesen vorstellen.

»O mein Gott, ich kann es kaum glauben«, jubelte Ailsa und schlang die Arme um Peigi. »Es ist Ewigkeiten her. Wie kommst *du* denn hierher?«

Prustend löste sich Peigi aus der stürmischen Umarmung. Sie legte den Kopf schief und lächelte verschmitzt. »Mit dem Auto.«

»Scherzkeks«, gab Ailsa zurück und wischte sich die Freudentränen aus den Augenwinkeln. »Ach, was frag ich auch so dumm? Ich kann es noch gar nicht fassen, dass du tatsächlich vor mir stehst.«

»Dann war ich wohl im Vorteil«, Peigis rundes, offenes Gesicht strahlte. »Die Buschtrommeln funktionieren wie immer blendend. Ich wusste, dass du auf der Insel bist. So gesehen war es nur eine Frage der Zeit, bis du mir vor die Füße läufst. Allerdings wäre ich fast an dir vorbeigestürmt, ohne dich zu erkennen.« Sie trat einen Schritt zurück und musterte Ailsa eingehend. »Nimm es als Kompliment, aber du hast dich ganz schön verändert.«

»Ach wohin, so wild ist es gar nicht«, erwiderte Ailsa in dem wenig glaubwürdigen Versuch, ihre Typveränderung, die zweifelsohne gravierend war, herunterzuspielen. »Schließlich habe ich ja nicht meine Nase operieren lassen oder so.«

»Trotzdem. Du wirkst mit braunen Haaren ganz anders als mit Feuermähne und Sommersprossen. Aber ja, es sieht gut aus!« Peigi nickte anerkennend. »Wie geht es Paul? Ist er nicht mitgekommen?«

»Nein, er hatte zu viel zu tun«, sagte Ailsa und tat das Thema Paul mit einem – wie sie hoffte – lässigen Schulterzucken ab. Peigi und sie waren zwar Freundinnen, standen sich aber nicht mehr nahe genug, als dass Ailsa von ihren Eheproblemen und dem Streit bezüglich der Reise berichtet hätte. Geschickt wechselte sie das Thema. »Ich habe noch gar nicht gefrühstückt. Was ist, hast du Lust auf Tee und Kuchen? Hier gibt es doch sicher einen netten Tearoom?«

Peigi zögerte, schüttelte dann aber bedauernd den Kopf. »So leid es mir tut, aber dafür reicht die Zeit nicht. Ich muss die Kinder pünktlich in der Vorschule abholen, sonst gibt es Ärger. Du weißt ja, wie das so ist.«

»Hmm …«, meinte Ailsa mitfühlend. In Wirklichkeit hatte sie keinen blassen Schimmer, wie es in Kindergärten oder Vorschulen zuging. Nachdem Paul und sie sich jahrelang vergeblich bemüht hatten, Kinder zu bekommen, hatten sie es irgendwann aufgegeben. Nach zwei Fehlgeburten im Frühstadium der Schwangerschaft war Paul nicht bereit gewesen, einen weiteren Versuch zu unternehmen.

»Wie lange bleibst du? Ich arbeite in Callanish im Besucherzentrum. Schau doch in den nächsten Tagen auf einen

Sprung vorbei«, schlug Peigi vor, den Blick nervös auf die Schlange an der Kasse gerichtet. »Es tut mir echt leid, aber ich muss los.«

»Ich komme gerne.« Ailsa beugte sich vor und küsste ihre Freundin auf die Wange. »Lauf nur, wir sehen uns.«

»*Cheers.*« Peigi lächelte zum Abschied.

»*Cheers*, Peigi, bis bald.«

»Ach, und Ailsa …«

»*Aye?*«

»Es tut mir leid. Du weißt schon … ich habe ein furchtbar schlechtes Gewissen, weil ich so selten zurückgeschrieben habe. Aber mit der Arbeit und den Kindern war irgendwie immer zu wenig Zeit, und obendrein bin ich nicht die große Briefeschreiberin.« Sie hob bedauernd die Hände. »Es ist meine Schuld, dass wir so wenig Kontakt hatten.«

»Mach dir keine Gedanken, Peigi, wir haben uns ja jetzt wiedergefunden.«

»Darüber bin ich sehr froh. Und du weißt ja, wie es heißt: Die Insel ist wie eine Mutter. Man kehrt immer in ihren Schoß zurück. Gefühlt warst du nie wirklich weg.«

Ailsa blickte Peigi hinterher, die sich eifrig winkend ans Ende der Schlange stellte. Nachdenklich runzelte Ailsa die Stirn. Vor siebzehn Jahren hatte sich durch Peigis Einfluss Ailsas Leben nachhaltig verändert. Was wäre wohl passiert, wenn sich Peigi damals nicht in Tom verliebt hätte? Ursprünglich hatte Peigi geplant, ein Jahr in Kanada zu verbringen. Die Hälfte der Zeit wollte sie als Au-pair arbeiten und sich dann mit dem Rucksack von Toronto aus bis nach Britisch-Kolumbien durchschlagen. Aber dann war sie an der Mondwende Tom begegnet und hatte sich Hals über Kopf in ihn verliebt. Dummerweise hatte sie zu dieser Zeit die Stelle als Au-pair in Toronto bereits zugesagt, und die Familie hatte fest mit ihr gerechnet. Kurz entschlossen war Ailsa für Peigi eingesprungen, obwohl sie wesentlich weniger abenteuerlustig veranlagt war. In Ailsas Vorstellung hätte ein Erkundungstrip in die große weite Welt sich problemlos auf Edinburgh oder Glasgow beschränken können. Nein, beschied Ailsa, ohne Peigi hätte sie den Sprung über den Atlantik nie gewagt. Letztendlich hatte ihr Peigi Toronto mit dem Argument schmackhaft gemacht, dass es Zeit sei, nach der Sache mit Grayson einen Neuanfang zu wagen.

Und Peigi hatte recht behalten.

Ailsa nahm eine Packung Krautsalat aus dem Kühlregal und legte ihn in den Einkaufswagen. Einige Wochen nach ihrer Ankunft in Toronto hatte sie Paul kennengelernt und im Jahr darauf geheiratet. Seufzend studierte sie die Angaben auf einem Plastikschälchen mit Hummus und beschloss, nicht weiter zu grübeln, wie ihr Leben verlaufen wäre, wenn sie auf Lewis geblieben wäre. Wozu auch? Was spielte es für eine Rolle, was hätte sein können?

Sin mar a tha e, es ist, wie es ist …, ging es ihr durch den Kopf, ein Spruch, der auf den Inseln so regelmäßig zu hören war wie andernorts Kommentare über das Wetter. Sie trat an die Fleischtheke und machte große Augen. Vor Heißhunger kaufte sie mehr ein, als vernünftig war. Als die Verkäuferin ihr freundlich nickend eine gewaltige Tüte gefüllt mit Speck, Würstchen und Black Pudding über die Theke reichte, beruhigte Ailsa ihr schlechtes Gewissen damit, dass Blairs Familie sicher Verwendung hätte, falls sie es nicht schaffte, vor ihrer Abreise alles zu verzehren.

»Ich nehme dann den Rest der Würstchen, wenn noch welche übrig sind«, hörte sie eine Stimme hinter sich in schönstem englischen Upperclass-Akzent sagen. Ailsa stockte der Atem. Sie hätte die Stimme unter Hunderten sofort erkannt. Langsam wandte sie sich um.

»Hallo, Grayson«, sagte sie, ihre Stimme merkwürdig tonlos in ihren Ohren.

Grayson wirkte überrascht. Und auf eine schreckliche Art und Weise restlos überfordert. Seine dunkelbraunen, ausdrucksvollen Augen betrachteten sie fragend. Ailsas Magen zog sich zusammen, sie spürte, wie ihr die Hitze in die Wangen stieg. Und noch immer sagte er kein Wort. Sie hätte im Erdboden versinken mögen. Grundgütiger, wie peinlich … Grayson, ihre Jugendliebe, stand hier vor ihrer Nase. Und wie es aussah, hatte er nicht den leisesten Schimmer, wer sie war.

Plötzlich wusste Ailsa nicht mehr, wohin sie blicken sollte. Sie spürte, wie ihre Hände schwitzig wurden.

»Ailsa? O mein Gott, du bist es wirklich.«

Einen Moment herrschte Schweigen. Dann sprachen beide fast gleichzeitig: »Du hast dich ganz schön verändert.« – »Du siehst noch immer so aus wie früher.«

Grayson legte den Kopf in den Nacken. Sein unnachahmliches, schallendes Lachen katapultierte Ailsa mit einem Schlag zurück in die Vergangenheit. Als wären Stunden vergangen, seitdem sie sich das letzte Mal begegnet waren.

»Niemand hat mir gesagt, dass du hier bist.« Sie legte die Fleischtüte in den Einkaufswagen. »Ich dachte, *Ceòl na Mara* würde leer stehen. Was führt dich zurück auf die Insel?«

»Geschäfte. Übrigens heißt es jetzt nicht mehr *Ceòl na Mara*, sondern *Cianalas Lodge*.«

»*Cianalas?*«, wiederholte sie gedehnt. »Das gälische Wort für Heimweh …« Sie kannte das Gefühl aus ihrer ersten Zeit in Toronto nur allzu gut.

»Ich habe mir damit einen lang gehegten Traum erfüllt.« Grayson warf einen Blick über die Schulter und bedeutete der nächsten Kundin mit einer höflichen Handbewegung, seinen Platz in der Schlange einzunehmen. Dann legte er eine Hand auf Ailsas Rücken und schob sie in einen Nebengang, wo sie nicht so im Weg standen. Ailsa durchlief ein Kribbeln, wie ein schwacher elektrischer Schlag. Sie nestelte mit der Hand am Rand ihres Rollkragenpullovers, der ihr auf einmal viel zu eng erschien. Was war das nur? Sie konnte doch unmöglich noch etwas für Grayson empfinden? In den letzten Jahren hatte sie kaum mehr an ihn gedacht. Doch jetzt, da er ihr auf einmal hier im Supermarkt gegenüberstand, spürte sie, wie sich ein Loch in ihrer Brust schloss, von dem sie nicht einmal gewusst hatte, dass es existierte.

Sie unterdrückte den Impuls, ihm zu sagen, dass es ihr wirklich etwas bedeutete, ihn nach all den Jahren wiederzusehen. Stattdessen starrte sie stumm auf ihre Einkäufe.

»… und so kommt es, dass ich jetzt stolzer Hotelbesitzer bin«, schloss Grayson seine Ausführungen. Erwartungsvoll blickte er sie an.

»Das ist … ziemlich ungewöhnlich, nicht wahr?«, sagte sie, obwohl sie keine Ahnung hatte, worum es eigentlich gerade ging.

»In der Tat«, er kratzte sich die Wange. Ailsa fiel auf, dass er zu einem gepflegten Dreitagebart kurze, akkurat geschnittene Koteletten trug. Neuerdings waren sie auch in Toronto in Mode. Ailsa mochte sie nicht sonderlich, aber Grayson standen sie ausnehmend gut. Sein dunkles Haar war länger als früher. Die windzerzausten Locken reichten ihm bis zu den Schultern. Durch die dichten dunklen Augenbrauen und die hohe Stirn wirkte sein Gesicht auf den ersten Blick wie immer etwas sturmumwölkt und düster, wenn da nicht dieses Lächeln gewesen wäre, mit dem er jeden Satz zu beenden schien. Ailsas Herz machte ein paar raschere Schläge. Wenn sie ehrlich war, übte er noch immer eine ziemliche Anziehungskraft auf sie aus. Nur dass es keine Rolle mehr spielte. Sie hatte Paul.

Er trat einen Schritt zur Seite, um einem älteren Herrn Platz zu machen, der offensichtlich eine Konserve aus dem Regal hinter Grayson benötigte. »Wie geht es dir? Ich habe gehört, dass du hier bist, um euer altes Haus zu verkaufen, ist das richtig? Ach, und wenn mich nicht alles täuscht, bist du verheiratet?«

»Ja«, ihr Blick fixierte die orangenen Gummistiefel, die er zu der klassischen grünen Wachsjacke trug. »Ja, das bin ich. Paul ist Immobilienmakler. Wir sind sehr glücklich.« Sie unterbrach sich und biss sich auf die Lippe. Was redete sie da? Warum musste sie Grayson unbedingt auf die Nase binden, was für eine gute Ehe sie führte? Davon abgesehen, stimmte es nicht einmal.

»Das freut sehr mich für dich«, er grinste unbekümmert und legte ihr eine Hand auf den Arm. »Wirklich, es ist schön zu hören, dass es dir gut geht. Wie lange bleibst du auf Lewis?«

»Nur so lange, bis der Verkauf geregelt ist.«

»Machst du mir die Freude, an einem der nächsten Abende mit mir zu essen? Es wäre schön, über die alten Zeiten zu reden.«

Sie schloss die Hände um den Griff des Einkaufswagens. »Das wäre es. Aber ich befürchte, dafür reicht die Zeit nicht. Der Verkauf nimmt mich ganz schön in Anspruch.«

»Nun, falls du es dir doch noch anders überlegst, hier ist meine Nummer«, er zog ein Kärtchen aus der Brusttasche und reichte es ihr. »Ruf an. Wann immer du willst.«

Ohne einen Blick darauf zu werfen ließ sie es in die Tasche ihrer Jacke gleiten. »Danke. Mach's gut, Grayson. Ich wünsch dir alles Glück dieser Welt mit deinem Hotel.« Sie lächelte ihm zum Abschied zu.

Als sie an der Kasse stand und ihre Einkäufe auf das Band legte, bemerkte sie, dass sie leise vor sich hin summte. Sie fühlte sich beschwingt, als hätte sie auf nüchternen Magen Champagner getrunken. Auf einmal war sie wieder siebzehn, und das Leben fühlte sich so verheißungsvoll an wie damals in jenem Sommer. Als sie davon geträumt hatte, dass Grayson sie küsste. Ihr Herz schlug doppelt so schnell bei der Erinnerung daran, wie es sich angefühlt hatte, bis über beide Ohren verliebt in Grayson zu sein. Sie schob die Kreditkarte in das Zahlgerät, dann kritzelte sie mechanisch ihre Unterschrift auf den Kassenbon, den ihr die Kassiererin zuschob. In Gedanken war sie ganz woanders. Sie ritt auf der wunderschönen Welle der Erinnerungen, die Grayson in ihr ausgelöst hatte. Der Magnetismus zwischen ihnen existierte nach wie vor, daran gab es keinen Zweifel. Trotzdem – oder gerade deshalb? – stand es außer Frage, Grayson wiederzusehen.

Sie lud die Einkäufe in ihr Auto und fuhr los. Noch immer hüpfte ihr Herz vor Aufregung. Von einer unerklärlichen Unruhe getrieben, beschloss sie, einen Spaziergang an der frischen Luft zu unternehmen, bevor sie nach Hause zurückfuhr. Der Steinkreis von Callanish lag nur ein paar Meilen von Breasclete entfernt. Er war schon immer ein besonderer Ort für Ailsa gewesen. Als Kind hatten die Steine sie magisch angezogen. Bei Sonne und Wind hatte sie oft, an einen der Megalithen gelehnt, im Gras gesessen, um dem Herzschlag der Steine zu lauschen und zu enträtseln, welche Botschaft sie bereithielten.

Kurz entschlossen setzte sie den Blinker. Die Ausschilderungen für die Reisebusse ließ sie links liegen und wählte die Seitenstraße, die über das Dorf auf dem Hügel zu den Steinen führte. Vor dem verlassenen Blackhouse ihres Großvaters parkte sie das Auto. Sie stieg aus und schlug die Tür des Wagens zu. Aufgeschreckt von dem Lärm, flog eine Elster vom Hauptstein auf. Ailsa zuckte zusammen. Sie hatte sie zuvor nicht dort sitzen sehen. Ungewöhnlich, dachte sie, diese Vogelart bekam man auf den Inseln eher selten zu Gesicht.

Eine für Sorge ..., ging ihr der Anfang des Kinderreims durch den Kopf.

Natürlich wusste sie, dass es Aberglaube war. Dennoch ertappte sie sich dabei, wie sie die Finger kreuzte und den Spruch murmelte, welchen Kaitlin immer aufgesagt hatte, um Unglück abzuwenden. *I cross the magpie and the magpie crosses me. Bad luck for the magpie and good luck for me.*

Sie folgte der Elster mit den Augen, bis sie über dem Moor entschwand. Der würzige, heimelige Geruch von Torffeuer stieg in Ailsas Nase, sie sog die Luft ein. Aufgrund des leichten Dauerregens hatten sich die Touristen wohl in das Café am Besucherzentrum geflüchtet. Ailsa hatte die Anlage für sich. Ein Schauer lief über ihren Rücken. Berührt von der Gewaltigkeit des Komplexes blieb sie stehen und schaute. Wie von selbst suchte ihre Hand Kontakt zu dem uralten Gneis. Zug um Zug beruhigte sich ihr Atem, während der Zauber von Callanish ihre Seele gefangen nahm.

Langsam schritt sie die lange Allee entlang, welche über eine Erhebung im Torfboden auf den Kreis in der Mitte zuführte. Am Hauptstein angekommen, lehnte sie den Rücken an den Megalith.

Fünftausend Jahre Menschheitsgeschichte. Errichtet fünfhundert Jahre vor dem Baubeginn der Pyramiden von Gizeh. Tausenddreihundert Jahre vor der Blütezeit der minoischen Hochkultur, angeblich die älteste Steinformation in Europa. Zweitausend Jahre vor dem Bau des Salomonischen Tempels in Jerusalem. Mehr als zweitausend Jahre vor dem Tempel der Artemis. Bis heute blieb ungeklärt, warum er in Form eines keltischen Kreuzes errichtet war. Hatte die Macht der Vorhersehung dazu geführt? Hatten die Erbauer geahnt, wie das

Schicksal des Erlösers sich erfüllen würde, dreitausend Jahre bevor das Christentum überhaupt entstand? Oder hatte die Kreuzform eine andere Bedeutung? Hatte die Anlage als Versammlungsort gedient, als Sakralraum, als Machtdemonstration früherer Herrscher oder als Opferstätte? War es ein gewaltiges Astrolabium, eine Art neolithischer Computer, mit dem die Ewigkeit vermessen wurde? Ailsa seufzte. Man würde es nie erfahren. Das Wissen war verloren. Es gab ebenso viele Fragen wie Antworten und mehr Theorien als Hinweise. Das Geheimnis der Menschen der Jungsteinzeit würde für immer ein solches bleiben.

Ailsa hob den Blick. Diesiges Grau schimmerte durch die Regenwolken. Es schien an den Rändern der Steine zu fressen und ließ die Farben verblassen. Ailsa meinte, Gesichter in den Steinen zu erkennen. Hier das Antlitz eines alten Mannes, dort den Kopf einer Eule mit scharf geschnittenen Augen und eindrucksvollem Schnabel. Sie alle wisperten unhörbare Geheimnisse in den verregneten Tag. Nur die, denen es gegeben war zu hören, verstanden sie. Es gab Menschen in Callanish, denen man nachsagte, »von den Steinen« zu sein. Angeblich waren sie auserwählt, das Geheimnis des Steinkreises zu hüten.

Ein Kläffen durchbrach die Stille. Ailsa zuckte zusammen. Sie wandte sich um und sah zwei schwarz-weiße Border Collies den Hügel hinaufstürmen, gefolgt von einer Frau mit wehendem pechschwarzem Haar, das im Regen glänzte. Es war Morag, die Schäferin von Callanish. Gewohnheitsmäßig trug sie ein auffälliges, in Grün- und Violetttönen gemustertes Kostüm aus Harris-Tweed, dazu Wanderstiefel. Ihre Beine mit den ausgeprägt muskulösen Waden waren nackt, trotz des schneidend kalten Windes. Früher hatte die Schäferin durch ihre imposante Erscheinung und ihre spitze Zunge Ailsa und den anderen Kindern des Dorfes gehörig Respekt eingeflößt. Auch heute noch schaffte sie es, dass Ailsa sich auf Anhieb unbehaglich fühlte.

Entschlossen reckte Ailsa das Kinn und grüßte auf Gälisch. »Wie geht es dir? Du wirst dich vielleicht an mich erinnern. Ich bin Ailsa. Ailsa McIver.« Sie streckte ihr die Hand entgegen.

Ohne den dargebotenen Gruß zu erwidern, stützte sich Morag auf ihren Hirtenstab und funkelte Ailsa aus grünen Augen an. »Ich weiß sehr wohl, wer du bist. Gib dir keine Mühe.«

»Was meinst du damit?« Ailsas Körper versteifte sich.

»Nur das, was ich sage.«

»Und das wäre?«

»Ich wusste, dass du kommen würdest.«

»Oh«, entfuhr es Ailsa. »Du hast mit Blair gesprochen?«

»Nein. Das war nicht nötig. Ich habe es gesehen.« Morag wandte den Kopf und blickte in die Ferne, als sähe sie dort etwas, das nicht von dieser Welt war. Das schwere Licht ließ ihr Profil mit dem langen, kantigen Kinn und der geraden Nase wie einen Scherenschnitt erscheinen. Ailsa fröstelte von innen heraus. Sie wusste, was gemeint war. Morag besaß das zweite Gesicht. Ihre Visionen deuteten auf schicksalhafte Wendungen oder einen bevorstehenden Tod hin. Wie alle, die die Gabe des Sehens besaßen, wurde auch Morag so lange von den gleichen Bildern heimgesucht, bis sie sich erfüllt hatten, so erzählte man sich. Dabei ließ sie – zum Segen für die Betroffenen – höchst selten Details verlauten.

Morag presste die Lippen zusammen, dann sagte sie: »Dein Kommen bringt Unheil.«

Etwas in Ailsa erstarrte. Sie schob die Hände tiefer in die Taschen ihrer Jacke. »Gibt es etwas, das ich wissen sollte?«

Morag blickte ausdruckslos ins Leere.

»Ich meine nur …« Ailsas Magen wurde flau. Der Wind frischte auf und blies ihr Regen ins Gesicht. Schützend zog sie die Schultern hoch und drückte das Kinn in den Jackenkragen. »Du würdest mich doch warnen, wenn Unheil bevorsteht, nicht wahr?«

Morag verlagerte das Gewicht und sah ihr direkt in die Augen. Ihre Stimme klang spröde. »Es ist besser, wenn du verschwindest. Mehr habe ich dazu nicht zu sagen.«

»Verschwinden? Aber weshalb?«

»Das musst du selbst herausfinden«, erwiderte Morag schmallippig. Sie hob den Arm und deutete auf eine Felsformation hinter der Anlage, *Cnoc an Tursa* genannt, welche die Form einer riesigen Schildkröte hatte. »Du hast doch Augen im Kopf.«

Ailsa wandte den Blick in die gewiesene Richtung. Im Schatten der Höhle vor dem Fels flatterte etwas. Erst erkannte sie nur ein schwarz-weißes Flügelpaar, dann mehrere. Als wäre sie wieder fünf Jahre, begann Ailsa zu zählen: *Eine für Unglück, zwei für Freude, drei für einen Jungen, vier für ein Mädchen, fünf für Silber ...*

Sie verlor den Überblick. Die Elstern waren nur wenig kooperativ und flatterten aufgeregt umher, statt still zu sitzen. Vermutlich hatten sie ein totes Vogelküken gefunden und zankten sich um ihre Beute. Ailsa konzentrierte sich und begann erneut.

... fünf für Silber, sechs für Gold, sieben für ein Geheimnis, das nie ans Licht kommt.

Sie hielt inne. Sieben? Konnte das sein? Mit angehaltenem Atem zählte sie noch einmal. Sieben. Tatsächlich. Keine mehr, keine weniger. Daran war nichts zu rütteln.

Sieben für ein Geheimnis, das nie ans Licht kommt.

Ailsas Mund wurde trocken. Welches Geheimnis? Und was hatte es mit ihr zu tun? Morag war ihr eine Erklärung schuldig. Ailsa wandte sich um.

»Morag?«, fragte sie in das Regengrau hinein, aber niemand antwortete. Die Schäferin und ihre Hunde waren verschwunden.

»Verflixt ...« Ailsa stieß hörbar die Luft aus. Sie fühlte sich schwindelig, als wäre sie kurz aus ihrem Körper getreten und hätte die gesamte Situation von einem anderen Standpunkt aus erlebt. Trotz der Kälte spürte sie eine Hitzewelle in sich aufsteigen, ihre Gedanken wirbelten durcheinander. Wahrscheinlich lag es am Jetlag. Ihr Kreislauf hatte die Zeitumstellung noch nicht verkraftet. Mit zitternden Knien lehnte sie sich mit dem Rücken gegen einen der Steine. Allmählich gewann sie ihre Fassung wieder.

In Gedanken ließ sie das Gespräch mit Morag noch einmal Revue passieren. Es war nicht sonderlich gut verlaufen. Sie ärgerte sich, dass sie die Situation nicht im Griff gehabt hatte. Immerhin war sie als Geschäftsfrau geübt darin, eine Unterhaltung in die gewünschte Richtung zu lenken. Stattdessen hatte sie sich von Morag kopfscheu machen lassen. Sie atmete tief durch. Worüber machte sie sich eigentlich Sorgen? Genau genommen war nichts Beunruhigendes passiert. Morag hatte ihr nur nahegelegt, was Ailsa ohnehin plante. Nämlich den Verkauf so schnell wie möglich zu regeln und wieder zu verschwinden. Und was die Elstern und deren Geheimnis betraf ... Wenn es ohnehin nie ans Licht kommen würde, war es da nicht unsinnig, sich deswegen das Hirn zu zermartern? Kopfweh hatte sie ohnehin schon. Zudem spürte sie kalten Schweiß zwischen ihren Brüsten. Es fühlte sich an, als hätte sie Schüttelfrost, ein sicheres Zeichen für den Beginn einer Erkältung.

Schwerfällig stieß sie sich von dem Stein ab und wandte sich zum Gehen. Auf einmal sehnte sie sich nur noch nach einer heißen Dusche und einer Tasse Tee. Was für ein Wechselbad der

Gefühle! Ihre beschwingte Stimmung aus dem Supermarkt war verflogen, der Himmel über Callanish wirkte trostlos und deprimierend. Sie seufzte. Im Grunde hatte sich nichts geändert, seitdem sie die Insel verlassen hatte. Sie hatte bloß vergessen, mit welch eigenwilligen Charakteren man es hier zu tun hatte.

Kapitel 5

Im strömenden Regen lenkte Grayson den Land Rover auf der Pentland Road durch das Moor. Von Westen trieb ein böiger Wind gespenstische Wolkenschleier über die hügelige Landschaft. Die Herbstfärbung der Heide verschwamm zu diffusen Braun- und Grüntönen, der Horizont versank im Nebel. Drinnen beschlug die Scheibe mit Atemluft, sodass Grayson die Lüftung höher drehen musste. Aus dem CD-Spieler dröhnte *Hearts of Olden Glory* der schottischen Kult-Rockband Runrig. Treffsicher schmetterte Grayson den Text mit. Seine Finger klopften im Takt gegen das Lenkrad.

Über die unerwartete Begegnung mit Ailsa hatte er sich ehrlich gefreut. Natürlich hatte er gehört, dass sie auf der Insel war, Neuigkeiten machten schnell die Runde. Doch von sich aus hätte er nie den ersten Schritt gemacht und Kontakt zu ihr aufgenommen. Ailsa war seine erste große Liebe gewesen. In seinem grenzenlosen jugendlichen Optimismus war er sicher gewesen, Ailsa eines Tages zu heiraten. Doch dann war alles anders gekommen.

Im Nachhinein konnte er sein Verhalten nur schwer nachvollziehen. Heute erschien es ihm feige und von verletztem Stolz geprägt, dass er einfach weggerannt war. Er hätte noch in jener Nacht zu Ailsa gehen und mit ihr reden sollen, statt zu schlucken, was Blair ihm aufgetischt hatte. Doch damals, in jenem Sommer, als sie alle wegen der Mondwende irgendwie durchgedreht hatten, hatte er einfach die Nerven verloren. Er war jung gewesen und voller Hormone, die seinen Körper in Wallung brachten und sein Denken in tiefer gelegene Körperregionen verlagerten. Nie im Leben wäre ihm damals der Gedanke gekommen, dass Blair es womöglich mit der Wahrheit nicht ganz genau nahm. Davon abgesehen, welchen Grund hätte er gehabt, an Blairs Worten zu zweifeln? Zwar hatte ihn mit Blair nie eine echte Freundschaft verbunden, aber er hatte ihn stets als ehrliche Haut erlebt. Auf Blair war Verlass.

Aus dem Lautsprecher erklang der Refrain. Donnie Munros charismatische Stimme erfüllte das Wageninnere. Grayson lehnte sich in die Polsterung des Landrovers zurück. Die Vergangenheit ließ sich nicht ändern. Über achtzehn Jahre waren verflogen, in denen er kaum noch an sie gedacht hatte. Wie es oft so ist, hatten sie sich einfach aus den Augen verloren. Doch jetzt war sie wieder in sein Leben getreten. Einfach so. Ohne dass sie sich überhaupt eine Vorstellung davon machte, was das Wiedersehen in ihm auslöste.

Der Regen trommelte gegen die Scheibe. Grayson sah, wie sich die Umrisse eines roten SUVs schablonenhaft aus dem Dunst lösten. Er trat auf die Bremse, setzte ein Stück zurück und parkte hinter dem SUV in der Ausweichbucht. Tom MacCuish, ein kerniger Naturbursche, der eine Croft auf Graysons Land betrieb und für ihn als Wildhüter arbeitete, stand neben seinem Auto und hielt ein verschlungenes Etwas in der Hand. Bei genauerer Betrachtung entpuppte es sich als Geflecht aus grünen Maschen. Grayson schlug die Kapuze seiner Wachsjacke über den Kopf und stieg aus. Er schritt auf Tom zu und reichte ihm die Hand. »Scheußliches Wetter, was?«

»*Aye*«, Tom wischte sich mit der freien Hand den Regen aus dem offenen, von einem Vollbart und buschigen Augenbrauen dominierten Gesicht. »Du kommst wie gerufen, *Cove*, ich war gerade auf dem Weg zu dir.«

Grayson lächelte. Dass Tom ihn mit *Cove*, der in Stornoway gebräuchlichen Bezeichnung für »Kumpel«, anredete, erfüllte ihn mit Stolz. Zumindest Tom hatte ihn als ein vollwertiges Mitglied der Gemeinde akzeptiert. Grayson kratzte sich den Dreitagebart. »Ich schätze, es hat mit dem Ding in deiner Hand zu tun.«

»*Aye*. Das hier habe ich gerade aus dem Wasser gefischt.« Toms Regenjacke raschelte, er streckte den Arm aus und deutete auf den sich durch das Moor windenden Fluss.

Grayson nickte grimmig. »Ein Fischernetz, richtig?«

»Ein verdammtes Kiemennetz, um genau zu sein.«

»Mist. Also war unsere Vermutung richtig.«

»*Aye*. Da waren Wilderer am Werk. Nicht zum ersten Mal, wenn du mich fragst.«

»Haben wir einen Überblick über den Schaden?«

Tom zuckte die Schultern. »Schwer zu sagen. Schätzungsweise erwischt man mit so einem Stellnetz dreißig Seeforellen auf einen Schlag.«

Grayson pfiff durch die Zähne. »Nicht schlecht. Ein nettes Nebeneinkommen bei einem Stückpreis von dreißig Pfund. Was machen wir jetzt?«

»Ich werde Ohren und Augen offen halten. Vielleicht kann ich etwas herausfinden. Falls nicht …« Tom ließ den Satz in der Luft hängen. Offensichtlich wusste er keine Lösung. Oder er wollte sie nicht aussprechen.

Grayson führte den Gedanken für ihn zu Ende. »Dann wird uns nichts anderes übrig bleiben, als abwechselnd nachts Wache zu schieben.«

»Darauf läuft es wohl hinaus.« Tom nahm das Netz und warf es in den Kofferraum. »Sicher finden sich ein paar Leute, die uns dabei helfen. Wilderei ist eine üble Sache, das geht alle an.«

»Solange wir keine Vermutung haben, wer dahintersteckt, sollten wir das Ganze vertraulich behandeln«, sagte Grayson und runzelte die Stirn. »Ich werde Meldung bei der Polizei machen. Vielleicht bekommen wir von dort Unterstützung.«

»Möglich.« Tom schloss den Kofferraum und lehnte sich gegen die Karosserie. Seine ganze Körperhaltung drückte Zweifel aus. Anscheinend war er wenig überzeugt, dass die Polizei in Stornoway eine große Hilfe wäre.

»Da wäre noch etwas, Tom.« Grayson kniff die Augen zusammen, der Wind trieb ihm den Regen ins Gesicht. »Wie es aussieht, wird das Geschäft in den kommenden Wochen ziemlich abflauen. Mir bleibt wohl nichts übrig, als auf Jagdgesellschaften umzustellen, zumindest als Zwischenlösung. Ich wollte dich fragen, ob du als Jagdhelfer einspringen kannst?«

»Als *Ghillie*?« Über Toms bärtiges Gesicht zog sich ein Grinsen. »Da fragst du den Richtigen.«

Grayson grinste zurück. Sowohl Toms Vater als auch sein Großvater hatten auf *Ceòl na Mara* als *Ghillie* gearbeitet. »Das hat schon Tradition, was?«

»Könnte man so sagen. Ich bin dabei.«

»Großartig. Damit retten wir das Hotel über den Winter. Ich würde dich nicht darum bitten, aber momentan sehe ich keine andere Möglichkeit.«

»Na ja, mit Protesten von Tierschützern auf deiner Homepage wirst du rechnen müssen. Vielleicht verlierst du infolgedessen sogar den einen oder anderen Gast. Aber der Wildbestand muss ohnehin kontrolliert werden. Was spielt es für eine Rolle, ob wir selbst schießen oder uns das Ganze von ein paar gut betuchten Earls bezahlen lassen?«

»So muss man es wohl sehen. Was ist, hast du später Zeit? Ich würde gerne die Details klären, bevor ich annonciere.«

»Schwierig, ich habe alle Hände voll mit der Vorbereitung für den Zusammentrieb zu tun, und Peigi jammert ohnehin, dass so viel Arbeit liegen bleibt.« Tom kratzte sich den Nacken. »Wir könnten heute Abend im Pub darüber reden. Du kommst doch?«

Grayson stutzte, dann fiel ihm ein, dass Montag war. Der zweite im Monat, und das bedeutete *Cèilidh* bei Angus. Das hatte er ganz vergessen. »Ich denke schon. Sicher kann ich es aber noch nicht sagen. Meine Bedienung hat sich krankgemeldet, also muss ich beim Service einspringen. Könnte sein, dass es spät wird.«

»Umso besser!« Ein Lächeln umspielte Toms Mundwinkel. »Peigi liegt mir schon den ganzen Tag in den Ohren, weil sie nicht will, dass ich länger als bis zehn wegbleibe. Du lieferst mir eine gute Ausrede.«

»Lass mich aus dem Spiel.« Grayson hob abwehrend die Hände. »Ich kann es mir nicht leisten, Peigi als Floristin zu verlieren. Ohne ihre Blumenarrangements ist das Hotel aufgeschmissen.«

»Tja, sie oder ich. Du musst dich entscheiden. Ich möchte nicht mit dir tauschen, *Cove*«, witzelte Tom. »Denk daran, wenn du mir heute Abend einen Drink spendierst.«

»*Cheers*, Tom. Und grüß Peigi von mir.« Grayson klopfte Tom zum Abschied auf die Schulter. Dann stieg er in den Rover, warf den Motor an und brauste durch den aufspritzenden Schlamm davon.

Beinahe hätte Ailsa sich vor lauter Hektik an dem heißen Blech auch noch die Finger verbrannt. Dabei war es viel zu spät, um noch etwas zu retten. Aus dem aufgeklappten Herd drang dunkler Qualm. Sie öffnete das Fenster und wedelte mit dem Geschirrtuch frische Luft herein. Die Pizza war verkohlt und völlig ungenießbar. Herr im Himmel, wo hatte sie nur ihre Gedanken in der letzten halben Stunde gehabt? Nach der Begegnung mit Morag an den Steinen hatte sie sich zu Hause heißes Wasser eingelassen und ein Bad genommen. Und nach einer schönen Tasse Tee, zu der sie sich Scones und Marmelade gegönnt hatte, war sie sogar so weit wiederhergestellt gewesen, dass sie mit einer Auflistung der nötigen Reparaturarbeiten begonnen hatte. Darüber hatte sie die Pizza glatt vergessen. Seufzend trug sie das Blech mit dem verbrannten Teig nach draußen und bestattete die Pizza auf den Komposthaufen.

Wie spät mochte es inzwischen geworden sein? Sie lehnte das Blech gegen die Hauswand, dann zog sie ihr Handy aus der Tasche und sah auf die Uhr. In Toronto war es Mittag, mit etwas Glück konnte sie Paul erreichen. Er fehlte ihr, sie hatte Sehnsucht nach dem Klang seiner Stimme. Sie ging ein paar Schritte über die Weide, auf der Suche nach einem Signal. Dabei ertappte sie sich, wie sie den Kopf über sich selbst schüttelte. Den ganzen Nachmittag über hatte sie gegen den wachsenden Impuls gekämpft, Graysons Einladung zum Dinner doch noch anzunehmen. Das Kärtchen mit seiner Nummer lag griffbereit auf ihrem Schreibtisch. Nüchtern betrachtet eine ausgemacht dumme Idee. Eigentlich entsprach es nicht ihrem Naturell, in der Vergangenheit zu wühlen. Doch jetzt hatte sie eine schier unbezähmbare Neugierde gepackt. Alles in ihr drängte danach zu ergründen, warum Grayson sie damals verlassen hatte. Ärgerlich schüttelte sie den Kopf. Sie benahm sich schon fast wie Blair mit seinem Hang, sich selbst zu quälen. Wozu nachbohren? Sie würde damit nur alte Wunden aufreißen. Entschlossen, Grayson aus ihren Gedanken zu verbannen, wählte sie Pauls Nummer. Nur die Mobilbox.

Resigniert ging Ailsa zurück in die Küche, nahm eine Flasche Weißwein aus dem Kühlschrank und schenkte sich ein. Während sie in kleinen Schlucken trank, blickte sie in die Ferne. Drüben über dem Moor klarte der Himmel auf. Unregelmäßige Sonnenflecken huschten über den kargen, regengetränkten Boden. Die Tropfen auf dem Sauergras glitzerten wie Kristall. Kurz darauf setzte erneut Regen ein. Ein nahezu vollkommener, halbrunder Regenbogen spannte sich über die Hügel. Darüber schimmerte in diffusen Tönen ein zweiter. Ailsa stand und staunte. Auf den Inseln waren doppelte Regenbogen keine Seltenheit, in Toronto dagegen schon.

Das Handy klingelte. Rasch stellte sie das Glas beiseite in der Hoffnung, dass Paul sich zurückmeldete. Doch das Display zeigte Murdos Nummer.

»Ailsa? Was machst du gerade?«

»Ein wenig aufräumen, nichts Besonderes«, ihr Blick fiel auf das verkrustete Blech, das sie inzwischen in die Spüle gestellt hatte.

»Hast du schon zu Abend gegessen?«

»Nein.«

»Was hältst du davon, wenn ich dich zum Essen in den Pub einlade? Sagen wir in einer halben Stunde?«

»Pub?«, wunderte sich Ailsa. »Seit wann gibt es in Breasclete denn so was?«

»Du erinnerst du dich sicher an die St Johns?«

»Klar«, Ailsa spürte, wie ihr Herz bei dem Gedanken an Grayson schneller schlug.

»Nun, Grayson ist zurück auf der Insel und hat das alte Herrenhaus der Familie übernommen«, fuhr Murdo fort. »Er hat es in ein Hotel umgebaut. Das Nebengebäude, in dem der Verwalter wohnte, hat er an Angus, Sohn von Angus Mòr, Sohn von Roderick, vermietet. Und der betreibt jetzt einen Pub dort.«

Ailsa musste schmunzeln über die inseltypische, altbewährte Art und Weise, ihr zu verdeutlichen, welchen der zahlreichen

Angus Campbells er meinte. Zögernd rieb sie mit ihrem Finger über den Rand des Weinglases. Eigentlich stand ihr nicht der Sinn nach Gesellschaft, doch die Aussicht, den Abend alleine auf der Croft zu verbringen, war deprimierend. Kurzerhand entschied sie sich für den Pub. »Essen klingt gut. Ich komme mit.«

»Wunderbar. Angus veranstaltet ein kleines *Cèilidh*. Ich bin sicher, du wirst Spaß haben.«

Nachdenklich spähte sie zu Blairs Haus hinüber. Sicher kam er ebenfalls zum *Cèilidh*. Eine günstige Gelegenheit, um mit ihm über ihre Pläne bezüglich der Croft zu sprechen. Im Pub, vor den Augen der Dorfbevölkerung, würde sein Zorn weniger leicht entflammbar sein, so hoffte sie zumindest.

»Klingt perfekt. Allerdings brauchst du mich nicht abzuholen, ich fahre selbst«, schob sie hinterher. Sie wollte sich die Möglichkeit offenhalten, zu gehen, wann es ihr beliebte.

»Hattest du schon Gelegenheit, über meinen Vorschlag nachzudenken?«

»Nicht wirklich …«

»Kein Problem, wir können später darüber reden. Also bis gleich, *cheers*.«

Der Pub lag hinter dem Herrenhaus, durch einen großen, neu asphaltierten Parkplatz von *Cianalas* getrennt. Angus Campbell, ein Neffe des Besitzers der Hebridean Brewery in Stornoway, hatte das ehemalige Haus des Verwalters vor zwei Jahren von Grayson St John erworben und in eine gemütliche Kneipe verwandelt. Dabei hatte er es hervorragend verstanden, Altes mit Neuem zu verbinden. Der royalblau gekachelte Kamin in der Mitte des ehemaligen Wohnraumes hatte seinen Platz behalten. Ein gelungener Blickfang. Zudem sorgten das Prasseln des Feuers und der Geruch von brennendem Torf für eine behagliche Atmosphäre. Nicht tragende Zwischenwände hatte Angus entfernen lassen, sodass ein offener, lichtdurchfluteter Raum entstanden war. Das honigfarbene Parkett, der weiße Anstrich und die Bar, im selben Blau gehalten wie der Kamin, vermittelten einen frischen und modernen Eindruck. Angus hatte viel investiert und hoch gepokert. Doch seine anfänglichen Zweifel, ob die Dorfbewohner ihre Treffen von den *Bothys* tatsächlich in die Kneipe verlagern würden, hatten sich als unbegründet erwiesen. Der Pub hatte sich erstaunlich schnell als neuer Treffpunkt etabliert. Bereits nach einem Jahr schrieb Angus schwarze Zahlen. Natürlich besaß ein Teil seiner Gäste ein beachtliches Maß an Bauernschläue, aber Angus verfügte über die Fähigkeit, die Findigkeit der Dorfbewohner mit Humor und Gelassenheit zu nehmen. Sein Traum hatte sich erfüllt. Ihm war gelungen, was die wenigsten schafften, nämlich aus seiner Leidenschaft einen Beruf zu machen. Angus war ein glücklicher Mensch, dachte Blair und betrat den Pub.

Er sah sich um. Für einen Montagabend war die Kneipe gut gefüllt. Offensichtlich freuten sich alle auf Musik und Tanz.

»*Cheers, Cove*«, Angus nickte zur Begrüßung. Wie selbstverständlich hob er den Arm und zog ein Bierglas aus der Halterung über dem Tresen. »Ein Celtic Black, wie immer?«

Blair reckte den Hals. Er hatte Ailsa vor einer halben Stunde von der Croft wegfahren sehen. Ihr Auto parkte im Hof, also ging er davon aus, dass sie hier war. Sein Blick wanderte suchend umher. Sie saß, den Rücken zu ihm gekehrt, in der Nähe des Kamins und unterhielt sich mit Murdo. Blair bekam einen sauren Geschmack im Mund, wie von verdorbenem Bier. Was er sah, gefiel ihm nicht. Die beiden wirkten, als hätten sie etwas enorm Wichtiges zu besprechen. Ging es um die Croft? Und wenn ja, was hatte Murdo damit zu tun? Was heckte der alte Fuchs aus?

Angus tippte ihm von hinten auf die Schulter. »Alles klar, *Cove?* Bleibt es beim Celtic Black?«

»Ich nehme ein Berserker«, erklärte Blair finster. Das Berserker, benannt nach dem wilden, in Ekstase in sein Schwert beißenden Krieger aus dem Lewis-Schachspiel, war mit satten siebeneinhalb Prozent das stärkste Bier, das Angus im Ausschank hatte.

»Ailsa ist zurück«, erklärte Angus und blickte bedeutungsschwer zu Murdos Tisch hinüber.

»Was du nicht sagst«, grummelte Blair.

»Wie?«

»Nichts.«

»Verstehe!« Angus' Stimme troff vor Ironie. »Das hier …«, er schob das mit dunklem Schaum bedeckte Glas Berserker über die Theke, »… hat also nichts mit Ailsa zu tun?«

»Weshalb sollte es?«

»Ehrlich, *Cove,* wenn ich dich so ansehe, kommt's mir vor, als sei ziemlich dicke Luft zwischen euch. Merkwürdig, wenn man bedenkt, dass ihr quasi wie siamesische Zwillinge wart.«

»Das ist lange her«, sagte Blair und zog einen der Hocker heran. Er setzte das Bier an die Lippen und trank in hastigen Zügen. Ohne den Blick von Ailsa zu lösen, wischte er sich mit der Handkante den Schaum vom Mund.

Als hätte sie seinen Blick in ihrem Rücken gespürt, wandte sie sich zu ihm um und winkte ihm quer über die Tische hinweg zu. Ihre Lippen formten etwas, das er als »Ich muss dich dringend sprechen« deutete. Aber vielleicht hieß es auch etwas ganz anderes. Auf Lippenlesen verstand er sich nicht sonderlich. Dennoch hob er die Augenbrauen und nickte knapp. Im nächsten Moment war sie wieder in das Gespräch mit Murdo vertieft.

Die Tür ging auf. Roddy trat ein und brachte einen Schwall nebeliger Seeluft mit sich. Der Torf im Kamin loderte auf,

Rauchschwaden waberten durch den Raum. Roddy schlenderte zur Theke, in Stoffhosen und Sakko gekleidet, unter dem Arm seinen Dudelsack. Mit derselben Art von Behutsamkeit, als hätte man ihm ein Baby anvertraut, legte er den Dudelsack auf den Tresen. Seufzend ließ er sich auf den freien Hocker neben Blair fallen und richtete das Wort an Angus: »Alles klar an Bord, Steuermann?«

»Alles bestens«, meinte Angus und nickte. Blair bemerkte, wie Angus' Gesichtsausdruck sich schlagartig verfinsterte. Angus fixierte Roddy mit stählernem Blick, als stünde er einem besonders listigen Magier gegenüber, der den Pub im Handumdrehen mit einer Herde hoppelnder rosa Kaninchen füllen könnte.

»Ist was?«, fragte Roddy mit bemüht neutraler Miene.

»Das will ich nicht hoffen.« Angus verschränkte kampfbereit die Arme vor der Brust. »Du hast sie hoffentlich zu Hause gelassen?«

Roddy kratzte sich das Kinn. »Wenn du Margret Ann meinst, die sitzt zu Hause und strickt. Sie hat es nicht so mit dem Ausgehen.«

»Du weißt genau, wen ich meine.« Angus' Augen verengten sich.

Blair konnte sich mit Mühe ein Grinsen verkneifen. Natürlich war klar, dass Angus nicht auf Roddys Frau Margret Ann anspielte. Wie immer ging es um Nelly, das Schaf. Seit der Eröffnung des Pubs fochten Roddy und Angus in schöner Regelmäßigkeit Kämpfe aus, weil Nelly sich – mit derselben Regelmäßigkeit – von dem Pfosten vor dem Pub losriss und Roddy in die Kneipe nachtrottete, die rote Lederleine hinter sich herschleifend. Blair hegte den Verdacht, dass Roddy, der sämtliche Seemannsknoten aus dem Effeff beherrschte, die Leine absichtlich nicht richtig festband.

»Nelly meinst du?«, fragte Roddy betont unschuldig. Er ruckelte seinen Hintern auf dem Hocker zurecht. »Die ist zu Hause und schläft. Es geht auf den Zusammentrieb zu, da muss sie mit ihren Kräften haushalten. Immerhin ist sie nicht mehr die Jüngste.«

Angus warf einen verstohlenen Blick zur Tür, als befürchtete er, Nellys schwarzer Kopf könnte wie ein Geist aus dem Nichts auftauchen. Als nichts dergleichen geschah, ließ Angus mit einem Grinsen die Schultern sinken. »Ich freue mich, dass du es endlich einsiehst. Schafe haben im Pub nichts zu suchen.«

»*Nae*, dann frage ich mich aber, was Murdos Hund hier verloren hat.«

»Das ist etwas völlig anderes.«

»Wirklich? Dann erklär mir mal den Unterschied«, in Roddys wässrigen Augen mit den ausgeprägten Tränensäcken lag ein merkwürdiges Flackern.

Doch Angus hatte offensichtlich keine Lust, sich auf den Pfad der üblicherweise folgenden Endlosdiskussion locken zu lassen. Wohlweislich verzichtete er auf einen Kommentar und schob Roddy ein Glas Celtic Black zu. »*Slàinthe math.*«

Roddy prostete in die Runde und strahlte über das ganze Gesicht. »Prost, Angus, mögen all deine Tage glücklich sein«, sagte er auf Gälisch. Er setzte das Glas an die Lippen und leerte es in einem Zug.

»Ah, das hat geschmeckt.« Zufrieden klopfte sich Roddy gegen die Brust und rülpste. »Jetzt könnte ich einen Whisky vertragen.« Seine Hand senkte sich schwer auf Blairs Schulter. »Was ist, Bootsmann, trinkst du einen mit?« Ohne die Antwort abzuwarten, wandte sich Roddy an Angus. »Einen Laphroaig für meinen Kumpel Blair hier und einen für mich.« Er deutete auf das Regal hinter Angus.

Kommentarlos griff Angus hinter sich und stellte eine volle Flasche Whisky nebst Glas auf die Theke. Eine rituelle Geste, die den Ring freigab für die nächste Runde. Blair grinste in sich hinein. Der Schlagabtausch zwischen Roddy und Angus war eröffnet.

»Was macht das?«, sagte Roddy, ohne eine Miene zu verziehen.

»Drei Pfund fünfzig.«

Roddy kramte in der Tasche seines Jacketts und zog eine zerknitterte Zwanzigpfundnote hervor.

»Hm …« Angus stierte mit leerem Blick auf die Banknote. Dann öffnete er seine Kasse, schüttelte betrübt den Kopf und ließ die Lade wieder zuschnappen. »Kleiner hast du es wohl nicht, oder?«

»Leider nein. Was ist, kannst *du* vielleicht wechseln, Blair?«, fragte Angus und sah Blair unschuldig aus wasserblauen Augen an.

Blair, mit den Regeln des Spiels vertraut, schüttelte den Kopf.

»So was Dummes aber auch!« Angus rieb sich das abstehende Ohrläppchen. »Heute haben alle nur große Scheine dabei. Ich kann nicht rausgeben. Vielleicht sollte ich keine *Cèilidhs* am Montag veranstalten, wenn alle gerade beim Geldautomaten waren.«

»*Aye*, darüber solltest du nachdenken«, nickte Roddy und öffnete die Flasche. Bedächtig setzte er sie an den Mund und nahm einen Schluck.

Auf Angus' Stirn erschien eine steile Falte. »Verflixt, Roddy, du kannst doch nicht einfach aus der Flasche trinken. Das verstößt gegen die Hygiene-Verordnung. Wie oft muss ich das denn noch sagen? Schade um den guten Laphroaig.«

»Wieso?« Verständnislose Blicke von Roddy.

»Das weißt du genau!« Angus wippte vorwurfsvoll mit dem Zeigefinger. »Allen Ernstes, du ruinierst mich, Roddy! Was soll ich denn jetzt mit dem Whisky machen? Ausschenken kann ich ihn nicht mehr. Wenn das die Behörde spitzkriegt, bin ich geliefert.«

»Pech aber auch. Wieso hast du mir das denn nicht gleich gesagt?« Roddy setzte einen Blick auf wie ein Fünfjähriger, der seiner Mutter die Schuld dafür gibt, dass er sich die Finger an der heißen Herdplatte verbrannt hat. Dass Angus seit Eröffnung des Pubs auf Roddy einredete wie auf einen kranken Gaul, was das Trinken aus Whiskyflaschen betraf, spielte dabei eine untergeordnete Rolle. »Es bricht einem das Herz, daran zu denken, dass du den schönen Whisky wegkippen musst.«

Einen Moment lang lag brütendes Schweigen über den Köpfen. Schließlich gab sich Roddy einen Ruck. »Ich hab's«, verkündete er und blickte triumphierend zu Angus hinüber. »Ich kaufe dir die Flasche ab. Du kannst sowieso nicht rausgeben, und ich habe nur diesen Zwanziger dabei. So sind wir beide aus dem Schneider. Ist das nicht spitze?«

»Hmpf«, brummte Angus, gespielt skeptisch. »Ich weiß nicht recht.«

»Komm schon, Angus. Was soll die Behörde in Stornoway schon dagegen haben, wenn ich mir mit meinem guten Freund Blair eine Flasche Whisky brüderlich teile?«

Angus tat, als müsste er überlegen. Zwanzig Pfund, das entsprach in etwa dem Preis, zu dem Angus das Zeug einkaufte. Blair, der die Szene grinsend mitverfolgt hatte, kannte das Spiel. Angus lehnte sich über die Theke und senkte verschwörerisch die Stimme. »Na schön. Dieses eine Mal. Aber wehe, wenn das die Runde macht. Dann kannst du dich auf was gefasst machen.«

»Dieses eine Mal. Und versprochen, es bleibt unter uns«, gelobte Roddy feierlich und setzte die Flasche erneut an die Lippen. »Auf Nelly, die heute leider daheimbleiben musste.«

Eine knappe Stunde später war der Pub brechend voll. Roddy, durch den Whisky reichlich angeheitert, war in Feierlaune und sorgte mit seinem Dudelsack ordentlich für Stimmung. Dann war es Zeit für eine Pause. Roddy legte sein Instrument beiseite. Zusammen mit Murdo, Tom und einigen anderen ging er vor die Tür, um eine zu rauchen. Ailsa saß alleine an dem Tisch vor dem Kamin, während Blair sein zweites Glas Berserker leerte. Aus den Augenwinkeln schielte er zu ihr hinüber. Sein Magen zog sich zusammen. Er verspürte den Drang, zu ihr zu gehen, ihr wie früher den Arm um die Schulter zu legen und vom Fleck weg mit ihr über alles Mögliche zu reden, so ungezwungen wie damals. Doch das war undenkbar.

Sie war nicht mehr derselbe Mensch wie vor achtzehn Jahren, im Jahr der Mondwende. Zwar besaß sie mit ihren klaren blauen Augen, dem schmalen Gesicht, dem entschlossenen Kinn und der feinen, geraden Nase noch immer die eigenwillige Schönheit von früher. In ihren Zügen aber hatte sich etwas verändert. Er entdeckte etwas Herbes, zugleich Verletzliches, das er so an ihr zuvor nicht gesehen hatte. Nachdenklich ruhten seine Augen auf ihr. Ihr Teint war blasser, als er ihn in Erinnerung hatte. Die Farbe ihrer Haare – schokoladenbraun – nicht unhübsch, aber gewöhnungsbedürftig. Persönlich bevorzugte er die alte Ailsa mit der leuchtend roten Mähne und dem sommersprossigen Gesicht. Aber was spielte seine Meinung schon für eine Rolle? Vor achtzehn Jahren hatte er Ailsa geliebt. Mittlerweile war viel geschehen. Marsaili war nach Ailsa das Zweitbeste, was ihm im Leben passiert war. Dennoch war ihm die Freundschaft zu Ailsa beinahe so wichtig wie die Luft zum Atmen. Und das hatte nichts mit Sex oder Begehrlichkeit zu tun. *Sie* war diejenige, mit der er seine Jugend verlebt hatte. Er hoffte inständig, dass es ihnen gelänge, zurück zu ihrer alten Leichtigkeit zu finden.

Erneut schien sie seinen Blick zu bemerken und wandte den Kopf. Für einen spannungsgeladenen Moment sahen sie sich schweigend an. Dann schob Ailsa den Stuhl beiseite und erhob sich. Blair sog scharf die Luft ein, als sie mit selbstsicheren, eleganten Schritten quer durch den Pub auf ihn zukam. Als hätte sie nur auf die Gelegenheit gewartet, ihn unter vier Augen zu sprechen.

»Hallo, Blair.« Sie stellte ihr Glas auf die Theke und schenkte ihm ein Lächeln. Auf dem linken oberen Vorderzahn, direkt neben der kleinen Zahnlücke, klebte dunkelroter Lippenstift. Ein hinreißender Kontrast zu ihrem ansonsten tadellosen Äußeren. Sie deutete auf den freien Hocker neben Blair. »Darf ich mich setzen?«

»Sicher«, er zuckte scheinbar gleichmütig die Achseln.

»Blair, ich hatte gehofft, dass wir heute Abend Gelegenheit finden würden, miteinander zu reden.«

»Und die Gelegenheit ist jetzt?«

»Warum nicht?«

Schweigend griff Blair nach zwei von Angus' Schnapsgläsern hinter der Theke und schenkte ihnen beiden Whisky ein.

»Zum Wohl.« Er prostete ihr zu. Dann legte er den Kopf in den Nacken und leerte den Whisky in einem Zug.

»Ich muss dir etwas sagen ...« Ihre Hand ruhte auf seinem Unterarm. Warm, weich, vertraut. »Ich hatte inzwischen reichlich Gelegenheit nachzudenken, und ich muss zugeben, dass ich mich getäuscht habe. Du hattest recht. An den englischen Investor zu verkaufen war nicht gerade eine meiner besten Ideen.«

»Ach?« Er war tatsächlich überrascht. So sehr, dass er seine Skepsis nur schlecht verbergen konnte. Er wischte sich mit der Handkante über die Lippen »Auf einmal? Wie kommt das denn?«

»Vielleicht habe ich zu wenig darüber nachgedacht, was für die Insel gut ist ...« Ailsa zuckte die Schultern. »Von Toronto aus betrachtet, schien es eine gute Lösung.«

»Es ist eine verdammte Scheißlösung.«

»Beim genaueren Hinsehen, ja, das stimmt. Schon komisch.« Sie starrte auf die braune Flüssigkeit im Glas. Blair kam es vor, als würde sie seinem Blick ausweichen. »Normalerweise bin ich diejenige in der Firma, die für individuelle Lösungen kämpft. Die werfen zwar weniger Profit ab, sind aber meist besser für die Anwohner.« Mit einem hörbaren Seufzer nippte sie an ihrem Whisky. »Schon merkwürdig, was Schuldgefühle anrichten können. Um ehrlich zu sein, hatte ich eine Heidenangst davor, mich nach all den Jahren mit Kaitlins Tod auseinanderzusetzen. Vermutlich wollte ich genau aus diesem Grund einfach nur ...«, sie hob die Finger und malte Anführungszeichen in die Luft, »... ›schnell mein Ding durchziehen‹, wie du es bezeichnet hast.«

»Niemand macht dir Vorwürfe wegen Kaitlin.«

»Nein«, sagte sie leise. »Niemand außer mir selbst.«

Er spürte, wie sie sich kaum merklich verspannte. »Aber damit muss ich klarkommen. Ich weiß bloß noch nicht, wie.« Er schwieg, um sie nicht weiter zu bedrängen. »Zurück zu dem, was ich dir eigentlich erzählen wollte.« Sie warf ihm einen langen Blick zu. »Ich werde nicht an den englischen Investor verkaufen.«

»Bist du dir sicher?«

»Ja.«

»Das heißt, du behältst die Croft?«

»Nein, das nicht.« Sie straffte die Schultern. »Murdo hat mir gerade ein Angebot unterbreitet. Natürlich muss ich alles in Ruhe durchrechnen, aber wenn wir uns einig werden – und davon gehe ich aus –, verkaufe ich an Murdo.«

»Was zur Hölle will Murdo mit der Croft anfangen? Das ergibt keinen Sinn.«

»*Aye*, ich weiß. Das habe ich mich auch gefragt!« Ailsa hob verständnislos die Hände in die Luft. »Im Prinzip kann es uns egal sein. Wenn du meine Meinung hören willst, ich glaube, Murdo wird ein wenig sentimental auf seine alten Tage. Immerhin war Kaitlin seine einzige Schwester. So gesehen verständlich, dass er ihr Haus gerne weiterhin in Familienbesitz wissen möchte.«

Blair nickte, als könnte er den Gedanken nachvollziehen. Doch insgeheim drängte sich ihm ein ganz anderer Verdacht auf. Seit geraumer Zeit kaufte Murdo, wann immer sich Gelegenheit bot, leer stehende Häuser nebst umliegendem Land. Stets unter der Hand, sodass es niemand mitbekam. In einer so eng zusammengeschweißten Gemeinde ein Ding der Unmöglichkeit. Für Blair war klar, was dahintersteckte: Murdo wurde keineswegs rührselig. Es war vielmehr so, dass der alte McIver gerne überall die Finger im Spiel hatte. Blair hatte ihn schon lange im Verdacht, im Hintergrund die Strippen zu ziehen, was die Geschicke der Gemeinde betraf.

»Na schön«, sagte sie. »Dann wäre das also geklärt.«

»*Aye*. Dann kannst du dich ja in den nächsten Flieger setzen und verschwinden«, erwiderte er schroffer als beabsichtigt.

»Blair«, sie legte die Hand auf seinen Arm. »Sieh mich an, bitte. Was ist eigentlich los mit dir?«

»Was soll sein?« Ärgerlich schüttelte Blair ihre Hand ab. Das Gespräch nahm eine unangenehme Wendung. Sie steuerten auf dünnes Eis zu. Er hätte sich in den Hintern beißen können. Warum hatte er das Gespräch nicht einfach beendet, als noch Zeit dazu gewesen wäre? Sein Blick streifte über die Köpfe, auf der Suche nach einer geeigneten Ablenkung. »Roddy hat reichlich Breitseite. Ich sollte ihn besser nach Hause bringen, bevor er Ärger bekommt.«

Er hörte, wie Ailsa schwer ausatmete, als wüsste sie nicht, wie sie darauf reagieren sollte. Aber vielleicht war sie auch einfach nur genervt von ihm. Sie trommelte mit den Fingerspitzen gegen ihr Whiskyglas. Ein unangenehmes, kratzendes Geräusch. »Ich mache mir Sorgen um dich. Du klangst ziemlich merkwürdig am Telefon.«

»Ich war betrunken«, er unterdrückte den Impuls, ihr das Glas aus der Hand zu nehmen. »Soll vorkommen.«

Sie hörte auf, mit den Fingern zu trommeln. Die gefühlte Stille, die mitten im Kneipengetöse entstand, war beinahe noch schlimmer. »Und gerade bist du wieder dabei, dich zu betrinken.«

Er lachte heiser auf. »Wir sind nicht verheiratet. Die Rolle der treu sorgenden Gattin ist schon an Marsaili vergeben.«

»Aber die Rolle der guten Freundin ist noch frei. Komm schon, Blair, mach mir nichts vor. Es geht dir nicht gut. Das sehe ich.«

»Du täuschst dich. Da ist nichts.«

»Wirklich? Du bist nach wie vor mein bester Kumpel, Blair. Du würdest mich doch nicht anlügen?«

»Warum sollte ich?«

Sie schwieg und starrte in ihren Whisky. »Also schön. Ich glaube dir. Aber bitte versprich mir, dass du mich anrufst, wenn du jemanden zum Reden brauchst, okay?«

»Das wird nicht der Fall sein.«

»Falls doch, Toronto liegt nur sechs Stunden in der Zeitzone zurück. Wir finden eine Möglichkeit zu reden, versprochen.« Sie knuffte ihm in die Seite. »Das gilt aber nur, wenn du halbwegs nüchtern bist.«

»*Aye.*«

»Wunderbar. *Cheers, Shag.*« Sie gab ihm einen Kuss auf die Wange.

Shag ... sein alter Spitzname. Kormoran, nach dem Vogel, dessen Gefieder so schwarz ist wie Blairs Haar. Es war lange her, dass sie ihn so genannt hatte.

»*Cheers, Starfish.*« Er konterte mit dem Spitznamen, den er ihr gegeben hatte: Seestern, so korallenrot wie Ailsas Haar. Impulsiv schlang sie die Arme um seinen Hals. »Ich glaube, ich brauche ein wenig frische Luft. Der Jetlag macht sich bemerkbar«, sagte sie, als wäre sie ihm eine Erklärung schuldig. Sie leerte ihr Glas und verließ gleich darauf den Pub.

Blair starrte ihr hinterher. Etwas in ihm drängte ihn dazu, aufzuspringen, ihr hinterherzulaufen und ihr geradeheraus die Wahrheit zu erzählen. Über das, was er damals getan hatte, und vor allem darüber, warum er Grayson und die St Johns aus tiefstem Herzen hasste. Er schluckte schwer. Unter Aufbietung all seiner Willenskraft zwang er sich, sitzen zu bleiben. Dann war der Impuls vorüber. Mit zitternden Fingern griff er zu der Flasche und betäubte den Schmerz in seiner Brust mit Whisky. Ein Höllenfeuer aus Reue und Selbstverachtung brannte in ihm. Und es gab nichts, was er dagegen tun konnte.

Kapitel 6

Nach dem Gespräch mit Blair hatte Ailsa das dringende Bedürfnis nach frischer Luft. Sie trat in die kühle Nacht hinaus und spazierte ein Stück die Straße hinunter. Ein paar Inselschafe, Blackies genannt, weiß mit schwarzen Köpfen, wärmten sich auf dem Teer auf. Ihre Augen leuchteten gespenstisch silbern im Mondschein. Ailsa ging weiter. Das schmale Band der Straße schlängelte sich glänzend um die Landspitze. Finstere Wolken, vom Mond in Szene gesetzt, jagten über einen zornigen Himmel. Die Luft war mit prickelnden Salzkristallen durchsetzt. Ailsa blieb stehen und legte die Hände an die schmerzenden Schläfen. Ihr Kopf dröhnte, was zum Teil an dem Schlafmangel der letzten Tage, zum Teil aber auch an dem Whisky lag, den Blair ihr aufgedrängt hatte. Sie war so etwas einfach nicht mehr gewohnt. In Toronto trank sie selten Hochprozentiges. Paul war Weinliebhaber, seine Wahl stets erlesen. Überwältigt von der plötzlichen Sehnsucht, seine Stimme zu hören, zog sie das Handy aus ihrer Tasche. Kein Empfang. Sie stieg den Hügel hinauf, bis ausreichend Balken auf dem Display erschienen, und wählte Pauls Nummer. Wieder die Mailbox. Verflixt, wieso ging er nicht ans Telefon? Allmählich machte sie sich Sorgen. Eine leise Stimme flüsterte ihr zu, dass etwas ganz und gar nicht in Ordnung war.

Mit einem Blick auf die Uhr der Anzeige stellte Ailsa fest, dass es reichlich spät geworden war. Sie beschloss, sich nur noch rasch von Murdo zu verabschieden und dann nach Hause zu fahren. Als sie die Holztür des Pubs aufzog, schlug ihr Kneipenluft, durchmischt mit dem Geruch feuchter Kleidung entgegen. Roddy lehnte immer noch am Kamin und spielte Dudelsack. Murdo saß an der Bar, in eine Unterhaltung mit Angus vertieft. Sie bahnte sich ihren Weg durch die Menge und setzte sich an ihren Tisch. Plötzlich spürte sie ein Prickeln in ihrem Rücken. Sie drehte den Kopf. Tatsächlich, da drüben stand Grayson und winkte ihr zu. Sie blinzelte verwundert. Wo kam der denn auf einmal her? Er musste den Pub betreten haben, als sie draußen gewesen war und mit Pauls Mailbox telefoniert hatte. Soeben verabschiedete er sich mit einem freundlichen Nicken von Tom MacCuish, dann bewegte er sich auf sie zu. Ailsas Herz machte einen Hüpfer.

»Hallo, Ailsa.«

»Grayson, ich hatte nicht damit gerechnet, dich hier zu sehen«, log sie.

»Darf ich mich für einen Moment zu dir setzen?«

»Aber gerne.«

Er zog einen Stuhl heran. »Du wirkst zufrieden. Kommst du mit dem Verkauf des Hauses voran?«

»Aye. Es haben sich einige neue Aspekte ergeben, die vielversprechend klingen.«

»Das freut mich zu hören«, sagte er mit einem Lächeln, das nicht ganz bis an seine Augen reichte. In seiner Stimme schwang ein Unterton mit, den sie nicht enträtseln konnte. »Dann hast du also einen Käufer gefunden?«

»Wie es aussieht, ja. Murdo hat mir ein Angebot unterbreitet. Wir sind uns fast einig. Wenn alles gut läuft, kann ich früher als geplant nach Toronto zurückfliegen.«

»Das sind wunderbare Nachrichten. Ich freue mich sehr für dich.«

»Danke.«

Verlegen schwiegen sie sich an. Ailsa schob ihr Glas auf der Tischplatte herum. Sie wurde das Gefühl nicht los, dass Grayson, genau wie sie, gehemmt war. Beide schienen das eigentliche Thema zwischen ihnen meiden zu wollen und flüchteten sich in Unverbindliches.

Als hätte er erraten, was in ihr vorging, wurde sein Gesichtsausdruck auf einmal nachdenklich. »Ich weiß nicht, ob du das hören willst, aber du glaubst nicht, wie froh ich bin, dass wir uns nach all den Jahren wiedergetroffen haben.«

»Mir geht es genauso«, sprudelte es aus ihr heraus. »Wir sollten darüber reden, was vor achtzehn Jahren mit uns passiert ist, meinst du nicht? Wenn ich ehrlich bin, krieg ich gar nicht mehr zusammen, warum wir ohne ein klärendes Wort auseinandergegangen sind.«

»Das war einer der Gründe, weshalb ich dich zum Essen einladen wollte.« Er verstummte und sah sie einen langen Moment an. »Du und ich, das war etwas Besonderes für mich, und zwar lange bevor ich mich in dich verliebt habe. Ich habe damals nicht nur meine große Liebe, sondern auch meine beste Freundin verloren«, er neigte ihr den Oberkörper zu. Einen Moment lang hatte Ailsa das Gefühl, er wollte die Hand ausstrecken, um sie zu berühren. Doch dann schien er es sich anders zu überlegen. Er ließ die Unterarme auf seinen Knien ruhen und verschränkte die Finger ineinander. »Ich wäre überglücklich, wenn wir wieder Freunde sein könnten. Meinst du, das geht?«

Ailsa schluckte. Sie konnte kaum glauben, dass er das wirklich gerade gesagt hatte. Eine Flut von Erinnerungen durchströmte sie: ihr Kopf an seine sonnengebräunte, durchtrainierte Brust gelehnt. Seine warmen, kräftigen Hände an ihrer Taille. Der gemeinsame Puls, der sie damals verbunden hatte, hallte in ihr wider wie das Echo verklungener Tage. Die Bitterkeit, die sie bei dem Gedanken an Grayson in den vergangenen Jahren empfunden hatte, floss aus ihrem Herzen und verschwand. Eine alte Wunde begann sich zu schließen und zu heilen. Vielleicht war es wirklich möglich. Vielleicht konnten sie trotz aller Verletzungen wieder Freunde sein.

»Lass es uns versuchen«, sie schluckte und hoffte, dass er nicht bemerkte, wie nahe ihr das Ganze ging.

»Komm her«, impulsiv beugte er sich vor und schlang die Arme um sie. Sie lehnte den Kopf an seine Brust und atmete tief aus. Alle Anspannung fiel von ihr ab. Der Pub mit all seinem Lärmen und Raunen trat in den Hintergrund. Die Welt hörte für einen winzigen Moment auf, sich zu drehen. Mit jedem Schlag seines Herzens konnte sie sich ein wenig mehr öffnen. Es tat so gut, ihn wieder in ihrem Leben zu wissen.

Obwohl es sicher nur einige Augenblicke gewesen waren, kam ihr der Moment endlos vor. Irgendwann löste er die Arme von ihr. Sein Blick war ernst und gleichzeitig bedauernd. »Ich weiß nicht, wie ich mein Verhalten von damals erklären soll, aber es tut mir aufrichtig leid. Ich habe mich wie ein Idiot benommen.«

Sie schüttelte den Kopf. »Es bringt nichts, von Schuld zu sprechen. Ich habe mir mindestens genauso viel vorzuwerfen wie du dir. Es war eine verrückte Zeit damals. Die Große Mondwende. Die Geschichten der Altvorderen. Wir haben dem Ganzen eine immense Bedeutung für unser Leben beigemessen.«

»Eine schicksalsträchtige Nacht«, er nickte bedächtig. »Davon waren wir fest überzeugt. Die Nacht, in der man die wahre Liebe findet oder verliert und sich Dinge ereignen, die sich mit bloßem Verstand nicht erklären lassen. Und so war es dann auch.«

»Eine Prophezeiung, die sich selbst erfüllt hat«, lächelnd schüttelte sie den Kopf. »Meine Güte, was waren wir naiv.«

Er nahm ihre Hand und hielt sie fest. Der intensive Blick seiner Augen ruhte auf ihr. »Als du in dieser Nacht nicht zu unserem Treffen gekommen bist, war ich fest überzeugt, dass du dich für Blair entschieden hattest.«

Sie stöhnte auf. »Es war so dumm von mir, dich mit Blair eifersüchtig machen zu wollen. Vor allem weil ich wusste, wie schwer es dir fällt, über Gefühle zu sprechen. Trotzdem wollte ich dich dazu zwingen.« Sie biss sich auf die Lippe.

»Das war es? Du wolltest mich eifersüchtig machen?« Grayson schüttelte ungläubig den Kopf. »Du warst also gar nicht in Blair verliebt?«

Ernst blickte sie ihm in die Augen. »Nein. Niemals. Blair war mein bester Kumpel. Schon immer. Aber du ...«, sie brach mitten im Satz ab.

»Ja?«

»Für dich hatte ich damals eine absolute Schwäche.«

»Gott im Himmel«, entfuhr es ihm. »Wir haben es nach allen Regeln der Kunst vermasselt, nicht wahr?« Er hob ihre Hand und führte sie an seine Lippen. Ailsa bemerkte ein irritiertes Aufflackern in seinen Augen, dann ließ er ihre Hand los, so abrupt, als hätte er sich daran verbrannt.

Ailsa blickte betreten zur Seite. Sie räusperte sich. »Ja, in der Tat. Das haben wir.«

Grayson lehnte sich zurück und strich sich mit beiden Händen das Haar aus der Stirn. Er befürchtete ... ja was eigentlich? Klar auszusprechen, dass Blair, Ailsas bester Freund, offensichtlich damals ihrer beider Vertrauen missbraucht hatte? Dass er Dinge über sich und Ailsa erzählt hatte, die gelogen waren? Inzwischen dämmerte Grayson der schreckliche Verdacht, dass Blair ihn damals am Ungeraden Stein bewusst hinters Licht geführt hatte, dass Ailsas Haarlocke zum Beweis ihrer Zuneigung an jenem Abend für ihn, nicht für Blair bestimmt gewesen war. Doch spielte es jetzt noch eine Rolle? Es war zu spät, das Durcheinander an Lügen und Missverständnissen aufzudecken. Ailsa würde sich nur fürchterlich aufregen, wenn sie die Wahrheit erfuhr. Wie er sie kannte, würde sie mit ihrer direkten Art Blair ordentlich die Meinung geigen, was wiederum zur Folge hätte, dass Blair alles abstreiten würde, um sein Gesicht nicht zu verlieren. Es war zu spät. Von der Wahrheit hatte wirklich niemand mehr etwas. Ailsa am allerwenigsten. So sagte er nur: »Ich und meine verdammte Zurückhaltung. Unglaublich. Warum hatte ich nicht den Mut, dir zu sagen, wie viel du mir bedeutest, bevor ich nach Cirencester ging?«

Sie lächelte ihm zu. »Es hat einfach nicht sein sollen«, sagte sie sanft.

»Damit hast du sicher recht. Wie ich sehe, hast du dein Glück inzwischen gefunden.« Er deutete auf ihren Ehering. »Du bist doch glücklich, oder nicht?«

»Ja, sehr. Paul ist ein wunderbarer Mann«, versicherte sie, ein wenig verhalten, wie er fand.

»Das freut mich zu hören«, er lächelte, obwohl er spürte, dass sie doch plötzlich wieder bei der Förmlichkeit angelangt waren, mit der sie ihr Gespräch begonnen hatten. »Schön. Nachdem wir nun beide festgestellt haben, dass es uns nicht bestimmt war, eines der Märchen dieser Insel zu schreiben, indem wir als romantisches Liebespaar in die Geschichte eingingen …«, er zwinkerte, um zu verdeutlichen, dass er einen Scherz machte, »könntest du es mit dir vereinbaren, meine Einladung zum Essen doch noch anzunehmen?«

»Sehr, sehr gerne«, erwiderte sie, ohne zu zögern.

Er nickte, nach außen ruhig, als hätte er mit keiner anderen Antwort gerechnet. In Wahrheit spürte er, wie sein Herz gegen seinen Brustkorb hämmerte. Ailsa würde tatsächlich mit ihm ausgehen. Es war kaum zu fassen. Im ganzen Leben hätte er nicht damit gerechnet, dass sie zusagen würde. Es ist nur ein Essen, außerdem ist sie verheiratet, mahnte eine leise Stimme in seinem Ohr. Er musste sich gewaltig zusammenreißen, Ailsa nicht mit einem dämlichen Grinsen anzustarren, als wäre er ein frisch verliebter Teenager, und blickte zur Seite. »Ich bin gespannt wie ein Flitzebogen, alles über dein aufregendes Leben in Kanada zu erfahren.«

»Ich werde dir gerne berichten. Dabei fällt mir ein, dass ich von dir noch weniger weiß als du von mir. In Grunde genommen gar nichts. Wie ist dein Leben verlaufen in den vergangenen achtzehn Jahren?«

»Sicher nicht so spannend wie deines«, er winkte ab. »Insgesamt eine eher langweilige Geschichte. Vorhersehbar, sozusagen. Ich erzähle dir alles bei unserem Essen. Weißt du schon, wann du es einrichten kannst?«

Sie schien zu überlegen. »Wie wäre es mit morgen?«

»Das passt ausgezeichnet. Vorausgesetzt, meine Bedienung im Restaurant lässt mich nicht im Stich. Aber darüber machen wir uns Gedanken, wenn es so weit ist. Dann also bis morgen?« Er erhob sich und zog sie zum Abschied erneut in seine Arme.

»Bis morgen«, erwiderte Ailsa. Eine Erleichterung, wie er sie nicht einmal empfunden hatte, als er seinem Leben in London den Rücken gekehrt hatte, überfiel ihn. Und dann war da noch ein anderes Gefühl, dem er besser nicht weiter nachspürte.

Als Blair von den Toiletten zurückkehrte, sah er Grayson an Ailsas Tisch sitzen. Seine Anspannung nur mühsam beherrschend, griff Blair zu seinem inzwischen schalen Berserker.

Sein Blick wanderte wie von einer unsichtbaren und grausamen Kraft angezogen erneut zu dem Tisch vor dem Kamin. Die beiden schienen sich angeregt zu unterhalten. Das Vibrieren in seiner Brust schwoll zu einem gewaltigen Dröhnen an. Gerade senkte Grayson die Lippen über Ailsas Hand. Blair ballte die Fäuste in den Taschen. Die beiden wirkten so vertraut, dass es ihm wie ein Messer in die Brust schnitt.

Wenige Minuten später stand Grayson auf und küsste Ailsa auf beide Wangen. Wie es aussah, verabschiedete er sich. Blair ließ die angestaute Luft aus seinen Lungen entweichen. Das Gespräch war zu Ende. Grayson verließ den Pub. Kurz darauf erhob sich auch Ailsa. Sie nahm ihren Schal und winkte ihm quer durch den Raum zum Abschied zu.

Blair wartete einen Moment, dann warf er ein paar Münzen auf die Theke und stand ebenfalls auf. Er trat vor die Tür. Die kühle Nachtluft blies ihm ins Gesicht. Benebelt vom Alkohol, rieb er sich die Augen. Besser, er würde das Auto stehen lassen, beschloss er, und machte sich zu Fuß auf den Heimweg. Die Bewegung tat gut. Allmählich wurde sein Geist klarer. Schließlich tauchte am Ende der Straße Ailsas Croft auf, dahinter sein eigenes Haus mit den Stallungen. In Ailsas Fenster brannte Licht. Marsaili hingegen schien schon im Bett zu sein. Im gemeinsamen Schlafzimmer war es dunkel. Mit schweren Schritten ging er auf das Haus zu. Er fragte sich, was noch passieren musste, bevor Grayson endlich aus seinem Leben verschwand.

Kapitel 7

»Sie sind ausgesprochen reizend, findest du nicht?« Grayson stand im Matsch, den Rücken gegen die Mauer des Auslaufs gelehnt, und betrachtete verzückt die Neuankömmlinge, die neugierig an seinen orangenen Gummistiefeln schnupperten. Die beiden Gloucestershire-Schweine, eine robuste, schwarz-weiß gefleckte Rasse, fühlten sich allem Anschein nach sauwohl in ihrem neuen Zuhause.

»Ein wenig mickrig, finde ich. Die werden wir bis *Hogmanay* ganz schön mästen müssen«, erwiderte Janet.

Lächelnd schüttelte Grayson den Kopf. »Ach was, die sind prächtig! Das hier werde ich Daphne nennen«, er deutete auf das Ferkel mit den schwarzen Rändern um beide Augen. Es sah aus, als würde es eine Brille tragen. »Und diese Dame hier …«, er bückte sich und kraulte das andere Ferkel, das sich gerade auf dem Hintern niedergelassen hatte. Mit hängenden Schlappohren blickte es zu ihm hoch wie ein dressiertes Hündchen. »Du heißt Esther.«

Janet schnappte hörbar nach Luft. »Findest du, das ist eine gute Idee?«

»Warum nicht? Eine Tante von mir hieß Esther. Es ist ein sehr schöner Name«, gab Grayson ungerührt zurück. Er griff in seine Hosentasche und warf Esther ein Stück altes Brot zu, das diese mit einem Happs verschlang, sehr zum Leidwesen von Daphne. Sie zuckte entrüstet mit dem Schnäuzchen und trottete davon.

»Du willst ihnen allen Ernstes Namen geben, obwohl ich sie für *Hogmanay* als Braten eingeplant habe?«, entrüstete sich Janet.

»Bis Silvester sind es noch über drei Monate«, erwiderte Grayson und verdrängte den Gedanken an das unheilvolle Ende der beiden Ferkel. »Bis dahin werden sie es hier richtig gut haben. Dazu gehört selbstverständlich, ihnen auch einen Namen zu geben. Wie soll ich sie denn sonst beim Füttern rufen?«

»Wie wäre es mit ›Schwein‹?«, schlug Janet vor und schnitt eine Grimasse. »Aber bitte. Wie du meinst. Dann setze ich ihre Namen besser gleich mit auf das Menü. ›Letzter Gruß von Daphne, die hier auf dem Hof ein glückliches und erfülltes Leben hatte.‹«

Grayson hob warnend eine Augenbraue. Wieder einmal gingen Janets Kommentare ein gehöriges Stück zu weit. »Wir sollten das Thema nicht weiter vertiefen. Um die Speisekarte kümmern wir uns, wenn es so weit ist.«

»Wie du meinst.«

»Was ist eigentlich mit Catherine?«, erkundigte sich Grayson, dem gerade einfiel, dass es ein viel drängenderes Problem zu lösen gab. »Sie kann doch hoffentlich heute Abend arbeiten?«

»Ich fürchte, nein«, Janet schüttelte den Kopf. »Sie hat vorhin angerufen und sich bis morgen krankgemeldet. Wir müssen wohl ohne Servierkraft auskommen. Was bedeutet, dass ich auf deine Hilfe angewiesen bin, Chef.«

»Vollkommen unmöglich!« Grayson hob abwehrend die Hände. »Zumindest heute. Ich esse mit einer alten Freundin zu Abend.«

»Wie du meinst. Aber dann beschwer dich nicht, wenn das Fleisch anbrennt und die Soße zu einem unappetitlichen Klumpen verschmort, weil ich damit beschäftigt bin, die Getränkebestellung aufzunehmen und die Suppe aufzutragen.«

»Verflixt«, fluchte Grayson und kickte mit dem Fuß nach einem Stein. »Gibt es denn sonst niemanden, den wir fragen könnten?«

»Hm ... Peigi vielleicht«, Janet zog ihre Stupsnase kraus. »Allerdings glaube ich kaum, dass sie die Kinder alleine lassen kann. Tom ist nach Glasgow gefahren, um sich nach Jagdausrüstung umzusehen. Er übernachtet bei einem Freund und kommt erst morgen zurück.«

»Ich rede mit ihr«, erklärte Grayson. Das Essen mit Ailsa wegen einer erkrankten Bedienung ausfallen zu lassen, kam nicht infrage. Er würde schon eine Lösung finden. Er blickte zu Daphne hinüber in der Hoffnung, dass ihm eine Erleuchtung käme, aber alles, was ihm in den Sinn kam, war das Lächeln, mit dem Ailsa sich von ihm gestern verabschiedet hatte. Er fühlte Janets Blick auf sich ruhen und räusperte sich. »Ich wollte ohnehin zu Peigi hinüberfahren und sie um ein kleines Blumenarrangement bitten. Ach ja, dabei fällt mir ein: Kannst du den Zweiertisch am Fenster für mich reservieren?«

»Das wird schwierig, der ist schon belegt«, erwiderte Janet wie aus der Pistole geschossen.

Grayson reckte das Kinn. »Dann musst du eben umplanen. Du hast ein wunderbares Talent im Umgang mit den Gästen. Ich bin sicher, dir fällt eine Lösung ein. Und was das Bedienen der Gäste betrifft, wie wäre es, wenn Sophia aushilft?«

»Sophia?« Eine widersprüchliche Mischung aus Stolz und Zweifel stahl sich in Janets Gesicht. »Ich weiß nicht recht. So mitten unter der Woche? Sie muss am nächsten Morgen früh raus. Ich möchte nicht, dass sie im Unterricht einschläft.«

»Es wäre ja nicht für lange. Wenn Sophia die Cocktails servieren und bei der Vorspeise helfen könnte, würde ich den Hauptgang übernehmen. Sie macht das bezaubernd. Du bräuchtest lediglich die Nachspeise aufzutragen. Damit wäre das Problem gelöst.«

»Hm, ich weiß nicht.«

»Komm schon, Janet.« Grayson machte einen Schritt auf sie zu und legte ihr die Hand auf die Schulter. Eine Geste, die Janet immer weich werden ließ. »Ich weiß, dass es nicht immer leicht ist, die Kleine alleine großzuziehen und die ganze Verantwortung zu tragen. Aber sie liebt es nun mal, die Gäste zu bedienen. Es würde ihr riesigen Spaß machen.«

Janet verlagerte das Gewicht von einem Fuß auf den anderen, ein sicheres Zeichen, dass ihr Widerstand zu schmelzen begann. Grayson beschloss, den Reiz des Angebotes zu erhöhen. »Was hältst du von der Idee, wenn wir zum Ausgleich zu dritt nach Dalmore zum Surfen fahren, sobald das Wetter es erlaubt? Als Dank für Sophias Hilfe? Komm schon, gib dir einen Ruck, Janet. Es sind besondere Umstände …«

»Ach, tatsächlich?« Janets Augen durchbohrten ihn.

Unwillig strich sich Grayson über das dunkle Haar. Er erwog, ein paar erklärende Worte hinzuzufügen, entschied sich dann aber dagegen. Rasch wandte er sich ab, damit Janet nicht sah, wie bei dem Gedanken an Ailsa unwillkürlich ein Lächeln über seine Mundwinkel zuckte. Er streckte die Hand aus, um Esthers borstiges Hinterteil zu kraulen. Hingerissen von der unerwarteten Zuwendung stemmte Esther ihre winzigen Klauen in den Boden. Ein wohliges Zittern lief über ihren Rücken, sie presste ihren Leib fest gegen Graysons Gummistiefel. Grayson wartete, bis Janet im Haus verschwunden war, dann beendete er zu Esthers Enttäuschung die Rückenmassage und erhob sich. Er trat aus dem Auslauf und schloss das Gatter. Beim Gedanken an das Dinner spürte er ein nervöses Kribbeln im Magen. Sophia heute Abend aushelfen zu lassen erschien ihm eine gute Lösung. Er hoffte inständig, dass nicht in letzter Sekunde etwas dazwischenkommen würde.

»Latte kommt gleich. Möchtest du Clotted Cream zu deinem Scone? Such dir doch schon mal einen Tisch und setz dich. Ich gebe in der Küche Bescheid, dass mich jemand ablöst, dann können wir in aller Ruhe plaudern«, erklärte Peigi, die es offenbar gewohnt war, eine Unterhaltung zu führen und dabei mehrere Dinge gleichzeitig zu erledigen. Mit einer blütenweißen Schürze bekleidet, stand sie hinter einer Furcht einflößenden, im Fünfzigerjahre-Design gehaltenen Elektra-Kaffeemaschine am Tresen des Callanish Besucherzentrums. Peigi drehte an einem Hahn, zischend floss Milch in ein silbernes Kännchen. Währenddessen studierte Ailsa amüsiert die Schrift auf dem Schild an der Wand hinter Peigi. *Nehmen Sie sich vor frei laufenden Drachen hinter der Absperrung in Acht.*

»Ein Scone wäre wunderbar.« Ailsa warf ihrer Freundin einen dankbaren Blick zu. Sie hatte gerade einen Spaziergang zu den Steinen unternommen. Jetzt war sie hungrig, und ihre Finger waren steif vor Kälte. Ein heißer Kaffee und ein Stück Gebäck wären genau das Richtige, um ihre Lebensgeister wieder zu wecken. Interessiert sah Ailsa zu, wie Peigi Tasse und Kännchen in perfektem Winkel zueinander hielt. Im Nu entstand ein Herz im Milchschaum. Ailsa lächelte. Sie bewunderte Peigi für ihre vielfältigen Talente. Selbst im größten Tumult blieb sie die Ruhe selbst. Zudem war sie äußerst geschickt mit ihren Händen und eine begnadete Floristin. In Toronto hätte Peigi mit ihrem Floristikstil für Furore gesorgt, dachte Ailsa. Ob Peigi insgeheim bereute, auf Lewis hängen geblieben zu sein?

Sie ließ sich von Peigi das Tablett mit dem verführerisch duftenden Gebäck reichen. Ihr Blick flog durch den lichtdurchfluteten, in hellem, warmem Holz gehaltenen Raum. Spontan entschied sie sich für einen der Tische am Fenster mit Blick auf den East Loch Roag. Es dauerte eine Weile, dann setzte sich Peigi zu ihr. Sie nahm die Schürze ab, faltete sie ordentlich zusammen und legte sie auf den freien Stuhl neben sich.

»Wie gefällt dir das Café?«, fragte Peigi.

Ailsa nahm sich einen Moment Zeit für die Antwort und strich Clotted Cream auf ihren Scone. Sie runzelte die Stirn. »Schon komisch. Damals, als ich ging, stand gerade mal der Rohbau. Wie die Zeit verfliegt ... Aber ja, es ist wunderschön geworden. Äußerst einladend und gemütlich. Habt ihr genügend Zulauf?«

Peigi zuckte die Schultern. »Wir können uns nicht beklagen. Callanish ist ein beliebter Ausflugsort. Auf dem Weg vom Parkplatz zu den Steinen und zurück kommen die Touristen automatisch hier vorbei. Die meisten gönnen sich eine Kaffeepause oder kaufen eine Kleinigkeit im Souvenir-Shop.«

»Das heißt, das Zentrum wirft Gewinn ab?«, fragte Ailsa. Sie war gespannt zu hören, wie das als Genossenschaftsprojekt geplante Café sich entwickelt hatte. Angedacht war ursprünglich gewesen, ein geregeltes Einkommen für einige der Anwohner zu schaffen. Eine willkommene Alternative zu der Arbeit in der Fischölfabrik in Breasclete.

»Es läuft besser als gedacht. In der Saison beschäftigen wir alles in allem fünfzehn Leute, darunter Aushilfskräfte und Schüler. Und im Winter bleibt ein Stamm von immerhin vier Festangestellten. Ist das nicht ganz und gar unglaublich? Stell dir vor, seit letztem Jahr planen wir sogar einen Neubau. Drück die Daumen, dass die Regierung die Zuschüsse genehmigt«, sagte Peigi beschwörend und unterstrich ihren Wunsch, indem sie demonstrativ Zeige- und Mittelfinger beider Hände überkreuzte. »Natürlich sind wir nach wie vor wetterabhängig. Erst vorhin hat eine Reisegruppe von vierzig Personen uns abgesagt. Aufgrund des schlechten Wetters hat ihr Kreuzfahrtschiff Stornoway nicht anlaufen können. Das bringt die Planung durcheinander. Falls du also Kuchen möchtest, schlag ruhig zu.«

Ailsa schob den leeren Teller beiseite und hob abwehrend die Hände. Die Clotted Cream lag schwer in ihrem Magen. »Nein danke, der Scone war köstlich, aber jetzt bekomme ich keinen Bissen mehr herunter.« Ailsa gab sich Mühe, die leichte Übelkeit in ihrem Bauch zu ignorieren, und wagte ein Lächeln. »Klingt ganz so, als hätte sich hier einiges verändert?«

»In der Tat«, bestätigte Peigi. »Ich nehme an, du bist den Weg über das Dorf gekommen?«

Ailsa nickte. Sie hörte nur mit halbem Ohr zu. Meine Güte, der Fettgehalt einer einzigen Portion Clotted Cream reichte locker, um ihren Kalorienbedarf für die nächsten drei Wochen zu decken. Von dem unangenehmen Völlegefühl ganz zu schweigen.

»Im Dorf und bei den Steinen scheint die Zeit stillzustehen«, fuhr Peigi fort, die ausdrucksvollen rehbraunen Augen auf Ailsa gerichtet. »Wenn du dagegen die Route für die Reisebusse nimmst, sticht dir als Allererstes der Neubau ins Auge. Ein wirklich krasser Gegensatz. Manchmal kommt es mir vor, als würden bei den Steinen zwei Welten aufeinanderprallen.«

»Aber das tut die Zeit nicht«, griff Ailsa den Gedanken ihrer Freundin wieder auf. »Ich meine, stillstehen. Nicht einmal oben im Dorf, oder?«

»Ach, natürlich nicht! Aber es gibt einige Leute, die das gerne hätten.«

Sofort hatte Ailsa Morags Bild vor Augen. Sie spürte ein Schlingern in ihrem ohnehin überfüllten Magen. »Leute wie Morag, nicht wahr? Ich bin ihr an den Steinen begegnet.«

»Richtig. Was glaubst du, wie oft Besucher zu mir kommen und mir aufgelöst erzählen, dass sie von einer wütenden Frau mit wehendem schwarzem Haar und Wanderschuhen an den

Füßen wild beschimpft wurden. Einfach so, nur weil sie es gewagt haben, die Anlage zu betreten.«

Ailsa seufzte. »Zu mir war sie auch nicht gerade freundlich.«

»Komisch, das verstehe ich nicht. Morag vergrault eigentlich nur Touristen. Dass sie etwas gegen Einheimische hätte, wäre mir neu.«

»Sie war ziemlich penetrant.« Ailsa zuckte die Schultern. »Angeblich gäbe es ein Unheil, wenn ich nicht verschwinde.«

Peigi spielte mit dem Bändel ihrer Schürze und schwieg.

»Was ist? Wieso guckst du so?«, fragte Ailsa. Sie hatte den Eindruck, dass Peigi etwas durch den Kopf ging, womit sie nicht so recht rausrücken wollte.

»Es ist nichts. Nur ...«, Peigi schob die Unterlippe vor, »... du kennst Morag.«

»Was willst du damit andeuten?«

»Man kann von Morag halten, was man will. Sie kann wirklich gruselig sein.«

Ailsa nahm eine feine Anspannung an Peigis Kinnpartie wahr.

Peigi blickte aus dem Fenster. »Andererseits stimmt es, was man über sie erzählt. Morag kann sowohl in die Vergangenheit als auch in die Zukunft sehen. Sie hat mir zwei Söhne vorhergesagt.«

»Zufallstreffer«, konterte Ailsa.

»Und den Unfalltod von John MacCay. Er ist mit dem Auto über die Golden Road gefahren. Dann gab es einen Erdrutsch.«

»Kein Wunder bei dem Zustand der Straße.«

»Und den Tod von Jenny Myers. Sie war erst siebzehn und ist auf Bernera in den Klippen gestürzt. Als man sie gefunden hat, war sie erfroren.«

Ailsa starrte auf ihre Tasse und vermied es, Peigi anzusehen. *Sieben Elstern für ein Geheimnis, das nicht ans Licht kommt,* schoss es ihr durch den Kopf. Sie fühlte eine plötzliche Leere in sich.

»Ich will dir keine Angst machen«, sagte Peigi. »Weißt du noch, was sie in etwa gesagt hat?«

»Nichts Konkretes. Nur Andeutungen.« Ailsa rollte die Augen und senkte die Stimme zu einem Ton, mit dem sie sich als Märchentante im Rundfunk qualifiziert hätte. »Vielleicht zähle ich in ihren Augen auch zu den schrecklich lauten amerikanischen Touristen, die sie aus ihrem stillen Dorf vergraulen will, weil sie ihre heilige Ruhe stören«, versuchte Ailsa zu witzeln. Sie zog die Sache mit Morag bewusst ins Lächerliche, um das ungute Gefühl in ihrem Bauch zu vertreiben, das sie in den letzten Minuten befallen hatte. Und das nicht nur wegen des Scones. Die Sache mit den Vögeln ließ sie bewusst unter den Tisch fallen. Peigi war fürchterlich abergläubisch. Wenn sie von den Elstern erfuhr, würde sie auf der Stelle der Schlag treffen. Doch Peigi stieg nicht auf ihren Witz ein. Ihre Miene entspannte sich kein kleines bisschen.

»Ach komm schon«, Ailsa schüttelte den Kopf. Sie hatte allmählich genug von dem ganzen Aberglauben. »Du willst mir doch wohl jetzt nicht erzählen, ich soll auf Morag hören?«

Peigi zögerte, dann wechselte sie überraschend das Thema. »Wie lange hast du denn noch vor zu bleiben?«

»Nicht lange. Zwei oder drei Tage vielleicht. Paul hat nächste Woche ein Projekt, bei dem es um sehr viel geht. Ich muss präsentieren.«

Triumphierend schlug Peigi mit der flachen Hand auf den Tisch. »Da haben wir es. Das muss Morag gemeint haben. Deine Anwesenheit in Toronto ist wichtig, weil dir sonst ein großer Fisch durch die Lappen geht«, sie strahlte Ailsa an, als hätte sie ihr eben die Lottozahlen für die nächste Ziehung vorhergesagt.

Ratlos zuckte Ailsa die Achseln. »Wer weiß. Die Mühe hätte sie sich allerdings sparen können. Ich verstehe nicht, wie sie auf die Idee kommt, ich hätte vor, länger auf Lewis zu bleiben?«

»Egal.« Peigi tat das Thema mit einer großzügigen Handbewegung ab, es war ihr sichtlich unheimlich. »Doch jetzt erzähl. Wie geht es dir so? Du hast dich verändert, optisch zumindest. Wie läuft es zwischen dir und Paul? Ihr seid doch glücklich miteinander?«

Ailsa hob den Blick und sah aus dem Fenster. Draußen, über dem East Loch Roag, riss die Wolkendecke auf. Ein breit gefächerter Sonnenstrahl senkte sich über den Atlantik und zauberte ein Band aus glitzernden Lichtreflexen in das stählerne Grau, während die feine Linie zwischen Himmel und Meer in rauchblauen Schleiern versank. Ailsa dachte an den Abschied von Paul zurück und an die SMS, die sie sich geschickt hatten. Plötzlich reichte ihre Kraft nicht mehr, um Peigi etwas vorzumachen. Erst recht nicht sich selbst. »Ich weiß es nicht«, sagte sie und senkte den Blick. Die Worte waren mehr an sie selbst als an Peigi gerichtet. »In letzter Zeit bin ich mir nicht sicher.«

Peigis Stimme klang bedauernd. »Oje, es tut mir leid, wenn ich ins Fettnäpfchen getreten bin. Ich hatte ja keine Ahnung ...« Sie verstummte und griff nach Ailsas Hand. »Was ist los? Betrügt er dich?«

»Nein, das nicht.« Ailsa schüttelte entschieden den Kopf. »Wenn dem so wäre, hätte ich es bemerkt. Nein, es ist nur so, dass wir uns in letzter Zeit in unterschiedliche Richtungen entwickelt haben.« Gedankenverloren nahm sie den Löffel und zog damit Kreise durch den Milchschaumrest. Es tat weh, es sich einzugestehen, aber ja, zwischen Paul und ihr gab es die Tendenz, unaufhaltsam auseinanderzudriften. Als wären sie zwei Hälften eines Eisbergs, von unsichtbaren Kräften in entgegengesetzte Richtungen gezogen. Sie spürte Peigis Blick auf sich ruhen und wandte den Kopf. »So ist das eben. Jede Beziehung hat ihre Höhen und Tiefen. Das bleibt nicht aus nach all den Jahren.« Sie lächelte und spülte ihre Anspannung mit einem Schluck Kaffee hinunter.

»Ja, das ist wohl so«, versicherte Peigi, wirkte dabei aber angestrengt, als hätte sie Mühe nachzuvollziehen, wovon Ailsa sprach.

Bestrebt, dem Gespräch eine neue Wendung zu geben, ließ Ailsa den Blick durch das Café schweifen, das sich jetzt zur Mittagszeit langsam mit durchgefrorenen, in regennasse Nylonjacken gekleideten Besuchern füllte. Sie hob den Arm und deutete um sich. »Du meine Güte, ich hätte nicht damit gerechnet, dass die Steine bei diesem Wetter so viele Besucher anziehen.«

»Das ist noch gar nichts«, winkte Peigi ab. »Deshalb brauchen wir so dringend den Neubau. Ich weiß ohnehin nicht, wie wir den Ansturm, der uns zur Mondwende bevorsteht, bewältigen sollen. Wusstest du, dass sämtliche Pensionen in der Umgebung bis unters Dach vollgestopft sind? Da fällt mir ein, wo wir gerade von Hotels und Unterkünften sprechen, Grayson war hier. Er hat mir erzählt, dass du dich mit ihm heute Abend zum Essen triffst.« Sie unterbrach sich und kniff neugierig die Augen zusammen. »Wie kommt's?«

»Ich bin ihm beim Einkaufen über den Weg gelaufen, kurz nachdem ich dich getroffen hatte. Merkwürdig, dass es ihn wieder zurück auf die Insel gezogen hat.« Sie verstummte einen Moment. »Es war seltsam, ihn zu treffen. Seltsam und schön zugleich. Er sieht noch genauso aus, wie ich ihn in Erinnerung hatte.«

Peigis Blick wurde prüfend. »Und was heißt das?«

»Nichts, absolut nichts«, Ailsa hob verteidigend die Hände. »Du glaubst doch nicht im Ernst, dass mir die Geschichte von damals noch nachhängt?«

»Du hast ihm also verziehen?«

»Um ehrlich zu sein, bin ich an dem Schlamassel von damals selbst nicht ganz unschuldig. Wieso habe ich auch versucht, Grayson mit Blair eifersüchtig zu machen? Das war so albern von mir. Dummerweise muss ich sehr überzeugend gewesen sein. Grayson hat tatsächlich geglaubt, ich wäre in Blair verliebt. Also hat er die Insel verlassen. Als wir uns gestern Abend bei Angus noch einmal begegnet sind, haben wir über alles geredet. Ich glaube, wir könnten es tatsächlich schaffen, wieder Freunde zu sein.«

»Dann ist alles wieder in Ordnung zwischen euch?«

»Ich glaube schon.«

»Das freut mich für dich. Dann wirst du ja heute Abend sehen, was er aus dem alten Haus gemacht hat. Es ist wirklich beeindruckend. Ich bin so gespannt, wie dir der Tischschmuck gefällt«, sprudelte es aus Peigi heraus. »Habe ich dir erzählt, dass ich Blumen für das Hotel binde? Grayson versorgt mich regelmäßig mit Aufträgen, sodass ich meine Stunden hier im Besucherzentrum um die Hälfte zurückschrauben konnte. Was ganz wunderbar für die Kinder ist, weil ich viel von zu Hause aus arbeite. Und Tom und mir tut es auch gut.«

»Ich werde auf den Blumenschmuck achten«, versprach Ailsa. Ihr Blick wanderte durch den Raum und blieb bei der Schlange hängen, die sich vor dem Tresen gebildet hatte. Sie wies bedeutungsvoll mit dem Kinn in Richtung Theke. »Aber jetzt sollte ich dich nicht länger von der Arbeit abhalten.«

Peigi, deren Blick ihrem gefolgt war, schlug schuldbewusst die Hand vor den Mund. »Grundgütiger, ich nehme an, ich habe meine Pause gründlich überzogen. Aber es war so schön, mit dir zu reden.«

»Das war es wirklich«, bestätigte Ailsa, der plötzlich ein ganz anderer Gedanke durch den Kopf ging. Sie blickte Peigi zweifelnd ins Gesicht. »Es gibt etwas, das ich dich noch fragen wollte. Aber vielleicht ist nicht der richtige Moment …«

»I wo«, antwortete Peigi, offenbar entschlossen, das Getöse und das hektische Zischen der Kaffeemaschine zu ignorieren. »Einen kurzen Augenblick kann ich noch erübrigen. Wie heißt es immer so schön? Ich bin auf der Arbeit, nicht auf der Flucht. So schnell geht die Welt hier nicht unter. Also schieß los. Was hast du auf dem Herzen?«

Ailsa biss sich auf die Unterlippe. »Es geht um Blair. Vielleicht täusche ich mich, aber er wirkt, als hätte er Kummer. Er war ja schon immer in sich gekehrt und schweigsam, aber jetzt ...« Sie rang hilflos die Hände.

»Ich weiß, was du meinst«, erklärte Peigi sorgenvoll. »Es geht schon eine ganze Zeit so. Angefangen hat es, als Fiona gestorben ist, oder kurz davor. Blair hat sehr an seiner Mutter gehangen.«

Ailsa nickte. Sie wusste von Blair, dass Fiona für die Familie eine große Stütze gewesen war, auch wenn sie körperlich nicht mehr wie früher etwas hatte beitragen können. Aber sie hatte Marsaili im Haushalt und mit den Kindern entlastet, sodass diese mehr auf der Croft helfen konnte. Fionas Tod hatte den Wegfall einer zuverlässigen und fleißigen Arbeitskraft bedeutet. Ein schwerwiegender Einschnitt für eine Familie, die das Geld zusammenhalten musste, um über die Runden zu kommen. Möglicherweise lag hier die Ursache für Blairs Probleme. Sie wandte sich an Peigi. »Was meint Marsaili dazu? Haben die beiden Geldsorgen? Der Neubau muss eine schöne Stange Geld verschlungen haben.«

»Ich weiß es nicht. Und wenn, würde Blair damit nicht rausrücken.« Peigi schüttelte den Kopf. »Aber Marsaili ist wütend, weil er ihr verbietet, für Grayson zu arbeiten und sich ein bisschen Geld dazuzuverdienen.«

»Redet er mit Marsaili darüber, was ihn bedrückt?«

Peigi winkte ab. »Ach was, du weißt doch, wie die Männer hier ticken. Über Probleme zu reden oder um Hilfe zu bitten käme ihnen nicht mal in den Sinn, wenn sie bis über beide Schultern im Treibsand stecken und Raubmöwen auf ihren Kopf einhacken würden.« Peigi zuckte die Achseln und erhob sich. »Wenn ihm Marsaili nicht helfen kann, wird es niemand können. Es ist, wie es ist. Es hat wenig Sinn, sich über Dinge den Kopf zu zerbrechen, die man ohnehin nicht ändern kann. Möchtest du noch Kaffee?«

Ailsa verneinte und stellte die benutzte Tasse auf das Tablett zurück. Beim Gedanken an Blair fühlte sie sich, als würde ein Gewicht auf ihren Schultern lasten. Es schmerzte, den Freund von früher so gequält und von stillem Zorn getrieben zu erleben. Aber was sollte sie tun, wenn noch nicht einmal Marsaili Zugang zu Blair fand? Sie erhob sich, küsste Peigi zum Abschied auf die Wangen und überließ ihre Freundin wieder der Kaffeemaschine und der hungrigen Horde vor der Theke. Sie trat hinaus in den regenfeuchten Nachmittag. Der Wind fuhr ihr durch das Haar. Der Geruch von Salz und torfiger Erde füllte ihre Lungen und vertrieb die düsteren Gedanken an Morag. Doch das Gefühl, etwas Entscheidendes in Bezug auf Blair übersehen zu haben, wollte sich einfach nicht in Luft auflösen.

Kapitel 8

Ailsa blickte aus dem Autofenster auf die Vorderfront des herrschaftlichen, aus grauen Steinquadern errichteten Gebäudes. Abgesehen von dem gläsernen Anbau vor dem Eingang, war noch alles annähernd so, wie sie es von ihrem letzten Besuch vor beinahe zwanzig Jahren in Erinnerung hatte. Ein Schild, auf dem in goldenen Lettern *Cianalas Lodge* prangte, quietschte im Wind. Ailsa holte tief Luft. Irgendwie hatte sie es geschafft, in letzter Sekunde doch noch nervös zu werden. Sie zupfte den hellgelben Pulli zurecht, den sie zu eng geschnittenen Jeans und Stiefeletten trug. In ihr kribbelte alles, es fühlte sich an, als wanderte eine Armee von Waldameisen über ihre Arme hinauf und wieder zurück. Auf einmal überkam sie der irrwitzige Wunsch, das Auto zu wenden und zurück nach Hause zu fahren. War es ein Fehler gewesen, Graysons Einladung anzunehmen? Sie klappte die Sonnenblende hinunter und warf einen prüfenden Blick in den Spiegel. Zu ihrem Entsetzen stellte sie fest, dass sie blass aussah, regelrecht durchsichtig, besonders um die Augen herum. Aber egal. Für einen Rückzieher war es ohnehin zu spät. Nun war sie schon einmal hier, also konnte sie genauso gut aussteigen und mit Grayson zu Abend essen. Was konnte schon Schlimmes passieren? Er wusste, dass sie verheiratet war. Die Fronten waren geklärt. Abgesehen davon, brannte sie inzwischen regelrecht darauf zu erfahren, wie es dazu gekommen war, dass Grayson wieder auf Lewis weilte.

Entschlossen holte sie den Kajalstift aus der Handtasche. Vielleicht ließ sich ihr müdes Aussehen mit etwas Eyeliner auffrischen. Sie setzte den Stift an, routiniert wie immer, aber diesmal verrutschte der Strich und landete auf dem linken oberen Lid. Ärgerlich befeuchtete sie den kleinen Finger mit Spucke und versuchte, das Missgeschick zu beheben. Trotz aller Bemühung blieb ein grauer Schatten. Ailsa hoffte, dass man es – bei hoffentlich gedämpftem Licht – nicht bemerken würde. Sie stopfte den Stift zurück in ihre Tasche und stieg aus. Wie sie es in Toronto bei einem Meditationskurs gelernt hatte, setzte sie gemessen Fuß an Fuß hintereinander und schritt über den knirschenden Kies auf den Eingang zu.

Sie betrat den Wintergarten. Ein intensiver Duft nach Hortensien und Bienenwachs umfing sie. Überrascht hielt sie inne und ließ das neu gestaltete Entree auf sich wirken. Das dunkle Parkett harmonierte wunderbar mit dem Schiefergrau der Steinquader an der Hausfront. Der Raum war großzügig verglast, sodass man den Eindruck hatte, der Wintergarten würde über dem unterhalb der Terrasse liegenden Loch Roag schweben.

Bei der Inneneinrichtung hatte sich Grayson stilsicher auf das Wesentliche beschränkt. Hübsch geschwungene, mit taubenblauen Kissen bestückte Sitzgarnituren aus Rattan sowie passende Tische. Das gekonnt, aber nicht künstlich wirkende Blumenarrangement – eine lila blühende Hortensie, dazu eine Artischockenblüte und silbrige Olivenzweige in einer schlichten Vase – trug eindeutig Peigis Handschrift. Einige dezent im Raum verteile Blumenkübel mit üppigen Farnen darin, mehr nicht ...

»Hallo, es sieht aus, als bekämen wir Verstärkung«, unterbrach eine knarzige Stimme ihre Betrachtung.

Ailsa wandte sich lächelnd den drei im eleganten Country-Style gekleideten älteren Herrschaften zu, die um einen der

Tische gruppiert saßen.« »Guten Abend. Ich nehme an, zum Restaurant geht es durch diese Tür?« Ailsa deutete auf den ehemaligen Hauseingang.

»Das ist richtig«, die zierliche Dame, welche neben einem Herrn mit aristokratisch wirkenden Gesichtszügen auf dem Sofa saß, schenkte Ailsa ein gewinnendes Lächeln. »Allerdings werden wir uns noch gedulden müssen. Sie öffnen erst in zwanzig Minuten.«

»Erweisen Sie uns die Ehre und helfen Sie uns, die Wartezeit zu überbrücken«, schlug der etwas fülligere, in braunen Cord gekleidete Herr vor. Er stand auf, verbeugte sich altmodisch galant und schob einen Stuhl für Ailsa heran. Mit einer einladenden Geste verneigte er das schüttere Haupt. Sein gerötetes Gesicht ließ Ailsa vermuten, dass er sich tagsüber ausgiebig an der frischen Luft bewegt hatte.

»Bitte machen Sie sich keine Umstände. Ich möchte Ihre Unterhaltung nicht stören …«, erwiderte Ailsa und fuhr zögerlich mit der Hand über die Lehne des bequemen Korbsessels. Die drei sahen nett aus. Die Aussicht auf einen unverfänglichen Plausch mit anderen Reisenden war verlockend. Dennoch wollte sie nicht den Eindruck erwecken, eine einsame, allein reisende Frau zu sein, die händeringend Anschluss suchte.

»Ach was. Es wäre uns eine Freude«, mit einem grazilen Wink ihrer schwer beringten Hand zerstreute die ältere Dame Ailsas Bedenken. »Sehen Sie das Wohnmobil, das hinter der Einfahrt parkt?«

Ailsa reckte den Hals. Sie nickte.

»Wir haben es für zwei Monate gemietet«, erklärte der hagere Herr. Er ergriff die Hand der zierlichen Lady, die offensichtlich seine Frau war, und drückte sie. »Wir kommen von Somerset herauf und planen, die Küste Schottlands abzufahren. Zumindest den spektakulären Teil.«

»Dann sind Sie hier genau richtig«, sagte Ailsa. Sie lächelte in die Runde. »Sie müssen unbedingt hinunter in den Süden nach Harris fahren. Der Strand von Luskentyre ist grandios.«

»Das ist eine wunderbare Idee«, die Dame klatschte erfreut in die Hände. Die Ringe an ihren Fingern klirrten leise. »Wie schön, dass wir jemanden getroffen haben, der unsere kleine Runde mit interessantem Detailwissen über die Insel bereichern kann.«

»Falls sie sich in der Gesellschaft von uns alten Zauseln nicht langweilt«, gab der hagere Gentleman mit einem verschmitzten Lächeln zu bedenken. Er hob die Hand seiner Frau an seine Lippen und küsste sie. »Deine reizende Gegenwart natürlich ausgenommen, meine Liebe.«

Ailsa ließ sich in den Korbsessel sinken. »Speisen Sie zum ersten Mal hier?«, fragte sie und hoffte damit ein Thema gefunden zu haben, das gut als Einstieg in die Unterhaltung diente.

»Aber nein«, die Lady schüttelte den Kopf. »Wir hatten bereits gestern das Vergnügen. Eigentlich wollten wir heute weiterfahren, aber dann haben wir uns entschieden, noch eine Nacht zu bleiben. Das Menü ist ein Traum. Janet, die hier den Kochlöffel schwingt, ist eine wahre Künstlerin. Ich habe gestern die köstlichsten Seezungenfilets aller Zeiten gegessen.«

»Wir haben uns in das Ambiente dieses wunderbaren Hauses verliebt«, ergänzte der rundliche Herr im braunen Cordanzug, seine Augen leuchteten. »Wussten Sie, dass *Cianalas* ›Sehnsucht‹ bedeutet? Natürlich verliert es viel von seiner ursprünglichen Bedeutung, wenn man es übersetzt. Aber wie ich es verstanden habe, entspricht es einem Gefühl des Verwurzeltseins mit den Inseln, gepaart mit einem Empfinden dafür, worauf es im Leben ankommt.« Er unterbrach sich. Sein Blick ruhte fragend auf ihr. »Können Sie das bestätigen? Ist meine Interpretation zutreffend?«

»Ich könnte es nicht besser ausdrücken«, versicherte Ailsa lächelnd. »Dabei kann ich durchaus ein Wörtchen mitreden. Sie müssen wissen, dass ich ursprünglich von Lewis stamme. Mittlerweile lebe ich in Toronto. Ich bin nur zu Besuch auf der Insel. Meine Croft liegt hier ganz in der Nähe.«

»Oh, wirklich? Sie Glückspilz«, erklärte die Dame so vergnügt, dass die Fältchen in ihrem Gesicht in munterem Aufruhr gerieten. »Sie müssen uns unbedingt mehr erzählen. Es stimmt, was mein Bruder sagt, wir lieben dieses Haus.«

In diesem Moment erschien ein etwa achtjähriges Mädchen an der Tür zum Haupthaus. Ihre braunen Haare waren sorgfältig im Nacken zu einem Dutt gebunden. »Guten Abend. Mummy sagt, es dauert noch ein wenig mit dem Essen. Möchten Sie so lange einen Aperitif?«

»Wir nehmen Gin Tonic, wie gestern«, beschloss der hagere Mann für alle. Sein Blick schweifte zu Ailsa. »Würden Sie sich uns anschließen? Es wäre mir ein Vergnügen, Sie auf einen Drink einzuladen.«

»Gerne«, Ailsa lächelte zu dem Mädchen hinüber, das mit ernsthafter Miene die Bestellung mit Bleistift auf einen Zettel notierte. Ihr Mund mit den hübsch geschwungenen Lippen war leicht geöffnet. Mit der Zungenspitze fuhr die Kleine unbewusst die Bewegungen des Stifts nach.

»Hallo, Sophia. Wie geht's?«, erkundigte sich die zierliche Lady. »Ist dein Daddy heute Abend auch wieder für uns da?«

»Mein Daddy?« Die Kleine hielt mit dem Schreiben inne und hob fragend den Blick.

»Ja. Er hat mir gestern einen ganz wunderbaren Wein empfohlen.«

»Mein Daddy lebt in London.«

»Oh … so ist das also.«

»Du meinst sicher Grayson?«

»Ach Liebes, es tut mir leid. Ich habe ihn für deinen Vater gehalten.«

»Aber nein. Mummy arbeitet für Grayson. Sie sind Freunde. Er ist sehr nett.«

Ailsa sah zwischen den beiden hin und her. Die ältere Dame wirkte enttäuscht, aber Sophia schien zufrieden mit der Situation, so, wie sie war.

»Vier Gin Tonic also«, fasste Sophia zusammen. Sie wandte sich an Ailsa. »Möchtest du Salzmandeln dazu? Drinks darf ich leider nicht selbst bringen, aber Nüsse schon.«

»Salzmandeln wären wunderbar«, versicherte Ailsa und zwinkerte Sophia zu. Die Kleine machte ihren Job wirklich großartig.

»Kommt sofort«, nickte Sophia und verschwand.

Ailsa blickte ihr hinterher. Sophia war ein hübsches Ding. Seltsam, Grayson hatte gar nichts davon erzählt, dass er das Hotel zusammen mit einer Freundin führte. Aber andererseits hatte er ja noch nicht wirklich Gelegenheit gehabt, sie auf den Stand der Dinge zu bringen, was sein Privatleben betraf. Freundschaft, das konnte viel bedeuten. Ob die beiden auch privat zusammen waren? Immerhin war Grayson ein sehr gut aussehender Mann. Weshalb sollte er Single sein?

»Ist etwas, meine Liebe?« Die ältere Dame streckte die Hand aus und tätschelte Ailsas Arm. »Sie wirken nachdenklich.«

Ailsa riss sich aus ihren Grübeleien. Unverwandt blickte sie zu der Dame hinüber, deren Namen sie – wie ihr unvermittelt einfiel – noch immer nicht kannte. »Nein, es ist nichts. Ich war nur in Gedanken. Bitte entschuldigen Sie mich für einen Moment. Ich würde vor dem Essen gerne noch mit meinem Mann in Toronto telefonieren.«

»Aber sicher«, meinte die grauhaarige Dame verständnisvoll. »Lassen Sie sich Zeit. Wir laufen schon nicht weg.«

Ailsa nickte und erhob sich.

Sie trat ins Freie und ging ein paar Schritte auf den East Loch Roag zu. Über der Bucht ging rot glänzend die Sonne unter und zauberte funkelnde Lichtreflexe auf die Wellen. Darüber glühte der Himmel in Rosa- und Violetttönen. Die Luft war würzig und trug einen leisen Geruch von Herbst mit sich. Eine grandiose Kulisse für einen romantischen Moment. Sie bedauerte, dass Paul nicht mitgekommen war. Es wäre schön gewesen, die Stimmung des Abends mit ihm zu teilen. Sie zog das Handy aus der Tasche. Nachdem sie kehrtgemacht hatte und ein paar Schritte zurück auf das Haus zuging, zeigte das Display Empfang. Ob sie diesmal Glück hatte?

Es klingelte. Linda, ihre Sekretärin im Büro, meldete sich.

Ailsa blickte irritiert zum Haus hinüber. Die hell erleuchteten Fenster warfen einen goldenen Schimmer in die Dämmerung. Sophia betrat gerade mit einer Schale Nüsse in der Hand den Vorraum, gefolgt von einer Frau mit hohem blonden Pferdeschwanz, die die Drinks brachte. Janet vermutlich. Ailsa holte tief Luft. »Hallo, Linda, anscheinend habe ich den falschen Eintrag erwischt. Eigentlich wollte ich Paul sprechen.«

»Hi, Ailsa. Wie läuft es so bei dir auf der Insel?«

»Gut, danke. Wie es aussieht, komme ich früher als geplant zurück. Sag mal, kannst du mir sagen, wo Paul steckt? Ich versuche seit Tagen, ihn zu erreichen. Ist er im Büro?«

»Äh ... nein. Es ist gestern Abend wohl spät geworden. Da hat er sich den Tag freigenommen.«

»Frei?«

»Ja. Er sagte, er wolle mal ausspannen.«

Ausspannen ... Das waren ja ganz neue Töne. Seit wann nahm sich Paul an einem ganz normalen Arbeitstag frei?

»Soll ich Paul etwas ausrichten?«

»Nein, schon in Ordnung. Ich versuche es gleich noch mal bei ihm.«

»Nimm die Notfallnummer. Es hat Proteste von Naturschützern wegen des Delgado-Projekts gegeben. Deshalb erreichst du ihn wohl nicht«, erklärte Linda.

Die Notfallnummer, schoss es Ailsa durch den Kopf. Warum hatte sie nicht selbst daran gedacht? Sie benutzte sie so selten, dass sie völlig aus ihrem Bewusstsein verschwunden war.

»Danke, Linda. Mach es gut.« Sie legte auf und wählte diesmal Pauls geheime Nummer. Nach mehrmaligem Klingeln nahm er tatsächlich ab.

»Hallo, Ailsa«, seine Stimme klang verhalten.

»Paul, na endlich. Hast du die Mailbox nicht abgehört? Ich habe ungefähr tausend Mal versucht, dich zu erreichen.«

»Ich dachte nicht, dass es dringend ist. Du kommst doch ohnehin in drei Tagen nach Hause.«

»Schon, aber ...« Ailsa hielt inne. Es schien, als wären ihre Ohren auf die Entfernung von über zweitausend Meilen besonders empfänglich für die Schwingungen in Pauls Stimme. Etwas an seinem Ton irritierte sie. Eine ungewohnt befangene Pause schlich sich in das Gespräch. Etwas in ihr verspannte sich. »Wo steckst du überhaupt?«

»In einem Meeting. Das heißt, es ist gerade vorbei. Sonst wäre ich ja kaum an den Apparat gegangen.«

Eine faustdicke Lüge. Ailsa spürte, wie die Hitze durch ihren Körper schoss. Sie sog scharf die Luft ein. »Wie bitte? Was hast du gerade gesagt?«

»Ich komme aus einem Meeting.«

»Ein Meeting mit wem?«

»Ein neuer Kontakt. Hat sich kurzfristig ergeben.«

»Aha.« In Ailsas Kopf überschlug sich alles. Für einen Augenblick hörte die Welt auf, sich zu drehen. Die Situation war absurd. Wenn sie nicht vorher mit Linda gesprochen hätte, hätte sie ihm tatsächlich geglaubt. Es war unfassbar. Mitten in das Schweigen hinein hörte sie im Hintergrund ein Geräusch, das sie irritierte. War das eine Dusche, die da rauschte? Ihr wurde flau im Magen. Pauls Atem verriet, dass er sich rasch durch den Raum bewegte. Dann erklang das satte Geräusch, mit dem eine Schiebetür zugezogen wurde. Ailsa hielt den Atem an, während ihr Herzschlag in ihren Ohren dröhnte. Vermutlich stand Paul nun auf dem Balkon, denn sie vernahm Vogelgezwitscher im Hintergrund.

Ihr Gehirn fühlte sich an wie Watte. »Was war das eben für ein Geräusch?«

»Geräusch? Keine Ahnung. Hier ist nichts«

Nichts ... dachte sie. Linda sagt, du wolltest ausspannen. Du erzählst etwas von einem Meeting, und es ist ... nichts? Glaubst du wirklich, ich bin so blind? Sie presste die Fingerknöchel gegen ihren Mund und zwang sich weiterzuatmen.

»Ailsa? Bist du noch dran?«

»Du lügst«, erklärte sie, so ruhig und selbstbewusst wie möglich. »Paul, ist es das, was ich denke?«

»Woher soll ich wissen, was du denkst?«

»Da ist eine andere Frau bei dir, stimmt's?«

Stille. Die Vögel zwitscherten, als wäre nichts geschehen. Sie hörte, wie Paul ein keuchendes Geräusch machte. So, als hätte man ihn mit der Faust in den Magen geboxt. Oder irgendwohin tiefer. »Es tut mir leid, Ailsa. Du hast doch auch gemerkt, dass sich zwischen uns alles verändert hat. Schon lange.« Er schwieg. Ailsa fühlte sich, als steuerte sie in einem Rennwagen direkt auf eine Mauer zu. Die Wand kam immer näher. Sie schloss die Augen, während Paul den alles entscheidenden Satz sagte: »Ich habe mich verliebt.«

Ailsa presste die Faust gegen ihren Mund, um nicht laut loszuschreien. Das passierte nicht wirklich, oder? Pauls Worte klangen so ... platt. Er konnte sich doch nicht einfach in eine andere verlieben? Und ihr das am Telefon zwischen Tür und Angel so beiläufig mitteilen.

»Ich verstehe«, sagte sie, obwohl sie in ihrem ganzen Leben noch nie etwas weniger verstanden hatte.

»Hör zu, es tut mir leid, ehrlich. Ich wollte nicht, dass du es so erfährst.«

»Das glaube ich dir aufs Wort. Es wäre bequemer gewesen, wenn ich es nie erfahren hätte«, erklärte sie ohne erkennbare Emotion in der Stimme, während sie spürte, wie ihr Innerstes zu Eis gefror. Die einzige Möglichkeit, ihre Gefühle unter Kontrolle zu bringen. »Es ist wohl besser, wenn ich das Gespräch jetzt beende.«

Sie legte auf. Im nächsten Moment wurde ihr schlecht. Sie fürchtete, sich übergeben zu müssen. Mit gekrümmtem Oberkörper verharrte sie, die Hand gegen den Magen gepresst, und kämpfte gegen den Würgereiz an.

Plötzlich stand Sophia neben ihr. Ailsa hatte sie gar nicht kommen hören. Hastig fuhr sich Ailsa mit dem Handrücken über die Stirn und richtete sich auf.

»Ich habe dir die Salzmandeln auf den Tisch gestellt.«
»Danke.«
»Kommst du jetzt rein?
»Nein. Ich fahre nach Hause.«
»In echt jetzt?«
»Ja. Ich habe es mir anders überlegt.«
»Ach so. Na okay. Dann nehme ich die Salzmandeln wieder mit.«
»Mach das.«
»Soll ich Grayson sagen, dass du nicht kommst?«

»Ja, bitte. Sag ihm ...«, sie unterbrach sich und versuchte eine Erklärung zu formulieren. Ihr Gehirn war leer.

»Was denn?«

»Nichts. Sag ihm einfach nur, ich komme nicht.« Es überforderte sie, sich jetzt mit Grayson zu beschäftigen. Er würde schon verstehen. Verstehen müssen. »Und den Herrschaften, mit denen ich am Tisch gesessen habe, bitte auch.«

»Okay. Mach ich. Na dann, *cheers*.« Sophia sah sie ein wenig irritiert an, hüpfte dann aber leichtfüßig davon.

Ailsa krümmte sich erneut zusammen und hielt sich den schmerzenden Magen. Ihr war schon wieder speiübel. Sie ging zu ihrem Auto, steckte mechanisch den Schlüssel ins Schloss, legte den Gang ein und fuhr los.

Der letzte Gast hatte sich verabschiedet. Grayson löschte das Licht. Der Gastraum lag im Dunkeln, vom schwachen Licht des Mondes beleuchtet. Grayson trat an den Ecktisch, den er für Ailsa und sich reserviert hatte. Sie war nicht erschienen. Er betrachtete die hübsch arrangierten, unbenutzten Gläser, Teller und die Blumenvase. Der Duft der langstieligen zartrosa David-Austin-Rose, die er bei Peigi am Nachmittag für Ailsa bestellt hatte, war erdrückend. Er öffnete das Fenster, nahm die Rose und warf sie hinaus in die Nacht. Frustriert schob er das Fenster wieder zu. Warum Ailsa nicht gekommen war, war ihm ein Rätsel. Sie hatte es nicht einmal für nötig befunden, anständig abzusagen. Anscheinend war ihr weit weniger an seiner Freundschaft gelegen, als sie behauptet hatte. Er ging hinüber zur Theke, gab Eiswürfel in ein Glas und füllte es gut zwei Finger breit mit dem teuersten Whisky, den er im Ausschank hatte. Er betrachtete die goldene Flüssigkeit, in der leise die Eiswürfel knackten. Eigentlich konnte er Whisky nichts abgewinnen. Mit Verachtung hob er das Glas an seine Lippen und nahm einen Schluck. Dann wischte er sich mit der Handkante über den Mund und legte den Gedanken, Ailsa und er könnten wieder Freunde sein, zusammen mit dem Whisky auf Eis.

»Sie hat dich also versetzt …« Janets lange, schmale Hand schob sich von hinten auf seine Schulter. Mit einer selbstsicheren Bewegung nahm sie an der Theke neben ihm Platz.

Grayson verzichtete auf eine Antwort und starrte stumm in sein Glas.

»Hat sich die Lady inzwischen gemeldet?«

»Sie heißt Ailsa.«

»Gut. Ailsa also. Hat sie wenigstens eine SMS geschrieben?«

»Nein.«

»Dann würde ich an deiner Stelle keinen Gedanken mehr an sie verschwenden.«

»Lass es gut sein, Janet. Du verstehst das nicht.«

»Was verstehe ich nicht?«

»Das mit Ailsa.«

»Was mit Ailsa?«

»Lass es. Ich möchte nicht darüber reden.«

»Es würde dir aber vielleicht guttun, darüber zu sprechen. Es würde dir generell guttun, häufiger über deine Gefühle zu sprechen.«

»Verflucht, Janet!«, fuhr Grayson sie unbeabsichtigt heftig an und schob ihre Hand von seiner Schulter. Er wandte sich von ihr ab und raufte sich durch das Haar. »Entschuldige. War nicht so gemeint.«

»Oje, so schlimm!« Janet verzog mitfühlend das Gesicht. Sie hob die Hand und deutete auf das Glas. »Whisky ist ein verdammt schlechter Trost. Das löst das Problem nicht im Geringsten.«

»Nicht für alle Probleme gibt es eine Lösung, und für dieses hier ganz bestimmt nicht«, erklärte Grayson und bedachte Janet mit einem düsteren Blick. »Lass mich allein. Ich brauche keine Zuschauer, wenn ich mich betrinke.«

Janet schob die Unterlippe vor. »Auch wenn du mein Chef bist, Grayson, manchmal benimmst du dich wie ein verdammter Idiot. Was bringt es, sich wegen einer Frau zu betrinken, die offenbar kein Interesse an dir hat?« Sie erhob sich und warf Grayson einen durchdringenden Blick zu. »Trink ruhig weiter, wenn du meinst, dass es hilft. Aber wenn dir so viel an Ailsa liegt, solltest du besser zum Hörer greifen und sie fragen, was los ist.« Schwungvoll machte sie auf dem Absatz kehrt und verließ den Raum.

Grayson saß da und starrte auf die trüben Eiswürfel in seinem Whisky. Ailsa war nicht gekommen. Es schmerzte, genau wie damals, in der Nacht der Großen Mondwende. Warum Ailsa ihn diesmal versetzt hatte, wusste er nicht. Aber eines wusste er genau: Er würde ihr nicht noch einmal Gelegenheit geben, eine Verabredung platzen zu lassen.

Kapitel 9

Es regnete. Ailsa hockte mit angezogenen Beinen auf einer Kiste im Schuppen, die Arme um die Knie geschlungen. Sie hatte die Augen halb geschlossen und lauschte dem Prasseln des Regens auf dem Wellblechdach. Ihr war nicht bewusst gewesen, wie sehr sie das Trommeln von Regen auf dem Dach des alten Schuppens vermisst hatte. Es schickte sie auf eine Reise zurück in die Vergangenheit – und es war mit keinem anderen ihr bekannten Regengeräusch vergleichbar. Dabei kannte sie unzählige Regengeräusche, und ebenso unzählige Namen hatte die gälische Sprache dafür. Nebliger Regen, der gegen die Scheibe des Schlafzimmers haucht. Tapsender Regen, der in das Auffangrohr der Regenrinne neben der Küche plätschert. Hämmernder Regen, der sich schwallweise über die Autoscheibe ergießt und das Geräusch der Wischerblätter verschluckt. Schwermütiger Regen, der senkrecht fällt und die Oberfläche der *Lochs* grau färbt. Wogender Regen, der wie das Tosen der Wellen vom Atlantik hereingerollt kommt. Einschläfernder Regen, der sich wie ein Bettlaken über das Moor senkt ... Im Allgemeinen konnte Ailsa von sich behaupten, dass sie eine gute Wahrnehmung besaß. Eigenartigerweise aber fiel ihr erst jetzt auf, dass sie in Toronto den Regen kaum gehört hatte. Wie auch? Geräuschlos fiel er gegen Schallschutzfenster. Verlor sich im Verkehrslärm, wenn er auf Regenschirme tropfte. Allenfalls machte er sich unbeliebt, weil man nicht das Gefühl hatte, dass er einen sauber wusch, sondern einen schmierigen Film auf der Haut hinterließ. Merkwürdig, überlegte sie und legte das Kinn auf die Knie. Alle Welt geriet ins Schwärmen darüber, dass die Inuit hoch oben im Norden Kanadas über fünfzig unterschiedliche Worte für Schnee kannten. Jeder begeisterte sich darüber, als wäre es der Inbegriff von Romantik und Abenteuer. Dass es in Schottland, speziell auf den Inseln, über hundert Begriffe für Regen gab, kümmerte dagegen keine Menschenseele. Gäbe es eine Skala der romantischen Naturereignisse von eins bis hundert, so würde schottischer Regen in den Umfragen sicher bei minus zweihundert in der Beliebtheitsskala rangieren. Für sie hingegen klang nichts so anheimelnd wie das Hämmern des Regens auf einem verrosteten Wellblechdach.

Es wurde kalt in der Garage. Sie erhob sich und klopfte sich den Staub von der Hose. Drüben, auf der Weide der Galbraiths, flog ein schwarzer Vogel auf. Unwillkürlich musste sie an die Elstern bei den Steinen denken. *Eine für Unglück ... Sieben für ein Geheimnis, das nie ans Licht kommt.* Verächtlich verzog sie das Gesicht. Sie hatte gute Lust, der nächsten Elster, die ihr über den Weg flatterte, den Hals umzudrehen. Elende Vögel! Von wegen Geheimnis, das nie ans Licht kommt. Es war sehr wohl ans Licht gekommen. Und ein Unglück war es obendrein.

Ailsa lehnt sich mit der Schulter gegen den Türrahmen. Die letzten beiden Tage hatte sie wie in einem Fiebertraum erlebt. Zurück von *Cianalas*, nach Pauls Geständnis, war sie in einer Ecke des Wohnzimmers zusammengebrochen. Zusammengekauert wie ein Embryo hatte sie im Dunkeln gesessen und geweint, bis sie leer gewesen war und taub. So taub, dass sie nichts mehr gespürt hatte, auch nicht ihren eigenen Körper. In Panik rannte sie in die Küche, kramte in der Schublade im Tisch und fand einen alten Korkenzieher. Den bohrte sie sich mit der Spitze in den Arm, um herauszufinden, ob sie überhaupt noch fähig war, etwas zu spüren. Der Schmerz brachte sie wieder zur Vernunft. Kurz darauf fiel sie mit zitternden Knien in ihr Bett und schlief auf der Stelle ein. Als sie am anderen Morgen aufwachte, erschien ihr der Gedanke, dass Paul sich in eine andere Frau verliebt haben könnte, völlig absurd. So surreal wie ein Traumgespinst. Wenige Atemzüge später holte die Wirklichkeit sie wieder ein.

Die folgenden Tage herrschte ein regelrechter Furor in ihr. Ein Sturm, so stark, dass er das Meer der Gefühle in ihr zu meterhohen Wellen auftürmte und ihr schäumende, eisige Gischt ins Gesicht blies. Es schüttelte sie durch, als würde sie in einer winzigen Nussschale auf dem stahlgrauen Atlantik treiben, dem Wüten der Elemente schutzlos ausgeliefert. Ein wogendes Auf und Ab. Sie schmiedete Rachepläne – nur um sie im nächsten Moment zu verwerfen (abgesehen davon, dass sie den Abholzettel für die Reinigung verbrannte), weil sie spürte, dass ihre Rachegelüste das Feuer in ihr nur noch mehr schürten. Mit jedem Funken Energie, den sie in Vergeltungsschläge oder auch nur in die Gedanken daran investierte, schadete sie nur sich selbst. Das war Paul nicht wert. In solchen Momenten ließ sie ihre Verzweiflung an ihrem Kopfkissen aus und malträtierte es mit Faustschlägen. So lange, bis der zerschlissene Stoff aufriss und sie sich keuchend und verschwitzt in einem Federsturm mitten auf ihrem Bett wiederfand. Nach achtundvierzig Stunden hatte sie sämtliche erdenklichen Stadien der Verzweiflung durchlebt. Alle Tränen waren geweint.

Frische Seeluft blies ihr ins Gesicht und erinnerte sie daran, dass sie zumindest noch am Leben war. Das Schlimmste hatte sie hinter sich. Mit dem Daumennagel kratzte sie über die abblätternde Farbe. Paul hatte sich in eine andere Frau verliebt. So einfach war das. Zumindest aus seinem Mund. Ob es sich auch einfach für ihn anfühlte, wusste sie nicht.

Inzwischen war das Feuer der Wut heruntergebrannt. Zurückgeblieben war ein Aschehaufen aus Enttäuschung und Schmerz. Sie fühlte sich ausgehöhlt, leer. Und in die Leere hinein drängten tausend Fragen. Wie hatte der Mann, mit dem sie seit Jahren ein Bett teilte, sich nur so verändern können? Wie hatte sie übersehen können, was mit ihnen beiden passiert war? Wieso hatte sie die vielen vorhandenen Anzeichen, dass Pauls Interesse an ihr stetig abgenommen hatte, nicht gesehen? Warum hatte sie nicht den Mut gefunden, sich den Problemen in ihrer Ehe zu stellen, als noch Zeit dafür gewesen wäre? Und dann waren da Fragen wie: Wer war die andere Frau? War sie jünger? Hübscher? Gebildeter? Ihr Kopf schmerzte von der Grübelei.

Sie ertappte sich dabei, wie sie mit dem Fingernagel weiter die Farbe vom Türrahmen kratzte, so als könnte sie damit die ganze traurige Geschichte ihrer Beziehung auslöschen, die in unsichtbaren Buchstaben in dem splittrigen Holz verewigt zu sein schien. Ihr Entschluss, sich von Paul scheiden zu lassen, stand fest. Aber leicht würde es nicht werden. Durch die Firma waren ihre Leben eng miteinander verflochten. Geschäftskonten, gemeinsame Projekte, die laufenden Verpflichtungen ... Wie sollten sie das alles je auseinanderdividieren? Bei Licht betrachtet, würde ihr nichts anderes übrig bleiben, als sich einen anderen Job zu suchen. Vielleicht wäre es sogar besser, ganz aus Toronto wegzuziehen? Paul war eine stadtbekannte Persönlichkeit. Es würde sich nicht vermeiden lassen, immer wieder auf Menschen zu treffen, die Kontakt zu ihm hatten. Sie hatte keine Lust, die ihr zugewiesene Rolle der betrogenen Ehefrau zu übernehmen. Ebenso wenig hatte sie Lust auf das Mitgefühl ihrer Freundinnen. Sicher würden Bemerkungen fallen wie: *Ich habe schon immer gewusst, dass Paul nicht der Richtige für dich ist ...* Oder: *Wie gut, dass ihr keine Kinder habt ...* Allein die Vorstellung war schrecklich. Ihr fehlte die Kraft, sich damit auseinanderzusetzen.

Irgendwann würde sie es müssen.

Aber nicht jetzt.

Momentan fühlte sie sich nicht einmal in der Lage, mit Paul zu reden. Seine Anrufe hatte sie unbeantwortet gelassen. Ailsa kratzte mit dem Zeigefinger der linken Hand Farbe unter dem Daumennagel hervor. Sie brauchte Zeit für sich, um mit der neuen Situation zurechtzukommen.

Sie atmete durch, legte den Kopf in den Nacken und blickte in den trostlosen Himmel, aus dem stechend kalter Regen fiel. Ihr Rückflug von Stornoway nach Glasgow musste inzwischen gestartet sein. Sie war heilfroh, dass sie nicht eingecheckt hatte. Um Antworten auf die Fragen zu finden, die sie bewegten, brauchte sie Ruhe. Die Einsamkeit der Croft war ein idealer Rückzugsort. Es war ihr Zuhause. Hier fühlte sie sich sicher. Sie hätte nie gedacht, wie richtig es sich anfühlen würde, zurück auf Lewis zu sein. Der Wind trieb ihr Regen ins Gesicht, spitz wie Nadeln aus gefrorenem Glas. Sie zog die Kapuze über den Kopf und drehte das Gesicht zur Seite. Weiter draußen, über dem Atlantik, entlud sich dicker Hagel aus einer rauchschwarzen Wolkenbank, meterhoch aufgepeitschte Wellen rollten auf die Küste zu. Doch zu ihrer Linken, über der Croft der Galbraiths, strahlte bereits wieder die Sonne und färbte das Meer dahinter leuchtend türkis.

Und da ... Ailsa stöhnte auf. Marsailis kleine, rundliche Gestalt, in eine rote Regenjacke gehüllt, kam auf den Schuppen zugeeilt. Sie trug einen Gegenstand in den Händen, der sich beim Näherkommen als Topf entpuppte. Auf die Entfernung hin winkte sie Ailsa zu.

Zögernd hob Ailsa den Arm und erwiderte ihren Gruß. Sie hatte Blair gestern in knappen Worten von ihren Eheproblemen erzählt. Das ließ sich nicht vermeiden, wenn sie beabsichtigte, vorerst auf der Insel zu bleiben. Außerdem wollte sie Blair nichts vormachen. Anscheinend aber war ihm nichts Besseres eingefallen, als Marsaili brühwarm von ihren Nöten zu berichten. Und nun kam Marsaili zu ihr herüber, um zu sehen, ob sie helfen konnte. So war das nun mal auf der Insel. Man nahm Anteil am Leben der anderen. Verflixt, dachte Ailsa, sie hätte sich nicht so gut sichtbar in die Tür stellen sollen. Sie wollte nicht reden. Mit niemandem. Auch nicht mit Marsaili. Doch daran führte jetzt wohl kaum mehr ein Weg vorbei.

»Was für ein scheußliches Wetter.« Marsaili schlüpfte neben ihr in den Schuppen. Sie schob sich die tropfende Kapuze aus der Stirn und lächelte.

»Hallo, Marsaili.« Ailsa schlang die Schlafanzugjacke enger um sich und rang sich ein Lächeln ab.

»Blair hat mir erzählt, was los ist. Es tut mir so leid für dich, ehrlich.« Sichtlich verlegen trat Marsaili von einem Fuß auf den anderen. »Ich kann mir vorstellen, wie fix und fertig du bist. Du brauchst bestimmt Ruhe.«

Ailsa brachte nur ein schwaches Schulterzucken zustande. Wenn Marsaili wusste, dass sie Ruhe brauchte, weshalb kam sie dann herüber?

»Ruhe und etwas Warmes im Bauch«, ergänzte Marsaili.

»Danke, ich habe keinen Hunger.«

»Du musst etwas essen.« Marsaili drückte ihr den rot geblümten, noch warmen Kochtopf aus Emaille in die Hände.

Widerstrebend nahm Ailsa den Topf an sich. Es wäre unhöflich gewesen, Marsailis freundliche Geste abzuweisen. Also täuschte sie Dankbarkeit vor und hob den Deckel. Ein appetitlicher, vertrauter Geruch nach Fleischbrühe, in der Gemüse gekocht war, stieg ihr in die Nase. Augenblicklich begann ihr Magen zu knurren. Ailsa war verblüfft. Sie verspürte tatsächlich ein Hungergefühl. Dabei hatte sie nach dem Schock vor zwei Tagen geglaubt, nie wieder so etwas wie Appetit auf Essen zu verspüren.

»Ich hoffe, du magst Broth.«

»Ja«, Ailsa nickte. Der Anflug eines schlechten Gewissens machte sich in ihr breit, weil sie Marsaili in Gedanken eben noch für ihr Kommen verflucht hatte. Dabei mochte sie Marsaili wirklich gerne. Sie war offen, liebenswürdig und freundlich zu allen. Vor allem aber war sie Blairs Frau. Schon deshalb war es Ailsa wichtig, gut mit ihr auszukommen. Ailsa lächelte Marsaili über den Topf hinweg zu. »Zu Hause bei meiner Großmutter stand immer ein Kessel Broth auf dem Herd. Ich wüsste nicht, dass ihr die Suppe je ausgegangen wäre. Was sie entbehren konnte, wurde hineingeworfen.«

»*Aye*«, bestätigte Marsaili. »So mache ich es auch. Die Karotten habe ich hineingeschnippelt, weil ich gerade welche für den Salat brauchte, und das Fleisch stammt von den Resten vom Sonntag. Broth eben.« Sie zuckte die Schultern. »Es gibt nichts Besseres, um die Lebensgeister zu wecken. Lass es dir schmecken. Hier«, sie zog einen Löffel aus der Tasche und reichte ihn Ailsa.

Ailsa ließ sich zurück auf eine der Kisten fallen und deutete um sich. »Sehr gemütlich ist es hier nicht. Aber wenn es für dich okay ist, nur zu. Setz dich.«

Das tat Marsaili. Ailsa tauchte den Löffel ein und aß. Es schmeckte köstlich. Die Suppe füllte ihren Magen und wärmte sie von innen heraus. Während Ailsa mit wachsender Begeisterung die Suppe löffelte, legte sie sich insgeheim Antworten auf die Fragen zurecht, die Marsaili ihr vermutlich gleich stellen würde. *Hast du vorher nichts bemerkt? Weißt du, wer die andere ist? Das kann Paul doch unmöglich ernst meinen? Wann fliegst du zurück nach Toronto? Wirst du ihm eine zweite*

Chance geben, wenn er zu dir zurückkommt? Aber Marsaili saß einfach nur da und sah Ailsa beim Essen zu.

»Mistkerl«, entschlüpfte es Marsaili schließlich. Sie biss sich auf die Lippen.

»Das kannst du laut sagen«, stimmte Ailsa ihr zu. »Mistkerl« war derzeit noch der netteste Ausdruck, der ihr für Paul einfiel.

Marsaili räusperte sich. »Ich will nicht neugierig sein, aber wieso sitzt du bei der Kälte hier draußen im Schuppen?« Marsailis zögernder Blick fiel auf Ailsas Beine. »In Schlafanzug und Turnschuhen?«

Ailsa ließ den Löffel sinken. Mit allem Möglichen hatte sie gerechnet, aber nicht mit einer so nahe liegenden Frage. Sie schlug die Beine übereinander, zog den Stoff des rosa geblümten Pyjamabeins gerade und ließ den Fuß mit dem Sneaker wippen. Schulterzuckend blickte sie zu Marsaili hinüber. »Gute Frage. Wieso tue ich das eigentlich?« Sie lächelte dünn über ihren Scherz.

»Tja, wenn du das nicht weißt ...« Marsaili grinste zurück. »Du sitzt hier schon seit zwei Stunden. Ich habe dich aus dem Haus gehen sehen.«

»Ach du lieber Himmel!« Ailsa schlug die Hand vor den Mund. Das war ihr gar nicht bewusst gewesen. Über ihren Grübeleien hatte sie die Zeit völlig vergessen. »Eigentlich wollte ich nur nachsehen, ob ich hier unter Mums alten Sachen etwas Brauchbares finde.«

»Etwas Brauchbares? Wonach suchst du?«

»Nach einer warmen Decke beispielsweise. Ich habe letzte Nacht schrecklich gefroren. Das Bett ist überhaupt furchtbar unbequem. Kaitlin hatte irgendwo noch eine relativ neue Federkernmatratze. Wenn ich allerdings sehe, wie die Mäuse hier hausen ...« Mit spitzen Fingern hob sie den löchrigen Vorhangstoff vom Boden auf, den sie bei ihrer Suche aus einer der Kisten hervorgekramt hatte.

»Verstehe ...« Marsaili nickte. »Und was die Mäuse nicht erledigt haben, ist vermutlich durch die salzige Luft vergammelt.«

»So ist es. Wenn ich mir die Zeit genommen hätte, den Haushalt vernünftig aufzulösen, stünde jetzt nicht lauter Müll herum.« Ailsa ließ die Luft aus den Backen entweichen. »Pech gehabt.«

»Ja, Pech. Aber keines, das sich nicht ändern lässt.«

»Wie meinst du das?«

»Na ja, wenn du vorhast, noch länger zu bleiben, würde es sich lohnen, ein wenig in die Ausstattung deines Haushalts zu investieren. Und in dich.«

»Moment. Verstehe ich dich richtig? Du schlägst mir allen Ernstes vor, ich soll *shoppen* gehen?« Ailsa runzelte die Stirn. Ihre Gedanken wanderten zurück. Wie oft war sie nach einem heftigen Streit mit Paul in eine der Malls in Toronto geflüchtet, um sich etwas Gutes zu tun. Im Geiste sah sie sich durch die Läden streifen und mit einem neuen Paar Schuhe, einem Kleid oder einem hübschen Lippenstift wieder nach Hause kommen. Damals hatte es tatsächlich geholfen. Aber nicht hier. Nicht jetzt. Das Ende ihrer Ehe ließ sich nicht mit Shoppen kompensieren.

Marsailis ruhige Stimme durchbrach ihre Gedanken. »Shoppen ist der falsche Ausdruck. Ich spreche ja nicht von großem Luxus, aber warum solltest du es nicht ein klein wenig gemütlicher haben? Du kannst doch nicht jede Nacht frieren. Natürlich könnte ich dir ein paar Sachen rüberbringen, aber ich glaube, das würde nicht helfen.«

»Würde es nicht?«

»Nein«, Marsaili schüttelte den Kopf. »Mit geliehenen Sachen hättest du nicht das Gefühl, dass es dein Zuhause ist. Du musst deiner Seele etwas Gutes tun. Beispielsweise eine Decke aussuchen, die dir gefällt, ein paar Duftkerzen, eine Lampe ... Dinge eben, die aus einem Haus ein Heim machen.«

Ailsa überlegte. Marsailis Vorschlag hatte etwas, das ließ sich nicht von der Hand weisen. Ihr Rücken schmerzte von der fürchterlichen Matratze. So sehr, dass sie schon daran gedacht hatte, heute Nacht auf das abgewetzte Klappsofa in der Küche umzuziehen. Neben dem Ofen wäre es wenigstens warm. Nachdenklich wippte sie mit dem Fuß. »Vielleicht hast du recht. Ich denke darüber nach.«

»Vom Nachdenken alleine schläfst du heute Nacht auch nicht besser.«

»Ich werd's schon aushalten.«

»*Aye* ...« Marsaili zog ein Taschentuch hervor und schnäuzte sich. »Also gut, ich gebe es zu: Ich war vorhin nicht hundert Prozent ehrlich zu dir. Natürlich bin ich nicht nur wegen der Suppe gekommen. Wir alle machen uns Sorgen um dich.«

»Wer ist wir?«

»Wir, deine Freunde und Nachbarn. So, wie es dir die letzten zwei Tage ging, kann es nicht weitergehen. Schau dich doch nur an«, sie deutete auf Ailsas wirres Haar und den Pyjama, dessen Hosenbeine angegraut vom Staub im Schuppen waren. »Du betreibst Raubbau an deinen Kräften, und die wirst du noch für die Auseinandersetzung mit Paul brauchen. Glaub mir.«

Ailsa runzelte die Stirn. Am liebsten hätte sie erwidert, dass Marsaili da wohl kaum mitreden konnte. Marsaili hatte noch nie in einer vergleichbaren Situation gesteckt und würde es wahrscheinlich auch nie. Blair war treu wie Gold.

»Was spricht dagegen, heute nach Stornoway zu fahren?«

»Heute?«, fragte Ailsa gedehnt. »Im Prinzip nichts.«

»Na bitte.«

»Also schön«, Ailsa hob die Hände. »Du hast gewonnen.«

»Du wirst sehen, ein gemütliches Heim kann Wunder wirken.« Marsaili straffte entschlossen den Rücken. »Bei Macaskill in Stornoway gibt es Dorlux Boxspringbetten im Angebot. Das habe ich heute Morgen auf den Werbeseiten von Free Events gelesen. Du müsstest eigentlich auch ein Anzeigenblatt bekommen haben?«

»Kann sein«, meinte Ailsa. Sie hatte sich nicht die Mühe gemacht, die Post durchzugehen.

»Furniture and Interior World hat eine hübsche Auswahl an Wolldecken, Kissen und Dekostoffen. Und bei Argos findest du alles, was du sonst noch brauchst. Von Haushaltswaren über Kosmetik bis hin zu wetterfester Kleidung und praktischer Mode.«

»Hast du mal daran gedacht, mit deinem Talent ins Werbefernsehen zu gehen? Die würden dich sicher mit Handkuss nehmen«, grinste Ailsa und blickte auf die knöchelhohen Söckchen, die sie zu den Sneakers trug. »Aber es stimmt. Warme Socken wären nicht schlecht.«

»Prima. Das ist ja schon mal ein Anfang«, Marsaili erhob sich. »Ich lass dich alleine. Am besten schreibst du dir eine Liste von den Dingen, die du brauchst.«

»Möchtest du nicht mitkommen?«, fragte Ailsa, mehr aus Höflichkeit als aus Überzeugung.

»Das würde ich gerne, aber ich muss zusehen, dass ich das Essen nachher auf den Tisch bekomme«, erklärte Marsaili. »Die Männer haben mit dem Zusammentrieb alle Hände voll zu tun. Blair, Angus und Tom sind mit den Hunden im Moor unterwegs. Murdo, Roddy und ein paar andere sind mit dem Boot draußen, um die Schafe von Eilean Chearstaigh zu holen. Dieses Jahr stehen die Pferche auf unserem Land. Das heißt, ich bin an der Reihe, für ein anständiges Essen zu sorgen, wenn die Männer zurückkommen.«

»Puh«, machte Ailsa. Eilean Chearstaigh, das war der Name der Insel, auf der die Schafe im Sommer grasten. Jetzt mussten sie zurückgeholt werden, bevor die Winterstürme kamen und es unmöglich wurde, mit dem Boot überzusetzen. Bei dem Gedanken, welche Berge Marsaili wohl auftischen musste, um eine Horde hungriger Männer satt zu bekommen, wurde Ailsa ganz anders zumute. »Klingt herausfordernd. Brauchst du Hilfe?«

»Aber nein, ich hatte genügend Zeit, alles vorzubereiten«, Marsaili legte eine Hand auf Ailsas Arm. »Fahr du in die Stadt und kümmere dich um deine Einkäufe.«

»*Cheers.*« Ailsa stand von ihrer Kiste auf und küsste Marsaili zum Abschied auf beide Wangen. »Danke für die Suppe und für deinen Besuch«, sagte sie, obwohl sie spürte, dass es weit mehr als das war, wofür sie Marsaili zu danken hatte. Aber sie nahm sich fest vor, für Marsaili da zu sein, falls diese einmal im Gegenzug Hilfe benötigte.

»Aber gerne doch«, gab Marsaili zurück, bevor sie sich die Kapuze in die Stirn zog und den Schuppen verließ. Ailsa blickte ihr hinterher, bis sie über den Hügel verschwunden war, und griff nach dem Topf. Überrascht stellte sie fest, dass fast nichts mehr von der Broth übrig war. Zum ersten Mal seit der schrecklichen Szene mit Paul fühlte sie sich halbwegs bereit, die Ärmel hochzukrempeln und ihr Leben wieder in beide Hände zu nehmen.

»Okay, *Cove*, ich werf dir gleich das Tau rüber. Mach sie anständig fest, damit sie uns bei der letzten Ladung nicht abtreibt und wir auf Eilean Chearstaigh übernachten müssen.« Murdo hatte die Hände zum Trichter geformt, damit Grayson ihn über das Rauschen der Wellen hinweg verstehen konnte. Mit »sie« war ein reichlich betagtes blaues Boot gemeint, ursprünglich ein

Ruderboot, inzwischen aber zweckmäßig mit einem Außenbordmotor versehen. Ihren Namen, *Creideimh*, Zuversicht, trug sie nach Graysons Ansicht zu Recht. Es grenzte an ein Wunder, wie die hölzerne Nussschale unerschrocken über die Wellen schaukelte, ohne unterzugehen. Vor allem wenn sie mit zwei Mann Besatzung und sieben Schafen auf dem Weg von Eilean Chearstaigh zurück zum Hafen von Breasclete war, überlegte Grayson. Er stand breitbeinig an der Anlegestelle, die aus einem Holzpfosten und einem alten Autoreifen bestand, und beobachtete, wie Murdo die *Creideimh* seelenruhig durch die Riffe steuerte. Gemeinsam mit Roddy hatte Murdo das Manöver unzählige Male an diesem Tag gefahren, während Grayson auf Eilean Chearstaigh geblieben war, um zu verhindern, dass die Schafe ausbüxten. Dabei hatte er ausführlich Gelegenheit gehabt, Murdos Geschicklichkeit mit dem Boot von Land aus zu bewundern. Mit seiner hohen Gestalt und dem wallenden silbernen Haar wirkte er wie Charon, der die ahnungslosen, für die Schlachtbank bestimmten Schafe durch das gurgelnde Wasser des Styx steuert. Dieses nun war die letzte Fahrt des Tages. Nur noch drei Schafe warteten in der Umzäunung, dazu zwei schwarz-weiße Border Collies – und Nelly natürlich. Wobei Grayson unschlüssig war, ob Nelly zu den Schafen oder zu den Hütehunden zählte. Konzentriert lehnte er den Oberkörper nach vorne, während das Boot sich langsam näherte. Im richtigen Moment griff er zu und fing die Wurfleine. Er vertäute die *Creideimh*, dann ging er zu der Schafhürde und öffnete das Gatter. Auf einen Pfiff hin nahmen die Hunde ihre Arbeit auf und trieben die Schafe auf die Anlegestelle zwischen den Felsen zu. Grayson schloss das Tor und kletterte hinterher, um die Tiere zu verladen. Mittlerweile hatte er den Bogen raus. Geschickt beugte er sich von hinten über das erste Schaf und packte es mit einem schnellen Griff bei den Hörnern, sodass es wie ein dressierter Pudel auf den Hinterbeinen saß und reichlich belämmert unter der Wolle hervorguckte. Der Rest war ein Kinderspiel. Roddy und Murdo fassten vom Boot aus mit an und hievten das lebende Wollknäuel mit geübtem Schwung an Bord. Genauso verfuhren sie mit dem zweiten und dritten Schaf. Als Grayson aber Anstalten machte, sich Nelly zu schnappen, wurde er von einem empörten Aufschrei daran gehindert.

Roddy stemmte die Hände in die Hüften und bedachte ihn vom Wasser aus mit einem finsteren Blick. »Halt mal, Grayson. Du kannst Nelly nicht wie ein Blackie behandeln. Sie hat eine zarte Seele.«

»Wir reden von Nelly, diesem Schaf hier, richtig?« Grayson verschränkte die Arme vor der Brust. Er blickte zu Roddy hinüber und schüttelte halb amüsiert, halb verständnislos den Kopf. »Wie soll ich sie denn in das Boot bekommen, wenn nicht an den Hörnern? Willst du ihr eine freundliche Einladungskarte schicken? Mit Blümchen darauf?«

Roddy sagte kein Wort, aber Grayson beobachtete, wie er und Murdo bedeutungsschwere Blicke wechselten.

»Tja, schade irgendwie ...« Murdo kratzte sich den Kopf. »Dabei war ich schon drauf und dran, ihn zu loben. Für einen Festländer hat er sich ordentlich geschlagen. Aber jetzt?«

»Jetzt hat er's vermasselt. Eindeutig«, bekräftigte Roddy und schob sich die marineblaue Kapitänsmütze in den Nacken. »Wenn er pfiffig gewesen wäre, hätte er gemerkt, wie es läuft.«

»*Aye*«, Murdo nickte. »Immerhin hat er heute Morgen gesehen, wie Nelly von Bord gegangen ist.« Er bückte sich und zog eine Planke unter der Ruderbank hervor.

»Hände, so groß wie die von Artair Mòr, Sohn von Colin, Sohn von Roderick aus Breasclete«, murmelte Roddy und legte die Planke über die Bootswand, sodass sie mit dem anderen

Ende auf dem Felsen auflag. Er richtete sich auf und tippte sich gegen die Stirn. »Aber nicht wirklich clever, wenn du mich fragst.«

»Schade, dabei hatte ich wirklich Hoffnung in ihn gesetzt.« Murdo stieß einen abgrundtiefen Seufzer aus und kraulte sich genüsslich den Bart. »Na schön, Roddy, du hast die Wette gewonnen. Ich schulde dir eine Flasche Whisky.«

Grayson schnappte nach Luft. Er blickte misstrauisch zwischen den beiden hin und her. »Was höre ich da? Ihr habt Wetten auf mich abgeschlossen? Daher weht also der Wind. Nur deswegen wolltet ihr mich beim Schafeverladen dabeihaben.«

»*Aye*«, Roddy zwinkerte fröhlich. »Wir wollten sehen, ob du's draufhast.« Er steckte zwei Finger in den Mund und stieß einen Pfiff aus. Ungläubig beobachtete Grayson, wie sich Nelly ohne Zögern in Bewegung setzte und von ganz alleine die Planke hinunter in das Boot stakste.

Roddy bog sich vor Lachen. »Er hat die Planke vergessen«, kicherte er und klatschte sich vor Vergnügen auf die Schenkel. »Heilige Jungfrau Maria, er hat's tatsächlich vermasselt und die Planke vergessen.«

»Moment mal, das war die Wette?«, ergriff Grayson das Wort. »Es ging nicht um meine Fähigkeiten als Crofter, sondern ihr wolltet testen, ob ich's ›draufhab‹, wie man mit Nelly umgeht?«

»So in etwa, *Cove*«, erklärte Murdo und wischte sich lachend über die Augen. »Nichts für ungut, aber du hättest eben dein Gesicht sehen sollen ...«

Grayson bückte sich nach dem Tau und warf es Murdo in einem so raffinierten Bogen zu, dass dieser ausweichen musste, um es nicht an den Kopf zu bekommen. Dann sprang er leichtfüßig hinterher. »Na großartig. Ich hoffe, ihr amüsiert euch prächtig. Ihr habt mich also drangekriegt.«

»*Aye*, Bootsmann, das haben wir, und zwar nach allen Regeln der Kunst«, erklärte Roddy mit vor Stolz geschwellter Brust. »Du hast sicher von der Äquatortaufe gehört. Jeder Kadett muss da durch. So gesehen bist du mit einem blauen Auge davongekommen.«

»Verstehe. So etwas wie ein Initiationsritual also«, Grayson schob die Daumen in die Taschen seiner Jeans. »Ihr gehört wohl nicht zufällig den schottischen Freimaurern an und versucht auf diese Weise, neue Mitglieder zu gewinnen, was?«

»I wo, wo denkst du hin«, wiegelte Roddy ab. »Nur ein kleiner Scherz unter Freunden. Wir haben es nicht böse gemeint, stimmt's, Murdo?«

Murdo, der sich nach dem Tau gebückt hatte, richtete sich auf, als wollte er zu einer Erklärung ansetzen. Aber Grayson kam ihm zuvor. Er legte den Kopf in den Nacken und lachte so schallend, dass das Schaf neben ihm einen Satz zur Seite machte und das Boot ins Schwanken geriet. Geistesgegenwärtig fasste Grayson nach der Ruderbank, um nicht über Bord zu gehen. Als die *Creideimh* wieder ruhig auf den Wellen lag, drehte Grayson sich zu Murdo um und knuffte ihn in die Seite. »Na komm schon, gib es zu. Ihr haltet mich nach wie vor für einen vornehmen Schnösel, der für ein Crofterleben nicht taugt. Aber dafür, dass ich mein halbes Leben in London verbracht habe, war meine Leistung nicht schlecht, oder?«

Murdo fuhr sich mit der Hand durch das Haar. »Du hast dich tapfer geschlagen, *Cove*. Hier«, er griff in seine Jackentasche und zog einen Flachmann hervor, »nimm einen Schluck, du hast es dir verdient. Und dann sehen wir zu, dass wir nach Hause kommen. Das Abendessen wartet.«

»*Aye*«, pflichtete ihm Roddy bei. »Marsaili ist eine leidenschaftliche Köchin. Wenn wir nicht rechtzeitig erscheinen, klappert sie vor Wut so laut mit den Töpfen, dass du es bis nach

Callanish hörst.« Er ließ sich den Flachmann von Grayson reichen. »Gute Arbeit, Bootsmann. Zum Wohl.«

In einvernehmlichem Schweigen saßen sie da, Schulter an Schulter, und beobachteten, wie Murdo den Außenbordmotor startete und von den schroffen Felsen ablegte. Grayson lehnte den Oberkörper zurück und versuchte, seine langen Beine zwischen den Schafen und den Hunden zu verstauen. Sein Blick glitt über die Wellen. Das Meer hatte die Farbe von dunkelblauem Samt. Die Sonne war nahe an den Horizont gerückt. Die Schatten wurden länger, das Licht intensiv, beinahe mystisch. Die Perspektiven verschoben sich, die Entfernungen schienen größer zu werden. Der Himmel war weit, eine leichte Brise trieb Wattewolken vor sich her. An der Steuerbordseite warf sich ein Basstölpel in die Tiefe, sein spitzer Schnabel mit dem leuchtend orangenen Kopf durchschoss wie ein Pfeil das Wasser. Aufgeschreckt vom Lärmen des Motors, ließen eine Handvoll Kegelrobben ihre mächtigen Leiber von einem Felsvorsprung in das Wasser klatschen, während die *Creideimh* sicher durch das Riff steuerte.

Zufrieden lehnte sich Grayson zurück und nahm einen Schluck von dem Whisky. Er genoss das Gefühl der Wärme, das sich erst in seiner Kehle und dann in seinem ganzen Leib ausbreitete. Der Tag war groß gewesen, voll unvergesslicher Momente. Einer der besten Tage seines Lebens überhaupt, und er hatte ihn so verbracht, wie man ihn seiner Meinung nach verbringen sollte. Mit ehrlicher, körperlicher Arbeit, inmitten einer Landschaft, die so einzigartig war, dass es einem schier den Atem raubte. Dass Murdo und Roddy ihn auf die Probe gestellt hatten, störte ihn nicht. Im Gegenteil. Es gab ihm das Gefühl, immer tiefer in die Gemeinschaft hineinzuwachsen und akzeptiert zu werden als der Mensch, der er war: ein Zugezogener, der sich nichts Befriedigenderes vorstellen konnte, als den Rest seines Lebens hier oben, auf dieser Insel am äußersten Rand der Welt, zu verbringen. Einer der letzten Außenposten, sowohl in geografischer als auch in kultureller Hinsicht: Zwischen hier und Amerika lag nichts als der tosende Atlantik. Zwischen dem Leben, wie er es in London geführt hatte, und dem Leben auf Lewis lagen ganze Lichtjahre. Nie hatte er sich freier gefühlt als in diesem Sommer, nie lebendiger.

»Halt sie ein winziges Stück mehr nach Steuerbord«, hörte er Murdos Stimme, der inzwischen das Ruder an Roddy abgetreten hatte und neben Grayson auf der Bank Platz nahm. Murdo strich sich nachdenklich den Bart. »Hast du etwas von Ailsa gehört?«

Zuerst dachte Grayson, er hätte sich verhört. Woher wusste Murdo von dem geplatzten Dinner? Niemand außer Janet hatte Kenntnis davon. Und Janet war verschwiegen. Sie wusste, dass es Grayson nicht recht wäre, wenn sie mit der Geschichte hausieren ginge. Worauf also spielte Murdo an? Prüfend versuchte er, Murdos Gesichtsausdruck zu enträtseln. Es war frustrierend. Ebenso gut hätte er versuchen können, aus Fischdärmen das Wetter vorherzusagen. Er räusperte sich. »Nein, warum sollte ich?«

»Och, ich meine nur. Ich habe gesehen, wie ihr im Pub die Köpfe zusammengesteckt habt. Sah so aus, als würdet ihr euch wieder verstehen.«

Das hatte Grayson auch geglaubt. Zumindest in der kurzen Zeitspanne zwischen dem Treffen im Pub und ihrer Verabredung am nächsten Abend. Doch offensichtlich hatte er sich getäuscht. Ailsa hatte kein Interesse an seiner Gesellschaft. Er schüttelte den Kopf. »Tut mir leid. Sie hat sich seitdem nicht wieder bei mir gemeldet.«

»Dann weißt du auch nicht, dass sie heute nach Toronto zurückfliegen wollte?«

»Nein«, entgegnete Grayson knapp. Also war sie genauso unerwartet wieder aus seinem Leben hinausspaziert, wie sie vor ein paar Tagen zurückgekommen war. Ohne Lebewohl zu sagen. In diesem Moment saß sie im Flieger nach Toronto. Der Gedanke schmerzte. Warum hatte sie ihn nicht mehr sehen wollen? Sie war seine große Liebe gewesen und für lange Zeit die einzige. Nach Ailsa hatte er Charlotte getroffen und sie lieben gelernt. Aber bei der Heirat mit Charlotte war er Kompromisse eingegangen. Damals waren ihm die Gründe berechtigt erschienen. Im Nachhinein hatte es sich als Fehler erwiesen, wie hätte es auch anders sein sollen, dachte er bitter. Als die Dinge zwischen ihnen komplizierter wurden, fühlte er sich in seiner Ehe, als liefe er über die zugefrorene Fläche eines Sees aus Zugeständnissen. Das Eis wurde immer dünner, bis es in der Hitze der Auseinandersetzungen schließlich ganz geschmolzen war. Dabei hatte er feststellen müssen, dass am Grund des Sees nicht genügend Liebe vorhanden war, um mit Charlotte zusammenzubleiben.

»Tja«, meinte Murdo und deutete in den Himmel. »Dann wird der Flug wohl ohne sie gestartet sein.«

Es traf Grayson völlig unvorbereitet. Er hatte das Gefühl, dass ihm sämtliche Gesichtszüge entglitten. »Wie meinst du das? Ist sie nicht geflogen?«

»*Nae*«, Murdo kniff die Augen zusammen und schüttelte den Kopf. »Es gab Ärger mit ihrem Mann. Der Scheißkerl hat seine Angel in verbotenen Gewässern ausgeworfen.«

»Er betrügt sie?«

»*Aye*. Hab ich doch eben gesagt.«

Grayson war zutiefst bestürzt. Eine ganze Weile saß er einfach nur da und starrte ins Leere, unfähig, in Worte zu fassen, was er empfand. Ailsa tat ihm unendlich leid. Er hatte es sich so für sie gewünscht, dass ihre Ehe funktionieren würde, wenn die seine schon gescheitert war. Entschlossen richtete er sich kerzengerade auf. »Ich werde bei ihr vorbeisehen. Vielleicht kann ich sie ein wenig aufmuntern.«

»Das halte ich für keine gute Idee.« Murdo hob die Hand, um Nelly daran zu hindern, in Ermangelung von Reiseproviant die Knöpfe seiner Jacke zu verspeisen. »Sie möchte ihre Ruhe haben. Das hat sie ausdrücklich gesagt.«

Grayson nickte, weil er nachvollziehen konnte, wie Ailsa sich fühlen musste. Trotzdem wünschte er inständig, es gäbe etwas anderes, das er tun könnte, als herumzusitzen und abzuwarten.

Kapitel 10

Schwer zu sagen, warum sie sich noch nicht bei Grayson gemeldet hatte ... aber fair war es gewiss nicht, ging es Ailsa durch den Kopf, als sie auf dem Rückweg vom Einkaufen am Tesco Supermarkt vorbeifuhr. Hier waren sie sich zum ersten Mal wieder begegnet. War das wirklich erst ein paar Tage her? Es erschien ihr wie eine Ewigkeit. Kaum zu glauben, dass sich ihr Leben innerhalb weniger Tage komplett auf den Kopf gestellt haben sollte! Quietschend zogen die Wischerblätter Schlieren aus feuchtem Straßenstaub über die Scheibe. Ailsa zog den Hebel und betätigte die Scheibenwaschanlage. Ein scharfer Geruch nach Spiritus drang in das Wageninnere. Ailsa öffnete das Seitenfenster einen Spalt. Ein Schwall regenfeuchter Luft wehte ihr in die Nase, trotzdem fühlte sich ihre Kehle eng an. Warum zögerte sie den Anruf bei Grayson so lange hinaus? Um ehrlich zu sein, hatte sie in den vergangenen Tagen des Öfteren mit einem unguten Gefühl an die geplatzte Verabredung gedacht. Und jedes Mal, wenn ihr Graysons Lächeln vor ihrem inneren Auge erschienen war, hatte sie ihn im Geiste schwuppdiwupp in eine Kiste gepackt und in die hinterste Ecke ihres Schranks gestellt. Merkwürdige Sache, sie schob doch sonst nichts auf die lange Bank. War es womöglich Selbstschutz? Im Grunde hatte es in ihrem ganzen Leben nicht mehr als zwei Männer gegeben, von Blair einmal abgesehen, aber der zählte nicht, weil er wie ein Bruder für sie war. Wirklich geliebt hatte sie nur zweimal, zuerst Grayson und danach Paul. Beide Male hatte sie Schiffbruch erlitten. Mit Grayson war es nicht zu einer Beziehung gekommen. Ihre Ehe mit Paul war nach siebzehn Jahren am Ende. War es da nicht verständlich, dass sie Grayson aus ihren Gedanken verdrängte? Schlagartig wurde ihr bewusst, was der eigentliche Grund für ihr Zögern war: die Angst vor dem, was passieren würde, wenn sie seine Stimme am Telefon hörte. Es wäre nur zu einfach, sich in Graysons Arme fallen zu lassen in der Gewissheit, dass er sie auffing. Sie stöhnte leise auf. Und danach? Wie würde es dann weitergehen? Sie war alles andere als stabil momentan. Der flüchtige Kuss im Pub hatte ihr zu denken gegeben. Noch immer spürte sie diese unglaubliche Anziehungskraft, die schon immer zwischen ihnen bestanden hatte. Wenn sie sich aus Kummer in Graysons Nähe flüchtete, würde es nicht bei einer Umarmung oder einem kameradschaftlichen Kuss auf die Wange bleiben. Und genau deshalb fiel es ihr so schwer, sich bei ihm zu melden.

Musste sie deshalb ein schlechtes Gewissen haben? Neuigkeiten auf Lewis verbreiteten sich wie ein Lauffeuer, versuchte sie sich zu beruhigen. Irgendjemand würde Grayson sicher längst berichtet haben, was passiert war. Und wenn Grayson von Pauls Ehebruch erfahren würde, würde er sie verstehen. Er würde ihr nicht böse sein. Und falls doch, würde sie alles dafür tun, es wieder geradezubiegen. Irgendwann, wenn sie sich gefestigter fühlte. Aber nicht jetzt.

Sie lenkte den Wagen über die Pentland Road. Der Nieselregen ließ nach, über das Moor spannte sich ein doppelter Regenbogen. Breit gefächerte Sonnenstrahlen fielen wie flüssiges Gold durch rauchblaue Wolken. Helle und dunkle Flecken huschten wie von Geisterhand getrieben über die Felsen. Jeder einzelne Grashalm wirkte scharf gezeichnet, wie auf einem

Foto mit übertriebener Tiefenschärfe. Weite, öde Landschaft umgab sie, in deren Trostlosigkeit eine eigenartige Schönheit lag. Ergriffen von der Melodramatik des Anblicks setzte Ailsa den Renault in eine der Ausweichbuchten und ließ das Fenster ganz hinunter. Der Geruch von Salz und welkem Gras erfüllte das Wageninnere. Sie atmete durch.

Als Kind hatte sie Angst gehabt vor dem Moor. Sie hatte es gehasst, in der Dämmerung auf der Rückbank zu sitzen, während Kaitlin den Wagen über die Pentland Road steuerte. Sobald ihre Mutter das Auto aus Stornoway hinaus auf die schmale Straße gelenkt hatte, verkroch sich Ailsa unter einer alten Pferdedecke. Sie war nicht eher darunter hervorgekommen, bis sie am Rattern der Räder in der Hofeinfahrt merkte, dass sie zu Hause waren. Draußen im Moor lebten Feen und böse Geister, davon war sie überzeugt gewesen. In jedem Nebelfetzen erblickte sie das Gesicht einer Hexe. Jedes Heulen des Windes trug geisterhaftes Lachen von den Hügeln über das Brachland. Unter der Decke war sie sicher gewesen.

In Gedanken versunken, starrte sie in die regennasse Landschaft. War es heute anders als damals? Auch jetzt lebte sie mit einem Geist. Auch jetzt hatte sie sich wie ein Kind eine Decke über den Kopf gezogen und sich darunter unsichtbar gemacht. Eine Decke, die vermeintlichen Schutz vor der Wirklichkeit bot. Und es hatte funktioniert. Doch hier, in der trostlosen Weite des Moores, hielt sie es plötzlich nicht mehr aus. Sie ertrug den Nebel um sich herum nicht mehr. Er nahm ihr die Luft zum Atmen. Sie spürte, wie ihr das Herz bis zum Hals schlug. Was sie brauchte, war Klarheit. Sie musste dem Geist, der sie verfolgte, ins Gesicht sehen. Wer war die Frau, in die Paul sich verliebt hatte? Alle möglichen Frauen kamen ihr in den Sinn. Es waren erschreckend viele. Sie spürte Übelkeit in sich aufsteigen. Mit dem Mut der Verzweiflung zog sie das Handy aus der Tasche und wählte Pauls Nummer.

Als hätte er nichts anderes getan, als neben dem Telefon zu sitzen und auf ihren Anruf zu warten, nahm er nach dem ersten Läuten ab.

»Ailsa, na endlich. Ich dachte schon, du meldest dich gar nicht mehr.«

Das wäre dir wohl am liebsten gewesen, dachte sie. Sie verkniff sich den Sarkasmus jedoch.

»Hör zu, Ailsa, wir müssen reden.«

»Worüber?«

»Was soll die Frage? Schließlich müssen wir eine Lösung finden, wie es weitergehen soll.«

»Die Lösung hast du ja bereits gefunden. Den Rest klären unsere Anwälte.«

»Ich verstehe. Du möchtest also die Scheidung?«

»Was dachtest du?«

Kurzes Schweigen. »Dass wir uns trennen, liegt auf der Hand. Allerdings hatte ich gehofft, wir könnten eine einvernehmliche Lösung finden. Im Rahmen einer Mediation vielleicht.«

Einvernehmlich also. Ailsa presste vor Wut die Fingernägel in ihren Handballen. Einvernehmlich in dem Sinne, dass Paul sich eine Menge Geld sparte und einen Weg suchte, bei dem sie möglichst schnell genervt einknicken würde. Er wusste so gut wie sie, dass sie es hasste, sich um Geld zu streiten, und hier ging es um wesentlich mehr als darum, wer die CD-Sammlung bekam und wer das Designer-Messerset. Der Gedanke, welche Größenordnung das Ganze annehmen würde, war erschreckend. Es galt, eines der erfolgreichsten Immobilien-Unternehmen Torontos auseinanderzudividieren. Siebzehn Jahre ihres Lebens. Und das wollte Paul ohne Anwalt regeln? Sie holte tief Luft. »Nein.«

»Wie, nein?«

»Du hast schon richtig verstanden. Unsere Anwälte werden die Scheidung regeln.«

»Ist es das? Hast du deshalb angerufen, um mir das zu sagen?« Pauls Stimme wurde kalt, wie immer, wenn es nicht so lief, wie er wollte.

Ailsa straffte die Schultern. »Wer ist sie?«

»Wie bitte?«

»Ich möchte wissen, mit wem du zusammen bist.«

»Wozu? Ich verstehe nicht, was das ändert.«

Herrgott noch mal, weshalb konnte er ihr nicht einfach die Frage beantworten? Hatte sie sich nicht klar ausgedrückt? Sein Lavieren ging ihr gewaltig auf die Nerven. Er war doch sonst so konkret und zielgerichtet. »Ich möchte es wissen. Ich habe ein verdammtes Recht darauf zu erfahren, wer sie ist.«

»Ist ja gut, du brauchst nicht gleich laut zu werden. Ich hab's ja verstanden.«

Nein, hast du nicht, dachte Ailsa. Du verstehst gar nichts.

»Also schön. Es ist Mélissa Cloutier.«

Mélissa Cloutier, Mélissa Cloutier … der Klang des Namens löste eine vage Erinnerung in ihr aus. Plötzlich fiel es ihr wie Schuppen von den Augen. Paul hatte sich in die dunkelhaarige Reporterin von *Power and Influence,* dem Wirtschaftsmagazin, verliebt. In Mélissa, die Frau mit dem Haifischlächeln, dem Designerkostüm und dem äußerst selbstbewussten Auftreten. Mélissa hatte Paul interviewt, als er von den Lesern der Zeitschrift auf Platz 3 in der Kategorie »Einflussreichster Geschäftsmann« gewählt worden war. Das war letzten Sommer gewesen. Letzten Sommer … So lange ging das also schon.

Sie räusperte sich. »Das übliche Klischee also. Schade. Ich hätte mehr Niveau von dir erwartet.«

»Ailsa, hör zu. Ganz ehrlich, ich wollte nicht …«

»Paul, ich lege jetzt auf. Du hörst von meinem Anwalt.«

Sie packte das Handy zur Seite und lehnte sich zurück. Mélissa Cloutier also. War es zu fassen? Der Geist hatte einen Namen bekommen. Und ein Gesicht. Schöner wurden die Dinge dadurch nicht, aber klarer. Klar genug, um zu entscheiden, wie es jetzt mit ihrem Leben weitergehen sollte.

Blair konnte sich nur mit Mühe aufraffen, die Reparatur des Weidezauns in Angriff zu nehmen. Eine Arbeit, die dringend verrichtet werden musste, damit sich die Stuten nicht verletzten. Er fühlte sich zerschlagen, als hätte er eine Prügelei hinter sich. Seitdem er wusste, was Ailsa durchmachte, litt er mit ihr. Seine Hände lösten die Metallklammern an dem zersplitterten Holzpfahl. Er räumte ihn beiseite und nahm den Vorschlaghammer, um den neuen Pflock in den Boden zu rammen. Nach ein paar Schlägen hielt er inne und wischte sich den Schweiß von der Stirn. Sein Blick glitt hinüber zu Ailsas Haus. Als er sie gestern besucht hatte, war sie am Boden zerstört gewesen. Heute Morgen hatte er sie barfuß und im Schlafanzug aus dem Haus und zum Schuppen gehen sehen. Von Marsaili hatte er gehört, dass sie dort Stunden in der Kälte gesessen und vor sich hin gestarrt hatte. Es ging ihr offensichtlich beschissen.

Er hob den Vorschlaghammer über den Kopf. In der nächsten Sekunde ließ er ihn mit einer solchen Wucht auf den Pflock niederfahren, als wollte er die ganze Welt zerschmettern. Wie hatte er sich nur derart in Ailsas Leben einmischen können? Wenn er damals vernünftig geblieben wäre, wäre alles anders gekommen. Ailsa wäre nie nach Kanada gegangen. Sein Trost war bisher gewesen, dass sich für Ailsa in Toronto letztlich alles zum Guten gewendet hatte. Doch diese Illusion war nun zerplatzt, genauso wie sein Traum vom Studium damals zerplatzt war.

Er legte den Vorschlaghammer beiseite und zog eine Zange aus der Tasche, um den verbogenen Draht zu reparieren. Die Schuld wog schwer auf seiner Seele. Was für ein Mensch war er nur? Er war sich selbst so fern wie noch nie. Als wäre er aus seinem Körper herausgetreten, weil er sich selbst nicht mehr ertrug. Er widerte sich an. Für das, was er war, und für das, was er getan hatte. Hätte sich in diesem Moment der Himmel geöffnet, um ihn mit einem Faustschlag zu vernichten, es wäre ihm gleich gewesen.

Doch der Himmel öffnete sich nicht. Stattdessen spürte er warmen Pferdeatem in seinem Nacken. Ohne sich umzusehen, schob er den Arm nach hinten, um das Pony zu verscheuchen. In seiner Herde gab es einige Jährlinge, die ihre Neugier nicht zügeln konnten, wenn sie ihn bei einer Arbeit auf der Weide entdeckten. Normalerweise störte er sich nicht an ihrer Gesellschaft, heute jedoch hielt er es kaum mit sich selbst aus. Wieder spürte er, wie das Tier ihn sanft mit dem Kopf in die Seite stieß. Er ließ den Draht in der Tasche verschwinden. »Ich habe nichts zu essen dabei. Los, ab mit dir«, erklärte er in ruhigem Tonfall. Dann drehte er sich um. Überrascht weitete er die Augen. Vor ihm stand Chanty. Sie musterte ihn intensiv.

»Was um alles in der Welt fällt dir denn ein?«, grummelte er halblaut vor sich hin, blieb aber regungslos stehen, so perplex war er.

Chanty schnaubte, als wollte sie auf seine Frage antworten. Dann senkte sie den Kopf und schüttelte die silbrige Mähne.

»Ist ja gut, Mädchen, ist gut«, hörte Blair sich sagen.

Chanty schnaubte erneut.

»Nein«, er senkte den Kopf. »Nichts ist gut, aber wozu erzähle ich dir das? Du kannst mich ohnehin nicht verstehen.« Er schloss die Augen und kämpfte die Enge in seiner Brust nieder. Als er die Augen wieder öffnete, stand Chanty noch immer vor ihm. Einen irrwitzigen Moment lang bildete Blair sich ein, Chanty wäre auf ihn zugekommen, weil sie seine Trauer und Verzweiflung spürte. Was natürlich Blödsinn war. Vollkommen lächerlich. Als ob ein Tier spüren könnte, was in einem Menschen vorging. Ärgerlich schüttelte Blair den Kopf. Was war nur in ihn gefahren? Er war Pferdezüchter, verdammt noch eins. Das hier war keine Szene aus *Black Beauty*.

Chanty senkte den Kopf und begann mit dem Maul eine Reihe von Leck- und Kaubewegungen zu vollführen, als hätte er ihr doch einen Leckerbissen zugesteckt.

»Alberner Clown«, brummte Blair. Probehalber hob er eine Hand. Natürlich würde Chanty wieder beiseitespringen, wenn er Anstalten machte, sie zu streicheln. Trotzdem musste er es versuchen. Langsam berührten seine Fingerspitzen den warmen, kräftigen Hals. Chanty blieb ganz entspannt. Gelassen erlaubte sie ihm, mit der Hand unter ihre Mähne zu fahren und sie sanft zu kraulen. Tatsächlich schien sie das Ganze sogar zu genießen.

Eine Weile standen sie so da und hielten stumme Zwiesprache miteinander. Das elegante, eigensinnige Eriskay Pony mit dem silbernen Fell und der langen, glänzenden Mähne und er, der ehemals stolze Mann mit dem schwarzen, strubbeligen Haar und dem südländischen Aussehen. Der Außenseiter. Der Bastard.

So unerwartet, wie es begonnen hatte, war der Zauber vorbei. Ohne Vorankündigung drehte Chanty den Kopf weg. Dann trabte sie davon, als wäre nichts gewesen. Ernüchtert über die plötzliche Abfuhr blickte Blair ihr hinterher. Kopfschüttelnd begab er sich wieder an die Arbeit. Noch immer konnte er sich keinen Reim darauf machen, wie es zu der überraschenden Veränderung in Chantys Verhalten gekommen war, aber er hoffte, dass sie beide nun – aus welchem Grund auch immer – eine

Basis gefunden hatten, auf der sich aufbauen ließ. Nach alldem Ärger brannte er darauf, mit ihr arbeiten zu können. Er zog eine Handvoll Nägel aus der Tasche, dabei wanderten seine Gedanken zu Ailsa. Die Freude, die er über Chantys Verhalten verspürt hatte, verflog mit einem Schlag. Die ganze grausame Realität holte ihn wieder ein.

Ailsa war vage bewusst gewesen, was durch die Scheidung alles auf sie zukommen würde. Doch das Telefonat mit Paul hatte ihr die Augen endgültig geöffnet. Ihre Gedanken überschlugen sich wie schäumende Wellen. Wie sollte es Paul und ihr je gelingen, ihre geschäftlichen Interessen zu regeln, ohne dass die Firma darunter litt? Ein stechender Schmerz fuhr ihr in die Stirn, direkt über den Augen, dann wurde ihr flau im Magen. Sie brauchte dringend frische Luft. Und Bewegung. In Toronto hatte sie sich oft ins Auto gesetzt und war in den Tommy Thompson Park geflüchtet, wenn ihr alles zu viel wurde. Da draußen in der Wildnis, zu Füßen der hoch in den Himmel ragenden Wolkenkratzer, wo Land und Meer sich begegneten und eine vom Kreischen der Seevögel erfüllte Wildnis schufen, konnte sie frei atmen.

Sie setzte an der Ausschilderung nach Gearrannan den Blinker und bog ab. Ailsa kannte die Siedlung von früher. Bis Anfang der 1970er-Jahre waren die Gearrannan Blackhouses bewohnt gewesen. Eine Cousine ihrer Mutter hatte dort gelebt, bevor die Familien in moderne Häuser umgesiedelt worden waren. Soweit Ailsa wusste, hatte man sich nach einer Zeit des Leerstands auf das kulturelle Erbe besonnen und die Blackhouses wiederaufgebaut. Ein Teil des Dorfes diente als Freilichtmuseum, die übrigen Häuser waren beliebte Ferienunterkünfte. Jetzt, zum Ende der Saison, dürfte der Andrang vorbei sein, überlegte Ailsa. Mit etwas Glück hätte sie Gearrannan für sich.

Die Einfahrt zum Dorf lag am Ende einer schmalen Straße, die sich über die Hügel auf den Atlantik zu schlängelte. Ailsa stellte den Wagen auf dem Parkplatz ab und stieg aus. Außer ihr war niemand hier. Erleichtert, aber auch müde und erschöpft von der Auseinandersetzung mit ihrem Noch-Ehemann, ließ sie den Blick in die Ferne schweifen. Eine ganze Weile stand sie so da, ohne zu spüren, wie ihre Finger bei dem kräftigen Wind vor Kälte klamm wurden, und ließ die Atmosphäre auf sich wirken. Die Häuser lagen eingebettet in eine Senke vor einer hufeisenförmigen Bucht. Wo einst Felder und Faulbeete gelegen hatten, zogen sich schmale Streifen grünen Graslands über sanfte Hügel, wie Handtücher aneinandergelegt und durch dunkelgrüne Furchen voneinander abgegrenzt. *Runrigs*, ein spezielles, auf den Inseln weitverbreitetes System der Landreform. Ringsum rauschten Wasserläufe von den Felsen herab und bahnten sich ihren Weg durch die Wiesen. Ailsa empfand es als wohltuend, eine Welt zu betreten, die so völlig aus der Zeit gefallen zu sein schien. Ein Ort zum Träumen, nur dass ihr gerade so gar nicht nach Träumen zumute war.

Langsam schritt sie den Hügel hinab auf die Häuser zu, welche sich tief in den Hang schmiegten. Das Licht war weich und fließend. Der Geruch von Torffeuer umfing sie, ein geflüsterter Willkommensgruß. Mit jedem Schritt, den sie tat, löste sich etwas in ihrer Brust. Es war, wie nach Hause zu kommen von einer langen, anstrengenden Reise. Die Verzweiflung der vergangenen Tage fiel von ihr ab. Die Welt mit ihren Problemen verblasste. Dinge, die noch vor einer Woche ihre gesamte Energie beansprucht hatten, erschienen ihr nichtig und unbedeutend. Projekte, Präsentationen, Immobilienverkäufe, nichts als künstliche Räume, die sie geschaffen hatte. Doch wozu? Die Welt würde sich weiterdrehen, auch ohne Businessplan. Sterne würden am Himmel leuchten, Jahrtausende, nachdem man Erfolg oder Misserfolg nach Aktienkursen oder Börsencrashs bemessen hatte. Sie machten keinen Unterschied. Dies hier hingegen schon. Das hier war echt. Es fühlte sich nicht nur an wie Leben, es *war* Leben. Pur. Nahe am Ursprung. Unverstellt. Berührt von der eigentümlichen Stimmung hier in Gearrannan blieb Ailsa stehen und ließ ihre Hand auf den Steinen ruhen. Am liebsten hätte sie sich hinter den meterdicken Mauern verkrochen und abgewartet, bis der Sturm, der in ihrem Leben wütete, vorbeizog. Doch das war unmöglich. Verstecken war der falsche Weg, mit ihren Problemen umzugehen.

Nachdenklich lehnte sie die Wange an das glatte Holz eines Türrahmens. Das Haus verströmte die gleiche einladende Atmosphäre, die sie bereits am Eingang des Dorfes gespürt hatte. Ailsa erinnerte sich, schon als Kind empfänglich für die spezielle Aura von Orten gewesen zu sein. Manche Orte umarmten einen, sie waren offen und freundlich. Andere waren arrogant oder eigensinnig wie störrische Kinder. Manche waren maßlos und forderten viel, manche wollten besitzen oder neigten zur Vergeudung. Andere besaßen grenzenlose Hingabe und die Fähigkeit, ganz und ohne jegliche Forderung zu schenken. Ailsa wusste, dass es verrückt klang, aber sie besaß tatsächlich ein Talent dafür, die Persönlichkeit von Orten zu erspüren. Davon hatte auch Pauls Firma profitiert, obwohl er sich immer lustig gemacht hatte über ihren – wie er es bezeichnet hatte –»esoterischen Spleen«. Doch die Kunden, die sie betreut hatte, schwärmten noch Jahre nach dem Kauf von der Atmosphäre der Immobilie. Seufzend stieß sie sich von der Wand ab. Ihr Talent hatte nicht unwesentlich zum Erfolg von Pauls Firma beigetragen. Doch was spielte es jetzt noch für eine Rolle? Ihre Karriere als Immobilienmaklerin war, zumindest in Pauls Firma, zu Ende.

Sie schob das Haar aus ihrer Stirn und ging weiter. Der Weg führte den Hügel hinunter und auf die Bucht zu. Sie schritt durch das Tor und schloss es sorgfältig hinter sich. Hier unten wehte ein schneidender Wind. Ihre Wangen prickelten in der eisigen Luft. Sie zog eine graue Wollmütze aus der Tasche ihrer Regenjacke und setzte sie auf. Bis hinunter zum Meer bestand der Strand aus lose übereinanderliegendem, von den Gezeiten rund geschliffenem und von Algen bewachsenem Geröll. Sie musste sich konzentrieren, um auf den kohlkopfgroßen runden Steinen das Gleichgewicht zu halten. Die Arme zur Seite gestreckt, balancierte sie von einem zum nächsten. Als sie den halben Weg hinter sich gebracht hatte, hielt sie inne. Irgendetwas war merkwürdig. Sie spitzte die Ohren und vernahm ein gluckerndes Geräusch wie von fließendem Wasser. Verwirrt sah sie sich um. Sie hatte auf ihrem Weg hinunter keinen Bach überquert. Woher stammte das Rauschen? Dann, als sie den Blick senkte und nasse Flecken an den Steinen entdeckte, begriff sie. Sie stand nur scheinbar auf sicherem Grund. Unter ihr rauschte ein Fluss. Ein beunruhigendes Gefühl, so als stünde sie auf Treibsand. Sie spürte, wie sich etwas in ihr verspannte, und beeilte sich, hinunter ans Meer zu kommen.

Zumindest hatte sie jetzt festen Boden unter den Füßen, obwohl sie das Geröll hinter sich immer noch knacken hörte. Sie ging in die Hocke und ließ den Blick umherwandern. Rechts und links von ihr säumten gewaltige Riffe aus schwarzem Granit die Bucht. Die Brandung rollte vom Atlantik herein. Schäumende Gischt spritzte zwischen Felsspalten und Höhlen auf, die das ständige Wüten des Atlantiks in den Stein geformt hatte. Ailsa schirmte die Augen mit der Hand vor der schräg einfallenden Sonne ab. Etwas Dunkles, genau in der Mitte der Bucht, erregte ihre Aufmerksamkeit. Eine Art Horizont, wo eigentlich kein Horizont sein sollte, von Schaumkronen umspült. Ihre Augen tränten vor Anstrengung, so gebannt starrte sie auf den Fleck inmitten der Wellen. In einer Sekunde sah sie schroffe Felsspitzen aus dem Wasser ragen. Im nächsten Augenblick waren sie verschwunden, versunken in den schäumenden Wellen. Etwas in ihr erschauerte. Hier unten herrschte eine ganz andere Atmosphäre als im Schutz des Dorfes. Die Bucht fühlte sich an, als würde sie ihren Besuchern auflauern. Bedrohlich. So als kröche etwas Dunkles, Böses aus dem Meer auf sie zu. Eine finstere, grimmige Präsenz stellte sich ihr entgegen. Sie fröstelte. Mit steifen Beinen erhob sie sich aus ihrer kauernden Position. Genau wie in ihrer Ehe. Auch da hatte es eine unter der Oberfläche lauernde Bedrohung gegeben. Wieso hatte sie das nicht sehen wollen? Hatte sie sich vieles in ihrer Beziehung nur schöngeredet? Wollte sie überhaupt nach Kanada zurückkehren? Ihre Wurzeln waren hier, auf der Insel, das spürte sie ganz deutlich. Andererseits konnte sie sich ein Leben als Croftersfrau, wie Kaitlin es geführt hatte, nur schwer vorstellen. Es musste doch möglich sein, sich anderweitig eine Existenz auf Lewis aufzubauen. Die Frage war nur, wie.

Kapitel 11

Seit dem Spaziergang in der Bucht von Gearrannan ließ Ailsa die Frage nicht mehr los, wie sie ihre Talente und Fähigkeiten so einsetzen konnte, dass sich damit ein Leben auf Lewis gestalten ließe. In den letzten Tagen hatte sie eine Art Routine entwickelt, die ihr half, ihre Gedanken zu ordnen. Morgens, nach dem Frühstück, setzte sie sich ins Auto und fuhr los. Wo es ihr gefiel, stieg sie aus und unternahm lange Spaziergänge. Abends fiel sie wie erschlagen ins Bett und schlief tief und traumlos. So ging es seit ein paar Tagen.

Bei ihren Touren über die Insel war sie überrascht gewesen, wie viele Erinnerungen an früher in ihr schlummerten. Jeder Ort, durch den sie fuhr, jeder Strand, an dem sie spazieren ging, hatte eine Bedeutung und berührte etwas in ihr. Zu den meisten Häusern, an denen sie vorbeikam, gab es eine Geschichte. Allmählich, als hätte sich ein Schleier in ihr gelichtet, wurde ihr bewusst: Das hier war Heimat. Der Ort, wo sie hingehörte. Der Sturm in ihrem Inneren kam zur Ruhe. Und langsam, fast unmerklich, schaffte sie es, ihre Probleme in Angriff zu nehmen. Heute Morgen war sie mit dem festen Willen aufgestanden, Entscheidungen nicht weiter auf die lange Bank zu schieben. Sie lehnte sich zurück und las den Text, den sie gerade geschrieben hatte, erneut sorgfältig durch. Dann klickte sie auf Senden. Der erste Schritt war getan, der Scheidungsanwalt beauftragt.

Es ist, wie es ist … ging es ihr durch den Kopf. Ein Satz, der in ihrem Elternhaus regelmäßig gefallen war und der so typisch war für die Art und Weise, wie die Menschen hier auf den Inseln mit Schicksalsschlägen umgingen.

Es ist, wie es ist … Sie konnte sich noch gut an ein Erlebnis in Zusammenhang mit diesem Satz erinnern, das sie nachhaltig geprägt hatte. Es war nach der Trauerfeier für ihren geliebten Großvater gewesen. Ihr Vater war von der Beerdigung zurückgekehrt und hatte die damals achtjährige Ailsa in Tränen aufgelöst vorgefunden. Sie wusste noch genau, wie sie sich gefühlt hatte. Sie hatte sich von der Trauer überrollen lassen und in ihrem Schmerz vergraben. Natürlich hatte sie damit gerechnet, dass ihr Vater sie in die Arme nehmen und trösten würde. Wie wütend und enttäuscht sie gewesen war, als das nicht passierte. Stattdessen hatte er in einem ruhigen, aber bestimmten Ton erklärt, dass es nun genug sei mit der Heulerei. Ob sie etwa glaube, dass der Großvater von Tränen wieder lebendig werde? Die Dinge sind, wie sie sind, hatte er gesagt. Niemand kann etwas daran ändern. Also Kopf hoch und weiter.

Es ist, wie es ist … Als Kind hatte sie darauf mit Unverständnis reagiert. Inzwischen wusste sie, dass ihr Vater kein grausamer oder herzloser Mensch gewesen war. Im Gegenteil. Seine Sicht der Dinge war seine Überlebensstrategie gewesen. Natur kannte keine Barmherzigkeit. Sie verschonte nicht. Sie prüfte, suchte heim. Tragödien ereigneten sich ständig, bedingt durch die Willkür der Elemente. So gesehen, hatte man es sich auf den Inseln nie leisten können, sentimental zu werden oder in Selbstmitleid zu versinken. Von Jammern wurde man im nächsten Winter nicht satt, von der Arbeit der eigenen Hände schon, den Spruch hatte sie als Kind oft genug gehört. Ailsa schloss für einen Moment die Augen und dankte ihrem Vater in Gedanken für die Lektion, die er sie gelehrt hatte.

Es ist, wie es ist – mehr gab es nicht zu sagen. In Kürze würde das Trennungsjahr seinen Lauf nehmen. Vielleicht war sie aus gutem Grund in dieser Ehe nie schwanger geworden.

Ihr Blick fiel aus dem Fenster. Draußen sickerte rötliches Sonnenlicht durch matt schimmernde Nebelschleier. Es versprach gutes Wetter zu werden. Der Rucksack war gepackt, die Wanderschuhe standen zum Abmarsch bereit im Windfang. Doch zuvor gab es etwas zu erledigen, das sie schon viel zu lange aufgeschoben hatte: einen Besuch bei Marsaili. Seit dem Gespräch im Schuppen hatten sie sich nicht mehr gesehen.

Wenige Minuten später stand sie vor Marsailis Tür und klopfte.

»Ailsa!« Marsaili, eine bunte Schürze umgebunden und mit Mehlstaub in den Haaren, öffnete ihr die Tür und küsste sie zur Begrüßung auf beide Wangen. »Komm rein, ich mache uns Tee. Und *Strupack*.«

Ailsa musste lächeln. *Strupack*, die allgegenwärtige Sitte, jedem Besucher unaufgefordert zum Tee eine Kleinigkeit zu servieren – Haferkekse, Kuchen oder, wenn gerade nichts anderes da war, auch mal einen Tunnock's Karamellriegel in rot-golden gestreifter Stanniolverpackung –, gehörte unauslöschlich zur Tradition der Inseln.

»Sehr gerne«, nickte Ailsa und folgte Marsaili in die Küche. Dort herrschte wildes Durcheinander. Auf der Arbeitsfläche war Mehl verstreut, daneben befanden sich ein aufgeklappter Karton mit Eierschalen, eine Flasche Milch und ein angebrochenes Paket Zucker. Ein Blech mit Keksen stand zum Abkühlen neben der Spüle, auf der Anrichte drei hübsch verzierte Kuchen. Ailsa machte runde Augen. »Habe ich etwas verpasst? Hat jemand Geburtstag?«

Marsaili goss heißen Tee in zwei Tassen. »Frag besser nicht.«

»Was ist denn los?«

Seufzend bot Marsaili ihr einen Teller Scottish Tablet an und setzte sich zu ihr an den Tisch. »Die Kuchen sind – oder besser gesagt waren – für *Cianalas*. Dort findet eine Feier statt, der alte John Nicolls wird achtzig. Grayson war gestern hier und bat mich auszuhelfen. Aber jetzt ist alles umsonst.«

»Wieso denn?« Ailsa schüttelte den Kopf. »Hat Grayson die Bestellung storniert?«

»Ach was«, Marsaili nahm ein Stück Karamellkonfekt vom Teller und schob es sich in den Mund. »Grayson liegt mir schon lange in den Ohren, dass ich für ihn backen soll, und das würde ich auch schrecklich gerne tun. Er bezahlt gut, aber Blair ist dagegen. Eigentlich bin ich selbst schuld. Ich hätte wissen müssen, dass ich ihm damit erst gar nicht zu kommen brauche.« Sie unterbrach sich und schürzte die Lippen. »Es geht um eine neue Nähmaschine. Dazu wäre das Geld gut gewesen. Ich brauche sie zwar nicht unbedingt, aber an den langen Winterabenden ist es schön, etwas mit den Händen zu tun.«

»Aber was kann Blair denn dagegen haben?« Ailsa rollte die Augen. »Es ist ja nicht so, als würdest du im knappen Röckchen im Pub bedienen.«

Marsaili legte die Hände um ihre Tasse und blies in den heißen Tee. »Du weißt doch, wie er ist.«

»Aber er muss dir doch einen Grund nennen.«

»Ach? Muss er das?« Marsaili verzog spöttisch die Mundwinkel. »Hast du je erlebt, dass Blair sich sagen lässt, was er zu tun oder zu lassen hat?«

Ailsa nickte. Sie wusste, was Marsaili meinte. Blair würde nicht diskutieren. Er würde nur dastehen, die Hände in den Taschen seiner Hose vergraben, und in einem sehr ruhigen, aber bestimmten Ton Nein sagen. Ein Nein, an dem nicht zu rütteln war. Ailsa kannte diese Art Nein von ihrem Vater. Es lag nicht in der Natur der Männer hier auf Lewis, hitzig zu werden. Dazu bestand auch keine Notwendigkeit. Ein Nein war ein Nein. Punktum. So einfach war das.

»Na ja«, meinte Ailsa in einem Versuch, Marsaili aufzumuntern. »Du könntest dich mit deinen Kuchen an die Hauptstraße stellen und die Touristen beglücken.«

»Hmm«, Marsaili nickte düster. »Oder eine gigantische Kuchenschlacht veranstalten und damit ins *Buch der Rekorde* kommen.«

»Richtig!« Ailsa schob genüsslich ihr Karamell von der einen in die andere Backe. »Oder wir futtern alles selbst und kommen dafür ins *Buch der Rekorde*.«

»Oder das«, bestätigte Marsaili todernst. »Es wird nur leider nicht funktionieren, wenn du fünf Tage brauchst, um einen Topf Broth leer zu essen.« Sie warf Ailsa einen Blick von der Seite zu. Plötzlich prusteten beide los.

»Oje«, erklärte Marsaili und wischte sich mit der Handfläche über das Gesicht. »Lach, wenn's zum Heulen nicht reicht, oder wie war das?«

»So ist es.« Unsicher, wie sie beginnen sollte, schob Ailsa die Teetasse auf dem Tisch hin und her. »Weshalb ich eigentlich hier bin, Marsaili ... was würdest du dazu sagen, wenn ich die Croft nicht verkaufen würde und wir Nachbarn blieben?«

Marsaili musterte sie eindringlich. »Das bedeutet, ihr lasst euch scheiden?«

»Ich wüsste nicht, was ich sonst tun sollte.«

»Das klingt tapfer.« Marsaili unterbrach sich. Ein geheimnisvolles Lächeln schlich sich in ihr Gesicht. »Die alte Ailsa ist zurück. Das habe ich schon gesehen, als du zur Tür hereingekommen bist.«

»Wie meinst du das?«

»Hast du in letzter Zeit nicht in den Spiegel gesehen?«

»Spiegel? Dazu müsste ich erst einmal einen besitzen«, stellte Ailsa richtig. »Der einzige Spiegel im Haus befand sich im Bad, und den haben die Jenners mitgenommen.«

»Dann komm mal mit!« Marsaili lächelte geheimnisvoll und schob Ailsa vor sich her. »Bitte schön. Verstehst du jetzt, was ich meine?«

»Ach du liebe Güte«, entfuhr es Ailsa. Sie beugte sich über das Waschbecken in Marsailis blitzsauber geputztem Bad und betrachtete ihr Spiegelbild. Ihr Gesicht – Stirn, Wangen, Nase, Kinn und Mundpartie – war gerötet und mit unzähligen Sommersprossen übersät. Und erst ihre Haare! Sie hob eine Strähne an und drehte sie prüfend zwischen den Fingern. Die Tönung war vollständig herausgewaschen, ihre Haare leuchteten wie Feuer. Kaum zu glauben, aber über den emotionalen Stress der letzten Tage hatte sie überhaupt nicht mitbekommen, wie sehr sich ihr Äußeres verändert hatte. Verschwunden war die gepflegte Geschäftsfrau. Das Mädchen von der Insel war zurück. Sommersprossig und mit roter Mähne.

»Ach du guter Gott«, wiederholte Ailsa schwach. Ihr Gehirn hatte noch immer Mühe zu verarbeiten, was ihre Augen ihr glauben machen wollten. »Ich hätte wohl mal besser Sonnencreme verwenden sollen. Natürlich habe ich gemerkt, dass meine Haut juckt und sich rötet, aber *das hier* ...«, sie rieb vorsichtig über die sich schälende Nasenpartie, »... hätte ich beim besten Willen nicht erwartet.«

Marsaili zuckte die Achseln. »So gefällst du mir viel besser. Abgesehen davon, sparst du dir das Geld für den Friseur. Die meisten Frauen geben nach einer Trennung schrecklich viel Geld für einen Typwechsel aus. Du hast das gratis bekommen. Ohne dafür stundenlang unter der Haube sitzen zu müssen. Das ist doch wunderbar.«

Ailsa trat einen Schritt zurück und fuhr sich mit den Händen durch das Haar. Ansonsten trug sie es mittig gescheitelt und glatt geföhnt. In den letzten Tagen aber hatte sie es einfach mit den Fingern aus der Stirn gekämmt. Es fiel seitlich über einem Wirbel in Strähnen auseinander, was ihr ein verwegenes, sturmgepeitschtes Aussehen verlieh. Unwillkürlich musste sie schmunzeln. Marsaili hatte recht. Ihr angesagter Friseur in Toronto hätte ihr Aussehen als trendy Beach Look deklariert und einen horrenden Preis für das Styling verlangt. Immer noch leicht perplex blinzelte sie ihrem Spiegelbild entgegen. Ungewohnt, aber warum nicht? Grinsend wandte sie sich zu Marsaili um. »Gar nicht so übel. Und weißt du, was das Beste daran ist?«

»Nein, was denn?«

»Paul steht auf blond oder brünett. Nicht auf rothaarig mit Sommersprossen.«

»Wirklich, Grayson, ich kann es nicht fassen.« Janet baute sich vor Grayson auf und stemmte die Hände in die Hüften. »Ich finde, das geht entschieden zu weit. Und es ist nicht gut für dich. Jedenfalls nicht für deine Psyche.«

»Du kannst ganz beruhigt sein, was meine Psyche betrifft«, erwiderte Grayson. Er erhob sich aus seiner kauernden Position und warf Janet einen Blick zu, der klarstellte, dass er ihr eine weitere derartige Bemerkung nicht durchgehen lassen würde. »Außerdem zeigt es, wie intelligent Esther ist. Sie hat das Kommando innerhalb von zwei Minuten gelernt.«

»Hm. Trotzdem halte ich es für eine ausgesprochen schlechte Idee, dass du dem Frühstücksspeck beibringst, Pfötchen zu geben.«

»Ihr Name ist Esther«, beharrte Grayson.

Beim Klang ihres Namens grunzte Esther vor Freude. Wie auf Kommando ließ sie sich vor Grayson auf den Popo plumpsen, hob das Vorderbein und kratzte mit der Klaue an seiner Hose. Natürlich konnte er nicht widerstehen. Er zog eine Kaustange für Hunde aus seiner Jackentasche und hielt sie Esther vors Maul.

»Du hast Hundeleckerli für das Schwein gekauft?« Janets Stimme überschlug sich. Sie blickte ihn so vernichtend an, als hätte er Esther illegale Aufzuchtmittel verabreicht.

»Warum nicht?« Grayson zuckte gelassen die Schultern. »Ich glaube kaum, dass es sich negativ auf die Fleischqualität auswirken wird.«

»Da haben wir es!«, quietschte Janet. »Genau das ist der Punkt! Du hängst dein Herz an den Weihnachtsbraten, obwohl ich dir von Anfang an gesagt habe, dass das Schwachsinn ist. Was ist eigentlich los mit dir?«

»Worauf willst du hinaus?«

»Ach, egal ...«

Natürlich war es nicht egal. Das wusste Grayson genau. Janet versuchte ihm auf ihre Art zu verstehen zu geben, dass sie sich Sorgen um ihn machte. Sorgen, weil sie merkte, wie sehr er sich die Sache mit Ailsa zu Herzen nahm. Mit einem Klaps auf den Hintern scheuchte er Esther davon. »Vielleicht bin ich tatsächlich ein wenig überarbeitet. Was hältst du davon, wenn wir *Cianalas* heute Nachmittag sich selbst überlassen und zum Surfen gehen? Ich möchte mein Versprechen Sophia gegenüber einlösen, bevor das Wetter umschlägt. Heute ist der perfekte Tag dafür. Der Wind ist gut, aber nicht zu kräftig.«

»Freinehmen? Geht das so kurz vor der Mondwende?«

»Warum nicht? Wir sollten alle noch ein bisschen Kraft tanken, bevor uns der Ansturm überrollt.«

»Okay, dann packe ich ein paar Sachen zusammen und sage Sophia Bescheid. Sie wird außer sich sein vor Freude.«

»Perfekt«, sagte Grayson. Die Idee mit dem Surfen war ein spontaner Einfall gewesen. Eigentlich hatte er vorgehabt, zur

Croft zu fahren und Ailsa zu besuchen. Von Tag zu Tag fiel es ihm schwerer, sich an Murdos Rat zu halten und Ailsa in Ruhe zu lassen.

»Möchtest du etwas Bestimmtes auf deine Sandwiches?«, fragte Janet.

»Nein, einfach das, was du und Sophia gerne mögt.«

»Gut. Ach, und noch etwas ...«

»Ja?« Im Geiste machte er sich auf die nächste typische Janet-Bemerkung gefasst.

»Wann kaufst du dir eigentlich andere Gummistiefel?«

Es war Nachmittag geworden, als Ailsa von ihrem Spaziergang in der Bucht von Dalmore zu ihrem Wagen zurückkehrte. Die Uhr am Armaturenbrett des Mietautos zeigte halb vier. Sie drehte sich um, bevor sie losfuhr, und warf einen letzten Blick auf den Friedhof. Ins sanfte Licht der flach einfallenden Sonnenstrahlen getaucht, beherrschte er die Bucht, umsäumt von den zum Atlantik hin abfallenden Dünen. Die exponierte Lage inmitten der atemberaubenden Landschaft war an sich nichts Ungewöhnliches. Die meisten Friedhöfe auf den Äußeren Hebriden lagen an glitzernden Sandstränden, mit bester Aussicht auf karibikblaues Wasser. Menschen vom Festland mochten das für einen extravaganten Spleen halten, aber gerechterweise musste man anführen, dass den *Leodhasachs* nicht viel anderes übrig blieb, wenn sie nicht zusehen wollten, wie sich ihre Toten in Moorleichen verwandelten. Ailsa strich sich mit beiden Händen das wehende Haar aus dem Gesicht.

Die Umstände von Kaitlins Tod ließen sich nicht ungeschehen machen, und sie bedauerte sie zutiefst. Doch heute war sie hierhergekommen, um Kaitlin um Verzeihung zu bitten. Dafür, dass sie keine bessere Tochter gewesen war und sich zu wenig um Kaitlin gekümmert hatte. Und es schien, dass Kaitlin – wo auch immer sie jetzt sein mochte – sie erhört hatte, denn Ailsas Herz spürte nichts als Liebe zu Kaitlin und innigste Verbundenheit, als sie den Friedhof verließ. Sie hatte Frieden mit der Vergangenheit geschlossen. Endlich konnte sie loslassen.

Ailsa griff in ihre Jackentasche und zog zwei Hälften einer Jakobsmuschel hervor, die sie in der Bucht gefunden hatte. Nachdenklich drehte sie sie in den Händen hin und her. Auf der einen Hälfte war mit dünnem schwarzem Filzstift ein Herz aufgemalt. Die andere trug eine Inschrift in zarten, eng gesetzten Buchstaben:

Liebe Insel, du bist einzigartig. Mein Leben ist um so vieles reicher durch dich. Ich danke dir.

Ailsas Kehle wurde eng. Die einfachen, aber gefühlsbetonten Worte stimmten sie traurig. Warum, wusste sie nicht. Vielleicht lag es an den Emotionen, die der Besuch an Kaitlins Grab freigesetzt hatte. Vorsichtig strich sie mit den Fingern über die fächerförmigen Rillen der Schale. Es war ein Liebesbrief, den sie da gefunden hatte. Ein Liebesbrief, gerichtet an die Insel, als wäre diese ein Wesen aus Fleisch und Blut. Welche Geschichte mochte sich hinter den wenigen Worten verbergen? Waren es die Begegnungen mit den Menschen hier? Die Großartigkeit der Landschaft? Oder Liebe? Ailsa wusste, dass sie es nie herausfinden würde, aber es war schön, sich vorzustellen, dass es eine romantische Geschichte zu der Inschrift gab. Ihr erster Impuls war gewesen, die Muschel am Strand liegen zu lassen, damit ein anderer sie finden und, genau wie sie, sich darüber freuen und staunen konnte. Dann aber hatte sie an die herannahenden Herbststürme gedacht. Die zerbrechliche Liebeserklärung würde das Wüten der Gezeiten nicht überleben.

Vorsichtig steckte sie die Muschelhälften in ihre Tasche zurück und hob die Hand vor die Augen. Der Streifen Grasland, unmittelbar vor dem Strand gelegen, trug eine bräunliche Färbung. Die Luft brachte eine letzte, sehnsüchtige Ahnung des schwindenden Sommers mit sich, so als führte sie einem die Süße noch einmal vor Augen, bevor die arktischen Stürme hereinbrachen und die Nächte lang und die Tage dunkel wurden.

Sie bemerkte das Auto erst, als es unmittelbar auf den Parkplatz einbog. Genau neben ihr hielt es an. Heraus stieg Grayson. Ailsa verschlug es komplett den Atem. Er lächelte und machte einen Schritt auf sie zu. Einen Moment hatte es den Anschein, als wollte er sich vorbeugen und ihr die Hand auf die Schulter legen, aber dann nickte er nur. »Ailsa, was für ein Zufall.«

»Ja, in der Tat.« Ailsa schluckte. Alle Worte, die sie sich zurechtgelegt hatte, um sich für ihr Schweigen in den vergangenen Tagen zu entschuldigen, waren wie weggewischt. So wie früher in der Schule, wenn sie nach vorne kommen und ein Gedicht aufsagen sollte. Ihr Blick fiel auf die Surfausrüstung, die auf dem Dach von Graysons Wagen verschnallt war. »Ich wusste gar nicht, dass du surfst.«

»Ich habe vor ein paar Jahren damit angefangen. Eine gute Freundin hat mich darauf gebracht, als ich nach der Scheidung von Charlotte ziemlich am Boden war.«

Also hatte er tatsächlich eine Scheidung hinter sich, dachte Ailsa, genau wie sie vermutet hatte. Er drehte sich um und zeigte auf die Frau auf dem Beifahrersitz. Ailsa hatte sie noch gar nicht bemerkt. »Das ist Janet, sie arbeitet für mich. Und dahinter Sophia, ihre Tochter.«

Ailsa erwiderte Janets Lächeln, das jedoch irgendwie verkniffen wirkte, und winkte zurück. Aus irgendeinem Grund, den sie nicht so recht einordnen konnte, verzichtete sie darauf zu erwähnen, dass sie Sophia schon kannte.

»Ich wäre fast an dir vorbeigefahren.« Verlegen hob er die Hand und rieb sich den Nacken. »Du siehst anders aus. Fast wie früher.«

»Tja, scheint so«, Ailsa wickelte sich eine Strähne ihres rotgoldenen Haares um den Finger und musterte sie eingehend, als wäre ihr eben erst aufgefallen, dass sie überhaupt Haare besaß.

»Es steht dir. Die Sommersprossen übrigens auch.«

»Vielleicht hätte ich Sonnencreme verwenden sollen.«

»Ach was. Mir gefällt's.«

»Danke«, sagte sie, weil sie sich daran erinnerte, dass Kaitlin ihr als kleines Mädchen beigebracht hatte, Komplimente anzunehmen, statt sie abzutun. »Hör mal, wegen neulich Abend …«

»Ja?«

»Es tut mir leid, dass unser Date geplatzt ist und ich mich seitdem nicht mehr gemeldet habe.«

»Du wirst deine Gründe gehabt haben.«

Willst du gar nicht wissen, warum?, dachte sie. Vielleicht war es ihm nicht wichtig genug?

»Geht es dir wieder besser?«

»Ja, ich bin wieder auf dem Damm.«

»Ehrlich?«

»Ja, ehrlich. Wieso zweifelst du?«

»Du hast richtig Farbe bekommen. Auf den ersten Blick siehst du wirklich fit aus, richtig erholt sogar, soweit man das nach so einem Schock behaupten kann. Aber deine Augen sagen etwas anderes.« Er verstummte und schien zu überlegen, ob er weitersprechen sollte. »Sie blicken traurig«, schob er nach längerer Pause hinterher.

Ailsas Brust wurde eng. Am liebsten hätte sie seine Hand genommen und ihn mit sich gezogen, hinunter in die Bucht hinter den Dünen, weit weg von Janets Blicken. Dorthin, wo sie ungestört waren. Vielleicht hätte sie sich dann fallen lassen und erzählen können, wie es in ihr aussah. Wie verzweifelt sie nach dem schrecklichen Telefonat gewesen war. Wie sehr das Gespräch mit Grayson im Pub sie verwirrt hatte, weil sie fühlte, dass noch immer etwas zwischen ihnen war, sie ihren Gefühlen aber momentan nicht vertraute. Doch Sophias helles Kinderlachen machte es ihr unmöglich, auch nur einen Schritt in Graysons Richtung zu tun. Also senkte sie den Blick, steckte die Hand in ihre Jackentasche und tastete nach der Muschel. Sie räusperte sich und sagte das, was sie immer sagte: »Es ist, wie es ist.«

»Und wie ist es, Ailsa?«, hörte sie ihn leise fragen.

Sie zuckte die Schultern. »Hässlich. Aber das kannst du dir ja denken.«

»Möchtest du darüber reden?«

»Vielleicht. Irgendwann. Nicht jetzt.« Ihr Blick wanderte zu Graysons Auto. Janet hatte sich zu Sophia umgedreht. Beide hielten die Hände in die Luft und spielten ein Spiel, bei dem sie sich abwechselnd abklatschten. Offenbar hatte nicht nur sie, sondern auch Janet das Gefühl, dass es besser wäre, wenn sie auf Abstand zueinander blieben. Dabei schien Janet in dieser Situation eindeutig im Vorteil zu sein. Sie saß nicht nur gemeinsam mit ihrer Tochter in Graysons Wagen, sondern verströmte zudem noch eine überaus vernichtende Gelassenheit. Für Janet schien keinerlei Anlass zur Sorge zu bestehen. Sie schien sich ihrer Position – und Graysons Gefühlen – absolut sicher. Ailsa spürte einen Stich in ihrer Brust. Sie hasste sich dafür, aber dass Grayson sich nach dem geplatzten Rendezvous so schnell mit Janet tröstete, tat weh.

»Hättest du vielleicht Lust auf einen Spaziergang in den nächsten Tagen?«, fragte Grayson. Seine ausdrucksvollen Augen ruhten auf ihr.

»Ja, das wäre schön«, antwortete sie gepresst und nickte.

»Komm her«, ganz plötzlich zog er sie an sich und schlang die Arme um sie.

Ailsa vergaß Janet und deren zur Schau gestellte Souveränität und ließ sich in seine Umarmung fallen. Sie lehnte den Kopf an seine Schulter. Alles fühlte sich richtig an. Er roch nach Salz und einem dezenten Hauch von Aftershave. Sein Körper war ihr auf einmal so vertraut und so nah, dass sie sich zusammenreißen musste, nicht einfach loszuweinen.

Er hielt sie fest an sich gedrückt. Schließlich löste er seine Arme und küsste sie zum Abschied auf die Wange. »Mach es gut, Ailsa. Ich hoffe, wir sehen uns bald.«

Ailsa nickte und stieg in ihr Auto. Mit klopfendem Herzen fuhr sie davon. Es hatte keinen Sinn, sich etwas vorzumachen. Sie empfand etwas für Grayson, viel mehr sogar, als sie sich bislang eingestanden hatte.

Ob das gut war oder schlecht, stand auf einem anderen Blatt.

Kapitel 12

»Na, jetzt bin ich aber gespannt«, erklärte Roddy und schob die Schiffermütze in den Nacken. Er stand an der Tür der Sattelkammer, das Licht des Spätnachmittags warf verwaschene Schatten auf die lehmige Erde. »Wenn du es schaffst, ihr den Sattel aufzulegen, lass ich eine Flasche Whisky springen, Bootsmann.«

»An deiner Stelle würde ich keine leichtfertigen Versprechungen machen.« Blair nahm den Sattel vom Halter und drehte sich zu Roddy um. »Jedenfalls keine, die du dann eh nicht hältst.«

»Krieg du erst mal den Sattel auf den Gaul, dann sehen wir weiter«, erwiderte Roddy mit einem schiefen Grinsen. Er gab der roten Lederleine einen Ruck und zog Nelly von dem Sack Rüben weg, den sie intensiv beäugte. »Was ist eigentlich mit Marsaili los? Ich war vorhin drüben im Haus, und sie guckte mich nur böse an. Normalerweise freut sie sich, Nelly zu sehen.«

»Weiberkram«, knurrte Blair. Bei dem Gedanken an Marsailis Backorgie kam ihm erneut die Galle hoch. Verdammt, hatte er seinen Standpunkt nicht von Anfang an klargemacht? Was zum Teufel gab es daran zu rütteln? Unfassbar, dass sie immer noch mit dem Gedanken liebäugelte, für Grayson St John zu arbeiten! Er angelte mit dem Fuß nach der Tür der Sattelkammer und stieß sie zu. Mit stampfenden Schritten überquerte er den Hof. Gefolgt von Roddy und dem Schaf, das unablässig dämlich blökte.

Chanty hielt den Kopf gesenkt und prustete leise in ein Büschel Stroh auf dem Boden vor ihren Hufen. Ihr Schweif peitschte von einer Seite zur anderen.

»Wenn du mich fragst, kann ich keine Veränderung zu letzter Woche feststellen.« Roddy lehnte den Rücken an die Wand und überkreuzte die Beine. »Du sagst, sie folgt dir jetzt? Wie hast du das denn bitte schön angestellt?«

»Keine Ahnung«, erwiderte Blair und hob den Sattel von seiner Schulter. »Ich hab sie gezähmt, das ist alles. Wie du siehst, hat sie sich problemlos einfangen und anbinden lassen. Das ist der Beweis.«

»Hm.«

»Vermute, du willst die Wette wieder zurückziehen?«

»Du meinst beidrehen? Beim Klabautermann, kommt gar nicht infrage.« Roddy kicherte vergnügt. »Erst recht nicht, wenn ich mir euch beide so anschaue. Was du vorhast, klappt nie im Leben, das kann ich dir jetzt schon prophezeien. Ich an deiner Stelle würde die Peitsche holen und ihr klarmachen, wer hier der Chef ist.«

»Du bist nicht an meiner Stelle.«

»Ich bleib dabei. Zeig ihr, wo der Hammer hängt. Seit wann bist du denn so zartbesaitet?«

»Ach, sei doch still«, gab Blair zurück, überzeugt von der Richtigkeit seiner sanften Methode. Seit jenem Abend auf der Koppel vor ein paar Tagen, als Chanty sich ihm von hinten genähert und mit den Nüstern angestupst hatte, hatte sich etwas verändert. Sie vertraute ihm. Brav wie ein Lämmchen ließ sie sich am ganzen Körper von ihm berühren. Unterm Strich war es gar nicht so schwer gewesen. Marsaili davon abzubringen, für Grayson zu backen, erschien ihm vergleichsweise viel komplizierter. Alles, was recht war, aber hatte sie tatsächlich geglaubt, er würde diesmal einknicken? Im Kopf überschlug er, wie viel Zeit sie am Herd verschwendet hatte. Es mussten mindestens drei Stunden gewesen sein. Als hätten sie nichts Besseres zu tun auf der Croft! Und wer hatte ihr diesen Floh ins Ohr gesetzt? Grayson.

Vor Wut hätte Blair aus der Haut fahren können. Dann aber fiel sein Blick auf Chanty. Seine Vernunft riet ihm, sich lieber auf die Stute zu konzentrieren, als sich über Grayson zu ärgern. Am besten wäre es wohl, Chanty gar nicht erst die Möglichkeit zu geben nachzudenken, was er mit ihr vorhatte. Wenn er schnell genug war, konnte sie keine Zicken machen. Entschlossen trat er neben sie und warf ihr mit Schwung den Sattel über. Ein Fehler, wie sich herausstellte.

Chanty drehte durch. Blitzartig wirbelte sie herum und buckelte wie wild. Der Sattel landete im Dreck. Irgendwie gelang es ihr, sich loszureißen. Sie machte auf der Hinterhand kehrt, gab Fersengeld und galoppierte quer über den Auslauf. Am Zaun setzte sie zum Sprung an und rannte weiter auf die Weide zu.

»Verdammter Scheißgaul!« Blair zog seine Mütze vom Kopf und warf sie auf den Boden. Sein Pulsschlag dröhnte in seinen Ohren. Jetzt war alles wieder zunichte. Mit einem Schlag. Chanty vertraute ihm genauso wenig wie zuvor. Nur weil er die Nerven verloren hatte. Wegen Grayson und seinen blödsinnigen Ideen, mit denen er alles durcheinanderbrachte. Sogar Blairs Ehe. Sein Magen fühlte sich an, als hätte man ihn zu einem Knoten verschlungen. Er hätte kotzen mögen. Er hatte Grayson so verflucht satt.

»Wenn ich du wäre, würde ich die Mütze nicht kaputt trampeln. Es reicht, dass der Sattel Kratzer abgekriegt hat, Bootsmann«, hörte er Roddy in selbstgefälligem Ton sagen. »Wann, sagtest du, spendierst du mir den Whisky?«

»Marsaili!«, rief Ailsa. Sie musste ihre Stimme erheben, um gegen den Wind anzuschreien. Es war noch früh am Morgen des folgenden Tages, zu früh für einen Besuch eigentlich, aber sie hielt es einfach nicht mehr aus. Sie war so versessen darauf, Marsaili die wunderbare Idee zu unterbreiten, welche ihr gestern Abend gekommen war. Endlich wusste sie, wie sie Marsaili helfen konnte. Mit nackten Füßen eilte sie durch das Gras, am Haus der Galbraiths vorbei. Dann sprang sie über einen Bach und lief die Senke hinunter auf den Zaun zu, welcher die Schafweiden der Croft umgab. Marsaili stand an einer Wäscheleine, die schlaff wie eine gekochte Spaghetti zwischen zwei rostigen Metallstangen hing. Im Gras neben Marsaili stand eine blaue Plastikwanne. Ailsa winkte aufgeregt. »Marsaili! Ich muss mit dir reden!«

»Immer mit der Ruhe, was gibt es denn so Dringendes?« Marsaili richtete sich auf, ein langärmeliges rotes T-Shirt in den Händen.

Keuchend blieb Ailsa vor Marsaili stehen. Sie stemmte die Hände in die stechenden Seiten. »O mein Gott, ich bin zu schnell gerannt.«

»Das sehe ich«, lächelte Marsaili. Sie zog eine Handvoll Wäscheklammern aus der Tasche ihrer Schürze. Mit einem vielsagenden Blick deutete sie auf Ailsas nackte Füße. »Vor lauter Eile hast du ja nicht mal Schuhe an.«

»Ich habe dich aus dem Haus gehen sehen, da bin ich losgesprintet«, erklärte Ailsa und rang nach Atem.

»Keine Bange, ich laufe nicht so schnell weg. Schnauf erst mal durch.« Marsaili streckte sich und befestigte das T-Shirt mit zwei gelben Plastikklammern an der Leine.

»Geht schon wieder«, wehrte Ailsa ab und bemühte sich, ruhig und gleichmäßig zu atmen. »Ich muss dich unbedingt allein sprechen.«

»Mach dir keine Gedanken. Blair ist dort oben und schraubt an seinem Traktor rum.« Marsaili hob die Hand und deutete auf einen Hügel jenseits des Weidezauns. Ailsa kniff die Augen zusammen. Zwischen Gras und Felsen lagen Arbeitsgeräte verstreut: Traktorreifen, ein mit bröckeliger Erde verkrusteter Wendepflug, ein Schafsanhänger ohne Räder, eine Betonmischmaschine, ein alter Wohnwagenanhänger und jede Menge anderer Kram. Für einen Außenstehenden wirkte es wie das perfekte Chaos, aber Ailsa wusste, dass alles seine von Blair zugewiesene Ordnung hatte. Davon zeugte auch die Zielstrebigkeit, mit der er sich bewegte. Mit ausladenden Schritten ging er zwischen blauen Plastikfässern, dem Traktor und einem Stapel Holzpaletten hin und her und schleppte Gegenstände von einem Ort zum anderen.

Marsaili bückte sich nach einem hellblauen Hemd. »Ich hoffe, er ist noch eine Weile mit seiner blöden Schrauberei beschäftigt. Er hat schreckliche Laune.«

»Immer noch wegen der Kuchen, die du für Grayson backen wolltest?« Ailsa schnitt eine Grimasse.

»Nein«, sagte Marsaili. Den Rest verstand Ailsa nicht. Die Wäsche knatterte im Wind und übertönte Marsailis Worte. Ailsa machte ein paar Schritte auf die Wanne mit der Wäsche zu. Sie bückte sich und reichte Marsaili ein schwarzes Damenthermoshirt.

»Sorry, was sagst du? Ich hab dich nicht verstanden.«

Marsaili nahm ihr das Shirt aus der Hand. »Ich sagte, es ist Chantys Schuld, nicht die von Grayson. Dabei zeigt sie ihm nur seine Fehler auf. Er hat ein Faible für dieses Pony.«

»Was meinst du damit?«

»Muss ich das erklären?« Marsaili ließ die Hände sinken. »Du solltest Blair doch kennen. Ein Pony lässt sich nun mal nicht täuschen. Chanty spürt es, wenn Blair vor Wut kocht. Du kannst das gut mit einem vierjährigen Kind vergleichen. Die haben feine Antennen und spüren, wenn die Eltern gestresst sind. Warum sollte es bei Chanty anders sein? Das Problem allerdings ist, dass Chanty mit ihrem Pferdeverstand nicht über die Entwicklungsstufe eines Kleinkinds hinauskommt.«

Ailsa gab sich alle Mühe, aber sie konnte dem Vergleich nicht ganz folgen. Sie schüttelte den Kopf. »Das verstehe ich nicht.«

»Dann versuche ich es einmal so: Chanty merkt, dass mit Blair etwas nicht stimmt. Er ist angespannt und mit den Gedanken nicht bei ihr. Das münzt sie auf sich, was sollte sie auch sonst tun? Sie glaubt, sie hat etwas falsch gemacht, und dass Blair deshalb sauer auf sie ist. Wie soll sie ihm da vertrauen? Chanty war vom ersten Tag an übersensibel. Ich vermute, sie hat schlechte Erfahrungen mit Menschen gesammelt.«

Ailsa legte den Kopf schräg. Langsam begriff sie. Ein Lächeln stahl sich auf ihr Gesicht. »Verstehe. Letztlich ist Chanty auch nur ein weibliches Wesen, nicht wahr? Solange Blair versucht, ihr mit Gewalt seinen Willen aufzuzwingen, ist es kein Wunder, wenn sie sich querstellt.«

»Querstellen ist noch untertrieben. Sie verschwindet ins Moor, und Blair treibt sich nachts in der Dunkelheit herum, um sie zu finden. Ich stehe jedes Mal Todesängste aus, dass ihm da draußen etwas zustößt. Aber was soll ich machen?« Marsaili zuckte die Schultern. »Blair ist eben Blair und damit unbelehrbar. Dennoch muss er kapieren, dass Chanty ihre Freiheit braucht. Vielleicht käme sie dann aus freien Stücken auf ihn zu.«

»Vermutlich«, nickte Ailsa finster. Marsaili hatte recht. Blair war unbelehrbar.

»So, das wär's.« Marsaili bückte sich und zog ein graues Arbeitshemd aus der Wanne. »Bei dem Wind sollten die Sachen ruck, zuck trocknen. Aber du hast mir immer noch nicht erzählt, was es so Dringendes gibt.«

»Ich habe eine wunderbare Idee, wie du doch noch zu deiner Nähmaschine kommst«, Ailsa reckte das Kinn und strahlte Marsaili triumphierend an. »Wir beide, du und ich, machen zusammen ein Geschäft auf.«

Marsailis Augen wurden rund, als hätte Ailsa vorgeschlagen, sie solle sämtliche Geldvorräte lockermachen, um in den Handel an der New Yorker Börse einzusteigen. »Wir machen was?«

»Keine Sorge, du gehst kein Risiko damit ein.«

»So?« Marsaili wirkte kein bisschen überzeugt. In ihren meerblauen Augen lag ein unsicheres Flackern. »Und du bist dir ganz sicher, dass es eine gute Idee ist, die du da hast?«

»Eine wunderbare Idee«, verbesserte Ailsa sie und rieb die Handflächen aneinander. »Wir stellen unten an der Hauptstraße eine Holzbude auf. Nichts Großartiges, ich habe etwas ganz Schlichtes im Kopf. In der Bude verkaufen wir frisches Brot, Brötchen, Gebäck.«

Marsaili runzelte die Stirn. »Wer soll das denn kaufen?«

»Auf der Hauptstraße fahren tagtäglich unzählige Autos. Zwischen hier und Stornoway gibt es keine einzige Bäckerei. Wenn dir das Brot ausgeht und du nicht backen möchtest, bleibt dir nichts übrig, als schlaffen, in Plastik verpackten Toast bei Murdo in der Tankstelle zu kaufen, richtig?«

»*Aye*«, nickte Marsaili.

»Zu allem Übel schmeckt das Zeug, als würdest du in gepresste Watte beißen.« Ailsa verdrehte die Augen, um zu verdeutlichen, wie widerwärtig sie Toast aus der Tüte fand.

»Na ja, da ist was dran«, gab Marsaili zögernd zu. »Obwohl ich noch nie ausprobiert habe, wie gepresste Watte schmeckt. Aber ich gebe dir recht, lecker ist das Zeug von der Tanke nicht – ohne Murdo damit schlechtmachen zu wollen.«

»Es geht nicht um Murdo, sondern um qualitativ gute Backwaren«, erklärte Ailsa. Sie verstand nicht, warum Marsaili so zurückhaltend reagierte. »Ich kenne niemanden in der Umgebung, der so großartiges Brot backt wie du.«

»Danke für das Kompliment!« Marsaili zuckte verlegen die Schultern. »Doch selbst wenn sich die Sachen verkaufen ließen, würde es nicht funktionieren.«

»Aber wieso denn nicht?«, fragte Ailsa kopfschüttelnd.

»Wer soll denn an der Straße stehen und bedienen?«

»Ganz einfach«, Ailsa winkte ab, »wir stellen eine Ehrlichkeitsbox auf. Mit einer Preisliste daneben. Die Kunden legen das Geld einfach in die Box. In Kanada funktioniert das prima. Ich wüsste nicht, warum nicht auch hier.«

»Na ja, vielleicht ...« Marsaili schien sich langsam für die Idee zu erwärmen. »Und wie kommen wir zu so einer Hütte?«

»Ich frage Tom. Ich bin sicher, er könnte uns in Nullkommanichts ein einfaches Häuschen mit den nötigen Regalen zimmern. Um die Genehmigung von der Gemeinde kümmere ich mich. Und was das Geld angeht, folgender Vorschlag: Ich schieße den Betrag für die Anfangsinvestition vor. Bis alles abbezahlt ist, teilen wir uns den Gewinn. Dafür übernehme ich das Hin- und Herfahren und das Auffüllen der Ware. Später gehen siebzig Prozent an dich und dreißig an mich. Wie klingt das?«

»Das klingt zu schön, um wahr zu sein«, seufzte Marsaili.

»Was glaubst du, wäre Blair damit einverstanden?«

»Ist das eine ernst gemeinte Frage?« Marsaili nahm die Wanne vom Boden auf und setzte sie sich auf die Hüfte. »Ich kann mir nicht vorstellen, dass Blair gegen irgendetwas ist, bei dem *du* die Hände im Spiel hast. Ich muss nur eine günstige Gelegenheit abpassen, ihn zu fragen.«

»Also abgemacht?« Ailsa reichte Marsaili die Hand. »Geschäftspartnerinnen?«

»*Aye*«, erwiderte Marsaili und schlug ein. »Geschäftspartnerinnen.«

»Ich weiß, wer in deinem Bach Seeforellen wildert.« Tom betrat das Büro von *Cianalas*, wo Grayson gerade damit beschäftigt war, die Buchungen durchzugehen.

»Wow. Du überraschst mich, Tom. Ich hätte nicht gedacht, dass du dem Kerl so schnell auf die Schliche kommst!« Grayson hob den Blick von den Büchern. Er legte den Stift beiseite und lehnte sich in seinem Stuhl zurück. »Okay. Wer ist es?«

Tom ließ sich in einen Sessel vor dem antiken Arts-and-Crafts-Schreibtisch fallen. »Es ist Norman.«

»Norman mit dem Bauhelm?« Graysons Augenbrauen schossen in die Höhe. »Der Norman, mit dem ich vor ein paar Tagen im Pub ein Bier getrunken habe?«

»*Aye*, genau der«, gab Tom seelenruhig zurück.

»Scheiße«, entfuhr es Grayson. Ausgerechnet Norman. Eine Verwechslung war ausgeschlossen. Es gab niemanden außer Norman, der Tag und Nacht mit einem gelben Helm auf dem Kopf herumlief. Früher, als junger Mann, hatte Norman auf dem Bau gearbeitet. Dabei war ihm ein Ziegel auf den Schädel gefallen. Norman war von der Stunde an überzeugt, dass das Ende der Welt bevorstünde, wie bei Matthäus in der Bibel beschrieben, und die Sterne vom Himmel stürzen würden. Seitdem sah man ihn nie ohne Helm. Böse Zungen behaupteten, er schlafe sogar damit. Mittlerweile war Norman Mitte sechzig und wohnte mit seiner Frau in einem Haus am Ortsrand von Breasclete. Die beiden hatten keine Kinder und lebten von der Fürsorge. Grayson runzelte die Stirn. Er konnte Normans Motiv verstehen. Gewilderte Seeforellen waren ein prima Zusatzeinkommen. »Verdammter Mist«, fluchte Grayson erneut. »Bist du dir sicher?«

»*Aye*«, Tom zog sein Handy aus der Tasche. Er strich über das Display und reichte es Grayson. »Hier. Sieh selbst.«

»Ach du liebe Güte.«

»Nicht gerade eine Profiaufnahme, aber unverkennbar Norman«, erklärte Tom und nahm das Handy wieder an sich.

»Ja, kein Zweifel«, seufzte Grayson. »Wie es scheint, hast du das Bild aus einiger Entfernung geschossen?«

»Ja, Norman war ein gutes Stück entfernt auf der anderen Seite des Bachs. Übrigens war es purer Zufall.« Tom kratzte sich den dichten Bart. »Ich wäre um die Uhrzeit nicht einmal in der Nähe gewesen, wenn ich nicht nach einem Mutterschaf gesucht hätte. So habe ich gerade noch mitbekommen, wie Norman ein Netz ins Auto lud.«

»Hast du ihn angesprochen?«

Tom schüttelte den Kopf. »Keine Chance, der Bach war ja dazwischen. Unmöglich, ihn an dieser Stelle zu überqueren. Momentan führt er zu viel Wasser. Außerdem ist Norman gewieft. Als er mich kommen sah, hat er sich eiligst aus dem Staub gemacht.«

»Verstehe. Und du bist dir sicher, dass er gewildert hat? Vielleicht war er ja nur spazieren«, schlug Grayson vor, der immer noch nicht so recht daran glauben wollte, dass jemand aus seinem Bekanntenkreis ihn beklaute.

»Er ist losgesaust wie ein geölter Blitz, als ich in Sichtweite kam. Und das auf dem Foto ist eindeutig ein Netz. Ich bin sicher, dass man es in der Vergrößerung auf dem PC erkennt. Die Kamera macht gute Bilder.«

Grayson lehnte sich schweigend zurück. Er streckte den Arm aus und schob die Bronzestatue eines balzenden Auerhahns auf dem Schreibtisch hin und her, als wäre sie eine Figur auf einem Schachbrett. Es half ihm beim Nachdenken.

Tom trommelte mit den Fingern auf der Lehne des Sessels. »Was machen wir nun? Soll ich mal rüberfahren und mit ihm sprechen?«

Grayson faltete die Hände und legte die Zeigefinger ans Kinn. »Meinst du, das könnte etwas bewirken?«

»Kaum ...« Tom zog die Mundwinkel nach unten. »Norman gehört zum alten Schlag. Er lässt sich nichts sagen. Du könntest genauso gut den Bach da draußen vor dem Fenster darum bitten, rückwärtszufließen.«

»Er weiß, dass er sich strafbar macht?«

»*Aye.*«

Grayson stellte den Auerhahn auf seinen angestammten Platz. »Die Jagdgesetze sind streng, und die Polizei geht entschlossen vor. Im schlimmsten Fall erwarten ihn fünf Jahre Haft.«

»Das ist Norman klar. Wie gesagt, er ist nicht dumm«, erklärte Tom mit einem bitteren Lächeln. »Aber du darfst nicht verkennen, dass wir es hier mit einem Verbrechen zu tun haben, das in Schottland Tradition hat. Generationen von Croftern waren überzeugt, sie hätten ein Recht, sich von den Landbesitzern zu holen, was ursprünglich ihnen gehörte.«

»Nachvollziehbar, aber dennoch illegal.«

»Was soll's, Norman steht am Ende einer langen Reihe von Männern, die sich einen Dreck um irgendwelche Vorschriften scheren, weil sie überzeugt sind, das Richtige zu tun.«

»So etwas in der Art hatte ich befürchtet«, gab Grayson zurück und beugte sich ruckartig vor. »Dann bleibt uns nur eins: Wir tun, als hätten wir nichts bemerkt.«

»Wie?« Tom kniff die Augen zusammen. »Du willst ihn damit durchkommen lassen?«

»Das will ich in der Tat.«

»Du gibst klein bei?«

»Falsch. Ich verhindere, dass Norman oder ich das Gesicht verlieren.«

»Nimm es mir nicht übel, aber das ist Blödsinn. Klarer Fall von falschem Edelmut. Du bist im Recht. Von Gesichtsverlust kann keine Rede sein«, ereiferte sich Tom, während ihm Verblüffung und Unverständnis deutlich ins Gesicht geschrieben standen.

»Aber sicher«, meinte Grayson. »Was passieren würde, liegt auf der Hand. Ein Gespräch mit Norman würde nur Sinn ergeben, wenn ich ihm im Wiederholungsfall Konsequenzen für sein Handeln ankündige. Ansonsten mache ich mich lächerlich. Drohe ich ihm aber mit dem Gewehr, sprich der Polizei, müsste ich dann auch tatsächlich abdrücken.«

»Und das möchtest du nicht, weil Norman sonst eingesperrt wird.«

»Richtig!« Grayson nickte ernst. »Es gibt keine geklauten Forellen. Wir wissen von nichts. Stattdessen konzentrieren wir uns auf wichtigere Dinge.« Er zog ein Blatt aus der Buchungsmappe und schob es Tom zu. »Hier. Seine ehrenwerte Lordschaft, Sir Peregrine Sinclair, einundzwanzigster Graf von Atholl, möchte uns im November mit seiner Anwesenheit beehren und bringt seine engsten Freunde mit. Das heißt, wir erwarten eine Jagdgesellschaft von insgesamt zwölf Mann. Meinst du, damit kommst du klar?«

»Da mach dir keine Sorgen. Es ist schließlich nicht mein erster Einsatz als *Ghillie*.« Tom stand auf und streckte Grayson zum Abschied die Hand hin. »Sir Peregrine und seine Freunde werden die Insel in vollster Zufriedenheit verlassen. Und mit gut gefüllten Bäuchen, versteht sich. Ich bin sicher, Janet wird das erlegte Wild ausgezeichnet zubereiten.«

Grayson erhob sich ebenfalls und begleitete Tom zur Tür. »Wunderbar, dann ist ja alles klar. Man sieht sich, Tom.«

Nachdem Tom gegangen war, trat Grayson ans Fenster und blickte hinaus. Sophia sprang in sich selbst versunken mit einem Hüpfseil auf dem Hof herum. Ein braun geflecktes Huhn hatte es sich auf der Trockensteinmauer des Auslaufs gemütlich gemacht und beäugte mit schräg gelegtem Kopf und blinkenden Augen die Reste im Schweinetrog. Esther kam zum Trog galoppiert, bereit, ihr Fressen gegen den gefiederten Feind zu verteidigen. Unwillkürlich musste Grayson schmunzeln. Er verdrängte den aufkommenden Gedanken, dass sich Hogmanay langsam, aber unaufhaltsam näherte. Im Moment wollte er sich nicht mit dem Schicksal der Ferkel befassen.

Sein Blick wanderte in die Ferne. Über dem East Loch Roag drückten rauchblaue Wolkenfetzen vom Atlantik herein. Die zerklüftete Küstenlinie erschien wie mit Tusche und Feder gezeichnet. Es waren diese Minuten, die einem Sturm vorausgingen, die Grayson so sehr liebte. Das Licht war unvergleichlich. Er war nun schon eine ganze Zeit auf Lewis. Dennoch konnte er sich nicht vorstellen, sich je an der Weite der Landschaft und an den ständig wechselnden Farben des Himmels sattzusehen. Im Bewusstsein, dass er eigentlich dringende Schreibtischarbeit zu erledigen hatte, ging er hinaus in die Garderobe, um Regenjacke und Gummistiefel zu holen. Er war ohnehin nicht konzentriert bei der Sache, was machte es also für einen Unterschied? Genauso gut konnte er sich den Wind um die Nase wehen lassen.

Wie immer waren seine Gedanken bei Ailsa. Gab es einen Moment des Tages, an dem er nicht an sie dachte? Abends ging er zu Bett und fragte sich, wie es ihr ging. Morgens wachte er auf, und sein erster Gedanke galt ihr. Er hatte es ernst gemeint, als er gesagt hatte, er wolle seine beste Freundin zurück. Doch inzwischen spürte er, dass ihm das nicht genügte. Wenn er sich selbst gegenüber ehrlich war, empfand er für Ailsa weit mehr als nur Freundschaft. Als er sie gestern gesehen hatte, mit ihrer feuerroten Mähne und den leuchtenden Augen, war es ihm vorgekommen, als wäre das Mädchen von damals wieder zurück. Was natürlich Unsinn war. Er schüttelte den Kopf über sich selbst. Keiner von ihnen war noch derselbe Mensch wie vor achtzehn Jahren. Die Zeit hatte sie verändert.

Den Reißverschluss der Regenjacke bis hoch unter das Kinn gezogen, trat er aus dem Haus. Der Wind fuhr in die Ärmel der Jacke und ließ den Nylonstoff knattern. Mit knappen Schritten, den Oberkörper gegen den Wind gelehnt, den Kopf voll wirbelnder Gedanken, marschierte Grayson auf die Klippen zu. Damals, vor achtzehn Jahren, hatte er den größten Fehler seines Lebens begangen. Er war jung gewesen. Jung und verrückt nach Ailsa. Als sie nicht zum Treffen am Ungeraden Stein erschienen war, hatte er den Kopf verloren: Er hatte Blair geglaubt, als er ihm die rote Locke entgegengehalten und behauptet hatte, Ailsa habe sich gegen ihn entschieden, statt auf die Stimme in seinem Herzen zu hören, die ihm gesagt hatte, dass die Dinge nicht so sein konnten, wie sie schienen. Heute wusste er es besser, aber das änderte nichts an der Vergangenheit. Er blieb stehen und ließ den Blick über das aufgepeitschte Meer wandern. Eine stürmische Bö blies von Nordwest herein und riss ihn fast von den Füßen. Er hob das Gesicht dem Sturm entgegen. Ailsa war die Liebe seines Lebens. Doch wie sollte es je mit ihnen funktionieren? Sie hatten beide gescheiterte Beziehungen hinter sich. Die Scheidung von Charlotte war nervenaufreibend gewesen. Seitdem hatte er bewusst vermieden, eine neue Beziehung einzugehen, obwohl sich einige interessante Frauen um ihn bemüht hatten. Ailsa ihrerseits versuchte gerade zu verkraften, dass ihr Mann sie betrogen hatte und ihre Ehe am Ende war. Und da dachte er an Liebe und einen Neubeginn? Ausgerechnet mit seiner ehemaligen Jugendliebe? Er hatte sie offenbar nicht mehr alle.

Kapitel 13

Am Nachmittag peitschte ein schneidend kalter Wind vom East Loch Roag kommend über Callanish hinweg. Im Osten war der Himmel heiter, von Nordwest aber drückten schwere Regenwolken herein, die alles verdunkelten. Der Steinkreis lag verlassen da, in spektakuläres Zwielicht getaucht. Unaufhaltsam schoben sich die Wolken vorwärts, um sich über den uralten Megalithen zusammenzuballen. Die Stimmung wurde unheilvoll, doch kurz bevor die Wolken über den Steinen abregneten, schlug das Wetter erneut um. Ein Sonnenstrahl zerriss das Grau. Ein schmaler Streifen fließenden Lichts erhellte den Hauptstein, sodass die Flechten auf dem grauen, mit dunkler Hornblende geäderten Quarz wie Bernstein glühten. Die restliche Anlage aber blieb in unwirkliches Dämmerlicht getaucht, sodass nur der Hauptstein wie von Scheinwerfern in Szene gesetzt wurde. Der Effekt war beinahe mystisch. Ein Fingerzeig, aus den Tiefen des Universums kommend, um auf die Wichtigkeit des Hauptsteins hinzuweisen, wenn man sich denn auch heutzutage darauf verstanden hätte, ihn zu deuten. Hinter vorgehaltener Hand munkelte man, dass es sehr wohl Menschen gab, die die Zeichen der Steine auch heute noch zu lesen verstanden. Den Gerüchten zufolge existierte eine Handvoll Menschen, welche »von den Steinen« stammten, wie man sagte. Niemand wusste, wer zu diesem Kreis zählte, denn sie gaben sich nicht zu erkennen. Sie verrichteten ihre Aufgabe im Verborgenen und hüteten das Geheimnis der Steine wie den Heiligen Gral.

Ailsa stand, den Oberkörper und die Unterarme schützend an den glatten Fels geschmiegt, am *Cnoc an Tursa*, dem ältesten Teil der Anlage. Die fünf Felsen, welche zusammen die Form eines Schildkrötenpanzers hatten, lagen ein Stück außerhalb der Umzäunung, im Süden des Steinkreises. Im Vergleich zu den Megalithen wirkten sie wenig beeindruckend und waren leicht zu übersehen, doch Ailsa fühlte sich zu ihnen besonders hingezogen. Das war schon früher so gewesen, lange bevor Ron und Margaret Curtis durch ihre Forschungen einen Teil des megalithischen Codes dechiffriert und die Theorie aufgestellt hatten, dass der *Cnoc an Tursa* als Kalendarium gedient haben mochte.

Das Zusammenspiel von Steinen, Himmelsrichtung und Sonneneinfall hier war kompliziert, aber soweit Ailsa verstanden hatte, ging es um Folgendes: Unterhalb des Felsens, an der Stelle, wo bei einer Schildkröte der Kopf gewesen wäre, befand sich eine Höhle. Dort hinein fiel zu einer bestimmten Tageszeit durch einen Spalt in den Felsen ein Sonnenstrahl, der den wahren Norden markierte. Anhand von Länge und Einfallswinkel des Lichtes konnte man das Voranschreiten der Jahreszeiten überwachen. Enorm wichtig für Menschen, die auf Gedeih und Verderb vom Wohlwollen der Natur lebten. Der Schildkrötenfels war ein Steinzeitcomputer, durch den sich wichtige Ereignisse im Jahreslauf bestimmen ließen, wie Sonnenwenden oder Erntefeste. Zudem konnten über die weit verstreut liegenden Inseln hinweg Verabredungen für Zusammenkünfte getroffen werden.

Doch für die Hauptanlage, die sich zu ihren Füßen erstreckte, gab es eine weitere Erklärung. Möglicherweise – so hatte Ailsa jedenfalls gelesen – lag vor ihr der legendäre Tempel von Hyperborea, jenem von den antiken griechischen Geografen gerühmten, paradiesischen Land, dem eine enge Verbindung zum Gott Apoll nachgesagt wurde. In dem sagenumwobenen Hyperborea, so hieß es in den Schriften, gebe es einen magischen Ort. Einen runden Tempel, auf einer Insel gelegen, in seiner Art einzigartig auf der Welt. Alle achtzehn Jahre steige Apoll vom Himmel, um diesen Tempel zu besuchen. Was für ein Gedanke. Ailsa fröstelte. Vor dem Hintergrund einer fünftausend Jahre alten, in Vergessenheit geratenen Kultur fühlte sie sich plötzlich wie Alice im Wunderland, die in ein Kaninchenloch gefallen war. Die Dimensionen verschoben sich. Das Gewicht der Jahrtausende reduzierte ihre Existenz mit all ihren Problemen auf ihre wahre Größe. Sie war nicht mehr als ein mikroskopischer Punkt in der alles verschlingenden Dunkelheit der Weltraumnacht.

Zum Schutz vor dem Wind, der mit ungemindertem Zorn über sie hinwegbrauste, drückte sie sich enger gegen den *Cnoc an Tursa* und barg den Kopf auf den Unterarmen. Intuitiv spürte sie, welche Magie der uralte Steinkreis verströmte. Es war ein Ort von besonderer Energie. Nirgendwo sonst fühlte sie sich so sicher und geborgen wie hier, auf diesem stürmischen Hügel, einen Steinwurf von dem Haus entfernt, in dem ihre Großeltern gelebt hatten und Kaitlin geboren worden war. Sie war ein Teil der Landschaft, und die Landschaft war ein Teil von ihr. Alles war mit allem verbunden, auf geheimnisvolle Weise. Ein endloser Zyklus, der sich stumm, tief im Untergrund aller Dinge wiederholte und Weltalter schuf. So war es immer gewesen, und so würde es sein bis ans Ende aller Zeiten, so wie auch sie immer Teil dieses endlosen, größeren Ganzen gewesen war. Ihre Wurzeln reichten tief in den Boden der kargen, windumtosten Landschaft und gaben ihr Halt. Wie hatte sie ihr Erbe je verleugnen können? Musste man sich erst ein Stück entfernen, um zu sich selbst zu finden?

Ailsa richtete sich auf und rieb sich die Hände. Ihre Finger waren klamm vor Kälte. Sie schob sie in die Jackentaschen. Dabei ertastete sie die beiden Muschelhälften, die sie in Dalmore gefunden hatte.

Liebe Insel, du bist einzigartig. Mein Leben ist um so vieles reicher durch dich. Ich danke dir.

Plötzlich musste sie an die vielen verlassenen Häuser denken, an denen sie bei ihren Spaziergängen vorbeigekommen war. Aus dem Nichts tauchten Bilder vor ihrem Auge auf. Gerahmte Fotografien von Innenansichten. Ein rostiges Bettgestell aus Metall in einem Schlafzimmer, von dessen Wänden sich die geblümte Tapete löste. Ein leeres Wohnzimmer mit einem zerschlissenen Polstersessel vor einem rosa gestrichenen Kamin. Ein Kartenspiel mit einer aufgedeckten Pik Acht, welches wie hastig hingeworfen auf einem verstaubten Küchentisch lag. Das steinerne Gerippe eines zerfallenen Krankenhauses. Ein Krankenzimmer mit Löchern in den Betonmauern, die wie offene Wunden im Fleisch wirkten. Vor einer der zerbrochenen Fensterscheiben ein Rollstuhl mit zerfetzten Reifen, die staubige Sitzfläche so ausgerichtet, dass der Geist des ehemaligen Besitzers nach draußen auf das neblige Moor blicken konnte … Dann verschwamm der Raum zu Schlieren. Vor Ailsas Augen drehte sich alles. Irritiert presste sie die Hände an die Stirn. Wo kamen auf einmal all diese Bilder her? Was hatten sie zu bedeuten?

Ihr Blick wanderte zu dem Blackhouse ihrer Großeltern am Ende der Allee, sich selbst überlassen, dem Verfall preisgegeben. Ein paar Jahrzehnte mehr, dann würden die Reste der Grundmauern im Gras verschwinden und nur der gemauerte, mit Zinn verkleidete Kamin wie ein Mahnmal in den leeren Himmel ragen. Die Spuren ihrer Großeltern würden verblassen wie Tinte auf altem Pergament.

Der Nordwind blies ihr eine eisig-feuchte Ankündigung von Hagelschauer ins Gesicht. Sie kletterte vom Schildkrötenfels hinunter und eilte über die lange Allee auf das Blackhouse zu. Noch immer rätselte sie, welche Botschaft die Bilder in ihrem Kopf bereithielten. Am Blackhouse angekommen, verharrte sie einen Moment und ließ die Hand auf der steinernen Hauswand ruhen. Während sie in der Bucht von Gearrannan eine Art feindselige Präsenz gespürt hatte, ging von dem alten Blackhouse eine warme, einladende Atmosphäre aus. Intuitiv spürte sie, dass es an diesem Ort einmal zwei Menschen gegeben hatte, die einander über alle Maßen geliebt hatten. Vergeblich versuchte sie sich zu erinnern, ob ihre Mutter je über ein besonderes Vorkommnis im Zusammenhang mit dem alten Blackhouse berichtet hatte, aber soweit sie wusste, war da nichts.

Vielleicht fand sich ja im Inneren des Hauses ein Hinweis? Ailsa stemmte sich gegen die tief in das meterdicke Mauerwerk eingelassene Vordertür. Das Holz musste sich verzogen haben, denn sosehr sie sich auch bemühte, die Tür ließ sich nicht öffnen. An dem Schloss konnte es nicht liegen. Niemand auf Lewis verriegelte sein Haus, schon gar nicht, wenn es verlassen war. Schulterzuckend gab sie es auf und beschloss, ihr Glück an der Hintertür zu versuchen. Sie bog um die Ecke. Die Wiese hinter dem Haus war dicht mit wildem Senf bewuchert, dessen leuchtend gelbe Blüten ihr um die Knie strichen und einen stechenden Geruch verbreiteten. Als Kind hatte sie hier oft gespielt, aber da war der Garten noch gepflegt gewesen. Sie bahnte sich einen Weg durch das Wildkraut zum Hintereingang. Links von der Tür befand sich ein Fenster. Auf dem Fensterbrett davor, durch das tiefe Mauerwerk geschützt vor Wind und Wetter, stand eine aus Ton gebrannte und braun glasierte Kaffeekanne. Daneben zwei farblich passende Becher. Ailsa fragte sich, wer das Geschirr dorthin gestellt haben mochte. Sie stieß die Tür auf. Ein modriger Geruch schlug ihr entgegen. Die Hand vor die Nase gedrückt, duckte sie sich durch die niedrige Öffnung und betrat das Haus.

Erstaunt stellte sie fest, dass vieles noch genau so war, wie sie es in Erinnerung hatte: der wackelige Küchentisch vor dem Fenster, die Hängelampe aus braunem Stoff, die Anrichte in der Ecke ... Ein Rascheln ließ sie zusammenfahren. Aus den Augenwinkeln sah sie etwas über den Boden huschen und unter einer herabgefallenen Spanplatte verschwinden. Mäuse, nach dem Kot zu schließen, der überall herumlag. Sie ging zu der Anrichte hinüber und zog eine der Schubladen auf. Sie war leer, abgesehen von einigen verrosteten Schrauben und Nägeln. Ailsa spürte, wie ihre Brust eng wurde. Das alte Haus tat ihr leid. Ein ganzes Leben hatten ihre Großeltern in seinen Wänden verbracht, genau wie deren Eltern zuvor. So viele gelebte Tage, von denen manche voller Freude, andere voller Kummer gewesen sein mochten. So viele Erinnerungen, so viele Gefühle, die in den alten Mauern steckten. In zehn oder vielleicht zwanzig Jahren wäre die verbliebene Einrichtung zerfallen. Nichts würde mehr an die Geschichte ihrer Großeltern erinnern.

Es sei denn ...

Ailsa verspürte das dringende Bedürfnis, sich zu setzen. Benommen lehnte sich gegen die Anrichte, ihr Atem ging stoßweise. Wie bei einem imaginären Puzzle fügten sich die Teile auf einmal von selbst zusammen. Plötzlich stand ihre Zukunft auf Lewis klar vor ihr. Ihre Knie zitterten, sie wusste nicht, ob sie weinen oder lachen sollte, so durcheinander war sie. Noch nie hatte sich eine Entscheidung in ihrem Leben richtiger angefühlt: Sie würde das Blackhouse renovieren und zu einer Galerie umgestalten. Eine Galerie, voll mit Fotografien der verlassenen Häuser der Insel. Dazu ein kleiner Teeausschank, der die Besucher zum Verweilen einlud. Das Haus würde Menschen ansprechen, deren Vorfahren einst auf Lewis gelebt hatten. Eine Art Museum, dessen Bilder an eine verschwundene Lebensweise erinnerten. Und wenn es sich erst einmal herumgesprochen hatte, würde es Menschen von weit her anziehen. Vom Festland, vielleicht sogar aus Australien oder Amerika. Viele Inselbewohner waren im letzten Jahrhundert dorthin ausgewandert. Sie runzelte die Stirn. Sicher würde es nicht ganz leicht, das alte Blackhouse zu renovieren. Es brauchte Planung, Genehmigungen und vieles mehr. Aber war sie als Immobilienmaklerin nicht bestens für die Aufgabe geeignet? Schließlich hatte sie in Kanada schon wesentlich komplexere Aufträge betreut und konnte ihre Erfahrungen aus den vergangenen Jahren einfließen lassen. Zudem war sie früher eine begeisterte Hobbyfotografin gewesen. Ein Talent, das sie lange hatte brachliegen lassen. Sie benötigte nur eine entsprechende Ausrüstung. Es sollte kein Problem sein, diese in Stornoway zu bekommen. Sie griff in ihre Tasche, holte die Muschelhälften hervor und legte sie sorgsam mit der Inschrift nach oben auf die Anrichte. Die Liebesbotschaft an die Insel würde einen ganz besonderen Platz in der Galerie bekommen, nahm sie sich vor. Ihre Hände zitterten. Es war so aufregend, sich vorzustellen, was sich aus dem alten Blackhouse machen ließe! Entschlossen, den Schwung des Augenblicks zu nutzen, stieg sie in ihr Auto und fuhr los.

Nur wenige Minuten später betrat sie den Verkaufsraum der Tankstelle in Breasclete. Im Hintergrund lief Rockmusik, irgendein Schlager aus den Sechzigern. Ihr Onkel stand neben der Mikrowelle und nahm gerade einen Pappkarton mit einem dampfenden Hotdog heraus. Er reichte es dem Mann an der

Theke, einem hochgewachsenen Arbeiter, auf dessen grauem Overall das Tesco-Logo prangte. Der Duft von heißen Zwiebeln vermischte sich mit dem schweren Geruch von Benzin und altem Motoröl. Ailsa fragte sich, wie es Murdo den ganzen Tag in diesem Mief aushielt. Sie hätte keine halbe Stunde in der Tankstelle verbringen können, ohne das Gefühl zu haben, dass ihre Bronchien schwarz und schrumpelig wurden durch die stickige Luft. Der Tesco-Mann bezahlte, biss in sein Hotdog und ging. An seiner Backe klebte ein Ketchup-Fleck.

Murdo nahm einen Schluck aus einem großen Pappbecher, den er auf der Theke abgestellt hatte. »Hallo, Ailsa. Schön, dich zu sehen«, er lächelte ihr zu.

»Hallo«, Ailsa beugte sich vor und schnupperte prüfend an dem Becher. »Was ist das denn? Seit wann trinkst du Kamillentee?«

»Einer dieser Tage«, Murdo zog eine Grimasse. »Ich bin mit Rückenschmerzen aufgewacht, jetzt habe ich auch noch Magenkrämpfe.«

»Du wirst doch nicht krank werden?« Ailsa musterte ihn besorgt. Ihr Onkel war äußerst selten krank, das wusste sie, und jetzt war ein verdammt schlechter Zeitpunkt dafür, so kurz vor der Mondwende. Er war für die Hauptrolle bei der Inszenierung vorgesehen, und soweit Ailsa wusste, gab es keinen Ersatz.

»Krank werden?« Murdo legte eine Hand auf seinen Magen, offensichtlich hatte er Schmerzen. »Hab ich nicht vor.«

»Vielleicht solltest du zum Arzt gehen?«

»Wozu? Ich bin nicht krank, ich bin alt.«

»Aber vielleicht fehlt dir ja wirklich etwas?«

»Bist du zum Tanken hier oder um mit mir über meine Gesundheit zu diskutieren?«

Ailsa ließ die Luft aus ihrem Brustkorb entweichen. Sie gab auf. Es hatte keinen Sinn. Murdo schaltete auf stur, wie immer, wenn ihm etwas nicht in den Kram passte. Aber schließlich war sie nicht seine Krankenschwester. Sie war hier, weil sie Murdos Unterstützung benötigte. So gesehen nicht unbedingt ein cleverer Gesprächseinstieg ... Sie räusperte sich und deutete auf die ratternde Slush-Eis-Maschine neben Murdo im Fenster. »Ich hätte gerne eine Portion von dem grünen Eis. Und eine *Stornoway Gazette*.«

Murdo füllte einen Becher und reichte ihn ihr.

»Danke, Murdo. Ist das Waldmeister?«

»Nein. Das ist Säuerungsmittel, vermischt mit Konservierungsstoffen, grüner Farbe und jeder Menge Zucker. Ich würde das Zeug nicht unter Androhung von Gewalt essen, aber die Jungs von der Montage finden es prima.« Murdo zuckte die Schultern. »Was führt dich zu mir? Das grüne Zeug kann's kaum sein, und Benzin brauchst du auch nicht, wie ich sehe.« Er nickte mit dem Kopf in Richtung der Zapfsäulen. Ailsas Auto stand in einiger Entfernung geparkt. »Du bleibst auf der Croft, wie ich höre?«

»*Aye*«, nickte Ailsa. »Vorerst ja. Paul und ich lassen uns scheiden.« Sie sog an dem Strohhalm und probierte vorsichtig das Eis. Es schmeckte wie gefrorener Kaugummi.

»Das ist sicher die richtige Entscheidung.«

»Was bleibt mir anderes übrig?«

»Du bist jung genug, um noch mal von vorne anzufangen. Und hübsch bist du obendrein.« Murdo unterbrach sich. Er klopfte mit der Faust gegen seinen Magen, als hätte sich dort Luft angestaut, und verzog mit schmerzerfüllter Miene das Gesicht. »Ich hätte beim Kaffee bleiben sollen. Der verdammte Kamillentee ist pures Gift. Aber was soll's ... Was ist mit der Croft? Ich nehme an, der Verkauf ist damit vom Tisch?«

»Das stimmt. Ich habe mich in den letzten Tagen neu eingerichtet. Komm doch mal vorbei und sieh es dir an. Und was meine weitere Zukunft hier auf Lewis betrifft, ich bin gerade dabei, Pläne zu schmieden.«

»Das ist gut.«

»Dabei brauche ich deine Hilfe …« Ailsa stockte und stocherte mit dem Strohhalm in ihrem Slush. »Das Blackhouse oben bei den Steinen … es gehörte Kaitlin, wenn ich mich recht entsinne?«

»*Aye*«, nickte Murdo. Er kniff die Augen zusammen. »Weshalb willst du das wissen?«

»Nun«, Ailsa packte den Stier bei den Hörnern, »wenn dem so ist, bin ich wohl die rechtmäßige Erbin.« Sie holte tief Luft. »Ich würde es gerne renovieren, wenn du nichts dagegen hast.« So. Nun war es heraus.

Murdo verzog keine Miene.

»Ich weiß ja, dass es das Haus deiner Eltern ist. Kaitlin und du, ihr beide seid dort geboren und aufgewachsen. Sicher hängen jede Menge Erinnerungen an dem Haus und …«

»Stopp. Bevor du weiterredest«, unterbrach Murdo sie und hob energisch die Hand. Er richtete sich zu seiner vollen Größe auf. »Ich bin Murdo, Sohn von Lachlan, Sohn von Lachlan Mòr, Sohn von Roderick«, erklärte er mit undurchdringlicher Miene, »Generationen von Macleods haben in diesem Haus gelebt. An dem Blackhouse wird nichts verändert. Ende der Diskussion.«

Aber ich habe doch gar nicht vor, viel zu verändern, erboste sich Ailsa im Stillen. Warum konnte Murdo ihr nicht in Ruhe zuhören, anstatt gleich loszupoltern? Sie schloss die Hände um den Plastikbecher und versuchte, ruhig zu klingen. »Ich würde es so originalgetreu wie möglich wieder auferstehen lassen. So wie die Häuser in Gearrannan.«

»Was tot ist, ist tot. Punktum. Auferstehung ist Gott allein vorbehalten.«

»Du musst mich nicht gleich so wörtlich nehmen«, ärgerte sich Ailsa und spürte, wie ihr die Hitze in die Wangen stieg. »Wir reden von einem Haus, nicht von einem Verstorbenen.«

»Der Vergleich hinkt. Ich sage Nein.«

»Aber es ist doch *mein* Haus«, beharrte Ailsa, wurde aber an diesem Punkt durch das Klingeln der Türglocke unterbrochen.

Murdos Blick glitt über ihre Schulter hinweg zu einem Mann in blauen Latzhosen, der unschlüssig vor dem Regal mit Motoröl stand. Ailsa kannte ihn vom Sehen, er wohnte in Breasclete neben der Fischölfabrik. »Ich bin gleich bei dir, Kenny«, rief Murdo quer durch den Verkaufsraum. Er holte tief Luft und wischte sich mit dem Ärmel seines Hemdes den Schweiß von der Stirn. Anscheinend hatten sich seine Magenschmerzen im Laufe des Gesprächs verschlimmert. Zu Ailsa gewandt, sagte er betont ruhig: »Es ist der falsche Zeitpunkt, um unser Gespräch zu vertiefen.«

»Aber wir müssen reden«, beharrte Ailsa. Unschlüssig blickte sie auf den Eisbecher in ihrer Hand. Das Zeug schmeckte scheußlich. Sie hatte nicht vor, es auszutrinken, aber sie konnte den vollen Becher auch nicht einfach in den Mülleimer werfen. Angewidert gab sie Murdo den Eisbecher zurück. »Hier. Das Zeugs ist einfach ekelhaft. Du solltest den Eisautomaten rausschmeißen und dir stattdessen eine gute Kaffeemaschine kaufen. Eine, mit der man Milch aufschäumen kann. Die Kunden erwarten das heutzutage.«

Murdo stutzte. »Ach ja?«, sagte er und betrachtete nachdenklich den Becher. Ailsa hätte zu gerne gewusst, was in seinem Kopf vorging. Murdo stellte den Becher weg, griff in seine Hosentasche, zog einen Blister mit Magentabletten heraus und drückte eine in seine Handfläche. Er schob sie sich in den Mund, spülte mit Kamillentee hinterher und ließ mit einem Rülpsen die angestaute Luft aus seinem Brustkorb entweichen. »Was hältst du davon, wenn du heute Abend zu uns zum Essen kommst? Donalda würde sich freuen, dich zu sehen. Dann können wir in Ruhe reden.«

»Na schön«, meinte Ailsa zögerlich. Lieber wäre es ihr gewesen, gleich Klarheit zu schaffen, aber das ging jetzt nicht. Abgesehen davon: Wenn Murdo einer Renovierung skeptisch gegenüberstand, musste sie eben noch mehr Überzeugungskraft aufbringen. Sich darauf ein bisschen vorzubereiten, konnte nicht schaden. Sie beugte sich vor und küsste Murdo zum Abschied auf die Wange. »Bis später.«

»Ach, und bring Hunger mit«, rief er ihr nach, als sie bereits an der Tür war. »Es gibt Seeforelle.«

Kapitel 14

Zufrieden blickte Ailsa auf die brandneue EOS 700D neben sich auf dem Beifahrersitz. Eine solide Kamera. Nicht das teuerste Gerät, das derzeit auf dem Markt war, aber für ihre Zwecke ausreichend. Zusätzlich hatte sie in zwei Objektive investiert. Zusammen mit einem Vorrat an Speicherkarten, einem Stativ, das auch bei Wind nicht so leicht umgeblasen würde, einem Verlaufs- und einem Polfilter für die Linse sowie einem Fernauslöser fühlte sie sich gut gerüstet. Sie war sicher, dass sie sich schnell mit der digitalen Welt anfreunden würde. Das Wichtigste, nämlich ein gutes Auge für den richtigen Ausschnitt, besaß sie.

Darauf erpicht, die neue Kamera möglichst gleich auszuprobieren, parkte sie den Wagen vor ihrem Haus. Auf der Suche nach einem lohnenswerten Motiv wanderte ihr Blick über den Hügel zur Croft der Galbraiths. In der Nähe des Offenstalls entdeckte sie Blairs hochgewachsene, gut gebaute Gestalt. Er hielt eine Heugabel in der Hand und verteilte Stroh. Sie stieg aus und schirmte die Augen mit der Hand vor den schräg einfallenden Sonnenstrahlen ab. Die Luft war mild, durchsetzt mit dem Geruch von Salz, Heu und Pferden. Im Auslauf neben dem Stall standen Blairs Eriskay Ponys. Der Abendwind spielte mit den langen Mähnen. Weich fiel das Licht auf seidig schimmerndes, üppiges Pferdehaar. Im Hintergrund spiegelten sich die Farben der untergehenden Sonne auf dem Loch Shiadair.

Ailsas Herz wurde weit. Es war ein unvergleichlicher Anblick. Die anmutigen, stolzen Ponys erschienen ihr in dem goldenen Licht wie Fabelwesen. Ihre Schönheit und die Eleganz ihrer Bewegungen hatten etwas Überirdisches. Erhaben, fast mit Pathos bewegten sie ihre charaktervollen Köpfe, die Zottelmähnen über der breiten Stirn wogten bei jeder Bewegung. Dunkle, ausdrucksvolle Augen blickten gelassen dem schwindenden Tag hinterher. Feine, hoch aufgerichtete Ohren spielten unablässig in alle Richtungen, als flüsterte der Wind ihnen unhörbare Geheimnisse zu. Es schien ein natürliches Gleichgewicht zwischen den Ponys, der Natur und den Menschen zu geben. Ailsa fühlte Wehmut in sich aufsteigen, als sie Blairs Herde so friedvoll im Abendlicht grasen sah. Früher war der Anblick der hart arbeitenden Ponys alltäglich gewesen. Doch seitdem es für diese Arbeiten Maschinen gab, sah man sie nur noch selten. Sie wünschte sich inständig, dass Blair mit seiner Zucht dazu beitragen konnte, den Fortbestand dieser wundervollen Rasse zu sichern.

Blairs Herde bot ein traumhaftes Motiv. Eine wunderbare Gelegenheit, die Kamera auszuprobieren. Vielleicht ergab es sich dabei zudem, dass sie und Blair ein wenig plauderten. Ailsa hoffte es sehr. Womöglich ließ sich das, was zwischen ihnen stand, in der friedlichen Abendstimmung klären. Sie öffnete die Beifahrertür und schnappte sich Kamera und Stativ. Ob Marsaili seit dem Vormittag schon Gelegenheit gehabt hatte, mit Blair über das geplante Vorhaben zu sprechen? Und falls ja, wie hatte Blair reagiert? Gespannt zu erfahren, was mittlerweile passiert war, hängte sie sich die Kameraausrüstung über die Schulter und schritt quer über den Hügel auf Blairs Croft zu.

Als Blair sie kommen sah, hielt er mit der Arbeit inne. Den Arm auf die Heugabel gestützt, stand er da und beobachtete sie mit gelassener Miene.

»Guten Abend, Blair. Störe ich?« Unsicher, wie sie seinen Gesichtsausdruck deuten sollte, blieb sie in einigen Metern Entfernung stehen und musterte ihn. Er war noch immer ein außergewöhnlich attraktiver Mann, stellte sie fest. Die dunkelgrünen Augen verhießen ein leidenschaftliches Temperament hinter der scheinbar ruhigen Fassade.

»Nein«, die Andeutung eines Lächelns huschte über sein Gesicht, »ich war gerade fertig.«

Sie ging auf ihn zu und lehnte sich gegen den Zaun. »Du bist zu beneiden, Blair.«

»Weshalb?«

»Du hast deine Leidenschaft gefunden, nicht wahr?«

»*Aye*«, er zuckte die Schultern und stellte die Heugabel beiseite. »Gibt Schlechteres, als Pferdezüchter zu sein.«

»Außerdem hast du eine wunderbare Familie. Du musst glücklich sein.«

»Ich bin zufrieden«, sagte er, aber an der Art, wie sich sein Körper verspannte und er ins Leere starrte, merkte Ailsa, dass etwas nicht stimmte.

Sie rieb sich über die Stelle an ihrem Finger, wo ihr Ehering gesteckt hatte. Sie hatte ihn vor zwei Tagen abgenommen. Der Finger fühlte sich leer an. Sie sah Blair eindringlich an. »Du und Marsaili, ihr seid doch glücklich miteinander?«

Er nickte. »Es ist nicht immer einfach, so lange verheiratet zu sein, aber ja, unterm Strich sind wir das.«

Was ist dann mit dir, Blair?, dachte Ailsa, sagte aber nichts. Tief in seinem Inneren schien ein Feuer zu schwelen, das ihn langsam verzehrte und sich jederzeit zu einem Flächenbrand ausweiten konnte.

Eine Weile standen sie schweigend beisammen und schauten den Stuten beim Grasen zu. Ailsas Blick schweifte über die Koppel zum Loch Shiadair, dessen Oberfläche sich wie schwere dunkelblaue Seide kräuselte. Die feine bläuliche Linie des Horizonts mutete an wie eine Grenze zwischen zwei Welten: unten felsige Landmassen und unergründlich tiefes Meer, oben Himmel und endlos weite Sternenräume. Ailsa fühlte ein Verlangen in sich aufsteigen, von dem sie nicht wusste, woher es rührte. Es mochte an der Schönheit und Großartigkeit der Dinge um sie herum liegen. Nachdenklich strich sie sich das Haar aus der Stirn. »Ein herrlicher Abend«, meinte sie schließlich in die Stille hinein. »So ruhig und friedvoll.«

Blair lächelte. »*Aye.*«

»Das hier ist so anders als im Rest der Welt.«

»Wie ist es denn im Rest der Welt?«, fragte Blair, ohne den Blick von der Koppel zu nehmen. Seine Stimme klang amüsiert.

Ailsa wippte mit der Fußspitze. »Im Moment weiß ich gar nicht, ob meine Welt da draußen so wirklich ist, wie ich dachte.« Sie biss sich auf die Lippe. »Jedenfalls ist sie laut, hektisch und voll Getöse.«

»Sehnsucht nach den alten Zeiten, *Blone?*« Er wandte sich zu ihr um und warf ihr ein schiefes Grinsen zu.

Blone ... Es war lange her, dass sie das Wort gehört hatte. Der Klang brachte eine vergessene Saite in ihr zum Schwingen. *Blone* war stornowegischer Slang und das weibliche Äquivalent für *Cove*, Kumpel. Überrascht, dass er ihre Gefühle so gut auf den Punkt brachte, hörte sie auf, mit den Füßen zu wackeln. »Ja, schon möglich.« Nachdenklich verlagerte sie das Gewicht vom einen auf das andere Bein. »Das hier ist es, worum es im Leben geht, nicht wahr?«

»Nun ja«, ohne erkennbaren Ausdruck im Gesicht strich er mit der Hand über das splitterige Holz am Zaun, »es gibt sicher Menschen, die anderer Meinung wären, aber wenn du mich fragst, schon.« Er reckte den Hals, sah sich nach der Herde um und schnalzte vernehmlich mit der Zunge. Eines der Ponys hob erwartungsvoll den Kopf. Mit ruhig gesetzten Schritten und gemütvoll von einer Seite zur anderen peitschendem Schweif kam es auf Blair zu. Im knappen Abstand zum Zaun blieb es stehen und sah ihn aus dunklen Augen an.

Ailsa hoffte, Blair würde weitersprechen, aber er tat es nicht. Für ihn schien alles gesagt. Das Gespräch geriet ins Stocken. Eine ganze Weile sagten beide nichts. Ailsa ließ ihren Blick an Blair hinauf- und hinabwandern. Es machte nicht den Anschein, als hätte er vor, noch etwas zur Unterhaltung beizutragen. Sie verzog das Gesicht. Warum war es immer sie, die das Gespräch am Laufen hielt? Früher hatten sie alles voneinander gewusst und nichts zurückgehalten. Oft hatte ein Blick zwischen ihnen genügt, um sich zu verständigen. Jetzt gähnte diese schattenhafte Leere zwischen ihnen. Ein Loch, in das sie mit beiden Händen Worte hineinwarf, aber es wollte sich einfach nicht füllen. Aus Gewohnheit drehte Ailsa an ihrem Ehering, obwohl er nicht mehr am Finger steckte. Ihr Magen zog sich zusammen. War es das? Würde zwischen Blair und ihr für alle Zeiten eine angestrengte Atmosphäre herrschen? Als sie eben über die alten Zeiten gesprochen hatte, hatte es sich unverkrampft angefühlt, so als wären sie wieder fünfzehn und würden miteinander über den Strand jagen. Aber das Gefühl hatte getäuscht, wie sie jetzt feststellen musste. Das Leben war ein Fluss, so hieß es doch immer, nicht wahr? Und bekanntlich konnte man nicht zwei Mal im selben Fluss baden, es war immer ein anderer.

Nachdenklich streckte sie den Arm aus und fuhr mit den Fingern unter die Ponymähne. Zwischen Blair und ihr hatte sich viel verändert. Würde es ihnen gelingen, wieder zueinanderzufinden? Etwas zu schaffen, das mehr war als das Aufwärmen von Erinnerungen? Mehr als ein *weißt du noch, damals ...?*

Vorsichtig warf sie Blair einen Blick von der Seite zu. Er vermied es, sie anzusehen. Es schien schwierig für sie beide.

Sie spielte Was-wäre-wenn in ihrem Kopf. Was wäre, wenn sie Blair auf den Kopf zusagte, dass sie sich um ihn sorgte? Dass sie es nur schwer ertrug zu sehen, wie er den Kummer, der sich in seinen Augen spiegelte, mit sich selbst ausmachte, statt sich ihr zu öffnen? Dann aber verwarf sie den Gedanken wieder. Es hatte noch nie etwas gebracht, Druck auf Blair auszuüben. Am besten versuchte man erst gar nicht, mit ihm über Themen zu sprechen, die ihn persönlich betrafen. Kein Wunder, dass er so viel Zeit mit seinen Ponys verbrachte. Sie wandte sich ab und tätschelte den Hals der Stute. Der Abend war viel zu schön, um ihn mit düsteren Gedanken zu füllen. »Was für ein großartiges Tier. Und so zutraulich, obwohl sie mich nicht kennt.«

In Blairs Augen erschien ein Leuchten. Seine ganze Körperhaltung veränderte sich, er wirkte so stolz wie ein Vater, dem die Lehrerin gerade bescheinigt hatte, dass sein Nachwuchs überdurchschnittlich begabt sei und wahrscheinlich direkt auf einen Nobelpreis zusteuere. Auf einmal war er regelrecht gesprächig. »Sie ist die Leitstute, sie heißt Belle. Eriskays sind neugierig wie kleine Kinder und ebenso lernbereit, aber leicht zu führen.« Er deutete über die Weide auf eine Stute, die sich betont abseits hielt, als hätte sie die Gesellschaft der Herde nicht nötig. »Von Ausnahmen abgesehen. Manche müssen noch lernen, sich zu benehmen.«

Ailsa folgte seinem Blick. Die Stute da drüben besaß offensichtlich Persönlichkeit. Man musste kein Pferdeexperte sein, um das zu erkennen. Sie war eine Diva, die es nicht nötig hatte zu gefallen. Anscheinend war es das Pony, von dem Marsaili gesprochen hatte. »Das ist Chanty, nicht wahr? Marsaili hat mir von ihr erzählt.«

»Du sagst es«, erwiderte Blair finster. Er sog die Luft ein. Ailsa hatte den Eindruck, als wollte er noch etwas sagen, verkniff es sich aber. Das Gleiche in Grün, dachte Ailsa, sobald etwas auch nur annähernd kompliziert wurde, zog sich Blair zurück.

»Wie ist es, *Starfish*?«, meinte er unvermittelt. »Lust auf ein Bier? Ich könnte uns eines aus der Küche holen.«

»Sehr gern!« Ailsa schob den Kameragurt auf der Schulter zurecht. Ursprünglich war sie ja hierhergekommen, um die Ponys zu fotografieren. Das Tempo, mit dem die Sonne sich dem Horizont entgegenstürzte, machte sie kribbelig. »Aber zuvor würde ich gerne ein paar Fotos machen. Das Licht ist großartig, aber in ein paar Minuten ist es vorbei.«

»Nur zu.«

»Ist es okay, wenn ich zu den Stuten auf die Koppel gehe?«

»Klar. Wenn du kein Problem damit hast, dass sie aus Neugier an deinem Ärmel knabbern.«

»Damit komme ich zurecht«, gab Ailsa zurück und griff nach ihrem Stativ.

Sie öffnete das Gatter und ging ein paar Schritte über die Koppel. An einer Stelle, die ihr geeignet schien, blieb sie stehen und baute das Stativ auf. Dann ging sie in die Hocke, um die Kamera zu positionieren. Wie Blair vorausgesehen hatte, waren die Ponys neugierig, aber friedfertig. Es dauerte nicht lange, bis zwei Stuten interessiert mit den Ohren zuckten und sich aus der Herde lösten. Die Köpfe gesenkt, die Hälse lang nach vorne gestreckt, trotteten sie gemächlich auf sie zu. Ailsa konzentrierte sich darauf, die richtigen Einstellungen zu finden, während die Ponys neugierig an ihrer Jacke schnupperten und ihr feuchten Atem in den Nacken bliesen. Als die Stuten bemerkten, dass Ailsa sich nicht beeindrucken ließ und obendrein auch keinen Leckerbissen dabeihatte, trollten sie sich wieder. Lächelnd blickte Ailsa ihnen hinterher. Sie erhob sich und machte ein paar Probeaufnahmen, die sie jedoch noch nicht annähernd zufriedenstellten. Sie zwang sich, die aufkommende Hektik zu unterdrücken. Das Licht ließ ihr nur wenig Zeit.

Mit raschen, aber überlegten Bewegungen öffnete sie die Stellverschlüsse und justierte die Höhe der Kamera, sodass sich der untere Rand der Linse knapp auf der Höhe von Belles Brustkorb befand. Die Stute stand mit erhobenem Kopf und wehender Mähne am Ende der Koppel und blickte direkt in ihre Richtung. Hinter ihr senkte sich der Hügel ab. Den rechten Abschluss der Weide bildete eine Trockensteinmauer, die auf den Loch Shiadair zulief. Das üppige Grün des Grases bildete einen reizvollen Kontrast zu den düsteren grauen Silhouetten der Berge im Hintergrund. Am oberen Rand hatte sich eine rauchgraue Wolke in der Farbe der Berge ins Bild geschoben. Der Himmel im Hintergrund war ungewöhnlich blau, von vereinzelten Schleiern durchzogen. Ailsa hielt vor Aufregung den Atem an. Sie hatte ihre Einstellung gefunden. Sie sandte ein Stoßgebet gen Himmel, dass Belle zumindest so lange ruhig stehen bleiben würde, bis sie die Belichtung eingestellt hatte. Dann drückte sie den Auslöser. Als hätte Belle nur darauf gewartet, dass das Bild im Kasten war, drehte sie ihr das Hinterteil zu und trabte davon. Gespannt studierte Ailsa das Bild auf dem Display.

Es war perfekt. Belle hatte ihr genau die Geschichte geschenkt, die sie hatte erzählen wollen. Links, im Vordergrund, dominierte Belles in die Kamera gerichteter Blick das Bild. Sie stand mit gespitzten Ohren da, ihre Mähne fiel durch das Spiel des Windes zur Seite, und auf dem unteren Drittel des Bildes führte die Trockensteinmauer wie ein Weg über die grüne Weide auf das schimmernde Ufer des Sees zu.

Ailsa lief ein Prickeln über den Rücken. Belle wirkte auf dem Bild wie ein Wächter am Eingang zur Anderswelt. Hoheitsvoll, gelassen und mit wehender Mähne stand sie da. Ein Zauberwesen, mehr zur Welt der Feen gehörend, welche sich hinter ihr auftat, als zu der realen Welt, aus der heraus der Betrachter in ein wundersames Land schaute. Ein Hochgefühl, das sie lange nicht mehr mit solcher Intensität verspürt hatte, machte sich in Ailsa breit. Mit geschickten Bewegungen packte sie ihre Ausrüstung zusammen und eilte zum Zaun. Blair erwartete sie bereits. »Deinem Lächeln nach zu schließen hast du ein Motiv gefunden.« Seine grünen Augen ruhten auf ihr.

»O ja, das habe ich«, begeistert reichte Ailsa ihm die Kamera, damit er die Aufnahme betrachten konnte. »Belle ist ein Goldstück. Sie hat extra für mich posiert.«

»Wow. Ziemlich beeindruckend. Du hattest früher schon einen guten Blick für das Wesentliche.«

»Danke. Ich lasse dir einen Abzug machen, wenn du willst.«

»Das wäre schön. Komm«, er stieß sich vom Zaun ab und deutete auf einen Heuballen. Er setzte sich, den Blick auf den Loch Shiadair gerichtet, und ließ die Ellbogen auf den Knien ruhen. Ailsa tat es ihm gleich, sodass sie Schulter an Schulter saßen. Blair lehnte sich zur Seite und zog zwei Flaschen Bier aus einem Korb. Er nahm einen Schlüssel aus der Hosentasche und öffnete sie. Ein Bier reichte er an Ailsa weiter. »*Slàinte.*«

»*Slàinte math.*«

Blair nahm einen tiefen Schluck, dann stellte er die Flasche neben sich auf den Boden. »Hast du Hunger?« Er zauberte einen frisch gebackenen Laib Brot aus dem Korb hervor und bot Ailsa davon an. Das warme Brot duftete köstlich. »Marsaili meinte, du könntest sicher eine Stärkung vertragen«, erklärte er schulterzuckend.

»Wie verlockend«, seufzte Ailsa. »Und unglaublich lieb von Marsaili. Ich komme tatsächlich um vor Hunger. Ich fürchte nur, Donalda wird mich umbringen, wenn ich mir jetzt den

Bauch vollschlage. Murdo hat mich zum Essen eingeladen. In einer Stunde.« Bedauernd blickte sie auf die Scheibe Brot.

»Das ist noch lange hin«, gab Blair gelassen zurück. »Außerdem habe ich noch das hier.« Er reichte Ailsa eine zur Hälfte mit einer weißen Flüssigkeit gefüllte Glasflasche.

Ailsa bekam runde Augen. »Ist es das, was ich vermute?«

Blair tat, als wäre er völlig ahnungslos. Er zuckte die Achseln. »Schau nach.«

Wortlos griff Ailsa nach der Flasche und schraubte den Deckel auf. Sie schnupperte und war entzückt: Es handelte sich um frische, flüssige Sahne, durchmischt mit fein geschnittenen Kräutern und groben Salzkörnern. Sie strahlte über beide Wangen. »Wir können Butter machen. Das habe ich als Kind geliebt.«

»Ach wirklich?« In Blairs Stimme schwang deutlich Ironie mit, aber Ailsa kannte ihn gut genug, um in seinem Gesicht zu lesen, wie sehr er sich freute, dass ihm die Überraschung gelungen war.

Ailsa umschloss die Flasche mit beiden Händen und schüttelte sie kräftig. »Weißt du noch, wie wir unsere Mütter um Sahne angebettelt haben, bevor wir in den Sommerferien morgens losgezogen sind? Waren das herrliche Zeiten. Manchmal wünschte ich, das Leben wäre so leicht und sorgenfrei wie damals.«

»Du wirst sentimental«, kommentierte Blair ungerührt. »Komm, gib her, lass mich schütteln, bevor die Sahne von der ganzen Gefühlsduselei noch sauer wird.« Er nahm ihr die Flasche aus der Hand. »Marsaili meint, du hättest dich neu eingerichtet?«

»Ja, das stimmt. Wie es aussieht, hast du eine neue Nachbarin. Die neue alte.« Sie nahm einen Schluck von ihrem Bier. »Ich habe die Scheidung eingereicht.«

»Das tut mir leid.«

»Muss es nicht. Du weißt doch: Es ist, wie es ist. Wozu mit dem Schicksal hadern, wenn man es nicht ändern kann.«

»*Aye*, so ist es wohl.« Blair löste den Deckel von der Flasche und begutachtete den Inhalt. »Fertig. Möchtest du?«

»Sehr gerne«, sie hob die Flasche an die Lippen und trank von der Buttermilch, die sich über dem cremigen goldgelben Klumpen gebildet hatte. Es schmeckte köstlich. Als sie ausgetrunken hatte, nahm sie Blairs Taschenmesser, strich Butter auf eine Brotscheibe und teilte sie in zwei Hälften. Eine davon reichte sie Blair. Schweigend aßen sie ihr Brot. Am liebsten hätte sie noch eine zweite Scheibe gegessen, beschloss aber dann, im Hinblick auf das Abendessen und eine erzürnte Donalda vernünftig zu sein und es dabei zu belassen. Sie nahm die kühle Bierflasche und hielt sie nachdenklich an die Wange.

»Blair, was ist eigentlich los mit dir?« O weh, so direkt hatte sie das gar nicht sagen wollen. Wie hatten sich die Worte nur aus ihrem Mund geschlichen? Irritiert ließ sie die Bierflasche sinken.

»Was soll sein?« Er wischte das Taschenmesser an seiner Hose ab und klappte es zusammen.

»Wir hatten früher doch nie Geheimnisse voreinander. Warum jetzt?«

»Ich weiß nicht, wovon du redest.«

Sie holte tief Luft. Jetzt, da sie das Thema angeschnitten hatte, konnte sie ebenso gut weiterreden. »Ich habe es dir vor ein paar Tagen im Pub schon gesagt, aber du blockst jedes Mal ab. Du behauptest zwar, dass alles bestens ist, aber auf mich wirkst du alles andere als glücklich.«

»So? Wie wirke ich denn?«

Verbittert und verzweifelt. So, als ob du dir selbst auf die Nerven gehen würdest, hätte Ailsa am liebsten geantwortet.

Sie milderte es ab in ein: »So, als würde dir etwas auf die Nerven gehen.«

»Ich finde es eigentlich ganz entspannt, wie wir hier sitzen.«

»Jetzt ja. Aber das bist du nicht immer.« Sie dachte daran, wie er wegen des geplanten Verkaufs der Croft getobt hatte. Das war zwar mittlerweile vom Tisch, aber dafür war Blair jetzt verärgert, weil Marsaili sich bei Grayson ein bisschen Geld dazuverdienen wollte. Je länger sie darüber nachdachte, umso sicherer war sie: Es konnte nur einen Grund für seine Wut geben, und das war … Sie straffte die Schultern. »Ist es, weil Grayson zurück ist?«

»Grayson ist mir so was von scheißegal«, antwortete Blair, eine Spur zu schnell, als hätte der Satz griffbereit in seinem Kopf gelegen und nur darauf gewartet, ausgespuckt zu werden.

Ailsa hatte nicht vor, einen Rückzieher zu machen. Jetzt nicht mehr. Sie drehte die Bierflasche in ihren Händen. »Es ist sicher nicht leicht. Ihr beide seid schon damals nie sonderlich gut miteinander ausgekommen. Und nun ist Grayson zurück auf der Insel und führt dieses große Hotel. Mit Erfolg, wie es scheint.«

Blair knetete das restliche Stück Brot in seinen Händen zu einem Klumpen. Seine Nasenflügel bebten. »Ich pfeife auf Grayson, hörst du? Er kann tun und lassen, was er will, solange er mir nicht in die Quere kommt.«

»Ach? Und wenn Marsaili für ihn arbeitet, dann kommt er dir in die Quere?«

Sie konnte förmlich spüren, wie sich die Härchen in Blairs Nacken aufstellten. »Was wird das? Hast du dich mit Marsaili gegen mich verbündet? Versucht ihr jetzt gemeinsam, mich rumzukriegen?«

»Nein, natürlich nicht«, sagte sie, um einen gelassenen Tonfall bemüht. Unhörbar knirschte sie mit den Zähnen. »Ich würde nur gerne verstehen, wo dein Problem liegt.«

»Noch einmal, ich habe kein Problem.«

»Ach ja? Was ist es dann?«

»Es kotzt mich an, dass es hier ständig um Grayson geht«, erklärte Blair mit gepresster Stimme. Er schien sich nur mit Mühe beherrschen zu können. Sein Gesicht war gerötet, er ließ die Fingerknöchel knacken. »Ich habe euch letztens im Pub beobachtet. Ihr versteht euch ja wieder erstaunlich gut.«

»Ja, und warum auch nicht?«

»Warum nicht? Muss ich dazu noch etwas sagen?« Er verzog die Mundwinkel zu einem höhnischen Grinsen. »Du hattest eben schon immer eine Schwäche für Schnösel, sonst wärst du nicht bei Paul gelandet.«

»Stopp, das geht zu weit. Du hast kein Recht, so mit mir zu reden. Das geht dich nichts an.«

»Es geht mich sehr wohl etwas an.« Blairs Stimme klang unterkühlt, aber die Ader an seiner Schläfe pochte verräterisch. »Zufällig liegt mir etwas an dir. Ich möchte nicht, dass du dich Hals über Kopf ins nächste Unglück stürzt.«

»Wie soll ich das verstehen?«

»Du und Grayson. Dass sich da was zwischen euch anbahnt, sieht doch ein Blinder.«

»Lass das getrost meine Sorge sein.«

Er hob den Zeigefinger. »Ich gebe dir einen guten Rat, halte dich von den St Johns fern. Das ist ein ganz übles Pack.«

»Übles Pack, so ein Blödsinn! Grayson sorgt dafür, dass die Leute hier Arbeit haben.«

»Falsch. Er macht sie von sich abhängig. Damit ist er nicht besser als Generationen von scheißreichen Engländern vor ihm.«

Wütend sprang sie vom Heuballen auf und stemmte die Hände in die Hüften. »Das ist doch Schnee von vorgestern.« Sie kniff die Augen zusammen. »Ich kann nicht glauben, dass du immer noch so einen Hass auf die Engländer hast! Wie kann man denn nur so verbohrt sein.«

»Soll ich so tun, als wären die Landvertreibungen nie geschehen?«

Sie schlug sich mit der flachen Hand gegen die Stirn. »Ich fasse es nicht. Dieser ganze Aufstand wegen des englischen Investors war lächerlich genug. Aber jetzt treibst du es auf die Spitze. Grayson meint es nur gut.«

»Ach ja? Wir sind auch wunderbar zurechtgekommen, bevor der Großkotz hierherkam. Wir brauchen weder ihn noch sein Geld. Marsaili wird ganz sicher nicht für ihn arbeiten.«

Sie ging ein paar Schritte auf und ab, bis sie sich halbwegs gefangen und der Wunsch nachgelassen hatte, Blair mit beiden Händen zu packen und zu schütteln. Ihr Kopf schmerzte. Inzwischen bereute sie, das Thema Grayson überhaupt angeschnitten zu haben. Es hätte so ein schöner, friedlicher Abend werden können. Mit leerem Blick streckte sie den Arm über den Zaun, um Belles warmen, kräftigen Hals zu streicheln. Sie atmete tief durch. »Hör zu«, sagte sie, »es gibt längst keinen Grund mehr, dein Feindbild aufrechtzuerhalten. Was ist so schlimm an Grayson?«

»Seine bloße Anwesenheit provoziert mich«, knurrte Blair.

»Ich kapituliere«, entnervt hob sie die Hände. Blair war anscheinend nicht in der Lage, seinen dämlichen verletzten Stolz aufzugeben. So viel Gras konnte auf Lewis gar nicht wachsen, wie nötig wäre, um die beiden ihre Animositäten vergessen zu lassen. Sie strich sich das Haar aus der Stirn. »Hättest du etwas dagegen, dass Marsaili sich ein wenig Geld dazuverdient und für mich arbeitet?«

»Für dich?« Blair sah sie entgeistert an, als hätte sie ihm vorgeschlagen, Marsaili solle unter ihrer Regie eine Dating-Agentur für einsame Crofter eröffnen. »Wie das denn?«

Ailsa erklärte es ihm. Als sie geendet hatte, reckte sie herausfordernd das Kinn, bereit, eine Abfuhr zu kassieren. »Was sagst du dazu?«, schloss sie.

Blair maß sie mit einem langen Blick. »Warum nicht«, erklärte er, ohne durchblicken zu lassen, was er wirklich davon hielt. »Solange die Brötchen nicht in *Cianalas* auf dem Frühstückstisch landen.«

»Werden sie schon nicht«, meinte Ailsa und schluckte ihren Ärger hinunter. Wie konnte ein gestandener Mann nur so stur sein? »Also bist du einverstanden?«

»*Aye*, wenn du jetzt endlich Ruhe gibst.«

Viel mehr hatten sie sich an diesem Abend nicht zu sagen. Ailsa packte ihre Sachen. Zehn Minuten später fuhr sie am Haus ihres Onkels vor. Er wohnte in Breasclete auf einer Anhöhe, von der aus man einen wunderbaren Blick in die Ferne über den East Loch Roag hatte. Sie ging zur Haustür und klingelte. Das Summen schrillte unangenehm laut in ihren Ohren, sie war geräuschempfindlich, wie immer, wenn sie genervt war. Für ihren Geschmack hatte sie eben schon genug Reibereien mit Blair gehabt. Liebend gerne hätte sie auf eine weitere verzichtet. Aber so, wie Murdo am Nachmittag auf ihre Pläne mit dem Blackhouse reagiert hatte, war anzunehmen, dass ihr noch eine Schlacht bevorstand. Sie richtete sich entschlossen auf. Im Innern des Hauses waren Schritte zu hören. Murdo trat in die Tür. »Da bist du ja. Komm rein. Wir haben einiges zu klären.«

Mit einem unguten Gefühl im Magen folgte sie ihm ins Haus.

Kapitel 15

Murdo dirigierte Ailsa durch den Flur ins Wohnzimmer. Als Ailsa den kleinen, mit Porzellanfigürchen und anderem Krimskrams vollgestopften Raum betrat, saß Donalda mit züchtig nebeneinandergestellten Knien auf der vordersten Kante des durchgesessenen Sofas, in der Hand eine Zigarette. Dabei hielt sie den Blick auf den flimmernden Fernseher in der Ecke gerichtet. Als sie Ailsa bemerkte, drückte sie die Zigarette mit einem entschuldigenden Lächeln aus und erhob sich. Sie war schmal wie ein Handtuch. Die Haut in ihrem ehemals hübschen Antlitz mit der geraden Nase und den hohen Wangenknochen war dünn und welk. Ailsa konnte sich nicht entsinnen, je so viele Furchen in einem einzigen Gesicht gesehen zu haben. Das Abbild eines unaufhaltsamen, aber berührenden Verfalls. Im Kontrast dazu zwinkerte ein Paar unglaublich lebhafter blauer Augen Ailsa scheu entgegen. Mit verlegener Miene, so als fühlte sie sich von Ailsa bei etwas ganz und gar Ungehörigem ertappt, streifte Donalda ihre Hände an der blauen Schürze ab, bevor sie Ailsa innig herzte. »Willkommen zu Hause, Ailsa. Es ist so lange her.«

»*Aye*, das ist es, Tante Donalda«, nickte Ailsa und schenkte ihr ein warmes Lächeln. »Ich hoffe, mein Besuch kommt nicht ungelegen.« Sie verstummte und blickte sich hilfesuchend nach Murdo um, dem Initiator der spontanen Einladung. Dieser aber hatte sich angelegentlich einer Karaffe mit Whisky zugewandt, aus der er goldgelbe Flüssigkeit in drei Kristallbecher füllte.

»O nein, mach dir keine Gedanken«, versicherte Donalda und hielt wieder ihre Hände auf dem Schoß ineinander verschränkt. »Du hättest keinen besseren Zeitpunkt wählen können. Es gibt Seeforelle, ganz frisch. Norman hat sie uns erst heute Morgen vorbeigebracht, und …«

Murdo trat neben sie. »Ich denke kaum, dass Ailsa sich dafür interessiert, wo unser Essen herkommt. Meinst du nicht?«, bemerkte er anscheinend beiläufig, aber Ailsa war der leise Anflug von Schärfe in seiner Stimme nicht entgangen. Sie wunderte sich, woher sie rührte. Er reichte ihr ein Glas. »Auf einen schönen Abend.«

Sie prosteten sich zu. Kurz darauf saßen sie alle um den Tisch im Wohnzimmer versammelt, die Teller vollgehäuft mit köstlich duftendem Fisch und handgestampftem Kartoffelpüree, während der Fernseher in der Ecke vor sich hin flimmerte.

»Also, Ailsa«, begann Murdo und trennte ein Stück von dem zarten, entfernt an Wildlachs erinnernden Fischfleisch ab. »Ich habe dich hierhergebeten, weil ich mich in Ruhe mit dir über deine Pläne unterhalten möchte.«

Donalda, die anscheinend auf dem Laufenden war, nickte und warf Ailsa einen aufmunternden Blick zu.

»Nun«, Ailsa legte Messer und Gabel beiseite und tupfte sich mit der Serviette den Mund ab, »wie ich dir bereits heute Nachmittag erklärt habe, möchte ich das Blackhouse renovieren. Wenn ich mich nicht täusche, gehört es von Rechts wegen mir.«

»Du täuschst dich nicht«, bestätigte Murdo und schob sich eine Gabel voll Essen in den Mund. Ailsa war froh zu sehen, dass es ihm schmeckte. Wie es schien, hatte sich sein Magen wieder erholt.

Ailsa setzte sich aufrecht hin. »Mir ist da eine wunderbare Idee gekommen«, begann sie. »In dem Blackhouse steckt so viel Potenzial, daraus ließe sich ein Schmuckstück machen, eine Art Erinnerungszentrum oder eine Galerie. Ich stelle es mir folgendermaßen vor: Überall an den Wänden gibt es Fotos von den verlassenen Häusern. Dazu noch für jedes Haus einen separaten virtuellen Ordner, in dem man stöbern kann. Damit hätten die Nachkommen der ehemaligen Bewohner die Möglichkeit, bildlich an den Ort zurückzureisen, an dem ihre Vorfahren gelebt haben, und eine Lebensweise wiederzuentdecken, die es heute gar nicht mehr gibt.«

»Ein reizender Gedanke«, warf Donalda ein und erntete dafür einen strafenden Blick ihres Ehemannes.

»Frauen«, knurrte Murdo, gerade eben so laut, dass man es hören konnte. »Nichts als romantischen Unsinn im Kopf.« Er griff zu der offenen Weinflasche und hielt sie fragend in die Luft. »Schluck Weißwein zum Fisch?«

»Höchstens einen kleinen«, sagte Ailsa und dachte besorgt daran, dass ihr Alkoholkonsum an diesem Abend eigentlich schon zu hoch war, um mit gutem Gewissen noch nach Hause fahren zu können. Sie beruhigte sich damit, dass das Bier, das sie gemeinsam mit Blair getrunken hatte, bereits eine Stunde zurücklag. Sie schob sich etwas von dem Kartoffelpüree auf die Gabel. »Du findest also, meine Idee mit der Galerie ist nostalgischer Unsinn?«

»*Romantischer* Unsinn, nicht nostalgischer«, korrigierte Murdo. »Natürlich ist es bequemer, im Warmen zu sitzen und sich durch Fotos zu klicken, als über Schutt und Gerümpel zu klettern und sich real mit den Trümmern eines Hauses und den verlorenen Träumen seiner ehemaligen Bewohner auseinanderzusetzen. Das ist geschönte Romantik. Damit betrügst du die Leute um eine echte Begegnung mit der Vergangenheit.«

»Das sehe ich anders«, erwiderte Ailsa mit erhobenem Kinn, obwohl ein Teil von ihr fast geneigt war, Murdo recht zu geben. Aber eben nur fast. Sie schüttelte den Kopf. »Das alte Blackhouse hat es verdient, erhalten zu werden. Momentan befindet es sich in einem desolaten Zustand. Wenn nicht bald etwas unternommen wird, zerkrümelt es wie mürbes Shortbread.«

Murdo äußerte sich nicht dazu und schaufelte eine weitere Ladung Erbsen in seinen Mund. Für den Bruchteil einer Sekunde keimte in Ailsa die Hoffnung auf, dass Murdo sich die Sache zumindest durch den Kopf gehen lassen würde. Allen Ernstes, er konnte doch nicht wollen, dass das Haus seiner Eltern zu Schutt zerfiel, wenn sie einen handfesten Plan vorlegen konnte, es zu retten. Doch dann bemerkte sie, wie sich auf Murdos Stirn eine steile Falte bildete. Meldete sich der kranke Magen zurück? Er tupfte sich mit der Serviette umständlich über die Stirn, dann wandte er sich Donalda zu. »Der Fisch ist ausgezeichnet. Er ist dir heute besonders gut gelungen.«

Ailsa beobachtete, wie Donalda bei dem unerwarteten Kompliment errötete. »Danke.« Mädchenhaft kichernd, hielt sie sich die Hand vor den Mund. Ailsa wunderte sich, vermutete aber dann, dass die Geste daher rührte, weil Donalda sich für ihre schlechten, vom Nikotin bräunlich verfärbten Zähne schämte.

Murdo deutete über den Tisch. »Donalda, würdest du mir freundlicherweise das Salz reichen?« Frustriert kaute Ailsa an einem Stück Seeforelle. Murdo wirkte nicht übermäßig interessiert, die Diskussion über das Blackhouse zu vertiefen. Er nahm das Salz, schüttete etwas davon in seine Hand und verteilte es über den Fisch. »Vergiss das Blackhouse. Du kannst es nicht retten. Der Aufwand ist viel zu groß.«

Ailsa hielt mit dem Essen inne. Einen Moment schwebte die Gabel regungslos in der Luft. »Woher willst du das wissen?«

»Du müsstest den Umbau von der Gemeindeverwaltung in Stornoway genehmigen lassen.«

»Wo ist das Problem?«

»Da gibt es irrsinnige Auflagen. Kein Spaß, glaube mir«, er schüttelte die Silbermähne.

Ailsas Widerspruchsgeist meldete sich. So langsam hatte sie die Schwarzmalerei gründlich satt. Warum versuchte er, ihr die Pläne mit aller Gewalt auszureden? Etwas schärfer als beabsichtigt erwiderte sie: »Du kannst mir glauben, dass ich Erfahrung mit diesen Dingen habe. Einige meiner Projekte in Toronto waren wesentlich aufwendiger. So schnell gebe ich nicht auf.«

Murdo legte Messer und Gabel beiseite. Erst jetzt fielen ihr die dunklen Schatten unter seinen Augen auf. Er zog eine Magentablette aus der Tasche und schluckte sie mit Wasser hinunter. Besorgt fragte Ailsa sich, ob die leicht gräuliche Gesichtsfarbe tatsächlich nur von einem verdorbenen Magen stammte. Sie warf Donalda quer über den Tisch einen Blick zu, aber diese schien keinen Anlass zur Besorgnis bei ihrem Ehemann zu entdecken. Murdo stellte den halb leeren Teller beiseite und rieb sich den Oberbauch. »Warum ausgerechnet das Blackhouse? Was ist dir so wichtig daran?«

Ailsa schob das Essen auf dem Teller hin und her. »Nun, wenn ich hier auf Lewis bleibe, brauche ich eine sinnvolle Beschäftigung.«

»Och, mein Liebes, das kann ich verstehen«, nickte Donalda. Sie langte über den Tisch und tätschelte Murdos Hand. »So etwas in der Art hatten wir uns schon gedacht, nicht wahr, Murdo?«

»Wisst ihr …«, Ailsa ließ ihren Blick zwischen Donalda und Murdo hin und her wandern, während sie noch nach den richtigen Worten suchte, »… ich möchte etwas tun, das die Dinge zum Besseren verändert. Etwas Nachhaltiges, von dem die Gemeinde profitiert. Begreift ihr, was ich meine?«

»Aber sicher doch«, bestätigte Donalda und hielt sich wieder die Hand vor den Mund, während sie Murdos Blick suchte.

»*Aye*«, bekräftigte Murdo. »Wir werden dich nach Kräften unterstützen, etwas Vernünftiges aus deinem Leben zu machen.«

Irritiert über die Kehrtwende lehnte sich Ailsa auf ihrem Stuhl zurück. »Was habt ihr vor?«

Murdo trank bedächtig einen Schluck Wein. Dann ließ er die Bombe platzen. Er sah Ailsa direkt ins Gesicht. »Nun, ich denke schon seit Längerem darüber nach, mich zur Ruhe zu setzen. Jetzt ist der richtige Zeitpunkt gekommen, das ist mir heute Nachmittag bewusst geworden, als du mich im Laden besucht hast. Also, um es kurz zu machen: Wir überlassen dir die Tankstelle.«

Ailsas Mund stand offen. Sie wusste nicht, ob sie lachend oder schreiend vom Tisch aufspringen sollte. Das konnte doch nicht Murdos Ernst sein? Ihre Hände zerknitterten die Serviette. »Das ... ist ein äußerst großzügiges Angebot. Aber ich glaube nicht, dass ich die Richtige dafür bin.«

Murdo fegte ihre Bedenken mit einer knappen Handbewegung beiseite. »Aber sicher bist du das. Ich gebe zu, ich hatte auch erst meine Zweifel, aber du hast mich heute von der Richtigkeit meines Entschlusses überzeugt.«

Ailsa wurde es abwechselnd heiß und kalt. Sie fühlte sich wie eine Maus, die den Geruch von gebratenem Speck gewittert hatte und dabei in die Falle gegangen war. Mechanisch fächerte sie sich mit der Serviette Luft zu. »Ach? Habe ich das? Womit denn, bitte schön?«

»Oh, du hast genau das richtige Händchen für die Tankstelle. Nimm doch nur die Idee mit der Kaffeemaschine«, lächelte Donalda. »Ich habe Murdo schon immer gesagt, dass er kein künstliches Eis verkaufen soll. Du hast einen ausgezeichneten Geschäftssinn und ein Gefühl dafür, wie man den Umsatz ankurbelt. Damit bist du wie geschaffen dafür, den Laden weiterzuführen.«

Verblüfft blickte Ailsa zwischen den beiden hin und her. Zum einen hätte sie es nie im Traum für möglich gehalten, dass Murdo die Idee mit dem Kaffeeautomaten ernst nehmen würde. Zum anderen ärgerte es sie, dass es für die beiden Alten beschlossene Sache schien, dass sie die Tanke übernehmen würde. Dabei waren sie offenbar gar nicht auf die Idee gekommen, Ailsa nach ihrer Meinung zu fragen. Sie ruckte auf dem Stuhl hin und her, als säße sie auf einem Nadelkissen. »Nur weil ich gerne guten Kaffee trinke, heißt das nicht, dass ich geeignet bin, eine Tankstelle zu führen.«

Murdo sah sie entrüstet an. »Du widersprichst dir selbst. Eben hast du uns noch erzählt, wie viel Erfahrung du damit hast, Dinge zu managen.«

»Aber doch keine Tankstelle.«

»Du bist Geschäftsfrau. Wo liegt denn da der Unterschied? Außerdem, wenn du etwas Sinnvolles für die Gemeinde tun willst, ist die Tankstelle genau das Richtige. Es wäre katastrophal für die Anwohner, wenn wir schließen müssten.«

Ailsa legte die Serviette beiseite und nahm einen Schluck Wein. Allmählich bekam sie ebenfalls Magenschmerzen. »Aber sicher wird es doch eine andere Lösung geben. Wie wäre es mit einem Verkauf? Bestimmt ließe sich ein geeigneter Nachfolger finden.«

»Wer wäre geeigneter als meine Nichte?«, fragte Murdo mit unverhohlenem Stolz in der Stimme.

»Also: Sagst du Ja?« Donalda warf ihr einen erwartungsvollen Blick zu.

»Ihr könnt doch nicht von mir erwarten, dass ich mich jetzt auf der Stelle entscheide!« Ailsa seufzte. Sie mochte Donalda und Murdo gut leiden. Natürlich verstand sie, dass sie die Tankstelle gerne weiter im Besitz der Familie wüssten. Sie war dem Ganzen ja nicht grundsätzlich abgeneigt, nur konnte sie sich beim besten Willen nicht vorstellen, ihr restliches Leben mit dem Verkauf von Benzin und Motoröl zu verbringen. Das konnte doch nicht die Erfüllung ihrer Träume sein? Ihr Herz schlug für die Galerie. Sollte sie ihr Vorhaben aufgeben, nur um ihrem Onkel einen Gefallen zu tun? Tief in Gedanken versunken, spielte sie mit den Fransen der Tischdecke. Ob sie mit einer straffen Organisation beides unter einen Hut bekäme? Wer sagte denn, dass sie selbst rund um die Uhr hinter dem Verkaufstresen stehen musste? Wenn sie sich auf die Buchhaltung konzentrierte und die Kasse mit Aushilfskräften besetzte, könnte es vielleicht gehen. Einen Versuch wäre es wert. Trotzdem wollte sie erst eine Nacht darüber schlafen, bevor sie Murdo ihr Angebot unterbreitete. Sie hob den Blick »Ich verspreche nichts. Aber ich werde in Ruhe darüber nachdenken.«

Als Ailsa am anderen Morgen erwachte, wusste sie immer noch nicht, ob die Idee mit der Tankstelle der Schlüssel zur Glückseligkeit war. Indes war sie fest entschlossen, alles zu tun, damit ihre Pläne bezüglich des Blackhouse bei der Gemeindeverwaltung auf Wohlwollen stießen. Am liebsten hätte sie sich gleich ins Auto gesetzt, um nach Stornoway zu fahren und die nötigen Erkundigungen einzuholen. Dann aber kam ihr die Idee, dass es möglicherweise leichter wäre, die Gemeinderäte zu überzeugen, wenn sie ihnen ihre Ideen bildhaft darlegen würde. Eine ansprechende Präsentation zu erstellen wäre ein Leichtes. Was ihr jedoch fehlte, war aussagekräftiges Bildmaterial, damit die Behörde verstand, worauf das Projekt hinauslaufen sollte. Kurzerhand leerte sie den Rest ihres Morgenkaffees in die Spüle, hängte sich die Kamera um den Hals und verließ das Haus.

Ihr Plan war, mit der verlassenen Ruine nahe der Croft zu beginnen. Es war das erste einer Anzahl von Häusern, die ihr im Verlauf der vergangenen Tage aufgefallen waren. Sie lenkte den Wagen in Richtung Garynahine und bog in einen Feldweg ab, der zu einem See zwischen den Hügeln führte. Die Fotografin in ihr registrierte das großartige Zusammenspiel von Farbe und Landschaft: der düstere, regenverhangene Himmel, dann das verfallene, ehemals eindrucksvolle Bauernhaus, dahinter das eisengraue Wasser des *Lochs*. Sie schritt auf das Haus zu. Es gab keine Tür, also betrat sie die dunkle, nach Moder und Schafsdung riechende Diele. Vor ihr gingen zwei Räume von dem Flur ab. Sie stieß die rechte Tür auf. Das Zimmer war leer. Von den Wänden lösten sich rosafarbene Tapeten, darunter war die Wand babyblau gestrichen. Ein hölzerner Tisch stand vor dem rosa gestrichenen Kamin, darauf eine Tasse. Neben der Tasse lag eine umgedrehte Spielkarte. Ailsa zögerte. Zuerst kam es ihr vor wie ein unerlaubtes Eindringen in die Privatsphäre eines Unbekannten, dann fasste sie sich ein Herz und drehte die Karte herum. Es war die Pik Acht.

Ailsa kam es vor, als finge der Raum um sie herum an, sich zu drehen. Exakt diese Spielkarte hatte ihr gestern bei den Steinen vor Augen gestanden. Wie konnte das sein? Sie holte tief Luft. Früher, als Kind, waren ihr regelmäßig ähnliche Dinge passiert: Sie war für einen winzigen Augenblick scheinbar aus ihrem Körper getreten und hatte ihre Umwelt aus einer erweiterten Dimension wahrgenommen. Dabei hatte sie Dinge jenseits ihres Wissens gesehen. Das letzte Mal war es im Alter von neun Jahren passiert. Dabei hatte sie die Steine aus der Vogelperspektive gesehen. Sie war über die Anlage hinweggeflogen und hatte von oben durch das geschlossene Dach in das Blackhouse ihrer Großeltern blicken können. Es war verlassen. Die Wohnstube war leer bis auf einen Tisch vor dem Fenster und eine Anrichte. Die Intensität des Erlebens ließ sich kaum in Worte fassen. Sie schien zeitgleich überall zu sein: hoch in der Luft über den Steinen, in dem alten Blackhouse und zugleich da, wo sie sich wirklich befand – im Kinderzimmer ihres Elternhauses. Die Bilder, die sie gesehen hatte, waren so realistisch gewesen, dass sie in Panik geraten war und einen Schreikrampf bekommen hatte, sodass Kaitlin nichts anderes übrig geblieben war, als ihr eiskaltes Wasser ins Gesicht zu spritzen, damit sie wieder zu sich kam. Von dem Tag an hatte sie nie wieder zugelassen, dass eine Vision von ihr Besitz ergriffen hatte. Mit Macht verdrängte sie die Bilder aus ihrem Kopf, wann immer eine schemenhafte Ahnung in ihr aufstieg, indem sie anfing, laut zu singen oder im Zimmer auf und ab zu hüpfen. Von da an hatten sie keine Visionen mehr geplagt. Nun waren sie zurück. Sie presste den Handrücken gegen ihre Stirn.

Sie verließ den Raum, um die Küche zu erkunden. Auf dem alten AGA-Herd stand ein antikes Bügeleisen, das noch mit Kohle zu füllen war. Auf dem Küchentisch lag ein geöffneter Umschlag, daneben eine Versicherungspolice. Ailsa warf einen Blick auf das Datum am Ende des Blattes. Oktober 1979. Ihr Blick fiel auf eine alte Zeitung. Sie nahm das verblichene Papier in die Hände und las die Überschrift. Todesstrafe oder doch noch letzte Chance? Ihr Blick flog quer durch den Raum. Die Türen des Geschirrschranks in der Ecke standen offen, in den Fächern stapelten sich, fein säuberlich aufgereiht, Porzellantassen und Teller, dazwischen lag Mäusedreck. In Ailsas Brust wurde es eng. Ein Schmerz klang in ihr an, der nicht zu ihr gehörte, der sich aber dennoch mit ihrem eigenen Kummer verband. Die Traurigkeit, welche auf dem alten Haus und seinen Bewohnern gelastet hatte, war mit Händen greifbar. Sie nahm eine Tasse heraus, fuhr mit dem Finger über das verblasste Rosenmuster. Sie fühlte Zuversicht, zart wie Spinnwebschleier und zerbrechlich wie ebendiese Tasse.

Gefangen von der Atmosphäre des Hauses, schoss sie Fotos, bis die Speicherkarte voll war, dann machte sie sich auf den Weg zurück.

Als sie über ödes Brachland nach Hause fuhr, war sie sich ganz sicher: Wenn es je ein sinnvolles Projekt in ihrem Leben gegeben hatte, dann dieses hier. Durch nichts in der Welt würde sie sich davon abhalten lassen, ihre Vision wahr zu machen. Sie konnte nicht anders. Sie musste die Häuser, und damit das Leben ihrer Bewohner, vor einem stummen Tod durch Verfall und Vergessen bewahren.

Kapitel 16

Zurück auf der Croft, hatte Ailsa erst einmal ausgiebig geduscht, um den Muff abzuwaschen, der an ihr zu kleben schien. Den restlichen Nachmittag hatte sie vor dem Laptop verbracht, in die Bearbeitung der Bilder vertieft. Sie waren wirklich gut geworden. Dem Besuch auf der Gemeinde am Montagmorgen stand nichts mehr im Weg. Für heute hatte sie genug getan. Zufrieden fuhr sie den Laptop herunter. Da sie wenig Lust verspürte zu kochen und der Kühlschrank ohnehin fast wieder leer war, beschloss sie, sich ein Essen im Pub zu gönnen. Sie hatte sich eine Belohnung verdient. Ob sie vielleicht auf Grayson treffen würde? Ein nervöses Kribbeln machte sich in ihrer Magengrube breit.

Wenig später fuhr sie am Pub vor. Als sie die Kneipe betrat, sah sie Tom und Peigi an der Theke sitzen. Sie winkte ihnen über die Köpfe hinweg zu. Grayson konnte sie zu ihrer Enttäuschung nirgends entdecken. Kurz darauf saß sie vor einem Glas Berserker, in ein Gespräch mit Tom vertieft.

»Also schön«, sagte Tom schließlich und reichte ihr feierlich die Hand. »Es ist mir eine Ehre, den ersten Original-Lewis-Backstand für euch zu zimmern. Sobald ich das Material beisammenhabe, mache ich mich an die Arbeit. Oder möchtest du erst einen Entwurf sehen?«

»Aber nein«, sagte Ailsa und schüttelte entschieden den Kopf. »Ich vertraue dir. Du bist der Fachmann. Dabei fällt mir ein, wie gut kennst du dich eigentlich mit Trockensteinmauern aus?«

»Geht so«, meinte Tom zögernd. »Kommt auf den Fall an.«

Ailsa wollte gerade ansetzen, Tom ihre Pläne zu erklären, als die Tür aufging und Murdo erschien. Ihr Herz machte ein paar holprige Schläge. Wie würde Murdo auf ihren Vorschlag reagieren, Arbeitskräfte zu beschäftigen, um die Tankstelle zu betreiben? Wie sie ihn kannte, wäre er nicht sonderlich begeistert. Vermutlich würde er erneut alles daransetzen, sie umzustimmen. Aber vielleicht kam es erst gar nicht dazu. Mit etwas Glück würde jemand aus Murdos riesigem Bekanntenkreis ihn in ein Gespräch verwickeln. Dann könnte sie ein wenig Zeit schinden und das unangenehme Gespräch zumindest für heute umgehen. Ailsa legte Tom die Hand auf den Arm. »Lass uns das ein andermal besprechen.« Sie erhob sich und deutete in Richtung der Toiletten. »Ich geh mir die Nase pudern.«

Als sie wenige Minuten später in den Gastraum zurückkehrte, hatte sich ihr Wunsch erfüllt. Neben Murdo saß Roddy, Ailsas Hocker war von Blair belegt. Und noch immer keine Spur von Grayson … Ailsa nahm ihr Berserker und verzog sich damit in die Ecke hinter Blair. Von dort aus verfolgte sie das Gespräch zwischen den Männern. Es ging um Chanty. Roddy erzählte ausschweifend und mit reichlich Fantasie davon, wie er Blair nachts im Moor dabei erwischt hatte, nach der Stute zu suchen, die wieder einmal ausgebüxt war.

Ailsas Gedanken drifteten ab. Vor Müdigkeit fühlte sich ihr Kopf schon ganz schwer an, und sie erwog bereits, wieder nach Hause zurückzukehren, als Grayson durch die Nebentür den Pub betrat.

Grayson war nicht allein. Er wurde von einem braunhaarigen Mann mit Vollbart begleitet, der Ailsa vage bekannt vorkam. Als sie die Gitarre in seiner Hand entdeckte, wurde ihr schlagartig bewusst, um wen es sich handelte. Sie stupste Peigi in die Seite. »Sieh mal, da drüben. Das ist Ross Wilson, der Sänger von Blue Rose Code!« Und Grayson, ergänzte Ailsa in Gedanken. Irritiert sah sie zu ihm hinüber. Jetzt, da Grayson wenige Meter von ihr entfernt stand, drängte sich ihr die irrwitzige Vermutung auf, ob sie es vielleicht kraft ihrer Gedanken geschafft hatte, ihn herbeizurufen. Sie legte die Stirn in Falten. Nun, wie auch immer, jedenfalls war sie sich gar nicht mehr sicher, ob sie über sein Erscheinen wirklich glücklich war, denn abgesehen von einem freundlichen Nicken, beachtete er sie kaum. Sie war sich nicht im Klaren, was sie davon halten sollte, und wandte ihm den Rücken zu. So geriet sie wenigstens nicht in Versuchung, ihn mit Blicken zu hypnotisieren.

Lange blieb sie ihrem Vorsatz jedoch nicht treu. Als sie sich kurz darauf wieder umdrehte, stand Grayson mit Ross auf der freien Fläche vor dem blau gekachelten Kamin. Grayson blickte bedeutungsvoll in die Menge. Offensichtlich hatte er vor, eine Ansprache zu halten. Ailsa musterte ihn ausgiebig. Er trug dunkelgraue Flanellhosen und einen sportlich geschnittenen Flanellblazer zu einem hellblauen Kaschmirpullover. Dunkle, weich bis unters Kinn fallende Locken umrahmten sein ausdrucksstarkes Gesicht. Die dichten, geschwungenen Augenbrauen betonten die dunkle Intensität seiner Augen. Ein Mann, der nicht im klassischen Sinn schön war, aber eine Anziehungskraft besaß, die Ailsa nicht leugnen konnte. Am liebsten wäre sie zu ihm hinübergegangen, um sich an seine Schulter zu lehnen, wie sie es früher getan hatte, aber glücklicherweise hinderte sie ihr Verstand daran. Sie nahm einen Schluck Bier und konzentrierte sich darauf, ruhig durchzuatmen und sich zu fassen. Wie ließ sich das Wirrwarr ihrer Gefühle in Worte fassen? Ging es wirklich um Grayson? Oder sehnte sie sich schlicht und ergreifend nach der unbeschwerten Zeit ihrer Jugend zurück, die Grayson für sie verkörperte? Frustriert schloss sie die Augen. Es war alles so schrecklich kompliziert. Selbst *wenn* Grayson sie begehrte, was dann? Wäre sie bereit, es erneut mit ihm zu versuchen? Der Schmerz von damals hallte dumpf in ihr wider. Wäre sie nach der Enttäuschung mit Paul fähig, sich ihren Ängsten zu stellen und darauf zu vertrauen, dass das, was zwischen Grayson und ihr war, diesmal für mehr reichte?

Und dann war da noch Blair, der zusätzlich zu ihrer Verwirrung beitrug. Er stand schräg vor ihr und schoss flackernde Blicke in Graysons Richtung. Blairs gesamte Körperhaltung, die angespannten Schultern, die geblähten Nasenflügel, drückte den Hass aus, den er auf Grayson empfand. Sofort fühlte sie sich achtzehn Jahre zurückversetzt. Alles war anders und doch gleich, wie die Jahreszeiten, die sich änderten und immer wieder zurückkehrten. Erneut stand eine Mondwende bevor. Lief sie Gefahr, die Fehler von früher auf ähnliche Weise zu wiederholen? Ailsa schob sich die Ärmel ihres Pullovers zurück, sie spürte, wie an ihrem Hals hektische Flecken aufflammten. Auf einmal war es ihr hier im Pub viel zu heiß. Ihre Gedanken überschlugen sich. Benutzte sie Grayson, um sich an Paul zu rächen, ähnlich, wie sie damals Grayson mit Blair hatte eifersüchtig machen wollen? Stöhnend rieb sie sich die Stirn. Was für ein Schlamassel. Sie kam sich vor wie zwischen Scylla und Charybdis. Wie hatte sie es nur geschafft, sich binnen kürzester Zeit in ein derartiges Gefühlschaos zu verstricken? Doch bevor es ihr gelang, eine Antwort auf die Frage zu finden, hob Grayson die Hand und bat um Ruhe.

»Freunde«, begann er und lächelte in die Menge. »Ich habe die Ehre, einen besonderen Gast heute Abend willkommen zu heißen.« Er wandte sich Ross zu, der neben ihm am Kamin stand, und verneigte sich knapp. »Einen donnernden Applaus für Blue Rose Code, Mr Ross Wilson persönlich.«

Begeisterte Pfiffe. Diejenigen, die bislang noch nicht bemerkt hatten, wer der bärtige Mann mit der Gitarre war, machten große Augen. Grayson wartete, bis der Jubel sich gelegt hatte. »Ross ist für ein paar Tage auf der Insel und beehrt mich mit einem Aufenthalt in *Cianalas*.« Grayson unterbrach sich. Ein verräterisches Zucken umspielte seine Mundwinkel. »Ich gehe davon aus, dass er das Abendessen halbwegs passabel fand. Sonst hätte er sich kaum kurzfristig bereit erklärt, das heutige spontane *Cèilidh* zu einem unvergesslichen Abend zu machen, indem er einen seiner Songs beisteuert.« Die Menge klatschte und johlte. Grayson wartete erneut, bis Ruhe eintrat. »Das Lied, das ich mir ausgesucht habe, dürfte den meisten von euch bekannt sein.« Grayson machte einen Schritt zurück und überließ Ross die Fläche vor dem Kamin. »Liebe Freunde, heute Abend hier für euch: Mr Ross Wilson.«

Ross bedankte sich und grüßte in die Runde. Dann griff er ohne Zögern zur Gitarre. Gespannt, für welchen Song sich Grayson entschieden hatte, verfolgte Ailsa, wie Ross auf dem Barhocker Platz nahm und probehalber ein paar Akkorde anschlug. Sie selbst war ein großer Fan von Blue Rose Code. Das Album *North Ten* hörte sie bei ihren Fahrten über die Insel ununterbrochen.

Die ersten Takte ertönten. Ross, in ein blaues Jeanshemd gekleidet, nickte mit dem Kopf im Takt, während er mit dem Plektron über die Saiten strich. Ailsa sank auf ihrem Hocker buchstäblich in sich zusammen, als sie erkannte, welches Lied Grayson gewählt hatte. *This Is Not A Love Song*. Ausgerechnet ... Unwillkürlich fragte sie sich, ob sie es als eine an sie gerichtete Botschaft verstehen sollte. Dann aber sagte sie sich, dass es idiotisch war, allem, was Grayson tat, eine tiefere Bedeutung beizumessen.

Während Ross sang, spürte sie, wie sich ihr von hinten eine Hand auf die Schulter legte. Sie wandte den Kopf und blickte in

Graysons ausdrucksvolle Augen. »Ich muss Ross später noch verabschieden. Wartest du auf mich?«, flüsterte er dicht an ihrem Ohr. Seine plötzliche Nähe löste einen leichten Schwindel in ihr aus. Am liebsten hätte sie seine Hand genommen und nicht wieder losgelassen, aber dann nickte sie nur. Er küsste sie auf die Wange, ein weicher, zärtlicher Kuss, dem eine vielversprechende Botschaft anhaftete. Als er ging, hinterließ er einen Hauch seines exquisiten Aftershaves. Sie spürte ein Flattern in ihrer Brust. Noch immer gab es diese leise Stimme, die ihr sagte, es sei der falsche Zeitpunkt, um sich zu verlieben. Viel lauter aber sprach ihr Herz, das darauf bestand, dass Grayson der Richtige für sie war. Im Grunde war er es schon immer gewesen. Ihre Kehle wurde trocken. Sie wünschte, sie hätte den Rest Bier vorhin nicht aus purer Verzweiflung geleert. Nach all der Aufregung hätte sie gerne etwas getrunken. Dennoch beschloss sie, mit einer neuen Bestellung zu warten, bis Grayson Zeit für sie hätte.

Ross stellte unter begeistertem Applaus die Gitarre beiseite und ließ sich von Grayson zu einem Drink an die Bar begleiten. Hoffentlich würde es nicht allzu lange dauern. Hinter vorgehaltener Hand gähnte sie, schob die Ellbogen auf die Theke und stützte das Kinn in die Hände. Erneut legte sich eine Hand auf ihre Schulter, zu schmal und zu leicht, als dass es sich um Graysons hätte handeln können. Verwundert drehte sie sich um. Vor ihr stand Morag. Dichte Strähnen pechschwarzen Haares hingen ihr ins Gesicht. Mit der gebogenen Nase und den schräg stehenden Augen kam sie Ailsa mehr denn je wie die böse Hexe bei Hänsel und Gretel vor. Allerdings baumelte an ihrer Halskette kein Knochen, sondern eine Hundepfeife. Sehnige Arme lugten aus den Ärmeln eines mauvefarbenen T-Shirts hervor. Dazu trug sie einen grün karierten Rock, der eine Handbreit über ihren Knien endete, sodass auch heute ihre nackten, kräftigen Waden zu sehen waren. Ailsa fiel ein, dass Morag auch im tiefsten Winter, bei Schnee und Eis, mit nackten Beinen durch die Gegend spazierte. Die Schäferin schien keinerlei Kälteempfinden zu besitzen. Noch merkwürdiger aber war, dass Morags Auftreten stets von einem unerklärbar eisigen Hauch begleitet wurde, so wie er Menschen anhaftet, die gerade aus einem Schneesturm ins Warme kommen und in deren Kleidung der Geruch von Frost hängt. Auch jetzt fröstelte Ailsa in Morags Nähe.

»Du bist ja immer noch hier«, sagte Morag mit einer gewissen Herablassung mitten in Ailsas Gedanken hinein.

Wie du siehst, ja, dachte Ailsa und reckte herausfordernd das Kinn. Sie sagte nichts.

»Ich habe dich heute aus einem der verlassenen Häuser kommen sehen. Was hattest du da zu suchen?«

Als ob dich das etwas anginge, hätte Ailsa am liebsten geantwortet. Stattdessen meinte sie leichthin: »Ich wüsste nicht, dass etwas Verbotenes dabei wäre.«

»Darum geht es nicht.« Mit einer ungeduldigen Geste strich sich Morag das Haar aus der Stirn. Das T-Shirt rutschte ein Stück von ihrer Schulter und entblößte ein Stück bleiche Haut und den schwarzen Träger ihres BHs. »Hatte ich mich nicht klar ausgedrückt? Ich sagte doch, dass es besser für alle ist, wenn du Lewis so bald wie möglich wieder verlässt.«

Ailsa tat, als machte es ihr nicht das Geringste aus, dass Morag in diesem Ton mit ihr redete. In Wirklichkeit hätte sie Morag am liebsten mit einem Schweigefluch belegt, bevor diese Gelegenheit hatte, die nächste düstere Warnung auszusprechen. Ailsa sah Morag direkt in die Augen und bemühte sich, ihre Stimme möglichst kühl klingen zu lassen: »Der Inseltratsch hat dich sicher schon erreicht. Von daher muss ich dir nicht erst erzählen, wie es um meine Ehe steht. Und ja, bevor du fragst, es stimmt. Ich habe nicht vor zu gehen. Ich werde bleiben und eine Fotogalerie eröffnen, und zwar im Blackhouse meiner Großeltern.«

»Eine Galerie?« Morag verzog spöttisch den Mund. »Ich hätte nicht gedacht, dass gerade du etwas für Fotos übrig hast.«

»Warum nicht?«

Morag antwortete nicht. Stattdessen maß sie Ailsa mit einem Blick, der jeden ihrer Border Collies sofort dazu gebracht hätte, sich auf den Boden zu werfen und jaulend vor ihr durch das Gras zu kriechen. Der Gastraum vor Ailsas Augen begann sich zu drehen. Und dann passierte es wieder: Die Wirklichkeit verblasste. In Gedanken flog sie über den Steinkreis von Callanish hinweg. Da unten lag das Blackhouse. Durch das Dach hindurch sah sie die Wohnstube, den wackeligen Esstisch, die Anrichte, den verräucherten Kamin. Vor dem Kamin standen zwei Menschen, in inniger Umarmung. Bevor sie erkennen konnte, wer die beiden waren, verblasste das Bild auch schon wieder. Ailsas Knie zitterten.

»Eine Galerie? Ausgerechnet du?«, hörte sie Morag sagen. »Hast du nicht dein ganzes Leben damit verbracht, gegen die Bilder in deiner Seele anzukämpfen?«

Ailsa schluckte, unfähig, etwas darauf zu erwidern.

»Törichtes Ding. Waren die Elstern nicht Zeichen genug?«

Ailsa war bemüht, sich auf ihren Atem zu konzentrieren. Noch viel länger würde sie sich von Morag nicht wie ein Schulmädchen behandeln lassen.

In Morags Augen erschien ein seltsames Glühen. »Ich muss wohl deutlicher werden: Halte dich von dem Haus fern!«

»Warum sollte ich?«, fragte Ailsa säuerlich. Erst Murdo, jetzt auch noch Morag … Allmählich hatte sie die Nase gestrichen voll, dass Gott und die Welt ihr das Projekt vermiesen wollten.

»Du lässt mir keine Wahl.«

»Wobei?«

Morags Blick ging ins Unbestimmte. »Ich sehe einen Sarg. Vier Männer tragen ihn aus dem Blackhouse deiner Großeltern.«

Ailsa fühlte ihre Brust eng werden. Mit pochendem Herzen wartete sie auf eine Erklärung, aber da kam nichts. Einen Wimpernschlag lang war sie versucht, Morag zu fragen, von wessen Leiche sie sprach. Dann aber kam sie zu dem Schluss, dass sie es eigentlich gar nicht wissen wollte.

»Verschwinde, bevor es zu spät ist«, erklärte Morag. Sie machte auf dem Absatz kehrt und ließ Ailsa stehen.

»Was ist denn mit dir los?«, fragte Grayson, als er kurz darauf auf sie zukam. Er drückte ihr ein volles Glas in die Hand. Mit einem einzigen Blick schien er zu erfassen, dass Ailsa völlig aus dem Gleichgewicht war.

Ailsa nahm einen kräftigen Schluck Gin Tonic. »Morag. Sie war hier …«, sie schürzte die Lippen und versuchte, sich zu sammeln, »… sie ist der Meinung, dass ich von der Insel verschwinden soll.«

»Warum um alles in der Welt solltest du das tun?« Grayson schüttelte verständnislos den Kopf.

»Es war ein Omen.«

»Ein Omen? Wofür?«

Ailsa nahm erneut einen tiefen Schluck, um nach Worten zu suchen und Graysons Blick auszuweichen. Erst die Vision, die sie urplötzlich überkommen hatte, dann Morags düstere Prophezeiung. Ein Sarg und vier Leichenträger vor dem Blackhouse. Ailsa hatte ganz zittrige Knie. Was hatte das alles zu bedeuten? Hatte es denn überhaupt etwas zu bedeuten? Sollte sie das Vorhaben mit dem Blackhouse vielleicht tatsächlich aufgeben? Sie hob den Blick und zwang sich zu einem Lächeln, obwohl ihr nicht danach zumute war. »Es ist nicht wichtig. Vergiss es.«

»Sicher?«

»Wenn ich es sage.«

»Na schön, wie du meinst.« Grayson musterte sie zweifelnd. Es entstand eine Pause, in der Ailsa bewusst wurde, wie intensiv ihr Körper auf Grayson reagierte.

»Ailsa«, sie spürte, wie sich seine Hand auf ihren Rücken legte. Eine Berührung, die sie durch und durch erschauern ließ. »Angenommen, ich würde dir eine Frage stellen, würdest du dir die Antwort in Ruhe durch den Kopf gehen lassen, bevor du darauf etwas erwiderst?«

Verwundert hob sie das Gesicht. Um Graysons Augen zeichneten sich feine Lachfältchen ab, doch die Intensität, die aus seinem Blick sprach, ließ keinen Zweifel daran, dass ihm die Antwort sehr am Herzen lag. »Sicher«, erklärte sie.

»Dürfte ich dich am Sonntag auf einen Ausflug entführen?«

»Sehr, sehr gerne.«

»Wow«, entfuhr es Grayson, dann legte er den Kopf in den Nacken und lachte sein ganz eigenes, unnachahmliches Lachen. »Einfach so? Donnerwetter. Ich war alles andere als sicher, ob du annehmen würdest.«

Sie zuckte die Achseln. »Wenn du die Herausforderung suchst, könnte ich auch Nein sagen.« Sie zwinkerte ihm zu. »Natürlich würde ich es mir später anders überlegen.«

»Nein danke«, wehrte er grinsend ab. »Auf diese Art von Herausforderung kann ich bestens verzichten. Dann also abgemacht, Sonntag?«

»Gern. Verrätst du mir, wohin es geht?«

»Das Wetter soll gut werden. Was hältst du von einem Ausflug zu den Shiant-Inseln? Zwar kann ich dir keine Papageientaucher bieten, denn die sind um diese Jahreszeit längst weg. Aber die Kegelrobben werfen, und mit etwas Glück sehen wir Robbenbabys. Wie klingt das für dich?«

»Klingt fantastisch. Dabei könnte ich gleich meine neue Kamera ausprobieren«, sagte sie und dachte mit Bedauern daran, dass sie kein Teleobjektiv besaß.

»Du hast also wieder angefangen zu fotografieren?« Sie meinte, Erstaunen in seiner Stimme zu hören.

»Ja, mir schwebt ein bestimmtes Projekt vor. Genaueres erzähle ich dir am Sonntag.«

»Ich bin gespannt«, er nickte anerkennend und griff nach seinem Glas.

»Wann und wo treffen wir uns?«, fragte sie, während sie beobachtete, wie er das Gin-Glas an die Lippen setzte. »Ich nehme an, du möchtest mit dem Boot von Stornoway aus starten?«

Er setzte das Glas wieder ab und schenkte ihr ein Lächeln, das ihr direkt in die Magengrube fuhr. »Das wird ein Full-Service-Rendezvous. Das heißt, ich hole dich ab und bringe dich auch wieder zurück. Wenn du einverstanden bist, bin ich um sieben Uhr morgens bei dir, damit wir etwas von dem Tag haben.«

»Sieben ist kein Problem. Ich werde fertig sein«, versicherte sie ihm.

»Dann also bis Sonntag, ich freue mich«, er beugte sich zu ihr und berührte mit seinen Lippen leicht ihre Wange. »*Cheers*, Ailsa.«

Sie starrte ihm hinterher. Als er den Pub verlassen hatte, erlaubte sie sich, mit einem lauten Seufzer auszuatmen. Hatte er eben das Wort »Rendezvous« gebraucht?

Kapitel 17

Pünktlich zur vereinbarten Zeit hörte Ailsa Graysons Landrover auf den Hof fahren. Der Anhänger mit dem RIB darauf, dem Festrumpfschlauchboot, ratterte über den Schotter der Einfahrt. Was Grayson wohl zu ihrer Aufmachung sagen würde? Zum gefühlt hundertsten Mal überprüfte sie ihr Aussehen im Spiegel, dann zog sie die Tür auf. »Guten Morgen, Grayson. Bin ich passend gekleidet?« Sie zog sich die graue Wollmütze tief über beide Ohren und schnitt eine Grimasse. In den dick wattierten Regensachen fühlte sie sich wie ein Eskimo auf Robbenfang.

»Jeans und Wollpullover wären ausreichend gewesen«, erwiderte er. Sie war sich nicht sicher, ob er lächelte, weil er sich freute, sie zu sehen, oder weil sie zwanzig Kilo schwerer wirkte als normal. Er schob die Hände in die Taschen seiner Jeans. »Du musst später sowieso einen Schutzoverall anziehen. Ich habe alles dabei.«

»Ah, okay«, meinte sie schwach. Wieso hatte er das nicht vorher gesagt?

»Gummistiefel habe ich auch für dich. Aber keine Sorge«, er zwinkerte ihr zu. »Sie sind nicht orange. Janet war so nett, mir ihre Stiefel für dich heute mitzugeben. Der Anzug gehört übrigens auch ihr.«

Ailsa verdrehte innerlich die Augen. Sicher war es freundlich von Janet, ihr die Sachen für den Ausflug zu überlassen. Dennoch konnte der Gedanke, den ganzen Tag in Janets Klamotten zu stecken, keine rechte Begeisterung in ihr entfachen. Doch das war nicht der einzige Grund für das flaue Gefühl in ihrem Magen. Bevor sie sich zu Grayson ins Auto setzen konnte, musste sie ihm noch etwas beichten. Sie hatte nur keine Ahnung, wie …

»Können wir?« Grayson ging um den Wagen und hielt ihr mit einem charmanten Grinsen die Beifahrertür auf.

»Im Prinzip ja, da wäre nur noch eine Kleinigkeit …«

»Aha. Und welche?«

»Ähm«, sie hob den Kopf und blickte vorsichtig zur Croft der Galbraiths hinüber. »Ich hoffe, du hast nichts dagegen, dass Blair uns begleitet. Mit seinem eigenen Boot natürlich«, fügte sie rasch hinzu.

Eine gefühlte Ewigkeit lang blickte Grayson sie an, als hätte er eine Kröte verschluckt. Dann straffte er die Schultern. Seine gewohnt lockere Art gewann die Oberhand. »Das geht klar. Natürlich. Wenn du ihn zu dem Ausflug eingeladen hast.« Letzteres klang wie eine sachliche Aussage, aber Ailsa konnte deutlich die Verwunderung hören, die am Satzende mitschwang.

»O nein, das habe ich gar nicht«, stellte sie richtig. »Wir kamen zufällig auf den Ausflug zu sprechen. Blair meinte, es wäre unvernünftig, zu dieser Jahreszeit allein auf dem Minch unterwegs zu sein.«

Grayson murmelte etwas, das Ailsa nicht recht verstand, aber es klang beinahe so, als würde Grayson den Wunsch äußern, die Blauen Männer des Minch würden Blair auf eine Tasse Tee zu sich in die Tiefen des Meeres einladen. Die Blauen Männer des Minch waren mystische Wassergeister, die in der Meerenge zwischen Lewis und den Shiants lebten und dafür bekannt waren, Seefahrer ins Verderben zu stürzen, wenn sie nicht fähig waren, in Reimen auf ihre Rätsel zu antworten. Sie spürte, wie ihr unter der dicken Windjacke heiß wurde.

Zuerst war sie entschieden dagegen gewesen, dass Blair sie begleitete. Sie hatte sich so darauf gefreut, ein paar Stunden mit Grayson alleine zu verbringen. Aber dann hatte Blair ihr versichert, dass er nicht vorhatte, mit ihnen Robben zu beobachten. Er wollte in der Zeit, die sie in den Klippen verbrachten, in den fischreichen Gewässern vor den Inseln angeln. Da hatte sie angefangen zu überlegen. Was würde passieren, wenn sie den Ausflug zu dritt unternähmen? Zwangsläufig würden die Männer zusammenarbeiten müssen. Sie würden die Boote zu Wasser lassen, Routen und Zeitpläne absprechen müssen und vieles mehr. War das nicht genau die Gelegenheit, auf die sie gewartet hatte, um den albernen Streit ein für alle Mal zu schlichten?

Sie trat neben Grayson und legte ihm die Hand auf den Arm »Komm schon. Ich weiß ja, dass ihr beide euch nicht gerade grün seid, aber es ist in jedem Fall vernünftig, mit zwei Booten unterwegs zu sein. Die Strömung im Minch ist tückisch, und das Wetter kann schnell umschlagen.«

»Schon in Ordnung«, seufzte Grayson. »Ich wünschte nur, ich hätte Gelegenheit gehabt, mich an den Gedanken zu gewöhnen, dass Blair den Tag mit uns verbringt.«

»Das tut er ja nicht wirklich«, wiegelte Ailsa ab. Sie kam sich jetzt schon vor, als müsste sie mit Engelszungen auf ihn einreden, um die Wogen zwischen den beiden Männern zu glätten. »Blair bleibt auf seinem Boot. Er möchte angeln, während wir an Land gehen.«

»Ich habe kein Problem mit Blair«, stellte Grayson mit einem Kopfschütteln richtig. »Aber er mit mir.«

Ailsa sagte nichts. Sie hoffte einfach nur, dass das Zusammentreffen der beiden ohne größere Katastrophen verlief. Sie waren noch nicht einmal losgefahren, da begann sie schon zu zweifeln, ob die Idee, Grayson und Blair miteinander versöhnen zu wollen, wirklich so genial war. Schicksalsergeben nahm sie den Rucksack mit der Fotoausrüstung von der Schulter und sprang auf den Beifahrersitz. Grayson startete den Motor. Als er vom Hof fuhr, ließ er ein Hupkonzert erklingen, sodass Blair ihr Aufbruch nicht entgehen konnte. Sie waren gerade auf der Hauptstraße, als Ailsa die Umrisse von Blairs blauem Touran hinter ihnen im Rückspiegel ausmachte.

Eine halbe Stunde später erreichten sie Stornoway. Die Stadt schlummerte im rötlichen Licht der aufgehenden Sonne. Es war Sabbat und die Straßen wie leer gefegt, die Fensterläden der Geschäfte verschlossen. Der neu gebaute Fähranleger, der Ailsa mit dem tief gezogenen, gläsernen Dach an eine Qualle erinnerte, glänzte im Licht des Morgens. Auf dem Kopf der Messingstatue, die zur Erinnerung an die Heringsmädchen errichtet worden war, saß eine Möwe und kreischte despektierlich. Sie umrundeten den Innenhafen und bogen Richtung Castle Grounds ab. Dort, am Ende des dicht bewaldeten Parks unterhalb des Schlosses, befand sich die Mole. Grayson manövrierte den Landrover so, dass er mit dem Bootsanhänger voran rückwärts auf dem schräg zum Meer abfallenden Anlegesteg zum Stehen kam. Mit einem entschlossenen Ruck zog er die Handbremse an. Unmittelbar darauf kam Blairs Touran neben ihnen zum Stehen. Ailsa hielt gespannt die Luft an, als sie beobachtete, wie die beiden Männer aus den Autos stiegen und ein paar knappe Worte wechselten. Grayson kehrte zum Landrover zurück und betätigte die Seilwinde, während Blair in Gummistiefeln ins Wasser watete und sicherstellte, dass das RIB problemlos auf den seichten Wellen aufkam. Dann fuhr Grayson den Landrover zur Seite, und die beiden Männer vollführten das gleiche Manöver mit Blairs Boot. Schließlich schaukelten ein graues und ein orangenes Schlauchboot fest vertäut auf dem Wasser, die Autos waren geparkt. Ailsa kletterte aus dem Wagen und ging zu Blair hinüber, um ihm einen guten Morgen zu wünschen. Er wirkte gewohnt wortkarg und finster, aber als Ailsa ihm zur Begrüßung einen Kuss auf die Wange drückte, huschte ein Lächeln über sein Gesicht.

Mittlerweile hatte Grayson sich am Kofferraum des Landrovers zu schaffen gemacht. »Hey, Ailsa«, er hob den Arm und winkte ihr zu. »Komm rüber, dann helfe ich dir mit dem Schutzanzug.«

Ailsa zuckte entschuldigend die Achseln und überließ Blair sich selbst, der damit beschäftigt war, seine Angelausrüstung in das RIB zu laden. Sie trat neben Grayson. Er steckte bereits in einem ziemlich unförmigen, leuchtend blauen Overall, dessen obere Hälfte und Ärmel in Neongelb leuchteten. Ailsa vermutete, dass die auffällige Farbe entweder dazu dienen sollte, in Seenot geratene Menschen schneller im Grau der Wellen zu sichten, oder dass Grayson einen Hang zu schrillen Farben hatte.

»Hier, bitte«, er reichte ihr einen Einteiler in exakt den gleichen Farben, der der Größe nach eindeutig Janet gehörte. Ein wenig widerwillig zog Ailsa ihre Schuhe aus und schlüpfte in den Overall. In dem dick gepolsterten Anzug über ihrem Regenzeug kam sie sich erst recht vor wie ein Michelin-Männchen. Sie versuchte zu gehen – es wurde mehr ein Watscheln – und ließ sich von Grayson die Schwimmweste umlegen. Er bückte sich und fasste mit dem Arm um ihre Taille, um die Gurte zu fassen und zwischen ihren Beinen hindurch hoch zur Brust zu führen. Im Prinzip handelte es sich um eine rein technische Angelegenheit, in etwa so romantisch, als wollte man ein Paket verschnüren. Dennoch bekam sie durch die körperliche Nähe, die die Aktion erforderte, glühende Wangen. Unauffällig wandte sie den Kopf zur Seite und beobachtete die Möwen. Schließlich war allen Sicherheitsmaßnahmen Genüge getan, Grayson trat einen Schritt zurück und musterte sie zufrieden. »Prima. Wenn du so weit bist, kann es losgehen«, stellte er fest und reichte ihr ein Paar Gummistiefel. Wie selbstverständlich griff er nach ihrer Kameraausrüstung und trug sie zusammen mit seinen Sachen zum Boot.

Wortlos folgte Ailsa ihm hinunter zum Anleger. Er reichte ihr eine Hand und half ihr über den Rand des Schlauchboots. Sie machte es sich auf dem hinteren Sitz bequem und sah zu, wie Grayson eine GoPro-Kamera am Gestänge befestigte. Im Boot neben ihnen hatte Blair seine Angelausrüstung verstaut, er war damit beschäftigt, eine schottische Flagge am Heck festzubinden, und schenkte ihnen keinerlei Aufmerksamkeit. Im Handumdrehen waren sie startklar. Mit einigen knapp gemurmelten Sätzen verständigten die Männer sich aufs Ablegen. Ailsa seufzte. Bislang gab es keinen Anlass zu hoffen, dass die beiden mehr austauschen würden als abschätzende Blicke, aber zumindest stritten sie nicht. Die Motoren knatterten, Ailsa duckte sich in ihren Sitz und schloss die behandschuhten Finger um die Haltegriffe. Grayson zog den Gashebel. Das RIB knatterte aus dem Hafen. Instinktiv passte sie sich den schaukelnden Bewegungen an, mit denen das Boot von den schäumenden Wellenbergen in graue Täler klatschte. Es war ein herrliches Gefühl von Freiheit, daran konnte auch der Umstand nichts ändern, dass der Himmel sich verdunkelte und erste Regentropfen fielen.

Besorgt drehte Grayson den Oberkörper zu ihr herum. »Alles okay?«, brüllte er ihr über den Motorenlärm hinweg zu. Inzwischen fühlte sie sich so sicher, dass sie beide Hände von den Griffen nahm und die Daumen in die Höhe reckte. Grayson rief ihr etwas zu, das sie nicht verstand, und deutete auf die

Küstenlinie steuerbord. Dann warf er das Steuer herum und wählte einen Kurs, der parallel zur Küste verlief. Blair hingegen steuerte die Shiants auf direktem Kurs, über das offene Meer, an. Zunächst war Ailsa verwundert über Graysons umständliche Routenwahl. Es erschien ihr übertrieben vorsichtig, die deutlich längere Strecke entlang der zerklüfteten Küste zu wählen. Als der Regen jedoch stärker wurde und ihr die eisigen Tropfen wie Nadeln in die Wangen stachen, war sie von Herzen froh über Graysons Umsicht.

Etwa eine Dreiviertelstunde später kamen die Shiants in Sicht. Eine trutzige Festung aus schwarzem Granit, die in den Wellen zu treiben schien. Grayson änderte den Kurs und steuerte das RIB mitten durch den Minch. Plötzlich registrierte Ailsa ein gutes Stück backbord eine Bewegung. Neugierig wandte sie den Kopf und bemerkte graue Körper, die die Wellentäler durchpflügten. Sie erhob sich von ihrem Sitz und tippte Grayson auf die Schulter. »Delfine«, rief sie ihm zu, als er ihr den Kopf zudrehte. Ihr Herz klopfte wie wild vor Aufregung.

Grayson folgte ihrem Blick, reckte den Daumen nach oben und nahm mit dem Boot die Verfolgung auf. Sie fuhren einen Kreis, dann, auf einmal, tauchten die glänzenden Leiber neben dem RIB auf. Voller Neugier folgten die Tiere dem Boot, es waren sechs oder sieben an der Zahl. Ailsa bemerkte, dass Grayson respektvoll Abstand hielt und es den Delfinen überließ, sich dem Boot zu nähern, anstatt hinter ihnen herzujagen. Eine Weile kreuzten sie gemeinsam mit den Tieren durch den Minch, dann hatten die Delfine genug von ihrem Spiel und steuerten auf das offene Meer zu. Ailsa, die die ganze Zeit über aufrecht hinter Grayson gestanden hatte, ließ sich in ihren Sitz fallen. Sie ertappte sich dabei, wie sie aus lauter Freude grinste, als würde sie für einen Werbeprospekt für Schlauchboote posieren.

Grayson drehte bei und lief die Shiants an. Die beiden Hauptinseln, Eilean an Taighe und Garbh Eilean, waren über einen lang gezogenen Streifen Kieselstrand miteinander verbunden. Vor der Bucht tanzte Blairs orangenes Schlauchboot auf den Wellen. Grayson drosselte den Motor, bückte sich, warf Blair eine Leine zu und kam längsseits des RIBs zum Halten. Nachdem das Motorengeräusch verklungen war, setzte eine Stille ein, die Ailsa im ersten Moment als befremdlich und angespannt empfand. Angestrengt zermarterte sie ihr Gehirn auf der Suche nach einem passenden Gesprächsthema, aber abgesehen vom Wetter, das ihr zu klischeehaft erschien, fiel ihr partout nichts ein. Sie war heilfroh, als Grayson das Wort ergriff. Noch viel länger hätte sie das Schweigen zwischen den beiden Männern nicht ausgehalten.

»Was meinst du, können wir in der Bucht anlanden?«, fragte Grayson Blair.

Blair bedachte ihn mit einem Blick, der deutlich machte, wie schwachsinnig er die Idee fand. »Keine Chance«, erwiderte er kurz angebunden.

Grayson gab sich unbeeindruckt. »Okay, dann brauchen wir einen Plan B. Die Robbenkolonie hält sich hauptsächlich hier in den Felsriffen vor Garbh Eilean auf. Demnach ergibt es keinen Sinn, wenn wir die Insel umrunden und die nordöstliche Bucht auf der anderen Seite ansteuern.« Er kratzte sich das Kinn mit dem gepflegten Dreitagebart. Sein Blick glitt über die steil aufragenden Granitsäulen, die wie geschliffene schwarze Kristalle aus dem Wasser ragten. Dazwischen, in den Mulden und Höhlen, wucherte sattgrünes, üppiges Gras. Leuchtend gelbgrüne Flechten zogen sich in breiten Bändern über die steil aufragenden Felsen, darunter fielen Geröllhalden zum Meer ab. Ein ätzender Geruch von Guano lag in der Luft. Grayson deutete auf einen Schotterberg. »Was meinst du, kannst du uns dort drüben absetzen? Wenn wir über das Geröll ein Stück nach oben klettern, läge die Robbenkolonie genau vor unseren Füßen. Das wäre ein perfekter Platz, um Fotos zu schießen. Wie sieht es bei dir aus, Ailsa?« Ohne Blairs Antwort abzuwarten, drehte er sich zu ihr um und legte ihr die Hand auf den Rücken. »Traust du dir zu, dort hinaufzusteigen?«

»Kein Problem«, Ailsa zuckte die Schultern. Zwar war sie etwas aus der Übung, aber im Prinzip eine routinierte Kletterin. Abgesehen davon, musste sie Grayson recht geben. Das Plateau, auf halber Höhe der Felsen gelegen, schien perfekt. Sie warf Blair, der alles andere als begeistert schien, einen flehenden Blick zu. »Könntest du uns dort absetzen, ohne dass dein Boot dabei einen Kratzer abkriegt?« Ihre Lippen schoben ein lautlos formuliertes »Bitte« hinterher.

»Meinetwegen.« Blair zuckte die Schultern, aber Ailsa bemerkte sofort, dass er alles andere als begeistert war. Schweigend machten sie sich daran, die Ausrüstung in Blairs RIB umzuladen. Binnen Kurzem saßen sie zu dritt in Blairs Boot und brausten in Richtung Garbh Eilean davon, während Graysons Boot gut vertäut auf den Wellen schaukelnd zurückblieb. Nach einigen erfolglosen Versuchen fand Blair schließlich eine Stelle, die es ihnen erlaubte, an Land zu gehen. Ailsa reichte Grayson eine Hand und ließ sich von ihm auf die Felsen helfen. Sie schälten sich aus ihren Anzügen und wechselten die Schuhe. Grayson warf Gummistiefel und Overalls auf einen Vorsprung etwas weiter oben, wo sie sicher vor den Wellen waren. Gemeinsam beobachteten sie, wie Blair ablegte und das Boot zum Angeln in die Gewässer vor der Küste steuerte. Ailsa schob sich ihren Rucksack auf den Rücken. Behände kletterte sie hinter Grayson die Felsen hinauf. Es ging leichter als gedacht. Im Nu fand sie sich neben Grayson in luftiger Höhe auf einem schmalen Plateau wieder. Während sie das Stativ auspackte und sicher in einer Grasmulde aufstellte, zog Grayson eine Thermoskanne mit heißem Wasser hervor und goss es in zwei Becher, in denen Teebeutel lagen. Einen davon reichte er Ailsa. »Hier, nimm. Etwas Heißes tut gut. Es ist ziemlich frisch heute.«

Dankbar griff sie nach dem Becher und nippte an ihrem Tee. Grayson hatte sich mit den Vorbereitungen alle Mühe gegeben. Wie aus dem Nichts zauberte er ein aus verschiedenen Köstlichkeiten bestehendes Picknick hervor.

»Wirklich, Grayson, du steckst voller Überraschungen«, sie schob sich eine Weintraube in den Mund. »Ich hätte nicht geglaubt, dass wir es doch noch schaffen, an Land zu kommen. Sieh nur, da!« Mit ausgestrecktem Arm deutete sie auf das Felsenriff inmitten der Wellen. Dunkelgraue, massige Leiber, auf den ersten Blick kaum erkennbar, tummelten sich zwischen den Klippen. Ailsa kniff die Augen zusammen. Täuschte sie sich, oder bewegte sich da drüben ein kleines weißes Knäuel?

»Nimm das«, Grayson reichte ihr ein Fernglas. Verblüfft schluckte sie die Weintraube hinunter. Anscheinend hatte er an alles gedacht. Sie wandte ihre Aufmerksamkeit den Robben zu. Eine ganze Weile verbrachte sie damit, die Tiere zu beobachten. Nach und nach konnte sie weitere winzige Fellbündel ausmachen, die es sich zwischen den erwachsenen Tieren gemütlich gemacht hatten. Ailsa reichte das Fernglas an Grayson weiter. Sie schoss ein Foto nach dem anderen von den Kegelrobben.

»Hier, lass es dir schmecken«, meinte Grayson und bot ihr ein Käsesandwich an. Schweigend saßen sie nebeneinander und kauten an ihren Sandwiches. Obwohl Ailsa wirklich Hunger empfunden hatte, legte sie nach wenigen Bissen das Brötchen beiseite. Wie selbstverständlich es sich anfühlte, hoch auf den Klippen neben Grayson zu sitzen, dem Mann, der ihr so viel bedeutete. Dabei verspürte sie noch nicht einmal den Drang, die Stille zwischen ihnen mit dem Wortschwall zu füllen, der gewohnheitsmäßig aus ihr heraussprudelte, wenn sie glücklich war. Unauffällig warf sie Grayson einen Blick von der Seite zu und versuchte zu enträtseln, was in ihm vorging. Wie es aussah, war er ganz entspannt und zufrieden damit, in sich und die Natur versunken neben ihr zu sitzen. Höchst ungewöhnlich, so etwas mit einem Mann zu erleben, dachte sie. Paul hätte es nicht geschafft, länger schweigend sitzen zu bleiben, als eines der Robbenbabys gebraucht hätte, sich ins Wasser zu stürzen. Sie runzelte die Stirn. Womöglich war es mitunter diese Fähigkeit, gemeinsam entspannt schweigen zu können, die der Beziehung zu Grayson eine solche Tiefe verlieh?

Eine ganze Weile saßen sie so nebeneinander. Das klagende, leicht unheimliche Heulen der Robbenbabys, die nach ihren Müttern riefen, drang von tief unten zu ihnen herauf, untermalt von dem Donnern der Brecher in den Klippen. Und dann auf einmal, ohne dass Ailsa sich hätte erklären können, weshalb, passierte etwas durch und durch Unerwartetes. In der Einsamkeit der Klippen schien der Kokon, den sie um sich und ihre Trauer gesponnen hatte, auf einmal viel zu eng und platzte auf. Alle Sorgen und Nöte der letzten Wochen, die sie darunter eingesperrt hatte, quollen hervor, verwandelt und zu Worten gereift. Sie legte den Kopf in den Nacken und atmete tief durch.

Als gäbe es eine unsichtbare Verbindung zwischen ihnen, schien Grayson zu spüren, dass sie noch ein letztes bisschen Unterstützung brauchte, um sich zu öffnen, und griff nach ihrer Hand. Sanft strichen seine Finger über ihr Handgelenk. Sie vermied es, ihn auszusehen, und starrte auf die Robbenkolonie zu ihren Füßen. Und dann begann sie zu erzählen, ganz von Anfang an.

Mit finsterer Miene starrte Blair vom Boot aus zu dem Felsmassiv hinüber, wo Ailsa und Grayson saßen. Seitdem ihm Ailsa gestern beiläufig von dem geplanten Ausflug mit Grayson berichtet hatte, war seine Stimmung so düster wie der bleierne Atlantik.

Er hasste Grayson aus vollem Herzen. Erst recht seitdem Blairs Mutter ihn vor ihrem Tod mit einer Wahrheit konfrontiert hatte, die weit über das hinausging, was er zu ertragen glaubte. Blair atmete schwer, sein Brustkorb hob und senkte sich. Kein halbes Jahr später war Grayson wieder in Blairs Leben getreten. Welche Ironie des Schicksals. Grayson, dieser blöde Schnösel, der mit seiner aufgeblasenen Art meinte, er könnte sich zum Retter von ganz Breasclete und Umgebung aufschwingen. Dabei beruhte Graysons Erfolg einzig auf der Tatsache, dass er der Spross einer abartig reichen und beschissen vornehmen Dynastie war. Blair verfluchte den Tag, an dem das Geschlecht der St Johns über die Insel gekommen war. Wie die Wanderheuschrecken hatten die englischen Herrscherhäuser im neunzehnten Jahrhundert in ganz Schottland Besitz an sich gerissen. Sie hatten die Bauern von ihrem Land vertrieben, sich ihre Frauen genommen, ihren Stolz und ihre Freiheit. Blairs Kiefer verspannten sich, seine Hände zitterten vor Wut. Die unersättliche Gier der St Johns hatte seiner Familie endloses Leid bereitet. Der Wunsch nach Rache loderte wie eine Stichflamme in Blairs Seele auf. Die äußeren Konturen seines Gesichtsfeldes zerflossen zu zuckenden Blitzen. Am liebsten hätte er Grayson mit beiden Händen gepackt und über die Klippen gestoßen. Besinnungslos vor Wut packte er die Lehne des RIBs und schüttelte sie so fest, dass das Schlauchboot gefährlich ins Wanken geriet.

Als er wieder zur Besinnung kam, schmerzten seine Kiefer vor Anspannung. Keuchend stieß er die Luft aus. Erneut war er seinem inneren Dämon erlegen. Der Jähzorn, der in ihm hauste, war ein dunkles und gefährliches Wesen. In letzter Zeit hatte er immer öfter Schwierigkeiten, die Kontrolle über sich zu behalten. Er legte den Kopf in den Nacken, sein Blick glitt in den schier endlosen Himmel. Wenn es da oben einen Gott gab, so war er Blair nicht sonderlich wohlgesinnt.

Kapitel 18

Als Ailsa am Ende ihrer Geschichte angelangt war, brannte ein Kloß in ihrem Hals. Mit aller Kraft kämpfte sie den Schmerz nieder, der jäh in ihr aufgeflammt war. So offen über das Ende ihrer Ehe zu reden fühlte sich an, als erlebte sie das Trauma mit Paul ein zweites Mal. Damit hatte sie nicht gerechnet. Es war, als würde man eine eiternde Wunde mit purem Alkohol reinigen.

Ob ihre Verletzungen danach heilen würden, wusste sie nicht, aber sie hätte es auch nicht länger ausgehalten, alles mit sich selbst auszumachen. Zum ersten Mal in den vergangenen Wochen konnte sie nachvollziehen, weshalb Blair sich so abkapselte. Es war nicht schön zu spüren, wie der Schmerz aus einem herausfloss. Dessen ungeachtet, gab es gleichzeitig einen Teil von ihr, dem ihr Verhalten lächerlich, beinahe peinlich erschien. Hatte sie denn gar nichts dazugelernt? Benahm sie sich immer noch wie damals als Kind, als ihr Vater ihr nach dem Begräbnis des Großvaters mit klaren Worten verdeutlichen musste, wie dumm es war, über Dinge zu jammern, die nicht zu ändern waren?

Schweigend legte Grayson den Arm um sie und zog sie an sich. Er hielt sie fest und geborgen in seinen Armen. Schließlich hatte sie sich wieder im Griff. »Es tut mir leid«, sie schluckte, ihr Hals war rau und trocken. »Ich wollte meine Probleme nicht bei dir abladen.«

Er umschloss ihr Gesicht mit beiden Händen und drehte es, sodass sie gezwungen war, ihn anzusehen. »Es musste mal heraus. Schmerz lässt sich nicht auf Dauer zurückhalten, ohne dass etwas in dir kaputtgeht.«

»Danke«, sagte sie, irritiert von der Intensität seines Blickes. Sie zögerte, unsicher, ob sie weitersprechen sollte. »Ich glaube, ich habe kein gutes Händchen für Beziehungen«, brach es aus ihr heraus, schneller, als sie denken konnte.

»Das ist doch Unsinn. Wie kommst du denn darauf?« Er schüttelte den Kopf.

Gedankenverloren starrte sie auf das Felsenriff vor Garbh Eilean. In der Robbenkolonie war Ruhe eingekehrt. Die mächtigen Leiber ruhten auf den Klippen, das Heulen der Robbenbabys war verklungen. Sie lagen an die Muttertiere geschmiegt und dösten vor sich hin.

Das Licht hatte jene unwirkliche, fast fahle Farbe angenommen, die einem Sturm vorausgeht. Von Osten wälzte sich eine Wolkenwand heran. Dann frischte der Wind auf und drehte nach Süden ab. Allem Anschein nach hatten sie Glück. Das Unwetter zog an ihnen vorbei.

»Hattest du schon einmal das Gefühl, die falsche Entscheidung getroffen zu haben, obwohl dein Instinkt dich davor gewarnt hat?«, fragte sie, eher rhetorisch als in Erwartung einer Antwort.

Grayson nickte stumm.

»Paul hat von Anfang an widersprüchliche Gefühle in mir ausgelöst«, sagte sie. Der Versuch einer Erklärung. »Er war so weltgewandt. Damals hat mich das sehr beeindruckt. Dazu sah er gut aus. Er hätte jede Frau in Toronto haben können. Aber er wollte mich. Ausgerechnet mich, ein naives rothaariges Ding von den Inseln, das gerade in der Großstadt angekommen war. Das hat mir unheimlich geschmeichelt. Vielleicht habe ich deshalb die andere Seite an ihm ignoriert, nämlich seine oft unerträgliche Arroganz. Im Nachhinein betrachtet, war es ein Fehler, Paul zu heiraten. Wir kommen aus völlig unterschiedlichen Welten. Wir hatten von Anfang an viel zu wenig gemein.« Sie verstummte. Der Fels unter ihr bohrte sich unangenehm in ihre Kniekehlen. »Als Paul um meine Hand angehalten hat, habe ich Ja gesagt, obwohl ich gewusst habe, dass ich damit Kompromisse eingehe. Das war falsch. Ich hätte ehrlich zu mir selbst sein müssen. Doch dazu war ich zu feige.«

»Du hattest gehofft, dass alles gut werden würde. Das ist doch nur menschlich, nicht wahr? Menschen gehen in Beziehungen andauernd Kompromisse ein«, schulterzuckend zupfte er an dem Gras vor seinen Füßen. Er vermied es, sie anzusehen. »Mal ehrlich, den idealen Partner gibt es nur in einer erdachten Wirklichkeit. Zu hohe Ansprüche sorgen für Enttäuschung. So ist es nun einmal.«

Sie hob den Kopf und suchte seinen Blick. »Aber warum? Warum geben wir uns mit weniger zufrieden, wenn wir wissen, dass es uns auf Dauer nicht glücklich macht? Wir belügen uns selbst, indem wir etwas geloben, das wir nicht halten können. Warum versprechen wir uns ›für immer und bis dass der Tod uns scheidet‹, wenn es doch nicht weiter als bis zur nächsten Straßenkreuzung reicht? Warum schwören wir, füreinander da zu sein, wenn es im Grunde nur dazu dient, die Einsamkeit unserer Nächte mit Mittelmäßigkeit zu überdecken?«, brach es unerwartet heftig aus ihr hervor.

Er tastete nach ihrer Hand und umschloss sie. »Ich weiß es nicht«, sagte er mit rauer Stimme. Sie meinte, einen Anflug von Bedauern in seinen Augen zu sehen. »Wirklich«, er räusperte sich, »ich weiß es nicht. Aber, wenn es dich tröstet, mir ging es nicht anders als dir. Auch ich habe mich drängen lassen,

Dinge zu tun, von denen ich wusste, dass sie mich nicht dauerhaft glücklich machen. Das Gute im Leben ist aber, dass wir die Chance bekommen, aus unseren Fehlern zu lernen und es beim nächsten Mal besser zu machen.«

»Glaubst du das wirklich?«

»Sicher«, er nickte. »All der Kummer und die Enttäuschungen müssen doch zu etwas nütze sein, oder nicht?«

Sie war sich nicht sicher. Hatte er recht mit seiner Vermutung oder war »am Ende wird alles gut« doch nicht mehr als ein schöner, aber klischeehafter Gedanke? Gab es überhaupt so etwas wie dauerhaftes Glück? Was, wenn sämtliche Liebeslieder irrten? Wenn es so etwas wie den Richtigen im Leben gar nicht gab? Wenn die Vorstellung zweier Hälften, die zusammen ein Ganzes ergaben, einfach falsch war? Vielleicht ging es, nüchtern betrachtet, in einer guten Ehe vielmehr darum, sich mit den Eigenarten des anderen zu arrangieren, nachdem der erste Rausch der Gefühle abgeklungen war? Schweigend starrte sie vor sich hin auf die schwankenden Grasnelken zwischen den Felsen.

Grayson beugte sich vor, nahm die Becher, die vor ihnen auf einem Grasfleck inmitten der Felsen standen, und kippte den mittlerweile kalten Tee mit Schwung über die Klippen. Dann nahm er die Thermoskanne und zwei Beutel und goss Wasser auf. Er reichte ihr den dampfenden Becher. »Nach einer Tasse Tee sieht die Welt gleich ganz anders aus.«

Dankbar lächelte sie ihm zu. Sie umfasste den Becher mit beiden Händen und hielt ihn gegen ihre Wange. Die Augen halb geschlossen, genoss sie die Wärme, die er verströmte. »Darf ich dich etwas fragen?«, hörte sie seine Stimme, umwoben vom Kreischen der Seemöwen.

Sie räusperte sich. »Sicher«, meinte sie möglichst gelassen, obwohl sie ein unbehagliches Gefühl im Magen hatte.

»Selbstverständlich, schieß los«, setzte sie achselzuckend hinterher.

»Gut«, langsam nickte er. »Was wäre, wenn Paul seine Affäre bedauern würde? Was, wenn er dir sagen würde, alles wäre ein schrecklicher Fehler gewesen?« Er sah ihr fest in die Augen. »Was, wenn Paul zurückkäme? Wenn er dir erklärte, dass er dich noch immer liebt und ohne dich nicht leben könne? Was würdest du tun? Würdest du ihn zurücknehmen?«

Ailsa überlegte. Sie blies in den Tee, sodass eine dampfende Wolke vor ihr aufstieg. Sie versuchte sich Paul in dieser Situation vorzustellen. Das erwartete Gefühl von Sehnsucht nach ihm blieb aus. »Nein.« Sie sah Grayson gerade in die Augen. »Das würde ich nicht tun. Das Kapitel Paul ist abgeschlossen.«

Der Wind drehte erneut. Eine empfindlich kalte Bö fuhr in die Ärmel ihrer Regenjacke und brachte sie zum Frösteln. Fürsorglich schlang Grayson den Arm um sie, ein Gefühl, von dem sie gar nicht genug bekommen konnte und das so vertraut und gleichzeitig so neu war, dass sich alles um sie her zu drehen schien. Sie spürte, wie Graysons Atem sich beschleunigte. Und dann war da dieses sichere Wissen in ihr, dass er sie gleich küssen würde.

»Ailsa«, flüsterte er, dicht an ihrem Ohr. Seine Stimme war dunkel und voller Begehren. Er legte den Zeigefinger unter ihr Kinn und hob ihren Kopf, sodass sich ihre Blicke begegneten. »Ich habe dich damals schon geliebt«, er neigte den Kopf. Auf einmal waren seine Lippen ganz nah.

In diesem Moment erfüllte ein dröhnendes Knattern die Bucht. Ertappt wie Teenager, fuhren sie auseinander. Blairs orangenes RIB brauste von Eilean an Taighe aus auf ihren Anlegeplatz unterhalb des Felsplateaus zu. Grayson erfasste augenblicklich den Ernst der Lage. »Verdammt«, murmelte er mit einem Blick gen Himmel, der sich bedrohlich schnell verfinsterte. »Da zieht eine Wetterfront heran, die sich gewaschen hat. Wir sollten zusehen, dass wir hier wegkommen.«

Ailsa folgte seinem Blick und erschrak. So schnell sie konnte, suchte sie ihre Sachen zusammen. Rasch waren Fotoausrüstung und Essensreste verstaut. Sie erhob sich und schulterte den Rucksack.

Ihr Herz hämmerte gegen ihre Rippen, als sie auf das Meer zu ihren Füßen schaute. Die Dünung hatte dramatisch zugenommen. Schäumend kräuselten sich die Wellen um ihren Anlegeplatz zu ihren Füßen, der ihr von hier oben so weit entfernt schien, als stünde sie auf dem Mond. Beim Aufstieg hatte sie den kantigen Fels im Auge gehabt und ihre gesamte Konzentration darauf verwandt, den sichersten Weg nach oben zu finden.

Jetzt sah die Sache anders aus. Der Anblick des steil ins Bodenlose stürzenden, mit glitschigem Moos überzogenen Abhangs hatte eine lähmende Wirkung auf ihre Beine. Sie fühlte sich völlig überfordert damit, die Füße zu heben. Sie ließ sich auf ihr Gesäß fallen. Krampfhaft krallte sie die Finger in die Grasnelkenbüschel und schwor sich, nicht loszulassen, komme, was wolle.

Grayson, der mit dem Gesicht zum Fels bereits auf dem Plateau unter ihr stand, blickte zu ihr hinauf. Der Wind zerrte an seinen Locken und fegte sie ihm ins Gesicht. »Was ist? Alles in Ordnung mit dir?«, rief er ihr zu, seine Stimme merkwürdig verzerrt vom Dröhnen der Brandung.

Sie schüttelte den Kopf. »Ich fürchte, nein. Ehrlich, Grayson, ich habe keine Ahnung, wie ich hier runterkommen soll. Wäre es nicht einfacher, wir klettern weiter nach oben bis zur Spitze und wandern zu dem Haus auf der Rückseite von Eilean an Taighe hinüber? Blair könnte uns dort drüben abholen.«

»Nein, das sollten wir nicht tun.« Grayson hielt sie mit seinem Blick fest, als befürchtete er, sie würde gleich über den Berg davonstürmen. »Das Geröll auf der anderen Seite ist instabil. Vor ein paar Jahren ist ein Jugendlicher dort drüben zu Tode gestürzt. Der Weg auf dieser Seite ist steil, aber dafür sicherer.«

Das glaubst aber auch nur du, dachte sie, versuchte aber, tapfer zu nicken. Grayson konnte reden, wie er wollte, bei dem Blick in die Tiefe drehte sich ihr der Magen um.

»Okay«, Grayson versuchte sie mit einem Lächeln zu beruhigen. »Bleib einfach auf deinem Po sitzen. Dann schieb einen Fuß auf den Felsvorsprung unter dir und rutsche auf dem Hinterteil nach. Ich behalte dich im Blick. Geht das?«

»Ich denke schon«, nickte sie. Die Vorgehensweise, sitzend von Absatz zu Absatz nach unten zu rutschen, erschien ihr machbar.

»Prima, dann los«, rief Grayson ihr zu.

Sie holte tief Luft und rutschte los. Es klappte überraschend gut. Binnen weniger Minuten stand sie sicher und wohlbehalten neben Grayson auf dem untersten Felsblock und angelte nach dem Schutzanzug und den Gummistiefeln.

»Gut gemacht«, nickte Grayson anerkennend und half ihr, die Gurte der Schwimmweste anzulegen. Sie wollte sich gerade bei ihm bedanken, aber Blairs wütende Stimme kam ihr zuvor.

»Verflucht!«, hörte sie ihn vom Boot aus brüllen. »Geht's vielleicht ein bisschen schneller? Das hier ist kein verdammter Kindergartenausflug. Wir müssen schleunigst weg. In ein paar Minuten ist das hier ein Hexenkessel.«

Ailsa folgte seinem Blick und erfasste den Ernst der Lage. Schneller, als sie es für möglich gehalten hätte, saßen sie zu dritt in Blairs Boot und knatterten über die Wellentäler hinweg auf die Stelle vor Eilean an Taighe zu, an der Graysons RIB sicher vertäut auf sie wartete. Als die ersten schweren Regentopfen auf das Meer herabprasselten, legten sie von der Bucht ab. Blair voraus, Ailsa und Grayson hinterher. Ailsa hielt den Bügel des RIBs fest mit beiden Händen umklammert, während der Rumpf des Bootes sich rhythmisch über die Wassermassen emporhob und klatschend zurück in die Wogen fiel. Über die Schulter blickte sie zurück zu den Shiants. Die schwarze Festung geriet außer Sicht, als hätte sie nie existiert, eingehüllt in einen undurchdringlichen Schleier aus Seenebel.

Ohne jegliche Vorwarnung drosselte Grayson plötzlich die Geschwindigkeit und brachte das RIB zum Halten. Schweigend und mit grimmigem Blick begab er sich zum Heck und machte sich am Außenbordmotor zu schaffen.

»Stimmt etwas nicht?« Ailsa spürte das Herz in ihrer Brust pochen.

»Nein, sei unbesorgt. Ich hatte das Gefühl, der Motor zieht nicht richtig. Aber jetzt scheint alles in Ordnung«, erklärte er. Blair, der das Manöver aus einiger Entfernung beobachtet hatte, fuhr einen weiten Kreis um sie. Als er bemerkte, dass Grayson die Fahrt wieder aufnahm, entfernte er sich mit Kurs auf Stornoway.

Der Regen peitschte Ailsa beinahe waagrecht ins Gesicht. Sie suchte, so gut es ging, Schutz hinter Graysons Rücken und kniff die Augen zusammen. Dunkle Wolkenfelder senkten sich wie Blei über die aufgepeitschten Wassermassen und verschluckten die Küstenlinie backbord. Als Grayson erneut den Motor drosselte, begann Ailsa sich ernsthaft Sorgen zu machen.

»Tut mir leid«, verkündete Grayson mit finsterer Miene, als er sich an ihrer Seite vorbei nach hinten schlängelte. »Anscheinend haben wir doch ein Problem.«

»Wie schlimm ist es?«, fragte Ailsa und bemühte sich, unbekümmert zu klingen, was ihr angesichts des herannahenden Sturmes entsprechend schlecht gelang.

»Ich muss nachsehen«, erwiderte Grayson knapp und wandte seine Aufmerksamkeit dem Motor zu. Er beugte sich über die Schlauchwand und hantierte mit einer Zange. Knatternd schoss Blair mit seinem RIB quer über die Wellenberge auf sie zu und kam an der Seite von Graysons Boot zum Liegen.

»Was ist los?«, brüllte er über das Tosen des Windes hinweg.

Grayson hob den Blick. Er fischte braungrünen Kelp aus dem Wasser und blickte zu Blair hinüber. »Seetang«, seine Stimme klang beherrscht, aber der angespannte Zug um seine Mundwinkel machte deutlich, dass es ernst war.

»Verdammte Scheiße«, fuhr Blair ihn wütend an. »Was bist du auch für ein Idiot. Fällt dir nichts Besseres ein, als den Delfinen hinterher kreuz und quer durch den Minch zu jagen? Es war klar, dass so etwas passieren musste.«

»Ich wäre dir dankbar, wenn du auf deine Kommentare verzichten könntest«, gab Grayson ungewohnt schroff zurück. »Das ist der falsche Zeitpunkt, um sich zu streiten. Hilf mir lieber.«

»Würde ich tun. Leider aber unmöglich bei diesem Wellengang. Ich kann nicht gleichzeitig mein Boot ruhig halten und an deinem Motor rumschrauben«, erklärte Blair ungerührt. Er wandte sich an Ailsa. »Los, spring rüber. Ich bringe dich in den Hafen, bevor der Sturm losbricht.«

Ailsa sah sich zögernd nach Grayson um. Die Verlockung, Stornoway halbwegs sicher und trocken zu erreichen, bevor der Sturm losbrach, war groß. »Nein«, verkündete sie so ruhig und so selbstverständlich wie irgend möglich. »Ich lasse Grayson nicht allein.«

»Blödsinn«, schrie Blair sie an. »Du kannst ihm nicht helfen, das Zeugs aus der Schraube zu holen. Das wird er schon selbst schaffen, so schwer ist das nicht. Dadurch, dass du bleibst, wird er keine Sekunde schneller fertig.«

Unschlüssig, was sie tun sollte, blickte Ailsa zwischen Grayson und Blair hin und her.

»Blair hat recht«, hörte sie Grayson unvermittelt hinter sich sagen. »Fahr schon mal vor. Ich komme so schnell wie möglich.« Er klang, als hätte er nicht vor zu diskutieren. »Inzwischen kannst du schon mal ein Bier in der Kneipe für mich bestellen.«

»Na los«, Blair beugte sich zur Seite und streckte auffordernd die Hand nach ihr aus. »Worauf wartest du?«

Ailsas Hände klammerten sich um den Bügel. »Nein. Ich fahre mit Grayson.«

Blairs Gesichtszüge drohten zu entgleisen. Eine explosive Mischung aus Zorn, Unverständnis und Erbitterung flammte in seinen Augen auf. Im nächsten Moment wirkte sein Gesicht so leer wie der Himmel nach einem Sturm. »Wie du meinst«, gab er mit kühler Gelassenheit zurück.

Unterdessen arbeitete Grayson verbissen daran, den Motor wieder zum Laufen zu bekommen. Schließlich schob er die schwarze Wollmütze, die er zum Schutz vor der Kälte unter der neongelben Kapuze des Schutzanzugs trug, in den Nacken und lächelte ihr zu. »Das wäre erledigt. Nichts wie ab nach Hause.«

»Puh«, machte Ailsa und nahm ihre Position auf dem Sitz hinter ihm wieder ein. Zwar hatte sie keine Sekunde daran gezweifelt, dass Grayson es hinbekommen würde, aber erleichtert war sie doch, als sie das gleichmäßige Vibrieren des Motors unter den Sohlen ihrer Gummistiefel spürte.

Inzwischen hatte der Sturm seine Höllenhunde losgelassen. Die Boote hatten alle Mühe, gegen die meterhohen Wellenberge anzukämpfen, die sich vor dem Bug auftürmten. Es kam

Ailsa so vor, als drängten die Wassermassen die Boote mit jedem nautischen Faden, den sie sich vorwärtskämpften, um die doppelte Strecke wieder zurück. Jetzt stand das rauchschwarze Wolkengebirge direkt über ihnen. Schwallartig ergossen sich die Fluten. Gleich darauf zerriss ein orangenes Leuchten die Wolken, und der Regen ließ nach. Die Luft roch nach Ozon und einem Hauch von Dieselöl. Es mutete Ailsa wie ein Wunder an, als sie nach eineinhalb schier endlosen Stunden auf dem schäumenden Atlantik endlich den Hafen von Stornoway erreichten.

Blair erreichte als Erster den Anleger und half Grayson, die Winde am RIB zu befestigen und es anschließend auf dem Anhänger des Landrovers zu vertäuen. Ailsa schälte sich aus ihrem Schutzanzug, der sie erstaunlich trocken und warm gehalten hatte. Mit einem knappen Gruß in Ailsas Richtung verabschiedete sich Blair und schoss mit quietschenden Reifen davon. Frustriert blickte Ailsa ihm hinterher. Sie hatte so darauf gehofft, dass die beiden Männer, nachdem alles zu einem guten Ende gekommen war, sich die Hände reichen und einen ersten Schritt unternehmen würden, ihren Streit zu begraben. Aber anscheinend war keiner von ihnen dazu bereit. Selbst wenn sie damit gedroht hätte, sie eigenhändig zurück auf die Shiants zu schleppen und dort auszusetzen, bis sie halbwegs vernünftig miteinander umgingen. Sie verkniff sich eine entsprechende Bemerkung und kletterte neben Grayson auf den Beifahrersitz. Dabei bemerkte sie ein Bedürfnis, das sie während der letzten Stunde verzweifelt unterdrückt hatte, das sich jetzt mit aller Vehemenz zu Wort meldete. Verflixt. Warum hatte sie nur all den Tee getrunken?

»Bist du hungrig?«, fragte in diesem Moment Grayson.

»Vor allem benötige ich dringend eine Toilette«, gestand sie und verdrehte die Augen.

»Das eine sollte sich mit dem anderen verbinden lassen«, er zwinkerte ihr zu und legte den Gang ein. »Wärst du mit einem Abendessen im HS1 einverstanden? Natürlich könnten wir auch nach *Cianalas* zurückfahren, aber das würde dauern. Soweit ich gehört habe, soll das Essen im HS1 sehr gut sein.«

Grayson beugte sich vor und schaltete die Lüftung an. Von der Feuchtigkeit aus ihrer Regenkleidung beschlugen die Scheiben. Fragend blickte er zu ihr hinüber.

»Klingt prima«, sie versuchte, tapfer mit zusammengepressten Zähnen zu lächeln. Das HS1, ein modernes, ansprechendes Restaurant, das im altehrwürdigen Royal Hotel eröffnet hatte, war auf der ganzen Insel für seine Küche bekannt. Abgesehen davon, lag es nur einen Steinwurf entfernt auf der anderen Seite des kleinen Hafens. Ein unschlagbares Argument.

Grayson legte den Kopf schräg. »Wirklich? Das heißt, du nimmst meine Einladung an?«

»Aber sicher. Vorausgesetzt natürlich, sie lassen uns in diesem Aufzug hinein.«

Er grinste. »Zugegeben, momentan erinnerst du mich eher an ein Kätzchen, das man gerade aus dem Hafenbecken gefischt und zum Trocknen vor den Kamin gesetzt hat, als an einen vielversprechenden Gast. Lass es uns trotzdem versuchen.« Grayson hatte offensichtlich seinen Humor wiedergefunden, wie Ailsa erleichtert feststellte.

An dem Stoppschild vor der steinernen Brücke nahm er den Fuß vom Gas und hielt vorschriftsmäßig an. Völlig überraschend nutzte er die Gelegenheit, um sich zu ihr hinüberzubeugen und ihr einen Kuss auf die Wange zu geben. Ailsa geriet völlig aus dem Konzept. Bevor sie reagieren konnte, hatte er den Blick bereits wieder nach vorne gerichtet und sah durch die Scheibe, als wäre nichts gewesen. Dafür tastete er nach ihrer

Hand, die auf ihrem Knie ruhte, und ergriff sie. In der Intimität der Fahrerkabine war er ihr durch diese schlichte Geste auf einmal so nah, dass Ailsa unter einem Schauer plötzlichen Begehrens verging. Verwirrt betrachtete sie ihn aus den Augenwinkeln. Er schien auf den Verkehr konzentriert, hielt aber beharrlich ihre Hand fest. Ailsa war ehrlich verblüfft, wie er es schaffte, mit nur einer freien Hand den Landrover nebst Anhänger in eine Parkbucht gegenüber dem Royal Hotel zu manövrieren.

Nachdem Ailsa als Allererstes ihrem dringenden Bedürfnis nachgekommen war, fanden sie sich an einem gemütlichen Tisch in einer Ecke am Fenster wieder. Es war erst später Nachmittag, viel zu früh für ein Dinner, aber sie hatten Glück, denn die Küche hatte schon geöffnet. Ailsa bestellte ein Hühnchencurry, während sich Grayson für ein Steak vom Aberdeen Angus Rind entschied. Dazu gönnten sie sich zwei Gläser Rioja. Er schmeckte wunderbar, weich und rund. Während sie an ihrem Wein nippten und auf das Essen warteten, kreiste das Gespräch fast zwangsläufig um die hinter ihnen liegende Beinahe-Katastrophe, die aber in der Rückschau bereits wesentlich weniger beklemmend erschien.

»Es tut mir leid, dass unser Ausflug so anders verlaufen ist, als ich geplant hatte«, erklärte Grayson und hob bedauernd die Hände. »Ich möchte dir ein Kompliment aussprechen. Du hast dich fantastisch geschlagen. Es war unvernünftig, bei mir auf dem Boot zu bleiben. Aber um ehrlich zu sein, ich fand es toll, wie du zu mir gehalten hast.« Grayson hob sein Glas und prostete ihr zu. »*Slàinte.* Auf unser Abenteuer auf den Shiants. Die Geschichte werden wir sicherlich noch unseren Enkeln erzählen.«

»*Slàinte math*«, gab Ailsa zurück. Als Grayson das Wort »Enkel« aussprach, verspürte sie einen feinen Stich. Im Grunde wusste sie so gut wie gar nichts über Graysons Vergangenheit. Dort draußen auf den Felsen hatte er ihre Vermutung indirekt bestätigt, dass er geschieden war. Aber möglicherweise hatte sie das falsch verstanden? Vielleicht hatte er sich ja nur probehalber getrennt?

»Ich nehme an, du hast Kinder, da du von Enkeln sprichst?«, sagte sie aus einem Impuls heraus, der sie selbst überraschte.

Grayson schüttelte den Kopf. »Nein, keine Kinder. Obwohl ich sehr gerne welche hätte.«

Ailsa las einen Anflug von Verletzlichkeit in seinem Gesicht, der an ihm ganz und gar ungewohnt war. Sie senkte den Blick und starrte in ihr Glas. Sie wollte ihn nicht bedrängen, brannte aber darauf zu erfahren, wie sein Leben nach jener Nacht der Großen Mondwende verlaufen war.

»Wenn du willst, erzähle ich, wie es mir seit damals ergangen ist«, sagte er. Verwundert blickte sie ihn an. Woher wusste er, was sie dachte? Sie nickte kommentarlos. »Also gut«, er lehnte sich nach vorne und ließ die Unterarme auf dem Tisch ruhen. »Es ist keine sonderlich schöne Geschichte. Am besten fange ich ganz von vorne an, mit den Ereignissen nach der Großen Mondwende …«

Ailsa hätte bei der Erwähnung der Mondwende am liebsten unter dem Tisch versinken mögen. Was hatte sie damals nur geritten, dieses dumme Spiel zu spielen? Als sie erkannt hatte, wie schrecklich falsch ihr Verhalten gewesen war, war es zu spät gewesen. Kaitlin hatte ihr untersagt, am Abend zu den Steinen zu gehen und Grayson zu treffen. Am Tag darauf hatte Grayson die Insel verlassen.

»Wie du weißt, saß ich zu der Zeit ziemlich in der Klemme«, fuhr er fort, ohne ihr schlechtes Gewissen zu bemerken. »Mein Schulabschluss lag ein Jahr zurück, und meine Eltern drängten darauf, dass ich mit dem Studium beginne.«

Ailsa nickte. Die Erinnerung an Graysons Eltern war ihr alles andere als angenehm. In dem Haus der St Johns hatte eine eisige Atmosphäre geherrscht. Lady Elenor hatte keinen Hehl daraus gemacht, wie sehr sie es hasste, die Ferienmonate auf Lewis zu verbringen. Bei dem Gedanken an ihr unterkühltes Auftreten lief Ailsa ein Schauer über den Rücken. Lord Linwood hingegen hatte es als passioniertem Jäger und Angler auf dem Landgut seiner Eltern und Großeltern ausnehmend gut gefallen. Schöngeist und Naturliebhaber, der er war, hatte er Ailsa an der Seite der verwöhnten Elenor stets ein wenig leidgetan. Er musste nicht nur den Ansprüchen seiner Frau gerecht werden. Als letzter Nachkomme der altehrwürdigen Bankiersfamilie lastete sein Erbe schwer auf ihm.

Wieder schien es Ailsa, als würde Grayson ihre Gedanken aufgreifen. »Du weißt, wie es bei uns zu Hause war«, sagte er. »Meine Freunde haben mich oft beneidet, weil ich aus einer angesehenen Familie komme. Aber in Wirklichkeit ist es alles andere als leicht, ein St John zu sein. Alle Welt erwartete, dass ich ebenso problemlos in der Spur lief wie mein Bruder Edward.« Ein Anflug von Bitterkeit schwang in Graysons Stimme mit. »Aber ich konnte und wollte nicht sein wie er. Edward war von Geburt an der Liebling meiner Mutter. Ich hatte nie eine Chance gegen ihn. Mit seinen blonden Locken und seinem ausgeprägten Bedürfnis zu gefallen, war er der kleine Kronprinz. Edward war schon als Kind ehrgeizig und zielstrebig gewesen, während ich wohl eher nach meinem Vater geriet. Genau wie er habe ich mir nie viel daraus gemacht, der Oberklasse anzugehören. Ich empfand es eher als belastend. Vielleicht hat mich meine Mutter unbewusst abgelehnt, weil ich meinem Vater so ähnlich bin. Es ist kein Geheimnis, dass meine Eltern eine grauenvolle Ehe führen.« Er unterbrach sich und trank einen Schluck Wein.

Am liebsten hätte Ailsa über den Tisch gereicht und seine Hand berührt. Sie kannte Grayson lange genug, um zu wissen, dass sich hinter seiner selbstbewussten Fassade ein melancholischer, tiefgründiger Mensch verbarg. Aus Sorge, dass er ihre Berührung als Ausdruck von Mitleid missverstehen könnte, verschränkte sie die Hände im Schoß und sagte nichts.

Er stellte das Glas beiseite. »Was es bedeutet, ein St John zu sein, ist mir relativ früh klar geworden. Ich erinnere mich genau an den Moment«, er brach ab. Sein Blick glitt aus dem Fenster, in der Vergangenheit gefangen. Schließlich räusperte er sich. »Ich muss ungefähr zwölf Jahre alt gewesen sein. Mein Großvater war überraschend verstorben, und die Familie musste vorzeitig den Sommeraufenthalt auf Lewis beenden. Meine Eltern saßen auf der Veranda, die Türen und Fenster waren geöffnet, sodass ich im Salon mithören konnte, was gesprochen wurde.« Wieder hielt er inne. »Es ging darum, dass jede Menge Verpflichtungen in London auf meinen Vater warteten. Nach Großvaters Tod war er sein rechtmäßiger Nachfolger und als einziger Erbe gezwungen, die Bankgeschäfte in vollem Umfang zu übernehmen«, ein Schatten schlich über Graysons Gesicht. »Was natürlich das Aus für seine bisherigen Interessen bedeutete, die überwiegend den schönen Künsten gegolten hatten. Diesen Augenblick werde ich nie vergessen. Alles in mir zog sich zusammen bei der Vorstellung, dass ich in ein paar Jahren erwachsen wäre. Selbst mit Edward als älterem Bruder würde ich letztendlich in dem gleichen Trott enden wie mein Vater. Was würde dann aus meinen Träumen werden?«

Der Kellner brachte das Essen. Grayson verteilte großzügig Kräuterbutter auf dem Steak und ließ sich das Fleisch schmecken. Ailsa hingegen stocherte angespannt in ihrem Curry herum. Sie brannte darauf zu erfahren, wie die Geschichte weiterging, aber es erschien ihr unangebracht, Druck auf ihn auszuüben.

Schließlich legte er Messer und Gabel beiseite. »Wie du weißt, haben mich meine Eltern nach der Schule gedrängt zu studieren. Dabei hätte ich lieber im sozialen oder kreativen Bereich gearbeitet, wo ich direkt mit Menschen zu tun gehabt hätte, oder ein Handwerk erlernt. Vielleicht erinnerst du dich, dass ich damals mit Holzarbeiten begonnen hatte?«

Sie nickte. Ihr fiel ein, dass Grayson vor der Mondwende an einem Hirtenstab geschnitzt hatte, mit einem aufwendigen keltischen Flechtband, das sich spiralförmig um das Holz wand.

»Meine Eltern hatten nur wenig Verständnis dafür. Sie drohten damit, mir den Geldhahn zuzudrehen, wenn ich mich weigerte, ein Wirtschaftsfach zu belegen. Immerhin konnte ich mich mit der Wahl der Universität durchsetzen. Die Royal Agricultural University in Cirencester bietet eine gute Mischung aus Betriebswirtschaft und praxisorientierten landwirtschaftlichen Fächern. Das kommt mir bei der Bewirtschaftung von *Cianalas* zugute.«

»Zumindest ein Trost. Was hättest du auch anderes tun können, als dich dem Willen deiner Eltern zu beugen?« Sie nickte und schob den Teller mit den Resten ihres Currys beiseite. Graysons berufliche Laufbahn war eine Sache, aber wieso erzählte er nichts von seinem Privatleben? Allmählich hatte sie den Verdacht, dass er sich bewusst um das Thema drückte. »Ich nehme an, deine Eltern waren über deine Scheidung nicht sehr erfreut?«, fragte sie. Der Satz war heraus, noch bevor sie richtig darüber nachgedacht hatte. Mit nervösem Blick versuchte sie in Graysons Gesicht zu lesen, ob sie zu weit gegangen war, aber er schien keinerlei Schwierigkeiten mit ihrer Frage zu haben.

»Möglich, aber zu dem Zeitpunkt meiner Scheidung von Charlotte hatte die Familie ganz andere Sorgen. Ich hatte mich in der Führung der Firma mit Edward überworfen. Er hatte das Hauptgeschäft nach einer Umstrukturierung auf die Investmentberatung für reiche Individualanleger verlagert. Dummerweise hat er sich durch risikoreiche Investments in einen Finanzskandal verwickeln lassen. Die schmutzigen Einzelheiten erspare ich dir, aber die ganze Aufregung führte dazu, dass mein Vater einen Herzanfall erlitt, von dem er sich nur mühsam erholte. Der Schock darüber hat dazu geführt, dass ich aufwachte und mir bewusst wurde, dass ich genau da gelandet war, wo ich nie hatte sein wollen. Ich musste etwas ändern, bevor es zu spät war. Meine Ehe war zu einer Farce verkommen. Gefühle waren Nebensache. Charlotte war ausschließlich daran interessiert, dass ich genügend Geld für ihr Hobby, nämlich teure Dressurpferde, heranschaffte. Ein Kind zu bekommen kam für sie schon deshalb nicht infrage, weil sie dadurch ihre Reitkarriere hätte unterbrechen müssen. Das war undenkbar für sie. Um es kurz zu machen, ich habe die Konsequenzen gezogen und mich von Charlotte und der Firma verabschiedet.«

»Einfach so?« Ailsa bemerkte, dass ihr der Mund offen stand, und senkte rasch den Blick. »So, wie du es sagst, klingt es leicht. Aber vermutlich war es das nicht?«

»Nein«, er lehnte sich zurück. Durch die gesenkten Lider beobachtete sie, wie er den Bissen mit einem Schluck Wein hinunterspülte. »Der Skandal brachte nur einen Teil der Wahrheit ans Licht. In den Geschäftsunterlagen fand ich später weitaus mehr schmutzige Details, als der Prozess aufdeckte. Ich habe Überweisungen an eine Sekretärin gefunden, die es nie bei uns gegeben hat. Eine Geliebte, die Edward seit Jahren aushielt, wie sich herausstellte. Ich musste damit drohen, seiner Frau reinen Wein einzuschenken, damit Edward auf meine Forderungen einging.«

»Die da waren?«

»Ein Vorschuss auf mein Erbe in Form einer monatlichen Apanage plus die Überschreibung des Anwesens auf Lewis auf meinen Namen.«

»Respekt«, sagte Ailsa und nickte anerkennend. »Das nenne ich konsequent.«

»Nun ja, ich habe einfach die nächstmögliche Ausfahrt genommen«, erwiderte Grayson und signalisierte durch seinen Tonfall, dass er den Ausflug in seine Vergangenheit hiermit beendet hatte. Er zwinkerte ihr zu. »Somit, um auf deine Frage von vorhin zurückzukommen, könnte es sich einigermaßen herausfordernd gestalten, meinen Enkeln von unserem Abenteuer auf den Shiants zu erzählen, wenn ich nicht einmal Kinder vorzuweisen habe.« Er nahm ihre Hand und rieb sanft über ihren Daumen.

Ihre Brust wurde eng, sie nahm einen Schluck Wein. Bisher hatten es beide vermieden, über ihre Gefühle zu sprechen, doch ihr war klar, dass sich das nicht ewig aufschieben lassen würde.

»Ailsa …«, er beugte sich über den Tisch. Sein Gesicht war so nah, dass sie den leichten Geruch von Rotwein in seinem Atem wahrnahm. Seine Stimme klang warm und dunkel, der Blick seiner Augen war intensiv. »Was ich dir sagen wollte, ist …«

In diesem Moment klingelte das Handy in ihrer Tasche.

Er winkte ein wenig zu lässig mit der Hand, so als würde ihm die Unterbrechung nichts ausmachen. Im Gegenteil. Für einen winzigen Moment hatte ihn Ailsa im Verdacht, ganz froh über die unverhoffte Störung zu sein, die ihm im letzten Moment davor bewahrte, emotional zu werden. In aller Seelenruhe lehnte er sich zurück. »Geh ruhig ran.«

Sie zögerte. Das Handy hörte einfach nicht auf zu läuten. Frustriert starrte sie auf die Tasche auf ihrem Schoß. Der Moment war ohnehin vorbei.

»Nimm ab«, dränge Grayson sanft. »Es könnte wichtig sein.«
Natürlich hörte just in diesem Augenblick das Klingeln auf. Sie blickte auf das Display. Es war Pauls Nummer.

»Das war dein Mann, nicht wahr?« Behutsam legte Grayson ihr die Hand auf den Arm.

»Ja.«

»Du siehst müde aus«, bemerkte er und zog seine Hand weg. Er hob den Arm und winkte den Kellner heran. »Lass mich bezahlen. Es war ein langer Tag für uns beide.«

Die Fahrt zurück verlief ohne viele Worte. Weder Grayson noch sie schienen ausreichend Kraft für eine weitere Unterhaltung zu haben. Also hatte sie auch nichts dagegen, dass Grayson die Taste des CD-Spielers drückte. Ross Wilsons Stimme hüllte sie ein in eine Wolke aus sanfter Melancholie. Eine halbe Stunde später parkte Grayson den Wagen vor ihrer Haustür. Er schaltete den Motor ab und ging um den Landrover, um die Beifahrertür für sie zu öffnen. Sie warf sich den Rucksack mit der Fotoausrüstung über die Schulter und stieg aus. Erschreckend verlegen standen sie sich gegenüber.

»Danke für diesen wunderbaren Tag«, sagte er und lächelte. »Auch wenn ich mir das Ende unserer Bootstour anders vorgestellt hatte.«

Sie riss sich zusammen. »Es war trotzdem ein schöner Ausflug«, erklärte sie, obwohl sie hätte schwören können, dass man ihr die Enttäuschung über den Ausgang des Dinners ansah. »Sicher habe ich ein paar gute Aufnahmen machen können. Ich kann kaum erwarten, die Bilder auf dem Laptop zu sehen. Wenn ein Knaller dabei ist, lasse ich dir eine Vergrößerung machen.«

»Das wäre schön«, erklärte er. Er zögerte. Dann machte er einen Schritt nach vorne, legte die Arme um sie und gab ihr einen leidenschaftlichen Kuss, der Ailsa fast von den Füßen riss. So plötzlich, wie der Kuss begonnen hatte, war er auch wieder vorbei. Grayson senkte den Blick und rieb sich den Nacken. »Gute Nacht, Ailsa, schlaf gut.« Er drehte sich um, stieg in den Wagen und fuhr davon, als würde die Erde unter ihm brennen. Ailsa starrte ihm hinterher. Hatte sie eben geträumt oder war das wirklich geschehen? Sie versuchte sich einzureden, dass sein jähes Verschwinden nichts zu bedeuten hatte. Der Kuss hatte eine eindeutige Sprache gesprochen. Grayson empfand etwas für sie, selbst wenn er es nach wie vor nicht über sich brachte, es in Worte zu fassen. Graysons widersprüchliches Verhalten ergab für Ailsa einfach keinen Sinn.

Blair hatte vom Stall aus alles beobachtet. Die Umarmung. Den Kuss. Sogar den sehnsüchtigen Ausdruck in Ailsas Gesicht, als Grayson, dieser blöde Snob, mit seinem protzigen Landrover vom Hof fuhr, konnte er sich bildhaft vorstellen. In ihm brodelte Hass, gefährlicher noch als der Sturm, der auf der Rückfahrt von den Shiants über ihnen getobt hatte. Außer sich vor Wut versetzte er der Schubkarre, mit der er gerade den Mist vom Hof gefahren hatte, einen Tritt. Scheppernd stieß das Metall gegen den Waschbeton. Schmerz, heiß wie Höllenfeuer, zuckte durch seinen Körper. Er warf den Kopf in den Nacken und schrie sich den Zorn aus dem Leib.

Die Reaktion folgte so schnell wie Blitz auf Donner. Eine Feuerwalze aus siedend heißen Emotionen raste über den Auslauf direkt auf die Herde zu und versetzte die Tiere in Erregung. Sie richteten die Ohren in den Wind, ihre Nüstern witterten vermeintliche Gefahr. Über die Körper lief ein Zittern, das sich von der Schulter bis zu den Flanken ausbreitete, das unruhige Spiel der Hufe verriet Fluchtbereitschaft. Chanty erwischte es am schlimmsten. Auf Blairs gellenden Schrei hin preschte sie los, direkt auf die Umzäunung zu. Sie riss die Vorderhufe hoch, ihr geschmeidiger Körper flog über die Abgrenzung. Dann raste sie den Hügel hinunter und hielt mit Todesverachtung auf das Gatter zu. Einen Wimpernschlag später war sie zwischen den Hügeln verschwunden.

Verzweifelt versuchte Blair, seinen Jähzorn zu bändigen. Sein Atem ging flach und stoßweise. Er presste die Kiefer so fest aufeinander, dass es schmerzte. Sein Hass auf Grayson schien grenzenlos. Die dunkle Seite in ihm, die er geglaubt hatte überwunden zu haben, war mit Macht zurückgekehrt. Damals hatte er Schlimmes getan. Jetzt stand er kurz davor, dass der Dämon in seinem Inneren erneut die Kontrolle übernahm. Ihm wurde schwindlig. Er merkte, dass er in Gefahr geriet zu hyperventilieren. Unter Aufbietung seines ganzen Willens zwang er sich zu ein paar tiefen, gleichmäßigen Atemzügen.

Chanty war irgendwo da draußen im Moor. Es war verantwortlich für sie. Er würde nicht ruhen, bis sie wieder sicher im Stall stand. Entschlossen stapfte er auf den Stall zu und nahm Chantys Halfter und einen Führstrick vom Haken. Dann ging er hinüber ins Haus, um Marsaili mitzuteilen, dass sie heute ohne ihn zu Abend essen würden.

Marsaili schüttelte entgeistert den Kopf, als sie hörte, was er vorhatte. »Es war ein langer Tag. Du hast nichts Vernünftiges gegessen, seitdem du heute Morgen aus dem Haus gegangen bist.«

Am liebsten hätte er sie angeschrien. Warum musste sie ihn behandeln wie ein kleines Kind? Dass er müde und hungrig war, brauchte sie ihm nicht zu erzählen. Mit bitterer Verbissenheit schwieg er. Was er fühlte, ging nur ihn etwas an. Er konnte einfach nicht darüber reden. Mit niemandem. Nicht einmal mit Marsaili.

»Das Essen ist fertig. Ich könnte dir rasch einen Teller zurechtmachen«, erbot sie sich.

»Nein.«

Marsaili seufzte, ließ es aber dabei bewenden. Sie machte auf dem Absatz kehrt, während er sich auf die Suche nach einer Taschenlampe machte. Kurze Zeit darauf verließ er das Haus. Fahles Dämmerlicht senkte sich über die Landschaft. Die Umrisse der Berge verschwammen vor dem düsteren Himmel. Mit schweren Schritten ging Blair auf das Moor zu.

Kapitel 19

Es sind diese zähen Stunden, kurz bevor der Schein des ersten Morgenlichts die Dunkelheit im Osten zerreißt, in der die Zeit wie festgeklebt erscheint und die Gedanken endlos kreisen. Wie mühsam es war, durch das Niemandsland zwischen Nacht und Wirklichkeit zu treiben. Ailsa lag quer in ihrem neuen Kingsize-Bett. Der viele freie Raum um sie herum fühlte sich ungewohnt an, ebenso die Kühle der Zierkissen und des Bettlakens. Sie hätte nicht gedacht, dass sie die Wärme eines anderen Körpers neben ihr so vermissen würde. Es war vollkommen still in ihrem Schlafzimmer, so still, dass sie das schläfrige Blöken der Lämmer in den Hügeln hinter der Croft hören konnte. Schließlich gab sie es auf. Sie tastete nach dem Schalter der Tischlampe mit dem bauchigen Messingfuß auf ihrem Nachtkästchen. Gedämpftes Licht floss durch das cremefarbene Leinen des Schirms und flutete den Raum mit einem tröstlichen Schein. Ailsa setzte sich auf und lehnte den Kopf gegen die samtene Chesterfield-Polsterung des Kopfteils. Das Bett roch nach Möbelpolitur und einem Hauch von Chemie, womöglich die Ursache für den feinen stechenden Schmerz hinter ihrer Stirn. Sie schlug die Decke zurück und ging ins Bad. Die Spülung der Toilette hallte unnatürlich laut durch das leere Haus. Sie beugte sich herab und trank einen Schluck Leitungswasser direkt aus dem Hahn, um den schalen Geschmack aus ihrem Mund zu vertreiben. Wovon war sie eigentlich aufgewacht? Angestrengt versuchte sie, die losen Fäden ihrer Träume zu entwirren. Plötzlich fiel es ihr wieder ein: Sie war mit Grayson hoch oben in den Klippen gesessen, und sie hatten sich unterhalten. Dann war Morag wie ein großer schwarzer Vogel mitten aus dem Nichts vom Himmel auf sie heruntergestürzt. Ailsa war gefallen, tiefer und tiefer, in ein bodenloses Loch. Vor Schreck hatte sich ihr Magen schmerzhaft zusammengekrampft, davon war sie aufgewacht.

Mit nackten Füßen huschte sie in ihr Zimmer und schaltete den Wasserkocher ein, den sie aus Bequemlichkeit mit hinaufgenommen hatte und der nun auf der mit weißem Antik-Finish versehenen Truhe vor dem Fenster stand. Kurz darauf saß sie wieder in ihrem Bett, die Decke bis unters Kinn gezogen, in der Hand eine Tasse heißen Tee. Vom offenen Fenster wallte ein Schwall kühler Morgenluft ins Zimmer. Der Dampf des Tees schwebte in hauchfeinen Kringeln zur Decke. Ailsa ließ den gestrigen Tag Revue passieren.

Alles war ganz anders verlaufen, als sie erwartet hatte. Die Ereignisse hatten sich überschlagen, als hätte jemand einen Zeitraffer eingeschaltet. Angefangen mit der Stimmung zwischen Blair und Grayson, die sich von Stunde zu Stunde weiter aufgeheizt hatte, bis es am Ende kaum noch auszuhalten gewesen war. Dann der Besuch auf den Shiants, als sie sich ihren Kummer mit Paul von der Seele geredet und Grayson sie beinahe geküsst hatte. Schließlich der Sturm, der Abstieg von den Klippen, die Anspannung, als der Motor mitten auf dem Meer aussetzte, und die Erleichterung danach. Später das Essen im HS1, als sie sich bei einem Glas Wein gegenübergesessen hatten. Grayson hatte sich ihr geöffnet, obwohl er es hasste, über solch emotionale Themen zu sprechen wie Scheidung, schwierige Familienbeziehungen oder gar Liebe. Die Worte waren wie von selbst aus seinem Herzen geflossen, hatten sie zum Nachdenken angeregt und eine zarte Hoffnung in ihr geweckt, dass alles gut werden würde. Auch zwischen ihr und Grayson. Dann der Kuss vor der Haustür. Graysons fluchtartiger Abschied eine Sekunde später ...

Sie konnte sich einfach keinen Reim darauf machen. Graysons Lippen auf ihrem Mund waren ein Versprechen gewesen, das er nicht eingelöst hatte. Warum war er nicht mehr mit zu ihr gekommen? Im Nachhinein erschien es ihr, als hätte sich von einem Moment zum anderen etwas in Grayson verschoben. Als könnte er nur ein gewisses Maß an Gefühlen zulassen. Würde sich das je ändern? In Gedanken ließ sie das Gespräch zwischen ihnen noch einmal ablaufen. Hatte sie etwas Entscheidendes übersehen oder missverstanden? Inzwischen war sie sich nicht mehr sicher, ob sie zu viel in den Kuss hineininterpretiert hatte. Aber wichtiger noch war Folgendes: Würde er irgendwann den Mut finden, nicht nur über Emotionen zu sprechen, die er hinter sich gelassen hatte, sondern darüber, was er jetzt und hier empfand? Was er für *sie* empfand? Wie würde er reagieren, wenn sie den ersten Schritt unternähme und darüber spräche, was er ihr bedeutete?

Eine Bö brachte einen Schwall nebeliger Luft herein und füllte den Raum mit Einsamkeit. Ailsa stellte den Tee beiseite und zog sich die Decke über den Kopf, wie damals, als Kind. Sie fühlte sich zerrissen und enttäuscht. Grayson fehlte ihr. Seltsam, wie sich in den frühen Morgenstunden die Dimensionen der Probleme verschieben und sich die Gedanken zu einer grauen, monsterhaften Wolkenwand auftürmen konnten. Am liebsten hätte sie jetzt sofort zum Hörer gegriffen, um Graysons Stimme zu hören. Aber sie wusste, dass mit dem heraufdämmernden Tag ihre Ängste weniger werden würden. Sie würde geduldig bleiben und abwarten. Wenn Grayson und sie wirklich zusammenfinden sollten, würde sich der richtige Moment von ganz alleine ergeben. Es wurde heiß unter der Decke. Sie strampelte sie mit den Füßen beiseite, rollte sich auf den Rücken und starrte die Decke an. Inzwischen hätte sie jeden einzelnen Riss im Mauerwerk aus dem Gedächtnis nachzeichnen können. Das rote Leuchtdisplay des Radioweckers blinkte ihr in dem dämmrigen Zimmer entgegen und erinnerte sie daran, dass es noch mindestens zwei Stunden dauern würde, bis die Sonne aufging. Sie versuchte, die Augen zu schließen und an etwas Beruhigendes, wie das monotone Rollen der Wellen auf den Strand, zu denken und dabei zu zählen. Zwanzig Wellenbewegungen später schlug sie die Augen wieder auf. Ihr Pulsschlag hämmerte in ihren Ohren, als hätte sie einen Tausendmeterlauf hinter sich. Sie setzte sich auf und fixierte den blau geblümten Becher mit einem vorwurfsvollen Blick, als trüge er persönlich Schuld daran, dass ihr Kreislauf auf die Koffeinzufuhr um diese Uhrzeit mit Wachsein reagierte. Verflixt. Sie hätte diesen schwarzen Tee nicht trinken sollen. Sie fasste das wirre Haar im Nacken zusammen und streckte den Rücken durch. An Schlaf war nicht mehr zu denken. Ebenso gut konnte sie aufstehen, sich ein sehr frühes Frühstück machen und sich bis zum Hellwerden mit einem guten Buch auf das Sofa ins Wohnzimmer verziehen.

Ein zweites Frühstück, vier Tassen Kaffee und unzählige gemurmelte Flüche später machte sie sich auf den Weg nach Stornoway zur Inselverwaltung, den Laptop mit ihrer Präsentation unter dem Arm.

Als sie nach einer Stunde das Rathaus – ein graues Backsteingebäude mit roten Fensterrahmen – wieder verließ, strahlte ihr die Sonne von einem fast wolkenlosen Himmel entgegen. Leicht benommen von dem Gespräch, blieb sie auf der obersten Stufe der Treppe stehen und reckte ihr Gesicht dem strahlenden Blau entgegen. Der Aufwand, den sie im Vorfeld betrieben hatte, hatte sich bezahlt gemacht. Sie hatte nicht nur die Genehmigung für den Brotstand in der Tasche, sondern auch das Versprechen des Beamten, sich heute in einer Woche, direkt nach der Großen Mondwende, vor Ort ein Bild von ihrem Vorhaben mit dem Blackhouse zu machen. Zwar hatte er ihr einige Auflagen gemacht, aber die ließen sich problemlos erfüllen. Bevor sie zu ihrem Auto am North Beach Parking ging, gönnte sie sich noch rasch einen Milchkaffee bei Kopi Java in der Cromwell Street und fuhr dann direkt weiter nach Callanish.

Wie gewohnt parkte sie den Wagen vor dem Blackhouse. Mit Stift, Zeichenblock und Zollstock bewaffnet, machte sie sich an die Arbeit. Sorgfältig fertigte sie die Detailskizzen an, so wie der Beamte es wünschte. Sie war herzlich froh, dass sie auf jahrelange Erfahrung im Immobiliengewerbe zurückgreifen konnte. Als ihr Magen sie mit einem empfindlichen Knurren darauf hinwies, dass es auf Mittag zuging, beschloss sie, es fürs Erste gut sein zu lassen. Sie würde im Besucherzentrum eine Kleinigkeit zu sich nehmen. Bei der Gelegenheit konnte sie Peigi gleich von ihrem Erfolg auf der Gemeinde berichten. Sie zog die Stirn in Falten. Was würde Peigi wohl sagen, wenn sie von dem Kuss gestern Abend erfuhr? Bestimmt würde sie ihr raten, es langsam angehen zu lassen und erst einmal die Scheidung von Paul hinter sich zu bringen. Zugegeben, erschien es ja nicht unbedingt ratsam, sich Hals über Kopf in jemanden zu verlieben, solange man mit sich selbst nicht im Reinen war. Aber was sollte sie tun? Gegen ihre Gefühle war sie machtlos.

Sie schritt auf das Tor am Eingang zum Steinkreis zu. In den letzten Minuten war das Wetter schon wieder umgeschlagen. Feine Nieselschleier wehten ihr ins Gesicht, kaum mehr als ein Hauch von Nässe. Mit gesenktem Kopf, den Oberkörper gegen den böigen Wind gelehnt, schritt Ailsa über die lange Allee auf die Steine neben der Grabkammer zu. Im Windschatten des Hauptsteins blieb sie stehen und lehnte den Rücken an den uralten Granit. Ihr Blick wanderte über die Landschaft und blieb an dem zerbrochenen Stein hängen. Eine durchgängige, dünne schwarze Linie umgürtete ihn. In Morags Geschichten war der Fels ein Ort dunkler Kräfte, der Unglück über das Leben vieler Menschen gebracht hatte. Sie selbst mied den Stein, wenn es nur irgendwie ging. Ohne dass sie es erklären konnte, strahlte der Stein eine Kälte aus, die sie erschauern ließ. Eine alte Sage, die sich um den Stein rankte, ging ihr durch den Kopf:

Einst, so hieß es, wollte es das Schicksal, dass sich zwei junge Mädchen, die eine innige Freundschaft verband, in den gleichen Mann verliebten. Bald entzweite ein heftiger Streit um die Zuneigung des Jungen die beiden, und, schlimmer noch, durch die Eifersüchteleien verlor der junge Mann das Interesse an ihnen. Eine von ihnen ertrug es schließlich nicht mehr und wandte sich an eine Frau, die in dem Ruf stand, »eine von den Steinen« zu sein, eine Hüterin der Geheimnisse von Callanish, bewandert darin, Liebeszauber zu bewirken. Die Zauberin ließ sich von dem jungen Mädchen berichten, was sich zugetragen hatte. »Ich muss meinen Meister um Rat fragen, zuvor kann ich nichts für dich tun. Komm morgen wieder«, sagte sie. Das tat das junge Mädchen. Am nächsten Tag hielt die Zauberin ein Päckchen für sie bereit. Sie händigte es dem Mädchen aus und sprach: »Mein Meister sagt, du musst dich mit deiner Freundin wieder vertragen und ihr diesen Gürtel geben. Sobald sie ihn trägt, wird der Meister sie erkennen und sie in einem Sturm mit sich davontragen. Dann hast du keine Rivalin mehr, und du kannst den Mann deiner Träume heiraten. Aber denke dar-

an, du darfst auf keinen Fall den Gürtel selbst umlegen, nicht einmal für einen Moment, denn wenn du das tust, wird mein Meister, der weder dich noch deine Freundin kennt und nur auf das Zeichen wartet, dich statt ihrer davontragen.« Das Mädchen dankte ihr und ging sehr bekümmert davon, denn obwohl der junge Mann ihr viel bedeutete, wollte sie doch ihrer Freundin keinen Schaden zufügen. Als sie die Schachtel öffnete, fand sie darin den schönsten Gürtel, den sie je gesehen hatte. Sie sehnte sich danach, ihn umzulegen, wagte es aber nicht. Genauso wenig wagte sie es, ihn ihrer Freundin zu geben. Und wenn sie ihn wegwerfen würde, würde jeder, der ihn fand, ihn tragen wollen. So kam ihr in den Sinn, im Schutz der Dämmerung zu dem alten Steinkreis zu gehen, der sich unweit ihres Hauses befand. Sie schlang den Gürtel um einen der Steine, sodass es aussah, als wollte sie den Steinen ein Opfer bringen. Niemand würde es wagen, eine Opfergabe zu berühren. Sie war kaum einen Schritt zurückgetreten, da hörte sie ein unheimliches Rauschen, wie das Schlagen von Flügeln, und ein grässliches Klirren. Im nächsten Moment stand der Stein in Flammen. Es erklang ein schreckliches Heulen, eine Mischung aus Zorn, Enttäuschung und Raserei. Das Mädchen rannte, so schnell es konnte, nach Hause. Kaum hatte es die Türschwelle betreten, fiel es in Ohnmacht. Als das Mädchen seine Geschichte am nächsten Tag erzählte, gingen die Dorfbewohner mit ihm zu den Steinen. Sie fanden den fraglichen Stein zerbrochen, mit Feuermalen, dort, wo der Gürtel ihn umschlossen hatte ...

Ailsa schüttelte das Unbehagen ab, das sie bei der Erinnerung an die Geschichte überfallen hatte, und trat aus dem Schatten des Hauptsteins. Sie ging durch das Gatter, das die Schafe daran hinderte, den durchnässten, morastigen Boden mit ihren Klauen in einen Lehmpfuhl zu verwandeln. Am *Cnoc an Tursa* blieb sie stehen und blickte zurück zu dem alten Steinkreis. Etwas verband sie mit diesem Ort. Jedoch konnte sie es nicht greifen, sosehr sie sich auch bemühte.

»Wie war dein Wochenende?«, wollte Peigi kurz darauf von Ailsa wissen, als sie sich am Tresen des Besucherzentrums gegenüberstanden.

»Gut«, antwortete Ailsa knapp, noch unschlüssig, wie viel sie Peigi erzählen wollte. »Grayson hat mich auf einen Ausflug zu den Shiants mitgenommen.«

»Und? War es romantisch?«

»Wie man's nimmt. Blair ist mit uns gekommen.«

»Blair?« Peigi zog ein Gesicht. »Wieso das denn?«

Ailsa hatte im Moment nicht den Nerv, Peigi zu erklären, dass sie insgeheim gehofft hatte, die beiden Männer würden sich mit ihrer Hilfe aussprechen, und zuckte nur die Schultern.

»Was ist los? Du wirkst bedrückt. Ist etwas vorgefallen?«

Ailsa griff nach dem gläsernen Zahlteller auf der Theke und schob ihn hin und her. »Kannst du dich an die Geschichte von dem zerbrochenen Stein erinnern? Die von den beiden Mädchen, die den gleichen Mann liebten? So sehr, dass die eine von ihnen aus Hass und Eifersucht getrieben beinahe ein schreckliches Unglück heraufbeschworen hätte?«

Peigi machte eine wegwerfende Handbewegung. »Ja, schon, aber ich verstehe nicht, was das mit deinem Wochenende zu tun hat.«

»Ich meine nicht das Wochenende. Ich rede von damals und davon, wie Blair und Grayson sich verhalten haben.«

Peigi stöhnte ungehalten. »Das ist wohl nicht dein Ernst? Es ist hundert Jahre her, dass die beiden gleichzeitig in dich verliebt waren.«

»Sag das mal Blair.«

»Ach was, Blair ist glücklich verheiratet.«

Als ob ich das nicht wüsste, dachte Ailsa. Genau das war ja das Problem. Blair hatte objektiv betrachtet keinen Grund für seinen Hass auf Grayson. Und dennoch empfand er ihn. Aber warum nur? Ailsa war sich sicher, dass hinter seinem Zorn auf Grayson mehr steckte, als er durchblicken ließ. Es ging nicht nur um das Hotel und darum, dass die Vorfahren der St Johns sich im achtzehnten Jahrhundert das Land unter den Nagel gerissen und die Bewohner nach Shawbost vertrieben hatten. Worum nur ging es ihm? Ailsa biss sich unschlüssig auf die Unterlippe.

»Der Vergleich mit der Geschichte hinkt«, sagte Peigi.

»Mag sein«, erwiderte sie, aber ihr Gefühl sagte ihr etwas anderes. Sie fühlte, dass an den Steinen etwas vorgefallen sein musste. Es hatte mit Grayson und Blair zu tun.

Peigi reichte über die Theke und hielt Ailsas Hand fest, die noch immer den Zahlteller herumschob. »Kann es sein, dass du ein wenig überdreht bist? Du hast Schatten unter den Augen, als hättest du zu wenig Schlaf bekommen.«

»Vielleicht«, Ailsa zog die Hand zurück und spielte stattdessen mit dem Reißverschluss ihrer Jacke. Es überforderte sie, Peigi zu erklären, wie kompliziert ihre Gefühlslage war. Sie hatte keine Ahnung, was die Triebfeder hinter Blairs Verhalten war. Aber falls er erneut beabsichtigte, einen Keil zwischen Grayson und sie zu treiben, so hatte er diesmal genau das Gegenteil erreicht. Blairs Verhalten wirkte wie ein Katalysator auf ihre verworrenen Gefühle. Je eindringlicher Blair seine negativen Gefühle für Grayson zum Ausdruck brachte, umso bewusster wurde ihr, dass sie nicht bereit war, Grayson aufzugeben. Entgegen jeder Vernunft hatte sie sich über beide Ohren verliebt.

»Wie sieht es aus?«, meinte Peigi, mitten in ihre Gedanken hinein. »Kaffee für dich? Ich bin leider ziemlich in Eile. Du siehst ja, welches Chaos herrscht. Zu allem Elend hat sich jetzt noch ein Reisebus unerwartet angekündigt. In etwa einer Stunde haben wir hier vierzig hungrige Gäste sitzen.«

»Oje, dann will ich dich nicht aufhalten.«

Peigi winkte ab. »Nun krieg nicht gleich ein schlechtes Gewissen. Ein wenig Luft hab ich noch, bis die Horde über mich herfällt. Möchtest du etwas essen?«

»Liebend gern!« Ailsas Blick wanderte über die Schiefertafel mit den Tagesgerichten. »Ich nehme die Linsensuppe.«

»Gute Wahl. Such dir einen Platz, ich bin gleich bei dir.« Peigi reichte ihr einen hölzernen Kochlöffel mit einer blauen Zwölf darauf. Etwas ratlos nahm Ailsa ihn entgegen. »Das ist die Nummer für deine Bestellung, Dummchen«, klärte Peigi sie augenzwinkernd auf und wedelte mit der Hand. »Nun geh.«

Es dauerte lange, bis Peigi zurückkehrte und ihr einen dampfenden Teller vor die Nase stellte. In der Küche war anscheinend wirklich die Hölle los.

»Entschuldige«, schnaufte Peigi und schob sich das kastanienbraune Haar aus der Stirn. Ihre Wimperntusche war unter den Augen verlaufen. »Ich musste schnell helfen, die Pasties für den Reisebus fertig zu bekommen.«

»Kein Problem«, beruhigte Ailsa sie. »Ich habe es nicht sonderlich eilig.«

»Dann bist du heute mein liebster Gast«, verkündete Peigi strahlend. »Ich schwöre dir, ich mache drei Kreuze, wenn die Mondwende vorbei ist. Dabei ist heute erst Montag, ich weiß gar nicht, wie ich bis Freitag durchhalten soll.«

»Du schaffst das schon.«

»Was bleibt mir anderes übrig? Wie ist es, wirst du an der Feier an den Steinen teilnehmen?«

»Auf jeden Fall.« Ailsa nickte energisch. »Immerhin habe ich die letzte Mondwende verpasst.«

Peigi legte die Stirn in Falten. »Du warst krank, soweit ich mich erinnere?«

»Nein, war ich nicht«, sagte Ailsa und stocherte mit dem Löffel in den Linsen herum. »Das habe ich später behauptet, weil mir alles andere zu peinlich war. Wer gibt schon gerne zu, dass er mit siebzehn noch Hausarrest kassiert? Nein, in Wirklichkeit war ich kerngesund, abgesehen davon, dass meine Welt gerade eingestürzt war und ich mit verheulten Augen in einer Ecke meines Zimmers saß. Ich hatte einen fürchterlichen Streit mit Kaitlin. Sie hatte mir verboten, zu den Steinen zu gehen. Du weißt schon«, Ailsa schwenkte den Löffel durch die Luft, »Vollmondnacht, der Zauber der Steine und so ...«

»Verstehe«, grinste Peigi und stemmte die Hände in die Hüften. »In Nächten wie diesen begegnet man an den Steinen seiner einzig wahren Liebe. So heißt es jedenfalls. Tom und ich haben uns ja auch an der Großen Mondwende kennen- und lieben gelernt, obwohl Tom behauptet, dass das nur Zufall war. Genauso gut hätten wir uns seiner Meinung nach auf einem Treffen der Schafzüchtervereinigung begegnen können.« Sie warf Ailsa einen belustigten Blick zu. »Unglaublich romantisch, nicht wahr? Was denkst du? Existiert der Zauber der Mondnacht?«

»Keine Ahnung«, brummte Ailsa. »Ich hatte nie Gelegenheit, es herauszufinden. Und was Kaitlin betrifft, so ging es ihr weniger um den Zauber als darum, dass ich keine Dummheit begehe. Die Zahl der ungewollten Schwangerschaften explodiert nach solchen Nächten. Das hat sie jedenfalls immer behauptet.« Ailsa zuckte die Schultern. »Als Mutter war sie eher der nüchterne, pragmatische Typ.«

»Ja, ich kann mich noch gut an sie erinnern ...«, nickte Peigi. »Übrigens, bevor ich es vergesse: Ich soll dir von Tom ausrichten, dass dein Stand bis Mitte der Woche fertig ist.«

»Wie wunderbar«, freute sich Ailsa. Sie legte den Löffel beiseite und zog ein Blatt aus ihrer Umhängetasche. »Ich komme gerade von der Inselverwaltung. Sie haben unseren Brotstand bewilligt. Wir bekommen sogar den Platz an der Hauptstraße, der uns vorschwebt.«

»Hervorragend«, lobte Peigi. »Und deine Pläne für das Blackhouse?«

»Läuft gar nicht mal so schlecht. Heute in einer Woche steht ein Besichtigungstermin an. Danach wird entschieden. Es gibt noch das eine oder andere Detail, das ich klären muss. Dabei fällt mir ein: Weißt du eigentlich, wem das Nachbargrundstück gehört?«

Peigi zuckte die Achseln. »Keine Ahnung. Es ist einfach nur ein ungenutztes Stück Wiese. Warum willst du das wissen?«

»Weil der zuständige Beamte möchte, dass ich Stellflächen für die Autos der Besucher nachweise.«

»Dürfte kein Problem sein, es herauszufinden. Sicher kannst du die Wiese zu einem vernünftigen Preis pachten, sie liegt schon lange brach.« Peigi warf einen nervösen Blick in Richtung Küche. »Sorry, Ailsa, aber ich muss weitermachen. Lass dir die Suppe schmecken, man sieht sich.«

Entschlossen, die Dinge nicht erst auf die lange Bank zu schieben, setzte sich Ailsa kurz darauf in ihr Auto und ließ den Motor an. Ihr Blick fiel auf die fast leere Tankanzeige. Das ergab sich ja äußerst günstig, denn sie hatte dringend zwei Dinge mit ihrem Onkel zu klären: Erstens war sie ihm noch eine Antwort wegen der Tankstelle schuldig. Zweitens wusste Murdo vielleicht, wem die Wiese neben dem Blackhouse gehörte. Entschlossen, beide Punkte zu klären, steuerte sie den Wagen den Hügel hinunter.

Doch als sie eine Viertelstunde später die Tankstelle wieder verließ, musste sie ernüchtert feststellen, dass auch Murdo zu den Menschen gehörte, die die Große Mondwende völlig kopfscheu machte. Das Positive an der Sache war, dass Murdo erstaunlich gelassen reagiert hatte, als sie ihm vorgeschlagen hatte, die Tankstelle mit Festangestellten und Aushilfskräften weiterzubetreiben. Natürlich unter ihrer Regie. »Lass uns nach der Mondwende in Ruhe darüber reden«, hatte er gemeint, während er mit dem Rücken gekehrt zu ihr gestanden und das Kühlregal mit Irn-Bru und mit Bierdosen bestückt hatte. Auch als sie ihm von der Wiese neben dem Blackhouse berichtet hatte, die der Beamte in Stornoway als Voraussetzung für die Genehmigung forderte, war er ungewohnt schweigsam geblieben. Ailsa hatte schon befürchtet, er würde wieder lospoltern, wenn sie auf das Blackhouse zu sprechen käme. Aber stattdessen hatte er nur etwas von einer Kostümprobe gemurmelt, zu der er dringend müsse, und sie im nächsten Moment schwuppdiwupp zur Glastür hinauskomplimentiert.

Schulterzuckend war Ailsa in ihr Auto gestiegen, um zu Marsaili zu fahren und ihr die gute Nachricht mit dem Backstand zu überbringen. Sie hoffte inständig, dass wenigstens Marsaili noch ihre fünf Sinne beisammenhatte.

Kapitel 20

Ihre Hoffnung wurde enttäuscht. Als Ailsa das Haus der Galbraiths betrat, herrschte Chaos. Überall standen beiseitegerückte Möbel herum. Aus dem Wohnzimmer drang das Brummen des Staubsaugers.

»Komme ich ungelegen?« Vorsichtig schob Ailsa den Kopf durch die Tür, nachdem sie vergeblich versucht hatte, sich durch lautes Klopfen gegen den Türrahmen bemerkbar zu machen.

Marsaili bückte sich und stellte den Lärm ab. Als sie sich aufrichtete, sah Ailsa, dass ihre Augen gerötet waren, als hätte sie geweint. »Tut mir leid, Ailsa. Wenn ich gewusst hätte, dass du kommst, hätte ich Kuchen gebacken, statt Großputz zu machen.« Entschuldigend zuckte sie die Schultern und deutete auf das Durcheinander um sie herum.

»Mach dir keine Umstände«, wehrte Ailsa ab. Seufzend sah sie sich um. »Anscheinend hat heute niemand Zeit für mich. Du bist keine Ausnahme.«

»Ich würde dir ja gerne einen Tee anbieten. Aber die Jungs kommen in einer halben Stunde zurück und brauchen sicher Hilfe bei den Hausaufgaben. Wenn ich nicht zusehe, dass ich hier vorankomme, wird das Abendessen nicht fertig.« Sie biss sich auf die Lippen.

»Ich mache es kurz«, erklärte Ailsa rasch. Sie ahnte, wie Blair reagieren würde, wenn Marsaili ihm nur ein paar belegte Brote zum Essen vorsetzte. »Es gibt Neuigkeiten. Wie es aussieht, können wir unseren Stand zum Wochenende eröffnen.«

Schweigen. Der erwartete Begeisterungssturm blieb aus.

Irritiert legte Ailsa die Stirn in Falten. »Was ist los? Du machst doch keinen Rückzieher?«

»Aber nein, auf keinen Fall«, Marsaili betätigte einen Knopf und beobachtete nachdenklich, wie die Schnur des Staubsaugers in das Gerät zurücksauste. »Ich freue mich, ehrlich. Ich kann es nur gerade nicht so zeigen.« Sie verzog das Gesicht zu einer Grimasse, die nicht lustig war.

»Liebes, was ist los?« Ailsa machte einen Schritt auf sie zu und legte ihr die Hand auf den Rücken. »Kann ich etwas für dich tun?«

»Nein«, erwiderte Marsaili und schüttelte den Kopf, ihre Augen glitzerten verdächtig. »Es geht um Blair und um diesen verdammten Gaul.« Sie unterbrach sich und schnäuzte sich in ein Taschentuch. »Chanty ist gestern Abend mal wieder abgehauen. Blair war stundenlang im Moor unterwegs, um sie zu suchen. Ich habe keine Ahnung, wann er zurückgekommen ist, aber es war weit nach Mitternacht. Als er zu mir unter die Decke gekrochen ist, hat er sich angefühlt wie ein Eisbrocken. Ein Wunder, dass er sich keine Lungenentzündung geholt hat«

»O weh«, seufzte Ailsa. »Wird Blair denn nie vernünftig?«

»Da kannst du lange warten«, gab Marsaili finster zurück. »Er ist geradezu besessen von der Stute. Er wird sich ihretwegen im Moor noch den Hals brechen«, stöhnte sie. »Dabei haben die beiden in den letzten Tagen eindeutig Fortschritte gemacht. Aber gestern Abend war Blair in einer derart üblen Stimmung, dass Chanty wohl Panik bekommen hat und auf und davon gerannt ist.«

»Ach verflixt«, entschlüpfte es Ailsa. Sie dachte an Blairs Gesicht, als sie sich geweigert hatte, zu ihm ins Boot zu steigen.

»Ich fürchte, ich war der Grund für Blairs schlechte Laune, zum Teil zumindest.« In kurzen Sätzen berichtete sie Marsaili, was auf dem Ausflug geschehen war.

»Das erklärt einiges.« Marsaili ließ sich auf die Lehne des Sofas plumpsen und verzog das Gesicht. »Manchmal ist es doch der reinste Kindergarten. Grayson und Blair hassen sich abgrundtief.«

»Grayson an sich wäre nicht das Problem. Ich bin mir sicher, dass er zu einer Aussprache bereit wäre. Aber Blair blockt total ab«, sinnierte Ailsa vor sich hin. Sie setzte sich, griff zu einem Staublappen und begann mechanisch, die Glasplatte des Wohnzimmertischs zu polieren. »Es hat schon in unserer Kindheit begonnen. Anfangs war Blair Grayson gegenüber nur misstrauisch. Aber dann hat Fearghas die Sache endgültig verdorben.«

»Blairs verstorbener Vater? Was hatte der denn damit zu tun?«, fragte Marsaili verwundert.

»Er hat Blair ordentlich den Marsch geblasen, als er hörte, dass Blair Grayson nicht dabeihaben wollte.«

»Wieso? Das konnte Fearghas doch egal sein.«

»War es eben nicht. Fearghas arbeitete damals für Graysons Vater als *Ghillie*. Geld, das er dringend brauchte, um über die Runden zu kommen. Er hatte Angst, den Job zu verlieren, wenn Lord Linwood erfährt, dass Blair Grayson schikaniert.«

»Was ist dann passiert?«

»Fearghas hat gedroht, Blair ordentlich zu verdreschen, sollte ihm noch einmal etwas zu Ohren kommen. Also musste Blair sich mit Grayson abfinden.«

»Klingt nicht sonderlich lustig. Wie ich meinen Blair kenne, hat er bestimmt völlig dichtgemacht.« Nachdenklich fuhr Marsaili mit den Fingern über die Polster der Lehne. »Ich sehe es bildlich vor mir, wie Blair mit hängenden Schultern neben euch herschleicht …«

»… die Hände in den Hosentaschen vergraben und mit zusammengebissenen Zähnen«, Ailsa starrte auf die Glasplatte, Blairs missmutiger Blick stand ihr lebhaft vor Augen.

»Vermutlich hat er sich die meiste Zeit in vorwurfsvolles Schweigen gehüllt.«

»Genauso war es«, bestätigte Ailsa. »Das konnte er schon immer besonders gut. Aber richtig schlimm wurde es zwischen ihm und Grayson erst im darauffolgenden Sommer, als Grayson unbedingt lernen wollte, wie man mit einem Schnitzmesser umgeht. Da Fearghas sehr geschickt mit Holzarbeiten war, sollte er es ihm beibringen.«

»Fearghas als Babysitter für die Sprösslinge der St Johns?« Marsaili schüttelte energisch den Kopf. »Das kann ich mir nicht vorstellen.«

»Nicht für beide, nur für Grayson«, korrigierte Ailsa. Sie legte den Staublappen beiseite. »Um Edward ging es nicht. Der fand, genau wie seine Mutter, alles hier nur schrecklich. Die meiste Zeit hat er sich in sein Zimmer verkrochen.«

»Und Blair raste vor Eifersucht, da sein Vater, der nie Zeit für ihn hatte, mit Grayson im Schuppen saß und schnitzte«, schussfolgerte Marsaili.

»Richtig. Von da an war es aus. Seitdem hasst Blair Grayson aus tiefstem Herzen.«

»Was für ein Schlamassel«, Marsaili biss sich auf die Lippe. »Danke, dass du es mir erzählt hast. Jetzt verstehe ich einiges besser. Wahrscheinlich hat der Ausflug gestern zu dritt Blairs Erinnerungen an damals wieder hochkochen lassen. So gereizt, wie er war?«

»Vermutlich.«

Marsaili verschränkte die Arme vor der Brust. »Trotzdem. Wenn du mich fragst, kann das nicht alles sein. Inzwischen sind die beiden erwachsen. Da möchte man doch meinen, dass sie locker über den alten Geschichten stehen. Dennoch ist Grayson für Blair nach wie vor ein rotes Tuch. Das ist doch nicht normal!«

»Nein, normal ist das nicht«, stirnrunzelnd faltete Ailsa den Staublappen Eck auf Eck zusammen. »Ich begreife es einfach nicht. Warum benimmt sich Blair so merkwürdig, wenn es um Grayson geht?«

»Merkwürdig ist Blair schon länger. Es hat angefangen, bevor Grayson hier auftauchte. Frag mich nicht, warum, aber Blair war mit einem Schlag völlig verändert. Einfach so. Düster, schweigsam, in sich gekehrt. Als hätten sich ungeahnte Abgründe in ihm aufgetan.«

»Das kling dramatisch. War es wirklich so schlimm?«

»Schon, ja.«

»Vielleicht ist Blair überlastet?«, schlug Ailsa vor. »Immerhin hat er mit der Zucht ein ganz schönes Risiko auf sich genommen. Wie ich ihn kenne, macht er sich selbst gewaltig Druck.«

»Das spielt sicher mit rein«, Marsaili zuckte wenig überzeugt die Schultern. In der Diele war Getrampel zu hören. Eilig sprang Marsaili auf und räumte den Staubsauger beiseite. Sie warf einen flüchtigen Blick in Ailsas Richtung. »Ach du Schande, jetzt ist es tatsächlich spät geworden. Du entschuldigst mich?«

»Aber sicher!« Ailsa erhob sich und legte ihr zum Abschied die Hände auf die Schultern. »Komm mich besuchen, wenn du Luft hast. Dann können wir besprechen, welche Waren wir zum Verkauf anbieten, ja?«

»Sehr gern.«

»Ach, eines noch …«

»Was denn?«

»Ich wollte dich etwas fragen.« Ailsa setzte sie kurz über die Auflage des Beamten ins Bild. »Ich muss dringend herausfinden, wem das Grundstück gehört. Weißt du etwas?«

»Nein, tut mir leid«, Marsaili blickte nachdenklich ins Leere, »aber ich kann Blair mal darauf ansetzen, wenn du möchtest.«

»Das wäre nett«, Ailsa zog Marsaili zum Abschied in ihre Arme. »Jetzt geh und kümmere dich um deine Kinder.«

Marsaili seufzte. »Du bist wirklich ein Schatz. Ich bin schon so aufgeregt wegen der Eröffnung«, sagte sie. Dann eilte sie davon, um die Jungs zu begrüßen.

Stirnrunzelnd blickte Ailsa ihr nach. Das Gespräch mit Marsaili hatte bestätigt, was sie die ganze Zeit über vermutet hatte: Blair verbarg etwas vor ihnen. Etwas, das ihn tief im Inneren umtrieb und ihn verbittert und jähzornig werden ließ. Aber was? Was war der Auslöser dafür, dass Blair sich – wie Marsaili berichtet hatte – von einem Moment auf den anderen so verändert hatte? Zu gerne hätte sie sich Blair noch einmal vorgeknöpft. Wenn er schon nicht damit rausrücken wollte, was los war, so könnte sie ihm zumindest wegen Marsaili ins Gewissen reden. Die Arme wurde noch krank vor Sorge. Gleich darauf aber verwarf Ailsa den Gedanken wieder. Es wäre ohnehin umsonst. Ein Lewis-Mann ließ sich nun mal keine Vorschriften machen. Das war schon immer so gewesen. Wenn Blair es sich in den Kopf gesetzt hatte, eine Mördergrube aus seinem Herzen zu machen, konnte man nichts daran ändern. Blair würde erst gewaltig auf die Nase fallen müssen. Vorher käme er nicht zur Vernunft.

Es war Dienstagabend. Ailsa hatte es sich gerade auf der Couch bequem gemacht. Nachdem sie mit Marsaili besprochen hatte, wie das Angebot für den Backstand aussehen sollte, hatte sie sich gleich an den Computer gesetzt und Flyer entworfen. Zufrieden mit den Ergebnissen, die sie bereits online an eine Druckerei weitergeleitet hatte, schenkte sie sich ein Glas Rotwein

ein. Sie musste über sich selbst schmunzeln. Ein wenig kam sie sich wie eine verliebte Zwanzigjährige vor, weil sie sich bei Tesco genau die gleiche Sorte Wein gekauft hatte, die sie mit Grayson im HS1 getrunken hatte. Sie versuchte sich einzureden, dass Rioja einfach generell ein schmackhafter Wein sei, den man bei allen möglichen Gelegenheiten genießen könne. Außerdem war er im Angebot gewesen. Dass sie Wein aus diesem Gebiet bis vor zwei Tagen noch kaum Beachtung geschenkt hatte, verdrängte sie großzügig. Nachdenklich nippte sie an ihrem Wein. Er war rund und vollmundig, trotzdem fehlte ihm das gewisse Etwas, das sie im HS1 gemeint hatte zu schmecken.

Ihre Gedanken wanderten zurück zu dem Dinner. Zwei Tage waren seit dem Kuss vergangen. Seitdem hatte sie nichts von Grayson gehört. Warum nur? Sie versuchte sich mit dem Gedanken zu trösten, dass er sicher bis über beide Ohren in Arbeit steckte. Immerhin waren es nur noch drei Tage bis zur Mondwende. Seufzend beschloss sie, die Grübelei sein zu lassen und sich mit etwas Sinnvollerem zu beschäftigen. Sie griff zu ihrem Laptop, klappte ihn auf und klickte den Ordner an, den sie für die Bilder von den Shiants angelegt hatte. Minuten später war sie in die Bearbeitung vertieft.

Ein paar der Aufnahmen waren wirklich gelungen. Zwar waren die Robbenbabys zu weit entfernt gewesen, um ohne Teleobjektiv gute Fotos von ihnen zu bekommen, aber dafür hatte sie sehr stimmungsvolle Landschaftsaufnahmen schießen können. Sie entschied sich, mit der Bearbeitung eines Bildes zu beginnen, das sie vom Boot aus gemacht hatte. Ein paar Minuten und einige Änderungen im Farbverlauf später lehnte sie sich zufrieden zurück. Garbh Eilean wirkte wie eine uneinnehmbare, mittelalterliche Festung, die auf einem geheimnisvoll smaragdgrünen Meer dahinglitt. Der Himmel war tief bewölkt, doch im linken oberen Drittel fiel ein schwacher Schimmer durch die Wolken, der dem Foto eine interessante Tiefe verlieh. Als Nächstes widmete sie sich einem Bild von Grayson. Er hatte gar nicht bemerkt, dass sie ihn fotografiert hatte, und saß, den Rücken zur Kamera gewandt, schräg vor ihr auf einem der Felsen. Sein Kinn war leicht angehoben, sodass sein markantes Profil mit der hohen Stirn und den schön geschwungenen Lippen gut zum Ausdruck kam. Durch den unablässig wehenden Wind waren seine dunklen Locken wild zerzaust, was ihn verwegen und tiefgründig wirken ließ. Versonnen hob Ailsa die Hand und berührte Graysons Konterfei auf dem Bildschirm. Erneut ging ihr durch den Sinn, dass Grayson als Engländer und dazu noch als Mitglied der Oberklasse vermutlich nicht dazu erzogen war, über Gefühle zu sprechen. Doch der Ausdruck seiner Augen beim Dinner am Sonntagabend war eindeutig gewesen. Oder nicht? Langsam wusste sie überhaupt nicht mehr, was sie denken sollte.

Es klopfte an der Tür. Ihr Blick fiel auf die Uhr an der Wand. Zehn vor zehn ... Wer konnte so spät noch etwas von ihr wollen? Hoffentlich war nichts Schlimmes passiert, dachte sie und erhob sich, um nachzusehen. Als sie öffnete, stand Grayson vor ihr – so ziemlich der letzte Mensch, mit dem sie an diesem Abend gerechnet hätte.

Sie vergaß ganz, ihn hereinzubitten, und trat nervös von einem Fuß auf den anderen. »Grayson. Was machst du denn um diese Zeit hier?« Als sie an seiner Miene bemerkte, dass das nicht ganz die Reaktion war, die er sich erhofft hatte, versetzte sie sich gedanklich einen Tritt.

»Entschuldige.« Er fuhr sich mit der Hand über das Gesicht und warf ihr ein schuldbewusstes Lächeln zu. »Ich hätte wohl besser vorher anrufen sollen? Bist du schon auf dem Weg ins Bett?«

Bett? Wie kam er denn darauf? Verwirrt blickte sie an sich hinunter und bemerkte, dass sie in einem geblümten Schlafanzug und Filzpantoffeln vor ihm stand, nicht übermäßig verführerisch. Sie zupfte verlegen an ihrem Pyjama herum und bemühte sich, trotz aller Freude, ihn zu sehen, jetzt nicht überzureagieren. »Nein, ich hatte es mir nur ein wenig auf dem Sofa gemütlich gemacht. Möchtest du hereinkommen?«

»Nein«, er schüttelte den Kopf.

»Nein also?«

»Nein.«

»Was dann?«

Er lächelte. »Ich möchte, dass du zu mir herauskommst.«

»Jetzt? Mitten in der Nacht?«

»Ja. Jetzt. Zieh dir etwas Warmes an und pack vor allem deine Kamera ein. Wir gehen zusammen auf die Jagd.«

»Auf die Jagd? Es ist stockdunkel.«

»Vertrau mir. Es wird dir gefallen.«

»Okay«, erwiderte sie achselzuckend und verzichtete darauf, ihm mitzuteilen, dass sie auch mitgekommen wäre, wenn er ihr erklärt hätte, sie solle ihn zu einer Expedition nach Norwegen begleiten.

Zehn Minuten später saß sie neben ihm im Auto und musterte ihn aus den Augenwinkeln. Er tat geheimnisvoll, doch seine Mundwinkel umspielte ein Lächeln. »Na los, raus mit der Sprache«, sagte sie mit gespielter Strenge und kniff die Augen zusammen. »Was hast du vor?«

»*Aurora borealis*«, sagte er, ließ den Motor an und fuhr los.

»Polarlichter?«, wiederholte sie ungläubig. Ihr Herz schlug schneller vor Aufregung. Es war ewig her, dass sie welche gesehen hatte.

»Exakt. Wobei die Bezeichnung ein wenig irreführend ist, da man ihr Auftreten ja nicht nur an den Polen beobachten kann, sondern auch im Norden Schottlands. Allerdings kann ich dir nichts versprechen«, versuchte er ihre aufkeimende Euphorie zu drosseln. »Meine App meldet eine mittlere Aktivität für heute Nacht. Trotzdem brauchen wir Glück«, er bremste den Wagen sanft ab und spähte durch die Scheibe in den Nachthimmel. »Siehst du die Wolke da drüben?«

Sie lehnte sich nach vorne und blinzelte. Langsam gewöhnten sich ihre Augen an die Dunkelheit. Am Horizont zeichneten sich die Umrisse einer Wolkenformation ab, eine Spur heller als der Nachthimmel.

»Die Polarlichter sind hinter der Wolke. Das erkennst du an dem schwachen Schimmer. Solange es nicht aufklart, sehen wir sie nicht. Das ist oft so.« Er drehte sich zu ihr um und zwinkerte ihr zu. »Man muss zur richtigen Zeit am richtigen Ort sein. Es fühlt sich an wie eine Jagd.«

»Eine Jagd auf Polarlichter«, sie spürte, wie ihr Magen zu kribbeln begann. Das Ganze versprach spannend zu werden. Graysons Begeisterung war auf sie übergesprungen. Sie warf ihm einen raschen Seitenblick zu. »Was meinst du, wo haben wir die besten Chancen?«

»Aus dem Bauch heraus würde ich sagen, in Dalmore. Aber um ehrlich zu sein, habe ich wenig Lust, mich nachts auf dem Friedhof herumzutreiben.«

»Ich auch nicht«, versicherte sie ihm schnell. Allein der Gedanke, im Finstern neben den langen Reihen von Gräbern zu stehen, ließ sie frösteln. »Friedhof ist um diese Zeit definitiv keine gute Idee. Denk nur an die Geschichte von Coinneach Odhar, dem Seher von Brahan.«

Verwundert verzog er das Gesicht. »Du meinst diesen Kerl, der hier aus Uig stammte? Er war so etwas wie ein schottischer Nostradamus, nicht wahr?«

»Richtig. Er lebte Anfang des achtzehnten Jahrhunderts und

hat ein paar verblüffend zutreffende Aussagen gemacht. Unter anderem auch über die Schlacht bei Culloden und die Entdeckung von Erdöl in der Nordsee. Dass er fähig war, in die Zukunft zu blicken, verdankte er seiner Mutter, die nachts auf einem Friedhof herumspaziert ist.«

»Wenn das so ist, sollten wir Friedhöfe auf alle Fälle meiden.« Grayson blickte zu ihr hinüber. Im Dunkeln konnte sie seinen Gesichtsausdruck nicht erkennen, aber er klang eher amüsiert als abgeschreckt.

Ailsa rückte sich in ihrem Sitz zurecht. »Mach dich nur lustig über mich«, brummelte sie. Sie fand das Ganze überhaupt nicht komisch. Grayson brauchte gar nicht zu spotten, wo es bei ihm in England doch quasi in jeder Hundehütte spukte.

Er lenkte das Auto an einigen vereinzelten Häusern vorbei auf die Küstenstraße, die nach Dalbeg führte. Im Lichtkegel der Scheinwerfer erschien sie Ailsa deutlich holpriger als bei Tag. Sie wunderte sich, wie weit Grayson noch fahren wollte, denn der öffentliche Parkplatz lag bereits hinter ihnen. Die Reifen knirschten auf dem losen Sand, dann schaltete Grayson den Motor aus und drehte sich zu ihr um. »Wir sind da.«

Ailsa blinzelte durch die Scheibe. Sie konnte nicht viel erkennen, aber dennoch sah sie, dass er das Auto so weit wie möglich hinunter in die Bucht gelenkt hatte. Weiter ging es nur zu Fuß. Wie in Gearrannan war der Strand mit großen Kieseln bedeckt, das wusste Ailsa von früheren Besuchen.

»Meinst du, du findest dich im Dunkeln zurecht?«

»Logisch.« Ailsa öffnete den Rucksack und holte die Kamera heraus. »Lass mich nur schnell Stativ und Fernauslöser montieren.«

Grayson betätigte den Schalter der Innenraumbeleuchtung. Viel zu grelles Licht beschien von der Seite sein Profil. Geblendet kniff Ailsa die Augen zusammen.

»Okay, kann losgehen.« Sie schlug die Wagentür hinter sich zu und tastete sich vorsichtig durch die Dunkelheit. Die Kieselsteine knarrten und ächzten vom Hereinrollen der Brecher.

»Alles klar bei dir?«, fragte Grayson dicht neben ihrem Ohr. Seine Hand in ihrem Rücken schickte ein Prickeln durch ihren Körper.

»Ich versuche das Stativ zwischen die Steine zu bekommen. Da müsste es stabil genug für eine lange Belichtung stehen.« Mit routinierten Bewegungen machte sie sich an ihrer Ausrüstung zu schaffen. Mit der Zeit fand sie sich in der Finsternis immer besser zurecht. Die Silhouetten der Riffe, Felsen und Tunnel lösten sich aus dem Schwarz und nahmen Formen an. Sie richtete das Objektiv auf das kaum wahrnehmbare silberne Leuchten hinter der Wolke. Das Heulen des Windes in der tintenschwarzen Nacht klang gespenstisch, untermalt vom Branden der Wellen. Unwillkürlich rückte sie einen winzigen Schritt näher an Grayson heran und nahm mit vor Kälte klammen Fingern die nötigen Einstellungen vor. Sie drückte den Auslöser, blies sich in die kalten Hände und wartete. »Zwanzig Sekunden Belichtungszeit können einem schrecklich lange vorkommen«, meinte sie mit klappernden Zähnen.

Behutsam, um nicht versehentlich an die Schnur des Fernauslösers zu geraten, legte er den Arm um sie. »Dieser verdammte Wind. Du zitterst ja.«

»Geht schon.« Sie war überzeugt, noch ewig in der Kälte ausharren zu können, solange er nur den Arm um sie geschlungen hielt. »Ich bin gespannt, ob ich etwas eingefangen habe.« Sie beugte sich über die Kamera und wählte den Bildbetrachtungsmodus. Freudestrahlend wandte sie sich zu ihm um. »Tatsächlich. Ein grüner Schimmer. Fast wie Zauberei.«

Grayson hingegen schien weniger enthusiastisch. »Mist«, fluchte er, seine Stimme klang enttäuscht. »Diese verflixte Wolke ist genau im Weg. Ich hatte gehofft, das Wetter würde halten. Dann hätte es eine ziemlich spektakuläre Lichtshow gegeben.«

»Nicht schlimm. Hauptsache es sind ein paar gute Aufnahmen dabei. Solange es nicht anfängt zu regnen, ist alles in Ordnung«, sagte sie und hatte kaum ausgesprochen, da fiel der erste Tropfen. Ungläubig starrte sie Grayson an. »Das darf jetzt nicht wahr sein, oder?«

Er seufzte. »Ich fürchte, doch.«

»Schade«, frustriert klappte sie das Display zu und befestigte den Deckel auf der Linse. »Dann können wir die Aufnahmen vergessen. Mit Regentropfen auf dem Objektiv bringt das nichts.«

»Ärgerlich«, er kratzte sich das Kinn.

»Und jetzt? Geben wir auf?« Sie warf ihm einen knappen Blick von der Seite zu. Die Vorstellung, gleich wieder alleine zu Hause auf dem Sofa zu sitzen, war schrecklich enttäuschend. Dabei hatte der Abend so verheißungsvoll begonnen. Verzweifelt suchte sie nach einer Idee, wie sie verhindern konnte, dass er vorzeitig endete. Ob sie Grayson vorschlagen sollte, mit auf ein Glas Wein zu ihr zu kommen?

»Na ja«, Grayson drehte den Zündschlüssel. Die Anzeigen am Armaturenbrett leuchteten im Dunkeln auf. »Wir könnten hinauf nach Ness fahren und unser Glück dort versuchen. Aber dafür müssten wir einen Umweg über Stornoway machen und bei Engies tanken. Mein Benzin reicht nicht. Er zuckte bedauernd die Schultern. »Aber ob sich das rentiert …« Der Satz schwebte mindestens so finster über ihr wie die Regenwolken.

Am liebsten hätte sie ihm geantwortet, dass der Umweg für sie völlig in Ordnung sei und sie liebend gerne im Dunkeln mit ihm über die Insel fahren würde. Sie riss sich zusammen und legte so viel Unbeschwertheit wie möglich in ihre Stimme.

»Ach was soll's. Fahren wir eben nach Hause. Vielleicht klappt's ein andermal.« Zu ihrem Leidwesen musste sie feststellen, dass ihre Stimme erschreckend dünn klang.

Er wandte sich ihr langsam zu. In seinen Augen war ein eigentümliches Funkeln zu sehen. »Ich habe eine bessere Idee. Was hältst du von einer Zeitreise?«

Kapitel 21

Ailsa fiel buchstäblich aus allen Wolken. »Eine Zeitreise?«, echote sie, wenig geistreich, wie sie selbst bemerkte. »Was hast du vor?«

»Lass dich überraschen. Wir fahren nach Callanish.« Er lächelte und ließ ohne weitere Erklärungen den Motor an.

Sie verzichtete darauf, weiter nachzubohren, und lehnte sich in die Lederpolsterung zurück. Grayson fuhr den Landrover aus der Bucht. Dabei drehte er sich um, um gute Sicht nach hinten zu haben, und stützte den Arm so auf, dass er den ihren sanft berührte. Ailsa musste unwillkürlich schlucken. Er kam ihr bei dem Wendemanöver so verführerisch nahe, dass sie die Wärme seines Körpers spürte und einen angenehmen Hauch von Pfefferminz in seinem Atem wahrnahm. Einen Moment lang glaubte sie fest daran, dass er sich zu ihr hinabbeugen und sie küssen würde. Doch im nächsten Moment ließ er den Wagen ausrollen, zog den Arm weg und legte den Vorwärtsgang ein. Sie hätte aufstöhnen können vor Enttäuschung, riss sich aber gerade noch zusammen und tat, als wäre nichts gewesen. Sie räusperte sich. »Wieso ausgerechnet Callanish? Ich kann mir nicht vorstellen, dass wir dort bessere Chancen haben. Außerdem sind die Polarlichter weiter nördlich.«

»Stimmt. Aber die können uns diesmal egal sein.«

»Was suchen wir dann?«, fragte sie lahm, während sie sich immer noch das Hirn zermarterte, weshalb er sie eben nicht geküsst hatte. Dabei hätte sie schwören können, dass er kurz davorgestanden hatte.

»Warte ab.« Das Licht einer Straßenlaterne erhellte schemenhaft sein Profil. Ailsa bemerkte, dass er vor sich hin lächelte.

Verwirrt von seinen vagen Worten beschloss Ailsa, es dabei zu belassen. Zumindest hatte er schon mal nicht vor, sie wieder vor ihrer Haustür abzuliefern. Sie drehte den Kopf und blickte zum Fenster hinaus. Draußen huschten die Schatten der Hänge vorbei, als wären sie schlafende Riesen. Die Wärme im Wageninneren und das gleichmäßige Summen des Motors ließen sie in einen wohlig entspannten Zustand gleiten. Sie schaute hinaus in die Nacht und träumte vor sich hin.

»Da wären wir«, sagte Grayson wenig später. Er schaltete den Motor ab. Die plötzliche Stille war verstörend. Verwirrt blinzelte Ailsa in die Dunkelheit. Sie brauchte einen Moment, um sich zurechtzufinden. Ihr Nacken schmerzte, als hätte sie sich verlegt. Sie war doch nicht etwa weggenickt? Falls doch, hatte Grayson etwas davon bemerkt? Vorsichtig schielte sie zu ihm hinüber. Sein Gesicht verriet nichts. Allerdings schien er es eilig zu haben, aus dem Auto zu kommen, und öffnete die Fahrertür. Er zwinkerte ihr zu. »Kommst du?«

Sie stieg aus dem Wagen. Leuchtende, sternklare Nacht umfing sie. Die Regenwolken hatten sich nach Norden verzogen. Staunend blickte Ailsa zu dem Steinkreis hinüber, über dem das Firmament glitzerte. Außer ihnen war niemand zu sehen. Callanish gehörte nur ihnen.

»Wow«, flüsterte sie und blieb stehen, den Blick gen Himmel gerichtet. Das Flimmern der Lichtpunkte war überwältigend. Je länger sie stand und schaute, desto mehr Sterne entdeckte sie. Es mussten Abermillionen sein. Und dort, etwas oberhalb des fast vollen Mondes, glitzerte die Milchstraße. Sie spürte, wie

Grayson hinter sie trat und die Arme um sie schloss. Schweigend ließ sie sich an seine Brust sinken. »Das ist überwältigend«, meinte sie schließlich.

»Das ist es. Komm mit.« Er legte den Arm um ihre Taille. Gemeinsam gingen sie durch das Tor am Eingang zur Allee. Schemenhaft ragten die uralten Megalithen vor ihnen auf. Eng umschlungen schritten sie durch die Allee auf den Steinkreis zu. Der silberne Schein des Mondes tauchte den Gneis in ein magisches, beinahe übernatürliches Zwielicht. In der Nähe des Hauptsteins blieben sie stehen. Ailsas Brust wurde eng. Sie stand ganz ruhig, den Rücken an Grayson gelehnt, während der Zauber von Callanish seine Wirkung entfaltete. Langsam, ganz langsam ergriff die Magie von ihr Besitz. Umfangen von der Ewigkeit, lauschte sie der Stille.

Und dann geschah es wieder: Losgelöst von Zeit und Raum überkam sie eine Vision wie eine Urgewalt. Einen Wimpernschlag lang meinte sie, tiefer und klarer zu sehen, als sie es je für möglich gehalten hatte. Das Geheimnis von Callanish offenbarte sich ihr, als hätte das Universum ihr plötzlich alles Wissen vermacht. Sie blickte vom All hinunter auf die Erde. Die blaue Kugel trieb, verschwindend klein, durch die Weltraumnacht, die sich ins Endlose öffnete. Die Erde, und Ailsa mit ihr, wurde winzig. Sie spürte ihren Körper zu Atomen zerfallen. Sie war Sternenstaub, geboren aus verglühenden Sonnen, Abermilliarden Lichtjahre vor Beginn der Zeitrechnung, in den unergründlichen Tiefen des Universums. Durch alle Zeiten hindurch hatte sie existiert, in jeder nur erdenklichen Form. Sie war der Boden, der die Erde speiste. Der Tau, der im Schein der aufgehenden Sonne im Gras glitzerte. Der Baum, der vor Tausenden von Jahren dort aufragte, wo nun karges Moor lag. Der Krieger, der aus dem Norden kam und das Land besetzte. Die Bäuerin, die im

Schweiße ihres Angesichts vor fünfhundert Jahren das Land bestellte. Das alles und vieles mehr war sie. Ewiger, unsterblicher Sternenstaub. Der Tod war eine Illusion. Es gab nichts zu befürchten.

Stille senkte sich über ihre Seele.

Wenn sie hätte wählen dürfen, hätte sie sich gewünscht, für immer Teil der uralten Anlage hier auf dem Hügel zu sein. Von dem Steinkreis schien ein unerklärliches Leuchten auszugehen, das weit in die dunkle Nacht strahlte. Ein Schauer lief über ihren Rücken, als sie innerhalb einer Mikrosekunde die wahre Bedeutung von Callanish begriff: Die Megalithen waren ein Kraftort unbegreiflichen Ausmaßes. Eine Art intergalaktisches Tor, das sich in die endlosen Räume des Universums hinaus öffnete. Ein Verbindungspunkt zu anderen Welten. Alles Sein war Teil eines unbegreiflich großen Konzepts. Auf einmal erkannte sie die Zusammenhänge. Alles ergab einen tieferen Sinn. Jeder noch so kleine Punkt hatte eine Bedeutung. Dann verblasste das Bild, so plötzlich, wie es gekommen war, und Ailsa fand sich in Graysons Armen wieder. Mit zitternden Knien lehnte sie sich an ihn. Sein Körper gab ihr den Bezug zur Wirklichkeit zurück. Was war nur gerade mit ihr geschehen?

Er schien ihr Frösteln zu bemerken, denn er hob die Hand und strich ihr vorsichtig über die Wange. »Geht es dir gut? Du zitterst ja.«

Sie nickte. Zu mehr war sie nicht fähig. Was sie erlebt hatte, war zu überwältigend, um es in Worte zu fassen. Und das war auch gar nicht nötig. Grayson schien dem Zauber von Callanish genauso verfallen wie sie. Sie holte tief Luft. »Eine unglaubliche Nacht.«

Er beugte den Kopf und küsste sie sanft auf den Scheitel. »Verstehst du jetzt, warum ich dich hierhergebracht habe?«

Sie nickte, berauscht von der Magie und von Graysons Nähe.

Grayson legte die Wange gegen ihren Kopf. »Zeitreisen funktionieren tatsächlich.« Er lachte leise auf. »Seltsam, dass das außer mir noch niemand herausgefunden hat.« Er hob den Arm und deutete um sich. »Wenn ich Abstand brauche, komme ich hierher. Meistens nachts, wenn alles im Hotel schläft. Hier oben verliert vieles an Bedeutung.«

Sie folgte seinem Blick und erfasste augenblicklich, was er meinte. Nichts wies darauf hin, in welcher Zeit sie sich befanden. Fünftausend Jahre zogen auf und verschwanden in einem Hauch, der kaum länger währte als der Flügelschlag eines Schmetterlings. Vor dem Hintergrund der Ewigkeit verblasste die Bedeutung von Zeit.

Sie wandte den Kopf und sah ihm in die Augen. »Ich kann dir gar nicht sagen, wie viel es mir bedeutet, dass du mich hierher mitgenommen hast. Das hier ist ...«, sie biss sich auf die Lippe und suchte nach einem Wort, das ihre Empfindung beschrieb, »... elementar.«

Es sagte nichts, aber seine Miene wurde ungewohnt weich. Er beugte sich vor. Aber statt sie endlich zu küssen, legte er nur zärtlich die Hand an ihr Gesicht. »Möchtest du tanzen?«

»Tanzen? Hier und jetzt? Das ... kommt überraschend«, krächzte sie. Wieso war Grayson nur so entsetzlich zurückhaltend? Hatte er überhaupt irgendwann vor, sie zu küssen?

Er legte den Kopf in den Nacken. »Okay. Wärst du dennoch verrückt genug, es zu tun?«

Sie zögerte kurz. Was sprach eigentlich dagegen? Schließlich war niemand da, der zusehen würde. »Na schön«, sie zuckte die Schultern. »Warum nicht? Mein Leben ist vielleicht momentan ein einziges Chaos. Aber dafür kann ich sagen, dass ich durch die Zeit gereist bin und unter den Sternen von Callanish getanzt habe.« Was ja zumindest etwas war, dachte sie, wenn Grayson schon partout nicht nach küssen zumute war, dachte sie, aber sprach es nicht aus.

Seine Augen schimmerten dunkel und unergründlich. Er verbeugte sich und streckte die Hand nach ihr aus. »Darf ich bitten?«

»Seit wann bist du so romantisch veranlagt?«, fragte sie mit einem Schmunzeln.

»Seit soeben«, erwiderte er lakonisch. Er reichte ihr einen Arm, den anderen legte er um ihre Taille. Sanft wiegte er sich mit ihr im Kreis, dazu summte er leise vor sich hin. Seine Stimme war ein ganzes Stück rauer als die von Ross Wilson, und nicht immer traf er den richtigen Ton. Dennoch erkannte sie das Lied sofort. Ihr Herz flatterte, als er dicht neben ihrem Ohr einige Zeilen von *Come the Springtime* für sie sang.

> »*You know I've sung a thousand stories*
> *About these shores that give me peace*
> *And how I leave my love for London*
> *For this antithesis* …«

Nachdenklich schmiegte sie sich an seine Brust. War es das, was er fühlte? Hatte er London hinter sich gelassen, um den Gegenentwurf zu leben und hier, an den rauen Küsten, seinen Frieden zu finden? Die Worte von Ross schienen so vollkommen auf Graysons Leben zuzutreffen … Graysons Stimme wurde leiser. Ailsa bemerkte ein Zögern, kaum wahrnehmbar, seine Hand schob sich ein wenig höher in ihren Rücken, so als hätte er Sorge, sie könnte ihm entgleiten.

> »*If I asked you for your hand tonight*
> *If I swore I let you in*

*And if I said you'd be my only lover
And I would sing this to our children ...«*

Er hielt inne, löste die Hand von ihrem Rücken und umfasste ihr Kinn, sodass sich ihre Blicke begegneten. Und inmitten des Zaubers, den er rund um sie beide geschaffen hatte, sah sie ihm in die Augen und las darin eine Entschlossenheit, die ihr durch und durch ging.

*»If I asked you for your hand tonight
And I knelt before the northern sky
Aurora borealis is my witness
My love I do confess,
But girl would you say yes
Would you say yes?«*

»Ailsa«, er lehnte die Stirn gegen ihre, sein Mund war ihr so nahe, dass sie seinen Atem spürte. »Ich habe mir die Worte von Ross geliehen, weil ich sonst nicht wüsste, wie ich es ausdrücken sollte ...«

Sie blinzelte. Ein Prickeln lief durch ihren Körper. Fast fühlte es sich so surreal an wie vorhin, als sie aus ihrem Körper getreten und über die Steine geflogen war. War es das, was sie dachte? Machte Grayson ihr gerade eine Liebeserklärung?

»Vielleicht ist es nicht der beste Zeitpunkt in deinem Leben. Aber vielleicht ist es auch der einzig richtige.« Er unterbrach sich. Sein Brustkorb hob und senkte sich schwer. »Ich habe dich damals verloren, weil ich nicht fähig war, dir zu sagen, was du mir bedeutest.« Er schenkte ihr einen langen Blick. Ailsa konnte förmlich hören, wie aufgeregt das Herz in seiner Brust schlug. »In den letzten Tagen verging keine Sekunde, in der ich nicht an dich gedacht habe.«

Sie unterdrückte ein Stöhnen. Am liebsten hätte sie gesagt, dass es ihr genauso gehe. Aber das hier war Graysons Moment. Es kostete ihn eine große Überwindung zu sagen, was er fühlte. Sie durfte ihn jetzt nicht unterbrechen.

»Ich war noch nie sonderlich gut darin, also lass es mich sagen, bevor mich der Mut verlässt«, er schloss kurz die Augen und holte tief Luft. »Ich liebe dich. Viel mehr noch als damals.«

Ailsa hielt den Atem an. Der alte Steinkreis rückte in den Hintergrund. Die Welt stand still. Es gab nur noch sie beide und diesen einen, unglaublichen Moment.

Er räusperte sich. »Du musst nicht gleich antworten. Aber ... würdest du uns eine zweite Chance geben?«

Die Worte drangen wie durch einen Schleier an ihr Ohr. Etwas schien mit ihren Sinnen nicht zu stimmen, denn plötzlich meinte sie, den Duft des feuchten Mooses um sie herum viel intensiver wahrzunehmen. Sie fühlte sich leicht, so schwerelos, als würde sie über dem Boden schweben.

Sein Blick flackerte, es lag Hoffnung darin. »Würdest du Ja zu einem Neubeginn sagen, wenn ich dich darum bitte?«

Eine Hitzewelle schoss durch ihren Körper. Sie fühlte sich, als würde ihr Herz auseinandergerissen und neu wieder zusammengesetzt. Sie wusste, sie sollte abwarten. Sie machte gerade eine Trennung durch. Es war der falsche Zeitpunkt. War sie wirklich schon wieder bereit für eine Beziehung? Sie atmete tief durch.

»Ich liebe dich, Grayson«, sagte sie aus dem tief empfundenen Bewusstsein heraus, das Richtige zu tun. »Und die Antwort ist Ja.«

Graysons Augen weiteten sich. Dann legte er den Kopf in den Nacken und lachte, offensichtlich aus Erleichterung. Er legte seine Hände um ihre Taille. Ein Lächeln spielte um seine Mundwinkel. »Hier ist es also, unser Happy End. Ich habe felsenfest daran geglaubt.«

Sie musste schmunzeln. »Wirklich?«, neckte sie ihn und zwinkerte ihm zu. »Du glaubst an Happy Ends? Seit wann das?«

»Seitdem ich weiß, dass du und ich zusammengehören.« Das Funkeln des Sternenhimmels spiegelte sich in seinen Augen, sodass es aussah, als leuchteten sie von innen heraus. Seine Stimme klang ruhig und dunkel, wie schwerer Samt. Die Stimme eines Mannes, der sich seiner Gefühle vollkommen sicher war. Er nahm einen tiefen Atemzug. »Ich meine es ernst.«

Ailsa erwiderte nichts darauf. Es war auch gar nicht nötig, denn sie zweifelte keine Sekunde an seinen Worten.

Er zog sie an sich und legte all seine Leidenschaft in einen Kuss. »Bleibst du bei mir heute Nacht?«, fragte er, und es klang fast ein wenig so, als wüsste er nicht, wie er reagieren sollte, falls sie Nein sagte.

»Sehr gerne«, sie legte den Kopf an seine Brust und ließ sich von ihm zum Auto führen.

Kurz darauf stiegen sie auf dem Parkplatz von *Cianalas* aus dem Wagen. Bisher hatte sie sich wenig Gedanken darüber gemacht, doch jetzt stellte sie mit Verwunderung fest, dass sie keine Ahnung hatte, in welchem Teil des alten Herrenhauses er wohnte. Er nahm ihre Hand und führte sie durch den dunklen Wintergarten in das Nebengebäude. Ailsa nahm einen schwachen Geruch nach Essen wahr, überlagert von Zitrone und Lavendel. Offensichtlich Janets Reich, das verriet auch die Schwingtür, an der sie vorbeigingen. Durch die Fenster im Flur schien das Licht des Mondes. Ohne den Lichtschalter zu betätigen, führte Grayson sie in seine Wohnung oberhalb der Küche. Dunkles Parkett schimmerte im Mondlicht. Ailsa erkannte, dass der großzügig geschnittene Raum in einen Wohn- und Schlafbereich unterteilt war. Entlang der einen Seite rahmten

Bücherregale einen gemauerten Kamin ein. Im Fenster eingelassen befand sich eine sehr einladende, mit Kissen ausgelegte Sitzecke, gegenüber davon stand ein schweres Designerbett aus Edelholz. Auf den beiden Nachtkästchen aus Mahagoni standen moderne Lampen mit weißen Schirmen, die Bettwäsche war aus edlem, handgewebtem grauem Leinen. Er trat hinter sie und küsste ihren Nacken. Mit beiden Händen streifte er ihre Jacke ab.

»Warte«, flüsterte er, seine Stimme voll Verlangen.

Sie beobachtete, wie er zu dem Sims über dem Kamin ging und Kerzen in einem Leuchter entzündete. Ihr flackerndes Licht schuf eine gelöste, intime Atmosphäre. Er streckte die Hand nach ihr aus. Willig ließ sie sich von ihm zum Bett führen und sank neben ihm in die weichen Kissen. Schweigend entkleidete er sie Stück für Stück, während seine Augen voll Begehren über ihren Körper wanderten. Sie half ihm, Hemd und Hose abzulegen, während sich seine Lippen daranmachten, ihren Körper zu erforschen. Obwohl sie seine Erregung spürte, nahm er sich zurück. Statt seiner Lust nachzugeben, glitten seine geschickten, kräftigen Finger über ihre Brüste und umkreisten sie, während sein Mund sich seinen Weg von ihrem Hals aus abwärts küsste. Sie erbebte vor Wonne. Schwer atmend vergrub sie ihre Finger in seinen dunklen Locken. Er bedeckte jeden Zentimeter ihrer Haut von den Brüsten bis zu den Innenseiten ihrer Oberschenkel mit Küssen. Keuchend forderte sie ihn auf, endlich zu ihr zu kommen, und schlang ihre Arme um seine kräftigen Schultern. Verschwommen nahm sie wahr, dass sein Körper sich anders anfühlte als damals. Drahtiger, muskulöser, so als hätten die Jahre ihn insgesamt gefestigt. Ihr Herz hämmerte wild in ihrer Brust. Sie schloss die Augen und gab sich seinen Bewegungen hin.

»Sieh mich an«, forderte er von ihr. Als sie die Augen aufschlug, sah sie, dass er die Arme gestreckt hielt, den gut gebauten Oberkörper zurückgelehnt, sodass sein Gesicht in einigem Abstand über ihr schwebte. Sie blinzelte, ihr Blick war von Begierde verhangen, dann sah sie ihn ganz klar.

»Ich liebe dich, Ailsa, hörst du?«, seine Augen flackerten dunkel.

»Ja«, rief sie, während er mit einer weiteren kräftigen Bewegung die letzte Barriere in ihr nahm und sich ihre Lust wie in einer gigantischen Flutwelle entlud. »Ja«, keuchte sie und wand sich unter ihm. »Ich liebe dich auch.«

Erschöpft von der Urgewalt, die sie beide ergriffen hatte, lagen sie sich kurz darauf schwer atmend in den Armen. Schließlich rollte er sich zur Seite, und sie barg ihren Kopf an seiner Brust. Noch benommen von den Gefühlen, die er in ihr entfacht hatte, schloss sie die Augen und lauschte dem beruhigenden Schlag seines Herzens.

Als sie am anderen Morgen erwachte, fühlte sie sich erstaunlich ausgeruht und erfrischt, trotz der wenigen Stunden Schlaf, die er ihr gegönnt hatte. Verwundert stellte sie fest, dass das Bett neben ihr leer war. Wo um alles in der Welt steckte Grayson? Er konnte sich doch nicht so einfach davonstehlen? Sie rieb sich die Augen, blinzelte in die Morgensonne und stützte sich auf die Ellbogen. Bei dem Gedanken an die gestrige Nacht errötete sie bis unter die Haarspitzen. Ohne dass sie es verhindern konnte, drängte sich ihr der Vergleich mit Paul auf. Sex mit Paul schien ihr auf das reduziert, was es in Wirklichkeit von Anfang an gewesen war: nüchterner, leistungsorientierter Ausdauersport. Sie verdrängte den Gedanken an ihren zukünftigen Ex-Mann schnellstmöglich und rollte sich auf den Rücken.

Zum ersten Mal in ihrem Leben fühlte sie sich vollständig. Es kam ihr vor, als hätte sie die ganze, endlos scheinende Reise unternehmen müssen, um schließlich bei sich selbst anzugelangen. Und bei Grayson, zu dem sie schon immer gehört hatte. Etwas Wehmut mischte sich unter ihre Gedanken, als ihr bewusst wurde, wie viel Zeit sie versäumt hatten. Dann aber sah sie sich wieder unter dem ewigen Sternenhimmel von Callanish eng umschlungen mit ihm tanzen und erinnerte sich daran, wie unbedeutend Zeit im Grunde war. Kein Mensch hier auf dieser Erde konnte wissen, was nach dem Tod auf ihn wartete. Sie aber spürte, dass sie auf allen Reisen durch diese und durch andere Welten auf immer mit Grayson verbunden bleiben würde.

Sie hatte noch gar nicht richtig zu Ende gedacht, als sie Schritte auf der Treppe hörte. Einen Augenblick später schob sich sein Gesicht mit den dunklen, heute Morgen ungewohnt zerzausten Locken durch den Türspalt. Vor sich balancierte er ein Tablett, von dem ein köstlicher Geruch ausging.

»Guten Morgen, Schatz«, sagte er und versuchte das Kunststück zu vollbringen, gleichzeitig das Tablett sicher auf der Bettdecke abzustellen und ihr einen Kuss auf den Mund zu geben. Es gelang ihm verblüffend gut. »Ich wollte dich nicht wecken, du hast so schön geschlafen.«

Sie fühlte sich ertappt und verzog die Mundwinkel. »Habe ich geschnarcht?«

»Ein wenig. Aber sehr bezaubernd.« Grinsend ließ er sich neben ihr auf der Bettkante nieder. »Es war wie bei Goldlöckchen und den drei Bären. Wobei du den Part der Bären übernommen hast.«

»Scheusal.« Sie schnappte sich eines der Kissen und warf es nach ihm.

Geschickt duckte er sich zur Seite. »Vorsicht, der Kaffee ist heiß. Janet hat ihn gerade frisch aufgebrüht. Ich habe ihn ihr zusammen mit dem Rührei und dem Speck mit Mühe und Not vom Essen für die Gäste abgeluchst.«

»Ach ja?«, fragte Ailsa besorgt und zog sich bei dem Gedanken an Janet die Bettdecke bis hoch zur Nasenspitze. »Ähm, wo steckt Janet denn, wenn ich fragen darf?« Sie blinzelte zur Tür, so als könnte Janet jeden Moment wie ein Schellenkasper über die Schwelle springen.

»In der Küche. Wo denn sonst?«, meinte Grayson verwundert und ließ die Finger spielerisch durch ihr Haar gleiten.

»Dann wird sie sicher noch eine Weile zu tun haben?«, hakte Ailsa nach, der bei dem Gedanken, Janet könnte ihr später im Flur vor die Füße laufen, leicht unwohl wurde. Nüchtern betrachtet, gab es zwar keinerlei Anlass dafür. Dennoch wollte sie vermeiden, dass sie bei ihrer ersten richtigen Begegnung mit Janet aussah, als wäre sie unter ein Auto geraten.

Grayson schien ihre Frage vollkommen anders zu interpretieren. Er beugte sich vor und streifte ihr das weite Hemd, das er ihr geliehen hatte, von den Schultern. »Keine Sorge, wir sind ungestört«, begehrlich blickte er sie an. »Das mit uns gestern Nacht war unglaublich …«

Dann liebten sie sich aufs Neue und vergaßen darüber, dass der Speck und die Rühreier kalt wurden.

Nachdem Grayson sie zu Hause abgesetzt hatte, ging sie die Treppe hinauf in ihr Bad, um ausgiebig zu duschen. Danach setzte sie sich in frischer Kleidung und mit einer schönen Tasse Tee an ihren Schreibtisch und fuhr den Laptop hoch. Sie öffnete den Ordner mit dem Antrag für die Baugenehmigung. Die Angaben über das Blackhouse schienen komplett. Allerdings bemerkte sie, dass sie vergessen hatte, die Nachbarwiese zu vermessen. Die Größe der Stellfläche war in einem Feld des Antrags anzugeben. Wie ärgerlich. Noch schlimmer war, dass sie noch immer nicht herausgefunden hatte, wem das Grundstück gehörte und ob es zu pachten war. Frustriert klappte sie den

Laptop wieder zu, um sich auf den Weg zum Blackhouse zu machen und wenigstens schon mal die fehlenden Angaben ergänzen zu können. Auf dem Rückweg würde sie bei Murdo haltmachen. Vielleicht hatte er ja etwas über den Eigentümer herausgefunden.

Kurz darauf fuhr sie auf der holprigen Straße durch Callanish und parkte den Wagen vor dem alten, verlassenen Haus. Das Erste, was ihr auffiel, waren Reifenspuren in dem hohen Gras. Sie schlug die Hand vor den Mund und unterdrückte einen Aufschrei. Mit Entsetzen starrte sie auf das improvisierte Schild: *Privatbesitz. Betreten verboten.* Das Blut rauschte in ihren Ohren. Es war einfach nicht zu fassen! Sie hätte jeden Schwur abgelegt, dass es am Tag zuvor noch nicht dagestanden hatte. Was sollte sie jetzt nur machen? Heute war Mittwoch. Der Ortstermin mit dem Beamten von der Inselverwaltung war für Montag angesetzt. Bis dahin musste sie das verflixte Problem hier vor ihrer Nase gelöst haben. Ansonsten konnte sie den Bauantrag vergessen. Aus Verzweiflung legte sie den Kopf in den Nacken und stieß einen Schrei aus, der das Heulen des Windes übertönte.

Kapitel 22

»Blair!« rief Ailsa von Weitem und stürmte den Hügel hinunter. Auf der Schafweide stand Blair, in Gummistiefeln und Arbeitshosen, die Hemdsärmel trotz des schneidenden Windes bis über die Ellbogen hochgekrempelt, und sortierte die Tiere aus, welche er für die Zucht behalten wollte. Gerade stand er über einen Schafbock gebeugt und inspizierte die Klauen.

»Ich muss dringend mit dir reden.« Sie starrte seinen gekrümmten Rücken an.

»Hallo, Ailsa, ich freue mich auch, dich zu sehen.« Blair reckte sich, entließ den Schafbock in die Freiheit und warf einen prüfenden Blick auf die Herde. Dann griff er nach dem Klemmbrett, das mit einem Stück Schnur am Zaun befestigt war, und notierte eine Zahl.

»Tut mir leid«, Ailsa biss sich auf die Lippe. Es hatte nicht den Anschein, dass Blair ihretwegen die Arbeit unterbrechen wollte. »Du weißt doch, dass ich die Wiese für die Genehmigung brauche? Die Behörde möchte ...«

Er winkte ab. »Den Teil kenne ich. Marsaili hat mir alles erzählt. Und weiter?«

»Jetzt steht auf der Wiese ein Schild, dass es sich um Privatbesitz handelt. Urplötzlich ...« Wieder schloss sie die Augen und versuchte, Ordnung in ihre Gedanken zu bekommen. »Blair, ich brauche deine Hilfe. Hast du schon in Erfahrung bringen können, wem die Wiese gehört?«

»Nein. Ich hatte noch keine Zeit, mich darum zu kümmern. Das siehst du ja«, er deutete um sich. Ailsa verstand. Blair war unter Zeitdruck. Die Auktion der Zuchtböcke in Stornoway war für morgen angesetzt. Zuvor mussten die Tiere verladen werden.

»Herrje«, seufzte sie und strich sich das wehende Haar aus dem Gesicht. »So ein Mist. Der Beamte wird sich schön bei mir bedanken, dass er umsonst von Stornoway heraufkommt.«

Blair griff nach seinem Schäferstock und öffnete das Gatter, um mit der Arbeit weiterzumachen. »Du hast ihm doch hoffentlich nicht weisgemacht, dass du den Pachtvertrag schon unterschrieben in der Tasche hast?«, rief er Ailsa über die Schulter zu.

»Na ja, so ähnlich«, murmelte Ailsa in der Hoffnung, dass Blair es über das Blöken der Tiere hinweg nicht verstand. Natürlich war es unprofessionell gewesen, sich auf der Behörde so weit aus dem Fenster zu lehnen, aber wer hätte auch ahnen können, dass es Schwierigkeiten geben würde?

»Was sagst du?« Blair schlug mit der Hand nach ein paar lästigen Mücken.

»Ich sagte, der Beamte wird meine Genehmigung in der Luft zerreißen, wenn er das Schild sieht.«

»Da kannst du sicher sein«, gab Blair knapp zurück. Den Blick auf die Herde gerichtet, stützte er sich auf seinen Schäferstock. »Genau das habe ich dir prophezeit. Du wolltest mir ja nicht glauben.«

»Was wollte ich nicht glauben?«

»Als Einheimischer mit einem Mac in deinem Namen hast du keine Chance.« Blair separierte ein weiteres Tier von der Herde und bugsierte es geschickt mit dem Stab durch das Gatter. »Da muss erst einer dieser Immobilienhaie vom Festland kommen.«

»Das ist doch Unsinn. Die Auflagen sind für alle gleich.«

Er verzog das Gesicht. »Geld regiert die Welt, das müsstest du doch wissen.«

Ailsa biss sich von innen auf die Wange. Das war eindeutig gegen sie gerichtet. Am liebsten hätte sie ihm eine entsprechende Antwort gegeben, beschloss dann aber, den Seitenhieb zu ignorieren. »Wirst du mir trotzdem helfen, den Eigentümer der Wiese ausfindig zu machen? Ich muss dringend mit ihm reden.«

Blair packte den nächsten Bock von hinten bei den Hörnern und zog ihn zu sich, sodass das Tier auf dem Hintern saß und die Klauen in die Luft reckte, als wartete es auf eine Maniküre. Seine Stimme klang undeutlich, von Wind und Anstrengung verzerrt. »Wenn er mit sich reden lässt. Und wenn er überhaupt an dich verpachten will.«

Ailsa stöhnte entnervt auf. Blair war ein elender Pessimist. Warum sollte der Besitzer denn nicht verpachten wollen? Die Wiese wurde nicht genutzt. Sie war völlig verwildert und brachte keinen Penny ein. Sie stemmte die Hände in die Hüften. »Schon klar, dass der Besitzer versuchen wird, den Preis hochzutreiben. Das ist das übliche Gerangel, das zu jeder Verhandlung gehört.«

»Vielleicht. Vielleicht auch nicht.« Blair ließ den Bock wieder frei und scheuchte ihn mit einem Klaps auf den Hintern zur Herde zurück. Er richtete sich auf und warf Ailsa einen Blick zu, den sie nicht gleich einordnen konnte, aber der sie ziemlich beunruhigte. »Nur so ein Gedanke. Was ist, wenn der Eigentümer nicht möchte, dass du die Genehmigung bekommst? Wenn er Wind davon bekommen hat, was du vorhast, und nicht will, dass eine Galerie auf dem Nachbargrundstück eröffnet?«

Ailsa spürte, wie sich kalter Schweiß zwischen ihren Brüsten sammelte. Auf die Idee war sie bisher noch gar nicht gekommen. Ob etwas daran war an Blairs Worten?

»Du weißt doch, wie die Leute hier sind« Blair rubbelte sich mit der Hand über das Haar. »Veränderung ist nicht sonderlich beliebt. Verständlich, wenn du mich fragst. Ich wäre auch nicht gerade begeistert, wenn die Touristen auf dem Weg zum Blackhouse scharenweise durch das Dorf schwärmen und dabei meine Narzissen niedertrampeln.«

Ailsa starrte vor sich hin und versuchte, nicht darüber nachzudenken, dass Blair möglicherweise recht hatte.

»Verdammt!«, fluchte Blair, den Blick auf ein Geschehen hinter ihrem Rücken gerichtet. Angewidert verzog er das Gesicht. »Was hat der denn hier zu suchen?«

Verwundert drehte Ailsa sich um und vergaß für einen Moment ihre Probleme. Grayson kam den Hügel herab auf sie zugeschlendert.

»Na, du?«, begrüßte er sie. »Ich habe mich schon gewundert, wo du steckst. Aber dann habe ich dich bei Blair auf der Weide stehen sehen.« Er schlang die Arme um ihre Taille. Bevor sie wusste, wie ihr geschah, hob er sie in die Luft und versiegelte ihre Lippen mit einem Kuss. Nachdem er sie wieder auf ihre Füße gestellt hatte, wandte er sich achselzuckend an Blair. »Tut mir leid, *Cove*, ich wollte nicht unhöflich sein.« Er grinste, Ailsa war sich unsicher, ob entschuldigend oder herausfordernd. »Es kommt sicher nicht überraschend für dich. Ich habe Ailsa gestern Abend um eine zweite Chance gebeten, und sie hat Ja gesagt.«

»Ist das so?« Blair hob scheinbar gleichmütig die Augenbrauen, aber um seine Mundwinkel hatte sich ein scharfer Zug eingegraben.

»Ich würde gerne etwas dazu sagen«, meinte Ailsa, die sich zunehmend unwohl fühlte.

Doch Blair ließ sie nicht ausreden. Mit einer knappen Geste schnitt er ihr das Wort ab. »Ich gratuliere euch«, sagte er auf Gälisch.

Ailsa war wie vor den Kopf gestoßen. Mit allem Möglichen hätte sie gerechnet, aber nicht mit dieser Reaktion. Verwirrt suchte sie Blairs Blick. Doch er hielt das Gesicht abgewandt und starrte ins Nichts. Die Ader an seiner Schläfe pulsierte. Ailsa ahnte, wie es in ihm aussehen mochte. »Hör mir zu, Blair, ich hätte es dir gerne selbst erzählt. Aber dann ...«

Mit ausdrucksloser Miene wandte er sich zu ihr um. »Lass es gut sein. Es ist alles gesagt.«

Ist es nicht!, hätte sie ihm am liebsten ins Gesicht geschrien. Aber jedes Wort von ihr hätte nur dazu geführt, dass die drohende Klimakatastrophe zwischen den beiden Männern sich noch weiter zuspitzte. Gleichermaßen wütend über beide schluckte sie einen Kommentar hinunter.

Blair wandte ihr den Rücken zu. »Ihr entschuldigt mich. Ich habe zu tun.« Mit unnachgiebig dröhnenden Schritten stapfte er quer über die Weide auf die Schafe zu. Es hatte den Anschein, als könnte er gar nicht genug Abstand zwischen sich und Grayson bringen.

Ailsa starrte ihm fassungslos hinterher. Wie konnte er einfach gehen und sie mit einer lächerlichen Zurschaustellung von Ist-mir-doch-alles-völlig-egal stehen lassen? Er musste ihr doch zumindest die Gelegenheit geben zu erklären, was zwischen Grayson und ihr passiert war!

Völlig in ihre Gedanken vertieft, zuckte sie zusammen, als Grayson ihr von hinten den Arm auf die Schulter legte. Er schüttelte den Kopf. »Elender Sturkopf. Dass Blair sich ändert, werden wir nicht mehr erleben.« Er senkte den Kopf und drückte einen Kuss auf ihr Haar. »Worum ging es gerade zwischen dir und Blair?«

Ailsa atmete scharf ein. Das wusste Grayson ja noch gar nicht. »Es gibt Ärger mit dem Blackhouse.« In kurzen Sätzen unterrichtete sie ihn über die jüngsten Ereignisse.

Er runzelte die Stirn. »Ich glaube, Blair hat recht. So gerne ich die Leute hier mag, aber leicht machen sie es einem nicht gerade, die Dinge für sie zu verbessern. Manchmal möchte man meinen, sie ließen sich lieber einen Arm abhacken, als zu erlauben, dass man einen Pflock an der Straße von links nach rechts versetzt. Sehr bedauerlich.« Er rieb mit der Hand über einen unsichtbaren Fleck an seinem Ärmel. »Komm, wir fahren zu deinem Blackhouse. Ich würde mir die Sache gerne einmal ansehen.«

»Sicher«, sie zuckte die Achseln. »Wenn du Zeit hast.«

»Ich nehme sie mir einfach«, erklärte er schlicht. Dann griff er nach ihrer Hand und zog sie mit sich über den ausgetretenen Graspfad zum Auto.

Grayson pfiff leise durch die Zähne, als er das Schild sah. »Genau wie ich es mir gedacht habe.« Er drehte sich um, reckte das Kinn und blickte zu den Häusern hinüber. »Ich möchte wetten, der Eigentümer ist gar nicht so weit weg. Wahrscheinlich beobachtet er uns gerade von seinem Fenster aus dabei, wie wir hier herumstehen und uns ärgern, und reibt sich die Hände.«

Die Bemerkung trug nicht gerade dazu bei, dass Ailsa sich wohler fühlte. Sie zwang sich, nicht zu den Häusern auf der anderen Straßenseite hinüberzuschielen. Betont zufällig schlug sie den Kragen ihrer Jacke höher.

Doch Grayson setzte sich seelenruhig über das Verbot hinweg und stapfte durch das hohe Gras. Er kauerte sich neben das Schild, die Hände zwischen den Knien gefaltet, als wollte er ein Orakel befragen. Schließlich beugte er sich vor und ließ die Hände über das splittrige Holz des Pfostens gleiten. »Wenn mich nicht alles täuscht ...«, murmelte er.

»Was ist los?« Ailsa machte ein paar Schritte auf ihn zu und spähte über seine Schulter. »Was tust du da?«

»Ich suche nach Hinweisen.«

»Was für Hinweise?«

»Keine Ahnung. Nur so ein Gefühl.«

»Und?« Ailsa reckte sich auf die Zehenspitzen. »Schon was entdeckt?«

»Ich bin mir nicht sicher. Möglicherweise«, Grayson zupfte etwas aus dem Holz, betrachtete es kurz und ließ es in die Tasche seiner Jeans verschwinden. Mit ausdrucksloser Miene, so als hätte er sich nur eben für das wild wachsende Kraut auf der Wiese interessiert, hakte er Ailsa unter und schlenderte mit ihr zur Straße zurück.

Ailsa vermutete, dass er – wer auch immer ihnen möglicherweise zusah – eine überzeugende Demonstration völliger Sorglosigkeit geben wollte.

»Komm schon, mach es nicht so spannend«, sie knuffte ihn in die Seite. »Was ist es?«

»Ich will keine voreiligen Schlüsse ziehen. Vor allem nicht jetzt und hier.« Dunkel und ausdrucksvoll ruhten seine Augen auf ihr. »Lass mich erst darüber nachdenken.«

Sie seufzte. »Also schön, wie du meinst. Wie ist es, soll ich dir das Blackhouse zeigen?«

»Gerne. Ich kenne es bisher nur von außen. In London spaziert man nicht einfach so in verlassene Häuser.«

»Dann komm«, sagte sie und zog ihn mit sich. Ihr gefiel der Gedanke, dass er gemeinsam mit ihr das Haus zum ersten Mal betreten würde. Vor allem war sie gespannt auf seine Reaktion. Würde er sich genauso in die Atmosphäre des alten Blackhouse verlieben, wie sie es getan hatte? Oder würde er darin nur eine wertlose Ruine sehen? Sie führte ihn an dem gelben Senf vorbei auf den Eingang an der Rückseite des Hauses zu.

»Wer hat das denn dahingestellt?« Belustigt hob er den Arm und deutete auf das braun-weiße Kaffeegeschirr auf dem Fenstersims in dem metertiefen Mauerwerk.

»Keine Ahnung. Es stand schon hier, als ich gekommen bin. Vielleicht kommt unser geheimnisvoller Nachbar zum Kaffeetrinken hierher«, kommentierte sie in einem halbherzigen Versuch, ihr Unwohlsein durch einen Scherz herunterzuspielen.

»Ist das der ursprüngliche Eingang?« Grayson machte einen Schritt auf die dicken Steinmauern zu. Tief in der Wand gähnte ein Loch, wo früher eine Tür gewesen sein musste. Grayson hob die Hand und ließ die Finger lächelnd über drei rostige Schilder gleiten. Sie füllten exakt den oberen Teil des Türstocks aus. Das erste Schild war schwarz, das zweite rot, das dritte wieder schwarz. Grayson las mit lauter Stimme: »*Eingang – Danke, dass Sie hier nicht rauchen. – Keine Hunde erlaubt.* Ergibt das einen Sinn?« Ratlos sah er sich nach Ailsa um.

Sie hob hilflos die Hände. »Keine Ahnung. Ich weiß so gut wie gar nichts über die Vorgeschichte des Blackhouse. Außer dass es meinen Großeltern gehörte.«

»Hm«, Grayson strich sich das lockige Haar zurück. »Vermutlich ist es so wie mit vielen Dingen hier. Man versucht alles, was man hat, sinnvoll zu verwenden. Sei es zur Dekoration oder um das Holz vor dem Regen zu schützen. Komm, lass uns hineingehen.«

Mit klopfendem Herzen folgte sie ihm durch die Türöffnung. Einen irrwitzigen Moment lang stellte sie sich vor, wie Paul auf das vermodernde Chaos im Inneren reagieren würde. Sie war sicher, Paul würde sie für verrückt erklären, auch nur einen Gedanken an eine Renovierung zu verschwenden. Paul hätte sie nie vermitteln können, dass das alte Blackhouse eine tragische, fast mystische Aura besaß. Sie schob den Gedanken an Paul beiseite. Viel wichtiger war, wie das Haus auf Grayson wirkte.

»Wow!« Bewundernd ließ Grayson seine Hand über die Trockensteinmauer gleiten. Die unregelmäßigen, grob behauenen

Blöcke fügten sich ineinander, als hätte jemand am Reißbrett detailliert verplant und vermessen, wo welcher Felsblock hingehörte. »Sieh dir das an. Ist das nicht einfach großartig? Und dann die Konstruktion des Dachstuhls.« Er legte den Kopf in den Nacken. »Ich nehme an, der Giebel hier vorne wurde relativ spät eingezogen?«

Ailsa nickte, geschmeichelt von seinem offenkundigen Interesse. »Ja, das stimmt, es handelt sich um eines der moderneren Häuser. Falls man in diesem Zusammenhang überhaupt von ›modern‹ sprechen kann ...«

Er schien ihr kaum zuzuhören. »Fantastisch, wirklich Eins-a-Handwerkskunst. Ich wünschte, ich wäre fähig, etwas annähernd Perfektes zu schaffen.« Seine Stimme klang bedauernd. »Erinnerst du dich? Damals wollte ich so gerne einen Handwerksberuf erlernen. Blairs Vater hat mir einige einfache Holzarbeiten gezeigt. Ich habe nie mehr eine ähnliche Befriedigung empfunden wie damals. Ich hatte mir sogar einen Schäferstock geschnitzt.«

»Das weiß ich noch sehr gut«, sie schenkte ihm ein Lächeln. »Du wolltest ihn an der Mondwende bei der Prozession benutzen.«

»Richtig«, ein Schatten huschte über sein Gesicht und verging. »Lass uns nicht davon reden. Ich erinnere mich ungern an diese Nacht. Ich denke lieber daran, wie wunderbar es ist, dass wir jetzt zusammen sind.« Er musterte sie mit einem intensiven Blick und streckte die Hand nach ihr aus. »Komm her.«

Mit zwei, drei Schritten war sie bei ihm und ließ sich in seine Arme sinken. Er bedeckte ihr Gesicht mit leidenschaftlichen Küssen. Plötzlich überrollte sie eine Welle, eine verwirrende Mischung aus Trauer, Sehnsucht und Liebe, größer als alles, was sie zuvor in Zusammenhang mit dem Blackhouse gespürt hatte. Keuchend sog sie die Luft ein.

Er merkte sofort, dass etwas nicht stimmte. »Was ist?« Besorgt musterte er ihr Gesicht.

Sie presste die Kiefer aufeinander und zwang sich, zurück in die Wirklichkeit zu finden. In ihrem Kopf drehte sich alles. Ob Grayson sie für verrückt erklärte, wenn sie ihm gestand, dass sie so etwas wie einen siebten Sinn für Orte besaß?

»Es ist das Haus«, sagte sie. »Immer wenn ich hier bin, habe ich das Gefühl, dass sich in diesen Wänden einmal eine große, aber traurige Liebesgeschichte ereignet hat. Ein wenig von dem Schmerz hat mich gerade gestreift.« Sie warf ihm einen Blick zu. Was mochte er jetzt denken? Wenn er ihre Leidenschaft für das alte Blackhouse bislang insgeheim als romantische Schwärmerei abgetan hatte, so musste er sie spätestens jetzt für vollkommen durchgeknallt halten. »Klingt ziemlich verrückt, oder?«

Er wirkte bemerkenswert gelassen. »Schon, aber viele Leute hier auf den Inseln besitzen besondere Fähigkeiten, das habe ich inzwischen gelernt. Warum sollte es nicht möglich sein, dass du Orte spürst? Aber das spielt jetzt auch keine Rolle«, er schlang die Arme um sie und hüllte sie mit seiner Wärme ein, »du frierst, lass mich dich nach Hause bringen.«

»Was meinst du, möchtest du vielleicht mit zu mir kommen? Ich habe Steaks im Kühlschrank. Die könnte ich uns braten.«

Er verzog bedauernd das Gesicht. »Klingt verlockend, aber ich muss zurück nach *Cianalas*. Wir sind völlig ausgebucht, und ich muss im Service helfen. Aber wie wäre es, wenn ich später auf einen Schlummertrunk zu dir rüberkomme? Gegen elf? Dann ist der letzte Gast gegangen.«

Sie lächelte. »Das ist zwar nicht ganz die Antwort, die ich mir erhofft habe, aber ich warte auf dich.«

Kapitel 23

Weit nach Mitternacht wurde Ailsa durch ein Klopfen an der Haustür geweckt. Verwirrt raufte sie sich das Haar. Himmel, sie musste wohl schon wieder auf dem Sofa eingenickt sein, dabei hatte sie nur kurz die Augen zumachen wollen. Mit vom Schlaf schweren Lidern ging sie zur Tür. Draußen stand Grayson und grinste sie entschuldigend an. Er zog eine Weinflasche aus seiner Jacke und hielt sie ihr vor das Gesicht. »Es tut mir leid, dass es so spät geworden ist. Warst du schon im Bett?«

Sie gähnte. »Ich bin auf dem Sofa eingeschlafen. So langsam wird wohl eine Gewohnheit daraus. Na los, komm rein.«

Kurz darauf, ohne den Rotwein geöffnet zu haben, lag er neben ihr im Bett. Sie liebten sich, intensiv, aber ohne Eile. Danach schmiegte sie sich in die Mulde seines Körpers, die wie geschaffen für ihre Größe schien. Der vertraute Duft seines Aftershaves hüllte sie ein. »Schlaf schön.« Er küsste zärtlich ihren Hals und barg sein Gesicht in ihren Haaren. »In *Cianalas* war die Hölle los …«, sagte er benommen und gähnte. Sie spürte, wie seine Atemzüge tiefer wurden und er in einen leichten Schlummer fiel. Plötzlich löste sich eine Muskelverspannung an seinem Bein, sein Fuß zuckte, er schreckte im Schlaf auf. »Ach ja«, murmelte er, mit träger, vom Schlaf benebelter Stimme. »Ich weiß, wem die Wiese gehört. Ich erzähle es dir morgen.«

Sie öffnete den Mund, um zu protestieren, aber da war er bereits weggedöst.

»Grayson!« Ailsa setzte sich im Bett auf und stupste ihn in die Seite. »Grayson, wach auf!«

Er gab ein schnarchendes Geräusch von sich und rollte sich von ihr weg. Empört starrte Ailsa auf seinen kräftigen, muskulösen Rücken. Er konnte doch jetzt nicht schlafen! Nicht, nachdem er eine derartige Ankündigung gemacht hatte. Nun, sie würde ihn schon wach bekommen. Sie knipste den Schalter der Nachttischlampe an. Entschlossen rüttelte sie an seiner Schulter. »Grayson, wach auf!«

»Hm …?«, machte Grayson und blinzelte in das viel zu helle Licht. Er stützte sich auf den Ellbogen und rieb sich mit der anderen Hand kräftig über sein Gesicht.

»Jetzt mach es nicht so spannend. Was hast du herausgefunden?«

»Worum ging es gerade?«

»Um die Wiese. Du sagtest, du wüsstest jetzt, wem sie gehört. Eine Nanosekunde später hast du geschnarcht.«

»Entschuldige«, er setzte sich auf. Dann griff er zu ihrem Wasserglas auf dem Nachttisch und nahm einen kräftigen Schluck. Endlich schien er etwas wacher. »Sie gehört Norman.«

»Was?« Ailsas Augen weiteten sich. Das war doch nicht möglich. Sie musste sich verhört haben. »Dem alten Norman? Der mit dem Bauhelm? Aber wieso? Wie kommst du überhaupt darauf?«

»Das war nicht so schwer«, Grayson kratzte sich die kurzen Bartstoppeln am Kinn. Er zog sie in seinen Arm und wickelte die Decke um sie. »Komm her. Du hast ja regelrecht Gänsehaut. So ist es besser.« Er küsste ihr Haar. »In dem Holz hatte sich der Faden eines Fischnetzes verfangen. Ich wusste zufällig, dass Norman so eins verwendet. Da habe ich ihn vorhin im Pub darauf angesprochen.«

»Und?« Ailsa fand es nach wie vor unbegreiflich, dass Norman dahintersteckte.

»Er hat es unumwunden zugegeben. Ich war mir sicher, dass du die Einzelheiten lieber mit ihm selbst besprechen möchtest, daher habe ich es dabei belassen.«

Einen Moment herrschte Schweigen. Ailsa schob die Decke zur Seite. Es war auf einmal unerträglich heiß im Zimmer. »Ich werde mit ihn sprechen. Gleich morgen.«

»Tu das.« Er streckte sich und löschte das Licht. »Jetzt lass uns schlafen.«

Kurz darauf nickte er wieder ein. Ailsa starrte mit offenen Augen gegen die Decke. Und dann fiel ihr ein, was sie falsch gemacht hatte.

Ailsa parkte den Wagen vor Normans Haus in Breasclete, einem ebenerdigen, weiß getünchten Schuhkarton, an dem links und rechts ein Giebel aufragte – ganz ähnlich ihrer eigenen Croft. Norman lehnte, die Hände tief in die Taschen seiner Latzhose geschoben, an der Wand des Schuppens. Er hatte ihr den Rücken zugekehrt, daher sah er sie nicht kommen. Merkwürdig war nur, dass er anscheinend auch nichts hörte.

»Norman?« Sie schritt über den knirschenden Schotter auf ihn zu.

Er rührte sich keinen Millimeter. Sie tippte ihm von hinten auf die Schulter. »Norman?«

Norman schnellte herum wie von der Tarantel gestochen. Er grummelte etwas vor sich hin, dann zog er die Stöpsel seines iPod aus den Ohren. »Himmel, Mrs McIver, Sie können einen aber wahrhaftig erschrecken!« Er sah sie vorwurfsvoll an, als wäre sie nachts in sein Schlafzimmer geschlichen und hätte einen Eimer Eiswasser über seinem Bett ausgekippt.

»Es tut mir leid ... Norman ...« Sie biss sich auf die Lippe, als ihr bewusst wurde, dass sie ihn nur bei seinem Vornamen kannte. Außer der Geschichte mit dem Bauhelm wusste sie nichts über ihn. Weder was er besonders mochte oder worüber er sich ärgerte, noch wie er tickte. Nicht einmal seinen Nachnamen kannte sie. Na bravo, beglückwünschte sie sich, das waren ja die besten Voraussetzungen, um gemeinsame Interessen zu verhandeln. Sie streckte ihm die Hand hin. »Bitte sagen Sie doch Ailsa zu mir. Es tut mir leid, dass wir bis jetzt noch gar nicht die Gelegenheit hatten, uns richtig vorzustellen.«

»Verdammt schlechte Angewohnheit, sich einfach so an Leute heranzuschleichen!« Norman hakte demonstrativ die Daumen in die Träger seiner Latzhose und kniff ein Auge zusammen, wodurch er – mit dem gelben Bauhelm über den leicht fettigen Haarsträhnen – Ailsa unwillkürlich an eine verknitterte und sichtlich missgelaunte Version von Bob dem Baumeister erinnerte. »Sie kommen wegen der Wiese, was?«

»Das, ähm ... stimmt, Norman.« Ailsa war kurz davor zu verzweifeln ob des schlechten Starts, den sie in das Gespräch gehabt hatten. Wieso träumte Norman auch am helllichten Tag vor sich hin, mit Kopfhörern auf, wenn er doch wusste, dass er so schreckhaft war? In Gedanken suchte sie fieberhaft nach einem Eisbrecher, mit dem sie Norman etwas gnädiger stimmen konnte. Sie zog eine Packung Kaugummi aus ihrer Tasche und hielt sie ihm hin. »Hier. Möchten Sie vielleicht eines?«

Misstrauisch schielte Norman nach der Packung. »Das ist nicht zufällig Erdbeer, oder?«

»Ist es«, Ailsa strahlte ihn gut gelaunt an. Anscheinend hatte sie durch Zufall Normans Lieblingssorte erwischt. Sie beobachtete ihn dabei, wie er das Kaugummi auswickelte und es sich in den Mund schob. Zögernd reichte er ihr die Packung zurück.

»Behalten Sie sie ruhig. Ich stehe sowieso eher auf Pfefferminz«, Ailsa klemmte sich eine Strähne ihres Haares hinter das Ohr und atmete tief durch. »Norman, ich bin hier, um mich bei Ihnen zu entschuldigen.«

Norman schmatzte laut hörbar. Er schien überrascht, sagte aber nichts.

»Ich habe inzwischen erfahren, dass die Wiese oben am Blackhouse Ihnen gehört.«

Norman starrte ausdruckslos vor sich hin.

»Sie haben sicher davon gehört, dass ich das Blackhouse renovieren und eine Galerie darin eröffnen möchte. Nun ja«, sie hob die Schultern, »was das betrifft, war ich wohl ein wenig übereifrig.«

Ailsa meinte zu sehen, wie Normans linkes Augenlid ganz leicht zuckte. Sie ertappte sich dabei, wie sie, synchron zu seinen Kaubewegungen, die Lippen einsog und dann mit einem hörbaren Laut wieder öffnete, als ließe sie eine unsichtbare Kaugummiblase platzen. »Ich habe mich mit Blair Galbraith unterhalten. Er meinte, er wäre ziemlich sauer, wenn ihm jemand eine Busladung Touristen vor die Nase kippen würde, die dann durch seine Tulpenbeete trampeln.« Sie verstummte und ließ die Worte wirken.

»Blair ist 'n ziemlich schlauer Kerl, wenn Sie mich fragen, Mrs McIver.« Norman wandte den Kopf und sah ihr ins Gesicht.

»Er meinte, ich hätte in meinem Eifer, etwas Gutes für die Insel zu bewirken, vollkommen übersehen, mit den Menschen zu reden, die unmittelbar davon betroffen sind.«

»Auch damit hat er wohl recht.«

»Puh …«, sie starrte auf ihre Fußspitzen. Es war Zeit, ihre Fehler offen zuzugeben. »Ich schätze, damit bin ich dann wohl nicht viel besser als alle anderen vor mir, die mit Macht über die

Menschen hier bestimmen wollten, ohne Rücksicht auf ihre Bedürfnisse zu nehmen, nicht wahr?«

»*Aye*. Verdammt wahr, was Sie da sagen.«

»Hm ...« Ailsa betrachtete ihn einen Moment lang. Verflixt. Sie ärgerte sich so über sich selbst. Wie hatte ihr das nur passieren können? Sie straffte die Schultern. »Und wenn wir noch einmal ganz von vorne anfangen? Wie wäre das?«

»Was meinen Sie damit?«

»Ich habe meinen Laptop im Auto. Wie wäre es denn, wenn wir beide ins Haus gingen und ich Ihnen in aller Ruhe erkläre, worum es geht? Wenn Sie die Fotos von den Häusern sehen, verstehen Sie vielleicht besser, warum mir die Galerie so am Herzen liegt. Und nach der Mondwende könnten wir eine Versammlung für die Anwohner einberufen, im Besucherzentrum vielleicht, und dann könnten wir gemeinsam diskutieren, wie ein sanfter Tourismus in Callanish zu bewerkstelligen wäre.« Fast schon schüchtern suchte sie Normans Blick. »Was halten Sie davon?«

»Das ist das Vernünftigste, was ich bislang von Ihnen gehört habe, Ailsa.« Er hob die Hand und reichte sie ihr feierlich. »Einverstanden. Gehen wir ins Haus.«

Nach dem Gespräch mit Norman war Ailsa optimistisch gestimmt. Nachdem er seinem Ärger, als Anrainer einfach übergangen worden zu sein, noch einmal ordentlich Luft gemacht hatte, schien er sich mit dem Projekt langsam anzufreunden. Er hatte sich sogar bereit erklärt, Plakate in Breasclete und Callanish für die Eröffnung des Backstands, die für den morgigen Tag der Mondwende geplant war, aufzuhängen. Ailsa atmete durch. Am Ende schien doch noch alles gut zu werden. Jetzt musste sie nur noch Murdo dazu kriegen, ihrem Vorhaben zuzustimmen. Wobei »nur« die Untertreibung des Jahres war.

Ailsa war bewusst, welch verdammt zäher Brocken ihr Onkel war.

Mit pochendem Herzen parkte sie das Auto vor Murdos Haustür und klingelte. Im Inneren des Hauses waren schlurfende Geräusche zu hören, dann öffnete Donalda die Tür. Sie trug wie immer eine Schürze – eine grüne diesmal – zu Pullover und grauen Stoffhosen. »Ailsa, wie schön, dass du mich besuchst. Komm doch rein«, sagte sie und lächelte über das ganze faltige Gesicht. Ailsa beugt sich vor, um ihr einen Kuss auf die Wange zu hauchen, und atmete den Geruch nach kalten Zigaretten ein, der untrennbar zu Donalda zu gehören schien.

»Ich platze ungern einfach so herein«, entschuldigte sich Ailsa. »Aber ich suche Murdo. Ich muss ihn dringend sprechen. In der Tankstelle war er nicht. Und telefonisch habe ich ihn auch nicht erreicht.«

Donalda lächelte und entblößte ihre vergilbten Zähne. »Ich freue mich immer, dich zu sehen. Murdo ist nicht da, aber setz dich doch schon mal ins Wohnzimmer, ich bringe dir *Strupack*.«

»Das ist nett, Tante Donalda«, wehrte Ailsa ab, die befürchtete, dass ihr Besuch zu einem seichten Kaffeeklatsch verkommen könnte. Dabei hatte sie ein ganz anderes Ziel. »Ein anderes Mal gerne. Ich muss wirklich ganz dringend mit Murdo reden.«

»Ich weiß, ich weiß«, grummelte Donalda und schob sie vor sich her ins Wohnzimmer. »Im Moment will ständig jemand etwas von Murdo. Ich habe ihm schon gesagt, er übernimmt sich mit den Festlichkeiten. Er ist einfach zu alt dafür. Die ständigen Proben in den schweren Gewändern sind viel zu anstrengend.«

»Das heißt, er ist auch jetzt gerade dabei, mit den anderen den Ablauf der Zeremonie durchzuspielen?«, hakte Ailsa nach und nahm auf dem beigen Cordsofa Platz.

»*Aye*, und wir dürfen keinesfalls dabei stören!« Donalda verdrehte die Augen. »Du weißt doch, was für ein Tamtam sie jedes Mal um die Prozession veranstalten. Eine heilige Handlung, du meine Güte!« Sie sprach mit einem ironischen Pathos und zwinkerte Ailsa belustigt zu. »Hier. Nimm ein Stück Selbstgebackenes.« Bevor Ailsa protestieren konnte, stellte sie ihr einen Teller mit einer großzügig bemessenen Scheibe glasiertem Schokoladenkuchen darauf vor die Nase. »Iss. Du bist viel zu dünn.«

Ailsa seufzte. Sie verzichtete darauf zu erklären, dass Donalda es erst recht nötig hätte, etwas auf die Rippen zu bekommen. Im Vergleich zu ihr bestand Donalda nur aus Haut und Knochen. Grübelnd blickte sie ihrer Tante hinterher, als diese in die Küche eilte, um Tee aufzubrühen. Womöglich war es gar nicht so schlecht, mit ihrer Tante ungestört unter vier Augen zu reden. Vielleicht ließe sich über Donalda in Erfahrung bringen, weshalb sich Murdo so gegen den Umbau sperrte.

Kurz darauf kehrte Donalda mit zwei dampfenden Tassen zurück, die torfigen Whiskygeruch verströmten. Donalda setzte sich neben ihr auf die vorderste Kante des Sofas und kramte in ihrer Schürzentasche. »Du erlaubst doch?«, meinte sie verlegen und zündete sich mit einem entschuldigenden Achselzucken eine Zigarette an.

Ailsa setzte ein unbekümmertes Lächeln auf und nickte. Im Grunde hatte sie wenig Lust auf Zigarettenqualm. In Anbetracht von Donaldas magerer Figur erschien es ihr überdies wirklich ratsam, dass ihre Tante das Rauchen reduzierte. Aber schließlich war es Donaldas Entscheidung. Ailsa teilte mit der Gabel ein Stück von dem Kuchen ab und schob es sich in den Mund. »Das ist köstlich«, seufzte sie.

Donalda kicherte wie ein Schulmädchen.

Ailsa griff zu ihrer Tasse und nippte an dem Tee. Zum ersten Mal in ihrem Leben war sie von Herzen dankbar, dass auf den

Inseln dem Tee auch um drei Uhr nachmittags ein ordentlicher Schuss Whisky beigemengt war. Den konnte sie heute dringend gebrauchen. Sie stellte die Tasse beiseite und faltete nervös die Hände im Schoß. »Ich weiß nicht recht, wie ich beginnen soll, Tante Donalda …«

»Am besten geradeheraus und frei von der Leber weg«, meinte Donalda und lächelte aufmunternd. »Was hast du auf dem Herzen?«

Ailsa berichtete. Von Norman, von der Wiese und von dem Fehler, den sie den Dorfbewohnern gegenüber begangen hatte. Und dann sprach sie geradewegs aus, wie enttäuscht sie war, dass Murdo sie nicht beim Umbau des Blackhouse unterstützen wollte. Als sie geendet hatte, starrte Donalda ein paar Sekunden ins Leere.

»Du darfst es deinem Onkel nicht übel nehmen, *à graidh*«, sagte sie schließlich. »Vertrau ihm. Er meint es nur gut mit dir.«

Ailsa unterdrückte ein Stöhnen. Ihr lag auf der Zunge zu sagen, dass das größte Elend der Welt von Menschen verursacht wurde, die es »nur gut« meinten. Aus Rücksicht auf Donaldas Gefühle verzichtete sie jedoch auf die Bemerkung.

»Er sieht nun mal seine Nachfolgerin in dir«, sagte Donalda. Sie umschloss Ailsas Hände und hielt sie fest. Ihr Blick wurde eindringlich. »Es wird schon alles seinen Sinn haben, meinst du nicht auch?«

Ailsa biss sich auf die Lippen. Es war zwecklos. Entweder wusste Donalda auch nicht so genau, warum Murdo Einwände erhob, oder sie war geübt darin, alles, was sie nicht hören wollte, auszublenden. Anscheinend interessierte sie nur, was aus der Tankstelle wurde. Das Blackhouse kümmerte sie nicht. Ailsa stürzte den Rest heißen Whisky mit dem Hauch von Teebeimischung herunter und unternahm einen letzten Anlauf. »Ich fühle mich geehrt, dass ihr so viel Vertrauen in mich setzt. Aber mein Herz hängt nun mal an der Galerie. Murdo muss doch einsehen, dass ich versuche, das Blackhouse zu retten, nicht, es zu zerstören.« Sie rang hilflos die Hände.

»Das musst du mit deinem Onkel klären«, erwiderte Donalda sanft. »Noch etwas Tee?«

»Nein danke, für mich nicht mehr«, lehnte Ailsa ab und erinnerte sich mit Besorgnis daran, dass sie noch Auto fahren musste. Whisky so früh am Nachmittag war gewöhnungsbedürftig. Sie beschloss, keine Gepflogenheit daraus werden zu lassen. Ihre Gedanken wanderten zurück zu der Unterhaltung mit Blair auf der Schafweide. Plötzlich fiel ihr etwas Eigenartiges auf, und sie beschloss, Donalda direkt danach zu fragen.

»Warum hat Murdo eigentlich das alte Haus nie leer geräumt?«

»Wie meinst du das?«

Ailsa zuckte die Schultern. »Warum steht ein Teil der Möbel immer noch darin?«

»Ich verstehe deine Frage nicht.« Donalda lächelte freundlich, aber verständnislos. »Das Haus war schon immer in dem Zustand, in dem es jetzt ist. Weshalb sollte sich etwas daran ändern?«

An diesem Punkt gab Ailsa auf. Ebenso gut hätte sie ihre Tante bitten können, ihr die Quantentheorie zu erklären oder auf Suaheli bis hundert zu zählen. Donalda war der falsche Gesprächspartner, so viel stand fest. Ailsa fragte sich, ob Murdo seine Frau über seine Beweggründe ebenso im Unklaren ließ, wie er es allen anderen gegenüber hielt. Vermutlich war es so. Ernüchtert erhob Ailsa sich und küsste Donalda auf die papierdünne Haut ihrer Wangen. »Kannst du mir bitte sagen, wo ich Murdo finde?«

»Kommt Zeit, kommt Rat«, meinte Donalda. »Hör auf meine Worte. Du würdest nichts erreichen, wenn du versuchst, vor der Mondwende mit Murdo zu reden.«

»So lange kann ich nicht warten.«

»Vertrau mir. Es hat schon alles seinen Sinn«, betonte Donalda abermals. Sie blickte geheimnisvoll drein und tätschelte Ailsas Hand. »Ihr jungen Dinger wollt immer gleich mit dem Kopf durch die Wand.«

Ailsa seufzte und schwieg.

Als sie das Haus verließ und zu ihrem Auto ging, fühlte sie sich so erschlagen wie nach einem Verhandlungsmarathon bei einem Großprojekt in Toronto. Zwar hatten sie viel geredet, aber erreicht hatte sie dennoch nichts. Zu allem Übel hatte sie Grayson heute Morgen gar nicht gesehen. Er war weit vor ihr aufgestanden und nach *Cianalas* gefahren. Vermutlich war im Hotel mal wieder die Hölle los. Er fehlte ihr. Sie sehnte sich danach, sich in seine Arme zu werfen und seinen vertrauten Geruch einzuatmen. Instinktiv fand Grayson immer genau die richtigen Worte, um sie zu trösten. Entschlossen startete sie den Motor und machte sich auf den Weg nach *Cianalas*. Sie hatte Aufmunterung in etwa so nötig wie eine Blume, die zu lange in der Sonne gestanden hatte und vor dem Vertrocknen war, das Wasser.

Kapitel 24

Eine halbe Stunde später stand Ailsa neben Grayson im Schweinepferch und bog sich vor Lachen. »Das ist unglaublich«, sagte sie und wischte sich die Tränen aus den Augen. »Kann sie das bitte noch einmal machen?«

»Klar«, grinste Grayson und hob zwei Finger in die Luft. »Gib Laut«, sagte er und blickte Esther in das von wippenden Hängeohren eingerahmte Gesicht. Das Schweinchen ließ sich auf seinen Hintern plumpsen und quiekte genau zwei Mal.

»Das ist einfach umwerfend«, erklärte Ailsa, nachdem sie sich von ihrem Lachanfall erholt hatte. »Was ist mit dem anderen Schwein? Kann es auch Kunststücke?«

»Daphne meinst du? Na klar«, sagte Grayson und klang dabei so stolz, als hätte er eben verkündet, dass er zum ersten Mal Vater würde. Er ging zu der Futterkiste hinüber, öffnete den Deckel und holte einen Tennisball hervor. »Feines Bällchen, Daphne.« Unter den begeisterten Blicken des Schweines – sofern ein Schwein begeistert blicken kann – hob er den Arm in die Luft und holte aus. Er warf den Ball. Bevor er überhaupt etwas sagen konnte, stürmte Daphne los. Sie hätte mit Sicherheit einen engagierten Spieler im Team der schottischen Rugbymannschaft abgegeben, dachte Ailsa amüsiert. Daphne raste auf das Ende des Pferchs zu, nahm den Ball ins Maul und galoppierte auf ihren kurzen Beinchen zu Grayson zurück. Willig tauschte sie den Ball gegen ein Hundeleckerli und ließ sich unter ekstatischem Grunzen von Grayson die Flanke rubbeln.

»Wie hast du ihnen das beigebracht?«, staunte Ailsa kopfschüttelnd.

»Ganz einfach«, meinte Grayson und grinste. »Wie jede Frau haben sie beide eine Schwäche für etwas. Bei Daphne ist es die Schulter, und Esther gerät in Verzückung, wenn man sie hinter den Ohren krault. So ist das nun einmal. Man muss wissen, womit man euch herumkriegt.« Er zwinkerte ihr zu.

»Ach?«, meinte Ailsa betont spröde und schenkte ihm ein vielsagendes Grinsen. »Du meinst also, ich hätte auch so eine Schwachstelle?«

»Davon bin ich überzeugt. Und ich hätte da auch schon eine Idee, wo ich suchen muss«, er streckte die Hand aus und fuhr mit den Fingern unter ihr Haar. »Es gibt da diesen kleinen Fleck hier in deinem Nacken. Der ist ganz besonders empfindlich. Ich möchte wetten, wenn ich dich lange genug hier massiere, grunzt du mindestens so zufrieden wie Daphne«, erklärte er und schaffte es dabei, so charmant zu lächeln, dass sie ihm den Vergleich mit dem Schwein sofort verzieh. Sie fragte sich, wie Paul diese Stelle in ihrem Nacken in all den Jahren hatte entgehen können, wenn sie doch für Grayson so leicht zu entdecken gewesen war. Im nächsten Moment versetzte sie sich gedanklich einen Tritt in den Hintern. Paul war Vergangenheit. Sie sollte es sich schleunigst abgewöhnen, die beiden miteinander zu vergleichen. Verdrossen schüttelte sie den Kopf.

Grayson lenkte das Gespräch von den Schweinen wieder zurück auf den Ausgangspunkt ihrer Unterhaltung, auf Ailsas Besuch bei Donalda. »Nur damit ich das richtig verstehe ...«, er warf ihr einen prüfenden Blick von der Seite zu, »Donalda weiß auch nicht, was Murdo gegen deine Pläne hat?«

»Sieht ganz danach aus«, seufzte Ailsa. »Irgendwie hat sich das Gespräch im Kreis gedreht. Ich scheine nur das Gegenteil zu erreichen, wenn ich jetzt Druck aufbaue. Nach der Feier ist Murdo vielleicht entspannter.«

»Wäre möglich.«

»Es ist ja nur bis übermorgen. Immerhin hat sich Norman schon mal bereit erklärt, das Schild zu entfernen. Wenn die Bewohner im Dorf auch einverstanden sind, verpachtet er mir die Wiese. Aber du kannst sicher sein, dass mir Murdo nach der Mondwende nicht entwischt.«

»Daran zweifle ich keine Sekunde«, Grayson zog sie an sich und umarmte sie. »Hast du deine Tante gefragt, weshalb sie den Haushalt nicht aufgelöst haben?«

»Habe ich. Du kennst doch den einschlägigen Satz hier: ›Es war schon immer so, warum sollten wir etwas daran ändern.‹ Niemand hat eine Notwendigkeit gesehen, in dem alten Haus aufzuräumen.«

»Schlecht, sehr schlecht …«, erwiderte er düster und schüttelte den Kopf. »Wenn das so ist, bekomme ich dich demnächst überhaupt nicht mehr zu Gesicht.«

»Wieso das denn?«

Er grinste. »Weil ich keinen Zweifel habe, dass du dein Projekt umsetzen wirst. Und das bedeutet, dass du jedes einzelne leer stehende Haus auf der Insel fotografieren wirst. Eine endlose Menge.« Seine Mundwinkel zuckten verräterisch. »Ich sollte Murdo allen Ernstes dankbar sein, dass er dich hinter die Kasse verbannen will.«

»Du bist unmöglich«, lachte sie. »Aber das Schöne ist, dass du es schaffst, mich aufzuheitern. Egal wie groß die Probleme sind.«

»Ich wünschte, das wäre so«, murmelte er in ihr Haar. In seiner Stimme schwang ein Unterton mit, der sie nervös machte. Irgendetwas stimmte nicht.

»Ist etwas?« Sie suchte seinen Blick.

Er senkte das Kinn, dann schüttelte er den Kopf. »Ich habe leider keine guten Nachrichten.«

Ein dumpfes Gefühl überkam Ailsa. Sie sah sich bereits auf die nächste Katastrophe zuschlittern.

»Während du bei Donalda warst, bin ich zusammen mit Tom noch einmal im Blackhouse gewesen.«

»Weswegen?«

»Nun … Wie du weißt, habe ich ein Faible für Holzarbeiten. Der Dachstuhl deines Blackhouse ist wunderschön, kein Zweifel«, er hob die Hände, »dennoch hatte ich ein komisches Gefühl, als wir gestern dort waren. Die Hauptsparren im Giebel hängen bedenklich durch.«

»Was heißt das?«

Er seufzte. »Ich bin kein Experte, aber Tom kennt sich gut mit der Statik von Dachstühlen aus. Also bin ich mit ihm zum Blackhouse gefahren und habe ihn um seine Meinung gebeten.«

Ailsa hatte auf einmal das Gefühl, sich setzen zu müssen. Nur fehlte ihr leider dazu im Schweinepferch die Möglichkeit. Ihr Mund wurde trocken. »Und was sagt Tom?«

»Leider nichts Gutes.« Graysons Blick wurde ernst. »Er hält es für ein Wunder, dass das Ding nicht schon längst heruntergekracht ist. Seiner Ansicht nach wird es spätestens bei einem der kommenden Herbststürme einstürzen.«

»O nein«, stieß Ailsa aus, ihr Kopf schmerzte. Nervös rieb sie sich über die stechende Stelle zwischen den Augen. »Was glaubst du: Ist es wirklich Irrsinn, das Blackhouse renovieren zu wollen?« Unsicher, wie er reagieren würde, starrte sie ihn an. Einerseits machte sie sich bereits darauf gefasst, das Projekt in den Wind zu schreiben, während sie sich andererseits beharrlich weigerte, ihren Traum aufzugeben. Es war wie verhext.

Immer wenn sie glaubte, eine Schwierigkeit halbwegs gelöst zu haben, tat sich ein neuer, noch tieferer Abgrund vor ihr auf.

»Tom ist gerade dabei, ein Angebot für den Dachstuhl zu erstellen«, sagte Grayson mit fester Stimme und nahm sie bei den Händen. »Hey, was ist denn los?« Er umfasste ihr Kinn und hob es sanft an. »Du wirst doch jetzt nicht den Mut verlieren?«

Tapfer rang sie sich ein Lächeln ab. »Ich weiß nicht«, sie schüttelte den Kopf. »Es wird schon wieder. Ich habe nur gerade einen Tiefpunkt.«

»Das kriegen wir schon hin, du wirst sehen«, sagte er, bemerkenswert ruhig. »Tom und ich haben uns Folgendes überlegt …«, hörte sie ihn sagen, »zunächst musst du den Termin mit dem Beamten hinter dich bringen. Bis Montag wird das Dach schon nicht einstürzen. Bis jetzt ist ja auch alles gut gegangen. Sobald der Beamte weg ist, stellen Tom und ich Schilder auf und sperren den Zutritt zum Blackhouse. So gerät schon mal niemand unwissentlich in Gefahr. Das Zutrittsverbot gilt übrigens auch für dich«, er blickte sie prüfend an, »kann ich mich darauf verlassen, dass du dich daran hältst?«

»Wenn es sein muss«, versprach sie, eher gezwungenermaßen als aus Überzeugung. »Obwohl ich finde, dass ihr übertreibt.«

»Noch mal«, er blickte ihr durchdringend in die Augen. »Das Dach hält gerade mal so. Beim nächsten Windstoß fliegt es weg. So wie bei den drei kleinen Schweinchen«, fügte er hinzu und unternahm damit den verzweifelten Versuch, sie zum Lachen zu bringen. Tatsächlich hatte er damit Erfolg. Doch dann musste sie urplötzlich wieder an Morag denken und an die unheilvolle Prophezeiung, die sie ausgesprochen hatte. Wie war noch mal der genaue Wortlaut gewesen? Morag liebte es, in Andeutungen zu sprechen, die wenig enthüllten. Soweit Ailsa sich erinnerte, war es um eine Leiche und mehrere Sargträger gegangen. Aber hatte Morag explizit erwähnt, dass sich der Todesfall im Blackhouse ereignen würde? Ailsa war sich nicht sicher. Vielleicht hatte Morag eine Sargprozession am Blackhouse vorbeiziehen sehen. Das konnte sie ebenso gut gemeint haben. Der Weg von der Siedlung hinunter zum Friedhof am East Loch Roag führte am Blackhouse vorbei. Und in Callanish lebten eine Menge alter Leute.

»Woran denkst du gerade?«, fragte Grayson.

»An nichts weiter«, behauptete sie und gab sich einen Ruck.

»Ich habe also dein Wort, dass das Blackhouse bis zum nächsten Frühjahr verschlossen bleibt? Vorher können wir ohnehin nicht mit der Renovierung beginnen.«

Es war das Wort mit drei Buchstaben, das ihr Mut machte. »Sagtest du gerade ›wir‹?«

»Natürlich!« Grayson lachte. »Du glaubst doch nicht, dass ich mir die Gelegenheit entgehen lasse, mit einem geübten Schreiner wie Tom zusammenzuarbeiten? Die Reparatur des Dachstuhls ist genau nach meinem Geschmack.«

»Abgemacht«, mit feierlicher Geste reichte sie ihm die Hand, damit er einschlagen konnte. »Ich verspreche, das Blackhouse nach kommendem Montag erst dann wieder zu betreten, wenn du und Tom es für sicher erklärt habt.«

»Abgemacht«, erwiderte Grayson und zwinkerte ihr zu. »Bleibt nur zu hoffen, dass der Beamte von der Inselverwaltung entweder kurzsichtig ist oder die Bauvorschriften nur dem Buch nach kennt. Sonst bekommst du deine Genehmigung nie und nimmer.«

Ailsa musste unwillkürlich kichern. »Ich glaube, da haben wir gute Karten. Der Gute wirkt so staubtrocken, dass ich nicht den mindestens Zweifel daran habe. Er wird sich bei der Prüfung auf die Formalitäten stürzen. Ich vermute, er wäre bereits damit überfordert, ein Campingzelt nach Anleitung aufzubauen. Um Mängel in der Statik eines Dachstuhls einschätzen zu können, braucht man ein gutes Auge.«

»Dann ist ja alles bestens«, lächelte Grayson und setzte damit den Schlussstrich unter die Diskussion. »Können wir jetzt zum angenehmen Teil des Abends kommen?«

Verblüfft starrte sie ihn an. »Du musst nicht arbeiten?«

»Wozu bin ich denn heute Morgen in aller Herrgottsfrühe aufgestanden? Ich habe Zeit eingearbeitet. Also nehme ich mir jetzt frei und komme mit zu dir«, er grinste breit. »Das ist der Vorteil, wenn man der Chef ist.«

»Prima«, freute sie sich. Doch im nächsten Moment seufzte sie abgrundtief. »Mist. Ich war nicht einkaufen. Tut mir leid«, sie zuckte die Schultern. »Ich fürchte, in meinem Kühlschrank herrscht gähnende Leere.«

»Kein Problem«, er schüttelte den Kopf. »Ich habe Janet gebeten, uns ein Candle-Light-Dinner to go einzupacken.«

»Wie darf ich mir das denn vorstellen?« Sie wackelte mit den Augenbrauen.

»Du wirst schon sehen«, er grinste geheimnisvoll. Dann nahm er ihre Hand und zog sie von den Schweinen fort in Richtung des Kücheneingangs. An der Türschwelle streifte er die Gummistiefel ab. Ailsa tat es ihm gleich und betrat in Stümpfen die riesige, blitzsaubere Küche.

»Hi, Janet, ist alles fertig?« Er schlang den Arm um Ailsa, während er Janet mit einem freundlichen Grinsen begrüßte. »Ihr beide kennt euch ja bereits.«

»Hi, Ailsa«, Janet nickte ihr zu, durchaus freundlich. Bei genauerem Hinsehen machte sie auf Ailsa einen weit zugänglicheren Eindruck als bei ihrer ersten Begegnung auf dem Parkplatz beim Surfen. Um Janets Augen zuckten fröhliche Lachfältchen, ihr Blick war offen. Eigentlich sah sie aus wie jemand, mit dem man gut befreundet sein konnte, ging es Ailsa durch den Kopf.

»Alles bereit«, erklärte Janet. »Gut, dass ihr zu zweit seid, es gibt einiges zu tragen.« Sie deutete auf einen professionell aussehenden Essensbehälter aus Edelstahl. »Darin sind Vorspeise, Hauptspeise, Salat sowie der Nachtisch. Ihr braucht alles nur noch aufzuwärmen, abgesehen von Salat und Dessert, versteht sich. Und dann hier«, sie deutete auf einen riesigen Korb, auf dem ein sorgfältig gebügeltes und frisch gestärktes Tischtuch aus weißem Leinen lag. »Darin findet ihr alles, was ihr für ein romantisches Candle-Light-Dinner benötigt, inklusive zwei Flaschen unseres besten Weins. Ailsa«, sie hob den Blick vom Picknickkorb und sah ihr direkt ins Gesicht, »es wird dich vielleicht interessieren, dass alles, was du in dem Korb findest, von den Frauen im Dorf hergestellt wurde. Das Leinen des Tischtuchs und der Servietten ist handgewebt, die Kerzen sind in Eigenproduktion hergestellt. Sogar der Korb wurde speziell für *Cianalas* gefertigt. Die Touristen sind ganz wild nach unseren handgeflochtenen Produkten. Das Blumenarrangement stammt von Peigi, aber das kannst du dir vermutlich denken.«

»Wow«, machte Ailsa. Die in Heimarbeit gefertigten Produkte waren wunderschön. Das Leinen war blütenweiß, aus bester Qualität und am Saum mit einem edlen grauen Lochmuster verziert. Die Kerzen waren in dickwandige Gläser gegossen und dufteten nach Lavendel und Zitrone. Der Korb war im Stil eines klassischen Picknickkorbs geflochten. Bewundernd strich Ailsa über die Weidenzweige, die in sanften Schattierungen von graublau über türkis bis hin zu rostbraun gefärbt waren. Sie wusste, dass einige Frauen für Grayson arbeiteten, aber dass er es geschafft hatte, so vielen Leuten aus dem Dorf ein Nebeneinkommen zu sichern, hätte sie nicht gedacht. Sie war unheimlich stolz auf ihn. Grayson hatte es mit Herz, zupackender Hand und viel Einfühlungsvermögen geschafft, viel Gutes für die Gemeinde zu bewirken.

»Danke, Janet, das ist wirklich nett. Ich habe ein ganz schlechtes Gewissen, weil ich Grayson von der Arbeit abhalte. Mit der Mondwende habt ihr sicher alle Hände voll zu tun.«

Janet machte eine Bewegung mit der Hand, als wollte sie Fliegen verscheuchen. »Fort mit euch. Es ist schon schwer genug, mit dem Chef gemeinsam in einer Küche hantieren zu müssen.« Sie senkte die Stimme und warf Ailsa einen verschwörerischen Blick zu. »Glaub mir, es ist erst recht kein Spaß, wenn er noch dazu über beide Ohren verliebt ist.«

»Das habe ich gehört«, konterte Grayson und schnappte sich mit Schwung den Essensbehälter. Mit der anderen Hand griff er nach dem Korb. »Also dann, Janet, vielen Dank! Wir sehen uns morgen.«

Janet machte einen Schritt auf Ailsa zu und drückte ihr eine Vase mit verschiedenen wohlduftenden Zweigen in die Hand. Ailsa meinte, Johanniskraut, Oliven, Thymian und leuchtend rote Beeren vom Gewöhnlichen Schneeball zu erkennen, eine Zusammenstellung, die eindeutig von Peigi stammte. Janet beugte sich zu ihr herüber. »Viel Spaß, ihr zwei«, sagte sie, sodass nur Ailsa es hören konnte. »Ihr passt übrigens ganz wunderbar zusammen.«

»Danke«, freute sich Ailsa und lächelte zum Abschied. »Bis bald, Janet, *cheers*.«

»*Cheers.*«

Als Ailsa kurz darauf zu Grayson in den Landrover stieg, packte sie nach einem Blick aus dem Seitenfenster doch noch einmal das schlechte Gewissen. »Oje, der Parkplatz ist brechend voll. Ist es tatsächlich in Ordnung, dass du freinimmst?«

Er beugte sich zur Seite und küsste sie innig auf den Mund. »Du glaubst doch nicht im Ernst, dass ich mich ausgerechnet heute davon abhalten lasse«, sagte er mit einer Entschlossenheit, die sie aufhorchen ließ.

»Nein?«, wunderte sie sich. »Ist denn heute so ein besonderer Abend? Die Mondwende ist doch erst morgen.«

»Eben«, er bedachte sie mit einem Blick. »Diese Nacht ist mindestens genauso wichtig. Für mich jedenfalls.« Die Vehemenz der Gefühle, die sich in seinen Augen widerspiegelte, ging ihr durch und durch. Ailsa schluckte. Grayson hob die Hand und strich ihr das Haar aus der Stirn. »In der Nacht vor der letzten Mondwende habe ich dich nach Hause gehen lassen, weil ich dir nicht sagen konnte, wie sehr ich dich liebe.« Er zog mit dem Finger sachte die Konturen ihrer Lippen nach. »Du glaubst doch nicht, dass ich dich heute Nacht auch nur eine Sekunde aus den Augen lasse? Es gibt Fehler, die darf man kein zweites Mal begehen.« Entschlossen startete er den Motor und zwinkerte ihr zu. »Wie sieht es aus? Bist du mutig genug zu riskieren, dem Zauber der Mondwende zu verfallen, so wie es in den alten Sagen heißt? Denk daran, die Folgen können gravierend sein.«

Sie lachte aus vollem Hals. Natürlich wusste sie, was man sagte: Paare, die in der Nacht der Mondwende zusammenfanden, blieben auf ewig zusammen. Peigi und Tom waren das beste Beispiel dafür.

»Und ob ich bereit bin«, sie küsste ihn auf den Mund. »Na los, worauf wartest du? Sehen wir zu, dass wir von hier verschwinden, bevor Janet es sich anders überlegt.«

Kapitel 25

Blair stand am Fenster seines Schlafzimmers und sah den Morgen der Mondwende mit gemischten Gefühlen heraufdämmern. Mittlerweile war es Oktober geworden. Die Sonne erhob sich spät hinter den Hügeln, kaum mehr als eine dünne goldrote Linie, über der ein zart hellblaues Leuchten schwebte. Blairs Instinkte waren geschärft. Seine Augen, an das Zwielicht gewöhnt und scharfsichtig wie die eines Steinadlers, machten wabernde Schleier über dem Loch Shiadair aus. Seenebel, der vom East Loch Roag über die gesamte Westküste hereinzog und über die Böschung herauf an das Haus herankroch. Seine Nase witterte, wie die eines Fischotters, winzigste Moleküle: Aromen von zerfallendem Laub und welkem Gras, von Kelp und Muscheln, von Schafsdung und Pferdehaar, von Neubeginn und Untergang. Seine Ohren, fein wie die eines Wildkaninchens, lauschten aufmerksam der Stille. Das entfernte Donnern der Brandung drang zu ihm herauf, tröstlich wie die Stimme einer Mutter. Es war die uralte, ewig gleiche Melodie. Er kannte sie sein ganzes Leben lang. Das Lied erzählte vom Werden und Vergehen, von Vergangenheit und Zukunft, von Hoffnung und Verzweiflung. Das Rollen und Drehen der Wellen, tief unter der Oberfläche des Atlantiks, brachte ihm zu Bewusstsein, dass auch er nichts weiter als ein Teil eines endlosen Zyklus war, einer Endlosschleife, die von Anbeginn der Zeit an sowohl sein Leben als auch das seiner Väter und Vorväter, seiner Söhne und Ursöhne umfasste. Was geschehen würde, würde geschehen. Wer war er, sich gegen den Lauf der Dinge aufzulehnen? Dies war die Welt, in der er lebte. Solange es keine andere gab, musste er mit dieser zurechtkommen. Was sollte er sonst tun? Und so blieb ihm die Gewissheit, dass auch dieser Tag, an den sich ebenso viele Hoffnungen auf einen Neubeginn wie Ängste klammerten, aufziehen und wieder vergehen würde. Unbedeutend, einer von vielen im nicht endend wollenden Marsch der Zeit. Auch morgen würde die Sonne über den Hügeln aufgehen. Auch morgen würde ein erster zartblauer Schleier die Nacht zerreißen und die Finsternis vergessen machen. Doch die Finsternis, die in ihm herrschte, konnte niemand besiegen. In dieser Nacht würde der Mondgott vom Himmel steigen und aus dem Schoß der Erdmutter neu geboren werden. Doch für ihn, Blair, würde sich nichts ändern. Er würde der bleiben, der er immer gewesen war. Er hörte, wie sich Marsaili hinter ihm aus dem Bett erhob und mit nackten Füßen zu ihm herüberschlich. Er drehte sich nicht um, auch dann nicht, als sich ihre warme, weiche Hand auf seinen Rücken legte.

»Blair?«

»Hm.«

»Was machst du da am offenen Fenster? Du bist eiskalt.«

»Ich kann nicht mehr schlafen.« Er legte den Arm um sie und zog sie an seine Seite.

»Was meinst du«, Marsailis Finger strichen durch sein Haar, »glaubst du, wir werden heute Nacht Glück haben mit dem Wetter?«

»Was weiß ich«, gab Blair zurück. »Und selbst wenn ich es wüsste, würde es mich nicht interessieren.«

Er spürte, wie Marsailis Finger innehielten. Für einen Moment vergaß sie auszuatmen. Dann setzte das rhythmische Heben und Senken ihres Brustkorbs wieder ein.

»Was soll das heißen, Blair?« Er meinte, einen besorgten Unterton in ihrer Stimme zu hören. »Ich habe mich so auf heute Abend gefreut. Du wirst mich doch nicht alleine gehen lassen?«

Er küsste sie auf die Stirn. »Ich bin mir sicher, dass du dich auch ohne mich prächtig amüsierst.«

»Aber Blair ...« Unsicherheit und Angst flackerten in Marsailis Augen auf. »Was sollen denn die Leute denken, wenn du nicht mitkommst? Es muss ja für sie so aussehen, als hätten wir Streit. Du weißt, wie schnell Gerede entsteht.«

»Lass sie reden«, erwiderte er, heftiger als beabsichtigt, und löste den Arm von ihr. »Es schert mich einen verdammten Dreck.«

Marsaili schluckte. Sie öffnete den Mund und schloss ihn wieder. Die Anstrengung, sich eine Antwort zu verkneifen, stand ihr deutlich ins Gesicht geschrieben. »Schön«, sagte sie schließlich. »Lass uns das nicht jetzt entscheiden. Es ist früh am Morgen, und der Tag ist noch lang. Ich gehe hinunter in die Küche und mache uns Frühstück.«

»Nicht für mich«, Blair schüttelte den Kopf, »mir reicht eine Tasse Kaffee.«

»Aber ...«

Er fegte ihren Einwand beiseite, bevor sie ihn äußern konnte. »Ich muss zusehen, dass ich mit den Schafen vorwärtskomme. Das Klauenschneiden gestern hat viel zu lange gedauert. Roddy kommt später und holt die Tiere für die Auktion ab«, behauptete er, obwohl es nicht ganz der Wahrheit entsprach. Gestern war er weiter gekommen, als er gehofft hatte. Doch Marsaili schien sein Argument zu akzeptieren.

»Na schön«, sie strich sich mit den Fingern ordnend durch das schulterlange blonde Haar, »aber zum Mittagessen kommst du doch nach Hause? Oder soll ich dir einen Korb mit Essen auf die Weide bringen?«

»Ich bin zum Mittagessen da«, er küsste sie auf die Wange. »Du machst dir zu viele Gedanken.«

»Ist das so?« Marsaili fixierte ihn mit einem nachdenklichen Blick. Dann drehte sie sich um. Er hörte, wie sie die Treppe hinunterging und in der Küche mit den Pfannen zu hantieren begann. Er schob den Gedanken an die Mondwende, so gut es ging, beiseite, schlüpfte in Jeans und Arbeitsjacke und verließ durch die Hintertür das Haus.

Ailsa lag wach in Graysons Arm und fühlte seinen gleichmäßigen Herzschlag. Unwillkürlich musste sie schmunzeln. Er hatte seine Ankündigung tatsächlich wahr gemacht und sie keine Sekunde aus den Augen gelassen. Zum wiederholten Mal wunderte sie sich, welch immenses Potenzial an Überraschungen in dem Mann steckte, der da neben ihr lag. Gestern noch hatte sie gedacht, er würde scherzen, als er ihr erklärt hatte, sie müssten die Nacht vor der Mondwende unbedingt gemeinsam verbringen. Heute wusste sie, dass mehr dahintersteckte als alberner Spaß oder Aberglaube. Auf eine seltsame, aber zugleich umwerfend romantische Art war Grayson felsenfest davon überzeugt, dass es Unglück bringen würde, in der zurückliegenden oder in der heutigen Nacht voneinander getrennt zu sein. Sie seufzte wohlig. Falls je so etwas wie ein böser Zauber – und als Tochter der Inseln war sie durchaus geneigt, ein Körnchen Wahrheit in den alten Geschichten zu finden – in den letzten achtzehn Jahren über ihnen geschwebt haben sollte, so war es ihnen beiden spätestens heute Nacht gelungen, den Bann zu brechen. Die Verbindung zwischen ihnen war tiefer als alles, was sie je gefühlt hatte. Sie hörte, wie Graysons Atemzüge kürzer wurden. Schließlich schlug er die Augen auf, gähnte und stützte sich auf seine Ellbogen. Lächelnd blickte er auf sie herab. »Guten Morgen, Liebes. Hast du gut geschlafen?«

»Das habe ich.«

»Wunderbar«, er beugte den Kopf zu ihr hinab und küsste sie.

»Ich muss sagen, es hat schon etwas, seit über zehn Stunden pausenlos in deiner Nähe zu sein.«

»Du findest, es hat etwas unwiderstehlich wild Romantisches?«, meinte er lächelnd.

»In etwa so romantisch, wie mit Fußfesseln aneinandergekettet zu sein, wenn du das damit meinst.« Sie zwinkerte ihm zu zum Zeichen, dass sie es nicht ernst meinte.

»Hm, ich höre deutliche Ironie in deinen Worten«, er fuhr mit den Fingern durch ihr zerzaustes Haar. Sein Blick wurde intensiv. »Ich glaube, du hast mich grundlegend missverstanden und ich muss dir den Sinn dahinter noch einmal besser erklären, und zwar ganz von vorne ...« Was folgte, war eine Serie langer, leidenschaftlicher Küsse, die alle Worte überflüssig machten.

»Heute ist es also so weit«, sagte Ailsa, nachdem er sie wieder freigegeben hatte. »Heute ist der große Tag.«

Er nickte. »Ein wichtiger Tag für die Menschen hier, aus den unterschiedlichsten Gründen.«

»Viele nehmen es als Zeichen für einen Neubeginn«, ergänzte Ailsa nachdenklich.

»Das ist es auch«, erwiderte Grayson. »Die Zukunft gehört uns. Ein Zyklus geht zu Ende und ein neuer beginnt. Und diesmal wird nichts zwischen uns stehen, das verspreche ich dir.«

»Du klingst sehr überzeugt.«

»Das bin ich auch.« Er stützte den Kopf in die Hand und blickte sie eindringlich an. »Die letzten Tage waren wunderschön. Und so wird es bleiben. Diese letzte Nacht war wunderschön ...«, er streckte die Hand aus und zeichnete mit dem Finger die Konturen ihres Kinns nach. »Sag mal ... Was hältst du davon, wenn wir irgendwann Kinder hätten?«

Sie schnappte unwillkürlich nach Luft. »Also wirklich, Grayson, du legst ein Tempo vor.« Bislang hatten sie das Thema großzügig ausgeklammert. Jetzt ließ es sich anscheinend nicht länger vermeiden. »Ist das so schlimm?« Er rollte sich herum. »Mir gefällt die Vorstellung, eines Tages mit dir auf einer Bank vor dem Haus zu sitzen und unseren Enkeln beim Spielen zuzusehen.«

»Daraus wird wohl nichts werden«, sie vermied angestrengt, ihn anzusehen. »Ich liebe dich, wirklich. Wenn du allerdings unbedingt Kinder haben möchtest, muss ich dich enttäuschen. Der Arzt hat mir versichert, es sei unmöglich.«

Grayson schwieg. Einen entscheidenden Moment zu lange. Anscheinend rang er sehr mit sich. Ailsa hielt angespannt die Luft an. Natürlich bliebe immer noch die Möglichkeit, Kinder zu adoptieren. Aber was, wenn Grayson sich damit nicht zufriedengab? Sie hob den Kopf und suchte seinen Blick.

Schließlich zuckte Grayson die Schultern. »Dann ist es eben so. Wir sind auch so glücklich.«

»Dann findest du es also nicht schlimm?«

»Schlimm? Nein. Es ist schade, das ja, aber wie sagt man hier auf den Inseln so schön? Es ist, wie es ist.« Er zwinkerte ihr zu. »Wenn uns langweilig werden sollte und wir jemanden brauchen, den wir verhätscheln können, kaufe ich dir ein Haustier. Wie wäre es beispielsweise mit einem Golden Retriever? Im Gegensatz zu Kindern hören die angeblich aufs Wort.«

»Du bist vollkommen unmöglich«, grinsend schlug sie nach ihm. Er packte ihre herumwirbelnden Fäuste und hielt sie fest, während er ihre Lippen mit einem Kuss versiegelte.

»Und du machst dir wie immer viel zu viele Gedanken«, gab er zurück. »Du wirst sehen, alles wird gut. Das betrifft auch das Blackhouse.«

Sie seufzte. »Dein Wort in Gottes Ohr. Erst einmal bringen wir die Mondwende hinter uns, und ich nehme mir Murdo vor.

Da fällt mir ein«, sie stützte sich auf und warf einen Blick auf die Uhr auf dem Nachttisch, »ich wollte gleich bei Peigi im Visitor Centre vorbeischauen. Ich glaube, sie kann Hilfe heute gut gebrauchen. Was hast du vor?«

»Tja, ich habe auch noch das eine oder andere in *Cianalas* zu erledigen. Aber ab dem Nachmittag bin ich frei.«

»Dann sehen wir uns so gegen fünf?«, schlug sie vor.

»Das tun wir. Aber zuvor ...«, er nahm ihre Handgelenke und drückte sie in die Kissen zurück. Dann rollte er sich herum, sodass sein Gesicht wenige Zentimeter über ihrem Mund schwebte. »Glaub bloß nicht, dass ich dich so schnell gehen lasse ...«

Wütend starrte Blair auf sein altes Messer. Er war mit dem Klauenschneiden gut vorangekommen. Jetzt aber war die Klinge stumpf. Das neue Klauenmesser, das er vor ein paar Tagen in Stornoway gekauft hatte, befand sich nicht da, wo es sein sollte. In seiner Hosentasche nämlich. Wie ärgerlich. Er versuchte sich zu erinnern, wann er es das letzte Mal gesehen hatte. Es war gestern gewesen, da war er sich sicher. Mist. Es musste ihm irgendwo zwischen den Felsen und dem Sauergras auf der Schafweide aus der Tasche gefallen sein. Er blickte in den Himmel, ob irgendwo Elstern zu sehen waren, aber über ihm kreisten nur ein paar Seevögel. Glück im Unglück, dachte er und stellte fest, dass er schon seit Tagen keinen der diebischen Vögel mehr gesehen hatte. Ansonsten hätte er das Messer gleich abschreiben können. Es würde ohnehin schon schwer genug werden, es inmitten der wogenden Wollgrasbüschel zu finden.

Er fluchte ausgiebig vor sich hin. Als ob dieser Tag nicht schon genug Ärger mit sich brachte. Marsaili war sauer auf ihn, weil er sie nicht zur Mondwende begleiten wollte. Sie glaubte, es sei ihm nicht wichtig. Dabei drehten sich seine Gedanken seit dem Aufstehen um nichts anderes als um die verfluchte

Feier heute Abend. Zur Hölle damit! Es fühlte sich an, als wollte man ihn in eine Zeitkapsel zwängen, die ihn achtzehn Jahre zurückkatapultierte.

Er entließ das Schaf mit zwei ungekürzten Klauen in den Auslauf. Er überlegte kurz, entschied sich dann, die Abkürzung über die Pferdekoppel zu nehmen und sich systematisch von dort aus vom einen Ende der Schafweide zum anderen vorzuarbeiten. Als er den Auslauf betrat, sah er Chanty in einigen Metern Entfernung stehen. Sie blickte zu ihm herüber.

»Was schaust du so?«

Chanty schnaubte und schüttelte die Mähne. Mit aufmerksamem Blick, gespitzten Ohren und leicht angespannter Unterlippe stand sie da und sah ihn an, als wollte sie ausloten, in welcher Stimmung er sich heute befand.

»Mach dich ruhig über mich lustig«, sagte er unbeteiligt. »Im Grunde bin ich dir doch völlig egal, was?«

Chanty hob den Kopf und gab eine Serie kleiner, halblauter Grummeltöne von sich, was in etwa so klang wie ein Räuspern als Reaktion auf Blairs Frage.

»Verstehe«, Blair nickte. »Du möchtest mit auf die Schafweide kommen und meinst, mit ein bisschen Freundlichkeit kriegst du mich rum.«

Wie zur Antwort bog Chanty den Hals und kam ein paar Schritte auf ihn zugeschlendert. Dabei wirkte sie völlig gelassen. Sie streckte den Kopf vor und beschnupperte vorsichtig seinen Ärmel.

Blair schüttelte verständnislos den Kopf. »Ich weiß wirklich nicht, was ich mit dir anfangen soll. Jetzt tust du, als könntest du kein Wässerchen trüben. Aber sobald dir irgendetwas nicht passt, geht dein elender Sturschädel mit dir durch.«

Chanty schien von dem Vorwurf relativ unbeeindruckt. Sie hob den Vorderhuf und machte zwei, drei scharrende Bewegungen. Das war alles. Als er die Hand hob, um ihren Hals zu streicheln, stand sie ganz still. Nur ihr linkes Ohr zuckte aufmerksam.

»Du bist ein Streuner«, stellte Blair nüchtern fest. »Du lässt dich nicht einsperren. Wenn du es dir in den Kopf gesetzt hast, rennst du davon, ohne Rücksicht auf Verluste. Daran wird sich nie etwas ändern.«

Chanty stupste ihn ungeduldig mit dem Maul in die Seite. Anscheinend fand sie, dass er genug geredet hatte. Sie hatte Lust auf einen Ausflug.

Er ließ die Luft mit einem Stöhnen aus seinen Lungen entweichen. Auf einmal war er es nur noch leid, seine Energie an einen nutzlosen Gaul zu verschwenden, mit dem er nie vernünftig würde arbeiten können. Es war Zeit, einen Schlussstrich zu ziehen. Er schob die Hände in seine Taschen und trat einen Schritt zurück. »Ich bin mit meinem Latein am Ende«, erklärte er. »Das war's. Von mir aus kommst du mit auf die Schafweide. Genauso gut kannst du es auch bleiben lassen. Ist mir egal. Auch wenn du abhaust. Das geht ab jetzt auf dein Konto. Ich laufe dir nicht mehr hinterher.«

Damit wandte er sich um und ging auf die Weide zu. Er drehte sich nicht um. Dennoch bemerkte er, dass Chanty einen Moment verwirrt dastand und ihm hinterhersah. Der Rest der Herde graste in sicherer Entfernung. So gesehen, konnte er es verantworten, das Gatter hinter sich offen zu lassen. Mit gesenktem Kopf maß er Schritt für Schritt die Weide ab, auf der Suche nach dem Klauenmesser. Plötzlich nahm er aus den Augenwinkeln eine Bewegung wahr. Er hob den Kopf. Chanty kam, so gelöst und frei, wie er sie selten erlebt hatte, durch das hohe Sauergras auf ihn zugeschritten. Er tat, als hätte er sie nicht bemerkt, und suchte weiter. Wo zum Teufel hatte er das verflixte Messer verloren? Meter um Meter schritt er die Weide ab. Chanty folgte ihm dicht auf den Fersen. So verbrachten sie die nächste halbe Stunde. Blair war auf ein Aufblitzen von Stahl inmitten des welken Grases fokussiert. Chanty ging entspannt an seiner Seite und rupfte hin und wieder an ein paar Grasbüscheln. Verwundert kratzte sich Blair den Kopf. Schließlich, nachdem er am anderen Ende der Weide angekommen war, gab er die Suche auf. Es würde ihm wohl nichts anderes übrig bleiben, als sich ein neues Messer zu kaufen. Nun, er zuckte die Schultern, es gab Schlimmeres. Dann war es eben so. Gefolgt von Chanty, verließ er die Koppel. Als Chanty durch das Gatter war, verriegelte er es und drehte sich nach ihr um. Sie machte noch immer keine Anstalten, sich zu entfernen.

»Na schön«, sagte er und beschloss, es darauf ankommen zu lassen. Würde Chanty ihm auch zum Offenstall folgen? Würde sie sich striegeln und satteln lassen? Oder würde ihr elender Freiheitsdrang wieder mit ihr durchgehen? Er hatte keine Ahnung, worauf er sich gefasst machen musste.

Eine Viertelstunde später stand Chanty frisch geputzt und gesattelt neben ihm und blickte aus dunklen Augen gelassen zu ihm herüber. Kopfschüttelnd ließ sich Blair auf dem Deckel der Futterbox nieder. Und langsam, ganz langsam fiel der Groschen. So war es also mit Chanty … Er musste bereit sein, ihr zu vertrauen und ihr Freiheit zu gewähren, dann vertraute sie sich auch ihm und seiner Führung an. Verdammt! Ungläubig schüttelte er den Kopf. Ein Grinsen ließ seine Mundwinkel zucken. Herr im Himmel. Wieso war er so blöd gewesen, das nicht schon viel früher zu kapieren? Ohne an die Folgen zu denken, sprang er von der Kiste auf, warf die Arme hoch und stieß einen Jubelschrei aus.

Chanty schnaubte, schüttelte die Mähne und scharrte mit dem Vorderhuf, ging aber diesmal nicht wie ein Knallfrosch in die Luft. Er beobachtete, wie ein Zucken über ihre Flanken lief. Das war alles. Unglaublich.

Er nahm einen Apfel aus der Tonne, ging zu Chanty hinüber und sah zu, wie sie in aller Seelenruhe aus seiner Hand fraß. Nachdenklich betrachtete er seine Finger, an denen Pferdesabber klebte. Wenn es noch einen Beweis gebraucht hätte, um ihn glauben zu lassen, dass er nicht träumte, so hatte er ihn spätestens jetzt bekommen.

Er beschloss, es nicht zu übertreiben. Für heute würde er es gut sein lassen. Chanty hatte ihren guten Willen mehr als bewiesen. Also schenkte er ihr für heute das, wonach sie sich anscheinend am meisten sehnte: die Freiheit der weiten, sanft rollenden Hügel und des unbegreiflich hohen Himmels über ihr. In Frieden mit der Stute und sich selbst sattelte er sie wieder ab, löste ihr Halfter und gab ihr einen Klaps auf den Hintern. Kopfschüttelnd blickte er ihr hinterher, wie sie über den Auslauf locker schwingend davonschwebte.

Sein Blick flog hinüber zu dem Schafspferch. Eigentlich wartete noch Arbeit auf ihn. Doch zuerst musste er unbedingt zu Marsaili gehen und berichten, was passiert war.

Kapitel 26

 »Du wirst es nicht glauben, aber das war der entscheidende Moment«, schloss Blair seine Erzählung und legte Messer und Gabel beiseite. »Ist es zu fassen? Da rackere ich mich Tag für Tag, Woche für Woche mit dem sturen Gaul ab. Und gerade als ich beschließe, dass sie mir gestohlen bleiben kann, macht sie eine absolute Kehrtwende. Was sagst du dazu?«

Marsaili schluckte ein letztes Stück Pastete hinunter und spülte mit einem Schluck Wasser nach. »Das ist ...«, sie hüstelte, offensichtlich hatte sie ein Stück Kruste in den falschen Hals gekriegt. Kurz stiegen ihr die Tränen in die Augen, doch gerade als Blair aufstehen und ihr den Rücken klopfen wollte, bekam sie wieder Luft. Sie tupfte sich mit der Serviette über die Mundwinkel. »Wirklich ... das ist ausgesprochen interessant.«

»Natürlich wird es weiter Höhen und Tiefen geben, aber dennoch. Kein Vergleich zu den Monaten, die wir hinter uns haben.« Blair nahm einen kräftigen Schluck Bier. Er hatte beschossen, sich zur Feier des Tages ausnahmsweise bereits zum Mittagessen ein Glas Celtic Black zu gönnen. Er wischte sich mit der Hand den Schaum vom Mund und grinste Marsaili über den Tisch hinweg an. »Dieses Pony hat einen ausgeprägten Charakter. So etwas hab ich noch bei keiner meiner Stuten erlebt. Du musst sie nur loslassen und ihr ein wenig Freiheit gönnen, und schon kommt sie freiwillig zu dir. Hättest du gedacht, dass das so einfach ist?«

»Nein. Nie im Leben«, versicherte Marsaili und nickte ernsthaft, aber er meinte zu beobachten, wie ihre Mundwinkel verräterisch zuckten.

Er kniff die Augen zusammen. »Du machst dich über mich lustig?«

»Absolut nicht«, Marsaili schüttelte den Kopf.

Er lehnte sich zurück, streckte die Beine unter dem Tisch aus und trank in Ruhe sein Bier. Währenddessen räumte Marsaili den Tisch ab, wischte ihn sauber und setzte sich dann mit einer Tasse Tee wieder an ihren Platz.

Sie fasste über die Tischplatte und streichelte seinen Arm. »Dann ist das heute ein guter Tag für dich, Blair? Das freut mich.«

»Ein sehr guter, ja.«

Für einen winzigen, kaum wahrnehmbaren Moment senkte sie den Blick, dann sah sie ihm wieder in die Augen. »Wenn doch heute so ein guter Tag ist …«

Sie brauchte gar nicht weiterzureden. Er wusste ohnehin, worauf es hinauslaufen würde. Mit einer knappen Geste schnitt er ihr das Wort ab. »Nein. Es bleibt dabei. Ich werde nicht zu der Mondwende gehen.«

Sie starrte in ihren Tee. Als sich ihre Blicke wieder trafen, lag ein Schatten auf ihrem Gesicht. »Bitte, Blair, lass mich ausreden«, sie reckte das Kinn, als versuchte sie, sich selbst damit Mut einzuflößen.

»Schön, dann sprich.«

»Du weißt doch, wie sehr ich mich auf die Feier gefreut habe«, begann sie, unsicher zuerst, doch mit jedem Atemzug sprach sie freier und lebhafter. »Es ist ein großes Ereignis, und es findet nur alle achtzehn Jahre statt. Wir haben das Glück, hier vor Ort zu leben. Die Steine sind unsere Nachbarn. Andere Leute kommen von weit her für diese besondere Nacht.« Sie unterbrach sich und ließ den Blick aus dem Fenster schweifen. »Es ist das Fest unserer Vorfahren. Unser kulturelles Erbe. Du bist doch sonst immer derjenige, der die Traditionen hochhält. Du willst sicher nicht, dass die Touristen dort oben heute Nacht die Regie übernehmen. Das Fest ist in erster Linie für uns da, findest du nicht?«

»Murdo wird schon für Ordnung sorgen. Verlass dich drauf«, gab er zurück, nach außen unbeeindruckt.

Innerlich aber musste er ihr zugestehen, dass sie mit ihrem Argument einen Treffer gelandet hatte. Wenn sie doch nur begreifen könnte, dass sie mit ihrer Forderung einen Vorhang aufriss, hinter dem sich schlimme Erinnerungen verbargen. Bilder, die er aus seinem Leben ausgesperrt hatte, weil ihr Anblick unerträglich war. Wie sollte er es aushalten, heute Abend wieder dort oben bei den Steinen zu stehen? Wie damals, vor achtzehn Jahren? Eine Hitzewelle durchschoss ihn, er fühlte sich wie im Fieber. Es schien, als hielte Marsaili ihm einen Spiegel vors Gesicht, in dem ihm sein jüngeres Selbst entgegenblickte. Er ertrug es nicht, hineinzusehen. Welcher der unterschiedlichen Blairs war er? Die Frage jagte ihm Schauer über den Rücken. Er traute sich selbst nicht über den Weg. Es steckte in ihm. War Teil seines Charakters. Bei Pferden sagt man, sie hätten schlechtes Blut. Für ihn galt das Gleiche. Er schluckte. Seine Kehle fühlte sich wund an. Am liebsten hätte er seine Verzweiflung aus sich herausgeschrien. Das Schweigen erstickte ihn. Mit aller Macht wünschte er sich, er könnte sich selbst belügen. Könnte sich vormachen, dass es keinen Unterschied machte, jetzt, da Ailsa und Grayson sich am Ende doch noch gefunden hatten. Aber es machte einen Unterschied. Einen gewaltigen sogar. Zeit war ein kostbares Gut auf dieser Welt. Versäumtes Glück ließ sich mit nichts aufwiegen. Wie sollte er unter diesem Vorbehalt je mit sich ins Reine kommen? Die Wände um ihn herum schienen zusammenzurücken, er bekam keine Luft mehr.

Durch den Schleier seiner Wahrnehmung hindurch registrierte er vage, dass Marsaili ihn besorgt anblickte. »Was ist? Geht es dir nicht gut?«

»Mir fehlt nichts. Ich habe nur Durst.« Er reichte über den Tisch, schenkte Celtic Black nach, das zweite heute Mittag, und trank in großen Zügen. Das Bier war kühl. Es floss seine Kehle hinab und spülte die Verzweiflung hinunter in seinen Magen, wo er sie nur noch als dumpfes Brennen empfand.

Marsaili wartete, bis er das Glas abgesetzt hatte. »Du weißt, ich bitte dich selten um etwas. Aber dieses eine Mal ist es mir wirklich wichtig.« Sie nahm seine Hand und drückte sie. »Bitte tu mir den Gefallen und komm heute Nacht mit zu der Feier.«

Er fluchte leise in sich hinein. »Warum willst du mich mit aller Gewalt da hinschleppen?«

»Ich begreife nicht, warum du dich so sträubst. Es ist nicht normal, so einen Zirkus zu veranstalten. Da steckt doch etwas dahinter.«

»Schwachsinn.«

»Von wegen Schwachsinn, ich kenne dich«, ereiferte sich Marsaili, ihre Augen blitzten. »Wenn nichts dahintersteckt, dann beweise es mir und komm mit.«

»Ich habe es verflucht noch mal nicht nötig, *irgendetwas* zu beweisen. Weder dir noch mir.«

»Hör auf, mich anzulügen, und sag die Wahrheit«, Marsaili hieb mit der Faust auf den Tisch. Ihr Gesicht war aschfahl, die Schatten um ihre Augen dunkel. »Was verheimlichst du mir?«

»Nichts, und jetzt lass es verdammt noch mal gut sein.« Er knallte das Glas auf die Tischplatte, sodass der Schaum spritzte.

»Das werde ich nicht«, Marsailis Kinn zitterte, ihre Stimme klang gepresst, als hätte sie Mühe, die Tränen zurückzuhalten. »Ich bin deine Frau. Ich habe ein Recht darauf zu erfahren, was dich in den letzten Wochen und Monaten so umtreibt. Es tut mir leid«, sie biss sich auf die Lippe, »aber entweder du sagst es mir, oder das war's mit uns.«

»Lass die albernen Drohungen«, sagte er mit einer Stimme, die an Zynismus grenzte. Doch in seinen Eingeweiden zog sich alles zusammen. »Du würdest so oder so nie ernst machen.«

»Da täuschst du dich«, sie straffte die Schultern. Irgendwie kam sie ihm in diesem Moment größer vor, als sie war. »So können wir unmöglich weitermachen. Du entfernst dich immer mehr von mir. Du hast Probleme, doch wie immer machst du alles mit dir selbst aus. Aber so funktioniert es nicht in einer Ehe, hörst du? Wenn du meinst, dass Schweigen die Lösung ist, bitte schön. Schweig ruhig weiter. In Zukunft wirst du jede Menge Gelegenheit dazu haben, aber dann werde ich nicht mehr da sein. Wenn du schweigst, ist unsere Ehe nicht die Tinte wert, mit der die Papiere unterzeichnet wurden.«

»Was soll das? Versuchst du mich zu erpressen?«

»Ich versuche unsere Ehe zu retten.«

Sekundenlang starrten sie sich in die Augen. Knisternde Spannung füllte den Raum bis in die letzte Ritze.

Das Blut rauschte durch seine Adern. Er brauchte Luft. Musste raus hier. Raus aus dieser Enge. Hinaus in die weite, karge Landschaft, wo er den Wind im Gesicht spürte und seine Füße federnden Boden berührten. Am liebsten wäre er auf und davon gerannt. Weg, nur weg ... Schwer atmend blieb er sitzen.

Er kannte Marsaili. Diesmal meinte sie es ernst. Verdammt ernst. Und er begriff. Begriff, dass er an einem Wendepunkt in seinem Leben angekommen war. Er musste eine Entscheidung fällen. In Gedanken warf er eine Münze. Kopf für reden, Zahl für schweigen. Kopf oder Zahl? Wie würde Marsaili reagieren, wenn sie erfuhr, welche Dummheit er damals begangen hatte und wie sehr er es bereute? Mit Unverständnis und Vorwürfen könnte er umgehen. Marsailis Anteilnahme und Einfühlungsvermögen wären schwerer zu ertragen. Kopf oder Zahl. Entweder er redete jetzt, oder er würde es nie tun. Er legte die Hände vor die Stirn und schloss die Augen. Dann sog er tief Luft ein. »Du hast recht. Ich erzähle es dir.«

Marsaili sagte kein Wort. Ebenso gut hätte sie gar nicht mehr im Zimmer sein können. Genau das stellte er sich jetzt vor. Er wäre alleine. Das machte es leichter.

»Ich muss acht oder neun Jahre gewesen sein, als Grayson das erste Mal auf die Insel kam. Seine Familie hatte schon zuvor die Sommerferien hier verbracht. Dann hatten wir jahrelang unseren Frieden vor den St Johns. Plötzlich waren sie zurück. Und so blieb es dann, für viele weitere Sommer. Zuvor hatte es nur Ailsa und mich gegeben. Wir beide steckten dauernd zusammen, bauten Geheimverstecke, Burgen und sammelten Strandgut. Was man als Kind eben so macht. Die Welt war in Ordnung, bis Grayson kam. Dann war es mit der schönen Zeit vorbei. Mein Vater bestand darauf, dass wir Grayson auf unsere Ausflüge mitnahmen. Es war die reine Pest. Grayson klebte an uns wie eine Klette. Immer wollte er mitbestimmen, was wir spielten, obwohl er unsere Regeln nicht kannte, und andauernd gab es Streit. Aber irgendwie haben wir uns seltsamerweise arrangiert. In Graysons letztem Sommer auf Lewis jedoch wurde alles anders. Wir waren siebzehn, keine Kinder mehr.« Seine Kehle wurde eng, als legte jemand seine Hände um seinen Hals. Er schluckte. »Es kam, wie es kommen musste. Ailsa war jung und wunderschön, sie war frei und voller Leben. Ein Wesen zwischen Elfe und Meernixe, wie sie so mit nackten Beinen und wehendem rotem Haar über die Klippen gelaufen ist und ihr die Gischt ins Gesicht spritzte. Und Grayson ...«, er lachte bitter, »na ja, er sah verdammt gut aus, das tut er heute noch. Dazu versprühte er diese teuflische Mischung aus Unnahbarkeit und Charme. Die Mädels waren scharf auf ihn, nicht nur wegen seines Geldes.«

Er verstummte, versunken im Strudel schmerzhafter Erinnerungen.

»Er hätte jede haben können, wirklich jede. Aber nein, er hatte es sich in den Kopf gesetzt, Ailsa zu bekommen ...«

»Und Ailsa gehörte dir«, sagte Marsaili leise in sein Schweigen hinein.

Er nahm die Hände vom Kopf und sah sie an. Noch immer saß sie ihm gegenüber, ganz ruhig, und hörte zu. Durch die Scheibe fiel von hinten Licht auf ihr glattes blondes Haar. Feine Staubkörnchen tanzten durch die Luft, sodass es aussah, als rieselte Glitzer auf sie hernieder.

»*Aye.* So war es. Ohne Grayson wäre Ailsa meine Frau geworden«, vor seinem inneren Auge warfen die Erinnerungen flackernde Schatten. »Jedenfalls dachte ich das damals. Heute weiß ich es besser. Aus Ailsa und mir wäre nie ein Paar geworden. Doch damals war ich zu unreif, um das zu erkennen. Inzwischen weiß ich es besser. Die Frau, die ich liebe und immer lieben werde, bist du.«

Er sah Tränen in Marsailis Augen schimmern. Impulsiv suchte sie seine Nähe und streckte über den Tisch hinweg beide Hände nach ihm aus. Obwohl er den Drang verspürte, aufzuspringen und sie in seine Arme zu nehmen, blieb er sitzen. Er durfte jetzt nicht weich werden. Nicht bevor er ihr alles gesagt hatte. Diesmal musste er reinen Tisch machen. Er hob die Hand und bedeutete ihr, ihn ausreden zu lassen. Ruhiger als zuvor fuhr er fort: »Wie du weißt, war Kaitlin inzwischen verwitwet. Ailsa war ihre einzige Tochter. Eine ziemliche Katastrophe damals, wenn ein Mädchen vor der Ehe schwanger wurde. Kaitlin wollte nichts riskieren.«

»Sie dachte, Ailsa könnte an der Mondwende auf dumme Ideen kommen?«, fragte Marsaili mit belegter Stimme.

Er nickte. »Die St Johns hätten nie in eine Ehe eingewilligt. Das konnte sich Kaitlin an allen zehn Fingern abzählen. Sie musste dem Ganzen einen Riegel vorschieben. Also untersagte sie Ailsa, zur Feier zu gehen.«

»Denn durch die Magie der Mondwende findet man die einzig wahre Liebe, so heißt es jedenfalls«, fuhr Marsaili fort.

»*Aye*. Kaitlin dachte, dadurch wäre das Problem gelöst. Am Tag darauf sollte Grayson die Insel verlassen und aufs Festland gehen. Die beiden hätten sich also so schnell nicht wiedergesehen.« Blair zuckte die Schultern. Er nahm das Bierglas und wischte den übergelaufenen Schaum weg. »Später wurde behauptet, Ailsa hätte krank im Bett gelegen, aber natürlich war das gelogen. Ailsa war gesund wie ein Fisch im Wasser, aber kreuzunglücklich. Sie wusste, dass Grayson an den Steinen auf sie wartete. Etwas musste geschehen. Also schlich sie sich zu mir in den Schuppen hinüber. Sie war völlig verheult. Mit den Nerven am Ende. Kaitlin ließ sie nicht gehen, das machte sie schier wahnsinnig.« Sein Mund war ausgetrocknet, er schüttelte den Kopf. »Alles in mir brannte vor Eifersucht, sie so zu sehen, wo ich doch sicher war, dass sie *mir* gehörte.«

Seine Kehle schmerzte. Er konnte nicht weiterreden und überließ sich für einen Moment den Erinnerungen.

Marsaili drängte ihn nicht. Schließlich atmete sie tief aus. »Was ist dann passiert?«

»Ailsa nahm eine der Schafscheren und schnitt damit eine Strähne ihres roten Haares ab. ›Hier‹, sagte sie zu mir, ›nimm das. Du musst zu den Steinen gehen und Grayson das hier geben. Sag ihm, dass ich ihn liebe und dass ich auf ihn warte, egal wie lange es dauert …‹« Wieder unterbrach er sich und schluckte heftig.

Marsaili legte die Hand auf seinen Arm. »Ist es das, was ich denke?«

Er nickte.

»Du hast Grayson die Locke nicht gegeben, richtig?«

»Nein! Natürlich nicht. Ich war jung, hitzköpfig und rasend vor Eifersucht. Gott, ich hasse mich so dafür! Ailsa ist meine beste Freundin. Sie und Grayson hätten damals schon ein Paar sein können. Durch mich haben sie all diese Jahre verloren. Das Schlimmste ist, dass ich den Mut nicht aufbringe, ihr die Wahrheit zu sagen. Ich habe Angst, Angst, Ailsa zu verlieren, ausgerechnet jetzt, wo das Thema mit der Croft endlich vom Tisch ist. Alles könnte gut sein. Herrgott …«, er raufte sich das Haar. »Verstehst du jetzt, weshalb ich heute Nacht nicht zu den verdammten Steinen gehen kann?« Seine Augen brannten, als hätte er Sand hineinbekommen. Er starrte Marsaili an.

Sie schwieg. Unbeirrt. Ruhig. Beschwichtigend. Ein Fels in der Brandung. Das war sie all die Jahre immer gewesen. Warum erkannte er erst jetzt, wie viel Stärke von Marsaili ausging?

Er starrte ins Leere. »Ich habe die Haarsträhne behalten und sie in einer alten Zigarrenkiste im Schuppen versteckt. Ich hätte damals alles getan, nur um Grayson loszuwerden. Ich habe Ailsas Vertrauen verraten, so wie Judas Jesus verraten hat.«

Er hörte, wie Marsaili den Stuhl beiseiteschob. Sie trat neben ihn und streichelte ihm sanft übers Haar. »Wenn wir aber unsre Sünden bekennen, so ist er treu und gerecht, dass er uns die Sünden vergibt und reinigt uns von aller Ungerechtigkeit«, zitierte sie mit ruhiger Stimme. »Das steht so in der Bibel. Auch Judas war damit gemeint. Wenn man wirklich bereut, wird einem vergeben.« Marsaili löste ihre Hand von ihm und trat einen Schritt beiseite. »Ich glaube, du brauchst etwas Stärkeres als Bier. Ich hole uns einen Whisky. Und dann finden wir einen Weg, wie du das Unrecht aus der Welt schaffen kannst.«

Er lachte gequält. »Als ob das ginge.«

Marsaili zuckte die Schultern. »Einfach wird es nicht. Aber nicht unmöglich«, sagte sie und klang dabei sehr überzeugt. Er hörte, wie sie sich entfernte, kurz darauf kehrte sie mit einer Flasche Talisker zurück. Sie schenkte ein und reichte ihm ein bis zum Rand gefülltes Glas. Er trank es in einem Zug leer, während sie an ihrem Whisky nur nippte.

»Also schön«, sagte sie schließlich, als er das Glas abgestellt hatte. »Was würdest du tun, wenn deine Söhne etwas ausgefressen hätten?«

»Ich würde sie übers Knie legen.«

»Würdest du nicht. Du weißt genau, was ich meine!« Marsaili schüttelte ungehalten den Kopf. »Was würdest du von ihnen verlangen?«

»Ich würde verlangen, dass sie es wieder in Ordnung bringen.«

»*Aye*«, Marsaili nippte erneut an ihrem Whisky, schenkte ihm aber nicht nach. »Und wie würde das genau aussehen?«

»Was soll das Ganze?«, murmelte Blair, dem allmählich dämmerte, worauf sie hinauswollte. Es war eine verdammte Fangfrage, alles in ihm sträubte sich dagegen, darauf zu antworten. Er musste sich regelrecht dazu zwingen. »Die Jungs müssten zu demjenigen gehen, dem sie Unrecht getan haben, und sich entschuldigen. Aber der Vergleich hinkt, falls es das ist, was du meinst. In meinem Fall ist das ausgeschlossen.«

»Warum?«

»Da fragst du noch?« Er schnaubte. »Wie könnte Ailsa mir je verzeihen? Sie würde mich hassen.«

Schweigend schob sie ihm nun doch ein zweites Glas Whisky zu. »Nein«, sagte sie, fast tonlos.

»Was?«

Marsaili hob den Kopf und schlug einen entschlossenen Ton an. »Ich sagte: Nein, das kann ich mir nicht vorstellen.«

Er sah sie an, halb verärgert, halb verwirrt. Wie kam sie dazu, so etwas zu behaupten? Hatte sie denn gar nicht verstanden, wie verfahren das Ganze war? Er trank auf ex und hielt ihr das leere Glas hin. »Bekomme ich noch einen Whisky?«

»Nein.« Sie schüttelte den Kopf. »Aber du bekommst etwas anderes von mir. Etwas, das ich dir sonst nicht geben würde, weil du es ohnehin nur schwer akzeptierst.«

Verwundert schielte er zu ihr hinüber.

»Du bekommst einen guten Rat von mir.« Marsaili setzte eine Miene auf wie ein Arzt, der seinem Patienten eine schwere Diagnose stellt. »Blair, ich kann mir vorstellen, wie es in dir aussieht. Wenn man über so viele Jahre eine solche Schuld mit sich herumschleppt, muss es einem so vorkommen, als wäre das ganz und gar unverzeihlich. Die Dimensionen verschieben sich, ohne dass man es bemerkt. Und so wird aus einem Fehler, den man einmal begangen hat, eine Katastrophe, an der man zu zerbrechen droht.«

Er öffnete den Mund, doch bevor er etwas sagen konnte, kam sie ihm zuvor.

»Blair, hör mir zu«, der durchdringende Blick ihrer blauen Augen fuhr ihm gewaltig unter die Haut. »Du warst jung – unreif, wie du selbst gesagt hast –, du warst eifersüchtig und – wie wir beide wissen – ein verdammter Hitzkopf. Das bist du noch heute«, sie zwinkerte, liebevoll beinahe, aber auch bekümmert. Ihr Blick wanderte durch die Küche, als suchte sie etwas Bestimmtes. Dann hob sie den Arm und deutete zum Herd. »Sieh mal, was da drüben steht.«

Er folgte ihrem Blick. »Dein alter Dampfkochtopf.«

»Genau. Eine praktische Erfindung, aber gefährlich, wenn man nicht richtig damit umgeht. Als ich ihn neu hatte, zu Beginn unserer Ehe, wäre fast etwas Schlimmes passiert. Ich hatte ihn überhitzen lassen und dann, zu allem Übel, versucht, ihn zu öffnen.« Sie biss sich auf die Lippe. »Ich hatte Glück. Um ein Haar wäre mir siedend heiße Brühe ins Gesicht gespritzt. Warum ich dir das erzähle? Manchmal kommst du mir vor wie ein Kessel, der unter zu großen Druck geraten ist. Du warst voll brodelnder Eifersucht an der Mondwende, da ist der Topf eben explodiert. Das war nicht schön, aber es ist nun einmal geschehen. Und heute? Heute stehst du immer noch unter Druck. Nur diesmal entlädt sich der Druck nicht. Du bist voll von gärendem Selbsthass, und damit wirst du dir selbst zum schlimmsten Feind. So, wie ich Ailsa einschätze, wird sie dir verzeihen, wenn du selbst dir verzeihst.«

Er schwieg. Und in das Schweigen hinein spürte er, wie Marsailis Worte langsam in das Dunkel seiner Seele sickerten und die Mauer aus Verzweiflung und Selbsthass Risse bekam.

»Ein gewisses Risiko gehst du natürlich ein, so ist das nun mal mit der Wahrheit«, fuhr sie fort, ein Schatten huschte über ihr Gesicht und verschwand. »Aber wenn du dich weiter selbst zerstörst, wirst du Ailsa auf lange Sicht erst recht verlieren. Geh zu ihr, Blair, noch heute Nacht. Geh zu Ailsa, nimm sie bei der Hand und sag ihr, wie sehr du es bereust. Erzähl ihr, wie sehr es dich belastet, und bitte sie um Vergebung. Du wirst sehen, sie wird dir verzeihen. Besonders jetzt, da sie und Grayson wieder zusammengefunden haben. Und versöhn dich auch mit ihm. Du kannst ihn nicht ausschließen, wenn dir Ailsa wichtig ist. Er ist Teil ihres Lebens.«

Im ersten Moment spürte er Entsetzen. Mit Ailsa und Grayson zu reden erschien ihm schlimmer, als hätte Marsaili ihn gebeten, sich in ein Bett aus glühenden Kohlen zu legen. Er schluckte schwer. Und dann wurde ihm mit einem Schlag klar, dass das, was Marsaili ihm sagte, der beste Rat war, den er je in seinem Leben bekommen hatte.

»*Aye*«, er nickte langsam. »Ich habe verstanden.«

Ailsas Tag war im Nu verflogen. Peigi wäre ihr aus Dankbarkeit für ihre Hilfe beim Service fast um den Hals gefallen. Das Visitor Centre war ab dem frühen Vormittag bis zur Kaffeezeit aus allen Nähten geplatzt. Ganze Busladungen von Touristen hatten sie im Akkord abgefertigt. Merkwürdig, dachte Ailsa und musste grinsen, dass die Busse mitsamt Besuchern lange vor Beginn des eigentlichen Spektakels die Insel mit den Fährschiffen bereits wieder verlassen hatten. Geblieben war nur der harte Kern, bestehend aus einzelnen Individualreisenden, einer Handvoll New-Age-Anhängern und einer Gruppe von Menschen, die ein Faible für altertümliche Rollenspiele hatten und den ganzen Tag in Wikingerkostümen herumliefen. Doch reichte es aus, dass die Frühstückspensionen rund um Callanish bis unters Dach ausgelastet waren. Man hatte buchstäblich jede Besenkammer frei geräumt, um weitere Gäste unterzubringen. Die Wiese, die vom Besucherzentrum zum East Loch Roag hinunterführte, hatte sich in einen – leider größtenteils morastigen – Zeltplatz verwandelt. Peter, Peigis Chef, duldete mit der sprichwörtlichen Gelassenheit der Inseln, dass die Camper die Toiletten benutzten, obwohl sie praktisch nichts konsumierten.

Es ging auf halb fünf zu, als Ailsa nach Hause kam. Sie beeilte sich zu duschen und setzte eine Kanne Tee auf. Grayson würde bald da sein. In der Zwischenzeit setzte sie sich an ihren Computer. Der Wetterbericht für den Abend der Mondwende nahm sich nicht sonderlich gut aus. Starkregenfelder im Osten bei anhaltendem Nordwestwind mit der Möglichkeit von lokalen Aufheiterungen im Laufe der Nacht. Oder eben auch nicht, dachte Ailsa und entschied sich, der offiziellen Prognose keinen allzu großen Wert beizumessen. Was die Unwägbarkeit des Wetters betraf, so war sie damit aufgewachsen, sich den wechselnden Wetterlagen anzupassen. Schönwettergeister hatten es hier oben auf den Westlichen Inseln schwer. Planungssicherheit bei Veranstaltungen im Freien war nur insofern gegeben, als dass man sich darauf verlassen konnte, mit wind- und regenfester Kleidung richtigzuliegen.

Dann öffnete sie ihr Postfach. Die Mail ihres Rechtsanwalts sprang ihr sofort ins Auge. Gespannt, was er zu berichten hatte, öffnete sie die Nachricht: Sie las, dass Paul seinen Ehebruch zugegeben hatte. Somit könne die Scheidung ohne Einhaltung eines Trennungsjahres eingereicht werden, wenn sie dies wünsche.

Ailsa verfasste eine knappe Antwort. Sie war einverstanden. Mit etwas Glück wäre sie im nächsten Frühjahr geschieden. Ein merkwürdiges Gefühl. Nachdenklich starrte sie auf den blinkenden Cursor vor dem weißen Hintergrund. Sie konnte kaum glauben, dass der Berg an Problemen, den die Scheidung mit sich brachte, bis dahin abgetragen sein sollte. Ob das auch für die Probleme mit Murdo und dem Blackhouse galt? Sie spürte ein Kratzen hinten im Hals und musste schlucken. Sie begriff einfach nicht, warum Murdo sich so vehement gegen ihre Pläne stellte. Warum nur? Es schien fast, als würde sich in den alten Mauern ein Geheimnis verbergen, dessen Enthüllung

Murdo um jeden Preis verhindern wollte. Ob es etwas mit dem Liebespaar zu tun hatte, dessen fernes Echo sie jedes Mal streifte, wenn sie das Haus betrat? Und wenn ja, wer waren die beiden? Auf jeden Fall handelte es sich nicht um ihre Großeltern, das spürte sie. Konnte es sein, dass Murdo vor Jahren eine Liebschaft gehabt hatte? Und Donalda hatte nie davon erfahren? Auf jeden Fall würde es einiges erklären. Sie schürzte nachdenklich die Lippen. Bei dem Gedanken daran, was das Gespräch mit Murdo aufdecken könnte, überkam sie ein ungutes Gefühl.

Kapitel 27

Eine Stunde vor Beginn der Zeremonie sammelten sich draußen vor der Küste düstere Regenwolken. Die Sonne versank hinter einem aschgrauen Schleier, an dessen zerfranstem Saum einzelne Lichtstrahlen hervorlugten. In einem flachen Winkel trafen sie auf die Küste und warfen unnatürlich harte Schatten auf die grasbewucherten Furchen der *Runrigs*. Im nächsten Moment frischte der Wind auf. Schwerer Regen ging über dem Atlantik hernieder, während im Osten der Himmel aufriss. Es schien, als würden Licht und Dunkel hoch über dem tosenden Meer um die Herrschaft kämpfen, bevor sie sich zu einem kristallklaren Regenbogen vereinten. Wie eine Brücke aus Licht spannte er sich von Great Bernera aus über den East Loch Roag. Das Meer vor den Klippen glitzerte türkis, als das Sonnenlicht wie Honig über die aufgepeitschten Wellen floss. Die Steine, hoch oben auf dem Hügel, badeten im Licht. Grayson, der das Ringen der Elemente mit wachsender Faszination beobachtet hatte, lenkte das Auto an den Schafsweiden vorbei auf das Besucherzentrum zu. Mit Mühe fand er eine Parklücke, in die der Landrover noch gerade so passte. Er stellte den Motor ab und wartete, bis Ailsa den Sicherheitsgurt gelöst hatte, bevor auch er ausstieg. Ein Windstoß zerrte an seinen dichten Locken und blies ihm unangenehm kalte Luft gegen das Trommelfell. Er griff in seine Tasche und zog sich die schwarze Pudelmütze über. Genau wie Ailsa trug er einen dicken Wollpullover unter dem Ölzeug, dazu Thermohosen. Der Ärmel seiner gelben Regenkleidung machte ein schmatzendes Geräusch, als er den Arm um Ailsas Schulter legte und sie über den schmalen, sich windenden Pfad den Hügel hinauf zu dem Steinkreis führte. Hinter dem Besucherzentrum blieb er stehen und hielt die Nase in den Wind. Ein verschmitztes Grinsen huschte über sein Gesicht. »Bist du sicher, dass wir hier richtig sind?«

»Aber ja. Warum fragst du?«

»Bei der letzten Mondwende roch es nach Schwefel, brennendem Torf und Whisky«, er sog prüfend die Luft ein. »Hier riecht es wie bei einem Außendienstmeeting der Hare Krishnas. Und laut ist es außerdem!«

Als sie um die Kurve bogen, lag der Steinkreis vor ihnen. Ailsa gab einen überraschten Laut von sich. Wo waren sie denn hier gelandet? Mit runden Augen blickte sie auf die Szene, die sich ihnen darbot. Wo normalerweise Ruhe und Einsamkeit regierten, herrschte Partystimmung. An der Straße und vor dem Blackhouse parkten chromblitzende Harleys mit seniorengerechten, bis auf Brusthöhe reichenden Lenkern und Ledersitzen, die so bequem schienen wie Sofas. Zwischen den Steinen im Gras verstreut saßen Grüppchen von Hippies zusammen, die gut und gerne ins Woodstock der späten Sechzigerjahre gepasst hätten. Im Gras lagen Bierflaschen, Didgeridoos und Jutebeutel, aus denen Chipstüten und Sandwichverpackungen quollen. Die Frauen trugen selbst gestrickte Inkamützen und hatten sich bunte Wolldecken um die Schultern geschlungen. Die dazugehörigen Männer hatten silbriges Haar und buschige, teilweise geflochtene Bärte. Selbstversunken drehten sie sich zum Klang von Bongotrommeln im Kreis. Dudelsackklänge mischten sich unter das laute Getrommel. Ailsa machte das Durcheinander ganz kribbelig. Sie fühlte sich wie auf einem

Jahrmarkt, von allen Seiten mit unterschiedlichen Musikrichtungen beschallt. Ihr Blick glitt die Allee hinunter. Kinder, dick in Regenkleidung eingemummelt, rannten über die Wiese und spielten Fangen.

Ailsa fragte sich, zu wem sie gehörten, denn das Publikum schien größtenteils über sechzig zu sein. Verwundert über das Durcheinander wandte sie sich an Grayson. »Ganz schön was los hier.«

»Was sagst du?«, fragte Grayson und legte die Hand an sein Ohr.

Ailsa erhob die Stimme. »Steinkreise sind anscheinend schwer angesagt. Hoffen wir, dass das Wetter hält ...«, sie warf einen besorgten Blick zum Himmel.

»Da drüben sind Tom, Peigi und die anderen«, schrie Grayson ihr zu, als sie gerade an einer Gruppe trommelnder Heavy-Metal-Wikinger vorbeischritten. »Sieht so aus, als hätten sie Bier dabei. Komm, lass uns zu ihnen gehen und mit ihnen auf den Abend anstoßen.«

»Okay«, brüllte Ailsa zurück und ließ sich von ihm an einer Gruppe von Leuten in mittelalterlichen Gewändern vorbei durch die Menge dirigieren. Ein seltsames Kribbeln machte sich zwischen ihren Schulterblättern breit. Ein Gefühl, als würde sie von Blicken verfolgt. Irritiert sah sie sich um, aber in dem Gewoge konnte sie nichts ausmachen.

Murdo stand mit der Gruppe der Ältesten, die mit ihm die Prozession bilden würden, darunter auch Morag, am *Cnoc an Tursa* und beobachtete mit wachsender Sorge den Wahn, der zwischen den uralten Megalithen ausgebrochen war. Die Atmosphäre erinnerte ihn eher an ein Rockfestival mit Saufgelage als an eine heilige Handlung, deren Ursprung fünftausend Jahre in der Geschichte zurückreichte. Überall hockte verrücktes

Volk herum. Weinflaschen und Joints kreisten. Die Feier konnte unmöglich wie geplant ablaufen, solange dieses Chaos herrschte. Es war so laut, dass er seine eigenen Gedanken kaum hören konnte. Dessen ungeachtet, stand das große Ereignis unmittelbar bevor. In Kürze würde der Mondgott vom Himmel steigen, um die Erdmutter zu küssen. Licht würde auf Dunkel treffen, und die Welten würden sich vereinigen. Eine mystische Nacht der Veränderungen für alle, die bereit waren, sich dem Herzschlag der Steine zu öffnen. Er spürte, wie ihn finstere, unbändige Wut erfasste. Etwas würde passieren müssen, die Frage war nur, was. Sollten sie das Gelände räumen lassen? Er wollte sich gerade umdrehen, um den anderen den Vorschlag zu unterbreiten, als er Ailsa und Grayson in der Menge erblickte.

Er stutzte und spürte einen schmerzhaften Stich in seiner Brust. Donalda hatte ihm erzählt, dass Ailsa bei ihr gewesen war. Gleichzeitig hatte sie ihn bedrängt, nach der Mondwende reinen Tisch mit Ailsa zu machen. Als ob er das nicht ohnehin vorgehabt hätte! Er spürte noch immer den Stich in der Brust, als er daran dachte, wie schwer es werden würde, über die Vergangenheit zu reden. Niemand außer ihm wusste, was sich damals in dem alten Blackhouse abgespielt hatte. Er stöhnte, als ihm klar wurde, dass er ein Problem hatte, das weitaus größer war, als ein paar Hippies von den Steinen zu verjagen. Es blieb ihm nichts anderes übrig, er musste mit Ailsa reden. Ganz in Ruhe. Aber nicht jetzt. Jetzt war der falsche Zeitpunkt.

Heute Nacht würde es zwischen ihm und seiner Nichte um andere Dinge gehen. Ailsa war seine Nachfolgerin. Er hatte es schon länger geahnt, seit einigen Tagen bestand Klarheit. Die Steine hatten es ihm verraten. Bei dieser Sache hatte Ailsa keine Wahl: Sie würde die Rolle übernehmen müssen, die er ihr im Laufe der heutigen Nacht zuwies. Hüter der Steine wurde man nicht aus freiem Willen heraus, sondern man wurde dazu erwählt. Das Amt anzunehmen war heilige Pflicht. Dabei trat der eigene Wille in den Hintergrund, das hatte er selbst vor Jahren erfahren müssen. Die Steine verlangten einem viel ab. Man musste sich ihnen und den damit verbundenen Aufgaben stellen, ohne Wenn und Aber. Auch Ailsa musste sich darüber klar werden. Heute war die Nacht, in der sich erweisen würde, aus welchem Holz seine Nichte geschnitzt war.

Blair hatte Ailsa und Grayson den Weg vom Besucherzentrum heraufkommen sehen. Es wäre ein guter Moment gewesen, um sie abzupassen. Aber dann hatte er einen Wimpernschlag zu lange gezögert, und sie war mit Grayson zu Peigi und Tom hinübergegangen.

Gereizt bahnte er sich mit den Ellbogen einen Weg durch die Menge. Die Menschenmassen hier oben machten ihn verrückt. Alles in ihm kribbelte, seine Nervenenden vibrierten, er stand regelrecht unter Strom. Jetzt konnte er nachvollziehen, wie Chanty sich die ganze Zeit über gefühlt haben musste. Auch er hätte am liebsten aufstampfend und schreiend davonrennen wollen, so angespannt war er. Aber das ging nicht. Er hatte Marsaili ein Versprechen gegeben, und er wollte nicht vor ihr als Feigling dastehen. Er schloss die Augen, sammelte seine ganze Kraft. Die Menschen und die Geräusche um ihn herum traten in den Hintergrund. In ihm wurde es still. In der Luft lag ein Zauber. Er hatte ihn im Getöse nur nicht spüren können. Jetzt schlich er sich in seine Seele. Er dachte an das Erlebnis mit Chanty heute Morgen. Ein Ereignis, das sich nicht so einfach erklären ließ. Die Mystik des Tages schien sich sowohl auf Menschen als auch auf Tiere auszuwirken. Und Chanty war besonders empfänglich für feinste Schwingungen im Äther. Ob das veränderte Verhalten der Stute ein Vorzeichen war, dass es auch mit Ailsa ein gutes Ende finden würde? Er presste die Kiefer zusammen und schloss die Augen. Adrenalin schoss durch seinen Körper.

Es gab keinen Weg vorbei.

Es musste geschehen.

In dieser besonderen Nacht.

Jetzt.

Mit festen Schritten ging er auf Tom, Peigi und die anderen zu. Er blieb vor Grayson und Ailsa stehen, entschlossen drängte er den Hass zurück, der bei Graysons Anblick sofort wieder in ihm aufzulodern begann. Sein Blick flog zwischen den beiden hin und her. »Grayson, Ailsa«, begann er und stellte fest, dass es viel zu laut war für das, was er sagen wollte. Er hätte schreien müssen, um sich verständlich zu machen. Er beugte sich näher zu Ailsa, sein Blick schloss Grayson nicht aus. »Bitte schenkt mir fünf Minuten eurer Zeit. Es ist wichtig.«

Kapitel 28

Ailsa war viel zu perplex, um zu protestieren. Eingerahmt von den beiden Männern – Blair links, Grayson rechts – verließ sie das Gelände, und gemeinsam gingen sie auf das Besucherzentrum zu. Das gelbliche Leuchten, das von dort heraufdrang, ließ die Unebenheiten des Schotterwegs nur eben so erahnen. Hier, unterhalb des Hügels, war der Lärm vom Festplatz bedeutend schwächer. Nur der scharrende Ton der Didgeridoos hallte geisterhaft zu ihnen herüber. Auf halber Strecke blieb Blair plötzlich stehen. Was er dann tat, verwunderte Ailsa über alle Maßen.

Schweigend nahm Blair ihre Hand. Seine Lider zuckten unruhig, dann machte er einen halbherzigen Schritt auf Grayson zu. Für einen Moment hatte es den Anschein, als wollte Blair Grayson die freie Hand auf die Schulter legen. Ungläubig starrte Ailsa zu Blair hinüber. Hatte er endlich vor, die alte Fehde zu beenden? Doch im nächsten Augenblick wurde ihr bewusst, dass sie sich getäuscht hatte. Blair ließ die Hand sinken und steckte sie in seine Jackentasche. Enttäuscht stieß Ailsa einen Seufzer aus. Die Feindseligkeit zwischen den beiden Männern würde anscheinend nie enden.

Blair legte den Kopf in den Nacken und starrte in den Himmel, als erwartete er eine Eingebung von dort oben. Dann senkte er das Gesicht und warf Grayson einen kurzen Blick zu. »Keine Sorge, ich halte euch nicht lange auf«, begann er. »Aber was ich euch zu sagen habe, ist wichtig. Und ich muss es jetzt loswerden, sonst sage ich es nie.« Er gab ein ächzendes Geräusch von sich und fuhr sich mit der freien Hand in den Nacken. »Verdammt, Leute, das hier ist echt schwer. Vor allem deinetwegen, Ailsa. Womöglich redest du danach nie wieder ein Wort mit mir. Ich könnte es dir nicht einmal verdenken ...«

»Warum das denn?«, wunderte sich Ailsa, die plötzlich Gänsehaut am ganzen Körper verspürte.

»Die Wahrheit ist hässlich. Ich habe sie viel zu lange verschwiegen ...«, so begann Blairs Beichte.

Es kam Ailsa vor, als würde der Wind mit einem Schlag aufhören zu wehen. Mit offenem Mund lauschte sie seinen Worten. Anfangs konnte sie kaum glauben, was sie da hörte. Das Blut rauschte in ihren Ohren. Was hatte sich Blair dabei nur gedacht? Er war ihr bester Kumpel gewesen. Sie hatte ihm vertraut. Blair war immer ehrlich gewesen. Ehrlich und direkt. Mit seiner Meinung über Grayson hatte er nie hinter dem Berg gehalten. Nie hätte sie in Erwägung gezogen, dass er absichtlich ihr Glück zerstört hatte. Und doch hatte er es getan. Blair verstummte und richtete einen Blick voller Erwartung und Angst auf sie. Ailsa schluckte. Sie wollte sagen, wie maßlos enttäuscht sie von ihm war, aber die Worte wollten sich nicht von ihrer Zunge lösen. Sie schienen in ihrem Mund festzukleben. Dafür sprach Grayson.

»Es war eine beschissene Situation für dich«, hörte sie ihn sagen. »Dass Ailsa in ihrer Not ausgerechnet dich zu mir geschickt hat, lässt sich wohl nur als Ironie des Schicksals bezeichnen. Aber was hätte sie schon tun können? Du warst der Einzige, den sie benachrichtigen konnte. Es war schwierig für sie und für dich.«

»Die beschissenste Situation, die ich je erlebt habe«, bestätigte Blair düster.

»Mannomann, was waren wir durch den Wind damals.« Grayson schüttelte den Kopf. Die Andeutung eines Lächelns lag auf seinen Lippen, aber es war traurig. »Ich Idiot! Ich bin selbst schuld. Wieso habe ich dir das damals abgekauft? Wenn ich nur einen Moment nachgedacht hätte, hätte mir auffallen müssen, dass da was nicht stimmte.«

Ailsa spürte, wie sich ihre Muskeln verkrampften. Sie starrte zu Blair hinüber. Die Welt vor ihren Augen begann sich zu drehen. Sie schien gleichzeitig mit beiden Beinen fest neben Blair und Grayson auf dem Boden zu stehen als auch über dem Besucherzentrum zu schweben und die Szene von oben zu betrachten. Die Dimensionen verschoben sich, sie fühlte sich elend und zerrissen. Was hatte sie Blair angetan? Damals hatte sie keinen Gedanken daran verschwendet, wie er sich als Überbringer der Nachricht fühlen musste. Sie hatte nur an sich selbst gedacht und daran, dass Grayson an den Steinen vergeblich auf sie wartete. In der Nacht, die entscheidend für sie hätte werden sollen. Der Nacht, bevor Grayson die Insel verließ. Alles andere hatte sie ausgeblendet. Die leidenschaftliche Wut darüber, dass Kaitlin das Undenkbare getan und ihr Hausarrest verordnet hatte, hatte eine kindische Trotzreaktion in ihr heraufbeschworen, bei der sie keine Rücksicht auf Blairs Gefühle genommen hatte. Ihre Wangen prickelten. Der Wind trug das entfernte Echo der Trommeln heran. In ihren Ohren klang es so laut, dass sie meinte, ihr Kopf müsste platzen. Wie hatte sie es damals nur so weit kommen lassen können? Immerhin war sie alt genug gewesen, um die Folgen absehen zu können.

Schwindlig vom Lärm der Trommeln hob sie den Blick und sah zu Blair hinüber. Seine ganze Körperhaltung drückte Unsicherheit aus und Reue. Seine Schultern hingen schlaff herab. Sein Oberkörper schwankte von einer Seite zur anderen, als befände er sich auf hoher See, inmitten eines Sturms. Was aus

Blairs Sicht dem Stand der Dinge wohl ziemlich nahekam, dachte Ailsa. Er tat ihr von Herzen leid. Ihre Brust wurde eng. Armer Blair. Er war gestraft genug durch die Schuld, die er die ganzen Jahre mit sich herumgeschleppt hatte. Wie konnte sie da noch wütend auf ihn sein? Abgesehen davon, waren sie und Grayson nun ein Paar. Die Vergangenheit lag hinter ihnen. Spielte es wirklich noch eine Rolle, was Blair damals getan hatte?

»Ach Blair«, impulsiv schlang sie ihm die Arme um den Hals. »Es ist alles meine Schuld. Ausgerechnet dich als Boten zu benutzen ... ich hätte wissen müssen, was ich da von dir verlangt habe. Es tut mir so leid. Natürlich verzeihe ich dir. Und ich hoffe, du nimmst auch meine Entschuldigung an.« Sie trat einen Schritt zurück und ergriff seine Hände. »Verzeihst du mir, dass ich mich so unglaublich egoistisch verhalten habe?«

Einen Moment schien Blair sprachlos. Dann nickte er ernst. »*Aye*, das tue ich.«

»Dann möchte ich, dass wir die Sache nun auf sich beruhen lassen«, beschloss Ailsa und blickte die beiden Männer entschlossen an.

»*Aye*, nur ...«, Blair kratzte sich den Nacken. Ein Grinsen huschte über sein Gesicht und verblieb dann dort. »Was mache ich jetzt mit dieser verflixten Haarsträhne? Sie liegt immer noch bei mir im Schuppen.«

»Verbrenn sie«, erklärte Ailsa. Um nicht aus lauter Erleichterung einen völlig deplatzierten Lachkrampf zu bekommen, zog sie eine feierliche Miene, als wäre sie ein Pfarrer, der die Absolution erteilt. »Ich möchte nie wieder daran erinnert werden, wie dumm wir uns damals alle benommen haben. Nie wieder ein Wort davon, nicht wahr, Grayson?« Sie streckte die Hand nach ihm aus. »Grayson und ich sind zusammen. Wir lieben uns, mehr noch als vor achtzehn Jahren. Wer weiß, vielleicht wären Grayson und ich schon längst wieder geschieden, wenn wir zu jung geheiratet hätten.«

»Wären wir nicht«, kam es von Grayson. Laut und vernehmlich.

Ailsa stellte sich auf die Zehenspitzen und küsste ihn auf die Wange. »Das war genau die Antwort, die ich hören wollte.«

Blair räusperte sich. »Na dann ... mir soll's recht sein, wenn das Thema ein für alle Mal erledigt ist. Gilt das auch für dich, Grayson?«

Er wandte den Kopf. Ailsa meinte, ein Flackern in Blairs Augen zu sehen, aber bei der Dunkelheit konnte sie sich nicht sicher sein. Auffällig war nur der Abstand, den die Männer zueinander hielten, als trauten sie sich nach wie vor nicht über den Weg.

Der Druck von Graysons Hand in ihrem Rücken verstärkte sich. Er maß Blair mit einem langen Blick. Etwas in ihr verspannte sich, während sie darauf wartete, dass Grayson seine Antwort formulierte.

»Ich danke dir für deine Ehrlichkeit«, sagte Grayson. »Was die Wahrheit in puncto Vergangenheit betrifft, kannst du beruhigt sein. Für mich spielt es keine Rolle mehr. Was für mich zählt, ist die Gegenwart.« Er drückte sie so impulsiv an sich, als hätte er Sorge, sie könnte sich plötzlich in Luft auflösen. Nachdem er sie geküsst hatte, löste er den Arm von ihr. Er machte einen Schritt auf Blair zu und reichte ihm die Hand. »Auf einen Neubeginn, *Cove*.«

Mit einem knappen Nicken schlug Blair ein.

»Ich kann euch gar nicht sagen, wie glücklich ich bin«, erklärte Ailsa. Sie fühlte sich, als wäre ihr eine ganze Wagenladung Steine vom Herzen gefallen. »Endlich ist euer dummer Streit beigelegt. Und jetzt lasst uns endlich feiern gehen!« Sie hakte Grayson und Blair unter und schritt mit ihnen den Weg zurück, den sie gekommen waren.

Schon nach wenigen Schritten erklang über ihren Köpfen ein dumpfes Grollen. Ailsa hob den Kopf und sah, wie Wolkenfetzen geisterhaft über den schwach bläulich schimmernden Himmel trieben. Im nächsten Augenblick ergoss sich ein schwallartiger Schauer über sie. Wie auf Kommando liefen sie zeitgleich los und suchten Schutz unter dem lang gezogenen, geschwungenen Vordach des Visitor Centre.

Sie blieben nicht lang allein. Kurz nach ihnen ergoss sich eine wahre Flut von Besuchern den Hügel hinunter. Die meisten jedoch schienen über die Möglichkeit, unter dem Dach vor dem sintflutartigen Regen Schutz zu suchen, gar nicht nachzudenken. Sie stürzten zu ihren Autos und Motorrädern, warfen die Motoren an und fuhren davon. In ihre Frühstückspensionen, wie Ailsa vermutete, wo ein warmes, trockenes Bett auf sie wartete.

»Puh, es regnet junge Hunde«, prustete Peigi, die sich dicht neben Ailsa unter das Dach gedrängt hatte.

»Das kannst du laut sagen«, erwiderte Ailsa. »Wo stecken Murdo und die anderen?«

»Sie sitzen oben im Dorf, auf die einzelnen Wohnzimmer verteilt, und warten, bis der Regen aufhört.«

Ailsa nickte. Hinter dem Blackhouse lag eine lange Straße, die mitten durch das winzige Callanish führte. Viele der Ältesten stammten aus dem Dorf. Vor ihrem geistigen Auge konnte sie förmlich sehen, wie die Wohnstuben mit Freunden und Bekannten aus der Gemeinde vollgestopft waren, während hastig in den Küchen Tee gekocht und *Strupack* zubereitet wurde. Sie lächelte. »Warum bist du nicht auch oben?«

»Wegen Marsaili. Sie hat gesehen, wie ihr den Hügel hinuntergegangen seid, und wollte unbedingt zu euch.«

»Um nachzusehen, ob Blair und Grayson sich schon wieder in den Haaren liegen?«

»Vermutlich.«

»Unnötig«, Ailsa zwinkerte ihr zu. »Ich denke, die beiden haben ihr Problem gelöst.«

Peigi stupste sie in die Rippen und deutete zu Marsaili hinüber. »Sie scheint darüber ja mordsmäßig erleichtert zu sein.«

Ailsa, die ihrem Blick gefolgt war, stand der Mund offen. Das war in der Tat ein Anblick, der sich bei der eher zurückhaltenden Marsaili nicht allzu oft bot: Sie stand auf den Zehenspitzen, die Arme fest um Blairs Hals geschlungen, und küsste ihn ausgiebig auf den Mund. Unwillkürlich musste Ailsa grinsen. Die beiden führten eine gute Ehe, dachte sie bewundernd, sie waren wirklich füreinander geschaffen. Blair war oft nicht einfach, aber Marsaili vereinte zwei Eigenschaften in sich, die es ihr ermöglichten, mit Blairs Temperament klarzukommen: Scharfblick und eine Engelsgeduld.

Eine halbe Stunde später hatte sich der Regen gelegt, und ein Teil der Besucher war zurückgekehrt. Die Milchstraße war ein breites, funkelndes Band in einem Meer aus glitzernden Sternen, in denen sich die Unendlichkeit des Universums in frischem Glanz spiegelte. Ailsa und die anderen begaben sich zum Hügel zurück, wo Murdo, Morag, Tom und die Leute aus dem Dorf bereits am Ende der langen Allee Aufstellung nahmen. Der Geruch von brennenden Fackeln und Räucherwerk erfüllte die Luft.

»Das sind deutlich weniger Leute als zuvor«, murmelte Grayson dicht neben ihrem Ohr.

»Der Regen hat die Spreu vom Weizen getrennt.«

»Dann fandest du den Auflauf vorhin auch etwas anstrengend?«

»Und wie. Viel zu viele Menschen. Nach meinem Dafürhalten sollte die Stimmung feierlicher sein.«

»Das wirst du gleich bekommen.« Grayson drückte ihre Hand und reihte sich mit ihr am Ende der Prozession ein. »Es geht los.«

Als Erstes ertönte ein einzelner Trommelschlag, gefolgt von einer langen Pause. Dann wieder einer. Ailsa reckte den Hals und erblickte *Bodhrán*-Spieler am Kopf des Zuges. Der Klang der *Bodhráns* war dunkel, beinahe archaisch, und löste ein dumpfes, sehnsüchtiges Vibrieren tief in ihrer Magengrube aus.

Die Prozession setzte sich in Gang. Hinter den *Bodhrán*-Spielern entdeckte sie Murdo, der, in ein bodenlanges cremefarbenes Gewand gehüllt, die Prozession anführte. Gleich hinter ihm schritten die Dorfältesten, dann Morag, ebenfalls in eine weiße Kutte gehüllt, und eine Gruppe von Frauen, die uralte Gesänge anstimmten. Ailsa versuchte zu verstehen, was sie sangen, aber es war unmöglich. Die Worte erinnerten schwach an Gälisch, aber sie waren es nicht. Ailsa vermutete, dass es sich um eine sehr alte Form des Keltischen handeln musste.

Der Zug strebte dem Hauptstein zu. Dort angekommen, verklang die Musik. Eingerahmt vom Gneis des Steinkreises drängten sich die Versammelten um die Grabkammer vor dem Hauptstein. Murdo hob die Hand, dann schlug er zwei Feuersteine über der eisernen Schale zusammen, welche die Dorfältesten gemeinsam den Weg heraufgetragen hatten. Funken stoben in den Nachthimmel, als sich das Stroh entzündete und die ersten Flammen an den Holzscheiten leckten. Die Blicke der Anwesenden waren wie gebannt nach Süden gerichtet, wo sich im schwachen Schein der Sterne die Spitzen der *Cailleach na Mointeach*, der Alten Frau des Moors, gegen den Horizont erhoben.

Es herrschte vollkommene Stille. Und mitten in die Stille hinein gebar der Himmel ein schwaches orangenes Leuchten, welches sich aus dem Schoß der Schlafenden Schönheit erhob. Jubelschreie zerrissen die Nacht. Kraftvoll und gleichmäßig setzten die *Bodhráns* wieder ein. Ihr Rhythmus begleitete mit Macht den aufwärtsstrebenden Kurs des Mondes, bis die silbrig glänzende Scheibe die Brüste der Erdgöttin küsste und sich dann in den Himmel erhob. Ailsa stand reglos. Wie in Trance beobachtete sie, was als Nächstes geschah.

Der Regen machte es unmöglich, auch auf dem nassen Boden Feuer zu entzünden. Das flackernde Licht der Fackeln reichte nur eben aus, um die Gesichter der Ältesten unter den Kapuzen schemenhaft zu beleuchten. Dafür war der Eindruck, den die Tänzer hinterließen, umso gewaltiger: Ihre Absätze hämmerten gegen den flachen Quarz, den man rund um die Steine als Tanzfläche ausgelegt hatte. Der Stein glühte unter ihren Füßen, ein schwaches, elektrisches Leuchten, als zuckten Blitze aus dem Boden. Ein Geruch von Schwefel und Ozon stieg in die Luft.

Schließlich verkündete der eindringliche, fast beschwörende Takt der Trommeln, dass der Hauptakt bevorstand: Der Mondgott würde erneut erscheinen, diesmal in der Mitte des Steinkreises. Die Prozession begab sich zu den Abschlusssteinen im Norden, um das Spektakel von dort aus zu verfolgen. Die Inszenierung begann. In der direkten Verlängerung der Allee, eingerahmt von dem Hauptstein und seinem linken Nachbarn, stieg die glänzende Scheibe über den Horizont und tauchte den verwitterten Gneis in einen sanften goldenen Schimmer. Als Nächstes glitten die Strahlen die lange Allee hinunter und über die Menge hinweg. Ailsa erkannte Murdos große, hagere Gestalt. Er bestieg genau im richtigen Moment den *Cnoc an Tursa*. Ailsa hielt die Luft an, als Murdos Silhouette mitten in den Mond projiziert wurde wie ein Scherenschnitt. Ihr Onkel war der Mann im Mond, eine Art menschliche Gottheit, geboren aus dem Mittelpunkt des Steinkreises. Die Illusion dauerte nur wenige Sekunden. Dann lag der Steinkreis erneut im Dunkeln. Das schwache Funkeln der Sterne ließ die Umrisse der Megalithen nur eben so erahnen. Dann, ohne dass Ailsa damit gerechnet hätte, flammte direkt neben dem Hauptstein eine Fackel auf. Ihr taghelier Schein erleuchtete Murdos majestätisch wirkende Miene. Ailsa lief ein Schauer über den Rücken. Murdo war der Leuchtende, der Mann, der von dem neugeborenen Mond herabgestiegen war. Und dann, in diesem einmaligen, unvergesslichen Moment, offenbarte sich ihr die Wahrheit über Murdos Bestimmung.

Er war einer von den Steinen.

Gralshüter.

Bewahrer des Vermächtnisses.

Ailsa empfand maßlose Ehrfurcht vor ihrem Onkel. Der Ärger mit dem Blackhouse trat in den Hintergrund. Nachdenklich verfolgte sie, wie er die Allee hinabgeschritten kam und von der jubelnden Menge in Empfang genommen wurde.

Schließlich zerstreute sich die Menge. Ailsa wurde flau im Magen. Murdo kam mit langen, bedeutungsschweren Schritten auf sie zu. Der Saum seines Gewandes flatterte im Wind.

»Komm einen Moment mit mir«, bat er sie, in seinen wasserblauen Augen spiegelte sich das Funkeln der Sterne.

»Aber ...« Ailsas Blick flog zu Grayson.

»Keine Sorge, Grayson, du bekommst sie gleich wieder«, nickte Murdo knapp und fasste Ailsa am Ellbogen.

Ailsa kaute an ihrer Unterlippe. Ein wenig unbehaglich war ihr schon. Was wollte Murdo von ihr? Und warum machte er so ein Geheimnis daraus? »Was ist? Wohin gehen wir?«

»Zum Ursprung zurück«, erklärte Murdo kryptisch. Offensichtlich hatte er nicht vor, sich mit langen Erklärungen aufzuhalten. Ailsa seufzte, fügte sich aber dem Willen ihres Onkels. Schweigend schritt sie neben ihm über die nasse Grasfläche. Als sie erkannte, wohin sie gingen, geriet ihr Atem ins Stocken. Murdo führte sie genau auf den *Cnoc an Tursa* zu, ihren Lieblingsplatz hier oben. Hintereinanderher kletterten sie über den kaum handbreiten Pfad, den Schafe ausgetreten hatten.

»Ailsa«, ihr Onkel drehte sich zu ihr um. Der Wind fuhr in seine silbrige Mähne und zerrte an seinen Haaren, sodass sie sich aufbauschten wie flauschige Watte. Der schwere Stoff an seinen Ärmeln knatterte im Wind. Wie ein matt schimmernder Spiegel lag der East Loch Roag zu ihrer Rechten, entfernt nahm Ailsa den Geruch von Salz und Meer wahr. Murdo hob das Kinn, in seinen Augen lag ein bedeutungsschwerer Ausdruck. Ailsa wurde unter ihrem dicken Wollpullover und dem Ölzeug eisig kalt. »Du weißt, weshalb wir hier sind, nicht wahr?«

Um ehrlich zu sein, hatte sie nicht den geringsten Schimmer. Doch bevor sie ihrem Onkel antworten konnte, traf sie die Erkenntnis unvorbereitet, wie ein Blitzschlag. Mit Urgewalt drängte sie sich in ihr Bewusstsein. Es fühlte sich an, als würde das All binnen Sekunden ein unvorstellbares Datenvolumen in ihr Gehirn laden. Töne, Farben, Zahlen, Bilder, ja sogar Gefühle. Alles strömte in Bruchteilen von Sekunden auf sie ein. Das Wissen, Teil eines größeren Ganzen zu sein, uralt und doch neu, erfüllte sie. Sie war den Elementen verbunden, und die Elemente waren in ihr. Die Vision eines gigantischen, uralten Kraftortes, einer Art Weltraumpforte, kehrte zurück. Größer und klarer als zuvor. Der Keim, der tief im Innersten ihres Wesens geschlummert hatte, brach auf. Wunderschöne, in flackernden Farben schimmernde Energie durchströmte sie. Es war so überwältigend, dass sich der Boden zu ihren Füßen drehte. Instinktiv suchte sie bei Murdo Halt. Sein Arm umfing sie sicher und fest. Seine Augen ruhten gelassen auf ihr.

»*Aye*«, er nickte ernst. »Du kannst den Herzschlag der Steine spüren.«

Ihre Kehle war trocken. Sie musste schlucken, ihre Stimme klang zitternd und brüchig in ihren Ohren. »Ich bin wie du von den Steinen.«

»Ich weiß es seit dem Moment, als du auf die Insel zurückgekehrt bist. Du bist meine Nachfolgerin. Die Steine haben dich erwählt.«

»Aber ...«, sie verstummte und meinte, Morags starren Blick wie aus dem Nichts auf sich gerichtet zu fühlen. Reflexartig lief ihr ein Schauer über den Rücken. »Gibt es nicht andere, die es mehr verdienen als ich?«

»Vertrau der Weisheit der Steine.« Murdo lächelte. »Ab jetzt bist du die Hüterin von Callanish.«

Ailsa konnte nichts sagen. Es durchfuhr sie abwechselnd heiß und kalt. Morag würde Gift und Galle spucken, wenn sie davon erfuhr. Oder hatte sie es die ganze Zeit über schon geahnt? War sie deswegen so versessen darauf, dass Ailsa die Insel verließ?

»Morag wird es akzeptieren«, sagte Murdo und sprach damit aus, was sie dachte. »Eine andere Wahl hat sie nicht.«

Das sah Ailsa anders, aber sie sagte nichts.

»Bist du bereit, meine Nachfolge anzutreten, *à charaidh?*«

Ailsa schluckte und schwieg. Das Rauschen des Windes füllte die Stille zwischen ihnen. Tränen brannten in ihren Augen. Mit zurückgelegtem Kopf blickte sie in den funkelnden Sternenhimmel. Es war gut so, wie es war. Sie ließ ihre Gedanken los, sowohl die, welche die Vergangenheit betrafen, als auch die über die Zukunft. Sie war da, wo sie sein sollte. Alle Teile fügten sich zusammen. Gefasst suchte sie Murdos Blick.

»Ja, das bin ich«, sagte sie und war überrascht, wie leicht ihr die Antwort über die Lippen kam.

»Fürderhin wirst du die Leuchtende sein.« Murdo griff in den flatternden Saum seines Umhangs. Er zog einen Gegenstand hervor und überreichte ihn ihr mit einer feierlichen Verbeugung.

Staunend betrachtete Ailsa die Kugel aus matt glänzendem weißem Quarz, die sich perfekt in ihre Handfläche zu schmiegen schien. Die Oberfläche war durchbrochen und besaß sechs knopfförmige Erhebungen. Entfernt erinnerte die Kugel an einen Würfel mit sechs Augen, rings um die Knöpfe verliefen rillenförmige Vertiefungen. Intuitiv erfasste sie, was sie in Händen hielt. Die Kugel war eine Insignie, sie zeichnete Ailsa als Hüterin der Steine aus. Ihre Beschaffenheit symbolisierte die Vereinigung des Mondgottes mit der Erdmutter. Rund wie die Form der Erde, der silbrig glitzernde Stein stand für das Licht des Mondes. Bei Zusammenkünften war es demjenigen erlaubt, das Wort zu ergreifen, der sie in der Hand hielt.

Behutsam ließ sie die Kugel in ihre Jackentasche gleiten. »Ich bin bereit für die Nachfolge.«

»Dann komm«, nickte Murdo. »Lass uns zu den anderen zurückgehen. Ich kenne da jemanden, der dich schon schwer vermisst.«

29

Im Nachhinein erschienen Ailsa die Ereignisse der vergangenen Nacht wie ein Traum. Und doch waren sie wirklich geschehen. Der Stein, den Murdo ihr überreicht hatte, befand sich sicher verwahrt in der Truhe vor ihrem Bett. Heute Morgen, als Grayson noch geschlafen hatte, war sie leise aufgestanden, um sich davon zu überzeugen, dass die Kugel wirklich existierte. Ein Teil von ihr hatte noch immer Mühe zu begreifen, wie sich alles ineinanderfügte. Wie kam es, dass ausgerechnet sie berufen war, Murdos Nachfolge anzutreten? Ein anderer Teil von ihr aber hatte schon lange geahnt, dass tieferes Wissen in ihr schlummerte. Ihr Herzschlag war auf unerklärliche, schmerzlich schöne und doch so selbstverständliche Weise mit dem Herzschlag der Steine verbunden.

»Erzählst du mir jetzt, was Murdo gestern Nacht von dir wollte?«, fragte Grayson, als sie sich an Ailsas Küchentisch bei einem späten, ausgiebigen Frühstück mit Porridge, Rührei und Tatties gegenübersaßen. »Ging es um das Blackhouse?«

»Nein, das nicht«, sagte Ailsa. Sie biss in ihren Toast und kaute nachdenklich. Wie sollte sie Grayson erklären, was gestern Nacht passiert war, ohne dabei das Geheimnis der Steine zu berühren? »Es war ... so eine Art Familiensache.«

Grayson nickte. Er schien sich mit der Antwort zufriedenzugeben. »Okay, solange er nicht wieder versucht, dich von deinem Vorhaben abzuhalten. Wie sind deine Pläne für den heutigen Tag?«

»Ich habe einiges vor«, sagte Ailsa leicht irritiert, aber von Herzen dankbar, dass sich das Gespräch nicht mehr darum drehte, was sich zwischen Murdo und ihr ereignet hatte. »Zuerst hole ich Marsaili ab und fahre mit ihr zu unserem Brotstand hinüber. Dafür, dass wir erst eröffnet haben und bisher noch keine Plakate aushängen, läuft das Geschäft bombig. Wir wollen heute überlegen, wie wir die Waren noch ansprechender arrangieren können. Eventuell werden wir das Sortiment erweitern.«

»Klingt, als hätte deine Idee eingeschlagen«, er nickte anerkennend. »Du bist eine talentierte Geschäftsfrau.«

»Ach was, bei Marsailis Backkünsten ist das ein Leichtes.«

Grayson seufzte. »Ich wünschte, Blair würde endlich zustimmen, dass sie für mich arbeitet. Mitte nächster Woche haben wir eine Jubiläumsfeier. Ein Paar aus Breasclete feiert Gnadenhochzeit. Stell dir das einmal vor, siebzig Jahre Ehe! Das halbe Dorf ist eingeladen, dazu kommt eine riesige Schar von Enkeln und Urenkeln. Du kannst dir vorstellen, was los sein wird. Janet wäre heilfroh, wenn ihr jemand die Herstellung der Torte abnehmen würde. Sie ist eine großartige Köchin, aber Kuchen mit Spritzguss zu verzieren ist nun mal nicht ihr Ding.«

»Verständlich.« Ailsa nahm sich eine zweite Scheibe Toast und bestrich sie mit gesalzener, handgeschlagener Butter. »Kochen und backen sind zwei Paar Schuhe. Na ja, wer weiß, vielleicht hat Blair ja ein Einsehen ...« Sie ließ den Satz im Raum schweben. So ganz hatte sie Blairs Geständnis von gestern Nacht noch nicht verarbeitet. Und es drängte sich ihr der Gedanke auf, dass es noch immer etwas zwischen ihm und Grayson gab, das nicht ausgesprochen war. Vor allem machte ihr zu schaffen, dass Blair sich all die Jahre so schrecklich gequält hatte. Sie fühlte sich mitverantwortlich für das, was er getan hatte.

Wenn sie doch bloß damals nicht mit dem Kopf durch die Wand gewollt hätte. Sie biss sich auf die Lippe. Dann wäre Blair erst gar nicht in Versuchung geraten.

»Woran denkst du?«, fragte Grayson und fasste quer über den Tisch nach ihrer Hand.

»An Blair. Ich komme einfach nicht darüber hinweg. Er muss sich schrecklich gefühlt haben«, sie schüttelte den Kopf. »Vielleicht erklärt das sein merkwürdiges Verhalten in der letzten Zeit? Ich werde später mal mit Marsaili reden. Mal sehen, was sie dazu meint. Komisch, Blair hatte anscheinend Angst, ich würde nie wieder ein Wort mit ihm reden. Ist das zu glauben?«

»Davor hätte ich auch Angst. Eine wahrhaft schlimme Strafe«, Grayson warf ihr einen todernsten Blick zu, aber die Lachfältchen um seine Augen verrieten ihn.

»Ach hör schon auf«, sie nahm die zusammengefaltete Zeitung und gab ihm einen Klaps auf den Unterarm. »Ich kann mir denken, was dir gerade durch den Kopf geht, Mr Grayson St John. Aber wir kommen gerade erst aus dem Bett, und ich beabsichtige nicht, mich schon wieder dorthin verschleppen zu lassen.«

»Dein letztes Wort? Ernsthaft?« Seine Augen glänzten verdächtig. Sie las eine eindeutige Absicht in seinem Blick.

Eine halbe Stunde später schlüpfte sie nackt aus dem Bett und ins Badezimmer, um zu duschen und sich anzuziehen. In sauberen Kleidern, nach Shampoo und einem Hauch Pfefferminz-Zahnpasta duftend, kehrte sie ins Schlafzimmer zurück. Grayson war eingenickt und döste selig vor sich hin. Als sie ihm aber zum Abschied einen Kuss auf die Wange gab, war er sofort hellwach. Er schlang die Arme um sie und zog sie zu sich ins Bett. »Am liebsten würde ich den heutigen Tag mit dir verbringen.

Nach der ganzen Aufregung von gestern kann mir der Rest der Welt gerne gestohlen bleiben.«

»Morgen ist Sabbat«, tröstete sie ihn. Sie war auch nicht gerade glücklich darüber, dass der heutige Tag schon wieder voll verplant war. »Der Sonntag gehört uns. Wir fahren irgendwohin, wo uns kein Mensch findet, und unternehmen einen ausgedehnten Spaziergang in den Klippen.«

»Klingt hervorragend.«

»Dann sehen wir uns also heute Abend? Ich fahre später zur Tankstelle. Ich muss endlich mit Murdo klären, was er gegen den Umbau hat.«

»Mach das. In der Zeit besorge ich in Stornoway Absperrband und Schilder. Sobald der Beamte weg ist, schließen wir das Blackhouse.«

Ailsa nickte. Sie öffnete einen der Knöpfe an der hübschen, handgewebten Leinenbettwäsche, die Grayson ihr mitgebracht hatte, und schloss ihn wieder. Vor Anspannung wurde ihr ganz flau im Magen. Verflixt. An den kaputten Dachstuhl hatte sie über den Ereignissen der letzten Nacht gar nicht mehr gedacht. Jetzt sah sie das verschobene Gebälk deutlich vor sich. Das Kabel mit dem braunen Lampenschirm, der wie ein merkwürdiges Anhängsel von einem der Balken baumelte. Die Löcher im Stroh, durch die fein gefächert das Licht auf die tanzenden Staubkörner fiel. Die zerbrochenen Styroporplatten, die sich aus der Isolierung gelöst hatten. Tom und Grayson hatten recht. Der Dachstuhl war nicht zu retten. Und vor dem Frühjahr war nicht daran zu denken, mit der Reparatur zu beginnen. Bis dahin würde ihr Projekt auf Eis liegen. Wie ärgerlich. Ob das Gebälk den Winterstürmen standhalten würde? Einen letzten Winter lang? Wenn sie ehrlich war, hatte sie ihre Zweifel. Im Haus hatte es nach Schimmel gerochen und nach feuchtem Karton. Das bedeutete, dass das Stroh undicht war und das Holz darunter verrottete. Kein gutes Zeichen.

»Ab Montag darf niemand mehr das Blackhouse betreten«, hörte sie Grayson sagen. »Es ist zu gefährlich. Beim nächsten Sturm kommt das Dach runter.«

»Ich weiß. Ich verstehe das gar nicht. Es hätte mir eigentlich selbst auffallen müssen.«

»Du liebst dieses Haus. Und Liebe macht bekanntlich blind.« Er zog den zweiten Socken über und wackelte mit den Zehen. »Das gilt natürlich nicht für uns.«

»Natürlich nicht«, erwiderte sie in überzeugend ernsthaftem Ton. Dann zwinkerte sie ihm zu und umarmte ihn. »Abgesehen davon, ist es ohnehin zu spät. Ich bin vollkommen verrückt nach dir.«

»Ich liebe dich«, er schlüpfte in seine Hose, dabei grinste er über beide Ohren. »Schade, dass du losmusst. Willst du es dir nicht doch noch mal überlegen?«

Murdo stand in seinem Schlafzimmer und faltete das lange Gewand, das er gestern an der Mondwende getragen hatte, sorgfältig zusammen. Sein Rücken schmerzte. Die Probleme mit seinem Magen hatten sich auch kein bisschen gebessert. Die Magentabletten, die er mittlerweile in sich hineinschaufelte wie Tic-Tacs, brachten gar nichts. Ihm würde wohl nichts anderes übrig bleiben, als Montag einen Arzt zu konsultieren. Für heute würde er es langsam angehen lassen. Die Feierlichkeiten hatten ihn erschöpft. Über so viele Jahre war er der Hüter der Steine gewesen. Er hatte ein Vermächtnis verwaltet, ohne je darum gebeten zu haben. Es war ihm zugefallen. So, wie es nun Ailsa zufiel. Im Nachhinein war er froh und dankbar für die vergangenen Jahre. In dieser Dankbarkeit gab er nun die Kugel an Ailsa weiter. Sie stand ganz am Anfang. Gestern Nacht hatte sich der Schleier für sie ein Stück gelichtet. Sie hatte einen Hauch dessen erfahren, was sich ihr in den folgenden Jahren offenbaren würde. Das Wichtigste, um ihre Aufgabe zu erfüllen, aber besaß sie bereits: die Fähigkeit, den Herzschlag der Steine zu spüren. Seine Finger glitten ein letztes Mal über den schweren Stoff, dann war er bereit loszulassen. Er schloss den Deckel der Kiste und schob sie unter das Fußende seines Bettes.

Eine Ära ging zu Ende.

Er trat ans Fenster und blickte in die Ferne, wo sich das Wasser des East Loch Roag stahlgrau vor einem düsteren, wolkenverhangenen Himmel abhob.

Seine Gedanken wanderten zu dem Blackhouse an den Steinen. Er wusste, wie wichtig das Projekt für Ailsa war. Noch vor zwei Tagen wäre er bereit gewesen, diesen – seinen vermutlich letzten – Kampf zu kämpfen, bis zum Ende. In all den Jahren hatte er es als seine Pflicht angesehen, das Blackhouse – und damit das Andenken an Fiona, Blairs Mutter – zu bewahren. Fiona und er waren nicht verwandt gewesen, trotzdem fühlte er sich ihr auch über den Tod hinaus so verbunden, als wäre sie seine Schwester gewesen. Um ihr Andenken zu ehren, hatte er den Umbau des Blackhouse mit allen Mitteln verhindern wollen.

Das war gestern gewesen. Heute dachte er anders darüber.

Vielleicht hatte er sich ja schon viel zu lange in eine emotionale Sackgasse manövriert. Fiona und er waren zusammen aufgewachsen. Über all die Jahre war sie seine beste Freundin geblieben. Dann war sie an einem Krebsleiden gestorben. Viel zu früh, dachte er mit Ingrimm. Aber kein Wunder, wenn man bedachte, was sie in ihrem Leben hatte durchmachen müssen. Der Stress musste sich auf Dauer in ihrem Körper bemerkbar gemacht haben. Die Luft im Zimmer war stickig, er öffnete das Fenster. Ein feuchter Nebelhauch drang hinein. Die Natur schien die Vergänglichkeit widerzuspiegeln. Es roch nach Fäulnis, Regen, nasser Erde und verrottendem Heidekraut. Die Vergangenheit war vorbei. Die Zukunft gehörte den Lebenden. Der nächsten Generation. Menschen wie Ailsa und den Träumen, die mit Leidenschaft in ihnen brannten. Welches Recht hatte ein sentimentaler alter Narr wie er, Ailsas Plänen im Weg zu stehen? Es war nicht recht, dachte er und schüttelte den Kopf. Nein, das war es nicht. Er musste loslassen. Das Blackhouse. Die Erinnerungen an Fiona. Alles. Er würde heute Abend zu Ailsa gehen und ihr sagen, dass er mit dem Umbau einverstanden war.

Doch zuvor würde er Abschied nehmen. Von dem Blackhouse und von allem, was er damit verband. Es war Zeit, auch dieses Kapitel seines Lebens abzuschließen. Er sog tief die Luft ein. Über dem East Loch Roag drückte von Nordwesten her eine rauchgraue Wolkenfront herein und verschluckte das spärliche Sonnenlicht. Ein Sturm zog auf. Einer jener unerbittlichen arktischen Ausläufer, die ungebremst vom rauen Atlantik her auf die Küste zurollten und orkanartig über die Küste hinwegfegten. Unzählige solcher Stürme hatte er erlebt. Er schob das Fenster zu, ging ins Wohnzimmer, um sich von Donalda zu verabschieden, und nahm Jacke und Mütze vom Haken. Einen kurzen Moment stand er in der Türschwelle und ließ die Hand über den Türstock gleiten, dessen Holz so rau und verwittert von den Jahren war wie seine eigene Hand. Er löste die Finger vom Türstock und trat hinaus in den trüben Nachmittag. Das Auto parkte ein gutes Stück vom Haus entfernt. Der Wind fuhr ihm unter den Saum seiner Jacke und riss ihn fast von den Füßen. Er strauchelte und stützte sich an der Hauswand ab. Dann setzte er seinen Weg fort in der festen Überzeugung, das Richtige zu tun. Nichts anderes hätte Fiona sich von ihm gewünscht.

Kapitel 30

»Das hätten wir«, erklärte Grayson zufrieden und warf einen letzten Blick auf die neue Tür des Schweinepferchs. »Jetzt können Daphne und Esther sich noch so anstrengen, den Riegel bekommen sie nicht mehr auf.«

»*Aye*. Sollte funktionieren.« Tom schob sich die Mütze in den Nacken, »sehen wir uns heute Abend im Pub auf einen Drink?«

»Schätze schon«, erwiderte Grayson. »Wenn der Regen bis dahin durch ist«, er deutete in den schwarzvioletten Himmel. »Das gibt ein übles Wetter.«

Tom nickte zustimmend. »Ich bin froh, dass ich die Konstruktion für den Brotstand entsprechend verstärkt habe. Nach menschlichem Ermessen müsste er dem Sturm standhalten.«

Grayson kratzte sich das Kinn. Obwohl Toms Worte beruhigend gemeint waren, spürte er eine wachsende Unruhe. Ailsa war mit Marsaili gerade dabei, den Stand umzuräumen. Er beschloss, das Absperrband ein andermal zu besorgen. Stattdessen würde er zum Verkaufsstand fahren und Ailsa – notfalls unter Androhung von Gewalt – dazu zwingen, mit ihm nach Hause zu kommen.

In den vergangenen zwei Jahren hatte er einige Stürme hier auf der Insel erlebt. Die Wolkenwand, die jetzt vom Nordwesten heraufzog, nahm sich alles andere als harmlos aus.

Es war, als hätte der Himmel alle Schleusen geöffnet. Die Wischerblätter von Murdos altem Jeep mühten sich zäh durch den Regen, der sich schwallartig auf die Scheibe ergoss. Das Prasseln der Sturzflut und das Heulen des Windes vermischten sich zu einer eigentümlich klagenden Melodie. Murdo fuhr so nah wie möglich an das Blackhouse heran. Er parkte den Jeep, schlug den Kragen seiner Jacke bis zu den Ohren hoch und legte die wenigen Meter bis zur Hintertür im Sprint zurück. Außer Atem und trotz des kurzen Weges nass bis auf die Knochen stand er im hinteren Teil des Blackhouse, dort, wo einst die Kühe untergebracht waren. Sein Herz hämmerte zum Zerspringen, er brauchte einen Moment, um wieder Luft zu bekommen.

Langsam gewöhnten sich seine Augen an das Dämmerlicht. Als er zu seinen Füßen ein Gurgeln hörte, senkte er den Blick. Wie bei jedem Blackhouse fiel der Boden über die gesamte Länge hinweg ab. So hatten sich damals Regenwasser und Fäkalien am Ende des Hauses gesammelt und konnten zusammen mit der Gülle der Tiere abfließen. Doch was sich hier um Murdos Füße kräuselte, war kein Rinnsal. Durch die Löcher im Dach drangen gewaltige Wassermassen in das Innere des Blackhouse. Dort, wo er stand, reichte ihm die Brühe bereits bis an die Knöchel. Das Wasser war erbarmungslos. Es riss die Stühle, den wackeligen Tisch und die Anrichte mit sich und schmetterte sie gegen die Steinwände. Was dem Verfall bislang getrotzt hatte, zerbarst wie Streichhölzer. Geschirr, Bilderrahmen, die Bibel seiner Eltern, die alte Blechdose mit den Briefen … Vertraute Gegenstände, die er über die Jahre gehütet hatte, trieben auf der Oberfläche des Schmutzwassers um seine Füße. Der Anblick schnitt ihm tief ins Herz. Er legte den Kopf in den Nacken und stieß einen verzweifelten, wütenden Schrei aus. Zornig hob er die Fäuste zur Decke. Es hatte irgendwann enden müssen, dessen war er sich bewusst gewesen, aber doch nicht so! Er war heraufgekommen, um sich zu verabschieden. Aber auch, um Dinge an sich zu nehmen, die er mit Fiona verband. Es konnte doch nicht sein, dass er zu spät kam? Den Schmerz in seiner Brust mit kategorischer Entschlossenheit ignorierend, bückte er sich, um aus den Wassermassen zu retten, was noch zu retten war.

»Nein, Ailsa, ich bestehe darauf, dass du alles stehen und liegen lässt und mit mir kommst«, Grayson legte eine Entschlossenheit in seine Stimme, die keinen Widerspruch duldete. Er nahm ihr den Brotkorb aus der Hand und stellte ihn ins Regal. »Dasselbe gilt auch für dich, Marsaili. Es kommt nicht infrage, dass ihr irgendetwas riskiert. Das ist es nicht wert.«

»Ach komm schon, Grayson, du übertreibst!« Ailsa verdrehte die Augen. »Das bisschen Wind legt sich doch gleich.«

»Bisschen Wind?« Fassungslos über Ailsas Unvernunft schüttelte Grayson den Kopf. »Habt ihr die Sturmwarnungen nicht gehört? *Western Isles Weather* postet seit einer halben Stunde nichts anderes als Warnungen vor diesem arktischen Tiefausläufer. Was du als ›bisschen Wind‹ bezeichnest, hat das Potenzial, sich zu einem handfesten Tornado auszuwachsen.«

»Also schön«, schulterzuckend gab Ailsa auf. »Lassen wir es für heute gut sein. Wir brechen auf. Ich nehme dich mit, Marsaili. Grayson, du fährst mit dem Landrover vor uns her.«

»Kluges Mädchen.«

»Pff …, ich glaube immer noch, dass du den Teufel an die Wand malst.« Ailsa nahm einen Teil des Geldes aus der Kasse, ließ aber noch genügend Wechselgeld für potenzielle Kunden darin. »Können wir vielleicht noch rasch beim Blackhouse vorbeifahren?« Sie warf Grayson einen bittenden Blick zu. »Nur um zu sehen, ob mit dem Dach alles in Ordnung ist?«

»Bist du von allen guten Geistern verlassen?« Grayson sah sie an, als könnte er nicht glauben, was sie gerade gesagt hatte. »Den Teufel werde ich tun und bei diesem Orkan mit dir da hinauffahren. Willst du unbedingt dein Leben riskieren?«

»Aber das Dach …«, wandte sie ein, nicht mehr ganz so überzeugt wie gerade eben noch.

»Das Dach hält, oder es kracht herunter«, murmelte Grayson grimmig und schob sie hinter Marsaili her durch die Tür der Hütte. »Du kannst so oder so nichts daran ändern.«

»Also schön. Dann fahren wir nach Hause, bleiben ruhig sitzen und trinken Tee und drehen Däumchen, bis der Sturm vorbei ist«, sagte Ailsa – ein schwacher Versuch, ihre Enttäuschung mit Heiterkeit zu tarnen.

Es war ein Wettlauf mit der Zeit. Die Arme voll mit triefend nassen Gegenständen lief er, so schnell es ging, zwischen Haus und Jeep hin und her. Das Dach stöhnte und ächzte über Murdos Kopf. Achtlos warf er einen Hocker, der ihm gerade vor die Füße gespült worden war, zur Seite. Er kniff die Augen zusammen. Etwas weiter weg entdeckte er einen Bilderrahmen auf dem Wasser treiben. Die Schwarz-Weiß-Fotografie darin zeigte ihn und Fiona als Kinder. Sie standen vor der Tür des alten Blackhouse und hielten sich bei den Händen. Neben ihnen saß Murdos Mutter auf einer Bank vor dem Haus am Spinnrad und arbeitete. Murdos Herz machte ein paar hektische Schläge. Er musste das Bild aus den Fluten retten. Schwerfällig bewegte er sich durch das knöchelhohe Wasser auf die Fotografie zu. Er bückte sich und fischte sie aus dem Wasser. Die Aufnahme hatte gelitten, aber die Gesichter waren noch erkennbar. Sie lächelten ihm entgegen. Es kam ihm vor wie ein Gruß aus einer anderen Welt. In diesem Moment fuhr ihm ein dumpfer Schmerz mitten in die Brust. Ihm wurde schwarz vor Augen. Keuchend lehnte er sich gegen einen Balken. Die Fotografie entglitt seiner Hand und tanzte kreisend auf dem Wasser. Er versuchte sich zu bücken. Erneut ein heftiges Stechen. Reflexartig fuhr er sich mit der Hand an die Brust. Etwas war schrecklich falsch in seinem Körper. Es fühlte sich an, als würde sein Blut mit einem Mal aus scharfkantigen Splittern bestehen, die durch seine Herzkammern schnitten. Er brauchte Hilfe. Sofort. Donalda ... Seine Finger wollten ihm nicht gehorchen. Es kostete ihn mehrere Anläufe, bis er es schaffte, das Handy hervorzuholen. Er hob es zitternd vor sein Gesicht. Die Tasten verschwammen vor seinen Augen. Er versuchte sich zu konzentrieren. Die Wahlwiederholung ... Sein Daumen drückte die Taste, von der er meinte, es könnte die richtige sein. Der Schmerz baute sich in einer neuen Welle auf. Ächzend lehnte er den Oberkörper gegen den Balken, während es in der Leitung klingelte. »Donalda ...«, keuchte er leise. Dann hörte er seine eigene Stimme. Sie kam vom Band des Anrufbeantworters. Ein Pfeifen beendete die Ansage.

»Donalda. Hilf mir ...«

Dann glitt ihm das Handy aus der Hand. Ein Krachen zerriss die Luft. Mit der wenigen Kraft, die ihm noch blieb, hob er den Kopf und sah das Dach direkt auf sich herabstürzen. Die Gesichter, die er eben noch auf der Fotografie gesehen hatte, schienen über den zerberstenden Balken zu schweben. Das Gesicht seiner Mutter. Das von Fiona. Sein eigenes. Er fühlte, wie er aus seiner Existenz herausgerissen wurde und ins Bodenlose stürzte.

»Lass los ...«

Eine Stimme, vertraut, aber körperlos.

»Lass los ...«

Ein Versprechen, jenseits des Schmerzes gelegen.

»Lass los ...«

Er schloss die Augen. Um ihn herum wurde es schwarz.
Und dann ließ er los.

Kapitel 31

Zu Ehren des Verstorbenen hatte der Pfarrer die reguläre Gebetsstunde am Dienstagmorgen in eine Andacht umgewandelt. Ailsa starrte auf das dunkel glänzende Holz der Kirchenbank. Die in Leder gebundene Bibel lag ungeöffnet vor ihr. Heute fand sie keinen Trost im Gebet. Die Kraft der gälischen Psalmengesänge verschloss sich ihr. Sie sickerten durch ihre Trauer wie Wasser, das durch ein Sieb fließt und verrinnt. Der Pfarrer predigte inbrünstig davon, dass das Licht denjenigen leuchte, die ihre Hoffnung in der Dunkelheit nicht verlören. Der Kloß in ihrer Kehle brannte wie Feuer. Worauf sollte sie hoffen, wenn Gott ihr Murdo nahm, gerade dann, wenn sie seine Hilfe so dringend brauchte? Die Kirchenbank vor ihren Augen verschwamm. Dafür stand das Bild vor ihr, das sich wie ein Feuerzeichen in ihre Seele gebrannt hatte: vier Sargträger, die Murdos sterbliche Überreste aus dem Blackhouse trugen. Seine Leiche war noch am Samstagabend aus den Trümmern geborgen worden. Morags Prophezeiung hatte sich erfüllt.

Murdos Tod hatte sie schwer erschüttert. Wieso hatten sie nicht die Gelegenheit gehabt, eine funktionierende Beziehung zueinander aufzubauen? Wirklich nahe waren sie sich nie gewesen, aber die Ereignisse der Mondwende hatten etwas verändert. In jener Nacht war eine Verbindung entstanden, die einzigartig war: Sie waren Hüter der Steine. Und niemand würde je davon erfahren. Wie konnte er sterben, ausgerechnet jetzt, und sie mit einer Aufgabe alleine lassen, die ihr unlösbar erschien? Wo sollte sie hin mit all ihren Fragen? Wer würde ihr helfen, den richtigen Weg zu finden? Sie fühlte sich so verlassen wie damals, als sie bei einem Ausflug nach Glasgow ihre Mutter mitten im Gedränge verloren hatte. Damals war sie fünf gewesen. »Jetzt ist alles wieder gut«, hatte Kaitlin danach im Tearoom zu ihr bei einem Irn-Bru und einer großen Portion Eis gesagt und ihr die Wange gestreichelt. Nun war Murdo tot, und nichts war gut.

Irgendwann endete der Gottesdienst. Ailsa fand sich mit Grayson, der nicht von ihrer Seite gewichen war, vor der Kirche wieder. Tom und Peigi kamen auf sie zu und erkundigten sich nach Donalda. Sie war nicht zur Andacht erschienen. Ailsa machte sich Sorgen.

Kurz darauf standen sie vor Donaldas Tür, und Ailsa klopfte. Nichts rührte sich. Sie klopfte erneut. Wieder nichts. Sie trat einen Schritt zurück und starrte den Klingelknopf an. Was hatte das zu bedeuten? War Donalda nicht zu Hause oder wollte sie keinen Besuch empfangen? Womöglich ging es ihr nicht gut? Ailsa biss sich auf die Lippe. Sie wandte sie sich an Grayson. »Wieso öffnet sie nicht?«

»Vielleicht hat sie das Klingeln nicht gehört. Wenn der Fernseher läuft …?«

»Aber sie hört es doch sonst immer. Was machen wir denn jetzt?«

»Hineingehen. Was sonst?« Wie auf den Inseln üblich, war nicht abgeschlossen. Grayson nahm Ailsas Hand und zog sie hinter sich her in den dunklen Flur. Es roch, wie gewohnt, nach kaltem Zigarettenrauch. Und nach verdorbenem Essen, das dringend in den Müll gehörte.

Im Wohnzimmer war es still. Donalda saß, angetan mit ihrer Schürze und einem dicken Rollkragenpullover, auf dem Sofa.

Vor ihr auf dem Tisch standen ein Telefonapparat und ein gerahmtes Foto von Murdo. Über der rechten Ecke war ein Trauerflor befestigt. Im Aschenbecher lag eine erkaltete, halb gerauchte Zigarette, die angebrochene Packung und das Feuerzeug gleich daneben auf dem Tisch. Der elektrische Kamin hinter dem Sofa lief auf höchster Stufe. Die Luft im Zimmer war zum Ersticken, so als hätte jemand die Sauerstoffatome herausgefiltert. Ihr Blick fiel auf den Fernseher in der Ecke. Er war aus.

Ailsa ging ans Fenster, zog die Vorhänge zur Seite und ließ frische Luft herein. Dann drehte sie sich um und maß Donalda mit einem besorgten Blick. Das Gesicht ihrer Tante war grau vor Erschöpfung und Trauer. Im unbarmherzigen gelblichen Licht der Wohnzimmerlampe wirkte es wächsern, wie das einer Puppe. Donaldas Wangen waren eingesunken, ihre Lippen wirkten ausgetrocknet und spröde. Ailsa fiel mit Schrecken ein, dass ältere Menschen dazu neigten, zu wenig zu trinken. Besonders dann, wenn es ihnen nicht gut ging.

Sie sah, wie Grayson zur Tür ging und das Licht ausknipste. Dann setzte er sich zu Donalda auf das Sofa und nahm ihre Hand. »So ist es besser, nicht wahr?«

Donalda nickte.

»Ich gehe in die Küche und mache uns Tee«, entschied Ailsa. »Und ein Sandwich. Du musst etwas essen.« Die dunklen Ringe unter Donaldas Augen erschreckten sie. Sie fragte sich, wie lange ihre Tante schon im Wohnzimmer saß und auf das Foto starrte. Womöglich hatte sie seit Murdos Tod kein Auge zugemacht.

Eine Viertelstunde später saßen sie zu dritt im Wohnzimmer. Donalda weigerte sich, etwas zu essen. Aber zumindest hatte sie einen Becher Tee getrunken. Gesagt hatte Donalda kaum etwas, nur als Ailsa den Telefonapparat zur Seite stellen wollte, um Platz für den Tee zu machen, hatte sie heftig protestiert. Seitdem hatte sie die Hand auf dem Gerät liegen und ließ es nicht los. Allmählich fand Ailsa ihr Benehmen besorgniserregend. Sie betrachtete das schwarze Telefon auf dem Tisch genauer. Es war eines dieser Uraltmodelle, mit einer Klappe neben dem Tastenfeld, in die man die Aufnahmekassette für den Anrufbeantworter schob.

»Tante Donalda«, sagte sie zögernd und legte ihre Hand sanft über Donaldas Hand auf dem Telefon. Sie fühlte sich – im Gegensatz zu sonst – eiskalt an. »Was ist mit dem Telefon? Wartest du auf einen Anruf?«

Donalda schüttelte langsam den Kopf. Mit einem Lächeln, als wäre Glas in tausend Splitter zerbrochen, drückte Donalda die Wiedergabetaste. Murdos Stimme erklang, von Keuchen verzerrt. »Donalda, hilf mir ...«

Dann war die Aufnahme zu Ende.

Ailsa lief ein Schauer über den Rücken.

Mit leeren Augen starrte Donalda auf das Gerät. Sie hob den Finger und drückte erneut auf die Wiedergabe. Murdos brüchige Stimme hallte aus dem Apparat.

Noch einmal.

Und noch einmal.

Ailsa hörte Grayson neben sich hüsteln. Sie löste sich aus ihrer Erstarrung. »Tante Donalda ...«

Donalda hob das Gesicht und starrte stumpf ins Nichts. »Ich bin nicht ans Telefon gegangen«, erklärte sie mit einer Stimme, die Ailsa das Blut in den Adern gefrieren ließ. »Er hat mich gebraucht. Aber ich habe es nicht läuten hören.« Tränen liefen über die Haut ihrer Wangen, wie Regen, der auf welkes Laub fällt.

»Es tut mir so leid«, sagte Ailsa und biss sich auf die Lippen. Sie wünschte inständig, sie könnte die Zeit zurückdrehen. Warum hatte sie nicht auf Graysons Warnung gehört? Sie hätte den Eingang zum Blackhouse in dem Moment sperren müssen, als ihr bewusst geworden war, wie morsch das Dach war. Doch stattdessen hatte sie nur an ihre Pläne gedacht und daran, dass der Beamte am Montag zur Inspektion kommen würde. Morag hatte recht gehabt mit ihrer Prophezeiung. Ailsas Verhalten hatte Unheil über die Familie gebracht. Sie hatte Mühe, die Tränen zurückzuhalten. »Es ist alles meine Schuld«, sagte sie leise. »Wenn ich nicht so vernarrt in meine Pläne gewesen wäre, wäre Murdo noch am Leben.«

Donalda nahm die Hand von dem Telefon und sah ihr ins Gesicht. Zum ersten Mal an diesem Tag. Ihr Blick wurde ernst. »Aber nein, so darfst du nicht denken.«

»Aber es stimmt.«

»Woher willst du das wissen?«

»Ich hätte ihn warnen sollen, dass das Blackhouse nicht sicher ist.«

»Und du meinst, er hätte auf dich gehört?« Donalda schüttelte traurig den Kopf. »Murdos Zeit war gekommen. Gott in seiner unendlichen Weisheit hat ihn abberufen. Das hat nichts mit dir zu tun.«

»Aber Morag hat mich vor dem Unglück gewarnt. Ich hätte es verhindern können.«

»Unsinn«, erwiderte Donalda auf Gälisch. Ihre Stimme klang verärgert, dennoch war Ailsa froh, dass ihre Tante zumindest ein Stück weit in die Realität zurückgefunden hatte. Sie wackelte mit dem Zeigefinger in Ailsas Richtung, als müsste sie ein ungehorsames Kind ermahnen. »Ich möchte nicht noch einmal so etwas hören.« Sie beförderte einen Brief aus ihrer Schürzentasche hervor und reichte ihn Ailsa. Mit zusammengepressten Lippen überflog Ailsa das Schreiben. Es war der Obduktionsbericht des Western Isles Krankenhauses in Stornoway. Man hatte die Todesursache herausgefunden. Ailsa war verblüfft, dass es so schnell gegangen war.

Donalda schien zu erraten, was in Ailsa vorging. »Sie hatten wenig zu tun im Eilean Siar. Das hat mir der Arzt erklärt. Er kannte Murdo gut. Die beiden waren seit Jahren befreundet.« Sie zuckte die Achseln. »Doktor Morrisson kam heute Morgen extra vorbei. Er wollte wissen, wie es mir geht. Tss ... als ob man sich meinetwegen Gedanken machen müsste!«

Ailsa fand die Sorge berechtigt, äußerte sich aber nicht dazu. Ihre Augen überflogen den Bericht. »Murdo ist an den Folgen eines schweren Herzinfarkts gestorben?«

»*Aye*. Du siehst, es hat nichts mit dir zu tun«, Donalda nickte.

Ailsa schluckte. Es fiel ihr immer noch schwer, daran zu glauben. »Aber wenn er nicht zum Blackhouse gegangen wäre, hätte Murdo vielleicht ...«

Donalda schnitt ihr das Wort ab. »Schluss damit jetzt. Wenn es nicht im Blackhouse passiert wäre, dann woanders. So ist Murdo zumindest an dem Ort gestorben, der ihm so viel bedeutet hat.«

Grayson, der das Gespräch bislang schweigend verfolgt hatte, ergriff Donaldas Partei. »Deine Tante hat recht, Ailsa«, erklärte er sanft, aber mit Nachdruck. »Wenn es so sein sollte, wäre es auch woanders passiert. Egal wo.« Er nahm Ailsa das Schreiben aus der Hand und las. »Hier.« Er tippte mit dem Finger gegen das Blatt. »Plötzlicher Herztod. Auch Sekundentod genannt. Selbst wenn er sich in unmittelbarer Nähe eines Krankenhauses befunden hätte, hätte man nichts für ihn tun können.«

Eine ganze Weile sagte niemand etwas.

»Ich werde meine Pläne für das Blackhouse aufgeben«, erklärte Ailsa in das Schweigen hinein.

»Nein«, erwiderte Donalda. Sie nahm Murdos Bild vom Tisch und strich über den Rahmen. »Das wirst du nicht.«

»Wieso?« Ailsa verstand gar nichts mehr.

Donalda rückte den Trauerflor an dem silbernen Rahmen zurecht. »Ich weiß, warum Murdo beim Blackhouse war. Er hat mit mir darüber gesprochen, bevor er ging.«

Ailsa hielt den Atem an. Möglicherweise hatte Donalda die Erklärung für Murdos mysteriöses Verhalten. Die Antwort darauf, warum er mit allen Mitteln den Umbau hatte verhindern wollen.

Donaldas Augen schimmerten wässrig. Sie zog ein Taschentuch hervor und tupfte sich mit umständlichen Bewegungen über die Wangen. Dann schnäuzte sie sich und steckte das Tuch in ihre Schürze zurück. »Murdo wollte ein paar Dinge in Ordnung bringen, bevor der Beamte aus Stornoway kommt. Er sagte, es sei Zeit, dass er die Vergangenheit loslässt, damit du deine Pläne verwirklichen kannst.«

Verwundert horchte Ailsa auf. Am Ende hatte Murdo sie unterstützen wollen. Aber was hatte ihren Onkel dazu veranlasst, so plötzlich seine Meinung zu ändern? Sie runzelte die Stirn. Donalda hatte ihr nicht die Erklärung geliefert, auf die sie gehofft hatte. »Aber warum? Warum hat er sich die ganze Zeit über so gegen den Umbau gesperrt?«

»Er wollte dir nichts Böses.« Donalda seufzte. »Es war nur eben so, dass er sehr an seinem alten Zuhause gehangen hat.«

Ailsa nickte. Der Kloß in ihrer Kehle machte es ihr unmöglich, etwas darauf zu erwidern. Sie schluckte schwerfällig. Schließlich hatte sie sich wieder im Griff. »Danke, Tante Donalda. Und mach dir bitte keine Sorgen wegen der Tankstelle. Das bekommen wir schon hin.«

»Du willst sie also doch übernehmen?«

Ailsa wog den Kopf hin und her. »Ja und nein. Grayson hat sich ein paar Gedanken gemacht, wie es gehen könnte.« Sie warf ihm einen auffordernden Blick zu.

»Dass Ailsa die Tankstelle so leitet, wie Murdo es getan hat, wird nicht funktionieren«, begann Grayson. »Zum Ersten wird sie alle Hände voll zu tun haben, wenn der Umbau des Blackhouse beginnt, zum anderen wäre sie nicht so mit dem Herzen dabei, wie Murdo es war.«

»Was nicht heißt, dass mir die Tankstelle egal ist«, sagte Ailsa. »Ich werde mich schon darum kümmern. Aber nicht in Vollzeit.«

»Ailsa wird im Hintergrund die Leitung übernehmen«, bestätigte Grayson. »Sie ist da, wenn es Probleme gibt oder der Verkauf auf Vordermann gebracht werden soll. Die Tankstelle selbst wird als Kooperative betrieben.«

»In *Cianalas* funktioniert das großartig«, meinte Ailsa. »Grayson bietet den Menschen Arbeit, aber dennoch bleiben sie selbstständig. Ich bin sicher, das klappt auch mit der Tankstelle, du wirst sehen. Und für dich fällt dabei genügend Geld ab, damit du weiter dein Auskommen hast.«

Donalda war sehr still geworden. Ailsa konnte sehen, wie es hinter der Stirn ihrer Tante arbeitete. Offensichtlich brauchte sie etwas Zeit, um sich an den Gedanken zu gewöhnen. Aber dann glitt ein Lächeln über ihr Gesicht. »Ja ... das ist eine gute Wendung.« Sie sah Ailsa in die Augen. »Das würde Murdo gefallen.«

»Ganz sicher«, meinte Grayson und tätschelte Donaldas Hand. »Und jetzt lassen wir Sie alleine, damit Sie sich ausruhen können.«

Doch Ailsa hatte noch etwas auf dem Herzen. Zögernd räumte sie die Tassen auf das Tablett. Den Teller mit dem Sandwich ließ sie stehen. »Wärst du so nett, das für mich in die Küche zu bringen, Grayson?« Sie drückte ihm das Tablett in die Hand. Grayson nickte und hakte nicht nach.

Als er den Raum verlassen hatte, räusperte Ailsa sich. »Darf ich dich noch etwas fragen, Tante Donalda?«

»Was denn?«

»Es … geht um die Steine.« Sie unterbrach sich. »Könnte es sein, dass Murdo eine besondere Beziehung zu ihnen hatte? So etwas wie eine Aufgabe, was Callanish betrifft?«

»Aber sicher«, meinte Donalda und schüttelte verständnislos den Kopf. »Weshalb fragst du? Das weißt du doch selbst ganz genau. Er war der Leuchtende.«

»Ja schon«, Ailsa überlegte fieberhaft, wie sie es formulieren sollte, ohne zu viel zu verraten. Es konnte gut sein, dass Murdo auch Donalda gegenüber sein Geheimnis gehütet hatte. Nachdenklich blickte sie in das hagere, bleiche Gesicht ihrer Tante und versuchte darin zu lesen. Ob Donalda wusste, dass Murdo einer von den Steinen gewesen war? Sie schob den Teller mit dem Sandwich beiseite. »Aber was genau heißt das?«

»Was ist denn das für eine Frage? Du warst doch bei der Feier dabei. Murdo war der Mann im Mond. Dahinter steckt viel Arbeit. Es ist nicht leicht, es richtig aussehen zu lassen. Er hat wochenlang geprobt.«

Ailsa biss sich auf die Lippe. Die Antwort war enttäuschend. Es schien, als wüsste Donalda auch nicht mehr. Und wenn, dann war sie geschickt darin, es zu verbergen.

»Murdo war Leiter der kleinen Laienspielgruppe«, lächelte Donalda versonnen. »Er hat die Arbeit geliebt, obwohl seine Truppe nur alle achtzehn Jahre zum Einsatz kam. Er war ein wirklich großartiger Darsteller. Ich wüsste niemanden, der die Hauptrolle besser hätte spielen können.«

Ailsa nickte und beschloss, es dabei zu belassen. Sie selbst wusste nur zu genau, dass hinter Murdos Einsatz an der Mondwende – und auch darüber hinaus – weit mehr gesteckt hatte als pure Leidenschaft für das Schauspiel. Aber das war eines der Dinge, die sie für alle Zeiten in sich würde bewahren müssen. Sie begann zu begreifen, welche Last es für Murdo bedeutet haben musste, Gralshüter zu sein. Ob sie imstande war, das Amt auch nur annähernd so gut auszufüllen wie Murdo? Aber andererseits, was hatte sie schon für eine Wahl?

Grayson erschien in der Tür. Sie hob die Hand und signalisierte ihm, dass es Zeit zum Aufbruch war. »Ich komme dich morgen wieder besuchen, Tante Donalda. Bitte versprich mir, dass du bis dahin zumindest regelmäßig etwas trinkst.«

»Das werde ich«, meinte Donalda mit leerem Blick. Ihre Miene hatte wieder diesen leicht entrückten Ausdruck. Sie hob den Arm, griff nach dem Anrufbeantworter und drückte auf Wiedergabe.

Es war Mittwochmorgen, vier Tage nach Murdos Tod. Marsaili stand in ihrer Küche. Eine goldene Oktobersonne schien von einem unbegreiflich weiten Himmel. Der Morgennebel über den Weiden zerfloss in Tausende funkelnde Tautropfen. Ein nahezu perfekter Tag, wie dazu gemacht, neue Vorhaben in Angriff zu nehmen. Fröhlich vor sich hin summend, schlug sie Eischnee in einer großen silbernen Schüssel. Vor ein paar Minuten hatte sie mit Grayson telefoniert und ihm erklärt, dass sie sich an einer Pavlova für *Cianalas* versuchen würde. Nachdem Blair und Grayson sich endlich ausgesöhnt hatten, konnte ja nicht einmal ein alter Sturkopf wie Blair mehr etwas dagegen haben. Grayson war entzückt gewesen, ihre Zusage zu erhalten. Sie legte das Rührgerät beiseite, hob probeweise die Schüssel in die Luft und drehte sie um. Perfekt. Der Eischnee war genau so, wie er sein sollte. Luftig und fest zugleich, mit kleinen Spitzen, dort, wo sie das Rührgerät aus der Masse gezogen hatte. Eine Pavlova war nicht unbedingt das einfachste Rezept, das sie sich hätte aussuchen können, aber sie wollte Grayson beeindrucken. Sie war sich sicher, dass es ihr gelingen würde.

Mit geübtem Blick gab sie Zucker in ein separates Gefäß. Sie brauchte nicht abzumessen. Auch ohne Waage hatte sie ein perfektes Gespür für die richtige Menge. Langsam ließ sie mit einer Hand Zucker in die Eischneemasse rieseln, während sie mit der anderen das Rührgerät bediente.

Im Gang erklangen Schritte. Blair betrat die Küche und fasste sie von hinten um die Taille. »Sieht gut aus«, meinte er und küsste ihren Nacken. »Was wird das?«

»Eine Pavlova. Aber nicht für dich.«

»Schade«, murmelte Blair, ließ sie los und stellte den Teekocher an. »Für wen dann?«

Marsaili schaltete das Rührgerät aus und wischte sich die Hände an der Schürze sauber.

Es herrschte Stille in der Küche. Die gleiche bedrückende Stille, die einem Sturm vorausgeht.

»Sie ist für *Cianalas*«, sagte Marsaili und drehte sich zu Blair um. »Ich dachte, jetzt, wo du und Grayson euch wieder versteht, wirst du ja nichts mehr dagegen haben, dass ...«

Blairs Blick gefror. Seine Stimme bebte. »Ich glaube, ich höre nicht recht. Du hast *was* gemacht?«

Damit hatte Marsaili nicht gerechnet. Sie schluckte. Ihr Herz hämmerte gegen ihre Rippen. Nervös knetete sie den Zipfel ihrer Schürze. »Ich habe mit Grayson telefoniert und ihm angeboten, für ihn zu backen.«

»Bockmist«, fluchte Blair. »Wie oft habe ich es dir schon gesagt? Was zum Henker ist unklar an: ›Ich möchte nicht, dass du für Grayson arbeitest?‹«

»Aber Blair ...« Marsaili war den Tränen nahe. »Das war doch, bevor ihr euch wieder vertragen habt. Wieso soll ich denn immer noch nicht für *Cianalas* backen? Erkläre es mir, ich verstehe es nicht. Es ist doch jetzt alles wieder gut.«

»Nein, das ist es nicht.«

»Aber ihr habt euch doch versöhnt.«

»Das hat nichts mit dem verdammten Kuchen zu tun.«

»Warum nicht? Womit denn dann?«

»Es ging um Ailsa.«

»Ach ja?« Marsaili stampfte mit dem Fuß auf. »Und um was geht es jetzt?«

»Das betrifft nur Grayson und mich.«

»Das ist keine Erklärung. Du musst schon ausführlicher werden.«

Blair schnaubte.

»Tu mir das nicht an!« Marsaili spürte, wie alles um sie herum sich zu drehen begann. Sie lehnte sich mit dem Rücken gegen die Spüle. Ihre Gedanken wirbelten durch die Luft wie lose Blätter in einem Sturm. Was um alles in der Welt war mit Blair los? Der blinde, vernichtende Jähzorn war zurück. Aber weshalb? Warum schloss er sie schon wieder aus seinem Leben aus? Er hatte kein Recht dazu. Sie war seine Frau. Es war ihr verdammt ernst gewesen, als sie gesagt hatte, so könne es zwischen ihnen nicht weitergehen. Herrgott, hatte er denn gar nichts begriffen? Sie liebte Blair. Sie würde nicht zulassen, dass er wieder in sein brodelndes Schweigen verfiel. Nicht jetzt, nachdem er die Tür zu seinem Herzen vor ein paar Tagen einen Spaltbreit geöffnet hatte. Sie reckte das Kinn, als könnte sie ihm dadurch irgendwie imponieren. »Ich habe Grayson eine Pavlova versprochen. Und er wird sie bekommen.«

»Wage es nicht«, zischte Blair und beugte sich vor. Die Wut in seinen Augen war einer Kälte gewichen, die Marsaili durch und durch ging. Seine Stimme barst vor gefrorenem Zorn. »Komm bloß nicht auf die Idee, auch nur einen Finger für die St Johns zu rühren, hörst du?«

»Dann nenne mir endlich einen vernünftigen Grund.«

Blair griff nach einem Stuhl. Seine Hände umschlossen die

Lehne, so fest, dass die Knöchel weiß hervortraten. Er neigte nicht zu Gewalt. Aber in diesem Moment sah sie ihn bereits in Gedanken den Stuhl packen und quer durch die Küche werfen. Das Ventil stand unter Überdruck. Blairs Nasenflügel bebten. »Zum Teufel mit den St Johns. Elendes Pack. Ich hasse sie.«

Dann überwinde diesen verfluchten Hass, hätte sie ihm am liebsten entgegengeschleudert. Sie presste die Faust an ihre schmerzende Stirn. »Beruhige dich. Ich habe es Grayson in die Hand versprochen, und ich werde mein Wort halten.«

Ein Ruck ging durch Blair. Ein merkwürdiges Leuchten brannte in seinen Augen. »Ach, so ist das?« Er lachte heiser, als hätte sie einen seltsamen Scherz gemacht. »Jetzt begreife ich. Du und Grayson, ihr macht hinter meinem Rücken gemeinsame Sache. Deshalb also warst so wild darauf, dass ich mich mit ihm versöhne. Darum ging es die ganze Zeit. Du hast nach einer Hintertür gesucht. Und ich Idiot bin darauf reingefallen.«

Marsaili wich das Blut aus den Wangen. »Nein«, sie bemühte sich, ihre Stimme nicht zittern zu lassen. »Das stimmt so nicht. Das hast du in den falschen Hals bekommen. Niemand versucht dich reinzulegen. Ich habe Grayson heute Morgen lediglich angerufen, um …«

»Ich kann es nicht fassen.« Blair hörte gar nicht zu. Die Aggressionen, die sich über die Jahre in ihm aufgestaut hatten, schienen sich orkanartig zu entladen. »Meine eigene Frau hintergeht mich. Du lässt mich vor Grayson zu Kreuze kriechen. Und warum? Nur damit du im Hintergrund dein Süppchen kochen kannst.« Mit einer Bewegung, die so schnell kam, dass Marsaili sie nicht hatte voraussehen können, fegte er die Schüssel mit dem Eischnee vom Tisch. Das Scheppern schnitt durch die Luft und verhallte.

Das darauf folgende Schweigen war so groß, dass es die Luft aus dem Raum verdrängte.

Mechanisch nahm Marsaili einen Lappen und wischte einen Spritzer Eischnee vom Tisch. Sie wagte es nicht, Blair anzusehen.

Blair sog hörbar die Luft ein. »Elender Mistkerl. Na warte ...«

Erschrocken blickte Marsaili zu ihm auf. »Was hast du vor?«

»Das wirst du schon sehen«, erwiderte Blair gefährlich leise und wandte sich zum Gehen. Krachend fiel die Haustür ins Schloss. Kurz darauf hörte Marsaili das Auto vom Hof rasen.

Unfähig zu begreifen, was gerade geschehen war, schlug sie die Hände vors Gesicht. In so einem üblen Zustand hatte sie ihren Mann noch nie erlebt. Sie war unsagbar wütend auf ihn und seine verdammte Sturheit. Ein Schreckensszenario nach dem anderen jagte durch ihren Kopf. Sie musste ihn aufhalten, aber wie? Sie konnte ihm ja schlecht mit dem Traktor hinterherfahren. Ob Ailsa sie fahren könnte? Eilig rannte sie ans Fenster und blickte zur Nachbarscroft hinüber. Verflixt ... Keine Spur von Ailsas Auto. Wahrscheinlich war sie auf einem ihrer Spaziergänge unterwegs. Aber vielleicht war sie über ihr Handy zu erreichen? Marsaili rannte in den Flur hinaus. Dort, neben dem Telefon auf der Anrichte, lag der Zettel mit Ailsas Nummer. Marsaili sandte ein Stoßgebet gen Himmel, dass der Funkempfang auf Lewis dieses eine Mal funktionierte.

Ailsa hatte beobachtet, wie der Tag über Callanish rot glänzend über einem mit Quellwolken verhangenen Horizont heraufgedämmert war. In den frühen Morgenstunden war sie, in zwei dicke Wollpullover und Regenjacke gekleidet, hierhergekommen. Warum, wusste sie selbst nicht so genau, aber etwas in ihr hatte sie dazu gedrängt. Wie ein Glutball hatte sich die Sonne hinter den Bergen erhoben. Jetzt stand sie genau über dem herzförmigen Stein. Ihr Licht war wie flüssiges rotes Wachs, das über die hügelige Brachlandschaft glitt und auf die Anlage zufloss. Die Tautropfen in dem Sauergras, das zwischen den Steinen wucherte, hatten wie Sternenstaub geglitzert.

Ailsa lehnte sich im Schatten des Windes gegen den Hauptstein neben der Grabkammer und atmete die Luft ein, die den Geruch von Asche und faulendem Moor trug.

Das Bild, das sie in Callanish vor sich gehabt hatte, stand wieder vor ihren Augen: Sie alle waren Sternenstaub, geboren aus verglühenden Sonnen, Abermilliarden Lichtjahre vor Anbeginn der Zeit, in den unergründlichen Tiefen des Universums. Sie waren der Boden, der die Erde speiste. Der Tau, der im Schein der aufgehenden Sonne glitzerte. Der Krieger, der aus dem Norden kam. Die Bäuerin, die das Land bestellte. Das alles und vieles mehr.

Ewiger, unsterblicher Sternenstaub.

Der Tod war eine Illusion.

Es gab nichts zu befürchten.

Sie schloss die Augen. Murdo hatte sie nicht verlassen. Sie spürte, dass er da war. Irgendwo dort draußen.

Ein Bellen drang den Hügel herauf. Als Ailsa in das helle Licht des heraufziehenden Tages blinzelte, erblickte sie Morag. Ihr Haar glänzte wie Ebenholz im Morgenlicht. Ihr grün karierter Wollrock wehte mit dem orangenen Tweedcape um die Wette. Geräuschlos glitt sie auf den Hauptstein zu. Nur der Schäferstab in ihrer Hand klackerte laut, wenn er auf den blanken Fels traf. Ailsa kam der Anblick fast surreal vor, so als schwebte Morag wenige Millimeter über dem Boden, statt zu gehen. Von einem der Megalithen in Ailsas Rücken flatterte eine Elster auf und verschwand über dem East Loch Roag.

Eine für Kummer ...

Ailsa wünschte, sie könnte hinter dem Hauptstein in Deckung gehen und sich unsichtbar machen, aber dafür war es jetzt zu spät.

»Ich wusste, dass ich dich hier finden würde«, stellte Morag ohne erkennbare Emotion in der Stimme fest. Ihr Gesichtsausdruck war unergründlich. Sie beugte sich vor, das Gewicht auf den Schäferstock gestützt, so nahe, dass Ailsa den leichten Geruch von Wollfett und Lavendel wahrnahm, der von ihr ausging. »Meine Prophezeiung hat sich also erfüllt.«

Ailsa befeuchtete die Lippen. »Was willst du damit andeuten? Gibst du mir die Schuld an Murdos Tod?«

»Nein. Bestimmungen erfüllen sich. Niemand kann es verhindern.«

Ailsa lehnte noch immer mit dem Rücken am Hauptstein. Sie spürte das dumpfe Echo ihres Herzschlags in dem fünftausend Jahre alten Megalith widerhallen. Diesmal würde Morag sie nicht so leicht einschüchtern können. Sie sah der Schäferin gerade ins Gesicht. »Wenn es Murdo bestimmt war zu sterben, warum hast du dann alles darangesetzt, dass ich die Insel verlasse?«

»Alles darangesetzt?« Ein Lächeln, das nur ironisch gemeint sein konnte, erschien auf Morags Gesicht. Ailsa spürte ein Prickeln im Nacken. »Als Kind konnte man dich ziemlich leicht einschüchtern. Das hat sich Gott sei Dank gelegt.«

Das stimmt überhaupt nicht, begehrte Ailsa innerlich auf, aber sie sagte nichts. Wozu auch? Es hätte nur zu sinnlosen Diskussionen geführt. Stattdessen atmete sie tief durch und ließ der Stille zwischen ihnen Raum.

»Du wirst es dir nicht leisten können, ängstlich zu sein. Erst recht darfst du dich nicht manipulieren lassen«, erklärte Morag so gelassen, als würde sie über das Wetter sprechen. Es war unmöglich zu deuten, was in ihr vorging.

Die Haut an Ailsas Unterarmen begann zu kribbeln. Sie versuchte sich durch die vielen Lagen Stoff hindurch zu kratzen. Sie war sich sicher, dass Morag Bescheid wusste. Sie wusste, dass Murdo Ailsa zur Hüterin der Steine bestimmt hatte. War Morag auch eine von den Steinen? Möglich wäre es, denn Morag hatte sie von Anfang an als Konkurrenz betrachtet, dachte Ailsa.

»Ich sehe keine Konkurrentin in dir«, sagte Morag.

Ailsas Herzschlag beschleunigte sich. »Du weißt über die Steine Bescheid?«

»Ist der Papst katholisch?«

»Du weißt also, was Murdo getan hat?«

»*Aye*. Er war über einen langen Zeitraum hinweg der Hüter der Steine, und er hat es sehr gut gemacht. Jetzt haben die Steine dich bestimmt.«

»Du bist eine von ihnen«, entfuhr es Ailsa. Eine Feststellung, keine Frage.

»Eine von uns«, verbesserte Morag.

»Du hast es die ganze Zeit über gewusst, nicht wahr?«

»Dass du von den Steinen bist? *Aye*, das war mir schon klar, als du ein Kind warst.«

Ailsa war wie vor den Kopf gestoßen. »Dann war es dir gar nicht ernst damit, dass ich die Insel verlassen soll? Es war nur …«, Ailsa rang die Hände in der Luft, »… eine Art Test, ob ich willensstark genug bin?«

»Wenn du so willst.«

Ailsa nickte stumm. Ein wenig des enormen Drucks, der seit Murdos Tod auf ihrer Brust lastete, löste sich. Sie war nicht alleine mit der Aufgabe, vor der sie so großen Respekt hatte. In Morag hatte sie jemanden gefunden, der auch von den Steinen war. Das war ein Trost. Dennoch hoffte Ailsa inständig, dass es noch weitere von ihnen gab.

»Ich bin da, wenn du mich brauchst«, eine minimale Andeutung von Wärme lag in Morags Stimme. »Du wirst deine Sache gut machen.«

Das konnte Ailsa nur hoffen. Sie hatte so viele Fragen. Wo sollte sie nur anfangen? Doch während sie überlegte, ob sie Morag vorschlagen sollte, in den nächsten Tagen zu ihr zu kommen, um über das Wie und Was in Ruhe zu reden, griff Morag nach der Hundepfeife und blies hinein, ein schrilles, hochfrequentes Fiepen. Die Hunde kläfften, und Morag verließ, genauso geräuschlos, wie sie gekommen war, die Anlage. Das Schafsgatter im Zaun, der die Tiere davon abhielt, den Boden in eine Sumpflandschaft zu verwandeln, quietschte leise im Wind. Eine kräftige Bö wehte Rauch aus dem Kamin des Besucherzentrums über den Hügel. Unten am Parkplatz öffneten sich unter dem Zischen der Hydraulik die Türen eines Reisebusses. In wenigen Minuten würde sich der erste Besucherstrom des Tages über die Anlage ergießen.

Jäh durchbrach das Klingeln von Ailsas Handy die Ruhe. Ailsa presste das Gerät an ihr Ohr, mit der Hand so gut wie möglich gegen den Wind abgeschirmt. Es war Marsaili. Sie sprach in wirren, zusammenhanglosen Sätzen. Ailsa hatte Mühe zu verstehen, worum es ging.

»Schnell. Du musst nach *Cianalas* fahren!« Marsailis Stimme schrillte aus dem Hörer. »Blair ist drauf und dran, eine Dummheit zu begehen. Ich mach mir solche Sorgen.«

Zehn Minuten später bog Ailsa mit quietschenden Reifen auf den Parkplatz von *Cianalas* ein. Blair und Grayson standen sich im Hof gegenüber. Ailsa meinte förmlich zu sehen, wie sich finstere Sturmwolken über ihren Köpfen zusammenbrauten.

»Grayson!«, bei laufendem Motor sprang sie aus dem Auto.

Blair schenkte ihr keine Beachtung. Rasend vor Wut schien er ihr Kommen gar nicht zu bemerken. »Du hinterhältiges

Arschloch«, knurrte er. Es klang wie Gewittergrollen. »Du und deine verdammte Scheiß-Sippe!«

»Halt die Klappe«, erwiderte Grayson in einem Ton, den Ailsa so noch nie von ihm gehört hatte. »Ist das alles, was du kannst? Herumbrüllen? Ich habe dich und deine Launen so satt. Verschwinde, bevor ich richtig wütend werde.«

»Kannst du haben.« Blairs Blick war eiskalt. Er drehte Grayson den Rücken zu, als wollte er gehen. Im nächsten Moment wirbelte er ohne Vorwarnung herum. Seine Faust landete in Graysons Gesicht. Ailsa schrie vor Entsetzen auf und schlug sich die Hand vor den Mund.

Der Schlag riss Grayson von den Beinen. Er ging zu Boden und blieb regungslos liegen. Einen endlosen Moment lang.

»Blair, bist du von allen guten Geistern verlassen?« Fassungslos starrte Ailsa Blair an, dann stürzte sie los, um Grayson zu helfen.

Aber Blair kam ihr zuvor. Gerade als Grayson schwankend auf die Füße kam, stürmte Blair erneut auf ihn los und packte ihn an der Brust.

»Hör auf, Blair. Lass ihn los«, schrie Ailsa. Ihr Herz hämmerte wie wild. »Es reicht.«

»Zur Hölle mit dir, Grayson«, keuchte Blair. Sein Gesicht war rot vor Zorn. »Und zur Hölle mit deinem Vater. Zur Hölle mit euch allen.«

»Lass meinen Vater aus dem Spiel. Das hier betrifft nur uns«, röchelte Grayson. »Jetzt nimm die Hände weg.«

Blairs Griff verstärkte sich. Die Knöchel seiner Finger traten weiß hervor. »Dein Vater ist ein verdammter Hurensohn«, schrie er. Sein Körper bebte, wie unter Krämpfen. »Begreifst du es immer noch nicht?«

»Was verflucht? Was soll ich begreifen?«

»Er hat meine Mutter gevögelt. Und danach hat er sie sitzen lassen.«

»Was sagst du da?« Sämtliches Blut schien aus Graysons Gesicht gewichen.

Blairs Finger lösten sich von Graysons Pullover. Er sackte in sich zusammen, als wäre er eine mechanische Puppe, bei der man den Schalter umgelegt hatte. Mit hängenden Schultern stand er da. Sein Blick war leer. Die Sekunden dehnten sich endlos.

»Dein Vater hat meine Familie zerstört.«

Ungläubig blickte Grayson ihn an. Sein Brustkorb hob und senkte sich unnatürlich schwer, als hätte ihn jemand an eine Atemmaschine angeschlossen. »Was willst du damit andeuten?«

Blairs Mimik verzerrte sich zu einer schmerzvollen Grimasse. Dann ließ er den Satz detonieren wie eine Bombe. »Du verdammtes Arschloch. Ich bin dein Halbbruder.«

Ailsa spürte, wie sich lähmende Kälte in ihren Adern ausbreitete. Das konnte doch nicht wahr sein, was Blair da sagte. Ihre Gedanken wirbelten durcheinander wie Schneeflocken, ohne dass sie einen davon zu fassen bekam. Sie blickte zwischen Blair und Grayson hin und her. Blairs Augen flackerten dunkel vor Beschämung. Oder war es Schmerz? Sie vermochte es nicht zu unterscheiden.

Grayson stand da wie vom Blitz getroffen und rührte sich nicht. Nur sein linkes Augenlid zuckte über der Stelle, an der Blair ihm den Schlag verpasst hatte. Ailsa hörte ihren eigenen Atem. Er ging keuchend, als liefe sie davon, ohne einen Millimeter von der Stelle zu kommen. Erschüttert drehte sie den Kopf zur Seite.

»Fahr zur Hölle«, hörte sie Blair zu Grayson sagen. Ohne ein weiteres Wort stieg er in sein Auto und raste mit quietschenden Reifen davon.

Ailsa und Grayson standen allein im Hof.

Noch immer unter Schock ging Ailsa auf Grayson zu und legte den Arm um ihn. Er fühlte sich eiskalt an. Vorsichtig strich sie mit der Hand über den Ärmel seines Pullovers. »Ist das möglich? Kann Blair recht haben?«

Grayson antwortete nicht gleich. »Ich weiß es nicht«, meinte er schließlich. Er fuhr sich mit den Händen durch das Haar. Sein gewohntes Lächeln blieb aus. »Aber ich werde es herausfinden.« Er löste ihre Hand von seinem Arm.

»Was hast du vor?« Ailsa sah beunruhigt zu ihm auf. Dass er ihre Berührung nicht ertrug, war schlimmer als alles andere. »Lass uns ins Haus gehen. Ich möchte nach deinem Auge sehen.«

»Nein«, erklärte er, obwohl Ailsa ihm deutlich ansehen konnte, dass die Verletzung schmerzte. Rund um das Auge zeichnete sich bereits eine Schwellung ab, die Haut war stark gerötet.

»Aber wir müssen es kühlen, bevor es zuschwillt und du nichts mehr sehen kannst.«

»Das wird es schon nicht. Und wenn, ist es auch egal.« Graysons Stimme klang erschreckend distanziert. Sein Gesicht zeigte keinerlei Emotion. *Stiff upper lip*, schoss es Ailsa durch den Kopf. Mit klopfendem Herzen beobachtete sie, wie sich Grayson vor ihren Augen wieder in den beherrschten, äußerlich emotionslosen Oberklasse-Engländer zurückverwandelte, den sie von früher kannte.

»Was hast du vor?«, fragte sie, bemüht, das Beben in ihrer Stimme zu verbergen.

»Ich muss nach London. Ich nehme den nächsten Flieger.«

»Ich komme mit dir.«

»Nein, das wirst du nicht.«

»Bitte, Grayson«, ihr Blick wurde flehend, »du musst das nicht alleine durchstehen. Das ist doch Irrsinn.«

»Nein«, er senkte den Kopf und sah sie an. Für einen Moment wurde sein Blick weich. »Gib mir Zeit, Ailsa. Ich muss das für mich klären. Ich werde eine Antwort auf das alles für Blair und für dich haben, aber nicht jetzt.«

Sie schluckte. »Was heißt das für uns? Was hast du vor?«

»Ich liebe dich, Ailsa, daran wird sich nichts ändern«, er ließ seine Hand durch ihr Haar gleiten. »Zwischen uns ist alles gut, vertrau mir. Ich werde höchstens zwei bis drei Tage fort sein«, er schüttelte den Kopf und lächelte bedauernd. »Mehr kann ich jetzt nicht sagen. Bedräng mich nicht. Ich bin leer. Momentan kann ich dir nichts geben.«

Er küsste sie sanft auf den Mund. Dann drehte er sich um und ging ins Haus zurück, ohne zurückzublicken. Die Glastür zur Veranda schloss sich mit einem gedämpften Klicken.

Kapitel 32

Drei Tage waren vergangen. Grayson saß auf einem Einzelsitz direkt neben dem Eingang der winzigen Fokker 50, dem Turboprop-Flugzeug, das im Winterfahrplan die Strecke zwischen Glasgow und Stornoway bediente. Ein leichter Geruch von Kerosin schwebte durch die Kabine und vermischte sich mit dem markanten Duft des Aftershaves, welches der übergewichtige, schwitzende Mann in dem grauen Anzug eine Reihe hinter Grayson aufgetragen hatte. Grayson wischte nachdenklich mit der Hand über eine matte Stelle auf der Scheibe. Draußen verschwamm das Rollfeld in genau der Art von stumpfsinnigem Dauerregen, für den Glasgow berüchtigt war.

Sein Blick wanderte zum wiederholten Male zu der Uhr an seinem Handgelenk. Sie waren spät dran. Das Boarding hatte mit einer halben Stunde Verspätung begonnen. Vor zwanzig Minuten hatte die Stewardess die üblichen Sicherheitshinweise verkündet und die Benutzung der Schwimmwesten demonstriert. Seitdem war nichts passiert. Die Maschine machte keinerlei Anstalten, zur Startbahn zu rollen. Nichts Ungewöhnliches bei FlyBe. Die Fluggesellschaft an sich konnte nichts dafür. Aufgrund des unwägbaren Wetters hatte sie sich bei den Einheimischen den liebevoll-ironischen Spitznamen FlyMayBe eingehandelt. Gerade als Grayson aufstehen und sich bei Paris, der blonden Stewardess, nach dem Grund der Verzögerung erkundigen wollte, schallte die Stimme des Flugkapitäns über die Lautsprecher. »Hallo, Leute«, erklärte er, betont jovial. »Hier spricht Kapitän Forney. Guten Tag aus dem Cockpit. Wie Sie vielleicht schon vermuten, spielt uns das Wetter mal wieder einen Streich. In Stornoway herrscht momentan dichter Bodennebel mit starken Winden in mittleren Höhen aus Nordnordwest. Unser Start wird sich daher noch etwas verzögern. Es ergibt keinen Sinn, hier in Glasgow loszufliegen, wenn wir drüben am anderen Ende der Strecke nicht landen können. Die Flugsicherung hat uns jedoch mitgeteilt, dass der Nebel sich in Kürze lichten wird. Wir warten jetzt noch den nächsten Wetterbericht ab, dann bringen wir Sie sicher und so schnell wie möglich nach Stornoway. In der Zwischenzeit lehnen Sie sich zurück und machen Sie es sich bei uns an Bord bequem.«

Grayson seufzte und ließ die Rückenlehne des Sitzes ein Stück herunter. Vor seinem geistigen Auge sah er Ailsa in der kleinen Ankunftshalle des *Puirt-adhair Steònabhaigh*, des Flughafens von Stornoway, stehen und unruhig auf die Anzeigetafel schauen. Es war die richtige Entscheidung gewesen, alleine nach London zu fliegen und mit seinem Vater zu sprechen. Doch hatte er Ailsa in jeder einzelnen Sekunde, in der er von ihr getrennt gewesen war, vermisst. Gedankenverloren fuhr er mit dem Finger die Spur eines Regentropfens auf der Scheibe nach. Wenn ihm jemand vor einer Woche erklärt hätte, er habe einen Halbbruder, er hätte ihn glatt für verrückt gehalten.

Und dennoch war es so. Ausgerechnet Blair. Grayson schüttelte den Kopf über die Wirrungen des Schicksals. Vom ersten Tag an, als er nach Lewis zurückgekehrt war und *Cianalas* übernommen hatte, war ihm von Blairs Seite nur Feindseligkeit entgegengeschlagen. Warum, hatte Grayson nie verstanden. Das war nun anders. Doch welcher Druck und welche Enge all die Jahre in Blairs Seele geherrscht haben mussten, konnte Grayson nur erahnen. Der Schock musste enorm gewesen sein, als Blair kurz vor dem Tod seiner Mutter Fiona die Wahrheit über sich erfahren hatte. Grayson konnte sich nur schwer vorstellen, dass es etwas gab, das die eigene Identität mehr infrage stellte, als zu erfahren, dass der Mann, den man zeitlebens als Vater angesehen hatte, nicht der leibliche Vater war. Und dass man selbst ein Abkömmling einer derjenigen Familien war, die im neunzehnten Jahrhundert unsägliches Leid über die Inseln gebracht hatten, indem sie die Bauern von ihren Ländereien vertrieben hatten, um daraus Weideland für die Schafe zu machen. Schafe waren damals rentabler gewesen als Menschen. Verzweiflung, Hungersnöte und letztendlich Auswanderung unter unvorstellbar grausamen Bedingungen waren die Folge gewesen. Graysons Magen krampfte sich zusammen. Die Taten seiner Vorväter lösten Reuegefühle in ihm aus, die nur schwer zu ertragen waren. Gut möglich, dass er sich auch deshalb so für Lewis und seine Bewohner einsetzte, weil er das Gefühl hatte, etwas wiedergutmachen zu müssen. Mit diesem Wunsch stand er nicht alleine da. Er musste an Ailsa denken. Auch in dieser Hinsicht waren sie und er sich ähnlich. Bei Ailsa war es jedoch eine tief empfundene Verbundenheit mit der Insel, die in ihr den Wunsch hatte wachsen lassen, der Insel etwas zurückzugeben. Deshalb das Projekt mit den verlassenen Häusern und ihre Begeisterung für das alte Blackhouse.

Das Blackhouse … Was für eine unglaubliche Geschichte damit und mit seinem Vater und Fiona verbunden war! Grayson versuchte sich vorzustellen, wie Ailsas Reaktion ausfallen würde, wenn er ihr davon erzählte, aber es war ihm schwer möglich. Er hatte es ja selbst nicht fassen können. Über welche Achterbahn der Gefühle war er in den letzten Tagen gerast! Anfangs war die Wut auf seinen Vater unermesslich gewesen. So sehr, dass er es schier nicht ausgehalten hatte, mit ihm in einem Zimmer zu sein und dieselbe Luft zu atmen. Sie hatten sich wechselweise angebrüllt oder den anderen mit eisigem Schweigen verletzt. Grayson hatte seinem Vater Worte an den Kopf geworfen, für die er sich inzwischen schämte. Die meiste Zeit hatte sich die Konversation auf dem dünnen Eis von Unverständnis, Zorn und Aufbegehren bewegt, aber irgendwann hatte Grayson angefangen zu begreifen, dass Linwood und Fiona sich wirklich geliebt hatten. Gestern Nacht hatten sein Vater und er bis weit nach Mitternacht zusammengesessen und geredet, ohne dass Grayson fürchten musste, die Hausdame würde auf die Idee kommen, die Polizei zu rufen, aus Angst, die Brüllerei, die aus dem Salon drang, könnte eskalieren.

Alles hatte im Sommer vor sechsunddreißig Jahren begonnen. Grayson war gerade mal ein Jahr alt gewesen, die Ehe seiner Eltern bereits zerrüttet. Linwood, ein melancholisch veranlagter Schöngeist, und seine Frau Elenor, eine Despotin, für die das gesellschaftliche Leben wichtiger war, als sich um die Familie zu kümmern, hatten sich nichts mehr zu sagen. Dann hatte Linwood Fiona kennengelernt, die viel zu früh in ihre Ehe mit Fearghas gestolpert war und nun an der Seite eines Mannes lebte, der sie nicht verstand. Es kam, wie es kommen musste: Bei der Feier der Großen Mondwende verliebten sich Linwood und Fiona Hals über Kopf ineinander. Das alte Blackhouse oben an den Steinen, in dem Ailsas Großeltern gelebt hatten, die aber lange vor ihrem Tod umgesiedelt worden waren, wurde zu ihrem geheimen Treffpunkt. Doch ihre Liebe stand unter keinem guten Stern. Es dauerte nicht lange, bis Murdo den beiden auf die Schliche kam. Kurz danach schöpfte Elenor Verdacht. Murdo drängte Fiona, die Affäre zu beenden. Er war ihr in einer engen Freundschaft verbunden und sorgte sich um Fiona. Zu Recht – wie sich später herausstellen sollte – wollte er sie davor bewahren, eines Tages verlassen zu werden und mit gebrochenem Herzen dazustehen. Auch Elenor stellte ihren Mann vor die Wahl: Entweder er trenne sich sofort von dieser »unsäglichen Dorfschlampe«, oder sie seien geschiedene Leute. Linwood entschied sich, ohne zu zögern, für Fiona. Doch Fiona, vor die Wahl gestellt, brachte es nicht über sich, Fearghas zu verlassen. Grayson konnte sie gut verstehen. In der damaligen Zeit war es für eine Frau keine leichte Entscheidung gewesen, sich von ihrem Ehemann zu trennen. Selbst wenn sie es getan hätte, hätte sie ihre Entscheidung über kurz oder lang bereut. Fiona hätte nie ihren Platz an Linwoods Seite in der etablierten, versnobten Londoner Gesellschaft gefunden. Selbst wenn Linwood die sozialen Kontakte auf ein Mindestmaß beschränkt und allen gesellschaftlichen Verpflichtungen entsagt hätte, wäre es unglaublich schwierig für die beiden geworden. Weder in London noch auf Lewis wären sie gern gesehen gewesen. Fiona war klug genug gewesen zu erkennen, dass es auf Dauer nicht funktioniert hätte.

Im Sommer darauf kamen die St Johns nicht nach Lewis, und in den darauffolgenden Jahren auch nicht. Als sie dann sieben Jahre später wieder begannen, ihre Sommer auf der Insel zu verbringen, hatte Lord Linwood sich verändert. Er verließ das alte Herrenhaus lediglich, um auf die Jagd zu gehen. Im Dorf sah man ihn nie wieder.

Es musste ein entsetzlicher Schock für Fiona gewesen sein, als sie feststellte, schwanger von Linwood zu sein. Murdo wusste als Einziger, wer Blairs leiblicher Vater war. Selbstverständlich tat er, was in seiner Macht stand, um Fiona zu unterstützen. Er ermutigte sie, Kontakt zu Linwood aufzunehmen und ihn darüber in Kenntnis zu setzen, dass er Vater wurde. Nach Murdos Meinung hatten sowohl Linwood als auch Fearghas das Recht, die Wahrheit zu erfahren. Aber Fiona wollte nichts davon hören. Sie brachte Blair zur Welt und zog ihn groß, ohne dass jemand auch nur den leisesten Verdacht schöpfte, Blair könnte ein Kuckuckskind sein. Fearghas bemerkte ebenfalls nichts. Doch obwohl Fiona nach außen hin fröhlich und guter Dinge schien, war ihr Herz gebrochen. Linwood war ihre große Liebe, und sie kam nie über ihn hinweg. Immer wieder zog es sie zu dem alten Blackhouse an den Steinen, in deren Mauern die Erinnerungen an ihre große, unerfüllte Liebe fortlebten.

Als Blair acht Jahre alt war – der erste Sommer, in dem die St Johns auf die Insel zurückkehrten –, hatte das Schicksal zum zweiten Mal seine Hände im Spiel. Nur dem Zufall war es zu verdanken, dass Linwood und Fiona sich ein weiteres Mal begegneten, ausgerechnet bei den Steinen. Fiona hatte nie vorgehabt, Linwood darüber zu unterrichten, dass er einen Sohn hatte, aber dann fasste sie sich doch ein Herz. Linwood war sofort bereit, den Unterhalt für Blair zu übernehmen und seine Erziehung entsprechend zu fördern, aber Fiona wollte nichts davon wissen. Sie lehnte jede Unterstützung ab und beschwor Linwood, niemandem die Wahrheit zu erzählen, am allerwenigsten Blair. Wie jede Mutter sorgte sie sich um ihren Sohn. Sie hatte Angst, dass der schwierige und empfindsame Junge an der Realität zerbrechen könnte. Linwood fügte sich ihrem Wunsch. Auch nach Fionas Tod unternahm er keinen Versuch, Kontakt zu Blair aufzunehmen.

So weit die Geschichte. Grayson konnte nur mutmaßen, warum Murdo sich so gegen den Umbau des Blackhouse gesperrt hatte. Wahrscheinlich hatte Murdo um Fionas willen die Erinnerung an ihre große Liebe bewahren wollen.

Doch all das war Vergangenheit. Grayson rekelte sich in seinem engen Sitz und streckte die Beine aus. Vor ihm lag die Zukunft, und die galt es zu gestalten.

Also war Blair wirklich sein Halbbruder. Grayson ließ die Schnalle an seinem Sitzgurt auf- und wieder zuschnappen. Seine Brust wurde noch immer schwer bei dem Gedanken, was das zu bedeuten hatte. Was ihn betraf, so hegte er keinerlei Groll gegen Blair. Blair hatte schon genug hinter sich. Aber würde das reichen, um nun die Beziehung zueinander auf vernünftige Beine zu stellen? Wäre Blair bereit dazu? Grayson hoffte es sehr. Natürlich würden er und Blair nie wie Brüder sein, da machte er sich nichts vor. Aber andererseits, gab es nicht die unterschiedlichsten Arten von Beziehungen in Familien? Warum sollte es ihnen nicht gelingen, früher oder später vernünftig miteinander umzugehen?

Grayson träumte sich zum Fenster hinaus und stellte sich vor, wie Blair reagieren würde, wenn er erfuhr, wie es zwischen Fiona und Linwood wirklich gewesen war. Auch wenn er es nach außen womöglich nicht zugeben würde, aber innerlich sollte es Blair doch unglaublich erleichtern zu erfahren, dass er nicht das unerwünschte Ergebnis eines Seitensprungs war. Vielleicht würde Blair irgendwann keinen Makel mehr darin sehen, dass St-John-Blut in seinen Adern floss. Wenn Fiona es geschafft hatte, in Linwood nicht mehr den Feudalherrn zu sehen, dessen Vorfahren veranlasst hatten, ärmliche Familien von ihrem Land zu vertreiben und die Strohdächer und sämtliches Hab und Gut in ihren Häusern in Brand zu stecken, warum sollte es Blair nicht auch gelingen? Immerhin hatte Linwood nicht gezögert, sein Testament ändern zu lassen und Blair in die Erbfolge aufzunehmen. Eines Tages würde Blair über eine beachtliche Summe Geld verfügen. Er würde zusätzliches Land aufkaufen und seine Pferdezucht erweitern können. Land, das bereits früher in den Händen von Blairs Familie gewesen war.

Die Anschnallzeichen über Graysons Kopf machten bling! und leuchteten gelb. Anscheinend hatte sich der Nebel gelichtet. Wie es aussah, würde es gleich losgehen. Graysons Gedanken wanderten zurück zu seinem Vater. Von den Ressentiments, die er anfangs gegenüber Linwood verspürt hatte, war kaum mehr etwas übrig. Wer war er, einen Mann zu verurteilen, der aus einer ihm von der Familie aufgezwungenen Ehe geflüchtet war und sich in das hübscheste und liebenswerteste Mädchen der Insel verliebt hatte? Unwillkürlich musste Grayson schmunzeln. Verblüffend, wie sich die Lebenslinien von Vater und Sohn ähnelten. Doch im Gegensatz zu Linwood war es Grayson vergönnt, seine Liebe offen zu leben. Er hatte wirklich Glück.

Die Fokker machte einen Ruck, aus dem Cockpit meldete sich der Kapitän. Grayson richtete die Rückenlehne gerade. Das Dröhnen der Propeller, scharf wie das Geräusch einer Kreissäge, zerschnitt die Luft. Die Maschine rollte los, dann hob sie ab. Aus den Häusern wurden Schuhkartons, zu geometrischen Reihen angeordnet, dann versank Glasgow unter einer dichten Wolkenschicht. Gleißend heller Sonnenschein flutete die Kabine. Grayson lehnte sich zurück und betrachtete die unter ihm liegenden Wattewolken. Der Flug dauerte eine knappe Stunde, dann landete die Fokker auf dem Rollfeld in Stornoway. Das Dröhnen der Propeller erstarb. Grayson zog das Handgepäck unter seinem Sitz hervor und begab sich zum Ausgang der Kabine. Einen Moment blieb er auf der obersten Treppenstufe stehen und nahm den vertrauten Herzschlag der Insel in sich auf. Der Wind zerrte an seinen Haaren und drückte das wogende Sauergras neben der Landebahn zu Boden. Das Licht war gedämpft, eine düstere, schwermütige Stimmung empfing ihn. Vom Meer trieben Regenwolken heran, doch direkt neben dem Flughafengebäude brach die Sonne durch die Wolken. Mit raschen Schritten eilte er die Treppe hinunter und begab sich durch die Passkontrolle.

Er durchquerte die Halle mit dem Gepäckband und erhaschte einen flüchtigen Blick auf die Statue des Bischofs. Die steinernen Lippen der Lewis-Schachfigur formten ein vorwurfsvolles O, als er an ihr vorbeieilte, doch Grayson hatte keinen Sinn für derartige Betrachtungen. Alles in ihm drängte danach, Ailsa endlich in seine Arme zu schließen. Er hatte solche Sehnsucht nach ihr, dass es schmerzte. Seine Augen flogen suchend durch die Eingangshalle. Und dann sah er sie. Ihr rotes Haar leuchtete ihm entgegen, sie stand direkt neben dem Schalter der Autovermietung, gleich bei den Cafétischen, und winkte ihm zu. Grayson schnappte seinen Koffer vom Rollband und rannte los, auf den Ausgang zu. Sekunden später zog er sie in seine Arme. Er presste sie an sich. Das Gefühl war unbeschreiblich. Nach all den Umwegen waren sie beieinander angekommen. Sie waren zu Hause. Geborgen im Herzschlag des anderen. Das Leben meinte es gut mit ihnen.

EPILOG

Der letzte Tag des Jahres brachte klirrende Kälte. Der Strand von Dalmore hatte sich über Nacht in ein Wintermärchen verwandelt. Eine dicke Eisschicht überzog die schwarzen Kiesel in der Bucht. Die Flut war zurückgewichen. Wie gefrorener Schaum bedeckte das erstarrte Meerwasser die weiten Sandflächen. Der schmale Streifen aber, auf den die heranrollenden Wellen aufliefen, glänzte golden. Die Sonne schaffte es nur knapp, sich über die Granitfelsen zu heben, die die Bucht zu beiden Seiten umschlossen. Hoch oben in der Luft kreiste ein Seeadler. Der Nordwind trug den Geruch von Weite und Sehnsucht heran.

Trotz der Kälte war am Strand die Hölle los. Überall standen Leute aus der Gemeinde zusammen, die Hogmanay mit dem traditionellen Silvesterbaden begehen und das Jahr mit einem gemeinsamen Picknick am Strand von Dalmore ausklingen lassen wollten. Feuer wurden entzündet, Würstchen gegrillt, angeregte Gespräche geführt und Wünsche für das kommende Jahr ausgesprochen. Grayson stand, eine Zange in der Hand, neben dem Grill und ließ die Augen über die kleine Versammlung schweifen: Da waren Blair, Marsaili und die Kinder. Norman, der unter dem gelben Bauhelm heute als kleines Zugeständnis an die Kälte eine Wollmütze trug, und seine Frau. Peigi mit Tom und der Familie. Morag, die sich auf ihren Schäferstock stützte. Wie immer in Tweed, aber heute mit dicken Wollstrümpfen, die ihr bis zu den Knien reichten. Janet, die verliebte Blicke mit Angus tauschte. Sie waren seit Kurzem ein Paar, und es schien gut zu funktionieren. Auch Sophia wirkte glücklich und ließ sich mit leuchtenden Augen von Angus zeigen, wie man aus einem Stück Treibholz kleine Boote schnitzte.

Grayson spürte eine Nase, die ihn von hinten auf Kniehöhe anstupste. Sie konnte nur zu Nelly gehören. Er drehte sich um und grinste.

»Hey, Grayson, *mo chreach*, meine Güte«, Roddy beugte sich über den Grill und schnupperte. »Nach Schweinefleisch riecht das aber nicht. Außerdem, wo sind die Steaks?«

»Das sind Lammbratwürste«, erklärte Janet rasch, die neben Grayson stand und die Verteilung der Getränke übernommen hatte. »Hier«, sie schenkte Bier in einen Pappbecher und reichte ihn Roddy. »Trink das. Auf Schweinesteaks musst du heute verzichten«, sie warf einen vielsagenden Blick in Graysons Richtung.

»Wie?« Roddy kratzte sich die Stirn unter seiner Mütze. »Und was ist mit heute Abend? Du schwärmst mir seit Wochen von Schweinepastete und kaltem Braten vor.«

»Es gibt Truthahn. Wie an Weihnachten.« Sie reichte einen Becher mit Bier an Grayson weiter. »Daphne und Esther erfreuen sich weiter ihres Lebens. Wahrscheinlich bis zur Rente.« Sie blickte Grayson durchdringend an und setzte ihr bestes Das-war-ja-so-was-von-klar-Gesicht auf.

»Schweine als Haustiere. Hat die Welt so etwas schon gesehen?« Abfällig schüttelte Roddy den Kopf. »Ich halte nichts davon, Gefühle in Nutztiere zu investieren. Wir sind Crofter. Wir leben von den Tieren, aber wir binden uns nicht an sie.« Zärtlich kraulte er Nelly, die an dem Jutesack mit der Grillkohle knabberte. »Sind die Würstchen denn endlich fertig?«, fragte Roddy noch und warf einen kritischen Blick auf den Grill. »Findest du nicht, dass sie schon ein wenig zu braun sind?«

»Ist das so?«, erwiderte Grayson geistesabwesend. Er hatte nicht zugehört, weil er eben Ailsas blauen Kombi, den sie als Ersatz für den Leihwagen gekauft hatte, auf dem geschlungenen Küstenpfad entdeckt hatte. Geradewegs steuerte sie auf den Parkplatz neben dem Friedhof zu. Grayson lächelte. Endlich ... Ailsa war in Stornoway gewesen. Eigentlich hätte sie bereits vor einer Stunde zurück sein sollen. Was in aller Welt hatte so lange gedauert? »Hier, Roddy, übernimm mal. Dahinten kommt Ailsa«, erklärte er. Bevor Roddy protestieren konnte, drückte er ihm die Grillzange in die Hand und ging zu Ailsas Wagen.

Sie winkte ihm von Weitem zu, blieb aber im Kombi sitzen. Mit einer geschmeidigen Bewegung beugte er sich zur offenen Fahrertür hinein und küsste sie auf den Mund. Seine widersprüchlichen Empfindungen rangen miteinander. Weshalb stieg Ailsa nicht aus? Gab es schlechte Nachrichten, die sie ihm unter vier Augen beibringen wollte? Er versuchte in ihrem Gesicht zu lesen, ob es Anzeichen zur Besorgnis gab, aber ihr Blick war undurchdringlich. Wenn da nicht dieses seltsame Schimmern in ihren Augen gewesen wäre. Bemüht, Ailsa nicht spüren zu lassen, wie angespannt er war, reichte er ihr die Hand. »Was ist? Möchtest du nicht mit runterkommen?«

»Doch«, sie schwang die Füße, die in den festen Wanderschuhen steckten, aus dem Auto. »Aber zuerst wollte ich dich um etwas bitten.«

Verwundert, aber erleichtert, dass sich keine neuerlichen Katastrophen ereignet hatten, folgte er ihr um das Auto. Ailsa öffnete den Kofferraum. »Ich habe noch einen Umweg über die Croft gemacht. Deshalb hat es so lang gedauert.« Sie hob ein kleines geschreinertes Holzpferd aus dem Wagen, das ungefähr aus den Fünfzigerjahren stammen mochte. Es war weiß, hatte eine aufgemalte Mähne und statt Ohren zwei rote Holzgriffe. Die aus schlichten Holzstäben bestehenden Beine endeten in roten Kufen. Ein Schaukelpferd, einfach gestaltet, aber robust, das erkannte Grayson auf einen Blick.

»Das ist hübsch, wo kommt es her?« Er begutachtete es ausgiebig. Es war in einwandfreiem Zustand. Nur die Farbe könnte etwas aufgefrischt werden.

»Es gehörte erst Kaitlin und dann mir. Ich habe als kleines Mädchen darauf geschaukelt. Ich wusste, dass es noch irgendwo im Schuppen sein musste«, sie pustete sich eine Strähne aus der Stirn. »Allerdings musste ich ganz schön suchen. Es steckte in der hintersten Ecke.«

»Schön, aber was willst du damit?«

Sie biss sich auf die Lippe. »Ich habe mich gefragt …«, sie brach ab und nahm seine Hand. Langsam strich sie mit den Fingerspitzen über die schwielige Innenseite seiner Handfläche. »Du hast in den letzten Wochen ordentlich dazugelernt, was das Arbeiten mit Holz angeht.«

»Du meinst das neue Haus für Esther und Daphne?«, er zuckte die Schultern. »Das war nicht so schwer.«

Sie kicherte. »Haus ist die Untertreibung des Jahres. Es ist eine richtige Villa geworden. Fehlt nur noch, dass du ihnen Betten zimmerst.«

Er grinste. »Prima Idee. Vielleicht mache ich das noch.«

»Ich hätte einen besseren Vorschlag.« Sie legte das Pferd zurück in den Kofferraum. »Meinst du, du könntest noch so eines machen? Eines, das aussieht wie dieses hier?«

Er runzelte die Stirn. »Klar, kein Problem. Aber wozu?«

»Es ist nicht für mich.« Ailsa musterte ihn mit schräg gelegtem Kopf. »Ich war vorhin nicht ganz ehrlich zu dir. Ich war nicht einkaufen. Ich war im Western Isles Hospital in Stornoway.«

»Bist du krank? Wieso hast du mir nichts gesagt?«

Sie schüttelte den Kopf. »Nicht krank.«

Spontan schoss ihm ein Gedanke durch den Kopf, der ihm viel zu vermessen schien, um ihn auszusprechen. Es konnte nicht sein. Ailsa hatte ihm erklärt, dass sie nicht schwanger werden konnte.

»Ich bin schwanger.«

»Was sagst du da?« Sein Herz setzte einen Schlag lang aus. Verblüfft starrte er sie an, unfähig zu begreifen, was sie ihm klarzumachen versuchte.

Sie grinste über beide Ohren und nickte. »Es stimmt. Ganz sicher.«

Stürmisch zog er sie in seine Arme und wirbelte sie im Kreis herum. »Das hätte ich nie zu hoffen gewagt. Ein Kind.« Er legte den Kopf in den Nacken und lachte schallend.

»Kinder«, verbesserte sie ihn sanft. »Es sind Zwillinge. Deshalb brauchen wir ein zweites Schaukelpferd.«

Aus plötzlicher Sorge, dass er ihr in diesem Zustand durch seine ungestüme Freude schaden könnte, setzte er sie wieder auf den Boden ab. Dann brach er in wildes Freudengeheul aus.

Wenig später standen sie, von ihren Freunden umringt, in einer windgeschützten Ecke des Picknickbereichs, während es von allen Seiten Glückwünsche hagelte.

Blair war völlig von den Socken. Er strahlte wie ein Honigkuchenpferd und erzählte jedem, der es wissen wollte, wie sehr er sich darüber freute, Onkel zu werden. Sein Mitteilungsdrang schien kein Ende zu nehmen. Er hob die Hand und bat um Schweigen. »Freunde. Es ist gleich so weit. Die Würstchen sind fertig, und unser Picknick kann beginnen. Doch bevor wir uns die Bäuche vollschlagen, haben wir noch etwas zu erledigen.«

Er legte eine bedeutungsschwangere Pause ein und öffnete den Reißverschluss seiner Jacke. Dann streifte er betont umständlich den Pullover und das T-Shirt über den Kopf und zog unter begeistertem Gejohle erst Schuhe, dann Jeans und Socken aus. In Badehosen bekleidet stand er da, der Wind wehte von unten in den Saum der knielangen Shorts. Nun wollten die anderen, allen voran Tom, Roddy, Angus und natürlich Grayson, ihm in nichts nachstehen und folgten seinem Beispiel. Ringsum ertönten schrille Pfiffe, als sichtbar wurde, was Grayson unter Pullover und Jeans trug: einen eng anliegenden, blau-weiß gestreiften Einteiler, dessen Hosenbeine bis knapp an die Mitte seiner Oberschenkel reichten. Die schmalen Träger entblößten seine behaarte, breite Brust und die gut geformten Oberarme. Die körperliche Arbeit hatte ihn zäh werden lassen und sehnig. Er brauchte nicht im Mindesten hinter Blair zurückzustehen, der in seinen schwarzen Surfershorts ebenfalls ein gutes Bild abgab.

Begleitet von den jubelnden Zuschauern, die sich das Spektakel um keinen Preis der Welt entgehen lassen wollten, gingen die Männer an den Strand hinunter. Das wellenförmige Eis, das sich am obersten Rand der Wasserlinie gebildet hatte, zerbarst unter ihren Schritten.

Blair stand neben Grayson, die Gischt leckte schäumend an ihre nackten Zehen. Er warf Grayson einen abschätzigen Blick zu, grinste aber dabei. »He, St John«, rief er ihm über das Tosen des Windes hinweg zu. »Ich an deiner Stelle würde mir das gut überlegen, *Cove*.«

»Was du nicht sagst«, frotzelte Grayson zurück. »Pass bloß auf, dass du den Mund nicht zu voll nimmst. Weiter als bis zu den Füßen traust du dich also nicht hinein?«

»Wetten, dass ich längst drin bin, während du hier noch rumstehst und Reden schwingst!« Blair musterte Grayson eindringlich. Ein feiner Regen fiel vom Himmel und benetzte ihre nackten Oberkörper. Und dann brach die Sonne durch die Wolken. Schimmerndes Licht floss unter dem breiten Bogen des Regenbogens auf die Küste zu und verwandelte den stahlgrauen Atlantik in kristallklares Wasser, auf dessen Wellenkämmen Tausende Lichtpunkte glänzten. Weiter draußen, am Rand der Bucht, zeichneten sich die schwarzen Klippen wie ein Scherenschnitt gegen den blauen Himmel ab. Hoch aufschäumende Gischt besprengte die verlassenen Nistplätze der Sturmschwalben, als wollte das Meer die Felsen von der ätzenden Säure des Guanos befreien, bevor der Kreislauf des Lebens erneut begann und die Vögel ihre Plätze auf den Granitblöcken wieder einnahmen. Die Luft roch nach Ozon und Weite. Blair und Grayson standen reglos, die Augen auf die Wellen gerichtet, die mit zornigem Schäumen auf sie zudonnerten. Grayson hielt die Luft an und zählte in Gedanken bis drei. Dann rannte er los, zeitgleich mit Blair. Es sah aus, als wollten sie sich für ein Synchronschwimmen qualifizieren. Dabei brüllten sie aus Leibeskräften, um einen imaginären Feind zu vernichten, der in den Wellen auf sie wartete. Schulter an Schulter stürzten sie sich in die Fluten.

NACHWORT

Cianalas ist ein gälischer Begriff für tief empfundenes Heimweh und Verlangen nach der großartigen, sturmumtosten und endlos weiten Landschaft der Äußeren Hebriden, dem Rollen der Brecher in den Klippen und dem Schrei der Seevögel, dem Geruch von Weite und Torffeuer. Es ist das Wissen, zugehörig zu sein und Wurzeln zu besitzen. *Cianalas* ist, was ich spüre, wenn der Herzschlag der Inseln mich durch den Alltag begleitet und das Echo der Orte wie ein geflüstertes Versprechen in mir widerhallt. Meine persönlichen Wurzeln liegen nicht auf den Äußeren Hebriden, aber sie sind ein Teil von mir, und ich bin ein Teil von ihnen.

Wir alle sind Sternenstaub.

Ich war Teil der Inseln. Zu einer anderen Zeit. In einer anderen Existenz.

Irgendwann kehre ich zurück.

DANKSAGUNG

Einen Roman zu veröffentlichen ist nur durch das Mitwirken vieler Menschen möglich. Ihnen gilt mein tief empfundener Dank: meiner großartigen Managerin bei Droemer Knaur, Christine Steffen-Reimann, und ihrem wunderbaren Team. Meiner leidenschaftlichen, unschätzbar wertvollen Beraterin Silvia Kuttny-Walser. Meiner über alle Maßen engagierten Lektorin Clarissa Czöppan. Meinem großartigen Agenten bei der AVA International, Markus Michalek.

Die Inspiration zu diesem Roman verdanke ich Emma Rennie von Callanish Digital Design, der echten Eigentümerin des Blackhouse neben den Standing Stones in Callanish. Ohne sie wäre dieses Buch nie geschrieben worden. Danke, dass du mich an deinem Leben teilhaben lässt. Unvergessliche Augenblicke sind mit dir verbunden: Ausflüge über die Insel und der Spaziergang am Strand von Bosta, eine unglaubliche Jagd nach Polarlichtern und die Nacht bei den Steinen, die zu einem der reichsten Momente meines Lebens wurde.

Danke an meine großartige Dichterfreundin Katharine Macfarlane für die wunderbare Zeit, die wir auf Lewis verbracht haben, für das Lachen, die Gespräche und den gemeinsamen Herzschlag.

Danke an Marcus McAdam und James McCormick von worldwide-explorers.com. Es gibt wohl keinen Roman von mir, der nicht in irgendeiner Weise von eurem unglaublichen fotografischen Talent beeinflusst ist. Besonderen Dank, Marcus, dass du mir so großzügig die Bilder der verlassenen Häuser zur Verfügung gestellt hast. Wer neugierig ist, findet sie auf dem Blog deiner Website. Wer die Landschaft der Äußeren Hebriden bereisen und deren Stimmung mit der Kamera einfangen möchte, ist bei euch in besten Händen.

Besonders inniger Dank gilt den Menschen auf Lewis, die mir ihre wertvolle Zeit geschenkt und mich bei meinen Recherchen unterstützt haben: Danke an Iain und Katie Macritchie aus dem Gearrannan Blackhouse Village auf Lewis. Ich habe dort wunderbare, einsame und zurückgezogene Februartage verlebt, geborgen in der Stille des ältesten Blackhouse der Siedlung, *Taigh Thormoid 'an 'ic Iain*. Es gibt nur wenige Orte auf der Welt, die so sind wie dieser. Danke an Angus Alick vom Callanish Visitor Centre, der mir freundlicherweise Rede und Antwort stand. Danke an Margaret Curtis, die mit ihren Forschungen über die Standing Stones weltweit für Furore gesorgt hat. Ich hatte das Glück, Margaret trotz schwerer Krankheit zu begegnen und bei einem Besuch der Ausstellung in ihrer Garage an ihrem enormen Wissen teilhaben zu dürfen. Der Zauber begann, als sie mir den Piezo-Effekt mithilfe von zwei weißen Quarzstücken demonstrierte und mir eine Petrosphäre, einen fein behauenen Steinball also, sowie verschiedene Speerspitzen in die Hände legte. Fünftausend Jahre Geschichte berührten mich. Danke an Adam Nicolson, Autoren-Kollege und Eigentümer der Shiants, der seine Inseln großzügigerweise für Besucher erlebbar macht.

Besonderen Dank an Ross Wilson, Edinburgh, von Blue Rose Code, der sich vom Fleck weg zu einem Gastauftritt in *Cianalas* bereit erklärt hat. Danke, Ross, dass ich mir für Grayson die Worte aus *Come the Springtime* leihen durfte. Obwohl wir uns nie persönlich begegnet sind, scheint eine Verbindung zwischen uns zu bestehen. Deine Musik spiegelt wider, was ich für die Inseln empfinde.

Innigsten Dank an Tanja Übelmesser, die meiner Eriskay-Stute Chanty Leben eingehaucht hat. Ohne ihre Geduld, ihre Hilfe und ihr enormes Wissen über Pferde wäre dieses Buch nicht zu dem geworden, was es ist. Alle Fehler in der Beschreibung der Stute sind auf mein mangelhaftes Wissen zurückzuführen und nicht auf Tanjas überragende Kompetenz.

Herzlichsten Dank an Ruth Albert von Giardino für die floristische Beratung und die jahrelange Freundschaft. Jedes einzelne Blumenarrangement von ihr ist ein Kunstwerk und zaubert über viele Tage ein Lächeln in mein Herz.

Danke an Michaela Brodmerkel, die mich über die Schwierigkeiten aufklärte, welche beim Tönen von Haaren auftauchen können.

Danke an dieser Stelle auch an den Nobelpreisträger Linus Pauling, in memoriam, dessen Schriften ich die Gedanken über den Sternenstaub entnommen habe.

Danke meinen treuen Testleserinnen, allen voran Sandra Budde, Sandra Dotterweich und Heike Führ, und allen Bloggerinnen, die mir viel ihrer freien Zeit widmen und mich durch ihre wertvolle Arbeit so wunderbar unterstützen.

Schließlich – aber dafür in ganz besonderer Weise – geht mein Dank an meine Familie, die mich jedes Mal mit viel Liebe und enormer Leidensfähigkeit zurück in die Realität holt, wenn die Welt meiner Romane mich zu verschlingen droht. Blut scheint doch ein besonderer Saft zu sein, anders ließe sich euer nachsichtiger Umgang mit meiner Besessenheit für das Schreiben nicht erklären.

Ganz besonders aber gebührt tiefste Dankbarkeit dir, liebe Leserin, lieber Leser, der du dieses Buch in Händen hältst. Für dich ist dieser Roman geschrieben. Ich bin glücklich, dass der Herzschlag der Steine dich berühren durfte und du mich auf dieser besonderen Reise begleitet hast, nach Lewis, auf die nördlichste Insel der Äußeren Hebriden.

Herzlichst
Isabel